Jules ROUFF et Cie, Editeurs, cloître Saint-Honoré, Paris

LES ÉTUVISTES

I

La rue Couture-Sainte-Catherine.

Il était deux heures du matin, le temps était froid et humide ; une petite neige fine qui fondait en touchant la terre, rendait les chemins sales et glissants, et la rue Culture-Sainte-Catherine (que l'on nommait alors *Couture-Sainte-Catherine*), quoique ce fût une des grandes rues de Paris, était aussi noire que le serait maintenant une impasse de la Cité.

Mais ceci se passe en l'année mil six cent trente-quatre, et je n'ai pas besoin de vous dire que l'on ne connaissait alors, pour éclairer les rues, ni lanternes, ni réverbères, ni gaz, ni lumière électrique.

A celui qui eût découvert alors cette dernière invention, qui a en effet quelque chose de magique, on eût bien certainement donné la question ordinaire et extraordinaire pour récompense.

C'était le bon vieux temps !...

Tout ce qui était nouveau inspirait de la défiance ; on croyait bien plutôt aux sorciers, au diable, à la magie, qu'aux résultats de l'étude, de la science, et aux calculs de l'esprit humain.

Les hommes étaient donc trop modestes alors ?

Ils se sont bien corrigés depuis.

En ce temps-là, il était fort rare de s'attarder dans les rues de Paris, où la police se faisait fort mal, et souvent ne se faisait pas du tout.

Les jeunes seigneurs se donnaient parfois le plaisir de battre le guet : c'était un divertissement permis à la noblesse.

Aujourd'hui, ce sont les habitués des barrières qui, de temps en temps, veulent battre les gendarmes ; mais ceux-ci ne sont point aussi accommodants que le guet d'autrefois.

Il n'y avait point, comme aujourd'hui, une trentaine de théâtres ouverts tous les soirs pour l'agrément des habitants de la capitale et des étrangers que cela y attire.

Un seul était fondé et protégé par le cardinal de Richelieu qui, à tous ses titres de gloire, avait voulu, malheureusement pour cette même gloire, ajouter le titre d'auteur.

Mais tous les grands hommes ont eu leurs faiblesses.

Alexandre se grisait, ce qui est infiniment plus blâmable que de faire de méchants vers ; Frédéric II voulait absolument avoir du talent sur la flûte, et Louis XIV dansait dans les comédies-ballets que lui composait Molière.

Les farces que jouaient alors *Turlupin Gros Guillaume* et *Gautier-Garguille* finissaient avec le jour, leur théâtre étant, d'ailleurs, en plein vent.

On dînait à midi, on soupait à six heures ; et quand un bon bourgeois était resté chez un de ses amis plus tard de neuf heures, il regardait cela comme une petite débauche, comme une conduite de jeune homme, et regagnait sa demeure le plus vite possible, en s'éclairant d'une lanterne et non sans frissonner souvent en traversant les ruelles, que l'on nommait alors des rues, et dans lesquelles il était certain, s'il faisait quelque mauvaise rencontre, de ne trouver aide et secours dans aucune boutique, car l'heure du couvre-feu une fois sonnée, tout devait être fermé, et vous ne deviez pas même avoir de lumière chez vous, s'il vous plaisait de lire, de travailler, enfin de ne point vous coucher.

Pourquoi appelle-t-on cette époque : *le bon vieux temps ?*

C'est une question que je me suis souvent adressée.

Est-ce parce qu'on n'avait pas le droit de se coucher, de travailler, de recevoir ses amis, de s'amuser lorsqu'on en avait le désir, le besoin ou la fantaisie ?

Est-ce parce qu'on se cassait le cou, le soir, dans les rues ; parce que les voleurs appelés alors *Truands, Mauvais Garçons, Tireurs*

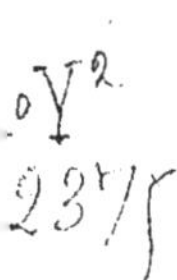

1

de laine, Coupeurs de bourses, faisaient leur petit commerce en plein jour sur le Pont-Neuf et autres lieux, en vous riant au nez, quand vous le trouviez mauvais?

Est-ce parce que les boutiques étaient sales, noires, sans goût, sans élégance?

Est-ce parce qu'on se battait en duel à chaque coin de rue, ou sur les places, par deux, par quatre, quelquefois par douzaines, comme on fait aujourd'hui une partie de canotiers, sans que l'autorité fît rien pour empêcher ces tueries?

Est-ce parce qu'on rendait à chaque instant des édits par lesquels il était défendu à celui-ci de porter de la soie, à celui-là du velours, à telle femme d'avoir des ceintures dorées, à telle autre de s'habiller de telles couleurs, qui sont trop éclatantes, trop lumineuses, trop brillantes pour sa profession?

O pauvres politiques! pauvres critiques! qui blâmez le luxe, qui voulez restreindre l'élégance, qui censurez la coquetterie.... et qui ne comprenez pas qu'en raisonnant ainsi, vous frappez sur notre commerce, nos manufactures, nos ouvriers, nos travailleurs enfin!

Et quel mal y a-t-il à ce qu'un plébéien qui a de l'argent se mettre avec élégance, avec luxe même, si c'est son goût, sa fantaisie?

Vous craignez qu'il ne vous éclipse, vous, qui avez la prétention de faire partie du beau monde, tâchez de vous distinguer par vos manières, votre tournure, votre aisance, votre politesse, votre ton, votre parler : vous savez bien qu'il y a de ces choses qui ne s'achètent jamais.

Quant à moi, je voudrais voir toutes les ouvrières en robes de soie, en chapeaux de velours, en bonnets ornés de dentelles, et les ouvriers en bottes vernies et en gants blancs.

Où serait le mal?

Le tableau de l'élégance n'est-il pas plus gracieux que celui de la malpropreté, de l'indigence, de la misère?

L'argent que l'on dépense pour sa toilette ne fait-il pas plus d'honneur que celui que l'on porte au cabaret?

Mais revenons à la rue Culture-Sainte-Catherine et à l'époque où nous plaçons ces événements.

Un jeune homme venait de sortir de la rue des Francs-Bourgeois et passait devant l'hôtel de Carnavalet, devant lequel s'arrêtaient toujours les artistes et les amateurs de sculpture, pour admirer le portail orné de refends vermiculés et de bas-reliefs, et les masques qui décoraient les claveaux des croisées, ouvrage de l'immortel *Jean Goujon.*

Heureux hôtel, que le génie d'un artiste devait rendre à jamais célèbre, et que, plus tard, une femme d'esprit devait embellir en y faisant sa résidence.

Mais alors, *madame de Sévigné* n'habitait point encore l'hôtel Carnavalet.

L'heure n'était point propice pour s'arrêter devant l'hôtel qui se trouvait près de la rue des Francs-Bourgeois, qui, à cette époque, se prolongeait jusqu'à la rue Culture-Sainte-Catherine, et, d'ailleurs, le personnage qui sortait de cette rue ne paraissait point être dans cette disposition d'esprit qui est apte à juger des beautés que nous pouvons rencontrer sur notre chemin.

C'était, comme nous l'avons dit, un jeune homme.

Vingt-cinq ans était son âge; sa taille était haute, svelte et bien prise; il y avait dans sa démarche et ses moindres mouvements cette aisance qui annonce l'homme du monde, et ces manières qui sentent la bonne compagnie, et que l'on ne perd pas, même dans la mauvaise, lorsqu'on a reçu tout cela d'une longue lignée.

Au charme de la taille ce jeune homme ajoutait une belle figure et des traits bien accusés; son front était haut et fier; ses yeux, grands, noirs, vifs, surmontés de sourcils très épais et un peu rapprochés, ce qui leur donnait parfois quelque chose de sombre, jetaient des éclairs lorsque la colère les animait, mais savaient aussi, dans l'occasion, prendre une expression de douceur et de tendresse, à laquelle il était difficile de résister; une bouche fine et bien garnie, surmontée d'une légère moustache, un menton ovale, que recouvrait la royale; enfin une forêt de cheveux noirs qui retombaient en grosses boucles sur le col et les épaules, voilà quel était, au physique, Léodgard de Marvejols.

Quant au moral, la suite de cette histoire nous le fera suffisamment connaître.

Vêtu d'un élégant pourpoint de soie cramoisie, enjolivé de crevés de satin blanc; haut-de-chausses pareil et relevé par une ceinture blanche à franges d'argent, à laquelle était attachée une longue épée, dont la poignée, d'un acier très-fin, était aussi ornée de franges et de nœuds de rubans.

Le jeune cavalier avait pour chaussures de ces bottes à entonnoir en cuir jaune qui s'attachaient aussi avec des boucles sur le coude-pied; des éperons, fixés à ces légères chaussures, annonçaient qu'elles usaient rarement le pavé; une large collerette garnie de dentelles servait alors de cravate, et un petit manteau de velours noir était jeté sur tout cela et agrafé sur le côté.

Enfin, un chapeau à forme pointue et à larges bords, relevé sur le devant et surmonté d'une longue plume blanche attachée par un bouton d'acier, servait de coiffure au jeune homme, et celle-là, il faut en convenir, avait infiniment plus de grâce et d'élégance que les informes chapeaux avec lesquels nous nous coiffons aujourd'hui. Ceci est une justice à rendre au bon vieux temps : les costumes d'homme étaient beaucoup plus gracieux, plus nobles, plus coquets que maintenant; car il faut, avant tout, être impartial, et dire le bien comme le mal.

Léodgard de Marvejols marchait assez vivement, mais parfois il s'arrêtait comme quelqu'un qui est très-préoccupé et à qui il importe fort peu qu'il soit deux heures du matin et que les rues soient désertes.

Alors, il lui arrivait de penser tout haut, ou de parler tout seul, ce qui est beaucoup plus commun qu'on ne pense; et comme le jeune seigneur avait très-copieusement soupé, ses monologues étaient tout aussi animés que s'il eût eu avec lui de joyeux compagnons.

Léodgard se trouvait alors tout près du nouveau couvent des *Annonciades célestes* ou *Filles bleues,* qu'une maîtresse de Henri IV, la marquise de Verneuil, avait fondé en l'année 1626.

La ceinture et le manteau bleu que les Annonciades portaient les avaient déjà fait surnommer *Filles bleues*; ce qui n'empêchait point ces saintes filles d'être en très-grande vénération dans leur quartier; aussi, en plein jour, on eût été fort scandalisé d'entendre notre jeune homme proférer de gros jurements, justement tout près de cet asile de la pénitence et s'écrier en s'adossant contre le mur de clôture :

— Par la mordieu... si ce Jarnonville n'avait pas quitté la partie, j'aurais gagné le double... le triple... j'étais en veine... j'aurais gagné jusqu'à demain... Et ce d'Artigues, ce Cournac..... refuser de prendre des dés... quand je leur offre leur revanche au lansquenet.... ce jeu des croquants..... et quand je perds, moi... Dieu me damne! je jouerais mon patrimoine... mes moustaches... ma maîtresse, si on me donnait quelque chose dessus... et mon âme si le diable voulait la prendre... Combien leur ai-je gagné... voyons... cinq à six cents pistoles tout au plus, et encore ne suis-je pas bien sûr que leurs écus à la rose ne sont pas rognés ou faux..... ne voilà-t-il pas un beau gain..... et cela peut-il balancer tout ce que j'ai perdu... Je sais bien que je puis encore gagner demain et puis après-demain... que je puis gagner aussi souvent que j'ai perdu...

Oh! je veux gagner... il le faut... il faut que je rachète une petite maison, puisque j'ai perdu la mienne contre ce damné de Montrevers... Où diable mènerai-je donc demain ma jolie courtisane Camilla... c'est singulier je me sens étourdi... ce vin de Jurançon était bon... mais il est capiteux... où diable mènerai-je donc demain ma nouvelle conquête..... Cournac a refusé de me prêter sa petite maison sous prétexte que lui-même doit y recevoir du monde... le fat... il se vante? c'est un mensonge... je sais par son écuyer que lorsqu'il y va, il est toujours seul... Enfin, nous trouverons bien un gîte pour conduire notre belle... me voilà en fonds... et avec une bourse bien garnie, on est bien accueilli partout... A propos de bourse... voyons si je ne l'ai pas perdue... par l'enfer j'en serais capable;..... je suis tellement étourdi.

A cette pensée, le jeune homme a porté vivement ses mains à sa ceinture, mais presque aussitôt ses traits reprennent une expression de sérénité, car il vient de sentir sa bourse qui est ronde et entièrement pleine; il ne peut résister au désir de la prendre dans ses mains et de la soupeser en se disant :

— Cette fois enfin je ne reviens pas la bourse vide!

Mille diables il y avait longtemps que cela ne m'était arrivé.

Et Léodgard se dispose à remettre sa bourse dans sa ceinture, lorsqu'un individu qui s'était doucement approché de lui sans qu'il s'en aperçût, lui arrête le bras en lui disant :

— C'est inutile... ne vous donnez donc point la peine de la resserrer.

II

Un Voleur.

L'homme qui s'est arrêté devant Léodgard est grand, fort, semble plutôt jeune que vieux, enfin il est si bizarrement accoutré, que lorsqu'on le rencontre une fois il doit être difficile de ne point en conserver le souvenir.

Un justaucorps de couleur noire serrait toute sa personne comme un maillot de soie; il portait de petites bottines lacées, une ceinture de cuir dans laquelle étaient passés des pistolets et un poignard; de plus, un large baudrier recevait un sabre court, espèce de dague dont la lame était très-large.

Toute cette partie du costume était ensuite cachée par un large cafetan en drap olivâtre, auquel pendait un capuchon de même étoffe et que l'on ne saurait mieux comparer qu'à nos cabans modernes; enfin sa tête était coiffée d'un bonnet dont le fond était rouge, mais dont le tour était garni de longs poils de sanglier.

Ce bonnet était tellement enfoncé sur sa tête que l'on pouvait à peine voir ses yeux; un nez long et fin se distinguait seul; le bas de la figure était entièrement caché par des moustaches et une barbe épaisse, de la même couleur que les poils de son bonnet

Tout cela formait un ensemble fort rébarbatif et qui donnait à ce personnage l'aspect d'un hérisson.

Mais au lieu d'entendre sortir de cette tête barbue une voix rude et menaçante, on était tout surpris lorsqu'un timbre doux, presque mélodieux, venait frapper votre oreille; il y avait dans le parler du bandit quelque chose de vibrant, de mielleux, auquel un accent italien assez prononcé achevait de donner un certain charme.

Léodgard a relevé la tête et est demeuré tout surpris en voyant le personnage arrêté devant lui, mais au lieu d'optempérer à son invitation et de ne point resserrer sa bourse, il retire vivement son bras, remet son or dans sa ceinture, et faisant un pas en arrière, se met à examiner attentivement le voleur, qui se laisse regarder et reste fort tranquillement à sa place, comme quelqu'un que rien ne presse et qui veut bien attendre la commodité du voyageur qu'il va dévaliser.

— Pardieu! je ne dois pas me tromper, s'écrie Léodgard au bout d'un moment, tu es le fameux Giovanni... ce voleur italien arrivé depuis peu de temps en France et qui a déjà rempli Paris du bruit de ses exploits, de son audace, et de son adresse surtout!...

L'homme au cafetan olivâtre incline doucement la tête, en répondant d'une voix flûtée et comme s'il était très-flatté du compliment :

— Si signor, c'est bien moi.

— Ah! par ma foi, je ne suis pas fâché de la rencontre!... Depuis que l'hiver est commencé, j'ai déjà entendu si souvent parler de toi et de tes prouesses, maître Giovanni, que plus d'une fois j'ai désiré te connaître... Car tu n'es pas un voleur ordinaire, on te rend justice; tu as des formes, de bonnes manières; tu es, dit-on, très-aimable avec les gens que tu dépouilles...

Cela nous change un peu; nos voleurs en France sont très-grossiers, très-malotrus...

Voyons, puisque le hasard me sert si bien cette nuit... veux-tu que nous causions un peu?

As-tu quelques instants à me donner avant que nous réglions la destinée de cette bourse?...

— Je serai très-flatté de causer avec vous, signor... j'ai le temps... car vous êtes la dernière affaire que je ferai cette nuit.

— Et ce ne sera pas la plus fructueuse pour toi, je te préviens, Giovanni, car je ne suis pas d'humeur à te céder ma bourse... elle est trop bien garnie pour cela!

Le voleur se contente, pour toute réponse, de faire entendre un petit rire ironique.

Léodgard de Margevols vient de trouver une borne sur laquelle il s'assied, Giovanni reste debout, croise ses bras, et la conversation s'engage :

— Pourquoi as-tu quitté ta belle Italie pour venir en France... est-ce que tu ne serais pas mieux dans tes vastes prairies des environs de Rome, ou sur les bords du Pausilippe, ou bien encore doucement étendu devant cette mer bleue qui baigne les pieds de Naples, que dans cette rue sale et sombre... sous ce ciel gris, et recevant ce givre qui nous gèle en s'attachant à nos vêtements?

— Le ciel de l'Italie est beau, signor! mais l'amour du changement est au fond du cœur de l'homme...

— C'est juste, je t'accorde cela.

Et d'ailleurs, depuis la reine Catherine de Médicis, de sinistre mémoire, il semble que tous les Italiens se soient donné rendez-vous à Paris... On a vu de tes compatriotes partout... à la cour, à la ville, dans les grandeurs, dans les finances...

Les Italiens nous ont apporté des poisons... avec la manière de s'en servir... l'art de tirer les cartes, de lire aux astres, de connaître l'avenir...

Je cherche ce qu'ils ont pu nous donner en échange de tout cela...

— La musique, signor.

— Ah! c'est vrai, la musique... En effet, ils chantent mieux que nous... mais franchement, je ne trouve pas que cela se balance.

J'aurais cru que la fin tragique de *Concini* aurait un peu attiédi l'ardeur de tes compatriotes pour le séjour de Paris...

Je vois bien qu'il n'en est rien et que nous n'en avons pas encore fini avec les Italiens!...

— On s'amuse beaucoup en France, signor.

— Il faut que cela soit, puisque tout le monde veut y venir. Mais voyons, toi... dont le langage... les manières même semblent annoncer quelque éducation, et qui n'es pas si diable que tu cherches à paraître, avec cet affreux bonnet sous lequel probablement tu te caches à dessein... par quelle suite d'événements es-tu arrivé à exercer le périlleux métier où te voilà si fameux maintenant...

Te sens-tu d'humeur à me conter cela?...

Quant à moi, je t'avoue que je serais fort curieux de connaître tes aventures, si toutefois tu n'as pas résolu d'en faire un mystère.

— Eh, mon Dieu, signor, je suis prêt à vous satisfaire: il m'est arrivé des événements tout simples... comme il en arrive à une foule de jeunes gens de tous les pays... Je suis fils d'un fort honnête docteur de Florence... mon père avait même amassé quelque fortune... il voulait faire de moi un *dottore* comme lui, mais je n'avais pas la moindre vocation pour la médecine!... En revanche, j'en avais beaucoup pour le jeu... les plaisirs de l'amour et de la table... je jouai et je fis des dettes... D'abord mon père paya, mais ensuite il se lassa de payer

pour moi... il me supplia de renoncer au genre de vie que je menais... *Que diavolo!* il n'y avait plus moyen! le pli était pris ..

Je me laissai entraîner par des gaillards auxquels tous les expédients étaient bons pour se procurer de l'argent...

Je quittai Florence... je changeai de nom par respect pour ma famille... et je suivis le torrent... on va vite dans cette route-là!... Comme j'étais adroit et intrépide, je laissai bientôt derrière moi tous ceux dont j'avais été l'imitateur. Je devins fameux à Naples, à Rome, à Milan, dans toute l'Italie, mais mon signalement était donné, et, malgré le soin que je prenais de cacher mes traits, il me fallut cependant quitter ma patrie. C'est alors que je vins en France... et à Paris... où j'exerce mon métier depuis six mois, en dépit du guet, des efforts de la police et des limiers de M. le Cardinal. Cependant, je vous avouerai en confidence que parmi toutes vos belles Françaises, je n'ai encore rien trouvé de comparable aux jolies filles de Florence et de Milan...

J'ai laissé par là de tendres souvenirs...

Je gagerais bien que je n'y suis pas entièrement oublié... et de mon côté... mais pardon... je bavarde trop et j'abuse de votre patience.

Voilà mon histoire, signor, vous voyez qu'elle n'a rien de bien extraordinaire.

Tout en écoutant le voleur, Léodgard était devenu sombre et soucieux, il avait laissé tomber sa tête sur sa poitrine; il était difficile de savoir s'il écoutait ou s'il réfléchissait.

Giovanni, après avoir respecté quelques moments le silence du jeune homme auquel il vient de conter ses aventures, reprend enfin :

— Pardon, signor, je vous ai dit ce que vous désiriez savoir, mais la nuit s'avance... il faut que je songe bientôt à regagner mon gîte... donnez-moi donc votre bourse et je vous tirerai ma révérence.

— As-tu des compagnons, des complices? dit tout à coup Léodgard sans répondre au voleur.

— Non vraiment, pas si *bestia!* J'agis seul... et je m'en trouve mieux... Si j'avais eu des complices il y a longtemps que je serais pris... Vous savez bien que dans toutes les classes on n'est jamais trahi que par les siens. Allons, mon gentilhomme, finissons-en...

Je sais que cette rue est pleine de souvenirs et vaut la peine que l'on s'y arrête!...

C'est à quelques pas d'ici, dans la nuit du 13 juin 1392, que le connétable Olivier de Clisson. qui venait de l'hôtel Saint-Pol, où il avait soupé avec le roi, fut traîtreusement attaqué et assassiné par *Pierre de Craon*, chambellan et favori du duc d'Orléans, frère du roi Charles VI. Par un hasard fort heureux pour lui, Clisson avait une cotte de maille sous ses habits; il reçut plus de soixante coups d'épée et de couteau qui ne pénétrèrent pas, mais enfin il fut blessé à la tête, renversé de dessus son cheval; il tomba contre la porte d'un boulanger qui était entr'ouverte et ses assassins prirent la fuite.

— Malepeste, Giovanni, tu sais aussi notre histoire! dit Léodgard en paraissant reprendre plaisir à écouter le bandit.

— Eh pourquoi pas, signor, je vous ai dit que j'étais fils d'un *dottore!...*

Et cette rue des Francs-Bourgeois que vous venez de quitter... Car je vous suivais déjà depuis quelque temps... comme vous voyez.

Cette rue des Francs-Bourgeois figurera aussi dans vos annales...

C'est là, vers la fin du siècle dernier, qu'habitaient deux misérables, deux pauvres frères, deux gueux enfin, qui avaient le talent d'imiter parfaitement les aboiements d'une meute et le son de plusieurs cors de chasse. Des chefs de la Ligue formèrent le projet de se servir de ces gueux pour attirer dans un piège votre roi Henri IV, dont ils connaissaient la passion pour la chasse. Un jour que le roi se livrait à ce plaisir dans les bois voisins de Vincennes, un bruit de cors, de meute, de chasseurs, qui d'abord était fort éloigné, se rapproche tout à coup; un homme noir, se faisant jour à travers les broussailles, apparaît et dit d'une voix terrible à Henri IV : M'avez-vous entendu? Mais ni le roi ni personne de sa suite ne se hasarda à poursuivre cet homme, qui, dit-on, devait lancer un dard sur le roi, si celui-ci avait essayé de l'atteindre... et tout cela était l'ouvrage des ligueurs et des deux gueux de la rue des Francs-Bourgeois!

— Par ma foi, maître Giovanni, vous venez de m'apprendre un fait que je ne connaissais pas! Continuez, je vois qu'on ne peut que gagner dans votre conversation.

— J'en suis bien fâché, mon gentilhomme, mais je ne puis causer davantage... Je vous l'ai dit tout à l'heure, la nuit qui s'avance me force à penser à la retraite, car je sais que mon signalement est trop bien donné pour qu'il me soit possible de me montrer en plein jour sous ce costume...

— Ah! c'est-à-dire que tu en as un autre pour le soleil... Tu as pardieu raison, car celui-ci est très-connu...

Les personnes qui ont eu affaire à toi n'ont pas manqué de faire ton portrait... J'avais déjà entendu parler de cette espèce de robe de chambre olivâtre et de cet effrayant bonnet à poil.

— En ce cas, signor, vous comprenez qu'il est temps que je m'éclipse...

— Eh bien, va-t'en! qui t'en empêche...

Tu as été trop courtois avec moi pour que je cherche à te faire arrêter...

Fi! ce serait de ma part un acte de félonie!...

— Alors, signor, ajoutez à votre gracieuseté celle de me donner votre bourse et je pars à l'instant.

— Ma bourse!... répond Léodgard en fronçant légèrement ses épais sourcils, tu ne l'auras pas... je t'ai dit que je la gardais... mais comme je ne veux pas t'avoir fait jaser pour rien, je vais te donner deux beaux écus à la rose...

— Non, mon gentilhomme, je ne puis accepter ce marché; je vous ai dit qu'il me fallait votre bourse tout entière, et je l'aurai.

— Viens donc la prendre, alors!

En disant ces mots, Léodgard s'est levé et a vivement tiré son épée du fourreau, puis il regarde Giovanni comme pour le défier.

L'Italien ne s'émeut point, il secoue la tête en murmurant:

— Oh! je savais bien que le jeune comte Léodgard de Marjevols était brave!...

— Ah! tu me connais?

— *Per Dio!*... Est-ce que je ne sais pas toujours à qui je m'adresse... sans cela je m'exposerais à perdre mon temps en attaquant de pauvres diables sans le sou?...

— Mais tu aurais pu souvent me trouver dans cette position.

— Je le sais encore; mais cette nuit vous avez joué au lansquenet chez le sire de Jarnonville et la chance vous a été favorable, voilà pourquoi je vous ai attaqué.

— Décidément, tu joins à tes talents celui d'être sorcier...

Tous ces Italiens sentent le bûcher!...

— Signor... je serais fâché de me servir de mes armes... on a dû vous dire que cela n'était point dans mes habitudes... il faut que j'y sois forcé!... mais si vous ne m'abandonnez pas de bonne grâce votre bourse...

— Non, et mille fois non! Est-ce que tu crois me faire peur, par hasard?

Giovanni n'a pas laissé au jeune comte le temps d'achever sa phrase; il a déjà tiré sa large épée, et, fondant sur son adversaire avec une vivacité, une adresse qui ne laissent pas à celui-ci le loisir d'attaquer, en quelques secondes il a fait voler au loin la brillante rapière de Léodgard et, appuyant la pointe de son arme sur la poitrine du jeune seigneur, de sa main gauche il lui enlève lestement la bourse placée dans sa ceinture, puis lui fait un petit salut de tête en disant:

— Vous voyez bien, mon gentilhomme, que ce n'était pas la peine de faire tant de façons!

Et presque aussitôt le voleur disparaît.

Quant à Léodgard, tout honteux de sa défaite, il est demeuré stupéfait, et ne peut que murmurer:

— Vaincu!... Vaincu par ce Giovanni!... ah! je prendrai ma revanche!

III

Les Baigneurs-Étuvistes.

Sous l'empire des privilèges, lorsque les épiciers et les apothicaires ne formaient qu'une seule communauté, il en était de même pour les barbiers et les chirurgiens.

En l'année 1620, on avait créé quarante-huit maîtrises de *barbiers — baigneurs — étuvistes*, perruquiers suivant la cour.

Plus tard, le nombre de ces maîtrises fut beaucoup augmenté.

Le droit d'avoir des étuves ou bains était spécialement attaché à la communauté des maîtres perruquiers.

Une élégante boutique de baigneurs-étuvistes s'élevait dans la rue Saint-Jacques, presque au coin de celle des Mathurins.

De fort loin on apercevait ses bassins peints en bleu, ainsi que le voulait l'ordonnance, puis on lisait en grosses lettres au-dessus de la porte:

« *Céans on fait le poil proprement, et l'on tient bains et étuves.* »

Alors le prix d'un bain variait de six à douze livres, et si l'on considère que dans ce temps-là une livre en valait presque trois d'à présent, on doit trouver qu'il y a bien loin de ce prix-là à ceux de nos bains modernes où, pour trois francs, vous avez cinq cachets.

Ceci est une grande amélioration pour la santé et la propreté, car tout le monde ne peut pas aller se baigner à la rivière.

Et comment faisaient alors les pauvres gens pour lesquels six livres étaient une somme énorme?

Si dans le bon vieux temps un bain coûtait si cher, en revanche les maisons où l'on en prenait avaient une fort vilaine réputation; elles étaient, dit-on, le lieu de rendez-vous des femmes galantes qui, vu leur condition, devaient tâcher de cacher leur mauvaise conduite.

Plusieurs prédicateurs tonnaient en chaire contre ces lieux que l'on avait décorés d'un nom honnête.

Maillard, dans des sermons remarquables par leur force et leur crudité d'expression, dit, en s'élevant contre le scandale que causaient ces établissements:

« Mesdames! n'allez-vous pas aux étuves? et n'y faites-vous pas « ce que vous savez? »

Sauval nous dit que les étuves se maintinrent longtemps, on ne cessa d'y aller que vers la fin du dix-septième siècle.

Alors elles étaient devenues si communes que l'on ne pouvait faire un pas sans en trouver.

Revenons à notre boutique de la rue Saint-Jacques.

Elle était tenue par un gros gaillard d'une cinquantaine d'années robuste, vif et agile comme un jeune homme, et qui se nommait Hugonnet.

C'était un compère à rouge trogne, la parole leste et le geste à l'avenant; sa figure ronde, pleine, réjouie, respirait la santé et la bonne humeur; ses petits yeux ronds et gris avaient une légère expression malicieuse; son menton commençait à se doubler, ses cheveux à grisonner; mais maître Hugonnet s'inquiétait peu de tout cela, pourvu que sa boutique fût bien achalandée, qu'il vit arriver chez lui les cavaliers, les bacheliers, les écuyers, gens de la cour, de la ville, de la campagne même, peu lui importait, lorsque la pratique payait bien, car, après une bonne journée, le baigneur manquait rarement d'aller se régaler et se divertir au cabaret le plus voisin, d'où il était d'usage qu'il revînt en battant les murailles: il appelait cela avoir une petite pointe.

Ce qu'il y avait de singulier dans l'ivresse de maître Hugonnet, c'est qu'elle changeait totalement son caractère; et, au lieu de mettre en relief ses passions et ses vices, ce qui est assez l'usage du vin, elle lui donnait des qualités qu'on ne lui aurait jamais soupçonnées en état de raison, et le privait entièrement de celles qu'il possédait dans son état normal.

Ainsi, l'étuviste était fort peu patient; il s'emportait facilement, se querellait de même, ne voulait jamais céder, et était toujours prêt à se battre. A la vérité, les coups une fois donnés, Hugonnet ne gardait pas la moindre rancune à son adversaire, et il riait ou trinquait bien vite avec lui.

Dans le vin, ce gros compère devenait doux, timide comme un enfant; disposé à faire les volontés de chacun, il s'attendrissait facilement sur les malheurs du prochain; et, si on lui débitait quelque récit lamentable, il n'était pas rare de le voir pleurer et retourner à son logis en troublant le voisinage par ses gémissements.

Ceci annonçait toujours que les libations avaient été copieuses, les rasades fréquentes, et que le maître baigneur était complétement ivre.

Hugonnet était veuf et n'avait qu'un enfant, une fille, qui venait alors d'atteindre sa dix-huitième année.

Ambroisine était une belle fille, grande, forte, mais bien prise, bien campée sur ses hanches; son pied n'était pas très-petit, mais son mollet était bien placé et bien fourni; sa main aurait pu être plus mignonne, plus effilée; mais elle était blanche, rose et potelée.

Sa démarche et ses gestes avaient quelquefois de la brusquerie: ce qui lui donnait quelque chose de trop cavalier; mais son sourire était si franc, si aimable, que cela faisait excuser ce que ses manières pouvaient avoir de rude pour les personnes qui ne la connaissaient pas bien.

Ambroisine était fort bien de figure; ses cheveux étaient noirs comme du jais; ses yeux, d'un brun foncé, bien fendus, bien frangés par de long cils de la couleur de ses cheveux, se fixaient avec assurance sur la personne qui lui parlait; mais si ces yeux-là n'exprimaient pas la timidité ordinaire d'une jeune fille, ils étaient si affectueux pour les malheureux, si aimables dans la joie, si brillants dans la colère, que c'était toujours de beaux yeux.

Une bouche grande, mais bien garnie, des lèvres un peu fortes, mais fraîches et gracieuses, un menton arrondi, un front haut et blanc, des sourcils bien marqués, sans être trop épais, telle était la fille de maître Hugonnet, que dans le quartier Saint-Jacques on désignait ordinairement sous le nom de la Belle Baigneuse.

Les charmes d'Ambroisine devaient entrer pour beaucoup dans la vogue dont jouissait l'établissement de son père.

La maison de maître Hugonnet ne désemplissait pas; elle était le rendez-vous des jeunes seigneurs, des arquebusiers et des hallebardiers du roi, des gentillâtres, des hobereaux, des étudiants, des gens d'épée ou de plume, des clercs de la Basoche, et même quelquefois des pages d'une noble princesse.

Les dames qui venaient aux étuves, et nous vous avons déjà dit qu'il en venait aussi beaucoup, aimaient à être servies, habillées, soignées par Ambroisine, qui était vive, alerte, habile, et s'acquittait de sa besogne avec une grâce, une gaieté qui faisait trouver du plaisir à l'employer.

Il est probable que parmi tous ces galantins et freluquets qui venaient chez maître Hugonnet, plus d'un aurait aussi désiré recevoir les services de la fille de la maison; mais il leur fallait s'en passer, la Belle Baigneuse n'étant naturellement qu'aux ordres des dames.

Cependant lorsque la foule était à la boutique du barbier pour y réclamer l'office de son rasoir et de son peigne, Ambroisine, qui savait faire une barbe avec autant de prestesse et de sûreté que son père, consentait quelquefois à lui donner un coup de main et à faire *le poil* à l'un des cavaliers postulant pour être accommodés.

Celui auquel elle voulait bien rendre ce service l'acceptait toujours comme une faveur et le recevait en tâchant de donner à sa figure l'expression la plus séduisante; il ne manquait pas ensuite d'aller conter par la ville qu'il avait été rasé par la fille de maître Hugonnet, et chacun regardait avec envie ce menton que la Belle Baigneuse avait savonné.

Mais ces occasions étaient rares.

Ambroisine avait trop d'occupation aux étuves pour être souvent dans la boutique de son père.

Et celui-ci aimait trop sa fille pour exiger qu'elle fît jamais quelque chose contre sa volonté.

Les godelureaux, les seigneurs même disaient en vain au barbier:

— Maître Hugonnet, est-ce que nous ne verrons pas ta fille aujourd'hui? — Messire barbier, voilà longtemps que j'attends mon tour, fais donc venir la belle Ambroisine pour qu'elle me fasse la barbe... Par mon épée! je paierais double pour être rasé par elle.

A tout cela et à bien d'autres propos, le joyeux compère se contentait de répondre:

— Mes seigneurs, je suis bien désolé de ne pouvoir vous être agréable; mais ma fille est occupée ppès des dames qui veulent bien fréquenter mes étuves...

J'ai là-bas deux garçons de bains; mais pour le beau sexe je n'ai que ma fille qui suffit à cette besogne, parce qu'elle est heureusement douée... et qu'elle fait en quelques instants le travail qui prendroit une heure à d'autres...

Oh! c'est une maîtresse-fille que mon Ambroisine!... Et quant à vous raser... je sais bien qu'elle s'en acquitterait parfaitement aussi... c'est mon élève...

Quelle main sûre... leste... légère!...

Jamais elle n'a entamé l'épiderme à aucun menton, et pourtant cela m'est quelquefois arrivé à moi!... cela peut arriver au plus habile. Mais, je vous le répète, Ambroisine ne doit être qu'aux ordres des dames de tous rangs qui veulent bien venir prendre des bains chez moi... et franchement, cela est plus convenable...

Quand je la vois raser un cavalier avec cet aplomb, cette adresse qui la distinguent, je suis fier de mon élève!...

Mais, d'un autre côté, je suis humilié de la voir faire cette besogne, et je me dis: Par Notre-Dame de Paris!... ce n'est pas là la place de ma fille...

Avec cela que vous ne vous gênez guère pour lui tenir des propos galants... pour lui dire des gaudrioles... Au reste, je suis tranquille!... Si Ambroisine veut bien rire quelquefois... et dans notre état on serait mal venu de se montrer trop revêche... elle sait aussi remettre à leur place ceux qui veulent se permettre trop de libertés... C'est une luronne que ma fille... elle a la main leste et la poigne ferme comme son père!...

Et dame! tant pis pour ceux qui s'exposent à en acquérir la preuve.

C'était par de tels discours que maître Hugonnet répondait aux jeunes gens qui montraient un désir ardent de voir sa fille.

Ordinairement les étudiants, les hobereaux, les simples écuyers entendaient raison; mais il n'en était pas toujours de même des jeunes seigneurs qui se croyaient tout permis parce qu'ils étaient reçus à la cour et que le lieutenant de police fermait trop souvent les yeux sur leurs peccadilles.

Quand l'un d'eux avait mis dans sa tête qu'il verrait Ambroisine, tout ce que le barbier pouvait dire pour lui faire comprendre que cela ne se pouvait pas, ne servait à rien et était parfois fort mal écouté.

Mais quoique fort aise d'avoir de belles pratiques, maître Hugonnet n'était point d'humeur à supporter les impertinences de qui que ce fût; le marquis, aussi bien que le modeste bachelier, aurait éprouvé les effets de sa colère.

Et quand un jeune gentilhomme semblait vouloir établir domicile dans sa boutique, en disant:

— Je ne m'en irai pas d'ici sans voir la belle Ambroisine!

Le barbier s'écriait d'une voix de Stentor:

— Eh bien! triple savonnette! vous ne la verrez pas... elle n'est point obligée d'être à vos ordres...

Mais alors la voix sonore de maître Hugonnet arrivait jusqu'aux oreilles d'Ambroisine, qui, aux accents de son père, devinait qu'il était en colère, et, quittant bien vite son ouvrage, accourait dans la boutique pour mettre le holà.

En apercevant la jeune fille, celui qui était cause de tout ce bruit se mettait à rire et regardait le barbier d'un air goguenard en s'écriant:

— Je vous avais bien dit que je ne m'en irais pas sans voir la charmante Ambroisine...

Vous voyez bien que j'y ai réussi.

Maître Hugonnet restait tout penaud; quelques paroles de sa fille parvenaient à calmer sa colère, et parmi les témoins de cette scène, il en était plus d'un qui se proposait d'employer le même moyen quand il aurait envie de voir la Belle Baigneuse.

Maintenant que nous connaissons la maison et l'intérieur de maître Hugonnet, il nous faut aller visiter celle d'un autre baigneur étuviste, sise dans la rue Dauphine. Cette rue, qui avait été ouverte une vingtaine d'années auparavant sur l'emplacement du jardin des Augustins et les bâtiments du collège Saint-Denis, était déjà garnie de belles maisons,

et avait une élégance et une population qui tranchaient déjà avec le quartier Saint-Jacques.

IV

Bathilde.

Les étuves de la rue Dauphine étaient tenues par un nommé Landry.

C'était un homme qui avait la soixantaine, mais qui était encore vert et solide malgré sa moustache grise, qu'il portait fort longue. A sa démarche martiale, à la façon dont il tenait sa tête, on devinait que le baigneur avait été au service.

En effet, Landry était un ancien militaire.

Il avait combattu sous Henri IV, dont il ne prononçait jamais le nom sans porter le revers de sa main droite à son front, et sans que l'altération de sa voix annonçât son émotion.

A la mort du grand roi, Landry, âgé alors de trente-six ans, avait quitté le service.

Plus tard, quoique balafré au visage, sa tenue martiale, sa démarche militaire avaient séduit dame Ragonde, une veuve qui avait des écus.

Elle avait épousé Landry, et ils avaient ensuite obtenu, en la payant, une maîtrise de baigneurs-étuvistes.

Landry était un grand homme sec, raide.

Son air était peu communicatif, et sa longue moustache grise donnait encore quelque chose de plus rude à sa physionomie.

Cependant, maître Landry n'était point méchant.

Jamais on ne l'avait vu chercher querelle à personne, et lorsqu'il s'en élevait chez ses voisins, c'était lui, au contraire, qui allait y établir la paix.

Il est vrai que sa voix avait de la force, et que ses moustaches imposaient à la multitude.

Il s'acquittait de son emploi de baigneur et de barbier avec cette exactitude minutieuse que les anciens soldats conservent dans la vie civile pour tout ce qu'ils regardent comme un devoir.

Mais il n'aurait pas fait bon dire du mal de Henri IV ou de son ministre *Sully* devant le vieux soldat.

Alors un changement subit s'opérait en lui; cet homme, habituellement calme et froid, devenait prompt comme la poudre, son sang retrouvait tout le feu, toute l'ardeur de sa jeunesse, et celui qui se serait permis un propos offensant pour ses idoles, aurait été puni avant même qu'on lui eût donné le temps de s'excuser.

Mais de tels incidents devaient être fort rares, car la mémoire du bon roi Henri était en trop grande vénération parmi les Français pour que personne se permît jamais de l'attaquer.

Dame Ragonde, la femme du baigneur, avait quinze ans de moins que son mari, mais elle paraissait presque aussi âgée que lui.

C'était une grande femme maigre et brune.

Avait-elle jamais été jolie? c'est ce dont il était permis de douter. Ses petits yeux, d'un vert pâle, étaient très-vifs, mais ils avaient une expression fière, méchante même; c'étaient de ces yeux qui semblent ne se porter quelque part que pour chercher ce qu'ils pourront trouver à blâmer, à gronder ou à défendre.

Son grand nez, arrondi par le bout comme celui d'un perroquet, lui donnait quelque ressemblance avec un oiseau de proie.

Enfin ses lèvres, minces, pâles et serrées, semblaient ne devoir s'ouvrir que pour laisser entendre des paroles dures ou amères.

Depuis le jour de son second mariage avec Landry, on ne se rappelait pas avoir vu sourire dame Ragonde.

On n'aurait même pas bien certain qu'elle eût souri ce jour-là.

Sa voix était aigre et perçante, ses paroles toujours brèves, courtes: ceci était, du reste, à l'éloge de cette dame; elle n'était point bavarde, et ne disait jamais un mot de plus que ce qu'elle avait à dire.

Qui aurait deviné que de cette union entre un homme qui n'était pas beau et une femme qui était laide, naîtrait une jeune fille, véritable modèle de beauté, de charmes et de grâces!

Telle était cependant Bathilde, le seul enfant de Ragonde et de Landry.

A dix-huit ans, sa beauté avait atteint la perfection: c'était un de ces types comme les peintres sont heureux d'en rencontrer pour faire une vierge, un ange ou un démon tentateur.

Bathilde était blonde; pas de ces blonds fades qui ont un reflet blanc; ses cheveux longs, épais et soyeux, se rapprochaient plutôt du châtain.

Sa peau avait cette couleur blanche dans laquelle il y a de la vie, et non pas ce blanc mat qui donne à une personne vivante quelque chose d'inanimé.

Bien au contraire, les joues de la charmante fille avaient une teinte rosée, et au moindre mot de réprimande qui lui était adressé, devenaient aussitôt du plus vif incarnat; de grands yeux bleu foncé, fendus en amande et ombragés de longs cils châtains, une petite bouche fraîche et rose, des dents irréprochables et d'une blancheur éclatante, un menton légèrement ovale, des sourcils fins mais bien marqués; un front noble, beau, sur lequel de grosses boucles de cheveux semblaient être fières de se poser.

Telle était Bathilde, qui possédait en outre une taille fine, souple, mignonne, un pied remarquable par sa petitesse, et une main digne de servir de modèle.

Mais le détail de ces avantages ne saurait donner encore qu'une faible idée de ce qu'il y avait de séduisant dans cette jeune fille, du charme répandu dans toute sa personne, de la douceur de sa voix, et du plaisir qu'on éprouvait à l'entendre.

On reste froid quelquefois devant la beauté la plus irréprochable, car ce qui nous attire, ce qui nous captive, c'est moins la perfection des traits, la régularité des lignes d'un visage, que l'expression aimable et gracieuse d'une physionomie, seconde beauté qui a souvent plus de puissance que la première; mais lorsque ces deux beautés se trouvent réunies, lorsque la nature en a doué la même femme, c'est alors qu'il doit être très-difficile de ne point y perdre sa raison et son cœur.

Et cette jeune fille, si belle, si gracieuse, si séduisante, était l'enfant de Landry et de dame Ragonde!...

Mais la nature a parfois de ces caprices bizarres.

Ne voyons-nous pas sur des tiges rabougries ou épineuses, s'épanouir des fleurs dont le parfum nous enivre et dont les vives couleurs éblouissent nos yeux ?

Comme la beauté de Bathilde aurait attiré trop de galants, trop de séducteurs chez maître Landry, la jeune fille ne devait jamais se montrer à la boutique, et elle ne servait pas les dames qui fréquentaient les étuves de son père.

Bathilde était élevée très-sévèrement; presque toujours enfermée dans sa chambre, qui ne donnait pas sur la rue, la jeune fille ne sortait qu'accompagnée de sa mère, et alors un grand voile, attaché à son chaperon, enveloppait presque tout son visage, en ne laissant apparaître que le bout de son nez; si la jolie enfant se permettait de déranger le voile et de mettre un moment à l'air une de ses joues blanches et roses, la voix aigre et sèche de dame Ragonde faisait aussitôt entendre ces mots :

— Votre voile... votre voile... Prenez garde!

Bathilde savait ce que cela voulait dire, et s'empressait d'empaqueter de nouveau sa charmante figure.

Certes, si maître Landry avait voulu voir la foule assiéger son établissement, cela lui eût été facile; il ne lui aurait fallu pour cela que laisser venir quelquefois sa fille dans sa boutique.

La beauté de Bathilde aurait fait du bruit, la cour et la ville s'en seraient émues, on aurait voulu connaître ce chef-d'œuvre plébéien, et avec la vogue, la fortune du baigneur-étuviste était faite.

Mais en cette circonstance, les parents de Bathilde prouvaient que leur honneur, que la sagesse de leur fille étaient pour eux un bien plus précieux que l'argent.

Quelques voisins, sachant de quelle façon austère la jolie Bathilde était élevée, disaient, avec quelque raison peut-être, qu'une mère doit savoir veiller sur sa fille, sans faire pour cela une prison de son logis;

Que ce n'est point en empêchant son enfant de connaître le monde, qu'on pouvait la mettre à l'abri des dangers qui s'y rencontrent à chaque pas, et qu'il y avait enfin de la barbarie à priver une jeune fille de tous les plaisirs de son âge, parce qu'il avait plu au Créateur de lui accorder tout ce qui charme, tout ce qui séduit.

Si ces propos ou autres semblables arrivaient aux oreilles de dame Ragonde, il est probable qu'elle en faisait peu de cas, et que cela ne la touchait guère.

Immuable dans ses volontés, impassible dans son humeur, rigoureuse dans sa conduite, elle ne changeait rien à ses manières avec sa fille.

Et, quant à maître Landry, quoiqu'il aimât tendrement Bathilde et fût fier de sa fille, il regardait sa femme comme le général chargé de faire marcher le service intérieur de sa maison.

Comme tel, il lui obéissait ponctuellement, ne se réservant pour lui que le commandement des deux garçons qui étaient attachés à ses étuves.

Du reste, l'établissement de Landry prospérait, comme presque toutes les maisons de baigneurs d'alors, parce que le nombre en était fort restreint.

Le quartier de la rue Dauphine, moins populeux que la rue Saint-Jacques, contenait déjà quelques hôtels, et de belles maisons où se logeaient des magistrats, des membres du parlement, des gens de robe et de riches rentiers.

Puis, le voisinage du Pré-aux-Clercs, où l'on se rendait encore en promenade, quoique l'on commençât dès lors à y faire de nombreuses constructions, tout contribuait à attirer dans les étuves de maître Landry un monde plus distingué, plus élégant, de meilleure compagnie, enfin, que chez son collègue maître Hugonnet.

Et d'ailleurs, bien que la séduisante Bathilde fût cachée aux regards indiscrets, la beauté répand autour d'elle comme un parfum qui fait deviner sa présence, et attire les amateurs, alors même qu'ils doivent en être pour leurs courses.

Malgré toutes les précautions prises par dame Ragonde, elle ne pouvait empêcher ses voisins de jaser; ceux-ci répétaient à qui voulait l'entendre que maître Landry avait une fille plus belle que les princesses merveilleuses des *Mille et une nuits;* que c'était son extrême beauté qui était cause que son père et sa mère la cachaient à tous les yeux, parce qu'ils craignaient qu'on ne leur enlevât leur enfant, et qu'ils la destinaient à quelque riche prince étranger.

D'autres prétendaient au contraire que la fille de maître Landry était un monstre de laideur et de difformité, et que c'était pour épargner à la pauvre petite les moqueries dont on ne manquerait pas de l'accabler, qu'on avait bien soin de la cacher à tous les regards.

Mais cette dernière version obtenait peu de créance.

En général, on ne prend pas tant de précautions avec une fille laide, et on ne surveille pas si bien celle qui n'a rien à redouter des galants.

Le mystère pique toujours la curiosité, et le voile avec lequel dame Ragonde emmaillottait le visage de Bathilde augmentait l'envie que l'on éprouvait de voir celle-ci.

Les extrêmes sont dangereux en tout : celui qui met trop de verrous à sa porte laisse deviner qu'il possède un trésor.

Le hasard avait rapproché Landry et son confrère Hugonnet : un soir que, suivant son habitude, ce dernier revenait à son logis après avoir joyeusement fêté le vin d'une guinguette nouvellement ouverte dans la Cité, en sortant du cabaret qui n'était pas tout près de chez lui, Hugonnet s'était trompé de route; seul, la nuit, dans ces ruelles noires et boueuses que l'on appelait alors des rues, le baigneur errait depuis longtemps, tâtonnant les murs, cherchant sa porte et jurant parce qu'il ne la trouvait pas.

Deux hommes, sortis tout à coup d'une ruelle, étaient venus vers l'ivrogne, qui leur avait aussitôt demandé son chemin; mais il s'adressait à des truands qui, pour toute réponse, se disposèrent à dépouiller maître Hugonnet de sa bourse, de son manteau, de son gros bonnet fourré, enfin d'une grande partie de ses vêtements.

D'abord, par suite de l'ivresse, qui changeait son caractère, Hugonnet s'était laissé paisiblement dépouiller, croyant avoir affaire à des infortunés qui lui demandaient tout cela pour leur famille; mais l'un des truands ayant commis l'imprudence de le frapper à la tête, ce coup, en dégrisant le maître baigneur, avait tout à coup changé la face des choses.

Revenu à la raison et comprenant à qui il avait affaire, le baigneur opposait une vigoureuse défense; il distribuait force horions aux deux voleurs, et ceux-ci, irrités de rencontrer cette résistance chez un ivrogne, faisaient déjà briller des poignards dont ils allaient se servir, lorsque maître Landry était arrivé sur le lieu où se passait cette attaque nocturne.

Tirer la rapière qu'il portait toujours sous son manteau, se précipiter au secours de l'homme que l'on attaquait, distribuer aux voleurs des coups d'estoc et de taille, les mettre en fuite et rendre à Hugonnet son manteau qui était déjà à terre, tout cela fut l'affaire d'un moment pour l'ancien soldat de Henri IV.

Hugonnet, que ce combat avait entièrement dégrisé, tendit sa main à Landry en lui disant :

— Vertudieu!... mon camarade, je crois que, sans vous, ces drôles me faisaient passer un vilain quart d'heure!

— Je remercie le ciel d'être arrivé à temps pour vous offrir mon aide.

— Sapristi ! c'est que vous y allez de la bonne façon...

C'est affaire à vous!

Comme vous mous servez de votre lame...

Je crois que mes coquins s'en sont allés avec des marques que vous leur avez faites.

— Ce serait bien malheureux si je ne savais pas me battre...

Quand on a eu l'honneur de servir sous le grand Henri IV... quand on s'est trouvé avec lui à *Arques,* à *Ivry...*

— Vous avez servi le bon roi qui voulait que tous ses sujets pussent mettre la poule au pot?...

Touchez là...

Je suis deux fois heureux de la rencontre...

Et, si vous le permettez, je me regarde dès ce moment comme de vos amis.

— Je le veux bien, car vous êtes un brave aussi, je l'ai vu à la manière dont vous vous défendiez contre ces tire-laines...

Et pourtant vous n'aviez pas d'armes.

— Dame! je faisais de mon mieux...

D'ailleurs je puis vous l'avouer à présent que c'est passé, ces voleurs m'ont aisément surpris... parce que j'étais un peu... en ribotte...

Je revenais d'une nouvelle guinguette qui vient d'ouvrir dans la Cité... Le vin était bon... le vin est toujours bon dans un nouvel établissement, et nous ne l'avions pas ménagé...

En voulant revenir chez moi, je me suis trompé de chemin.!. car diable m'emporte si je sais où je suis maintenant!...

— Au carrefour de Buci...

Tenez, voici la rue de la *Porte-de-Buci au Pré-aux-Clercs.*

— Ah ! quel chemin ai-je donc pris?... moi qui demeure rue Saint-Jacques, au coin de celle des Mathurins... où je suis établi baigneur-étuviste.. maître Hugonnet pour vous servir; car il faut bien que vous sachiez à qui vous avez sauvé la vie...

— Vous êtes baigneur-étuviste!...

Pardieu! la rencontre est originale! Je le suis aussi... Landry, rue Dauphine... près du quai Conti...

— Il se pourrait... vous êtes le baigneur de la rue Dauphine?... J'avais entendu parler de vous!... Vous avez une femme... moi, je suis veuf... Vous avez une fille... et moi aussi.

Quel âge a la vôtre?

— Douze ans.

— Comme la mienne.

— Parbleu! confrère, il faudra que nos filles soient amies comme eurs pères le seront ; le voulez-vous?

— Touchez là, ventre-saint-gris ! comme disait notre bon roi.

Les deux maîtres baigneurs s'étaient serré la main.

Landry avait remis Hugonnet dans son chemin, puis chacun était rentré chez soi.

Cette rencontre avait donc eu lieu cinq ans environ avant l'époque où nous sommes.

Bathilde et Ambroisine étaient encore enfants, on ne faisait encore guère attention à elles, parce qu'on ne remarque pas si des petites filles de dix ans doivent être un jour très-jolies.

On préfère attendre qu'elles le soient devenues pour les lorgner, et on a raison.

La surveillance de dame Ragonde était naturellement moins active; encore enfant, Bathilde jouissait de quelque liberté.

On lui avait donc permis de voir sa nouvelle amie, car maître Hugonnet n'avait pas manqué d'aller rendre visite à son confrère.

Landry n'était point expansif; il hantait peu les cabarets, et ne se grisait jamais; mais lorsqu'il avait serré la main à quelqu'un en signe d'amitié, celui-ci était certain qu'en toute circonstance il pouvait compter sur l'assistance, sur le bras du vieux soldat.

Dame Ragonde n'avait pas vu avec grand plaisir cette nouvelle liaison que son mari venait de contracter; mais elle savait qu'elle tenterait en vain de la rompre.

Landry n'était point de ces girouettes qui changent de sentiments et d'affections suivant les conseils qu'on leur donne.

Les deux époux avaient chacun une volonté de fer.

Les concessions une fois faites, aucun d'eux ne tentait d'empiéter sur les droits de l'autre; c'était sans doute à ce respect mutuel de leur droit et de leur volonté qu'ils devaient la paix qui régnait dans leur ménage.

Les deux petites filles s'étaient bien vite aimées; il y avait entre elles cette différence d'humeur, d'esprit, de caractère qui attire, qui cimente et fait ces attachements forts et durables qui bravent le temps et les coups de la fortune...

Remarquez bien que nous parlons de l'amitié et non pas de l'amour.

Quant à ce dernier sentiment, nous n'en avons jamais connu qui ait résisté à la plus légère épreuve!... quand celle-ci était faite avec talent.

Ce qu'on veut bien appeler sympathie ne saurait être la similitude qui existerait entre deux caractères.

Mettez donc ensemble deux bavards, deux impatients, deux entêtés, deux esprits irascibles, querelleurs et moqueurs, et vous verrez s'ils s'aimeront, s'ils pourront vivre ensemble.

Ce serait une guerre continuelle.

Bien au contraire : la nature a créé le fort pour soutenir le faible, la patience pour apaiser l'emportement, la douceur pour faire tomber la colère, la gaieté pour charmer la mélancolie.

Bathilde était timide, craintive; elle tremblait au moindre mot un peu brusque, et son humeur douce et affectueuse était plus portée vers la mélancolie que vers la gaieté.

Ambroisine était d'un caractère bien différent: vive, gaie, étourdie, souvent emportée; elle disait sans crainte tout ce qui lui venait à l'esprit; la franchise formait la base de son caractère; son cœur était sensible, mais il n'aimait point à s'attrister longtemps; avec elle on pleurait vite, on se consolait de même.

Lorsque Bathilde paraissait avoir quelque chagrin, lorsque ses beaux yeux semblaient cacher quelque peine, sa petite amie lui disait :

— On t'a fait quelque chose, j'en suis sûre...

Je vois bien que tu as pleuré...

Dis-moi quelle est la personne qui t'a fait pleurer, je vais aller la trouver, moi, je la forcerai à venir te demander pardon.

Mais Bathilde se contentait de baisser les yeux en murmurant :

— C'est ma mère.

Et Ambroisine reprenait :

— Tu avais donc fait quelque chose de mal?...

— J'avais demandé si j'irais bientôt te voir.

Alors Ambroisine n'osait plus rien dire, mais elle détournait la tête, essuyait furtivement les larmes qui mouillaient ses yeux, puis revenant vers son amie, lui prenait les deux mains et la faisait danser dans la chambre en lui disant :

— Il ne faut plus penser à tout cela!

Lorsque les petites filles eurent atteint leur quatorzième année, dame Ragonde commença à trouver que l'humeur d'Ambroisine était

trop gaie, trop espiègle, trop volontaire, et que c'était une compagnie qui pouvait être dangereuse pour sa fille ; elle ne voulut plus laisser aller Bathilde voir son amie sous la conduite d'une servante; elle prétexta les études auxquelles sa fille devait se livrer; et lorsque Ambroisine venait voir Bathilde, dame Ragonde ne quittait plus les deux enfants ; elle était toujours là pour empêcher ces douces confidences qu'elle croyait dangereuses ; sa présence, son air sévère, son parler bref glaçaient le cœur de Bathilde, qui renfonçait au fond de son âme ces élans d'amitié qu'elle aurait voulu prodiguer à Ambroisine; mais celle-ci, bien que contrariée de ne pouvoir causer tout à son aise avec la petite Bathilde, conservait devant dame Ragonde son humeur enjouée, sa vivacité, sa franchise, et elle trouvait encore moyen de ramener le sourire sur les lèvres de sa jeune amie.

Mais aussi, dès que la fille de maître Hugonnet était partie, la mère de Bathilde ne manquait pas de s'écrier :

— Comme cette petite est mal élevée... quelle effrontée cela fera... mais patience, je mettrai ordre à tout cela.

Et en effet, plus les jeunes filles avancèrent en âge, et moins elles eurent la liberté de se voir.

Du côté de Bathilde, la surveillance était devenue plus grande; plus de sorties, jamais de visites.

Chez maître Hugonnet, Ambroisine, en devenant grande et forte, avait été mise par son père à la tête des travaux de la maison, et comme il venait beaucoup de monde aux étuves, il restait très-peu de temps à donner à l'amitié.

Cependant, aussitôt qu'Ambroisine avait un moment de libre, elle courait à la rue Dauphine, échanger un surrement de main avec son amie. Quelquefois dame Ragonde, qui surveillait aussi ses garçons et ses servantes, était occupée aux étuves et Bathilde se trouvait être seule dans sa chambre.

Alors, quelle joie pour les deux amies! avec quelle ardeur on profitait de cet instant de liberté! car plus on grandissait et plus les conversations devenaient intéressantes.

A dix-sept ans, deux jeunes filles ont autre chose à se dire qu'à douze ou à treize.

Vous auriez beau les tenir séquestrées constamment, on aurait toujours quelque fait très-intéressant à s'apprendre.

Mais Ambroisine, qui jouissait d'une entière liberté, devait surtout avoir une foule de choses à conter.

Aussi, lorsque un heureux hasard permettait à ces jeunes filles de se communiquer leurs pensées, elles se donnaient à peine le temps de s'embrasser, les demandes et les réponses se succédaient avec une étonnante rapidité :

— Ta mère n'est pas là... quel bonheur !

— Qu'il y a longtemps que je ne t'ai vue...

— Il y a tant d'occupation chez nous !

— Je m'ennuie tant, moi !

— Je n'ai pas un moment dans la journée... il vient une foule de belles dames se baigner...

— C'est comme ici... mais on ne me permet pas de les servir,

— Moi, je les sers... je les habille quand elles n'ont pas amené leurs servantes... et c'est ce qui arrive souvent; elles préfèrent venir seules... je ne sais pas pourquoi... ou plutôt si... je crois que je devine pourquoi.

— Oh! dis-le-moi, Ambroisine!...

— Non... non... ce n'est pas la peine; d'ailleurs, je ne suis pas bien sûre... c'est seulement une idée...

— Dis-moi ton idée, je t'en prie, Ambroisine ; mon Dieu, si tu ne me dis rien, si tu ne m'instruis pas un peu, comment veux-tu que je sache quelque chose... moi qui suis toujours renfermée dans cette chambre... qui ne descends que pour dîner... qui ne vois que mon père et ma mère qui ne parlent presque pas... pourquoi les belles dames préfèrent-elles venir seules au bain ?

— C'est que, vois-tu, je ne sais pas trop comment te dire cela.....

Ah! ma foi, tant pis après tout;... il vient aussi beaucoup de cavaliers, de jeunes gens aux étuves.

— C'est comme ici... mais je ne les vois jamais; est-ce que tu les vois, toi?

— Quelquefois... quand je descends à la boutique... et quand j'aide mon père... car je sais raser, moi, je fais la barbe très-bien quand je m'en mêle.

— Tu fais la barbe! à des hommes!...

— Eh bien...ce n'est pas à des femmes, puisqu'elles n'en ont pas.

— Ah! que tu es heureuse... que cela doit être amusant... comment, tu oses tenir un homme par le menton!...

— Tiens, pourquoi donc pas... je t'assure que cela ne me fait pas peur... et c'est ce qu'il faut, car si je tremblais, je raserais mal... je couperais la pratique... Ne va pas dire cela à ta mère... elle qui trouve déjà que je suis trop hardie...

— Oh! il n'y a pas de danger!...

— Il est vrai que mon père le dira peut-être au tien.

— Oui, mais le mien ne le redira pas à ma mère, ils causent si peu ! Mais les cavaliers que tu rases, ils doivent te parler...

— Certainement... et même ceux que je ne rase pas me parlent aussi... c'est-à-dire que je ne sais auquel répondre, car dès que je descends à la boutique, ils sont tous après moi.

— Et tu n'as pas peur?

— Pas du tout... de quoi veux-tu que j'aie peur...

— Dame... je ne sais pas... ma mère me dit qu'une jeune fille court tant de dangers quand elle écoute un homme... et toi, qui en écoutes plusieurs... tu dois être bien plus en danger.

— Tu vois bien qu'il ne m'arrive rien pourtant! mais aussi lorsque les jeunes gentilshommes se permettent des choses qui ne sont pas bien... ou me tiennent des propos trop... trop galants... j'ai bien vite fait de les renvoyer!...

— Qu'est-ce que les propos trop galants, et les choses qui ne sont pas bien?

— Mon Dieu... il faut tout t'apprendre... c'est singulier que tu ne saches rien.

— Et où donc veux-tu que j'apprenne quelque chose...

— Les propos trop galants... c'est quand les hommes nous disent que nous sommes jolies... aimables... qu'ils nous aiment, qu'ils nous adorent.

— Tiens, ce doit être gentil de s'entendre dire cela... il faut donc se fâcher alors, c'est dommage...

— Il faut bien se fâcher quand ils ajoutent: Aimez-moi, je vous en supplie, payez-moi de retour..... donnez-moi votre cœur... une foule de serments dont ils ne pensent pas un mot!...

— Ah! tu crois qu'ils n'en pensent pas un mot!... pourquoi disent-ils cela alors?

— Parce que ça les amuse... mais si nous les écoutions, ils nous en diraient encore bien plus...

— Et les choses qui ne sont pas bien?

— C'est quand ces beaux sires se permettent d'ajouter des gestes à leurs paroles...

Ce sont les plus audacieux, ceux-là... ils nous prennent la main, et tout en feignant de l'admirer, ils ne se gênent pas pour la baiser, ou bien ils nous prennent la taille... et quand ils peuvent nous attraper ils tâchent de nous embrasser...

— Comment, il y a des hommes audacieux à ce point-là!...

— Certainement! on en trouve beaucoup plus d'audacieux que de respectueux; c'est dommage, car sans cela... — Sans cela? — Dame, on jaserait un peu avec eux.

— Est-ce qu'on a voulu t'embrasser, toi?

— Assurément, et plus d'une fois... mais je sais me défendre?... Je distribue alors des tapes et je n'y vais pas de main morte...

— Quoi! tu tapes tes pratiques?

— Quand les pratiques sont par trop libres avec moi... mais on a beau se défendre, on n'esquive pas toujours le baiser...

— Est-ce que tu as été embrassée... toi, Ambroisine?

— Mon Dieu, oui... il y a des pages qui sont si lestes... des jeunes seigneurs si hardis!...

Il y en a un surtout, le jeune comte Léodgard de Margevols... tu dois en avoir entendu parler?

— Moi! mais tu oublies que je n'entends rien, que je ne vois rien, que je ne sais rien!

Et le comte Léodgard?

— Oh! c'est un très-mauvais sujet, va, un coureur, un joueur, un séducteur...

Il n'y a qu'une voix sur son compte, il ne se passe point de semaine sans qu'il fasse parler de lui..

Il enlève les filles, les femmes mariées même, il bat les pères ou les maris, il a des duels, il rosse le guet, il passe les journées et les nuits dans des tripots à jouer et à boire, enfin c'est pis que le diable!...

— O mon Dieu! que j'aurais peur de ce seigneur-là... il doit être bien laid, n'est-ce pas?

— Eh non! c'est ce qui te trompe, il n'est pas laid, malheureusement! car s'il était vilain, il serait bien moins dangereux...

C'est un beau jeune homme qui a une forêt de longs cheveux noirs et des yeux de même couleur qui brillent comme des escarboucles, et quand il vous regarde, il sait leur donner une expression si bénigne... on croirait parfois que c'est un petit saint... mais on s'aperçoit bientôt du contraire...

— Quel dommage... un mauvais sujet, c'est un réprouvé et cela devrait se voir sur sa figure... Est-ce qu'il a voulu t'embrasser ce seigneur-là?

— Je crois bien... il a été un temps où il venait tous les jours chez nous... il me tendait des piéges, me donnait des rendez-vous, m'apportait des présents...

— Des présents!

— Que je n'ai jamais reçus!

J'avais beau me fâcher, me mettre en colère, le menacer de l'égratigner... tout cela le faisait rire, il prétendait que la colère me rendait encore plus jolie...

Tu penses bien que c'est lorsque mon père n'est pas là qu'on me tourmente ainsi... car, il ne le souffrirait pas... mais un jour, je perdais patience, le comte Léodgard s'était emparé de mes mains malgré moi et il allait m'embrasser, alors j'ai appelé mon père...

Si tu avais vu comme il a lestement enlevé dans ses bras le jeune seigneur pour le déposer ensuite dans la rue...

Celui-ci était furieux, il a tiré son épée, s'est élancé sur mon pere, mais tu connais maître Hugonnet, il ne fait pas bon l'irriter.

En un instant, il

avait pris dans ses mains et brisé sur son genou l'épée du jeune comte Léodgard, qui s'est éloigné en proférant d'horribles menaces, en disant à mon père qu'il lui apprendrait ce qu'il en coûte de manquer de respect à un grand seigneur...

Mon père s'est mis à rire, et au bout d'un moment il ne pensait plus à tout cela.

Mais moi, je t'avoue que les menaces du comte m'avaient effrayée et que pendant longtemps je tremblais lorsque mon père me quittait, lorsqu'il revenait plus tard dans la soirée... cependant, il y a trois mois de cela, et il ne nous est rien arrivé.

— Et le jeune seigneur n'est pas revenu chez vous?

— Oh! non, pas depuis ce temps-là.

— Dans tout cela, tu ne m'as pas dit pourquoi les belles dames qui viennent aux étuves, préférent ne point amener leur servante avec elles...

— Ah! quelle mémoire tu as...

Eh bien, c'est que j'ai remarqué que bien souvent il y avait en bas un jeune gentilhomme de la connaissance d'une de ces dames... alors, quand elle sort du bain, elle trouve le jeune homme qui l'attend... ils causent ensemble... ils s'en vont ensemble... alors, quand une dame sait qu'elle aura un cavalier pour la reconduire, elle n'a pas besoin l'amener sa servante.

— Si tu savais, Ambroisine, combien j'ai de plaisir à t'écouter, tu m'apprends des choses si nouvelles... Oh! je t'en prie, conte-moi encore quelques aventures...

Mais lorsque Ambroisine se disposait à satisfaire son amie, on entendait les pas lourds et réguliers de dame Ragonde, aussitôt l'entretien cessait, il ne fallait plus causer que de choses religieuses ou graves, jusqu'au moment où la mère de Bathilde disait :

— Assez de conversation; dites adieu à votre amie, il est temps de se quitter.

Alors Ambroisine se séparait de son amie; mais, avec tout ce qu'elle venait d'entendre, Bathilde avait de quoi penser pendant plusieurs jours.

V

Un Vieil Hôtel.— Un Vieux Seigneur.

Dans une grande et belle pièce richement meublée, mais dont la tapisserie déjà vieille semblait annoncer de la part des propriétaires un profond respect pour ce qui avait appartenu à leurs aïeux, un vieillard était seul, assis dans un immense fauteuil dont le bois tourné et doré semblait aussi ancien que la tapisserie, et devant un bureau sur lequel il y avait plusieurs cartons, des livres et des papiers qu'il semblait compulser avec attention.

Parfois il s'arrêtait, son front était sombre, son regard sévère, et un profond soupir s'échappait de sa poitrine.

Le marquis de Marvejols avait alors près de soixante-dix ans.

C'était un homme grand et maigre, mais qui portait encore sa tête haute, avait la démarche ferme, la poigne forte, et dont le regard fier et assuré aurait tenu en respect quiconque aurait essayé de prendre le pas sur lui.

La figure du vieillard était belle, quoique sévère.

Ses cheveux blancs laissaient à découvert une grande partie de son front, sur lequel on apercevait une cicatrice provenant d'un coup de lance; ses moustaches et sa barbe, également blanches, accompagnaient bien cette figure guerrière, qui semblait défier le temps comme elle avait toujours défié tous les dangers; et si les yeux gris et vifs du vieux comte avaient ordinairement une expression de fierté qui commandait plutôt la crainte que la confiance, en revanche, l'extrême urbanité de ses manières savait bientôt faire oublier ce que son abord avait de dur et d'imposant.

Un haut-de-chausse et un pourpoint de velours violet, une ceinture en cuir, une fraise très-haute, des bottes à entonnoir, après lesquelles on voyait des éperons, tel était le costume du vieillard, qui avait encore quelque chose de militaire; par-dessus tout cela, il portait une immense simarre bordée en hermine, qui descendait presque sur ses éperons.

Après avoir éloigné avec un mouvement de colère les papiers qu'il vient d'examiner, le sire de Marvejols s'est rejeté sur le dos de son fauteuil, puis ses yeux se portent sur plusieurs grands tableaux qui ornent cette pièce.

Deux représentent des chevaliers ayant le casque en tête et la main sur leur épée; un troisième est celui d'un jeune homme, qui porte la petite toque à la mode du temps d'Henri III; enfin, le quatrième portrait est celui d'une femme jeune et belle, et qui tient sur ses genoux un tout petit garçon.

Dans les appartements immenses d'autrefois, on ne ménageait point l'espace, on ne vous enfermait pas, comme à présent, dans une atmosphère de six pieds et demi de hauteur : les poumons pouvaient respirer à l'aise et les poitrines devaient s'y trouver mieux.

Alors, il était facile de placer dans un salon de ces grands portraits en pied, qui sont ordinairement plus grands que nature.

Quelquefois même, il n'était pas rare d'en voir sur deux rangs, et les meubles n'atteignaient jamais au cadre du tableau.

Aujourd'hui, dans les appartements que les architectes nous mesurent avec tant de parcimonie, il faut renoncer à posséder de grandes toiles, de beaux et vastes sujets d'histoire, et même quelquefois le portrait en pied d'un de nos parents, sous peine, lorsque nous nous asseyons, de donner un coup de tête dans la peinture, au premier mouvement un peu brusque qui nous échappera.

L'hôtel du marquis de Marvejols était situé sur la place Royale, où l'on peut encore, de nos jours, voir quelques débris des beaux appartements d'autrefois.

Mais, quelle différence!...

Si, à l'extérieur, elle offre une image assez bien conservée de ce qu'elle était sous Louis XIII, si elle est encore rouge et blanche, avec ses briques brodées de chaînes de pierre, ses toits d'ardoises, ses légers balcons, ses hautes fenêtres enchâssées

Elle consentait à faire le poil à l'un des cavaliers postulant pour être accommodé.

dans des cadres de pierres; enfin, si elle a conservé ses galeries basses, sombres, lourdes, qui semblent avoir été bâties pour défier les éléments et les siècles, en revanche, l'intérieur de ses pavillons n'est plus le même, et, sauf quelques rares exceptions, la grandeur, la magnificence d'autrefois ont entièrement disparu.

Mais, alors, auprès de l'hôtel de Marvejols on trouvait les hôtels de *Lesdiguières*, de *Guéménée*, de *Sully*, d'*Effiat*, d'*Aumont*, de *Chevreuse*, de *Chaulnes*, de *Saint-Paul*, de *Liancourt*, etc., etc.

Alors, c'était sur la place Royale que se donnaient les fêtes, les carrousels, qui y attiraient la noblesse, la bourgeoisie et le peuple de Paris, que l'on appelait, en ce temps : *le bon Peuple.*

A la publication du mariage de Louis XIII avec Anne d'Autriche, quoique cette place ne fût pas encore entièrement terminée, on y avait donné des fêtes qui durèrent trois jours.

Depuis, à ce même endroit où de nobles chevaliers rompaient des lances pour charmer les dames de leurs pensées, qui, placées sur les balcons, jouissaient du spectacle des carrousels, et encourageaient par de tendres regards les champions de leur beauté, en leur montrant d'avance le nœud à aiguillettes qui devait être le prix de la victoire; là, nous avons vu et nous pouvons voir encore le paisible habitant du Marais, qui n'a plus rien des paladins d'autrefois, venir promener son chien fidèle et choisir son banc pour se reposer un moment au soleil, dont la bienfaisante chaleur soulage ses rhumatismes; puis la jeune bonne qui conduit les enfants qu'on lui a donnés à surveiller, et qu'elle laisse souvent se cogner contre les arbres ou tomber en courant, parce qu'elle jase avec d'autres bonnes sur le chapitre de ses maîtres, ce qui est bien plus amusant que de veiller sur des enfants.

Puis encore la modeste ouvrière qui va reporter son ouvrage, et traverse la place Royale, quoique ce ne soit pas tout à fait son chemin, mais elle y rencontre ordinairement un jeune homme qui lui adresse des propos flatteurs, et il n'est pas défendu de rechercher les rencontres agréables.

Tout cela est bien loin des tournois, des fanfares, du bruit des tambours et des clairons; de ces grandes dames aux fenêtres, de ces chevaliers dans l'arène, de ces écuyers, de ces pages, de ces varlets portant les armes, le bouclier de leur maître, et de ces gentils troubadours ou trouvères qui avaient des places d'honneur près des hauts seigneurs, parce qu'ils devaient, plus tard, chanter et célébrer tout cela.

Autre temps!.. autres mœurs!

Le vieux marquis de Marvejols a regardé tristement les grands portraits qui ornent son cabinet, car l'immense pièce où il se trouvait n'était un son cabinet; bientôt il se rapproche de son bureau, et prenant une sonnette, l'agite avec violence.

Un valet, à peu près aussi vieux que son maître, montre presque aussitôt sa tête entièrement dénudée sous le velours d'une portière qu'il vient de soulever.

Cette tête, par l'ensemble des traits, par l'expression bénigne de la physionomie, aurait pu servir de modèle pour peindre l'obéissance personnifiée dans un serviteur, si les deux coins de la bouche, lorsqu'elle voulait sourire, n'eussent alors, en se relevant, laissé voir comme un léger penchant à la finesse; mais si ce sentiment existait chez le vieux domestique, il n'avait jamais dépassé les deux coins de sa bouche.

— Monsieur le marquis a sonné? dit une petite voix aigre et fêlée.

— Hector, mon fils, n'est pas sorti ce matin?

Le vieil Hector pince ses lèvres et les deux coins de sa bouche prennent leur petite expression de malice, puis il répond en traînant sur ses paroles:

— Monsieur le comte Léodgard de Marvejols n'est certainement pas sorti de l'hôtel ce matin... voilà ce dont je suis très-certain.

— Alors, va trouver mon fils, et dis-lui que je désire lui parler... sur-le-champ, avant qu'il sorte.

Le vieux serviteur baisse le nez vers sa chaussure, mais il ne bouge pas.

Le marquis reprend avec impatience:

— Eh bien, Hector, ne m'avez-vous point entendu... vos oreilles seraient-elles devenues mauvaises, pour qu'il me faille vous répéter deux fois le même ordre?

— Non, monsieur le marquis, non, grâce au ciel, mes oreilles sont toujours bonnes... je n'ai point le moindre reproche à leur adresser. Et si je n'ai pas exécuté l'ordre que vous m'avez fait l'honneur de me donner... c'est que...

— C'est que... eh bien, achève donc!

— Je ne puis pas aller dire à M. le comte Léodgard de venir vous parler... puisqu'il n'est pas à l'hôtel.

— Il n'est pas à l'hôtel?... Mais tu viens de me dire tout à l'heure que mon fils n'était pas encore sorti ce matin...

— C'est vrai, monseigneur, il n'est pas sorti ce matin... puisqu'il n'est pas rentré depuis hier.

Le marquis pose sa main sur son front en s'écriant:

— Ah! fort bien, je comprends... Tu ne voulais pas me dire cela, mon pauvre Hector; tu voudrais pouvoir me cacher les désordres de mon fils!... Mais tu essaierais en vain de me tromper... Je sais tout... et il vaut mieux que je sache tout... car il faut connaître le mal pour y mettre un terme... Tout ceci dure depuis trop longtemps, il faut que cela finisse.

— M. le comte Léodgard est encore bien jeune, murmure Hector en se tenant toujours drapé sous la portière.

— Bien jeune... lorsqu'il va atteindre sa vingt-sixième année! On est homme à cet âge, et on n'a plus pour excuse la première fougue de la jeunesse! Ah! lorsque j'avais cet âge, tu étais déjà à mon service, Hector, t'en souviens-tu?...

— Comme si c'était hier, monseigneur; j'ai la mémoire aussi bonne que les oreilles...

— Eh bien... je combattais l'ennemi, je guerroyais, je vivais dans les camps... Mais quoique garçon... car je me suis marié tard, ai-je jamais mené cette vie licencieuse, cette existence de débauche, qui me fait rougir de mon fils...

— Tous les jeunes gens ne sont pas irréprochables comme monseigneur l'a toujours été... dans sa vie de garçon, d'époux et de veuf.

— Je ne demande pas que l'on soit sans défaut! je n'exige pas l'impossible! mais je ne veux pas que les faiblesse deviennent des vices; les fautes, des crimes...

— Ah! monsieur le marquis... de l'indulgence pour monsieur votre fils!...

— J'en ai eu assez... trop peut-être... il faut que je voie Léodgard... il faut qu'il connaisse ma volonté immuable!

Et ce misérable Latournelle, son valet, est-il dans l'hôtel?

— Non, monseigneur... je ne l'ai pas aperçu depuis quelques jours...

— J'avais dit à mon fils de chasser ce drôle..: un fripon... un escroc... un joueur qui devrait être pendu.

En ce moment le bruit d'un cheval qui arrive au galop et entre dans la cour de l'hôtel interrompt cette conversation.

Hector sort de dessous la portière, va regarder dans une antichambre, et revient d'un air tout joyeux dire à son maître:

— Voilà M. le comte Léodgard qui rendre à l'hôtel.

— Cours le trouver, alors; dis-lui que je l'attends... Va, ne perds pas un instant, car il serait peut-être reparti.

Le vieil Hector a disparu pour exécuter l'ordre de son maître.

Au bout de quelques minutes, Léodgard entre dans l'appartement de son père.

Le jeune comte est pâle, ses traits sont fatigués, ses yeux creusés par les veilles, et le désordre de sa toilette, la poussière qui couvre ses vêtements, semblent annoncer qu'il vient de faire une longue traite à cheval.

Léodgard s'avance d'un air respectueux, mais évidemment contrarié; il salue son père et reste debout au milieu de l'appartement; le vieux comte lui montre un siège en lui disant d'un ton sévère:

— Asseyez-vous, monsieur; ce que j'ai à vous dire prendra quelques moments et mérite que vous m'écoutiez avec attention.

— Pardon, monsieur... mais vous voyez le désordre de ma toilette; je suis honteux de me présenter ainsi vêtu devant vous; permettez-moi seulement d'aller me changer, et je reviens.

— Non, monsieur, il s'agit bien de votre toilette, vraiment!... Par saint Jacques!... que me fait à moi que votre pourpoint soit plus ou moins frais... Ce n'est pas la poussière qui couvre vos vêtements qui entachera votre blason, mais bien la conduite déshonnête que vous tenez; c'est elle qui souille l'honneur de votre nom, bien plus que l'orage n'a pu gâter votre manteau... Asseyez-vous; je le veux.

Léodgard comprime avec peine un mouvement d'impatience; cependant il se jette sur un siège, et son père reprend la parole:

— Je vous ai plusieurs fois adressé des remontrances sur vos désordres, monsieur, vous ne les avez point écoutées, vous avez méprisé les sages conseils de votre père... Aujourd'hui que votre inconduite a dépassé toutes les bornes... que vos mauvaises actions... car ce ne sont plus des folies de jeune homme... ce sont de mauvaises actions que vous commettez...

— Mon père...

— Ne m'interrompez point!... Aujourd'hui que vos mauvaises actions ne connaissent plus de frein, ce ne sont plus des avis... ce sont des ordres que je vais vous donner, et vous les respecterez, sinon cette lettre de cachet me fera justice de vous... Tenez, monsieur, vous savez que je ne fais point de vaines menaces... Voici votre passe-port pour la Bastille que m'a envoyé M. le cardinal de Richelieu qui connaît aussi toute votre conduite, et m'a laissé le droit de faire usage de ceci quand je le jugerai convenable, s'en rapportant à moi de punir celui qui porte mon nom.

Léodgard n'est point maître d'un secret frémissement en voyant la lettre de cachet que son père vient de prendre sur son bureau, et il balbutie d'une voix altérée:

— Qu'ai-je donc fait... de plus que tant de jeunes gentilshommes de mon âge, pour mériter qu'on déploie à mon égard tant de sévérité?

— Ah! vous demandez ce que vous avez fait!... C'est parce que vous espérez probablement que je n'en sais qu'une partie... Malheureusement, monsieur, votre conduite a trop d'éclat, vos vices trop de retentissement... Vous êtes cité trop souvent par tous les débauchés du grand monde pour que cela n'arrive point aux oreilles de votre père. Enlever des femmes à leurs maris, des jeunes filles à leur famille, passer la nuit dans les tripots, dans les cabarets, vous battre avec les archers du roi, avec le guet, avec les bourgeois, faire des dettes et ne point les payer, briser les vitres des boutiquiers et ne leur offrir pour dommage que des coups d'épée, vous lier avec des juifs, des usuriers, rosser vos créanciers quand ils se permettent de vous demander ce qui leur est dû, ce qu'ils attendent depuis si longtemps... voilà vos hauts faits, monsieur!... voilà comme un descendant des Marvejols ne craint point de se conduire... Et cependant, portez les yeux autour de vous... voyez ces portraits qui vous entourent, vos aïeux vous ont tous laissé des titres de gloire; n'êtes-vous donc pas de leur sang, vous qui le flétrissez?... Ah! s'ils pouvaient sortir de leur tombe!... ainsi que votre digne mère, si fière d'avoir donné un descendant à notre maison, ce serait pour vous accabler de leur indignation!

— Monsieur le marquis... permettez-moi de me défendre... On a exagéré mes fautes... J'en ai commis, j'en conviens... mais elles ne sont pas aussi graves que vous semblez le croire!

— Et vos dettes, direz-vous aussi que ce n'est qu'une bagatelle? Vous devez en ce moment cinq mille pistoles, monsieur...

— Je ne sais, monsieur le marquis, si on vous a dit aussi que j'avais été entièrement dépouillé par ce misérable Giovanni... ce bandit italien qui répand la terreur dans tout Paris?...

— Oui, on m'a dit cela... Mais comment avez-vous pu vous laisser voler par cet homme?

— J'ose croire que mon père est persuadé que si j'ai été vaincu, ce n'est pas sans avoir fait une vigoureuse résistance.

— Oh! je rends justice à votre bravoure...Vous ne seriez pas mon fils, si vous étiez un lâche!

— C'était la nuit... il y a de cela quinze jours environ... je revenais seul et traversais la rue Couture-Sainte-Catherine... tout à coup ce Giovanni se trouva devant moi et me demanda ma bourse avec la même courtoisie que s'il m'eût demandé des nouvelles de ma santé. Je trouvai ce voleur si original que je causai quelques instants avec lui. Mais lorsqu'il renouvela sa demande, je tirai mon épée. Il avait je ne sais quelle arme courte et large. Malgré la grande habitude que j'ai de me battre, je ne sais quelle botte ce diable d'homme me porta, je fus vaincu... Je sentis sur ma poitrine la pointe de son épée; mais il se contenta de m'enlever ma bourse et disparut comme il était venu... sans me laisser le temps de voir par où il avait passé.

— Si j'étais lieutenant de police du royaume, cet adroit voleur serait déjà pendu... Mais enfin, monsieur, ce Giovanni ne vous a pas pris cinq mille pistoles, je pense?...

— Non; mais j'avais cependant une forte somme sur moi...

— Que vous veniez de gagner dans quelque tripot... je n'en doute pas?... Mais finissons, car le sujet de cet entretien est pénible pour tous deux. Tenez, Léodgard, voici des papiers qui constatent vos dettes... voilà vos engagements avec des lombards qui vous ruinent... voici plusieurs reconnaissances de sommes que l'on vous avait prêtées à gros intérêts en spéculant probablement sur ma mort qui ne vient pas assez vite pour vous donner une autre fortune à dilapider...

— Ah! monsieur le marquis...

— Tous ces papiers m'ont coûté cinquante mille livres... mais je les ai données pour sauver encore une fois votre honneur si gravement compromis...

Un éclair de joie illumine les traits de Léodgard; il fait un pas vers le vieillard en s'écriant:

— Quoi, mon père! vous avez daigné!...

Le comte fait un mouvement comme pour défendre à son fils de l'approcher davantage, et continue avec la même sévérité:

— Oui, monsieur, j'ai payé; mais écoutez-moi bien: Depuis longtemps vous avez dissipé tout le bien que vous avait laissé votre mère... Je ne veux pas que vous ayez des dettes, mais je ne veux plus que la fortune de mes pères, celle qui me sert à soutenir noblement mon rang, devienne la proie de courtisanes, de joueurs et de débauchés; ainsi, faites bien attention à ceci... Si j'apprends que vous avez contracté quelque nouvelle dette... je fais sur-le-champ usage de cette lettre de cachet; je vous envoie à la Bastille... et une fois que vous y seriez, vous pourriez bien y rester quelque temps!... Ceci, monsieur, je le ferai... je le jure devant l'image de mes aïeux... Vous savez maintenant si je tiendrai mon serment. Amendez-vous, Léodgard, redevenez digne du nom que vous portez. Vous savez que mon plus cher désir est de vous marier avec mademoiselle Valentine de Mongarcin... J'étais camarade d'armes de son père; l'idée qu'un jour nous unirions nos enfants faisait battre de joie le cœur du baron... Mademoiselle de Mongarcin est digne de vous, sa maison peut aller de pair avec la nôtre; elle a une grande fortune, et c'est une des plus belles personnes de France; elle est sortie depuis six mois du couvent où elle a achevé son éducation pour aller vivre près de sa tante... Enfin elle va accomplir sa dix-neuvième année... Que pourriez-vous objecter contre cette alliance, Léodgard?

— Rien, mon père... Je conviens que mademoiselle de Mongarcin est fort belle... quoique je ne l'aie encore vue que fort peu...

— Qui vous empêche d'aller lui faire votre cour?... Madame de Ravenelle, la tante de Valentine, connaissait les intentions du baron... Cessez d'être un libertin, un débauché, et on vous accordera la main de cette noble et riche héritière... Eh bien! monsieur, qu'avez-vous à objecter?

— Pardon... monsieur le marquis... mais... me marier... m'enchaîner déjà...

— Déjà!... on ne saurait être heureux trop tôt, monsieur, et vous le serez près d'une femme digne de vous... Vous sentirez la différence qu'il y a entre les joies de la famille et les orgies du libertinage... Ensuite, de nombreux prétendants se mettent déjà sur les rangs pour obtenir la main de mademoiselle de Mongarcin; si vous

ne vous présentez pas, pensez-vous donc que l'on ira quêter vos hommages?... Hâtez-vous de paraître... de disperser vos rivaux... Il faut que ce mariage se fasse avant peu... Ah! je me suis souvent repenti, moi, de m'être marié tard... J'avais quarante-trois ans quand j'épousai votre digne mère... Qu'en est-il résulté? C'est que j'étais déjà vieux lorsque vous deveniez homme... et qu'au lieu d'avoir été l'ami... presque le compagnon de mon fils... il n'a vu en moi qu'un vieillard dans le sein duquel il n'a jamais déposé ses secrets...

— Mon père...

— Vous m'avez entendu, Léodgard; il dépend de vous maintenant d'être heureux et de recouvrer l'amitié de votre père... Vous savez quelle conduite vous devez tenir pour cela?... Allez... je ne vous retiens plus.

Léodgard s'incline respectueusement devant le vieillard, qui lui répond par un simple mouvement de tête, qui n'annonce pas encore une grande confiance.

Une fois loin des yeux de son père, le jeune homme se frappe le front en se disant:

— Ne plus faire de dettes... mais je n'ai pas d'argent... Il m'en faut cependant!... car j'ai promis à Camilla ce beau collier de perles qui lui fait envie... Comment faire!... A présent que je ne dois plus rien... je trouverais très-facilement à emprunter... Mais cette lettre de cachet!... Ah! je connais mon père... il ne m'a pas menacé légèrement; il me ferait mettre à la Bastille... et je ne veux pas aller dans cette épouvantable prison.

VI

Le Filleul de Chaudoreille.

Parmi les nombreux habitués des baigneurs-étuvistes, on remarquait un grand homme maigre, mince et jaune, comme on nous dépeint le chevalier de la Triste-Figure; cet individu avait de ces figures allongées flanquées de pommettes saillantes qui font repoussoir à des joues déjà creuses; puis un nez long et pointu, un menton du même style, une énorme bouche parfaitement garnie de grandes dents qui ressemblaient toutes à des crocs, et faisaient une horrible peur à tous les petits enfants près desquels ce personnage se permettait de sourire, car il faisait alors absolument comme s'il eût voulu avaler ces innocentes créatures.

Un front bas, des cheveux jaunes, des moustaches pareilles brochant sur tout cela, et relevées par les deux bouts de manière à ce que ces deux bouts allaient rejoindre le coin de l'œil, voilà quel était le chevalier Passedix, qui se disait de plus filleul de Chaudoreille.

Nous aimons à croire, lecteur ou lectrice, que vous avez connu un certain *Barbier de Paris*, dont les aventures firent quelque bruit jadis; alors vous n'aurez pas entièrement perdu le souvenir de son ami, le chevalier Chaudoreille, ce Gascon si vain, si poltron, si joueur et si profondément menteur, qui faisait tant de jactance avec sa longue épée, qu'il appelait Rolande, et qui finit d'une façon si tragique en tombant du haut d'un toit et en se transperçant dans sa chute avec sa fidèle Rolande, qu'il tenait alors à la main pour sonder le terrain glissant sur lequel il était.

Le chevalier Passedix prétendait donc être le filleul de Chaudoreille, bien que celui-ci, dans ses relations avec le barbier Touquet, n'eût jamais dit un mot de son filleul, mais nous avons beaucoup de gens qui oublient qu'ils ont tenu un enfant sur les fonts baptismaux ou ne veulent pas se rappeler qu'ils ont été parrains, pour se soustraire aux devoirs auxquels ce titre oblige. Au reste, Passedix, qui était Gascon aussi, ressemblait à son parrain en beaucoup de choses; comme lui, il était gourmand, joueur, menteur, comme lui il soupirait pour la première femme qui le regardait, se croyant fort joli garçon, tandis qu'il aurait pu servir d'épouvantail dans une communauté de femmes.

Mais il y avait cependant un chapitre où cessait la ressemblance entre le filleul et le parrain:

Celui-ci avait toujours été un poltron, ses combats n'étaient que fanfaronnades, et sa mort même n'avait été si tragique que parce qu'il fuyait sur les toits des dangers imaginaires.

Passedix, au contraire, était véritablement brave, il tirait l'épée pour le sujet le plus léger, prenait souvent fait et cause pour le premier venu, et ainsi que don Quichotte, auquel il ressemblait déjà par sa taille et par sa maigreur, il se serait volontiers battu contre des moulins à vent.

Mais son courage était rarement heureux, et soit qu'il se servît mal de Rolande, car c'était la fameuse rapière de son parrain qu'il possédait, soit que son extrême ardeur le rendît imprudent, ou qu'il se crût trop sûr de vaincre, le chevalier était presque toujours vaincu; bien heureux lorsqu'il en était quitte pour quelques piqûres et ne restait pas cloué plusieurs semaines sur sa couche pour y attendre la guérison de ses blessures.

Par une belle et riche matinée de printemps plusieurs jeunes seigneurs devisaient et riaient dans la boutique de maître Hugonnet.

Quelques-uns attendaient la sortie de leurs belles qui étaient aux étuves, d'autres venaient dans l'espérance de voir Ambroisine, la Belle Baigneuse, et peut-être de se faire raser par elle.

Le plus grand nombre étaient là parce que c'était un lieu de rendez-vous pour les flaneurs, les coureurs d'aventures, et tous ces jeunes muguets et débauchés curieux de savoir les nouvelles, de connaître les chroniques galantes de la ville et de la cour, de s'informer de l'intrigue scandaleuse du jour, afin de pouvoir rire aux dépens du pauvre mari trompé, car il faut bien reconnaître qu'on trompait dans le bon vieux temps tout autant qu'aujourd'hui.

Comme alors il n'existait pas de cafés pour les désœuvrés et faiseurs de nouvelles, les maisons de baigneurs-étuvistes en tenaient lieu.

Comme on n'avait pas de journaux à lire, on se rapprochait davantage pour écouter celui qui y venait conter quelque anecdote, quelque fait nouveau.

Les bavards y étaient les bienvenus et y tenaient le dé.

On y débitait force bourdes, comme ce sera de tous temps dans de semblables réunions ; celui qui mentait avec le plus d'assurance était presque toujours le mieux écouté et le plus applaudi par ceux dont il se moquait.

Aujourd'hui on trouve des *blagueurs* qui se plaisent à faire *poser* leurs auditeurs.

Les termes sont changés, mais les personnages sont les mêmes.

Quelques-uns des désœuvrés rassemblés chez maître Hugonnet se tenaient sur le seuil de la boutique, dont les deux vantaux restaient ouverts, et s'amusaient à regarder les passants ; la rue Saint-Jacques était fréquentée par les étudiants, les membres de la Basoche et un nombreux populaire ; ensuite le voisinage de l'hôtel de Cluny amenait aussi dans ce quartier des religieux et des docteurs en Sorbonne.

Nos jeunes gentilshommes ne se bornaient pas toujours à lorgner les passants.

Quand une femme un peu gentille ou un lourdaud à figure bien niaise passait devant la maison du baigneur, à l'une on adrsssait un compliment ou une gaudriole, à l'autre quelque épithète peu flatteuse ou une question bien saugrenue, et malheur alors à celui qui prenait mal la plaisanterie, car s'il se fâchait ou se permettait de répondre, tous les flaneurs et toutes les pratiques rassemblés aux étuves accouraient bien vite pour entendre le plaignant, et au lieu d'une mystification, il lui fallait supporter une grêle de quolibets qui fondaient sur lui de tous côtés.

— Pardieu, messeigneurs ! dit un gaillard tout couvert de rubans et de dentelles, en quittant la porte pour aller se jeter sur un des siéges assez durs placés dans la boutique, je viens de voir deux femmes de fort bonne tournure entrer par la porte qui conduit aux étuves...

— Comment étaient-elles mises, Senange ? s'écrie le jeune homme que le barbier était en train d'accommoder.

— Oh ! que ce petit Montclair est curieux... il veut nous faire croire qu'il attend ici une belle... que l'on doit y venir pour lui...

— Oui sambleu, j'en attends une, qu'y a-t-il là de surprenant ?..... est-ce que tu n'as pas au moins une maîtresse, toi, Senange ?

— Une maîtresse !... vertudieu ! si je n'en avais qu'une, il me semble que ce serait à peu près comme si je n'en avais pas...

— Le mot est joli... mais je ne le passerais qu'à Léodgard ; voyons, Senange, sois donc gentil, comment étaient vêtues ces douzelles qui viennent d'entrer aux étuves ?

— L'une... et ce devait être la douairière, avait une pelisse et un capuchon de couleur brune, elle tenait sa tête embéguinée là-dedans, il y avait un voile épais jeté sur tout cela... devinez donc la figure si vous pouvez !...

— Et l'autre ?

— L'autre était vêtue de rose... une dentelle noire bordait le capuchon qui retombait sur ses yeux, mais ses pieds étaient petits, ses mules brodées d'argent, et sa jambe, faite au tour !... se laissait voir assez facilement, vu qu'on se retroussait avec générosité !...

— Oh ! c'est elle, j'en suis certain...

— Par Notre-Dame de Paris ! s'écrie maître Hugonnet en relevant son rasoir et en restant la main en l'air, si vous remuez ainsi, seigneur, il arrivera quelque malheur à votre visage... vous venez de faire un soubresaut qui a manqué de vous coûter le nez, et je vous certifie qu'il n'y aurait pas eu de ma faute... Restez tranquille, ou je ne réponds de rien.

Allons, c'est bien, barbier, fais ton office... on tâchera d'être calme...

— A propos, messieurs, il me semble qu'il y a bien du temps que l'on n'a aperçu Passedix dans ces parages ?

— C'est vrai, le vaillant Passedix ne se montre plus... où peut-il être... L'as-tu vu depuis peu, Hugonnet ?

— Non, messeigneurs, il y a quelques semaines que le chevalier Passedix n'est venu.

— C'est d'autant plus étonnant qu'il était, à ce qu'il me semble, fort épris de ta fille Ambroisine.

— Amoureux de ma fille... lui !... il est amoureux de toutes les femmes... mais c'est sans conséquence.

— Est-ce que tu l'aurais traité... un peu brutalement, car tu en es bien capable...

— Non... je n'ai pas eu cette peine... le chevalier a toujours été trop respectueux pour que je me fâche...

— Alors, il faut que ce pauvre Passedix ait eu quelque nouvelle affaire ; il se sera battu, il aura eu le dessous comme d'habitude, et en ce moment, il est sans doute étendu sur son lit de souffrance !

— Il aura peut-être été attaqué par Giovanni... le voleur à la mode...

— Giovanni ne l'aurait pas blessé... il se contente de voler et ne fait jamais de mal...

— Cependant, quand on ne veut pas être volé et qu'on se défend.

— Voyez Léodgard, messieurs, il s'est bravement défendu, cependant Giovanni l'a dépouillé, mais sans lui faire aucun mal.

En ce moment des cris se font entendre à la porte de la rue.

VII

Une Jeune Fille en croupe.

— Oh ! la bonne tête, mes amis ! s'écrie un cavalier qui se tenait sur le seuil de la porte.

— Qu'est-ce donc, La Valteline ?

— Un gros lourdaud... quelque paysan qui arrive du Midi, sans doute, car il a le costume béarnais, je crois ; il s'avance sur un gros cheval... venez, ça en vaut la peine...

— Tu veux que nous nous dérangions pour un rustre !

— Mais il a en croupe quelque chose de bien séduisant... un petit minois, frais, rose, qui, sous le costume campagnard, damerait le pion à toutes les belles qui viennent visiter les étuves !...

— Oh ! voyons cela... voyons cela...

Et tous les jeunes gens de courir dans la rue.

Un cheval avançait au petit pas ; il portait en effet deux personnes.

D'abord un campagnard à cheveux plats, lisses, qui couvraient ses épaules, et étaient ensuite en partie cachés par une espèce de toque en laine, se terminant en pointe et surmontée d'une petite plume noire ; sous cette coiffure originale on trouvait une figure large, ronde, rouge et rebondie, l'image la plus parfaite de la santé et de l'insouciance, avec de gros yeux à fleur de tête, qui semblaient étonnés de tout ce qu'ils voyaient, mais en même temps heureux d'être étonnés : le reste du costume était celui d'un paysan du Béarn ; dans sa main droite le cavalier tenait une longue branche de cornouiller, dont il se servait comme d'une cravache pour hâter le pas de son cheval.

Derrière ce rustre, sur la croupe de sa monture et se tenant fortement cramponnée à son cavalier, était une jeune fille de dix-huit ans tout au plus, jolie comme ces madones d'Italie que les peintres vous donnent envie de prier, fraîche comme un bouton de rose qui vient de s'entr'ouvrir.

Son embarras, sa frayeur, l'embellissaient encore, car elle semblait un peu effrayée de sa position, en voulant se raffermir à sa place, faisait à chaque instant voir le haut d'une jambe bien faite, et quelquefois jusqu'à la jarretière rouge qui retenait son gros bas de laine.

— Jernidié ! voilà un friand morceau ! disent en chœur les jeunes gens.

— Vois donc les beaux cheveux noirs...

— Ces yeux aussi noirs vraiment !... beaux cils, sourcils bien épais...

— Un nez droit, ni trop grand, ni trop petit.

— Menton parfait, bouche mignonne.

— Ah ! messieurs... avez-vous vu ! elle vient de jeter un petit cri de frayeur ! et j'ai vu les plus jolies dents...

— Rien ne lui manque alors, car elle est aussi fraîche que jolie...

— Où diable ce rustre conduit-il ce séduisant morceau ?...

— Pardieu, messire, nous allons le savoir.

Il ne sera pas dit qu'un si charmant minois passera ainsi devant nous, sans que nous ayons pris nos mesures pour le retrouver.

— Mais cette jeune fille, avec son carreau et son voile posé sur le sommet de sa tête, avec son corset et sa jupe bariolée et de couleur si tranchée, n'est certainement pas une Française... elle porte un costume italien...

— Tu crois, La Valteline ?

— J'en suis sûr ; c'est le costume des paysannes dans les environs de Milan. Pardieu ! je dois le savoir, j'étais à Milan l'année dernière !...

— En effet, cette petite a quelque chose d'italien ou d'israélite dans la physionomie, et son teint légèrement bruni vient encore à l'appui de tes conjectures.

Le cheval et ceux qu'il portait étaient alors parvenus devant la maison du baigneur, et allaient la dépasser en continuant de descendre la rue Saint-Jacques, lorsque le jeune marquis de Lenange court se placer devant la tête du paisible animal qui s'arrête tout aussitôt.

Alors le jeune seigneur, ôtant son chapeau, salue d'un air respectueux le cavalier et la jeune fille, et tous les assistants se hâtent d'en faire autant que lui.

Le paysan béarnais, étonné de toutes ces politesses, juge cependant convenable d'ôter sa toque et de saluer aussi tous ces jeunes gens qui se montrent si polis sur son passage.

Quant à la jeune fille, elle a levé ses grands yeux noirs, et promène sur ceux qui la contemplent des regards dans lesquels il y a plus de surprise que de timidité.

— Par la sambleu! mon cher monsieur, que nous sommes heureux de nous trouver sur votre passage, et d'être les premiers à vous présenter nos respectueuses civilités... Mais il y a déjà longtemps que nous vous attendions... Couvrez-vous donc... nous vous en supplions... Vous devez voir à la joie que nous cause votre arrivée, avec quelle impatience vous étiez attendus à Paris, vous et votre charmante compagne de voyage!

— Ah! bath! comment! nous étions attendus à Paris? s'écria le gros garçon, qui a écouté d'un air ébahi le discours que le jeune Senange vient de lui adresser.

— En douteriez-vous? dit à son tour le chevalier de La Valteline en s'approchant de la croupe du cheval pour examiner de plus près la jeune fille. Est-ce qu'on n'est pas averti d'avance à Paris lorsque des voyageurs aussi intéressants que vous doivent y arriver... On avait envoyé des députations à toutes les barrières pour vous complimenter... C'est bien singulier que vous ne les ayez pas rencontrées. N'est-il pas vrai, messeigneurs?

Des cris partent de tous côtés, accompagnés de longs éclats de rire que les clercs de la Basoche et les étudiants ne peuvent retenir, et auxquels les valets et les polissons des environs ne craignent pas de se mêler.

— Mettez donc le pied à terre, mon maître, et venez vous rafraîchir, ainsi que cette belle enfant; nous allons vous faire goûter d'un certain petit vin qu'on avait mis en réserve exprès pour fêter votre arrivée... Je vais d'abord faire descendre votre compagne.

En disant ces mots, le joyeux Senange présentait déjà son genou à la jeune fille pour lui servir de marche-pied, tandis que le paysan, tout étourdi par ce qu'il entendait et peut-être un peu tenté par l'offre du petit vin, semblait hésiter sur ce qu'il devait faire, et pencher pour accepter l'invitation.

Mais alors, au lieu de descendre de cheval, comme on l'y invite, la jolie voyageuse presse assez brusquement le bras de son cavalier, en lui disant à demi-voix, mais d'un ton ferme :

— Ne descendez pas, Cédrille! ne voyez-vous pas que tous ces beaux seigneurs se moquent de vous et de moi avec toutes leurs politesses et belles manières... Ils disent qu'ils nous attendaient, mais je gage qu'ils ne nous connaissent seulement pas... Priez ce plus faraud qui a une langue si dorée, de vous dire votre nom... ce que nous venons faire à Paris... et vous allez voir qu'il ne saura pas vous répondre.

Ces paroles changent les dispositions du paysan.

Il se raffermit sur sa monture, et s'adressant à celui qui lui a parlé le premier, dit d'un ton où il est facile de reconnaître de la méfiance :

— Un moment, mon beau gentilhomme, je ne faisons pas si trétot connaissance, nous autres, d'autant plus qu'on nous a prévenus qu'à Paris il fallait se méfier... et qu'il y avait comme ça un tas de gars! de basochiens! de mauvais garçons! et même de grands seigneurs! qui aimaient à se gausser du petit monde, à se moquer surtout des paysans, des gens de labour... C'est un divertissement que je ne me soucions pas de donner, voyez-vous... Vous prétendez que nous étions attendus à Paris... alors, vous me connaissez donc... moi, et la petite?... Eh ben, si vous nous connaissez... qui que nous sommes... voyons... qui que nous sommes?... Répondez, s'il vous plaît, messeigneurs.

Les jeunes seigneurs se regardent en clignant des yeux.

— Le rustre n'est pas si bête qu'il en a l'air, dit un des auditeurs.

— Ça ne vient pas de lui, dit un page, c'est la petite qui lui a soufflé cela.

— Il était prêt à descendre, lui; mais la jeune fille l'a retenu.

— Vous me demandez qui vous êtes? reprend le jeune Senange en refrisant sa moustache; mais vous le savez bien qui vous êtes! Qu'est-il donc besoin que je vous dise ce que vous savez... Allons, venez boire, trinquer avec nous, mon maître; le vin que nous vous ferons goûter vaudra mieux que celui de votre village...

— Mais non, mais non; quand vous aurez répondu à mes questions, d'abord... mais vous ne le pouvez pas!

— Vos questions!... Et de quel droit nous adressez-vous des questions, quand nous vous faisons une politesse!... Savez-vous bien, beau voyageur, que ce n'est pas honnête de refuser de choquer un gobelet, de vider une coupe à notre santé...

Vous avez donc peur de boire?... Vous faites un triste compagnon, alors!... Eh! messieurs, que pensez-vous de ce balourd, qui craint de se compromettre en buvant dans notre compagnie?...

— Sans doute, le drôle n'a jamais goûté de vin, il croit que nous voulons le purger...

— Il a bien besoin d'être dégourdi, ce manant!

— Oh! il faudra qu'il boive, nous lui entonnerons quelques pinte du cabaret de la *Souris blanche*, qui est en face...

— Nous lui apprendrons la courtoisie, à ce malotru!

— Ah! bon, voilà les sottises qui remplacent les politesses, à présent, dit le paysan en fronçant le sourcil.

Sa compagne lui frappe l'épaule, en murmurant :

— Continuez votre route, Cédrille; fouettez votre cheval... Ne restons pas au milieu de tous ces jeunes seigneurs... Ils ont l'air de mauvais sujets... leurs cris... la manière dont ils me regardent... tout cela commence à me faire peur...

— Que je fouette Bourriquet... mais on lui tient la bride; et comment avancer au milieu de tout ce monde?... je ne voudrais écraser personne... car c'est alors qu'on me ferait un mauvais parti... Jarny... Miretta... je suis déjà fâché que vous ayez voulu venir dans ce Paris!...

— Mettez donc pied à terre, ma jolie Milanaise, dit le comte de La Valteline en présentant sa main à la jolie fille qui se nommait Miretta.

— Milanaise! répond Miretta en refusant la main au jeune seigneur. Ah! vous devinez cela à mon costume; en effet, j'habite depuis mon enfance dans les environs de Milan, mais je ne suis pas née en Italie, je suis du même pays que Cédrille...

— Et Cédrille est Béarnais?

— Oui, messieurs, de Pau... si vous voulez bien le permettre, dit le paysan.

— Vive Cédrille!...

— Vive Cédrille de Pau!...

Et les jeunes seigneurs, tout en criant, agitent en l'air leur chapeau ou leur mouchoir, tandis que les bacheliers et hobereaux se prennent par la main et se mettent à danser, à sauter, à tourner autour du cheval et des voyageurs.

La figure de la jeune fille s'anime, l'impatience la gagne, elle frappe sur la croupe du cheval et, de son côté, le paysan essaie de faire avancer son coursier, en criant :

— Lâchez donc la bride de Bourriquet, seigneurs, laissez donc mon cheval, mille diables!

— Ah! Bourriquet!... le cheval s'appelle Bourriquet!...

— C'est le cavalier qui devrait se nommer ainsi!...

— Pauvre bourrique, qui en porte une autre!...

— Non! non! ton coursier n'avancera pas!...

— Ne le tourmente donc pas avec ta bride...

— Mets pied à terre, Cédrille de Pau... sinon, toi et ta compagne, nous allons vous enlever de dessus Bourriquet!

Et déjà quelques-uns des habitués de maître Hugonnet s'apprêtent à exécuter leur menace; mais en ce moment le paysan du Béarn, dont la figure vient de s'empourprer et dont les regards sont devenus menaçants, lève vivement le bras droit, et brandissant en l'air le bâton de cornouiller que sa main droite est armée, le fait ensuite mouliner devant ceux qui s'approchaient de lui, avec une agilité si brutale et si hardie, qu'aussitôt un grand vide se fait devant les voyageurs, et que, malgré cela, quelques-uns des mystificateurs ne s'éloignent pas assez lestement pour éviter entièrement l'atteinte du terrible bâton de cornouiller.

De son côté, la jolie fille a, de ses deux bras, enlacé son compagnon, et relevant la tête, ses regards semblent défier ceux qui l'entourent, et leur dire :

— Avancez donc maintenant, si vous l'osez!...

Tout ceci s'est passé en un instant; mais la panique a vite cessé, et tous les jeunes gens, habitués à rosser le guet, à se battre avec les bourgeois, à faire les cent coups chaque nuit dans les rues de Paris, n'étaient pas d'humeur à fuir devant le bâton d'un paysan.

Après s'être mis à distance, ils font volte-face et tirent leur épée! les bacheliers, les étudiants, les pages, les écuyers, en font autant, car, à cette heureuse époque, les hommes portaient presque tous une épée ou rapière quelconque, afin d'être toujours en mesure de se battre pour la cause la plus futile : conséquence des mœurs douces et des habitudes pacifiques du bon vieux temps.

A l'aspect des épées nues, Miretta dit à son compagnon :

— Mais, avancez donc, Cédrille, battez votre cheval... Éloignons-nous d'ici, ou il nous arrivera malheur.

Le paysan avait rudement secoué la bride de Bourriquet, mais quoique celui-ci eût cessé de sentir une main retenir sa gourmette, il demeurait immobile à sa place, et, malgré les efforts de son cavalier, refusait d'avancer, effrayé sans doute par le bruit qu'il entendait et par tout ce monde qui faisait cercle autour de lui.

Cependant, les jeunes gens se rapprochaient, moitié menaçant, moitié riant; ils brandissaient aussi leurs épées, dont quelques pointes glissaient déjà contre le bâton de cornouiller que Cédrille continuait de faire manœuvrer avec beaucoup d'adresse, tandis qu'on criait à ses oreilles :

— En bas... en bas le manant!

— Pied à terre bien vite, et qu'il nous demande pardon à genoux.

— Oui, qu'il s'excuse! sinon nous enlevons la jeune fille!...

— Et même Bourriquet.

— Et nous brisons le bâton de cornouiller sur le dos de Cédrille!...

— Briser mon bâton!... Oh! avant cela, jarnidieu! il y en a plus d'un d'entre vous qui aura quelques côtes brisées.

Mais en voyant toutes ces lames brillantes se diriger contre son compagnon de voyage et souvent, par mégarde, menacer aussi sa personne, la jolie Miretta pousse des cris perçants; elle appelle, elle implore du secours.

A ses accents, qui ont une expression si plaintive, si douloureuse, les jeunes gens répondent par force plaisanteries et des complaintes; ils veulent rassurer la jeune fille, lui faire comprendre qu'ils ne lui feront aucun mal : celle-ci, trop effrayée pour les entendre, continue ses gémissements.

Alors, maître Hugonnet, qui, jusqu'à ce moment avait continué de raser le sire de Monclair, quitte la pratique et court dans la rue savoir ce qui se passe.

En même temps, Ambroisine abandonnait les étuves, pour connaître aussi la cause du tumulte et des cris qu'elle entendait.

Comme le père et la fille arrivaient dans la rue, deux autres personnages débouchaient, l'un par la rue des Mathurins, l'autre par le cimetière de l'église Saint-Benoît, et ayant doublé le pas pour arriver plus tôt sur le lieu du rassemblement, s'y présentèrent presque en même temps, écartant brusquement la foule, et distribuant à droite et à gauche des horions à ceux qui ne se rangeaient pas assez promptement pour leur faire place.

VIII

Bataille.

— Eh! voilà notre ami Passedix, dont nous étions inquiets! s'écrient plusieurs des étourdis en apercevant le chevalier long, sec et jaune, qui portait toujours un casque sur sa tête, ce qui achevait de lui donner de l'analogie avec Don Quichotte, quoique son casque n'eût pas la forme de celui que portait le chevalier de la Triste-Figure.

— Eh! voilà le sire de Jarnonville! s'écrient d'autres jeunes gens, en s'adressant au second personnage qui, en bousculant rudement la foule, était arrivé devant la maison du baigneur.

Celui-ci était un grand et bel homme, dont le costume était riche, mais d'un aspect très-sombre; son justaucorps noir, orné de crevés de satin blanc, avait une apparence de deuil; un manteau de velours noir, doublé de blanc, couvrait ses épaules; ses larges bottes à entonnoir étaient noires aussi, quoique la plupart des gentilshommes les portassent jaunes, quand ils n'allaient point à la guerre.

Son chapeau à larges bords, relevé sur le devant, avait pour tout ornement une longue plume de la même couleur que son chapeau.

Aussi donnait-on quelquefois au sire de Jarnonville le surnom du *Chevalier noir.*

C'était un homme de trente-huit ans, mais qui paraissait beaucoup plus âgé, parce que ses cheveux bruns commençaient déjà à grisonner, parce que ses traits, nobles et réguliers, étaient presque toujours assombris et comme sous le poids d'une pensée douloureuse, parce que ses yeux exprimaient aussi habituellement une profonde mélancolie, enfin, parce que son front était sillonné de rides précoces, et que les nuages dont il était chargé se dissipaient rarement.

Et pourtant ce chevalier, dont l'aspect était si sombre et que l'on aurait cru l'ennemi du plaisir, était depuis quelques années de toutes les parties, de toutes les fêtes, et surtout de tous les méchants tours qui se jouaient aux bourgeois, aux marchands, et même aux gens de la cour.

Dès qu'un des plus débauchés, parmi ceux qui fréquentaient les étuves, proposait quelque nouvelle escapade, soit pour enlever une femme, soit pour berner un tuteur, soit pour rosser le guet et mettre l'alarme dans tout un quartier, on était certain d'avance que le sire de Jarnonville acceptait la partie; il était un des premiers dans les entreprises périlleuses; il se jetait toujours où le danger était le plus grand, se battant comme quatre, et ne quittant la place que le dernier.

Si quelqu'un avait un duel et manquait de second, le Chevalier noir était toujours disposé à vous rendre ce bon office, sans même informer du sujet de votre querelle, ni du nom de votre adversaire, ais à condition qu'il se battrait aussi contre les témoins.

Enfin, proposait-on de jouer, de boire, Jarnonville jouait, buvait, s'enivrait même quelquefois; mais au milieu de ses compagnons d'orgies, à la table d'un festin, dans un tapage nocturne, dans un duel même, Jarnonville conservait presque toujours cette expression de tristesse qui avait vieilli ses traits; il semblait, à le voir se battre, jouer ou boire, qu'il faisait tout cela sans goût, sans plaisir, mais seulement dans l'espoir de se distraire, et qu'il ne pouvait y parvenir.

Tel est le personnage qui vient de percer la foule et de se ranger près du marquis de Sénange, tandis que le chevalier de Passedix s'est approché de la croupe de Bourriquet, et considère avec un air d'admiration la jolie fille qui est assise dessus.

— Ah! voilà Jarnonville! vivat!... la victoire est à nous.

— De notre côté, Chevalier noir... vous arrivez à propos, il y a une fille à enlever et un manant à battre...

— Vrai Dieu! il me semble que vous êtes bien du monde pour si peu de chose! répond le sire de Jarnonville en regardant la foule rassemblée devant la maison du baigneur.

— Oui, mais la besogne n'est pas aussi facile qu'on le croirait, mon maître, car il faut s'emparer de ce joli minois sans lui faire le moindre mal... et il y a le gourdin de ce malotru qui est capable de blesser la petite, en voulant la défendre.

— Ah! il sait jouer du bâton!... Tant mieux, nous allons juger de son talent.

— Eh sandioux! messeigneurs, pourquoi donc attaquez-vous cette pétite... et cé gros garçon qu'elle presse sur son cur, en roulant ses beaux yeux pour implorer notré pitié!... Sandis! jé veux d'abord connaîtré lé sujet dé la quérelle... et jé m'oppose d'avance à cé qué l'on violente en rien un si ravissant minois!...

— Allons, allons, vaillant Passedix, quitte donc un peu la croupe de ce bidet, et passe de notre côté...: est-ce que tu déserterais notre camp... est-ce que tu passerais aux Grecs?...

Prends garde, nouveau Don Quichotte, nous n'aurions pas de pitié pour les traîtres!

— Cadédis! si vous pensez mé fairé pur, mon pétit! vous perdez votré temps et vos paroles... Avec ma bonné Rolandé! cette excellenté lame qui mé vient dé mon parrain Chaudoreille, jé vous embrochérais tous commé des éperlans, pourvu qué cetté belle enfant m'agrée pour son chévalier... un mot dé sa jolie bouche, et je fais de vous tous un hachis!...

Des éclats de rire accueillent la fanfaronnade du chevalier gascon; mais celui-ci, tirant sa longue épée, incline la pointe devant Miretta, et fléchit lui-même un genou en disant à la jeune fille :

— Répondez, ô merveillé dé Paphos et dé Cythère, voulez-vous m'accepter pour votré ténant dans lé combat qué jé démande à souténir pour *vousse!* donnez-moi un gage... la moindré babiole... votré gant... vous n'en avez pas... votré jolie main alors... qué jé la baise, et jé suis vainqûr!...

Miretta regarde d'un air tout surpris ce grand homme, long comme une asperge, qui s'est presque mis à genoux devant la croupe du cheval; elle semble n'avoir nulle envie de l'accepter pour son chevalier, car la laideur inspire peu de confiance aux femmes, et le chevalier Passedix était parfaitement laid.

Mais le paysan béarnais, tout en continuant de jouer de son bâton, dit au Gascon :

— Merci de votre offre, seigneur chevalier, ce n'est pas de refus... Ils se sont mis je ne sais combien contre moi, qui suis seul pour défendre ma compagne de voyage... M'est avis que c'est de la lâcheté, cela... Mais venez vous mettre à mon côté... et je réponds qu'avec mon bâton et votre tourne-broche, nous empêcherons ces gens-là d'enlever Miretta.

Quoique trouvant le nom de tourne-broche d'assez mauvais goût pour désigner Rolande, le valeureux Passedix, que les yeux de Miretta ont déjà captivé, va se placer sur-le-champ devant le cheval, en menaçant les assaillants de son épée.

Pendant que ceci se passe du côté des voyageurs, maître Hugonnet et sa fille, qui connaissent maintenant le sujet de la querelle, s'efforcent de faire entendre la raison à tous ces étourdis, qui se sont rangés en bataille devant sa boutique.

Mais ce qui n'était d'abord qu'une simple plaisanterie, était devenu pour les jeunes raffinés une affaire d'amour-propre et presque d'honneur.

Aucun d'eux ne voulait céder devant le bâton de Cédrille.

Pour que l'affaire se terminât sans coup férir, il aurait fallu que le paysan consentît à faire des excuses à ceux qui s'étaient moqués de lui, et il n'était pas d'humeur à s'humilier devant ceux qui l'avaient insulté.

— Par Notre-Dame! messeigneurs! dit Hugonnet, en allant de l'une à l'autre de ses pratiques, tenant encore dans sa main gauche son bassin à savon et dans la droite sa savonnette, que vous ont fait ce paysan et sa compagne, pour que vous leur cherchiez querelle... Quelle idée de mettre tout un quartier en l'air, tout le voisinage aux fenêtres... pour des voyageurs qui n'ont qu'un cheval pour les porter.

— Laisse-nous tranquille, Hugonnet, mêle-toi de tes affaires; celle-ci ne te regarde pas.

— Et si, pardieu! cela me regarde, car vous barrez toute la rue, vous êtes en bataille devant ma maison... Il serait bien impossible d'en approcher à quelqu'un qui voudrait prendre un bain ou se faire raser!... Vous voyez donc bien que vous me faites du tort avec vos querelles, et que cela me regarde aussi.

— Par grâce, messieurs, disait à son tour Ambroisine, ne tourmentez pas ainsi cette pauvre voyageuse... Quel plaisir trouvez-vous à faire trembler une femme... Laissez ces gens-là continuer leur chemin... Ils ne sont pas de Paris, cela se voit bien... Ils ne savent pas que c'est pour rire que vous les menacez...

— Pour rire! dit le jeune La Valteline en fronçant le sourcil.

Mais vous ne savez pas, Belle Baigneuse, que le bâton de ce manant a sali mon manteau... Oh! il faut que je le corrige... il faut apprendre à ces drôles le respect qu'ils nous doivent.

— Et pourquoi vous moquez-vous d'eux, et pourquoi les attaquez-vous, si vous voulez qu'ils vous respectent?

— Assez, belle Ambroisine, la morale est bonne pour les prédicateurs... Elle ne vaut rien dans la bouche d'une jolie fille.

— Allons, Jarnonville! en avant, sus! sus!... rossons le paysan.

— Ce ne sera pas sans que je le défende! dit à son tour maître Hugonnet, en courant toujours avec son plat à barbe et sa savonnette se mettre du côté des voyageurs.

— Et je ne laisserai pas insulter cette jeune fille sans lui prêter secours! s'écrie Ambroisine, en suivant son père et courant se placer devant Miretta.

— C'est bien!... bien cela!

Très-bien, la Baigneuse! s'écrient toutes les femmes que le bruit de la querelle avait attirée sur le lieu de la scène.

Tu es pour la jeune fille...

Nous aussi, nous la défendrons!

— Tous ces mauvais sujets ne savent qu'insulter les femmes!...

— Ramassons des pierres, et lançons-les sur ces mécréants!...

— Non! non! par Notre-Dame! s'écrie Hugonnet.

Point de pierres, je vous en prie...

Vous casseriez mes vitres!...

Vous briseriez mon enseigne!...

Et c'est moi qui paierais les pots cassés!...

Nous saurons bien, sans vous, terminer cette affaire!...

Les jeunes seigneurs étaient embarrassés, car, bien que pressés de se battre et redoutant peu leurs adversaires, ils craignaient, dans la bagarre, d'attraper la jolie voyageuse et Ambroisine.

Cette dernière, devinant ce qui les retenait, se faisait un plaisir de défier tous ces beaux cavaliers, qui avaient l'habitude de lui faire la cour et dont plusieurs lui criaient :

— Otez-vous donc de là, Belle Baigneuse, ce n'est pas votre place!

— Vous nous gênez...

D'ailleurs, vous ne devez pas vous mettre contre vos pratiques.

— Je me moque pas mal des pratiques!...

Laissez partir ces voyageurs... et je consens à vous faire la barbe à tous...

Cette proposition semble toucher plusieurs des gentilshommes, mais le sire de Jarnonville, impatienté de tous ces débats, tire son épée et se dirige vers la tête du cheval.

Avec quelques passes, il a bientôt fait voler en l'air la fameuse Rolande.

Passedix désarmé demande à grands cris une autre arme.

Le Chevalier noir s'adresse alors au bâton de cornouiller, mais il n'en a pas aussi bon marché que de l'épée du Gascon.

En ce moment, un jeune page qui s'était faufilé pour démonter Miretta, rencontre maître Hugonnet sur son passage, et celui-ci, n'ayant pour toute arme que son bassin et sa savonnette, couvre aussitôt le jeune page d'une couche épaisse de savon, lui en mettant partout, sur le nez, et même dans les yeux, ce qui fait pousser de grands cris à l'assaillant.

Alors, tous les regards se portent de ce côté.

En voyant cette figure entièrement couverte de savon, un rire général s'empare des assistants, amis et ennemis, combattants et témoins: c'est à qui rira le plus fort.

Cet incident avait suspendu le combat un instant.

Mais le sire de Jarnonville qui, seul, n'a pas pris part à la gaieté générale, recommence presque aussitôt à frapper sur le bâton de cornouiller.

Soit que le bras de Cédrille se fatigue, soit que la vue de cette épée, qui tournoie et lance parfois des étincelles, éblouisse sa vue, il ne se défend plus avec autant de fermeté.

Enfin, un coup assené avec plus de force brise le bâton...

Le paysan est vaincu; déjà l'arme du Chevalier noir va le forcer à abandonner sa monture, lorsque Ambroisine qui, depuis un moment, avait quitté son poste, reparaît tenant dans ses bras un petit garçon de trois à quatre ans, et, s'élançant devant Jarnonville, lui présente l'enfant qu'elle porte, en lui criant :

— Prenez garde, seigneur, vous allez blesser cet enfant.

Ces mots et la vue de l'enfant ont produit un effet magique sur le Chevalier noir.

Il s'arrête, laisse retomber son bras prêt à frapper; à l'ardeur guerrière qui animait son visage a succédé une expression de tristesse et presque de douleur.

Il regarde quelques moments le petit garçon qui, n'ayant pas compris qu'il se trouvait au milieu d'une bataille, n'a pas éprouvé la moindre frayeur et sourit au chevalier en s'écriant :

— Je voudrais bien me battre aussi, moi !

Jarnonville dépose un baiser sur le front de l'enfant et remet son épée dans le fourreau.

Puis, se tournant vers les jeunes seigneurs, qui sont tout étonnés du changement qui vient de s'opérer en lui, leur dit :

— Tout est fini, messieurs; la paix est signée!...

— Comment, tout est fini?... mais pourquoi?... Si nous ne sommes pas satisfaits, nous autres?...

— Je vous répète que tout est fini...

Ce paysan a été vaincu, désarmé; que voulez-vous de plus?

— Nous voulons qu'il demande pardon...

— Nous voulons surtout embrasser la jolie fille qu'il tient en croupe.

Pour toute réponse, Jarnonville écarte avec son bras tous ceux qui se trouvent devant le cheval auquel, par cette manœuvre, il fait livrer passage.

Puis il fait un signe au paysan qui le comprend et donne deux vigoureux coups de talon à Bourriquet.

Cette fois, le pauvre animal semble partager les désirs de son maître et ne demande qu'à quitter le champ de bataille; il s'élance au grand trot par le bas de la rue Saint-Jacques, et bientôt Cédrille et sa jolie compagne disparaissent aux yeux de la foule.

Tout cela s'est fait si promptement que Miretta n'a eu que le temps de presser la main d'Ambroisine en lui disant :

— Merci... merci!

Vous nous avez sauvés!...

Je reviendrai vous voir... et vous témoigner toute ma reconnaissance!...

— Venez... vous demanderez Ambroisine, la fille de maître Hugonnet le baigneur, rue Saint-Jacques.

IX

Les Effets et les Causes.

Le premier soin d'Ambroisine est d'aller reporter le petit garçon à sa mère, femme du peuple, qui se trouvait là par hasard, s'étant approchée pour connaître ce qui rassemblait tant de monde devant la maison du baigneur-étuviste, et ne se doutant guère que son enfant servirait à terminer cette grande querelle.

La fille de Hugonnet a embrassé le petit garçon, lui a mis dans la main une pièce de monnaie pour avoir un gâteau, et revient vers sa demeure, curieuse de savoir comment les gentilshommes ont pris le dénoûment de cette affaire.

Senange, La Valteline, Monclair et leurs amis avaient été un moment stupéfaits par le départ subit de Cédrille et de sa compagne.

Quelques-uns se disposaient à courir après le paysan, d'autres voulaient se battre contre Jarnonville, qu'ils accusaient de les avoir trahis; tous étaient mécontents, et une nouvelle bataille allait peut-être s'engager, lorsque des cris, des juremens qui partaient de la place que venait de quitter Bourriquet, attirèrent l'attention générale.

Une lutte à coups de poing avait lieu entre maître Hugonnet et un de ses voisins, nommé Lambourdin, marchand de rubans, aiguillettes, franges et autres objets de toilette, qui était établi à quarante pas au plus de la maison du baigneur.

Les deux voisins étaient ordinairement assez bons amis; ils se rencontraient quelquefois au cabaret, que tous deux aimaient à fréquenter; ils riaient, ils causaient, ils buvaient ensemble, et l'on n'aurait jamais supposé qu'un jour ces deux voisins donneraient aux habitants du quartier le spectacle d'un véritable pugilat.

Mais qui peut deviner les événements?

La cause la plus légère a quelquefois suffi pour brouiller des ambassadeurs, et faire naître la guerre entre deux nations qui s'en seraient fort bien passées, et nous voyons trop souvent d'anciens amis devenir tout à coup ennemis déclarés.

Dans notre temps, la politique, par sa douce et bénigne influence, produit parfois de tels revirements.

Dans le bon vieux temps, les grands personnages, les nobles, les gens haut placés conspiraient bien quelquefois, mais le peuple se souciait fort peu de leurs complots.

Il allait voir les pendus à Montfaucon, mais il n'était pas tenté de se mêler d'affaires qui amenaient de tels résultats.

Alors, l'ouvrier s'occupait de travailler pour nourrir sa famille, il songeait à amasser une dot pour sa fille et à s'assurer une retraite pour ses vieux jours.

C'était là toute sa politique : elle ne le rendait ni malade, ni furibond, ni insensé, ni déraisonneur, ni méchant!... elle le rendait heureux!...

De ce côté, on doit regretter le bon vieux temps.

Revenons aux deux voisins.

Le passementier Lambourdin était par goût, et surtout par état, du parti des jeunes gentilshommes et gens de la cour.

Quand un noble personnage entrait dans sa boutique et y faisait quelques emplettes, Lambourdin se gonflait comme la grenouille de la fable, et ensuite il ne manquait pas d'aller crier partout qu'il était fournisseur de M. le comte, ou de M. le marquis, ou de MM. les pages attachés à la cour.

D'après cela, en apprenant le sujet du rassemblement qu'il apercevait de sa boutique, le passementier s'était hâté de se rendre sur le lieu du combat, tout disposé à prendre fait et cause pour les jeunes seigneurs, auxquels il désirait vivement montrer son entier dévouement.

Mais les jeunes gens n'avaient pas besoin du secours de maître Lambourdin, et celui-ci n'avait pu encore témoigner combien il s'intéressait à leur triomphe, qu'en adressant de temps à autre des injures et des menaces à Cédrille.

Cependant, lorsque maître Hugonnet avait si bien barbouillé un page avec son savon et sa savonnette, loin de trouver cela plaisant, le passementier s'était transporté de colère, d'autant plus que le page si bien savonné s'était acheté, le matin, deux beaux nœuds de rubans dans sa boutique.

Aussi, dès que les coups d'épée du Chevalier noir ont cessé, dès que Bourriquet est parti au grand trot avec ses voyageurs sur le dos, Lambertin se fait jour à travers la foule, il arrive enfin jusqu'à maître Hugonnet, et lui dit en le toisant d'un air furibond :

— Savez-vous bien, voisin Hugonnet, que vous vous êtes fort mal conduit dans toute cette affaire ?

— Ah ! vous trouvez cela, voisin Lambourdin, répond le baigneur d'un air goguenard, parce que l'expression de colère qui animait les yeux du passementier leur donnait quelque chose de comique, qui inspirait plutôt le rire que l'effroi :

— Oui, je trouve cela...

Quoi !... vous, chez qui ces jeunes seigneurs viennent de préférence, soit pour se baigner, soit pour se faire arranger le poil... qui achalandent votre maison, lui donnent de la vogue !... vous vous mettez contre eux dans cette querelle... au lieu de leur prêter main-forte... comme le doit tout homme qui se respecte...

Vous prenez fait et cause pour des inconnus... un manant et une gourgandine qui arrivent on ne sait d'où !...

— Je fais ce qui me plaît, ce qui me convient, voisin '...

Je consulte mon cœur avant mes intérêts...

Je regarde où est le droit, et non pas où est le profit...

De quoi vous mêlez-vous, d'ailleurs !... est-ce que ce sont vos affaires ?

— Oui, monsieur le baigneur, oui, ce sont mes affaires...

Et ce jeune page que vous avez si indignement barbouillé de savon ?... il en avait jusque dans les yeux...

Vous avez gâté un superbe nœud de rubans que je lui ai vendu ce matin...

— Tant mieux pour vous, il vous en achètera un autre !

— Non, il ne m'en achètera pas... c'est-à-dire si, il m'en achètera... Mais votre conduite n'en est pas moins indécente !...

— Par Notre-Dame de Paris ! voisin Lambourdin, vous commencez à m'échauffer les oreilles...

Pas un mot de plus, ou je vous cogne !

— Croyez-vous me faire peur, méchant baigneur, indigne de raser de nobles mentons !...

Je ne suis pas un enfant de quinze ans, moi... si vous me touchiez avec votre savonnette, je vous trépignerais sous mes pieds comme une vieille couverture...

— Ah ! oui da ! eh bien, tiens, ce n'est pas avec ma savonnette que je te toucherai !...

En disant ces mots, Hugonnet avait enfoncé son poing dans les côtes du passementier ; celui-ci s'était trop avancé pour reculer et, d'ailleurs, il y avait tant de témoins !

Il avait donc riposté au coup de poing par un coup de pied, mais prenant mal ses mesures, il avait frappé dans le vide.

Lambourdin était un tout petit homme, assez vigoureux, mais nullement de force à lutter avec maître Hugonnet.

Après une lutte qui n'avait pas été longue, les deux voisins étaient tombés tous les deux, mais en se tenant toujours ; malheureusement, le pauvre Lambourdin s'était trouvé dessous et il avait à supporter à la fois et le poids du corps de son adversaire et les nombreux coups de poing que celui-ci continuait de lui administrer.

C'est alors que les cris du passementier attirèrent l'attention des jeunes seigneurs demeurés devant la maison du baigneur.

On court aux deux lutteurs ; Hugonnet était en train, et ne voulait pas lâcher son voisin ; mais à la voix de sa fille, qui vient d'apprendre quels sont les combattants, le baigneur se calme, se relève, et rentre chez lui en disant :

— Tant pis !... il n'a que ce qu'il mérite... Qu'avait-il besoin de se mêler dans cette affaire !

Quant au passementier, qui est moulu et peut à peine marcher, il lui faut deux bras pour regagner sa demeure, et ce ne sont ni les pages ni les seigneurs qui les lui offrent, quoique ce soit pour eux qu'il se soit battu !...

Mais comptez donc sur la reconnaissance de ceux dont vous embrassez la querelle !...

Cet incident a distrait les jeunes étourdis et fait un moment oublier Cédrille et Miretta, et chez les Français, quand la première ardeur est passée, il est bien rare qu'elle revienne.

Ensuite, plusieurs belles dames qui ont eu le temps de quitter le bain et de s'habiller, sortent des étuves en faisant à l'un un clignement de l'œil, à l'autre un léger signe de tête ; si bien qu'au bout d'un instant tout le monde se disperse, les flâneurs s'éloignent, les voisins rentrent chez eux, et il ne reste plus, dans la boutique du baigneur, que le chevalier Passedix, qui est en train d'essuyer Rolande, qu'il a ramassée dans le ruisseau, et le sire de Jarnonville, qui est allé se jeter sur un siége, paraissant enseveli dans ses réflexions et

Telle était Bathilde.

Paris. — Imprimerie Walder, rue Bonaparte, 44.

s'occupant en aucune façon de ce qui se passe autour de lui.

— Par la sandioux! ma Belle Baigneuse, dit le chevalier gascon en s'adressant à Ambroisine, qui est restée dans la boutique, où, sans en avoir l'air, elle jette de fréquents regards sur le sire de Jarnonville, je suis bien aisé de vous diré qué dans cette affairé, vous vous êtes comporté comme un hommé dé cûr !...

D'abord, c'est bien à vous d'avoir pris lé parti dé cette étrangère... quellé bellé tété... sandis, quel profil ravissant! et dé face... c'est à sé mettre à genoux!... Aussi, m'y suis-jé mis avec ardur!...

Vous mé pardonnérez, j'espère, Bellé Baigneuse, si, dévant vous, jé fais l'éloge d'une autré femmé...

Vous êtes superbé aussi... dans un genre différent.

— Oh! parlez, monsieur le chevalier, ne vous gênez pas...

Et pourquoi donc trouverais-je mauvais que vous fassiez l'éloge de cette jeune fille? d'abord, elle le mérite, car elle est bien jolie.

Ensuite, est-ce que vous n'avez pas le droit d'en être amoureux, si cela vous plaît... est-ce que cela me regarde?...

— C'est justé! céla né saurait vous toucher, puisqué vous avez réfusé l'hommagé de mon cur... car jé crois vous l'avoir offert...

— Vous n'en êtes pas bien sûr!

— Écoutez donc!... j'en ai disposé si souvent...

Révénons à l'étrangère, à cetté jolie Miretta... car ellé sé nommé Miretta, n'est-cé pas?

— Oui, c'est le nom que lui a donné son compagnon de cheval... ce gros paysan.

— Et elle est Italienné?

— Non; elle nous a dit qu'elle était Béarnaise, mais il paraît que depuis longtemps elle habitait l'Italie.

— O mia cara! Jé sais quelqués mots d'italien... cela pourra m'êtré fort utile.

Jé disais donc, superbe Ambroisiné, qué votré conduité a été magnifique!... vous avez montré un couragé... uné vaillance... vous sériez dé ma famillé qué vous né fériez pas mieux.

Cé damné Jarnonville... il né m'entend pas, jé crois qu'il dort.

— Oh! non, il ne dort pas... il pense... mais ce n'est pas à nous... je gagerais même qu'il ne voit pas que nous sommes là!

— Qu'il m'entendé ou non, jé m'en fiche!

Cé damné de Jarnonvillé, par un coup dé maladroit... car c'était un coup qu'on n'emploié jamais, on lé dédaigné! enfin, il a fait glisser mon épée dé ma main... et jé mé disais tout à l'heure : Mais comment diablé ai-jé pu lâcher Rolandé?... il faut qu'il y ait là-dessous quelqué maléficé!... car c'est la première fois qué jé suis désarmé...

Eh sandioux! jé viens dé lé savoir lé pourquoi, en essuyant la poignée dé mon arme...

Savez-vous cé qué j'ai trouvé après... à l'endroit où l'on met la main?... dévinez, jé vous lé donne en dix mille!...

— J'aime mieux que vous me le disiez tout de suite.

— Eh bien, ma touté bellé, j'ai trouvé uné bardé dé lard, roulée après la poignée dé Rolande.

Vous jugez alors qu'il n'est pas étonnant qué mon épéé ait glissé dé ma main...

Ah! cadédis, si jé savais qui m'a joué cé méchant tour dé barder mon épée comme un perdreau...

Vous riez, jé crois...

— Ah! dame, monsieur le chevalier! c'est que cela me semble si drôle qu'on ait traité votre rapière comme une volaille... il y a bien de quoi rire!

— Doutériez-vous dé cé qué j'avancé!... jamais lé mensongé n'a souillé ma vouché!...

Ténez, bellé fille... voilà encore cé maudit lard qé j'ai trouvé sur Rolande, je l'ai jété dans cé coin... vous pouvez l'y voir.

— Je ne doute pas de ce que vous dites, monsieur le chevalier; seulement, comme cette querelle avait attiré beaucoup de monde sur la place, et qu'il y avait là plusieurs ménagères, qui revenaient de faire leurs provisions et tenaient sous leurs bras des paniers bien garnis, il est probable que l'une d'elles aura laissé tomber sur votre épée, qui était à terre, ce beau morceau de lard, que sans doute elle cherche partout maintenant.

Cette explication ne parait pas être du goût de Passedix, car il pince ses lèvres avec un certain dépit, en murmurant :

— Il y a des personnes qui défigurent les choses les plus simples.

Mais, brisons-là...

Dités-moi maintenant, jeuné Hugonnetté, par quel miraclé avez-vous calmé si subitement la colère dé cé mécréant dé Jarnonville!...

Comment se fait-il qu'en voyant un pétit marmot dé trois à quatre ans, cé furibond, qui né connaît ni Dieu ni diablé, sé soit tout à coup apaisé?...

Jé vous avousse qué j'en ai été si surpris qué jé lé suis encore.

Sandis! je m'oppose d'avance à cé qué l'on violente un si ravissant minois.

Ambroisine fait signe à Passedix de la suivre dans le fond de la boutique, où le sire de Jarnonville ne peut ni les voir ni les entendre.

Le Gascon, fort curieux de savoir ce que la jeune baigneuse va lui dire, se hâte de se placer à côté d'elle sur un banc, et alors Ambroisine reprend la conversation, mais en ayant soin de parler à demi-voix :

— Il n'y a donc pas longtemps que vous connaissez le sire de Jarnonville?

— Non... un an environ... et encore jé né lé connais qué pour m'êtré trouvé avec lui dans quelques escarmouches... il sé bat bien, jé dois en convenir, mais c'est un mauvais garnément...

il né croit à rien... et moi, jé n'aimé pas les athées.

Jé suis un mauvais sujet avec les belles, un libertin, un coureur, un séducteur!... tant qué vous voudrez, j'en conviens... mais tout céla né m'empêché pas d'avoir dé la réligion... car sans ellé il n'y a point dé vraie chevalerie... et tous cés preux qui ont été sé battre en Palestiné né séraient plus qué des rodomonts.

Mais pourquoi m'adressez-vous cetté démande?

— C'est que si vous aviez connu le sire de Jarnonville depuis long-temps, il est probable que vous en sauriez autant que moi sur son compte, et que vous le jugeriez tout différemment.

'e vais vous dire ce que j'ai entendu ici...

Il y a cinq ou six mois à peu près, le Chevalier noir... comme on l'appelle aussi, venait de sortir de chez nous, où il avait raconté une de ses prouesses... il venait, je crois, de tout briser dans une hôtellerie.

Quand il fut parti, un gentilhomme déjà âgé, mais dont la figure inspirait le respect, dit à un autre seigneur qui se trouvait avec lui : Ce pauvre Jarnonville! comme il est changé! qui croirait, à le voir maintenant, qu'autrefois c'était l'homme le plus doux, le plus obligeant, le plus sage!... celui que l'on offrait pour modèle aux jeunes gentilshommes qui entraient dans le monde!...

— Et qui donc a pu le changer ainsi? répondit l'autre seigneur.

— Jarnonville était marié, et il perdit sa femme dont il était tendrement épris, mais elle lui avait laissé un enfant, une petite fille, qui était, dit-on, un ange de beauté, de gentillesse et de douceur.

Jarnonville adorait la petite Blanche... c'était le nom de sa fille; elle était devenue son seul amour, son unique bonheur, toute son espérance pour l'avenir; sans cesse occupé de procurer quelque plaisir, quelque joie à son enfant chérie, son chagrin conjugal s'était dissipé.

Heureux et fier d'être tout pour sa fille, qui croissait en grâces, en esprit, Jarnonville ne quittait presque jamais la petite Blanche.

A quatre ans, et c'est bien jeune encore!... à quatre ans, cet enfant comprenait tout ce qu'elle devait à son père, tous les sacrifices qu'il s'imposait pour elle, mais elle l'en dédommageait par son amour...

Jamais enfant de cet âge ne témoigna tant de tendresse à son père!...

S'il la quittait un instant, ses yeux se remplissaient de larmes;... mais dès qu'elle l'apercevait un sourire enchanteur illuminait sa charmante figure... pauvre petite!...

Vous comprenez comme il devait l'aimer!...

Eh bien, cette enfant, déjà si au-dessus de son âge par ses sentiments et son intelligence... cette jolie Blanche... il la perdit en quelques jours... une de ces maladies cruelles qui moissonnent l'enfance, et que les médecins ne savent pas encore guérir, emporta cette pauvre petite!...

Je ne vous peindrai pas la douleur de son père, cela me serait impossible...

Mais le malheur affreux qui l'avait frappé changea entièrement son caractère...

Jarnonville accusa le ciel, la Providence...

N'ayant commis dans sa vie aucune mauvaise action, il se révolta contre le sort qui le frappait... qui moissonnait ce petit être pour lequel la vie s'offrait si douce et si belle... enfin cet homme, si religieux jusqu'alors, cessa de l'être et blasphéma contre la Divinité.

Sourd à toute consolation, pendant longtemps il vécut dans la retraite...

Lorsqu'à force de sollicitations, ses amis parvinrent à le ramener dans le monde, ce n'était plus le Jarnonville d'autrefois...

Pour se distraire de son chagrin, il se mit de toutes les parties imaginées par les plus mauvais sujets de la ville; pas un duel, pas un tapage nocturne sans qu'il y prît sa part...

On le vit boire, se griser, jouer, passer des nuits, servir de second à tous ces jeunes écervelés qui jettent le trouble dans les ménages et dans les familles...

Il devint l'effroi des petits bourgeois, la terreur des cabaretiers, des hôteliers, de tous les gens honnêtes; enfin, il devint tout l'opposé de ce qu'il était autrefois...

Mais moi, je ne puis m'empêcher de le plaindre... c'est sa tête qui agit, et non son cœur... c'est le désespoir qui a changé son caractère...

Mais je ne le crois pas entièrement perdu! il porte toujours le deuil de sa fille...

Au milieu de ses orgies, il n'a pas voulu quitter ses sombres vêtements, et lorsqu'il paraît le plus animé par le jeu, le vin ou la colère, présentez-lui un enfant à peu près de l'âge qu'avait sa petite Blanche lorsqu'elle est morte, vous verrez sur-le-champ un changement magique s'opérer en lui... ses yeux se rempliront de larmes... et cet homme qui vous faisait trembler, deviendra muet et doux comme un enfant.

Voilà ce que le gentilhomme raconta à son ami.

J'avais écouté avec curiosité d'abord et ensuite avec intérêt... et depuis ce temps, quand je voyais le sire de Jarnonville, malgré son air dur ou brusque, il ne me semblait plus si méchant.

Aujourd'hui, lorsque je l'ai vu se mêler à cette bataille et se mettre

contre nous, avec sa grande épée dont il se sert si bien... je me suis dit : Ces pauvres voyageurs sont perdus...

Et, en effet, votre Rolande était déjà à terre et le bâton du paysan commençait à fléchir, lorsque je me suis rappelé ce que j'avais entendu...

Un petit garçon était près de là, dans les bras de sa mère; j'ai couru le prendre... et vous avez vu comme cela a réussi, puisque aussitôt le Chevalier noir a cessé de combattre, et a lui-même protégé le départ des voyageurs.

Passedix a écouté Ambroisine en faisant de temps à autre de ces petites mines qui annoncent que l'on a peu de croyance dans ce qu'on entend.

Quand elle a terminé son récit, il dit en secouant la tête :

— Entré nous, Bellé Baigneuse, cé qué vous vénez dé mé conter mé semblé fort extraordinaire, et jé crois l'histoiré du siré dé Jarnonville tant soit peu chimériqué!

— Pourquoi donc cela, seigneur? répond Ambroisine en quittant son banc. Elle ne me paraît pas plus extraordinaire que celle du lard qui entourait la poignée de votre épée; et il me semble que l'événement a prouvé que le récit de ce gentilhomme était vrai.

Passedix ne juge pas à propos de répondre.

Il se dirige vers Jarnonville, qui vient de se lever et se tient sur le seuil de la porte.

— Siré dé Jarnonville, dit le Gascon en tendant sa main au Chevalier noir, nous avons tous deux combattu en braves... vous avez été vainqûr, jé né vous en veux pas!... d'autant plus que je vous expliquerai cé qui a fait glisser Rolandé dé ma main...

Nous n'étions pas du même parti, mais puisqué la paix est faité, touchez là, et qué tout soit oublié!

Au lieu de mettre sa main dans celle qu'on lui présente, Jarnonville, qui n'a pas eu l'air d'écouter le Gascon, s'éloigne précipitamment par la rue, sans même lui répondre un mot.

— Qu'est-ce à dire, sandioux? s'écrie Passedix, qui est resté la main tendue, tandis que la fille de Hugonnet se retourne pour rire.

Eh quoi!... c'est ainsi qué cé malhonnèté sombrinos répond à ma politessé...

Décidément, cé Jarnonville n'est qu'un félon, un discourtois, qué jé châtierai dé la bonné façon à la première rencontre...

Et qu'on n'aillé pas fourrer des enfants entré nous, sandis! ou jé leur oonne de mon pied quelqué part!

En ce moment, un jeune bachelier qui s'était trouvé devant la maison de maître Hugonnet lorsque Cédrille et sa compagne y étaient bloqués, et qui avait disparu en même temps que Bourriquet, rentre dans la boutique du baigneur, en s'écriant :

— Ah! je sais où est la jolie fille, moi... je sais ce que la charmante Milanaise venait faire à Paris!...

— Tu sais céla, toi, pétit! s'écrie le chevalier Passedix en courant bachelier.

Oh! dis-moi vité cé qué tu sais! et jé té juré ma Rolande et mon parrain Chaudoreille, qué jé té régale d'un pot dé vin à la prémiéré fété carillonnée.

— J'aime autant vous le dire gratis!

— Eh bien, parle gratis, j'y consens; jé t'accordé tout cé qué tu voudras, mais parlé, jé murs d'impatience.

— Pendant que tout le monde restait là ébahi du départ subit des voyageurs, moi, j'ai suivi de loin le cheval; il allait au grand trot, mais j'ai de bonnes jambes... et je ne suis pas poussif.

— Arrivé donc, maudit bavard...

— Ce sont les voyageurs qui sont arrivés...

Ah! c'est-à-dire, ils se sont d'abord arrêtés pour demander leur chemin à un marchand de poteries, puis, ils ont repris le trot et se sont rendus rue Saint-Honoré, et arrêtés devant un bel hôtel...

— Dans la rue Saint-Honoré!... tu en es certain?...

Eh sandis! c'est mon quartier; voilà qui sé trouvé au mieux!... Mais à qui appartiennent cet hôtel?

— C'est l'hôtel de Mongarcin, où demeure maintenant mademoiselle Valentine de Mongarcin, avec sa tante, madame de Ravencile.

— Très-bien, cé pétit n'est pas trop bêté; poursuis.

— Les voyageurs sont entrés tous les trois dans la cour de l'hôtel... je dis tous les trois en comptant le cheval.

— Va donc, sandioux!

— Comme j'étais curieux de savoir ce qu'ils allaient faire là, je restai à flaner devant l'hôtel...

— C'est très-ingénieux.

— Justement, il en sortit bientôt un vieux serviteur qui connaît mon père, j'ai couru le questionner, et il m'a dit : Cette jeune fille vient ici pour être au service de mademoiselle Valentine de Mongarcin.

Il paraît qu'elle a été recommandée; aussi, c'est une affaire conclue.

Quant au paysan qui l'a amenée, il va se reposer un jour ou deux, puis il repartira pour son pays, à moins qu'il ne veuille aussi se placer à Paris; mais il paraît que ce n'est pas son goût.

Voilà ce que j'ai appris.

— Merci, merci millé fois, mon pétit; hôtel de Mongarcin, rue Saint-Honoré...

On mé verra souvent par là...

Sandis, jé suis fâché qué cé né soit qu'une femmé dé chambre...

Mais après tout, Dulcinée du Toboso n'était pas princesse... et, quoi qu'on dise, don Quichotte était un gaillard qoi en valait bien un autre...

Au revoir, pétit, tu sais qué jé té régale quand tu voudras.

Le chevalier Passedix s'éloigne par la rue des Mathurins et le jeune bachelier par la place Cambray.

Après une journée si bien employée, il était assez naturel que maître Hugonnet allât le soir visiter son cabaret habituel; le baigneur n'y manque pas.

Sans doute que l'affluence était grande, les événements du matin, en faisant causer davantage, devaient aussi faire boire plus souvent.

Le résultat est que maître Hugonnet revient chez lui fort tard, complétement gris, et très-enclin à l'attendrissement, comme c'est son habitude dans cette position.

Ambroisine, qui attendait son père, n'est point surprise de l'état dans lequel il est, et elle l'engage à monter se reposer.

Mais Hugonnet a des larmes aux yeux, et il pousse des gémissements en balbutiant :

— Ce pauvre Lambourdin!... ça me fend le cœur...

Figure-toi, ma fille, qu'il a été indignement rossé ce matin!...

— Je le sais bien, mon père... et vous aussi, puisque c'est vous qui l'avez battu.

— Moi!... tu crois... ah! quel malheur... ce cher ami Lambourdin...

Figure-toi qu'il a été battu tantôt, c'est abominable... pauvre Lambourdin... j'en ai le cœur gros...

Comment a-t-on pu rosser un si honnête homme!...

— Mais c'est vous qui l'avez battu...

— Moi!... pas possible...

Quand j'ai appris ça, j'en ai pleuré de douleur...

Pauvre Lambourdin!... je le vengerai!...

Et maître Hugonnet ne consent à gagner sa couche qu'après avoir encore pleuré sur son ami Lambourdin, et juré de le venger.

X

La place aux Chats.

Le chevalier Passedix demeurait sur la place aux Chats.

Vous ne serez peut-être pas fâché, lecteur, de savoir où était située cette place, dont vous chercheriez en vain aujourd'hui le moindre vestige, nous allons vous renseigner à ce sujet.

En mil six cent trente-quatre, la place aux Chats se trouvait tout près de la rue de la Ferronnerie, contre l'impasse des Bourdonnais, à l'endroit où l'on a percé la rue de *la Limace*.

Le cimetière des Innocents servait de clôture à l'un des côtés, et avait une entrée sur cette place, une seconde rue de la Ferronnerie, et enfin une troisième rue aux Fers.

Avant de se nommer *place aux Chats*, cet endroit s'appelait la *place aux Pourceaux*.

En 1575, la rue de *la Limace* portait également le nom de la *Vieille place aux Pourceaux*.

Ne vous figurez pas une de ces places spacieuses et aérées, comme vous en voyez de nos jours.

Ce que souvent on appelait place alors, ne serait pour nous qu'un pauvre carrefour.

Les maisons qui entouraient en partie la place aux Chats n'observaient entre elles aucune égalité.

L'une avait quatre étages, la voisine n'en possédait que deux; mais toutes laissaient voir leurs lourdes charpentes, leurs poutres énormes, qu'on ne jugeait pas alors utile de couvrir de plâtre.

De chacune de ces maisons le toit avançait et dépassait beaucoup le pignon, diminuant ainsi l'air et le jour; enfin, les croisées étaient mesquines, inégales et mal closes; les carreaux des fenêtres étaient petits et enfumés, les portes étaient basses, étroites, les allées sombres et crottées; les escaliers, noirs, sales, glissants, avaient pour rampes d'énormes poteaux en pierre ou en bois, et rien de tout cela n'était éclairé.

Ne regrettons pas la place aux Chats.

Sur la porte de l'une des plus hautes maisons de cette place, qui se trouvait vis-à-vis le cimetière des Innocents, il y avait une planche longue et large, peinte en jaune, et sur ce fond jaune on avait écrit en lettres rouges :

HÔTEL DU SANGLIER. ON LOGE EN GARNI A PIED,

MAIS PAS A CHEVAL.

L'hôtel du Sanglier avait trois fenêtres de front sur la place, c'était presque du luxe, et il était composé de cinq étages en comptant les lucarnes, huchées sur les toits.

C'était une des maisons les plus considérables de la place aux Chats, et, bien que l'enseigne prévînt qu'on ne logeait pas les chevaux, il n'était pas rare de voir s'y arrêter et s'y installer quelque cavalier; mais alors on menait son bidet chez un ânier, qui se trouvait sur la même place; celui-ci ne logeait point les cavaliers, mais il hébergeait volontiers leurs bêtes, et il avait presque toujours des locataires.

L'hôtel du Sanglier était tenu par une veuve, déjà sur le retour, et que l'on nommait dame Cadichard.

C'était une petite femme toute courte et toute grosse, qui avait été assez piquante, assez agaçante en son printemps, et même pendant son été; son défaut était de vouloir l'être encore, et d'oublier que ses cheveux n'étaient plus noirs, que sa taille n'était plus fine, que son teint n'était plus frais.

Elle avait toujours le regard vif, l'air gai, le petit mot pour rire; enfin, elle parlait de temps à autre de se remarier, de donner un successeur à feu Cadichard.

Mais les voisins de l'hôtel du Sanglier se demandaient alors où était le futur, car parmi les hôtes de la maison ou les étrangers qui la fréquentaient, on n'avait jamais remarqué que personne fît la cour à la veuve Cadichard.

Le filleul de Chaudoreille logeait à l'hôtel du Sanglier depuis plus d'une année; il occupait une petite chambre bien modeste sous les toits, au-dessus du quatrième.

Sa chambre ne recevait de jour que par une lucarne donnant sur la place, mais ne permettant pas de la voir, car la longueur du toit y mettait obstacle; d'ailleurs, cette lucarne, fort étroite, aurait tout au plus permis à une personne de passer sa tête.

Le mobilier de cette chambre était extrêmement modeste : il se composait d'une couchette en bois blanc, de la plus simple structure, et dont, par parenthèse, les pièces formant le dos et le pied étaient si mal jointes, que lorsque, par oubli, le grand et maigre chevalier voulait se permettre d'allonger ses jambes, il faisait aussitôt sortir toutes les vis de leurs écrous, le lit se démantibulait, la couchette s'évanouissait, et celui qui était dessus se trouvait bientôt couché sur le plancher.

Deux paillasses, un matelas plat comme une galette, et un traversin en foin composaient le coucher.

Près de ce lit peu moelleux, il y avait une petite table en chêne, deux escabeaux, puis un immense et large coffre sans couvercle, dans lequel le locataire avait le droit de placer ses effets; cela tenait probablement lieu de commode.

Quelques planches attachées à la muraille servaient d'armoire, et étaient ornées de ce qui était encore indispensable pour le locataire : on appelait cela une chambre garnie.

Il est probable cependant que toutes celles de l'hôtel du Sanglier ne se composaient pas d'un ameublement aussi piètre, et le chevalier Passedix devait en savoir quelque chose, car lorsqu'il était arrivé en premier lieu chez la veuve Cadichard, il avait alors occupé une chambre du premier étage; le terme suivant, le nouveau locataire était monté au second; trois mois après, le Gascon avait été mis au troisième; au terme suivant il avait occupé le quatrième, et enfin, pour le cinquième terme, qui était en train, on l'avait relégué sous les toits.

Mais, dans le cas où le chevalier aurait prolongé son séjour chez madame Cadichard, il pouvait être assuré, du moins, qu'on ne le ferait pas monter plus haut.

Pourquoi ces pérégrinations du brave Passedix à chaque époque du terme? c'est ce que probablement la suite nous apprendra.

En quittant la maison de maître Hugonnet, le chevalier gascon est revenu à grands pas vers la place aux Chats, tout occupé de la jolie étrangère dont il est devenu si subitement amoureux, il rêve déjà aux moyens qu'il pourra employer pour parvenir à la voir, et de temps à autre, il porte la main à sa ceinture, dans laquelle il place habituellement sa bourse ; mais le petit sac de peau dans lequel il renferme ses écus ne contient en ce moment que quelque menue monnaie en cuivre.

— Sandioux ! ma famille tardé bien à m'envoyer dé l'argent, se dit Passedix en secouant la tête avec humeur.

Et sans argent, il est bien difficilé dé corrompre des *servilurs...* dé faire remettre des billets doux !

Jé sais bien que mon génie suppléera à cé qui me manque... mais ela irait plus vite avec des espèces...

N'importe, allons d'abord mettre uné fraise d'une entière blanchur.....

Il faut aussi qué jé fasse recoudre ces deux boutons qui manquent à mon pourpoint... ensuite, j'irai mé placer en faction devant l'hôtel dé Mongarcin, et j'observerai cé qui sé passe, et quelles sont les personnes qui vont et viennent dans la place.

Passedix est arrivé à son hôtellerie ; il entre par la porte basse, puis, tournant à droite, pénètre dans une salle où se tient habituellement la maîtresse de la maison, et où les clefs de chaque locataire sont accrochées au mur, ayant chacune leur numéro.

La veuve Cadichard est assise dans un grand fauteuil, devant une table ; elle est en train de manger un potage aux légumes, qui est tellement épais, qu'on pourrait en piquer un morceau avec une fourchette ; auprès de la soupière, d'où s'exhale une vapeur qui flatte assez agréablement un odorat à jeun, quatre œufs fort beaux sont placés dans une assiette sur une serviette.

Un coquetier et une grande provision de mouillettes qui se trouvent à côté de l'assiette, annoncent de quelle manière les œufs doivent être mangés.

En voyant entrer son locataire, la grosse et courte hôtesse lui a lancé de côté un regard dans lequel il y a du dépit et de la colère, mais presque aussitôt elle reprend son petit air guilleret et continue d'avaler son potage.

Le chevalier salue la veuve et se dirige tout de suite vers l'endroit où sont pendues les clefs, puis il s'écrie :

— Eh bien... qué signifie, cadédis !... ma clef n'est point à son clou... est-cé qué vous la possédez, madame Cadichard ?...

— Moi !...

Par exemple !... et pourquoi donc aurais-je la clé de votre chambre ?...

Est-ce que je vais dans votre chambre, moi ?...

Est-ce que j'y ai besoin ?...

— Alors, c'est donc la servante Popelinette qui l'a ?

— Apparemment !...

— Elle est donc en train dé faire lé ménage chez moi ?...

Cela sé trouve bien, car jé la prierai dé mé coudre deux boutons qui manquent à mon pourpoint...

Jé suppose qu'elle est pourvue dé fil et d'aiguille, commé doit l'être touté bonne servante.

— Je ne sais pas si Popelinette a sur elle du fil et des aiguilles, mais ce dont je puis vous répondre, c'est qu'en ce moment elle n'est point dans votre chambre.

— Alors elle est ici ; faites-moi lé plaisir dé l'appeler, dame Cadichard, jé suis pressé d'aller faire un *vout* dé toilette.

— Je suis désolée de ne pouvoir vous être agréable, monsieur le chevalier, mais Popelinette n'est pas à la maison... elle est sortie ; elle est allée faire une commission pour le nouveau locataire qui est ici depuis huit jours... et qui occupe mon bel appartement du premier.

— Ah ! votre premier est loué... j'en suis bien aise pour vous, ma respectable hôtesse, quoiqué cependant j'eussé lé droit dé mé plaindre pour la manière un peu dure dont vous ~~vous~~ êtes conduite avec moi !...

Capédébious... à chaqué terme vous mé faites déménager... monter d'un étage... sous prétexte qu'on a loué mon logément... tandis qué les souris seules m'y remplaçaient...

Savez-vous bien, veuve Cadichard, qué j'aurais eu lé droit dé mé plaindre dé ces procédés...

— Vous auriez eu aussi le droit de me payer chaque terme de votre appartement, et c'est ce que vous n'avez pas encore fait, monsieur le chevalier, car je ne connais pas encore la couleur de votre argent... depuis plus d'une année que vous logez chez moi...

— C'est vrai, ma famille est en retard... jé n'ai pas réçu ma pension depuis longtemps... mais on m'enverra tout cela en bloc !...

Après tout, quel tort vous ai-jé fait ?... Vous n'avez jamais eu chat dans votre hôtel du Sanglier !... Vous devriez mé rémercier dé donner un peu d'animation à cetté vieillé maison !

— Vous remercier... oui, si vous aviez été aimable... galant... empressé avec moi... on aurait peut-être pu ne point vous faire mon-

ter si haut... mais jamais vous n'avez passé une soirée ici pour me faire la causette !... Monsieur a toujours à courir par la ville !... monsieur a tant de bonnes fortunes !

Passedix se retourne en se pinçant les lèvres, et s'empresse de changer la conversation en s'écriant :

— Sandioux ! qué cé potage sent bon !... jé né sais pas de quoi Il se compose, mais cé doit être uné bien délicieuse macédoine, à en juger par le fumet.

La grosse hôtesse ne se laisse point toucher par cette exclamation ; elle continue de manger et de parler :

— Mais heureusement tous mes locataires ne ressemblent point à M. de Passedix ! il y en a qui payent et qui, de plus, sont fort aimables avec moi...

Ainsi ce nouveau venu... cet étranger qui est ici depuis huit jours... il a payé d'avance une quinzaine ; il n'a nullement marchandé sur le prix... je lui loue cependant mon premier quarante écus par mois...

— Bigre, c'est salé !

— Mais je suis sûre que cet homme-là est **un grand seigneur**... ce qui ne l'empêche pas cependant de causer souvent avec moi... il n'est pas fier du tout !... Hier je dînais seule, eh bien ! il s'est assis là et m'a tenu compagnie... c'est un bien joli garçon... et tout jeune encore... trente ans au plus !...

— Comment appelez-vous cé charmant cavalier ?

— Le comte de Carvajal, c'est un Espagnol.

— O diable ! lé comté dé Carvajal !... oui... il mé semble qué c'est uné grande maison d'Espagne...

Sandis, jé vous avouerai cependant, superbe hôtesse, qu'il mé paraît assez singulier qué cé grand seigneur, au lieu d'habiter un brillant hôtel dans lé quartier du Palais Cardinal ou dé l'Arsenal, soit venu sé nicher sur la place aux Chats... ayant pour vis-à-vis le cimetière des Innocents ! cé qui n'est pas absolument gai... et dans un hôtel où il n'y a pas moyen dé mettre ses équipages...

— Qu'est-ce à dire... monsieur Passedix... vous dénigrez mon hôtel à présent !... vous trouvez ce quartier vilain... et pourquoi donc êtes-vous venu vous y loger alors ?... et pourquoi y restez-vous depuis plus d'un an sur cette place aux Chats... que vous méprisez ?...

— Moi ! mépriser la place aux Chats !... Dieu m'en garde, ma chère madame Cadichard !... jé la trouve fort romantique, au contraire... et puis, moi qui n'ai *pur* dé rien, pas même des revenants et des fantômes, jé né suis pas du tout fâché dé loger juste en face d'un cimetière, car s'il prenait envie à quelqué mort dé vénir mé dire un petit mot la nuit... jé vous jure qué jé serais charmé d'avoir des nouvelles dé l'autré monde...

— Taisez-vous... impie !... il me fait frémir sur mon potage... vous savez bien que les morts ne reviennent pas !

— Jé sais qu'il y a une foulé dé choses qui né reviennent pas malheureusement... et vous lé savez aussi, grassouillette Cadichard...

— Qu'entendez-vous par là, monsieur le chevalier ?

— Eh mon Dieu !... qué lé temps fuit pour tout le monde....

Mais revenons à votre grand seigneur espagnol, qui a choisi l'hôtel du Sanglier pour demeure... il doit avoir uné suité nombreuse dé domestiques... des chevaux, des équipages...

— Pas du tout... il n'a rien de tout cela, il est seul... il paraît qu'il est à Paris incognito.

— Quoi ! pas un écuyer, pas un valet... pas la plus petité mule pour caracoler le long des fossés jaunes !

— Rien, vous dis-je... puisqu'il ne va pas à la cour, afin que les grands seigneurs de sa connaissance ne sachent pas qu'il **est** à Paris.

Passedix secoue la tête, en murmurant :

— Hom !... un grand d'Espagne qui n'a pas un pauvré pétit laquais à son service... ceci me semble *suspect* !... où passe-t-il donc son temps, cé beau cavalier, s'il né fréquente pas la bonné compagnie, les aimables débauchés de la cour et les raffinés commé moi.

— M. de Carvajal ne sort pas souvent dans la journée... D'abord comme il ne veut déranger personne, il a défendu à Popelinette de l'attendre ; il m'a priée de lui donner une double clef de la porte de la rue ; de cette manière, il peut rentrer dans la nuit à l'heure qui lui convient... et il a même l'attention de ne pas faire de bruit, car on ne l'entend jamais ni aller ni venir... il paraît qu'en Espagne on a l'habitude de se promener la nuit.

— En Espagne, c'est possible, parce qu'il y fait chaud, et que les nuits y sont belles... mais ici... où il gèle encore lé matin... car notré printemps est diablement en retard...

Jé crois qué votre bel étranger est un gaillard qui fait ses coups à la sourdine... il doit y avoir là-dessous quelqué intrigué d'amour... quelqué mari qué l'on attrape...

Sandioux! cé n'est pas dé cela qué jé blâme votre Espagnol..... L'amour est uné si doucé chose... et quand cela nous prend... ah!...

Ici Passedix pousse un soupir qui se prolonge tellement, que son hôtesse laisse tomber sa cuiller, et le regarde comme pour tâcher de deviner si elle est pour quelque chose dans ce gémissement.

Mais, au lieu de répondre à l'œillade mutine de la veuve Cadichard, le Gascon se retourne brusquement, et marche dans la chambre, en s'écriant :

— Cadédis! Popelinette né revient pas... c'est insouténablé... je veux m'habiller, moi!...

— Vous habiller? je ne vous connais pas d'autre pourpoint que celui-là.

— C'est possible, mais il y a différentes manières dé l'ajuster; d'ailleurs, jé veux mettre une fraise blanche... enfin, il faut qu'on mé recouse deux boutons...

— Mon Dieu! vous avez donc un rendez-vous pour cette après-dînée?...

— Quand cela serait, il mé semble, veuve Cadichard, qué ce sont mes affaires...

Voulez-vous mé recoudre mes boutons?...

— Moi! j'en serais bien fâchée; adressez-vous à votre maîtresse.

Passedix frappe du pied avec impatience.

En ce moment, on ouvre brusquement la porte de la salle, et le Gascon pousse un cri de joie, car il croit voir entrer la servante de l'hôtellerie; mais il est bien vite détrompé.

Au lieu de Popelinette, c'est l'étranger qui paraît sur le seuil de la porte.

XI

L'étranger.

Le nouveau locataire de l'hôtel du Sanglier s'est arrêté sur le seuil de la porte, en apercevant dans la salle quelqu'un avec son hôtesse; il a même fait un mouvement rétrograde, comme s'il ne voulait pas entrer.

Mais bientôt, changeant d'idée, il pénètre dans l'intérieur de la chambre, marchant avec une certaine gravité, qui n'est point dépourvue de distinction.

Le chevalier gascon examine avec curiosité le personnage qui vient d'arriver, car il se doute bien que c'est l'étranger que dame Cadichard est si flattée de loger; il veut voir s'il mérite les pompeux éloges que son hôtesse a faits de lui.

Un seul coup d'œil suffit à Passedix pour se convaincre que la galante veuve n'a rien dit de trop.

Le cavalier qui vient d'entrer est jeune encore : sa taille est élevée et bien prise, ses traits sont beaux et fins, ses yeux un peu couverts, mais remplis de feu et d'expression; il n'a point de barbe au menton, mais seulement de petites moustaches légèrement retroussées par le bout.

Il porte avec grâce un riche manteau de velours, jeté sur un élégant pourpoint de couleur tendre; une belle plume blanche est en partie couchée sur les larges bords de son chapeau, et l'épée qui est à son côté est passée dans un ceinturon orné de riches passementeries.

L'étranger salue avec beaucoup de courtoisie en pénétrant dans la salle.

Passedix s'empresse de lui rendre sa politesse, tout en disant :

— Il est bien, sandioux!... jé suis trop justé pour le nier... Presqué aussi bel hommé qué moi, et cé n'est pas peu dire.

La veuve Cadichard s'est hâtée de se lever en voyant entrer son second locataire, auquel elle fait de profondes révérences en s'écriant :

— Monsieur de Carvajal, je suis bien votre servante... j'ai bien l'honneur de vous saluer...

Prenez donc la peine de vous asseoir, monsieur le comte... désirez-vous quelque chose?

C'est peut-être Popelinette que vous cherchez...

Elle n'est pas encore revenue... cela vous impatiente...

Elle n'est pas vive quand on la charge d'une commission...

Voulez-vous que j'aille au-devant d'elle... monseigneur?

L'étranger laisse passer ce torrent de paroles, puis répond en souriant :

— Ce que je veux d'abord, ma chère hôtesse, c'est que vous ne vous dérangiez pas, et que vous continuiez de prendre votre repas...

— Ah! par exemple, monsieur le comte, je n'en ferai rien... je sais trop ce que je vous dois...

— Alors, madame, vous m'obligerez à me retirer, car je n'aime pas les cérémonies.

— Ah! monsieur le comte... puisque vous le voulez . puisque vous l'ordonnez... ce sera donc pour vous obéir... mais permettez-moi de vous présenter un siége d'abord...

Pendant que madame Cadichard se donne beaucoup de mouvement pour chercher son plus beau fauteuil et la plus belle place de sa salle pour l'y poser, Passedix s'est approché du nouveau venu, et, tout en cherchant à dissimuler avec son manteau les endroits de son pourpoint qui manquent de boutons, lui adresse la parole :

— Jé présume qué j'ai l'avantage de saluer un de mes voisins...

Jé dis voisins, parce qué nous habitons tous deux en même hôtel... seulement, jé suis en haut et monsieur le comte est en basse!...

Mais les gens d'honnur sont toujours sur le même terrain!...

— Ah! monsieur demeure dans cet hôtel, répond l'étranger en inclinant la tête devant le Gascon.

— Si vous voulez bien lé permettre...

— Comment donc, monsieur; mais je ne puis qu'être flatté d'avoir le voisinage de monsieur...

— Castor Pyrrhus de Passedix... filleul du très-honorable Chaudoreille, qui né m'a laissé qué cette épée... sa bonne Rolande, une fîné lame, dont j'ose dire qué jé me sers avec honneur!... ma réputation est faite dé cé côté!

Et monsieur est le comte de Carvajal, cé noble Espagnol qué damé Cadichard est si heureusé dé loger à l'hôtel du Sanglier!...

— Madame Cadichard devrait alors avoir un peu plus de discrétion, et respecter l'incognito que désirent garder ses hôtes.

La grosse hôtesse a rougi en entendant ces paroles, elle sent qu'elle mérite ce reproche, et dans son désespoir laisse retomber la cuiller qu'elle allait porter à sa bouche, et qui demeure plantée droite dans le potage.

Mais l'étranger, tout en se laissant aller dans le fauteuil qui est près de lui, reprend d'un air presque riant :

— Cependant je ne me sens pas le courage d'en vouloir à notre bonne hôtesse, puisque je lui devrai la connaissance d'un aussi illustre cavalier que M. de Passedix, qui, j'en suis persuadé, ne trahira pas, lui, cet incognito que des circonstances graves m'obligent à garder en ce moment à Paris.

Le Gascon fait un nouveau salut, pendant lequel il a soin de ne point lâcher les coins de son manteau, et répond :

— Vous pouvez compter sur ma discrétion, monsieur le comte; les secrets qué l'on mé confie descendent avec moi dans la nuit du tombeau, à moins qu'on né mé relève dé mon serment.

Puis le chevalier saisit une chaise et va se placer contre la table, en face madame Cadichard, qui vient de prendre un des œufs qui sont sur l'assiette, et cherche une façon élégante pour le casser et y tremper des mouillettes devant son illustre locataire.

— Jé né me permettrai pas de demander à monsieur le comte comment il passé son temps à Paris... ce sont ses affaires, et jé né mé mêle jamais des affaires d'autrui!...

Mais j'ose dire qué pour un étranger qui désirerait connaître les plaisirs, les joyeuses réunions dé la capitale, jé sérais un guide précieux!...

Jé suis très-répandu dans lé grand monde...

Jé suis un gai compagnon, un rude convive... tous les raffinés tous les jeunes seigneurs qui aiment à combattre, à boire et à courtiser les belles, sont dé mes amis...

A-t-on besoin d'un second pour un duel... d'un quatrième pour uné partie galanté, Passedix est toujours là!...

Jé n'aime pas à mé vanter, mais je pourrais citer dé moi des exploits qué n'auraient pas désavoués les Amadis et les Renaud!...

— Il suffit de vous voir, chevalier, pour ne point douter un moment que vous n'obteniez des succès dans tous les genres!...

— Monsieur le comte est trop honnête!...

Mais il est bien vrai qué jé né compte qué des victoires! sandioux

— Il me semblait, murmure la petite veuve, en enfonçant avec précaution une mouillette dans son œuf, que vous étiez resté quinze jours sur le dos, par suite des coups que vous avez reçus la dernière fois que vous avez voulu empêcher de dormir plusieurs bourgeois de la rue Mauconseil...

Passedix lance un regard furibond sur son hôtesse en s'écriant :

— Non pas! non pas! vous faites errur, dame Cadichard... jé mé

suis couvert de gloire dans cette affaire... et si j'ai gardé quelque
temps lé lit ensuite, c'est que dans la chaleur du combat, jé mé suis
donné une entorse, ce qui m'a empêché pendant quelques jours de
vaquer à mes rendez-vous habituels...

Vos œufs sont trop cuits, belle dame. vous né pourrez jamais enfoncer une mouillette là-dedans!... jé vous conseille de les manger
en salade...

— C'est bien, monsieur le chevalier, je les aime comme cela...

Mon Dieu! monsieur le comte, que je suis donc fâchée que ma servante vous fasse attendre ainsi...

— Il n'y a pas de mal, madame, rien ne me presse...

—Si, du moins, j'avais osé offrir quelque chose à monsieur le comte...
mais ce déjeuner n'est pas digne de lui...

—Je le trouverais très-bon, si je n'avais déjà pris le mien.

— En tout cas, cé né sont point des œufs à la coque qué vous
offririez à vos locataires... car ceux-ci sont bel et bien durcis... commé
des œufs de Pâques...

— Ah! que vous êtes taquin, monsieur le chevalier...
Mais je crois que vous vous connaissez fort peu en cuisine!

— Sandioux! dame Cadichard, jé m'y connais beaucoup, au contraire....

Mon parrain Chaudoreille donnait quelquefois à ses amis des festins
qui duraient toute une semaine; jé mé rappelle qu'on y mangeait
les primeurs des quatre parties du monde, et qu'il n'était pas satisfait quand ses convives né sé donnaient point une indigestion...

Si M. de Carvajal n'avait point une buvette de prédilection,
je lui aurais enseigné un cabaret où l'on mange les plus délicieuses
têtes dé veau!... et des lapins sautés en crapaudine... on jurerait des
lièvres...

— Je vous remercie, chevalier, mais je ne prends pas mes repas au
cabaret.

— Jé comprends... jé comprends...

Vous préférez l'ombre et le mystère... près de quelque bellé dame
qui vous attend dans sa petite maison... car nous avons des dames
qui en ont aussi... j'en sais quelqué chose... j'ai soupé dans plus d'un
dé ces ravissants séjours... après la porte Saint-Antoine, dé l'autre
côté des fossés jaunes.

Jé né suis pas curieux, jé né veux pas vous adresser de questions
indiscrètes... mais entre nous, monsieur le comte, jé mé permettrai
dé vous donner un avis... c'est que, la nuit, il ne fait pas très-bon
dans certains quartiers dé Paris...

On y est attaqué, volé, et quelquefois assassiné, sans qué personne
y vienne mettre empêchement...

Jé vous préviens dé cela, parce que notre hôtesse m'a dit qué vous
sortiez fort tard et rendriez à des heures très-avancées de la nuit...
c'est imprudent! fort imprudent!...

— Ah! madame vous a dit cela? répond l'étranger, en jetant sur
la veuve Cadichard un regard qui arrête au passage une de ses
mouillettes.

— Moi, murmure la petite femme, j'ai dit... c'est-à-dire... non...
je n'ai rien dit...
Je ne sais pourquoi M. le chevalier me fourre dans tout ce qu'il
invente...
Il ferait bien mieux de me payer les termes qu'il me doit!

—Qu'est-cé qué c'est! veuve Cadichard!... jé crois que vous osez
diré qué j'invente...

Ah! cadédis, celui-là est trop fort!... j'invente quelque chose,
moi!

Vous né mé disiez pas encore tout à l'hur qué M. le comte vous
avait demandé uné double clef dé la porte de la rue, afin dé pouvoir
aller et venir la nuit sans déranger personne... et qu'il avait défendu
à Popelinette dé l'attendre... et qué c'était la mode en Espagne dé sé
promener la nuit...

A quoi jé vous ai répondu qu'il né faisait pas chaud en France
comme dans le beau pays des Andalouses...

Ah! j'inventé tout céla... sandioux!

Si tout ce que je viens dé diré né m'a pas été appris par vous, jé
veux qué cet œuf m'étouffe à l'instant...

Tenez!... quand je vous assurais qu'ils étaient durs..... non..... jé
suis un ignorant... jé né mé connais pas en cuisine... et celui-ci de
même... ils le sont tous!...

En disant cela, la Gascon avait pris un œuf et l'avait très-habile-
ment dépouillé de sa coquille, après quoi il n'en avait fait qu'une bouchée, et il était en train d'avaler un second œuf, lorsque son hôtesse
saute avec colère sur l'assiette dans laquelle sont les autres et la met
sur ses genoux, en disant :

— Eh bien, monsieur, avez-vous bientôt fini d'avaler mes œufs,
comme si c'étaient des petits pâtés?....

En vérité, vous ne vous gênez pas...

Si ce n'était par respect pour M. le comte... je vous dirais ce que
je pense de votre conduite...

— Qué mé diriez-vous, agaçante Cadichard, qué jé suis un libertin, un volage, un séducteur... et qué jé vous dois quatre termes?...
Eh cadédis! cé n'est pas un crime; tous les jours un gentilhomme
de bonne maison se trouve à court d'argent... et quelque temps
après, il roule sur l'or et les doublons... n'est-il pas vrai, monsieur
de Carvajal?

— Cela est en effet très-commun, monsieur le chevalier.

Jé connais en ce moment plusieurs nobles seigneurs qui sont dans
ma position...

Tenez, entre autres, lé jeune comte Léodgard dé Marvejols... dont
vous avez sans doute entendu parler.

— Oui... ce nom ne m'est pas inconnu.

— C'est une des plus anciennes familles du Languedoc!

Le vieux comte dé Marvejols est fort riché, mais il est un peu sévère pour son fils... il n'a pourtant que celui-là...

A la vérité, Léodgard a mangé un peu lestement la fortune qu'il
avait eue de sa mère...

C'est un gaillard qui va bien... un brave dans mon genre... il aime
le jeu, le vin et les belles...

Oui, tendre Cadichard, nous aimons les belles... mais il né faut
pas qu'elles se fâchent quand nous nous permettons de humer un petit
œuf en leur honneur...

Pour en revenir à Léodgard, il a eu dernièrement du malheur!...
Il venait, contre son habitude, de gagner au jeu une somme assez
rondelette, lorsqu'en revenant seul, la nuit, à son hôtel, il a été attaqué et dévalisé par Giovanni... vous savez... ce fameux voleur, qui
est en cé moment l'effroi de la capitale... vous devez en avoir entendu
parler, monsieur le comte...

—Non... voilà la première fois que j'entends prononcer ce nom.

— Vous m'étonnez...

— Sandioux!.... Giovanni a déjà une réputation colossale en ce
pays...

Il faut que ce soit un gaillard bien fort à l'épée pour avoir vaincu
lé jeuné Marvejols, qui se bat... presque aussi bien qué moi...
Aussi, tout le monde en a pur...

Quant à moi, je vous jure qué c'est tout le contraire... jé serais
même très-satisfait de rencontrer ce fameux volur...

— Ah! c'est que vous n'avez pas peur qu'il vous vole, vous! dit la
petite hôtesse en serrant ses lèvres avec malice.

—Toujours des petits mots piquants, tendre Cadichard!... jé vous
les passé, jé passé tout aux belles...

—Et pourquoi seriez-vous satisfait de rencontrer ce... ce Giovanni,
monsieur le chevalier, dit l'étranger tout en jouant avec le nœud de
son épée.

—Pourquoi, monsieur le comte, parce qué jé mé flatté, moi, que je
serais plus heureux qué ce pauvre Léodgard!... et ce maudit coquin
recevrait dé ma main le prix dé ses brigandages... jé me procurerais
lé plaisir de lui enfoncer six pouces dé Rolande dans la gorge... Ah!
sandioux! jé vois d'ici la grimace qu'il ferait!... Cela vous fait rire,
monsieur de Carvajal?...

— Mais oui... c'est que je pense aussi que dans ce combat, l'un
des deux pourrait en effet faire une singulière grimace.

— L'un des deux... vous doutez donc dé ma victoire...

— Je ne doute nullement de votre valeur, chevalier, mais quant à
votre triomphe, permettez-moi de penser qu'il ne faut rien affirmer
d'avance... les plus vaillants sont vaincus quelquefois; la fortune est
capricieuse pour les guerriers comme pour les amants!...

Passedix se pince les lèvres et fronce légèrement les sourcils. L'hôtesse, qui vient de se décider à éplucher aussi ses œufs, dit en s'adressant à son locataire du premier :

— En tout cas, monsieur le comte, il est toujours prudent de ne
sortir la nuit que bien armé... moi, je n'ose pas aller au théâtre de
l'hôtel de Bourgogne, parce que cela finit trop tard!... il est quelquefois huit heures et demie quand on termine la belle tragédie de
Sophonisbé, de *M. Mairet*, que j'aurais bien voulu voir cependant!...

—*Sophonisbe!*... ma foi, jé préfère sa dernière tragédie, le *Duc
d'Ossone*... les vers en sont plus ronflants, lo sujet plus belliqueux...
et vous, monsieur lé comte?...

— Je ne vais point à la comédie.

—Où diable va-t-il donc, cet Espagnol! se dit Passedix en se dra-
pant dans son manteau, jamais à la cour, jamais au cabaret, jamais
à la comédie... il veut nous faire croire qu'il est toujours fourré avec
les cotillons.

Et le Gascon se balance sur sa chaise et se caresse le menton en
reprenant :

— Moi jé fréquente beaucoup les spectacles...

— Vous allez au théâtre de *Brioché* sur le Pont-Neuf!... dit en riant madame Cadichard, on voit la parade en dehors... ça ne coûte rien!...

— Jé *vaisse* où jé veux, madame!... il mé semble qué j'en ai lé droit... les marionnettes de *Brioché* né sont pas à dédaigner, et la preuve, c'est que la foule s'y porte, gens du monde et badauds, belles dames et bourgeoises.. mais cela né m'es-pêche pas d'être un des plus assidus de l'hôtel dé Bourgogne... jé connais toutes les pièces de *Alexandre Hardy*... et jé crois qu'il en a fait plus de six cents.... c'est mon auteur favori à moi et jé lé préfère à cc *Jean Mairet* qui est comblé dé faveurs par le cardinal de Richelieu, le duc de Longueville et le comte de Soissons, parce qu'il a fait une douzaine dé tragédies... bellé vétille, vraiment! auprès des six cents pièces de *Hardy*! Ah! cadédis! si je m'étais mêlé d'écrire, moi!... on en aurait vu bien d'autres!... mais l'épée me plaît mieux qué la plume.... il né faut point déroger!...

En ce moment une vieille servante de soixante et quelques années, dont la peau est d'un jaune tellement foncé, qu'on pourrait, au besoin, la faire passer pour une Mauresque, entre dans la salle et court à l'étranger. C'est Popelinette qui s'est acquittée de sa commission.

— Voilà, monsieur le comte, tout ce que vous m'avez demandé... des gants, des parfums... tout ce qu'il y a de plus fin... de plus coquet... et puis des mouches, du fard... et voilà ce qui me reste de monnaie...

— Très-bien... gardez cela pour votre peine...

— Ah! vous avez bien de la bonté, monseigneur! je vous remercie bien humblement!

— Il veut donc sé déguiser en femme, célui-là! se dit Passedix en lorgnant du coin de l'œil les emplettes que Popelinette vient de déposer sur un meuble.—Du fard! des mouches! des parfums! ah! fi donc! tout cela est bon pour des bergers d'Arcadie... Jé commence à prendre une singulière opinion de cet Espagnol!

— Vous avez été bien longtemps pour faire la commission dont M. le comte vous avait chargée, dit la grosse Cadichard à sa servante. Il faudrait tâcher de mettre un peu plus de vivacité dans vos jambes lorsque vous sortez...

— Mais madame, je suis allée chez le meilleur parfumeur de la rue Saint-Honoré... c'est près du couvent des Capucines, il y a loin.

— M. le chevalier Passedix vous attendait avec impatience... il a besoin de vous... des boutons à recoudre à son pourpoint...

— Encore! murmure Popelinette en faisant un geste assez peu honnête.

— Qu'est-ce à dire encore? s'écrie le Gascon en relevant la tête, est-ce que vous n'êtes point ici pour servir les locataires? Jé trouve votre réponse un peu lesté, ma mie!

— Mon Dieu! monsieur le chevalier, ne vous fâchez pas; je ne refuse pas de faire ce qu'on me demande! seulement je voulais dire que votre pourpoint a déjà été si souvent recousu et rapiécé, que les boutons qu'on y mettra pourront bien ne pas tenir... faute d'étoffe sur quoi mordre...

— On voit bien, vieillé Popelinette. qué vous n'avez plus vos yeux de vingt ans! sans quoi vous ne médiriez pas ainsi d'un vêtement qui est présqué neuf et qui né doit se ces diverses reprises qui le couvrent qu'aux nombreux coups d'épée qué j'ai reçus en combats singuliers et autres... mais ce sont des titres de gloire, voilà pourquoi jé tiens à ce pourpoint; j'en achèterais un neuf qué dans huit jours il serait criblé de coups d'épée comme celui-ci... on né va pas à l'eau sans se mouiller... Eh donc, la fille, prenez du fil et une aiguille et finissons-en... car la journée s'avance et jé devrais déjà être ailleurs qu'ici!

La vieille servante va tout en grommelant prendre ce qui lui est nécessaire pour rafistoler le vêtement du Gascon. Depuis quelques instants l'étranger examinait ce que Popelinette lui avait apporté, puis il renfermait avec soin le tout dans du papier, mettant chaque objet l'un après l'autre dans sa poche comme quelqu'un qui se dispose à sortir.

— Oui, sandioux! reprend Passedix en déboutonnant une partie de son pourpoint pour que la servante puisse y coudre plus facilement, — oui... il mé tarde de poursuivre certaine aventure, dont l'héroïne dame lé pion à Vénus dé Médicis!...

— Oh! monsieur le chevalier fait comme cela des Vénus du premier nez retroussé qu'il rencontre! dit la veuve Cadichard, en haussant les épaules.

— Vous croyez cela, agréable hôtesse, il me semble cependant qué je né vous ai pas prouvé qué j'avais mauvais goût!

La maîtresse de l'hôtellerie darde ses petits yeux sur le Gascon comme quelqu'un qui né sait pas s'il doit prendre en bien ou en mal ce qu'on lui dit; Passedix continue :

— Au reste, cette connaissance s'est faite d'uné façon si singulière... Ah! prenez donc garde, Popelinette, vous mé piquez comme si j'étais une pelote...

— Dame, monsieur, ce n'est pas ma faute! c'est vous qui remuez toujours!

— C'est dans ma nature, jé ne saurais être uné minuté sans remuer... cela tient à la chaleur dé mon sang!... c'est de la lave fumanté qui coulé dans mes veines... je suis un volcan... et puis l'image de cette Italienne est bien faite pour me donner des inquiétudes dans les jambes...

— Ah! votre conquête est une Italienne, monsieur le chevalier? dit l'étranger qui avait déjà fait quelques pas vers la porte, mais qu'il s'arrête alors en regardant Passedix.

— Oui, monsieur le comte; c'est-à-dire elle n'est pas précisément Italienne, quoiqu'elle porte le costume d'une Milanaise : elle est née dans le Béarn, mais il paraît qu'elle habite Milan depuis fort longtemps... Jé vous juré qué c'est un friand morceau qué cette petite Miretta!

En entendant prononcer le nom de Miretta, l'étranger n'est pas maître d'un mouvement de surprise, mais il se remet presque aussitôt, et, retournant se jeter dans le fauteuil qu'il avait quitté, s'écrie :

— En vérité, monsieur le chevalier, vous piquez vivement ma curiosité, et si je ne craignais pas d'être indiscret en vous demandant comment vous avez fait la connaissance de cette jeune fille que vous dites être si jolie... j'aurais un grand plaisir à vous entendre.

— Il n'y a aucune indiscrétion dans votre demande, comte, d'ailleurs la chose s'est passée devant de nombreux témoins et a fait assez dé bruit cé matin; jé gage que cé soir ce sera la nouvelle dé la cour et dé la ville. Je vais vous narrer le fait... Allez toujours, Popelinette, et qué céla né vous empêche pas de coudre mes boutons.

Le chevalier gascon fait alors le récit de ce qui s'était passé le matin devant la demeure de maître Hugonnet; et dans sa narration, emporté sans doute par l'intérêt qu'il porte à la jolie Milanaise, Passedix ajoute à la vérité une foule d'épisodes qu'il juge propres à augmenter l'effet de son récit; ainsi, il ne manque pas de dire que plusieurs fois en se jetant au-devant des épées qui menaçaient Cédrille, il a sauvé celui-ci d'une mort certaine; enfin c'est grâce à son courage que les deux voyageurs sont parvenus à échapper à la fureur de ceux qui les entouraient.

L'étranger a écouté le Gascon avec la plus grande attention. Lorsque celui-ci a fini de parler, il le regarde fixement et lui dit :

— Maintenant, que comptez-vous donc faire, chevalier?

— Eh, par Vénus! poursuivre l'aventure, guetter la petité, la rejoindre, lui déclarer ma passion... amollir son cœur... ceci est uné bagatelle!... le reste ira tout seul...

— Sans doute! murmure la veuve Cadichard, si cette jeune fille est une pas grand'chose qui écoute le premier venu!...

— Qu'appelez-vous premier venu, madame? est-ce à Castor-Pyrrhus dé Passedix qué vous osez adresser ces paroles... Sandioux! vous mé piquez, Popelinette... faités donc attention...

— Je veux diré, monsieur, que cette jeune fille ne vous connaît pas, et si elle est honnête...

— Eh cadédis! toutes les femmes sont honnêtes avant d'avoir péché... et depuis Ève qui s'est laissé tenter par le serpent, combien d'autres ont trébuché? Aye... cette vieille a résolu dé mé piquer comme un lièvre rôti.

— Mais pour guetter cette Italienne, reprend l'Espagnol, il faudrait d'abord que vous connussiez sa demeure à Paris...

— Oh! jé la connais... je sais où Miretta est en cé moment, jé sais même cé qu'elle vient faire à Paris... je suis parfaitement renseigné... mais sur cé chapitre, vous mé permettrez de garder le silence...

La petite est un morceau trop friand pour qué jé montre son nid à d'autres... et jé suis sûr qué vous trouverez qué j'ai raison d'en agir ainsi.

L'étranger se lève et salue le Gascon :

— Bonne chance dans vos amours, chevalier Passedix!

— Infiniment obligé; béaucoup dé plaisir dans vos promènades nocturnes, monsieur le comte.

L'étranger est parti.

L'hôtesse lui fait encore des révérences et Passedix murmure.

— Singulier personnage qué cé mosur dé Carvajal...

— Vous êtes recousu, monsieur dit Popelinette, mais dame, je ne réponds pas que cé... tiendra longtemps! l'étoffe est si mûre!...

— C'est bon... c'est bien... jé né vous demande pas cela... Il achète du fard... des mouches... des parfums.... c'est un mignon qué c t homme.

— Je ne vois pas, dit la petite hôtesse, que ce soit si désagréable de se parfumer.... et de répandre sur son passage une odeur agréable !

— Jé n'ai jamais eu besoin dé céla pour plaire!... et quand je mange du canard sauvage, jé n'aime pas qu'il sente lé musc !

Le Gascon quitte vivement la salle et monte à son cinquième, tandis que la veuve Cadichard s'écrie :

— Ah ! si j'avais un grenier au-dessus de sa chambre !

Popelinette range son fil et son aiguille en murmurant :

— Oh! non! il ne sent pas le musc, lui, il n'a pas besoin de s'en défendre !

XII

Valentine de Mongarcin.

Transportons-nous rue Saint-Honoré, dans un bel hôtel où tout respire la richesse, la splendeur, l'élégance, où l'on trouve dans l'ameublement et le choix des tentures ce qui se faisait de plus beau et de plus coquet à cette époque; nous trouvons là madame de Ravenelle et sa nièce Valentine de Mongarcin.

Madame de Ravenelle a soixante-douze ans; elle a été jolie, elle est encore fraîche et potelée, car les inquiétudes, les soucis, les peines de l'âme, qui vieillissent souvent plus vite que le temps, n'ont jamais assombri sa vie, qui s'est écoulée paisible et douce comme l'eau d'un ruisseau cachée par de hautes herbes, et que n'a jamais troublée le bâton du voyageur. La vieille dame, douée d'un caractère gai, insouciant et surtout égoïste, a su prendre avec philosophie ces petits malheurs dont personne n'est exempt dans le cours d'une longue carrière;

Tant pis, il n'a que ce qu'il mérite.

ayant un excellent estomac, et fort peu de sensibilité, elle se mettait toujours à table avec appétit, et n'avait jamais recours aux médecins.

Incapable de faire une méchanceté, ce qui aurait dérangé l'harmonie de son humeur, elle écoutait sans s'attendrir le récit des malheurs d'autrui ; cependant elle était volontiers humaine et faisait du bien quand cela ne devait lui causer nulle fatigue et nul souci.

Valentine de Mongarcin a été élevée au couvent, mais là, comme dans le monde, elle a su qu'elle était unique héritière d'un grand nom et d'une grande fortune; la flatterie, qui se glisse partout, pénétrait aussi dans les couvents; jolie, spirituelle, mais fière de son nom et de son rang, Valentine a vu de trop bonne heure que l'on s'empressait de satisfaire tous ses désirs, elle a grandi avec l'idée que jamais rien ne devait contrarier ses volontés; et, quoique portant un cœur sensible, une âme noble et capable de belles actions, Valentine a contracté un air hautain, dédaigneux, qui lui a fait peu d'amis.

Arrivée à l'âge de dix-huit ans, sa taille s'est développée, sa tournure est devenue noble et belle; ses traits sont purs, et les contours de son visage d'un fini parfait; ses cheveux d'un noir d'ébène, enfin ses grands yeux gris frangés de longs cils noirs, ont une expression fort séduisante, lorsqu'ils veulent bien ne point exprimer l'arrogance ou le dédain.

En quittant son couvent pour venir habiter dans l'hôtel de son père, Valentine ne s'est pas présentée à sa tante comme une jeune fille timide qui vient réclamer l'appui et la protection de la seule parente qui lui reste, elle est arrivée comme un conquérant faisant son entrée dans une ville qu'il vient de forcer à capituler; mais elle avait affaire à quelqu'un qui se mettait fort peu en peine des airs et du ton que l'on pouvait prendre.

Madame de Ravenelle reçut sa nièce avec ce sourire qui était stéréotypé sur son visage; elle la trouva belle et bien faite, elle en fut flattée; mais si Valentine eût été laide ou bossue, la vieille dame s'en serait tout aussi vite consolée.

Entre deux personnes de cette humeur, l'harmonie ne pouvait jamais être troublée, car à tout ce que Valentine avait demandé en arrivant, madame de Ravenelle avait répondu :

— Faites tout ce que vous voudrez dans l'hôtel ; commandez, on vous obéira... pourvu que vous ne dérangiez rien dans mon appartement et mon service.

J'ai mes femmes, vous aurez les vôtres; je ne vous contrarierai en rien, car la fille de mon frère ne saurait vouloir quelque chose qui fût indigne de son rang.

Enfin, quand la société que je reçois vous ennuiera, vous serez libre de ne point paraître au salon.

Mademoiselle de Mongarcin ne pouvait souhaiter plus de liberté et de pouvoir; la confiance que sa tante lui témoignait la flatta : elle se fût révoltée contre une amitié sévère qui aurait voulu la guider, elle devint aimable et affectueuse avec celle qui n'avait pour elle que de l'indifférence.

La jeune Valentine trouva tristes et sévères les vieilles tapisseries qui décoraient l'hôtel de Mongarcin; elle fit tout changer, tout renouveler ainsi que l'ameublement.

Mais on ne dérangea rien dans l'appartement occupé par madame de Ravenelle; quelques domestiques n'avaient point exécuté assez vivement les ordres de la jeune fille, celle-ci les renvoya et en prit d'autres.

Mais la femme de chambre et le vieux serviteur de sa tante étaient en dehors de son autorité.

L'hôtel de Mongarcin devint plus élégant, il prit un aspect plus gai, plus jeune; on y faisait souvent venir des musiciens, des jongleurs, des bohémiennes, cela divertissait Valentine, et cela était fort indifférent à madame de Ravenelle.

Cependant un jour la vieille dame avait dit à sa nièce :

— A propos, Valentine, avez-vous entendu quelquefois parler du jeune comte Léodgard de Marvejols ?

— Ce nom a déjà frappé mon oreille, et il me semble que mon père le prononçait souvent... Pourquoi m'adressez-vous cette question, ma tante?

— Parce que mon frère désirait beaucoup que le jeune Léodgard devînt un jour votre époux.

— Ah! mon père désirait cela...

— Oui, il me l'a encore répété avant de mourir.

Il était intimement lié avec le père du jeune Léodgard qui de son côté formait les mêmes vœux.

— Eh bien, ma tante?

— Eh bien, ma nièce.., vous épouserez le jeune comte, si cela vous convient!

— Ah! à la bonne heure, car certainement, si mon père vivait, il ne voudrait pas me contraindre!...

— Je ne sais pas ce que votre père aurait fait s'il eût vécu, mais je sais très-bien que je n'ai aucune envie de vous tourmenter.

— Vous êtes si bonne, ma tante!

— Mais oui, je suis assez bonne.

— Et le connaissez-vous, ce jeune comte de Marvejols?

— Je l'ai vu deux ou trois fois dans le monde.

— Comment est-il, ma tante?

— Fort joli garçon... fort bien tourné... et l'air assez mauvais sujet...

Mais ce sont de ces airs que les jeunes gens se donnent quelquefois dans le monde pour affecter de l'aplomb, de l'aisance... très-souvent cela ne signifie rien!

— Enfin... si ce M. Léodgard désire devenir mon époux, je pense qu'il viendra me faire sa cour d'abord...

— Mais cela est présumable... au reste, vous verrez sans doute bientôt à mes réunions son père, M. le marquis de Marvejols... c'est un homme très-considéré, très-bien en cour.... mais d'une humeur un peu sévère...

— Que m'importe! ce n'est pas le père qui désire m'épouser!

— C'est juste.

— Et si ce M. Léodgard partageait les désirs de son père, il me semble, ma tante, qu'il montrerait plus d'empressement pour me voir, car voilà près de deux mois que j'ai quitté le couvent et il ne s'est pas encore présenté à l'hôtel....

— C'est vrai, ma nièce, mais ce jeune homme est peut-être en voyage.

L'humeur toujours calme et égale de madame de Ravenelle impatientait quelquefois Valentine, dont le sang était vif et bouillant; mais elle dissimulait son impatience, parce qu'elle ne pouvait pas se fâcher contre sa tante qui était toujours de son avis.

Un mois environ après cette conversation, Valentine s'était trouvée à une grande soirée donnée par la duchesse de Longueville et y avait rencontré Léodgard.

Le jeune comte avait été présenter ses hommages à madame de Ravenelle et à sa nièce, mais avec cet air froid et cérémonieux d'un homme qui avait la plus grande répugnance pour le mariage et ne désirait pas satisfaire les désirs de ses parents.

De son côté, Valentine de Mongarcin, piquée du peu d'empressement que le jeune homme montrait à faire sa connaissance, avait reçu ses compliments avec un air de froideur et presque de dédain qui ôtait alors à sa physionomie tout le charme qu'elle avait quelquefois.

Nous avons vu que le résultat de cette rencontre avait fortifié Léodgard dans son désir de ne point former cette alliance.

Quant à Valentine, elle n'avait pas dit un seul mot de Léodgard, et de son côté, madame de Ravenelle avait cru devoir imiter son silence.

Un soir, après avoir reçu dans la journée la visite d'une de ses amies ou plutôt de ses connaissances du couvent, Valentine dit à sa tante :

— Mademoiselle de Vertmonteil m'a parlé ce matin d'une jeune fille que sa sœur a vue à Milan...

Cette jeune fille veut venir se placer à Paris...

On la dit adroite pour faire des modes... pour habiller; enfin, mademoiselle de Vertmonteil me l'a recommandée...

Ma femme de chambre est une sotte, qui ne sait pas me coiffer, j'ai envie de la renvoyer pour prendre cette Italienne...

Qu'en pensez-vous, ma tante?

Madame de Ravenelle, qui avait écouté tout cela comme choses qui lui étaient indifférentes, répondit :

— Vous ferez bien de faire ce qui vous sera le plus agréable, ma chère.

C'est quinze jours après cette conversation que Miretta fait son entrée à l'hôtel de Mongarcin, accompagnée de Cédrille, et encore émue des dangers qu'elle a courus devant la maison de maître Hugonnet.

Valentine attendait avec impatience l'arrivée de cette jeune fille, dont on lui avait dit des merveilles.

Elle était dans un immense salon où sa tante persistait à se chauffer, même lorsqu'il ne faisait plus froid, quand on lui annonce la jeune voyageuse; Valentine fait une exclamation de joie, en disant :

— Qu'elle vienne sur-le-champ me parler... je veux la voir tout de suite...

Ma tante, vous permettez qu'elle entre dans ce salon?

— Cela m'est parfaitement indifférent, ma nièce...

D'ailleurs, s'il vous venait quelque visite, je pense que cette jeune fille saurait qu'elle doit se retirer.

Miretta ne tarde pas à se présenter devant les dames; elle s'avance dans le salon d'un pas assez assuré; il y a de l'embarras, mais point de gaucherie ni de niaiserie dans sa démarche; enfin, la révérence qu'elle fait n'est pas dépourvue d'un certain charme.

Ajoutez à cela la beauté de ses traits, sa fraîcheur, sa jeunesse,

Il porte avec grâce un riche manteau de velours...

le piquant de son costume, et vous comprendrez que Valentine s'écrie :

— Eh mais... elle est très-gentille, cette petite !... Approchez... approchez...Vous vous nommez Miretta?...

— Oui, mademoiselle... Miretta Dartaize. Voilà la lettre de recommandation que l'on a bien voulu me donner..... pour mademoiselle...

— C'est bien .. oh! ceci est inutile; j'ai vu la sœur de la personne qui vous a donné cette lettre...Vous êtes Milanaise?

— Non, mademoiselle; je suis née à Pau dans le Béarn, mais depuis mon enfance j'habitais Milan ou les environs.

— Et vos parents ?

— Je les ai perdus de bonne heure, excepté une vieille cousine qui habite encore à Pau et dont le fils, qui a pour moi beaucoup d'amitié, a bien voulu se charger de m'amener à Paris.

— Et où est-il, ce garçon?

— Dans la cour de l'hôtel, mademoiselle...

— Comment avez-vous fait le voyage?

— A cheval tous les deux sur Bourriquet... c'est le cheval de Cédrille... oh! c'est une bonne bête qui nous a bien portés, et puis nous n'allions qu'à petites journées, pour ne pas trop fatiguer notre monture.

— Et votre compagnon de voyage, est-ce qu'il espère se placer à Paris?

— Oh ! non, mademoiselle, Cédrille n'est venu que pour me rendre service; mais il va repartir pour son pays... après qu'il aura pris un peu de repos à Paris...

— Ce Cédrille, qui est votre cousin, est aussi votre prétendu, peut-être? dit madame de Ravenelle en tournant nonchalamment sa tête du côté de la jeune fille. Celle-ci se hâte de répondre :

— Oh ! non, madame, Cédrille n'est pas mon prétendu... il m'aime bien cependant, et il m'avait demandé si je voulais être sa femme... mais je l'ai refusé, bien refusé, en lui disant que je n'aurais jamais pour lui que l'amitié d'une sœur... Cédrille a pris son parti, et il s'est contenté de cela.

—Pourquoi avez-vous refusé d'épouser votre cousin... il n'a rien... et ne sait rien faire, peut-être?...

— Pardonnez-moi, madame, Cédrille a du bien suffisamment pour vivre dans l'aisance... c'est un brave et honnête garçon... un bon travailleur qui se connait en culture, en labourage, mieux que personne de chez nous...

— Et malgré cela vous n'avez pas voulu être sa femme! reprend la vieille dame en fixant ses regards sur Miretta, qui baisse les siens et rougit, en balbutiant :

— Non, madame...

— Vous aviez quelque motif pour le refuser, sans doute...

— Mon Dieu !... un seul, madame... mais il me semble qu'il doit suffire en pareille circonstance... je n'ai pas d'amour pour lui... et sans amour je ne tiens pas à me marier.

— Oh! c'est très-bien répondu cela ! s'écrie Valentine en souriant à la petite; mais certainement ce motif-là est bien suffisant... est-ce que l'on doit épouser quelqu'un que l'on n'aime pas!... ce serait vouloir être malheureuse toute sa vie!

— Cela s'est vu pourtant, ma nièce!... et une femme n'est pas toujours malheureuse pour cela... c'est souvent le contraire qui arrive...

— Moi, ma tante, je trouve que Miretta a bien fait de ne point épouser son cousin, puisqu'elle n'a pas d'amour pour lui.

— Vous ne parlerez peut-être pas toujours ainsi, ma chère !...

— Miretta, reprend Valentine en se tournant vers la jeune fille, je vous prends à mon service, c'est convenu... je vous donnerai... combien faut-il lui donner, ma tante?

— Ce que vous voudrez, ma nièce...

— Eh bien, deux cents livres par an... est-ce assez, Miretta? cela vous convient-il?

— Oh! c'est beaucoup, mademoiselle!... je ne vaux sans doute pas tant que cela... je serai toujours satisfaite de ce que vous me donnerez... je ne tiens pas à l'argent!...

Madame de Ravenelle secoue la tête en disant :

—Vous ne tenez pas à l'argent... vous ne tenez pas à vous marier... ous ne tenez pas non plus à votre pays, puisque vous le quittez... à quoi donc aspirez-vous alors, petite ?

Miretta garde un moment le silence, puis elle répond enfin :

— Je tiens à être chez des personnes honorables... et à me rendre digne de leurs bontés.

— C'est bien cela! dit Valentine, voilà une réponse qui vous fait honneur .. Oh' vous serez heureuse près de moi, je l'espère.....

d'abord toutes les robes que je ne mettrai plus seront pour vous... et j'aime à en changer souvent. Mais il faudra me servir avec promptitude... être toujours là dès que je vous sonnerai, et ne jamais mettre le pied hors de l'hôtel... à moins que je ne vous envoie en commission.

La jeune fille relève vivement la tête en s'écriant :

— Quoi, mademoiselle!... ne jamais sortir de cet hôtel... mais je serai donc prisonnière alors!... je ne pourrai donc plus faire un pas librement... oh! non, non, je ne suis pas venue à Paris pour être privée de ma liberté... Je vous servirai fidèlement, mademoiselle, je serai soumise à vos moindres ordres... je travaillerai le jour et la nuit si vous le désirez... mais je veux quelquefois, lorsque j'en éprouverai le besoin, pouvoir m'envoler librement comme l'oiseau de nos campagnes... je reviendrai plus heureuse dans ma cage lorsque je saurai que la porte n'en est pas fermée pour moi.

— Allons, allons, mauvaise tête! dit Valentine en souriant. Soyez tranquille! vous ne serez point prisonnière! on ne vous empêchera pas de vous envoler quelquefois... Oh! comme ses yeux se sont animés pour nous dire cela.... elle a son petit caractère, à ce que je vois... tant mieux! je n'aime pas les gens qui ne savent pas avoir une volonté!...

— Mais, reprend madame de Ravenelle, puisque vous arrivez à Paris, où vous ne connaissez personne... et que votre cousin va repartir... qui donc irez-vous voir, quand vous sortirez... ce sera donc seulement pour vous promener...

— Pardon, madame, mais il y a déjà une personne que je désire aller voir pour la remercier du service qu'elle nous a rendu tout à l'heure à moi et à mon cousin... Ah !... c'est que madame ne sait pas que nous venons d'échapper à un grand danger... ce matin, avant d'arriver ici.

— Un danger... Voyons, contez-nous cela, petite.

— Venez là, dit Valentine, et asseyez-vous sur ce tabouret, car le voyage à cheval a dû vous fatiguer... Là, c'est bien, et contez-nous maintenant ce qui vous est arrivé ce matin.

Miretta fait un récit exact de ce qui s'est passé dans la rue Saint-Jacques, elle n'omet aucun fait, mais elle n'y ajoute rien. La vérité était assez piquante pour captiver l'attention des personnes qui l'écoutaient. Madame de Ravenelle ne peut s'empêcher d'y prendre intérêt, et Valentine est vivement émue, au point de s'écrier :

—Mais c'est indigne de la part de ces jeunes gentilshommes! vouloir forcer des gens qui passent leur chemin à s'arrêter, à leur servir de jouet... avez-vous retenu les noms de ceux qui vous insultaient?

— Mademoiselle, j'en ai entendu plusieurs... mais je n'en ai retenu que deux : le gentilhomme qui avait pris notre défense et s'est battu pour nous, après m'avoir offert d'être mon chevalier... pour plaisanter sans doute ; celui-là s'appelait Passedix...

—Passedix!... connaissez-vous un gentilhomme de ce nom-là, ma tante?...

— Non... aucunement!... c'est quelque chevalier d'industrie!

— Ensuite celui qui s'acharnait contre nous et dont l'épée redoutable brisait tous les obstacles... on l'appelait le sire de Jarnonville... oh! il avait l'air bien terrible celui-là...

— Le sire de Jarnonville! dit madame de Ravenelle, c'est un ancien nom... une noble maison... mais il y a bien longtemps que le descendant des Jarnonville ne se montre plus dans le monde... c'est-à-dire dans celui que fréquentent les personnes qui se respectent.

— Et dans tous ces jeunes seigneurs vous n'avez pas entendu que l'on en nommât aucun Léodgard de Marvejols?

— Non, mademoiselle, je suis bien sûre de ne pas avoir entendu ce nom-là.

— De quoi allez-vous vous inquiéter là, ma nièce?

— Je ne m'en inquiète pas, ma tante, mais puisque c'était un rassemblement de mauvais sujets, il me semblait tout simple que M. Léodgard en fît partie. Miretta, je comprends votre reconnaissance pour cette brave fille qui vous a... je ne sais comment, tirée du danger que vous couriez... vous ferez bien d'aller la remercier, car l'ingratitude est le vice des âmes basses, et il en annonce toujours d'autres. Allez à l'antichambre, demandez Béatrix, elle vous installera dans la chambre que l'on a préparée pour vous; ce n'est pas loin de la mienne et vous m'y entendrez vous sonner. Mais à propos, et ce Cédrille, votre cousin... qu'en avez-vous fait?

— Mon Dieu, mademoiselle, il est resté en bas dans la cour avec son cheval... je vais aller lui dire adieu... et il s'en ira.

— Mais ce garçon ne va pas repartir sur-le-champ pour le Béarn? il sera sans doute curieux de voir un peu Paris?...

— Oui, mademoiselle, mais il trouvera bien une auberge pour lui et Bourriquet...

Oh! Cédrille n'est pas difficile, il est capable de se loger dans une écurie avec sa bête.

— Je ne vois pas pourquoi votre cousin irait chercher un gîte, nous avons bien assez de chambres libres là-haut, et des écuries assez vastes pour que lui et son cheval aient besoin d'aller à l'auberge... N'est-il pas vrai, ma tante, que ce garçon peut se reposer ici quelques jours... il y a de la place dans les communs... il mangera avec nos gens quand cela lui conviendra de rester à l'hôtel...

— Je ne m'y oppose point ma nièce, arrangez tout cela comme vous le voudrez.

— Oh! madame et mademoiselle ont trop de bontés... et Cédrille viendra lui-même les remercier...

— Ce n'est pas la peine! dit la vieille dame, je le dispense de tous remercîments.

— Allez, Miretta, dit Valentine, allez apprendre à votre cousin qu'on le logera avec mes gens..... puis, voyez Béatrix qui vous installera.

Miretta fait plusieurs révérences et quitte le salon.

Valentine, qui l'a regardée s'éloigner, dit alors à sa tante :

— Cette jeune fille me plaît... n'est-il pas vrai, madame, qu'il y a en elle quelque chose d'original... je ne sais quoi de décidé... et de naïf qui charme?...

— Oui... oui! répond madame de Ravenelle en secouant lentement la tête, mais je crois aussi qu'il y a dans le fond du cœur de cette petite quelque chose qu'elle ne nous a pas dit.

— Quoi donc, ma tante?

— Je n'ai pas envie de me fatiguer la tête pour le deviner!...

— Moi je chercherai, ma tante; au lieu de me fatiguer, cela m'amusera.

— Comme il vous fera plaisir, ma nièce.

Miretta est descendue lestement dans la cour de l'hôtel, elle y trouve Cédrille qui semble être en faction près de son cheval.

Le pauvre garçon se tenait coi à côté de Bourriquet, auquel il avait donné quelques brins de foin restant de la botte attachée sur la croupe.

Le jeune paysan béarnais regardait avec admiration et respect les sculptures, les ornements qui embellissaient la partie intérieure de l'hôtel ; rien de si beau n'avait encore frappé sa vue depuis qu'il avait quitté ses champs, car, en arrivant dans Paris, il avait eu trop affaire à se frayer un chemin et guider son cheval à travers la foule, pour avoir le loisir de regarder autour de lui.

Cédrille sourit tristement en apercevant la jeune fille qui vient à lui.

— Ah! je vous attendais pour m'en aller, Miretta, et je vais tout de suite vous dire adieu, car je n'oserais pas revenir dans ce beau palais vous demander... je me sens tout embarrassé ici... je n'ose pas marcher de peur de faire du bruit!...

— Et pourtant, mon bon Cédrille, c'est ici que tu vas loger tant que tu resteras à Paris... On va te donner une chambre dans cet hôtel, ma nouvelle maîtresse le veut ainsi... elle a l'air noble et généreux, et ce qu'elle fait aujourd'hui pour toi, cousin, me la fait aimer déjà.

— Ah! bah!... il serait possible... comment, cousine, je vais être logé ici... moi... mais c'est un palais, ici...

— Non... ce n'est qu'un hôtel...

— Ah! mais, minute... et mon cheval... ce pauvre Bourriquet... je ne veux pas le quitter, d'abord...

— Tu ne le quitteras pas, Bourriquet sera mis à l'écurie, et tu dois penser que les chevaux y sont soignés.

— En vérité! Bourriquet sera nourri, et moi?...

— Tu le seras aussi, quand tu te trouveras ici à l'heure où dîne toute la maison de ces dames.

— Si c'est comme cela qu'on est traité à Paris... je commence à croire que tu y seras heureuse, cousine; mais il faut alors que j'aille remercier les maîtres de la maison qui veulent bien m'y héberger...

— Non, non... c'est inutile... il n'y a pas de maître ici, il n'y a que des maîtresses... mademoiselle Valentine de Mongarcin... à laquelle dès à présent je suis attachée, et puis sa tante... une vieille dame.... qui fait tout ce que veut sa nièce... j'ai vu cela tout de suite...

— Oh! tu es fine, toi, Miretta... et je ne dois pas aller remercier ces dames...

— Elles t'en dispensent...

A Paris, vois-tu, on doit se tenir chacun au rang où l'on est placé... Oh! par exemple, il y a quelqu'un que je veux aller remercier... mais cette personne-là n'est pas une grande dame, je suis sûre qu'elle sera bien aise de me revoir...

— Qui est-ce donc ?

— Cette brave jeune fille qui est venue se placer devant nous et nous défendre quand on nous insultait... quoi! tu aurais déjà oublié...

— Oh! non, non... je sais qui tu veux dire... et je me rappelle même que les jeunes seigneurs lui criaient : Otez-vous de là, Ambroisine, ce n'est pas votre place.

— Oui, tu as raison, elle se nomme Ambroisine.

Mais je vais aller trouver une dame qui m'installera dans ma chambre... et me dira ce que j'ai à faire; toi, Cédrille, tu es libre... tu peux aller voir Paris, te promener.... t'amuser.... faire tes volontés...

— Et toi, cousine, ce n'est plus de même, te voilà aux ordres des autres... mais tu l'as voulu, tu as préféré venir te placer à Paris, à être la femme de ton cousin... et tu sais bien cependant que tu aurais toujours été la maîtresse à la maison... et que c'est moi qui aurais été ton serviteur...

— Assez, Cédrille, assez! Je croyais qu'il était bien convenu que tu ne reviendrais plus sur ce sujet...

Je t'ai dit une fois pour toutes que je ne pouvais pas être ta femme...

— Oui, c'est vrai, mais tu ne m'as pas dit pourquoi tu ne pouvais pas l'être...

— Parce que ce n'est pas mon goût, apparemment; il me semble que ma volonté doit suffire.

— Ah! sans doute, si c'est à cause que tu ne m'aimes pas...

Au fait, on ne peut pas forcer les gens à nous aimer...

— Je t'aime comme un ami, comme un frère, Cédrille...

— Puisque je me serais contenté de cela pour être ton mari... et puis, on ne sait pas, l'amour serait peut-être venu après...

Mais voilà que tu fais tes yeux fâchés et tes sourcils en colère... Allons, c'est fini, cousine, je tiendrai ma parole, et je ne te reparlerai plus de cela...

— A la bonne heure, sans quoi je te dispenserais de me faire tes adieux...

Ah! Cédrille, ce soir... si tu voulais, tu me conduirais rue Saint-Jacques...

Je sortirai, si je le puis, à la tombée de la nuit.

— Je le veux bien... cousine, je t'attendrai dans la rue.

En ce moment, une femme d'un âge mûr vient à Miretta en lui disant de la suivre.

Tandis que la jeune fille s'éloigne en disant au revoir à son compagnon, un domestique portant une belle livrée à larges galons d'or s'approche poliment du paysan béarnais et l'engage à venir se rafraîchir à l'office.

Cédrille rend avec usure au domestique tous les saluts qu'il en a reçus et le suit en s'écriant :

— Ah! jarni, c'est pas de refus, monsieur, je me rafraîchirai volontiers et même je mangerai bien un morceau si on me le permet.

— Vous aurez ici tout ce que vous pouvez désirer, répond le valet en souriant.

— Allons, se dit Cédrille, voilà qui me raccommode avec Paris et me fait oublier la bataille de ce matin.

XIII

Le Cabaret du Loup de mer.

Cédrille a trouvé à l'office nombreuse compagnie ; valets de pied, cochers, laquais, gens de cuisine et les domestiques se sont fait un plaisir de bien traiter le nouveau venu, qui leur a été recommandé par leur maîtresse, et ne vient point pour leur faire concurrence, car ils savent que le paysan doit retourner dans son pays dès qu'il sera remis des fatigues de son voyage, et ceci est une raison de plus pour qu'ils lui fassent un agréable accueil.

On a fait conter au Béarnais ses aventures; la bataille dans la rue a beaucoup diverti la valetaille.

On boit au courage de Cédrille, à celui de sa cousine Miretta; on boit aux maîtresses du logis, puis à l'heureux retour du paysan dans ses foyers.

A force de porter des santés avec des vins excellents et comme jamais encore il n'en avait goûté, Cédrille se sent passablement étourdi, et lorsqu'il quitte la table et l'hôtel pour aller se promener dans Paris, c'est tout au plus si le Béarnais marche droit.

Mais Cédrille n'a pas fait deux cents pas hors de l'hôtel, ouvrant ses yeux le plus possible et s'arrêtant souvent pour se raffermir sur ses jarrets, qu'il sent un bras se glisser sous le sien, et entend une voix lui dire :

— Eh! sandioux! la rencontre est bonne... jé né m'y attendais pas!... mais jé m'en réjouis... Je dirai même plus, céla mé fait un vif plaisir, d'*honneur*!...

Eh donc!... cher ami... vous mé régardez d'un air étonné, comme si vous né mé reconnaissiez pas... auriez-vous déjà perdu lé souvenir d'un brave chévalier qui vous a vigoureusement défendu cé matin dans lé moment où votre péril était menaçant?...

Cédrille, qui s'écarquillait les yeux en examinant cet homme long, une et maigre, qui lui avait pris les bras, s'écrie enfin :

— Ah! mais oui, au fait... votre figure longue... c'est vrai... je l'ai déjà vue... et ce matin, lorsque tous ces beaux freluquets voulaient me forcer à descendre de cheval... c'est vous qui êtes venu vous mettre de notre côté... avec votre grande épée qui est longue comme un tourne-broche.

—Ah! c'est bien heureux, vous mé réconnaissez enfin, mon brave!...

J'espère que si mon épée est longue, cela né m'a pas empêché dé la faire joliment manœuvrer sur vos assaillants...

— Certainement, monsieur le chevalier...

Oh! vous n'aviez pas peur!...

— Pûr!... moi! je n'ai jamais compris qu'il y eût des poltrons!...

— Oui... oui... voilà que je me souviens de tout à présent...

Quel dommage que ce grand chevalier tout noir ait, du premier coup, fait tomber votre arme!

— Eh, sandis, mon très-cher, jé vais vous dire pourquoi...

Appuyez-vous sur moi... vous marcherez plus solidement...

— Ma fine, je le veux bien...

Je ne sais pas ce que j'ai ce soir... ou plutôt si... je le sais... ils m'ont tant fait boire à l'hôtel... et des vins si bons... ça m'a un peu étourdi... mais ça va se passer...

Qu'est-ce que vous disiez donc?...

— Jé vous disais que j'allais vous expliquer ce qui avait fait glisser Rolande dans ma main...

— Jarni... c'est le coup que l'autre... l'homme noir a donné dessus... Il tapait rude, celui-là!

— Eh non, cadédis! vous n'y êtes pas!...

Il aurait eu beau taper dix fois plus fort, jamais jé n'aurais lâché Rolande, qui a soutenu dé plus terribles assauts! mais figurez-vous, mon petit...

Appuyez-vous, ne craignez rien, jé suis solide, moi!...

Figurez-vous, brave Béarnais, qué l'on m'avait joué lé tour indigne d'entortiller d'une bardé de lard la poignée dé Rolande...

Alors, vous comprenez, c'est justement quand je l'ai brandie avec force qu'elle a glissé dans ma main...

— Ah! ben... pardi! v'là une drôle d'invention... fourrer du lard après une épée....

Mais quand vous l'avez tirée hors du fourreau, vous ne vous en êtes donc pas aperçu?

— Comment voulez-vous... dans la chaleur de l'action, quand il s'agit de sauver uné belle fille et un brave garçon on né s'amuse pas à examiner la garde dé son épée... enfin, c'est fini, nous avons été les vainqûrs... et grâce à mon sécours, vous avez pu poursuivre votre voyage...

Jé pense que vous êtes arrivés à bon port au but où vous tendiez?

— Oui, seigneur chevalier; ô mon Dieu! ma cousine est déjà installée à l'hôtel de Mongarcin...

— Ah! cette charmante petite brune que vous aviez en croupe, est votre cousine?

—— Oui, assurément... ma mère et moi nous sommes les seuls parents qui lui restent.

— Eh bien, je vous en fais mon compliment... vous avez une charante cousine... et, au fait, en vous regardant, oui, en effet, il y a la ressemblance... dans les coins de la bouche.

— Vous êtes le premier qui trouve que jé ressemble à Miretta...

Ah! jarni... il y a des trous par ici... Sans vous, monsieur le chevalier, je crois que je m'étalais dans la rue.

— Votre pied aura tourné.

— Oui... et puis ma tête qui fait un peu comme mon pied.

— Tenez-moi ferme, né craignez pas de vous appuyer... Jé suis de fer, d'acier...

— Moi, il me semble que mes jambes sont en coton... c'est que j'ai tant bu... Oh! quels fameux vins...

Comme ces laquais à livrée sont polis... ils me versaient toujours. Aye... soutenez-moi...

— C'est vous qui versez en cé moment.

Ah çà, cé sont donc les gens de l'hôtel de Mongarcin qui vous ont si bien régalé?

— Certainement...

Tiens, je vous ai donc dit que j'étais allé mener Miretta chez mademoiselle de Mongarcin...

— Il faut bien que vous mé l'ayez dit, puisqué je le sais!

— Au fait, c'est juste... du moment que vous le savez... il faut bien que je vous l'aie dit...

Bon, encore un trou... et puis, je ne sais pas si c'est encore parce que je suis étourdi, mais il me semble qu'on n'y voit plus clair...

— Oh! ceci n'est pas une erreur, c'est la nuit qui vient... écoutez donc, il est sept heures et demi sonnées... Et où donc alliez-vous commé cela, quand jé vous ai rencontré, mon brave, mon cher...

Sandis, je sais votre nom et il ne m'arrivé pas sur les lèvres.

— Cédrille, pour vous servir.

— C'est cela même, Cédrille... Où portiez-vous vos pas, mon brave Cédrille?

—— Moi... mon Dieu, je ne sais pas... voyez-vous, monsieur le chevalier... chose...

Comment que vous vous appelez, vous?

— Castor Pyrrhus dé Passédix.

— Oh! en voilà des noms difficiles a retenir...

Est-ce qu'il faut les dire tous?

— Non! appelez-moi Passédix, et céla suffit.

— Ah! bon... Passe... six.

— Non pas, diable! Passedix et non pas six... Vous mé diminuez de quatre points!...

— Ça ne fait rien... enfin, monsieur le chevalier... j'étais sorti de l'hôtel parce que je sentais bien que j'avais besoin de prendre l'air... et puis pour voir un peu Paris que je ne connais pas du tout.

— En ce cas, mon ami Cédrille... vous permettez qué jé vous donne le titré dé mon ami...

Quand on s'est rencontré sur lé terrain, il me semble qué cela rapproche sur-le-champ... Les braves s'entendent tout de suite...

— Vous êtes bien honnête!... c'est bien de l'honneur pour moi... chevalier Passe... Passe...

— Dix. Eh donc, pour en révénir, si vous le permettez, cher ami, jé serai, ce soir, votre pilote... votre guide...

Mais jé né pourrai pas vous faire admirer ce que Paris renferme dé beau, dé curieux, en églises, en palais, en places, en promenades, par la raison qu'il fait nuit et qué toutes ces belles choses n'étant pas illuminées, vous n'y verriez rien et vos pas seraient perdus.

— Alors, ce soir, vous ne pourrez donc me mener nulle part...

Diable! c'est dommage... moi qui me sentais bien en train de m'amuser...

Je ne voudrais pas déjà rentrer me coucher, je n'ai nulle envie de dormir.

Passedix, qui, de toute la journée, n'a encore pris pour se restaurer que les deux œufs qu'il a si lestement enlevés devant les yeux de son hôtesse, passe sa main sur son front et, après avoir eu l'air de rêver un moment, s'écrie :

— Eh si fait, cadédis, nous nous amuserons cé soir...

Il y a par ici en longeant la rue Saint-Honoré, et avant d'arriver au couvent des Capucines, un certain cabaret, rendez-vous des bons lurons, des braves comme vous et moi; l'heure du couvre-feu n'a pas sonné, nous lé trouverons ouvert, et puis, quand même ses portes seraient closes, les habitués ont toujours moyen dé sé faire ouvrir...

D'ailleurs le maître du *Loup de mer*, c'est lé nom du cabaret, est un ancien soudard, un vieux reître, qui a des accointances avec le guet... et on lui permet de garder ses hôtes plus tard...

J'en connais même qui passent toute la nuit chez lui...

En avant, mon bon ami, et rendons-nous au *Loup de mer*.

— Très-bien... j'irais je ne sais où ce soir, pourvu qu'on s'amuse.

— Puisqué jé vous dis qué cé cabaret est fréquenté par tout cé qué Paris renferme dé bons drilles et dé verts galants.

Ensuite il a la renommée pour les omelettes au lard... elles y sont excellentes... uné fois j'en ai mangé douze de suite... c'était un pari, je l'ai gagné haut la main.

— Ah! on fait là des omelettes au... lard! murmure le paysan béarnais en secouant légèrement la tête, ah! c'est dommage que je n'aie pas faim!... mais j'ai si bien mangé à l'hôtel... en vérité, je n'ai plus faim du tout... j'aimerais mieux voir autre chose que des omelettes!...

— Si vous n'avez pas faim, vous dévez avoir soif... les braves ont ujours soif.

— Oh! pour boire... oui, je boirai encore... quoique j'aie déjà n bu...

— Céla né fait rien, vous boirez, moi jé mangerai... jé trinquerai avec vous... nous jouerons, nous chantérons, nous passerons une soirée délicieuse... Appuyez-vous sur moi... ferme et en avant.

Cédrille se laisse conduire, et, presque porté par son compagnon, ils arrivent bientôt au cabaret du *Loup de mer.*

Il ne fallait pas chercher alors dans ces tavernes ce luxe de luminaire qui maintenant éblouit la vue lorsqu'on entre dans un café; quelques lampes enfumées éclairaient fort mal la salle et les buveurs; mais, habitués à ne point y voir davantage, ceux-ci trouvaient fort à leur gré l'endroit où ils se ressemblaient, aussi il y avait toujours au *Loup de mer* nombreuse compagnie; elle n'était point aussi choisie que le chevalier Passedix avait cherché à le persuader à Cédrille, mais en revanche elle était animée, fort gaie et surtout très-bruyante.

Presque toutes les tables étaient occupées et couvertes de pots et de gobelets d'étain : cela était moins joli que nos verres et nos bouteilles, mais aussi c'était bien moins fragile.

Ce n'est pas sans peine que Passedix parvient à trouver un bout de table et à obtenir deux escabeaux.

Le chevalier, quoique habitué de l'endroit, ne semblait pas y être reçu avec empressement, et les premiers mots du garçon auquel il s'était adressé avaient été :

— Il n'y a plus de place, monsieur le chevalier, ce n'est pas la peine que vous entriez.

Mais, bousculant le garçon qui s'était placé devant lui, le Gascon s'écrie en roulant des yeux furibonds de tous les côtés de la salle :

— Ah! il n'y a plus dé place... Capédébious! c'est cé qué nous allons voir! il doit toujours y en avoir pour moi et mes amis! et au besoin, Rolande saurait bien m'en trouver!

— Laissez donc entrer M. de Passedix, dit une dame entre deux âges placée au comptoir, en haussant tant soit peu les épaules, sans cela vous savez bien qu'il va encore nous faire quelque scène... chercher querelle à quelqu'un... et être cause que le guet entrera ici...

— Dame! je dis ce que le bourgeois m'a ordonné de dire, murmure le garçon avec humeur.

Mais, pendant ce temps, notre Gascon avait trouvé son bout de table, et s'y était installé avec Cédrille; celui-ci tâchait de voir autour de lui, mais le monde, le bruit, la chaleur et l'odeur vineuse répandue dans la salle augmentaient son ivresse au lieu de la dissiper.

— Poussinet! Poussinet! crie le chevalier en frappant sur la table avec le pommeau de son épée, allons donc, valet! est-ce que tu es sourd, cé soir?

Le garçon arrive en faisant la moue, et regarde Cédrille comme une bête curieuse.

— Voyons, Poussinet, écoute bien mes ordres :

Tu vas nous servir une omelette de quinze œufs avec un demi-jambonneau dédans... plus, un grand broc de ton meilleur, et du pain tendre, si c'est possible.

— Quinze œufs... une omelette de quinze œufs pour vous deux... vous attendez donc encore des amis?

— Cela né té régarde pas! fais cé qu'on te dit, et surtout, ne fixe pas ainsi tes gros yeux bêtes sur mon compagnon, cela n'est pas poli... et jé né souffre jamais qué l'on insulte les personnes qui sont dé ma compagnie, entends-tu, maroufle!

En disant ces mots, le chevalier avait pris une oreille au garçon et il la tortillait si bien dans ses doigts, que le malheureux Poussinet commençait à pousser des cris plaintifs, lorsqu'un homme en tablier, en veste et à barbe grise, vient d'un air assez peu aimable dire au chevalier :

— Pourquoi tirez-vous les oreilles à mon garçon? que vous a-t-il fait, monsieur Passedix? il faudra donc toujours avoir des disputes ici dès que vous y arrivez?... Cela m'ennuie, je vous en avertis!

Quoique vous vous battiez avec tout le monde, je vous préviens que vous ne me faites pas peur; et, lorsqu'un jour j'aurai résolu de vous jeter à la porte de ma maison, vous n'y rentrerez plus... et votre rapière restera en gage pour tout ce que vous me devez!

— Allons-nous-en, dit Cédrille en essayant de se lever, je ne m'amuse pas du tout ici!

Mais Passedix force Cédrille à rester sur son escabeau, et s'étant

dit que s'il rosse le cabaretier il ne soupera pas, il renfonce sa colère et tâche de sourire, en répondant à celui-ci :

— Eh là là, vieux loup de mer! car vous méritez bien lé nom de votre enseigne! voilà bien du bruit pour un bout d'oreille que j'ai à peine pincé...

Jé né cherche querelle à personne quand on est poli avec moi... Si vous avez chez vous des manants qui me marchent sur les orteils jé né suis jamais d'humeur à l'endurer.

Si jé vous dois dé l'argent, cela prouvé qué vous m'avez fai crédit.

— Et je m'en repens bien de vous avoir fait crédit, mais désormais on ne vous servira plus rien ici que vous ne payiez comptant.

Quant à cela, j'ai donné mes ordres à Poussinet, et vous auriez beau lui tirer l'oreille, rien sans argent... c'est sa consigne.

— Oui, murmure le garçon... il me donne des coups... ce sont ses pour-boire!

Passedix se lève et fait avec son bras un geste comme pour donner un soufflet à Poussinet, mais le cabaretier retient le bras au milieu de son évolution, et pousse un juron épouvantable, en disant :

— Nous allons donc recommencer!

— Je veux m'en aller... je ne m'amuse pas ici, moi, dit Cédrille en se levant à demi, mais le chevalier le rejette encore sur son siége, et reprend d'un ton fier et digne :

— Cabaretier, vous pouvez nous faire servir avec toute confiance... cé soir ce n'est pas moi qui régale... c'est mon ami... lé brave Béarnais que voilà... il est cousu d'or...

— C'est différent! murmure le cabaretier qui s'éloigne avec son garçon en lui disant :

C'est égal, tu te feras payer en servant... sinon remporte les plats...

— Oui, et gare mes oreilles!... Ah! quelle fichue pratique que ce grand vilain coupe-jarret de Gascon!...

XIV

Une Partie de dés.

Cédrille est demeuré collé à sa place, d'où il n'ose plus bouger depuis que son ami l'y a rejeté si vivement, mais il fait une singulière figure en promenant ses regards sur tout ce monde qui l'entoure, et n'a nullement l'air de quelqu'un qui est venu pour se divertir.

Quant au chevalier Passedix, ses yeux semblent vouloir percer dans l'intérieur des poches du Béarnais, et tout en se caressant le menton, il fait cette réflexion :

— J'ai dit qu'il était cousu d'or... mais je n'en sais rien... il n'a pas soufflé mot quand j'ai dit cela! Sandis! s'il n'avait pas un liard sur lui... cé vieux reître de cabaretier né lâcherait pas son omerette... Je sens pourtant qué les deux petits coquards de dame Cadichard sont au fond du fourreau de Rolande... Jé n'ose questionner cé petit gros Béarnais... mais arrive qui plante! jé né m'en vais pas d'ici sans m'être rempli la panse... lé proverbe a raison : *Sine Baccho et Cerere Venus friget....* Hors donc, comme jé né veux pas qué mon amour *friget....* il faut absolument qué jé joue dé la mâchoire.

Se tournant alors vers les personnes qui occupent l'autre partie de la table à laquelle il s'est placé, le grand Passedix remarque que ce sont des bourgeois fort bien couverts, ayant toute l'apparence de boutiquiers du voisinage, venus là pour se récréer; auprès d'eux des gobelets et une belle mesure de vin, puis devant eux des dés et des cornets.

— Voilà des gaillards qui jouent probablement leur écot! se dit le Gascon. Tiens! si jé proposais une partie au petit, d'autant plus qu'il m'a l'air de vouloir s'endormir... Holà! eh! mon brave Cédrille!...

— De quoi? s'écrie le paysan en s'écarquillant les yeux pour tâcher d'y mieux voir.

— Si nous faisions uné partie de dés comme nos voisins... ces messieurs jouent au quinze, à cé qué je crois?...

Un des joueurs lève les yeux sur le maigre chevalier et se contente de faire un signe de tête affirmatif.

— Eh bien, mon ami Cédrille, uné partie de quinze, cela vous va-t-il?... Jé vous joue un écu à la rose... Ah! voilà une proposition aimable...

— Merci! je n'ai jamais joué... je ne connais aucun jeu... che nous ma mère m'a répété souvent : Ne te laisse pas entraîner à jouer, mon garçon, c'est un plaisir trop dangereux... cela devient un vice... et cela peut mener au crime !...

— Ta ta ta !... voilà des discours qui sentent bien leur étable ! si lé jeu est dangereux dans votre pays, il né l'est pas à Paris, et la preuve c'est que tout le monde y joue... depuis lé plus petit jusqu'au plus grand !... les plus grands seigneurs nous donnent l'exemple... on ne serait pas gentilhomme si on né jouait pas.

— Oh ! je n'ai pas la prétention d'être gentilhomme. moi !...

— Sandis ! c'est heureux ! se dit Passedix.

Quelle cruche qué ce jeune Béarnais ! il né joue pas, il ne veut pas manger... il ne sait pas porter le vin !... pourvu qu'il ait de l'argent... il faut pourtant qué j'en sois sûr avant qu'on né nous apporte cetté fameuse omelette.

Et s'adressant de nouveau à son jeune compagnon, Passedix reprend :

— Est-ce qué nous scrions avare, par hasard, mon jeune pastoureau...

Ah ! fi ! fi !... ce sérait un vilain défaut, et qui est fort ridiculisé à Paris... où, pour s'amuser, tout hommé qui a du cœur doit payer sans compter tous les mémoires qu'on lui présente.

— Moi, avare, répond Cédrille en souriant, oh ! je n'ai pas peur qu'on me donne ce défaut-là... je n'ai jamais rien eu à moi !...

Quand j'ai le gousset plein, ce qu'il y a dedans est au service de mes amis !

— Ah ! bravo !... ah ! très-bien... touchez là !... voilà comme jé is aussi !...

Eh bien donc, mon brave Cédrille, puisque vous né connaissez pas le jeu de dés... commé je veux absolument perdre un bel écu à la rose avec vousse ! nous allons le jouer au doigt mouillé... Ah ! j'espère qué vous saurez ce jeu-là !...

— Au doigt mouillé ! murmure Cédrille tout en portant ses mains à ses poches.

Oh ! oui... pour ce jeu-là... je le sais...

Ah ! mais... tiens, je me rappelle à présent... il n'y a pas moyen que je joue ce soir... à moins que ce ne soit sur parole...

— Sur parole !... qu'est-ce à dire...

— C'est-à-dire que les gens de l'hôtel de Mongarcin... tous ces beaux messieurs à belle livrée, qui m'ont si bien régalé à l'office...

— Eh bien !... après... accouchez donc, mordioux !

— Eh bien, quand je les ai quittés en leur annonçant que j'allais un peu me promener dans la ville, ils m'ont dit : Avez-vous de l'argent sur vous ?

— Oui da, leur ai-je répondu, en tirant une bonne grosse bourse de ma poche, oh ! je ne me sommes pas mis en voyage sans avoir de quoi.

— Eh bien, ont-ils repris, laissez ici votre bourse, ne l'emportez pas avec vous, sans quoi on vous la volera, et vous aurez beau être sur vos gardes, vous n'y verrez rien ; Paris est rempli de truands, de tirelaine, de mauvais garçons qui vous dévalisent sans que vous sachiez comment.

Vous n'avez pas besoin de votre bourse pour vous promener dans la ville ; laissez-la ici, où elle sera en sûreté ; le maître d'hôtel vous en répond, et au moins vous pourrez flâner dans Paris et narguer les voleurs !

Ma foi, j'ai suivi leurs conseils... j'ai laissé ma bourse entre leurs mains... et je n'ai pas un sou sur moi !

Pendant que Cédrille parle, il est difficile de rendre tout ce qu'exprime la figure de son valeureux compagnon ; le chevalier Passedix, habituellement jaune. est devenu un moment verdâtre, puis violet, puis blême ; ses traits semblent s'allonger, ses joues se creuser encore ; ses yeux lancent des éclairs et il murmure tout en serrant ses poings :

— Ceci passe toutés les bornes !... il n'a pas lé sou... et il veut aller s'amuser dans Paris...

Quel cuistre !...

Ah ! si tu n'étais pas le cousin de la cousine.... comme j'aurais du plaisir à té rosser, toi ! vilain ! pour t'apprendre à te pendre à mon bras lorsque ton gousset est vide...

Mais l'omelette qui va venir... et qu'on remportera... cé scrait un affront !... vertuchoux ! dans les moments embarrassants il faut de l'audace... elle sourit aux braves... c'est encore un proverbe... jouons lé tout pour lé tout.

Et Passedix se tournant vers ses voisins les joueurs, qui font rouler les dés sur la table, s'écrie tout d'un coup :

— Douze !... c'est un beau point, jé parie six livres tournois contre monsieur !

Le bourgeois qui vient de jouer regarde le chevalier en disant :

— Vous ne savez donc pas le jeu... nous avons trois dés et c'est le plus près de quinze qui gagne... j'ai fait douze... j'ai bien des chances pour moi, car au-dessus de quinze on a perdu.

— Jé sais lé jeu commé celui qui l'a inventé... cela né m'empêche pas de vous dire qué je parie six livres contre vous.

— Soit... je les tiens alors...

— C'est fini ! c'est entendu.

— Joue, toi, pour qui l'on parie.

L'autre joueur, après avoir aussi jeté un regard surpris sur le Gascon, prend son cornet et remue les dés en disant :

— Ah ! vous pariez pour moi, seigneur chevalier, ma foi je désire de tout mon cœur vous faire gagner...

Cédrille se tourne du côté de ses voisins, curieux aussi de connaître le résultat de la partie qui s'engage.

Quant à Passedix, il s'est levé, et son grand corps domine sur toute la table, mais ses yeux ne perdent pas de vue le cornet dans lequel sont les dés, et l'anxiété de sa physionomie, la manière dont il roule dans ses mains les bouts de son manteau, le frémissement de tout son individu, annoncent combien est important pour lui le gain de la partie.

Enfin le bourgeois a fait rouler les trois dés sur la table et les points réunis ne font que onze.

— Ma foi ! c'est tout près ! dit celui qui vient de jouer, mais ce n'est pas assez, j'ai perdu !

— Et vous aussi, chevalier ! s'écrie l'autre ; allons, baillez-moi votre écu à la rose... c'est vous qui l'avez voulu.

Passedix, dont la figure a pris un aspect sinistre en voyant le nombre amené par les dés, caresse lentement sa moustache et répond, en appuyant sur chacune de ses paroles :

— J'ai perdu !... c'est possible ! c'est la fauté dé moussû qui a mal joué...

— Comment... j'ai mal joué ?...

— Eh sans doute ! on n'est pas deux heures à remuer ses dés dans le cornet, cela les fatigue... ils ne peuvent plus amener qué dé petits points ?

— Ah ! elle est bonne celle-là... je joue comme il me plaît... pourquoi pariez-vous pour moi ?...

Qui vous y obligeait ?

— Eh bon Dieu ! en voilà assez... j'ai perdu, c'est bien... mais jé demande ma revanche... il mé semble qué ce sont dé ces choses qui né se refusent pas...

— Votre revanche soit !... je le veux bien...

— C'est heureux !... sandis !...

— Tenez, jouez vous-même, dit celui qui a perdu en présentant son cornet au Gascon, comme cela vous ne direz plus que jé joue mal.

— Jé lé veux bien, j'aimé mieux cela aussi ! s'écrie le chevalier, en s'emparant du cornet et se rasseyant.

Puis il fait à son tour sonner les dés dans le cornet, et, après avoir élevé sa main au-dessus de sa tête. les lance sur la table, où ils amènent le nombre quatorze.

Un cri de joie échappe à Passedix, qui regarde autour de lui d'un air conquérant en disant :

— Voilà ce qui s'appelle jouer... voilà comme on lance ses dés à la cour...

Quatorze ! qué dites-vous dé cé point, compère ?

— C'est un beau coup !... répond son adversaire, mais je puis en faire autant.

Et après avoir pris à son tour les trois dés qu'il met dans son cornet, il joue et amène en tout le nombre cinq.

Passedix devient rayonnant, son visage s'illumine, et il se met à rire à gorge déployée en ouvrant son immense bouche et montrant ses défenses parfaitement aiguisées.

— J'ai perdu, dit le boutiquier ; eh bien, il n'y a rien de fait. Compère, je crois qu'il est temps de nous retirer.

Mais en ce moment une odeur d'œufs brûlés se fait sentir.

C'est l'immense omelette que Poussinet apportait sur un plat d'étain qu'il tenait de ses deux mains, tandis que sous ses bras il portait d'un côté un broc de vin, de l'autre un pain rond.

Le garçon jetait des regards d'admiration sur l'omelette, mais ne s'avançait qu'à pas comptés et comme quelqu'un qui s'attend à une catastrophe ou marche à un sacrifice.

Le fumet du plat tant désiré dilate les narines du chevalier : il attrape par son justaucorps le boutiquier qui se disposait à quitter la table, et lui dit :

— Eh bien, est-ce qu'on en reste là ?... est-ce qu'entre gens comme il faut on joue partie et revanche sans terminer par la belle ?...

— La belle ! la belle... C'est qu'il est tard... et je devrais être chez moi.

— Vous y serez quelqués minutes plus tard! Lé beau malheur... Mais nous né pouvons pas avoir joué comme des enfants pour né rien faire... on sé moquerait dé nous!... Allons donc... ce sera bien vite fait.

Et Passedix tenait toujours le pourpoint du marchand qu'il se serait bien gardé de lâcher, car Poussinet avait déjà dit deux fois :

— Voici l'omelette au lard... le vin... le pain... total deux livres huit sous six deniers... qu'il faut me donner tout de suite, sans quoi je remporte tout.

— C'est bon! c'est bon! sandis!... Attends un moment, Poussinet ; tu vois bien qué jé termine une partie avec moussû... Laisse-nous finir!

Ennuyé de se sentir tiré par ses vêtements, le boutiquier se décide à se rasseoir en s'écriant :

— Eh bien! puisqu'il le faut absolument pour vous satisfaire... monsieur!... jouons-la donc, cette belle!... que je pourrais cependant vous refuser, car enfin, je ne vous connais pas, moi!... Vous êtes venu vous fourrer dans la partie de dés que je faisais avec mon compère, et non pas avec vous...

— Par la mordioux, est-ce qué vous croyez vous compromettre en jouant avec moi... l'ami!... Ah! vous né me connaissez pas! Eh bien! apprenez qué jé suis lé chevalier Castor-Pyrrhus dé Passedix! le favori de Monseigneur le cardinal de Richelieu... et incessamment officier dans les mousquétaires dé la reine... Ah! êtes-vous satisfait maintenant?... Tout à l'heure, Poussinet, né t'en va pas! Laisse-nous vider cette affaire... et n'approche pas ton nez aussi près dé l'omelette!

Les deux marchands s'étaient regardés d'un air goguenard pendant que le chevalier gascon énumérait ses noms et qualités, et ils échangeaient entre eux ces mots :

— Favori du cardinal... lui!... regarde donc son pourpoint!

— Il est percé au coude... et sa fraise est en loques...

— C'est quelque intrigant... quelque mauvais drôle... Jouerai je avec lui?...

— Bah!... ce serait une bonne aubaine de lui gagner son écu...

— Mais, s'il perd! par Notre-Dame, il faudra qu'il paie! Je ne me contenterai pas de ses fanfaronnades!

— Eh bien! cette belle! capédébious, en finirons-nous cé soir! s'écrie Passedix en prenant un air rogue et donnant un grand coup de poing sur la table.

— J'y suis, monsieur le favori du cardinal... Mais vous ne me demanderez pas d'autre revanche après... Je vous déclare que je ne jouerai point d'autre partie après celle-ci.

— Eh donc! c'est entendu... Qui diable vous demande autre chose!...

— Voilà les dés, monseigneur, voulez-vous commencer?

— J'y consens.

Passedix a mis les trois dés dans le cornet qu'il tient ; cette fois, malgré lui, on s'aperçoit qu'il tremble et ne lève pas son cornet avec la même assurance.

Cependant les dés sont jetés et ils amènent encore le nombre quatorze.

Passedix fait un bond de joie dans lequel il manque de renverser la table ; il respire comme un homme qui étouffait depuis cinq minutes, puis pousse un éclat de rire qui éteint une des lampes de l'établissement.

Tout cela se termine par ces mots :

— Jé crois bien qué vous avez perdu, mon bon!... C'est vous qui payerez notre souper.

— Il me semble que j'ai mon coup à jouer avant!...

— Ah! c'est justé... jouez votre coup, vous en avez le droit... Mais à votre place, moi, jé renoncérais et jé m'exécuterais tout dé suite.

— Non pas, vraiment!... La fortune est comme le soleil, elle luit pour tout le monde!...

— Voilà un proverbe qué jé né connaissais pas!... Je lé crois très-faux!

Cependant l'adversaire du chevalier a pris fort tranquillement les dés, qu'il secoue dans le cornet comme un homme à qui cela importe peu de perdre un écu à la rose, mais qui s'amuse de l'impatience de celui contre qui il joue.

— Sandis! aurez-vous bientôt fini de secouer votre cornet? dit Passedix ; vous amusez par trop lé tapis.

Le boutiquier joue et amène quinze.

C'est à son tour de rire, et c'est ce qu'il fait avec son camarade qui s'écrie :

— Pardieu! voilà un coup qui vaut tous les vôtres, monsieur du cardinal.

Mais Passedix ne semble pas entendre ces paroles ; il a été tellement atterré en comptant les points amenés par les dés, qu'il demeure comme pétrifié, les yeux fixés sur le six, le quatre et le cinq.

— Allons, monsieur le chevalier, donnez-moi votre écu à la rose que vous aviez tant envie de perdre... Vivement, s'il vous plaît... Je devrais déjà être parti.

— Qué jé vous paie! s'écrie Passedix en se dressant de toute sa hauteur et posant d'un revers de sa main sur le côté de sa tête l'espèce de casque que lui sert de coiffure, qué jé vous paie!... moi! non pas, vraiment! car le coup né vaut rien... il est nul!

— Nul! le coup que je viens de jouer... C'est sans doute pour plaisanter que vous dites cela, beau sire, mais je n'aime pas ce genre de plaisanteries, je vous en préviens...

Payez vite et finissons-en!

— Encore une fois, jé né paierai pas...

Lé coup né vaut rien...

Vous avez lancé vos dés dé la main gauche...

Jé né joue point avec un gaucher...

— Chevalier... vous cherchez un prétexte pour ne point payer. D'abord, je n'ai pas joué de la main gauche... et cela serait que le coup serait toujours très-bon...

— Non pas ; dans cé cas, on doit prévenir son joueur.

— Je n'ai pas joué de la main gauche!

— T'en ai donc menti, alors?

— Oui ; et vous n'êtes qu'un escroc!...

— Ah! par Rolande! tu vas payer cher cette injure... misérable hobereau!

— En attendant, tu vas recevoir ce que tu mérites, grand filou qui cherches à souper à nos dépens.

En disant ces mots, celui des boutiquiers qui a joué avec le Gascon allonge son bras et se précipite en avant pour donner un coup de poing à son adversaire.

Mais celui-ci a prévu cette botte, il fait vivement un saut en arrière.

Malheureusement, Cédrille, qui s'était levé à son tour depuis qu'il s'était aperçu que la querelle devenait sérieuse, et répétait entre ses dents :

— Je voudrais bien m'en aller... Je ne m'amuse pas du tout ici.... Cédrille reçoit en plein visage le coup de poing destiné à son ami. Il pousse un cri de douleur. Aussitôt Passedix met flamberge au vent, et la lame de Rolande est dirigée contre le boutiquier, qui s'est emparé du pot d'étain pour se défendre.

Mais un nouveau personnage vient d'entrer dans le café, et il perce la foule qui entoure déjà les combattants.

XV

Un Bohémien.

Celui qui vient de pénétrer dans le cabaret porte une grande lévite de drap foncé qui lui descend presque sur les pieds, et qui est attachée autour de son corps par une ceinture bariolée de noir et de rouge et ornée de franges.

Il a sur la tête une espèce de bonnet pointu bordé de fourrure.

Le tout est sale et en assez mauvais état.

Ce costume était celui que portaient alors les gens qui se chargeaient de vous tirer votre horoscope, et que l'on appelait communément Bohémiens ; bien différents de ceux de notre époque qui se mettent bien et n'ont pas le sou, ceux de ce temps-là se mettaient mal, mais avaient souvent des écus cachés dans les poches ou les doublures de leurs misérables vêtements.

Des cheveux gris et une longue barbe presque blanche annoncent dans cet homme un vieillard.

Cependant il se montre encore vigoureux, car il sait fort bien écarter les curieux et se faire livrer passage.

Parvenu près du Gascon, il saisit le bras qui tient Rolande, et il faut que sa pression soit bien forte, puisque aussitôt le chevalier fait une horrible grimace et laisse lentement retomber son épée en s'écriant :

— Tonnerre! quelle main de fer!...

— Qu'est-ce à dire! s'écrie le bohémien avec une petite voix cassée mais aiguë.

Est-ce que l'on tire l'épée dans un cabaret?...

Fi donc, seigneur chevalier, ce n'est point un lieu de combat digne de vous, habitué à vaincre en champ clos et à briller dans les tournois !

Et vous, maître Bougard, vous restez bien tard dehors ; le couvre-feu a sonné depuis longtemps ; vos garçons de boutique ne s'en soucieront guère, du moment que leur patron n'est pas là...

Et Dieu sait si votre magasin n'est pas cette nuit à la merci des coupeurs de bourse et des tire-laine ?

Quant à vous, compère Dupont, vous avez une femme jeune et gentille, et vous ne la surveillez guère, il me semble...

Prenez garde !... les galants abondent autour de votre maison ; ils savent que vous hantez chaque soir ce cabaret et que vous y restez tard... Cela leur est commode pour aller faire les muguets près de votre femme.

Les deux marchands n'en entendent pas davantage ; ils repoussent vivement ceux qui les entourent, et sortent brusquement du cabaret sans s'inquiéter du chevalier gascon, renonçant ainsi à donner suite à leur querelle.

De son côté, Passedix, qui s'était senti flatté par les paroles que le bohémien lui avait adressées, remet Rolande dans son fourreau, en disant :

— Au fait ! cé vieillard a raison...

Et puis ces deux maroufles né sont pas des adversaires dignes dé ma colère...

Mais cependant...

Et les regards du Gascon se tournaient langoureusement vers la superbe omelette que Poussinet se disposait à remporter, lorsque le bohémien, arrêtant le garçon, lui dit en lui mettant de l'argent dans la main :

— Ne remportez donc pas tout cela... mettez le souper sur cette table... devant ces deux braves gaillards qui permettront bien que je les régale et que je soupe avec eux... Allez nous chercher, en plus, un morceau de votre meilleur fromage et une autre grande pinte de votre plus vieux vin... pour que nous trinquions plus longtemps.

Eh ! mais... elle est très-gentille cette petite... Approchez... vous vous nommez Miretta.

Le garçon, qui est payé, s'empresse d'exécuter les ordres qu'on lui donne ; pendant ce temps, Passedix qui a peine à en croire ses oreilles et regarde le bohémien comme les Incas le soleil, ouvre ses grands bras et va se précipiter dans ceux de l'homme à barbe grise en s'écriant :

— Par les mânes dé mes aïeux ! vous êtes un digne vieillard... jé né vous connais pas ! mais il paraît qué vous mé connaissez... car votre conduite à mon égard est celle d'un vieil ami !

— Eh ! qui n'a pas entendu parler du vaillant chevalier Passedix... filleul du brave Chaudoreille ! de ses exploits... de ses prouesses, et de ses triomphes près des dames... Je ne suis qu'un pauvre bohémien, mais par état je sais assez bien ce qui se passe dans Paris... ne vous étonnez donc pas, seigneur chevalier, si je suis si bien au fait de ce qui vous regarde...

— Capédébious ! voilà un vieillard qui parle mieux que nos édiles !...

n'êtes-vous pas dé mon avis, camarade Cédrille. Eh donc !... pourquoi né soufflez-vous mot, et gardez-vous ainsi votre main sur votre œil gauche ?

Cédrille ôte sa main de dessus son visage et montre son œil gauche qui a reçu le coup de poing du boutiquier, et qui est entouré d'un cercle noir et prodigieusement rouge et larmoyant.

— Ah ! bigre ! qu'est ce qué cela, mon petit !... vous êtes donc tombé sur quelqué chose de malsain ?

— Oui ; je suis tombé sur le coup de poing qu'on vous destinait, et vous voyez qu'il était bien appliqué... ce vilain homme n'y allait pas de main morte !...

— Ah ! pauvre garçon ! il serait possible !... jé suis fâché maintenant de n'avoir pas embroché ce manant.

— Allons à table, et ne pensons plus à tout cela ! dit le bohémien en s'asseyant et emplissant les verres. Après tout, la vie est toujours mélangée de combats et de plaisirs, de batailles et de festins ! Il faut oublier les uns et fêter les autres.

— Oui, c'est cela, à table... le vieux parle commé Nostradamus dont il descend probablement.

— Pas en ligne directe... mais cela ne fait rien... je tâche de marcher sur ses traces en lisant ce mon mieux dans l'avenir... Buvons, messeigneurs, et attaquons cette omelette.

— Oh ! oui, attaquons l'omelette et né lui faisons pas de quartier.

Passedix a pris place devant le souper, le bohémien se met en face de lui ; Cédrille est encore debout et paraît indécis sur ce qu'il doit faire.

— Eh bien, jeune homme, est-ce que ma compagnie ne vous serait pas agréable, que vous ne venez pas prendre place près de nous ? dit le vieillard en regardant le paysan béarnais.

— Votré compagnie né peut qué lé flatter ! s'écrie Passedix tout en fourrant dans sa bouche d'énormes morceaux d'omelette et des miches de pain de la même dimension. Sandioux ! qui ne serait hureux de trinquer avec un vieillard aussi respectable, et qui a une poigne d'Hercule !... Allons, mon camarade Cédrille, mettez-vous donc là...

— Ah ! je vais vous dire ! répond Cédrille en s'asseyant. C'est que je ne me sens pas d'appétit... et puis ce coup de poing m'a fait mal...

— Est-ce qu'à votre âge on doit faire attention à cette chiquenaude... vous êtes de force à en supporter bien d'autres... Allons, buvez, puisque vous n'avez pas faim... et nous mangerons pour vous.

— Bien dit ! vénérable bohémien... qu'il né soit pas en peine... mangerai sa part, mais buvons... on peut toujours boire, même quand on n'a pas soif.

Le bohémien a bien soin de ne point laisser vides les verres de ses deux convives, et Cédrille, entraîné par l'exemple, finit par se décider à manger de l'omelette, tout en murmurant :

— C'est égal, je ne me suis pas beaucoup amusé ici !...

— Bigré, mon petit! vous êtes difficile! vous voilà devant un souper délectable... avec deux joyeux compagnons... ce digne bohémien emplit votre verre à chaque instant... il est très-bon ce vin... et vous n'êtes pas content... Est-ce parce que nous avons eu une querelle avec deux malotrus... mais à Paris il est bien rare qu'on soit un jour sans avoir une affaire plus ou moins sérieuse... Moi, tel qué vous mé voyez, quand jé rentre chez moi sans avoir dégainé, jé né suis pas satisfait dé ma journée, il mé manque chose... Vous saurez, mon digne bohémien, que ce jûne homme n'est à Paris qué depuis ce matin, il ne peut encore être au fait de nos usages... mais jé mé charge de son éducation... jé lé pousserai!

— Merci! se dit Cédrille, s'il me pousse comme ce soir, je ne risque rien que de bien me tenir.

— Oui, oui, murmure le vieillard en caressant sa barbe, je sais que ce jeune homme est arrivé aujourd'hui à Paris avec sa cousine, une jeune personne fort jolie... une brune piquante.

— Tiens... vous savez cela! dit Cédrille en portant des regards étonnés sur le vieillard. Vous êtes donc sorcier, vous?

— C'est mon état.

— Et jé m'incline devant votre magie, s'écrie Passedix en vidant son verre d'un trait.

— Mais... on les brûle les sorciers! murmure le paysan en reculant un péu son siége de la table et regardant le bohémien d'un air peu rassuré.

— Aussi je m'attends bien à être rôti quelque jour! mais en attendant il faut égayer les instants que l'on a encore à passer sur la terre... Garçon! de l'eau-de-vie, une grande mesure.

Passedix prend la main au bohémien, et la secoue avec effusion, en disant:

— Si jamais on avait lé malheur dé vous toucher un cheveu!... vous savez qué je vous suis dévoué et qué jé suis brave?... jé mé fais fort dé vous tirer même dé la Bastille si l'on vous y fourrait.

Poussinet a apporté l'eau-de-vie, que le vieillard paie aussitôt.

Cependant la plupart

vient d'avaler de l'eau-de-vie comme si c'était du vin... Nous le recevrons drôlement... il trouvera à qui parler... n'est-ce pas, l'ami Cédrille... Buvons donc... il né va pas, ce jeune débarqué...

— Si fait... mais mon œil me cuit!...

— Raison dé plus pour boire!... cette eau-de-vie est du nectar... A la santé dé celui qui nous fait cette politesse...

Notre hôte est un futé compère! il fait semblant de redouter le guet... mais cette garde n'est plus si rigide, si sévère qu'autrefois... ah! c'est qu'elle né date pas d'hier: déjà, du temps dé Clotaire II, chaque grande ville du royaume avait un guet de nuit. En 595 parut un édit, dont les principales dispositions étaient:

« Lorsqu'un vol sera fait dé nuit, ceux qui seront de garde dans le quartier en répondront, s'ils n'arrêtent pas lé voleur; si le voleur, en fuyant devant ces premiers, était vu dans un autre quartier, et qué les gardes de ce second quartier en étant aussitôt avertis, négligeassent de l'arrêter, la perte causée par le vol tombera sur eux, et ils seront en outre condamnés à cinq sous d'amende, et ainsi de quartier en quartier!... » Ah! pesté! il n'y avait pas à plaisanter alors...

— Ce que j'admire, monsieur le chevalier, dit le bohémien en remplissant les verres, c'est votre profonde érudition... vous savez tout... vous connaissez tout... Je gage que vous seriez en état de nous citer les Capitulaires de Charlemagne...

— En effet... jé suis assez instruit... et sans cetté diable de vocation pour l'épée et les combats, jé crois qué j'aurais fait un troubadour, un trouvère dé la première force... j'aurais lutté avec Clémence Isaure et tous ses tenants! Délicieuse eau-de-vie, c'est du petit-lait!...

— Allons donc, seigneur Cédrille, vous ne buvez pas, vous n'imitez pas votre brave compagnon...

— Ah! c'est que voyez-vous... je ne suis pas à jeun, moi, comme le chevalier... j'avais déjà joliment riboté à l'hôtel...

Passedix met flamberge au vent et la lame de Rolande est dirigée contre le boutiquier qui s'est emparé d'un pot d'étain pour se défendre.

des buveurs et habitués de l'établissement étaient partis, et le cabaretier, s'approchant des trois compagnons, leur dit, en les saluant et fort poliment cette fois:

— Messeigneurs, le couvre-feu a sonné... je vous avertis que bientôt je serai, bien à regret, obligé de vous renvoyer, car si le guet apercevait encore de la lumière dans ma boutique... je...

— Bien, bien, notre hôte, répond le bohémien, nous buvons tranquillement, nous ne faisons point de tapage... nous avons du temps de reste... d'ailleurs, il est avec le guet des accommodements...

En disant cela le vieillard glisse dans la main du cabaretier une pièce d'argent qu'il vient de tirer de sa ceinture.

Le maître du Loup de mer fait un nouveau salut en disant:

— Après tout!... faites ce qu'il vous plaira, messeigneurs... je dois d'abord satisfaire mes pratiques.

— Eh! sandis! qu'il y vienne donc, le guet! s'écrie Passedix qui

— A l'hôtel... où vous logez?...

— Non... à l'hôtel de Mongarcin... où je conduisais ma cousine Miretta, et où je l'ai laissée...

— Ah! votre jolie cousine est à l'hôtel de Mongarcin...

— Oui... ici près... rue Saint-Honoré...

— Dans cette rue alors...

— Elle a là une bonne place près de la demoiselle de la maison... et moi, on a la complaisance de me loger aussi tant que je resterai à Paris... mais je n'y resterai pas longtemps, je n'ai pas envie de m'amuser tous les jours comme ce soir...

Le bohémien semble réfléchir; Passedix, dont les yeux commencent à se rapetisser et la langue à bredouiller, pousse un gros soupir en murmurant:

— Tenez, camaradé Cédrille, je vais vous faire une confidence:

3

vous n'êtes pas amoureux dé votre cousine, puisque vous la laissez à Paris pour retourner dans vos montagnes.

— Je n'en suis pas amoureux, que vous croyez!...

Eh bien, c'est ce qui vous trompe?... c'est qu'au contraire, j'aimons tout plein Miretta, et j'aurais été bien heureux de l'épouser!...

Mais c'est elle qui ne veut pas de moi!... alors, il faut bien que je prenne mon parti!...

Elle m'a refusé net... et c'est une file qui a une volonté bien ferme! Quand elle a dit : Non! c'est fini ; elle ne revient plus là-dessus.

— Du moment qu'elle vous a refusé!... nous restons amis, car vous n'êtes plus mon rival.

— Votre rival?

— Eh oui, sandis! Jé né veux par vous lé dissimuler plus long-temps...

Jé suis amoureux dé votré ravissante cousine... oh! mais amoureux à en dévénir idiot, si cela m'était possible!...

Et avec moi, j'ose croire qu'elle ne dira pas non!...

Cédrille se frotte son œil qui n'est point endommagé, et considère quelques instants le chevalier si long, si maigre et si jaune, qui vient de lui déclarer son amour pour sa jolie cousine... et sans lui répondre se met à rire à gorge déployée.

Cet accès de gaieté semble déplaire à Passedix, qui lui dit :

— Dé quoi riez-vous, jeuné rustique? jé n'aime pas qu'on rie sans m'en dire la raison, capédébious!

Jé suis votre ami... mais il ne faudrait pourtant pas abuser des droits qué cé titre vous donne.

— Seigneur chevalier, dit le bohémien, vous me paraissez oublier en ce moment que ce jeune homme est le parent de celle que vous aimez...

— Vous avez raison, digne vieillard.

La main, Cédrille, point dé quérelles entré nous... Jé bois à la vôtre!

— Ah! jarni! s'écrie le paysan béarnais en se frappant le front : Voilà que j'y pense, à présent... et ça m'était sorti de la tête!...

— Quoi donc, mon brave?

— Ma cousine qui m'avait dit qu'elle m'attendrait ce soir, à la brune, pour que je la conduise rue Saint-Jacques, chez maître Hunnet, étuviste, dont la fille nous a prêté secours ce matin, pendant la maudite bataille...

— Comment, pétit cousin, la jolie Miretta vous donne un réndez-vous, et vous l'oubliez...

Mordioux! si elle m'avait dit céla à moi...

Mais il est encore temps, peut-être... allons-y.

Passedix essaye de se lever, ainsi que Cédrille ; mais tous deux ne sont plus en état de se tenir sur leurs jambes, et ils retombent sur leurs siéges.

Pendant ce temps, le bohémien a tiré de dessous sa robe une petite fiole remplie d'une liqueur rouge, il en verse à ses deux vis-à-vis, feint d'en mettre dans son gobelet, et prend son verre en disant :

— Y pensez-vous, beaux sires! il est trop tard maintenant, et ce n'est pas à cette heure qu'une jeune fille peut sortir ; la belle Miretta aura renoncé à sa promenade, que vous ferez avec elle une autre fois.

En attendant, goûtez de ce rozolio, dont ma bonne étoile m'a fait obtenir un flacon, et que je ne saurais boire en meilleure compagnie!

Passedix s'empresse de boire la liqueur qu'on vient de lui verser, non pas, cependant, sans s'arrêter par moment, pour mieux la savourer, et Cédrille en fait autant en balbutiant :

— Ah! jarnigué... c'est ça qui est bon... ça sent tout plein de choses... je n'ai jamais rien bu de si doux...

Comment que vous appelez ça?

— Cé respectable ami vient dé té lé dire, bredouille à son tour Passedix en appuyant ses bras sur la table.

C'est du ro... c'est du ro... c'est du rozo...

Le Gascon ne peut pas parvenir à achever le mot.

Au bout d'une minute il laisse tomber sa tête sur ses coudes et s'endort, bientôt Cédrille en fait autant.

Alors le bohémien se lève, quitte la table, et s'empresse de sortir du cabaret.

XVI

La Nuit.

Dès qu'il est dans la rue, le prétendu bohémien marche d'un pas qui n'est plus celui d'un vieillard ; il a lestement arpenté la rue Saint-Honoré jusqu'à l'hôtel de Mongarcin.

Là, il s'arrête, regarde de tous côtés, écoute s'il entendra du bruit dans l'hôtel, où quelques fenêtres sont encore éclairées ; puis, ses regards cherchent à percer l'obscurité de la rue, car, alors, Paris était bien mal éclairé, ou plutôt ne l'était pas du tout.

Vers le commencement du seizième siècle, les Parisiens avaient bien reçu l'ordre de placer des lanternes allumées devant leurs maisons, mais jamais cet ordre n'avait été exécuté.

Et puis, lors même qu'une lanterne avait été placée devant une porte, cette lanterne ne contenait qu'une chandelle, jugez donc de la lumière qu'elle devait donner et de la durée qu'elle pouvait avoir.

De temps à autre, cependant, une lumière assez vive se montrait au loin, mais elle ne restait pas en place : lorsqu'elle venait de votre côté, vous aperceviez bientôt un falotier ou porteur de falot.

La plupart du temps, c'étaient des enfants qui remplissaient cet emploi ; il y avait un bureau établi à l'Escrapade ; là on donnait à de jeunes garçons un falot pour éclairer dans Paris ceux qui rentraient chez eux la nuit.

Après avoir réfléchi pendant quelques instants, notre bohémien se remet tout à coup en marche ; il continue de remonter la rue, et suit le chemin qui lui semble le plus court pour aller rue Saint-Jacques.

Mais, tout en marchant, il examine avec attention chaque femme qu'il rencontre ; sa curiosité trouve peu à s'exercer, car il était près de dix heures, ce qui était fort tard à cette époque ; on ne rencontrait plus que peu de monde dehors, et une femme qui se montrait alors seule dans les rues, devait s'attendre à ce que l'on eût fort mauvaise opinion d'elle, et à être traitée en conséquence.

Mais comme il s'approchait de la forteresse dite le *Grand-Châtelet*, le bohémien s'arrête : il vient d'apercevoir une femme seule qui regarde autour d'elle et paraît ne savoir quel chemin elle doit suivre.

Elle se décide enfin, elle va retourner du côté du Petit-Pont, lorsqu'une voix lui crie :

— Où vas-tu, Miretta?... tu te trompes... ce n'est pas là ton chemin.

Aux accents de cette voix, Miretta, car c'était bien elle, s'est arrêtée comme frappée de surprise ; mais à peine a-t-on cessé de parler, qu'elle s'écrie avec une joie qu'elle ne peut contenir :

— Cette voix... oh! c'est la sienne... je ne puis m'y tromper... où es-tu, Giova...

Avant que la jeune fille ait achevé de prononcer ce nom, le prétendu bohémien l'avait prise dans ses bras, et la tenait pressée contre son cœur en lui disant à voix basse :

— Tais-toi!... tais-toi!... ne prononce jamais ce nom!... car ce serait me livrer à la mort!...

— A la mort!...

Oh! pardon!... pardon... mais vois-tu, en ce moment, je suis si heureuse... je te revois... je te retrouve dès le premier jour que je suis à Paris...

Ah! je n'espérais pas tant de bonheur...

Mon doux ami... mon seul amour... ah! dis-moi que tu m'aimes encore, et j'oublierai toutes les larmes que j'ai versées depuis que tu m'as abandonnée...

Dis-moi que tu es encore mon amant! mon bien-aimé... mon Giova...

— Encore!...

Ah! Miretta... tu causeras ma perte!...

— Oh! excuse-moi... mais le plaisir... la joie de te revoir après une si longue absence...

Je suis folle, vois-tu... je ne sais plus ce que je dis...

Tiens, sens comme mon cœur bat... c'est toi... c'est toi... ah! parle-moi donc, que j'entende encore ta voix chérie... que je sois bien certaine que je ne suis pas le jouet d'une illusion... car ce costume, cette barbe grise...

Oh!... mais c'est égal... je vois tes yeux... je sens bien que je ne m'abuse pas!...

— Viens, viens! dit Giovanni, en passant le bras de la jeune fille sous le sien, éloignons-nous d'abord de ce château fort ; le voisinage du Grand-Châtelet n'est pas bon pour moi.

La jeune fille se laisse emmener par son amant ; peu lui importe où il la conduira, elle est avec celui auquel elle a donné son cœur, juré de consacrer sa vie.

Cette grande ville, qu'elle ne connaît pas, l'obscurité qui l'environne, les cris lointains qui, de temps à autre, arrivent à ses oreilles rien désormais ne saurait l'effrayer : elle tient le bras de Giovanni.

Le faux bohémien fait marcher quelque temps la jeune fille, lui serrant le bras dès qu'elle veut parler, et lui faisant signe d'observer le plus profond silence.

Mais le conducteur de Miretta paraît connaître Paris et ses rues les plus détournées, les plus désertes ; après avoir fait passer la jeune fille par plusieurs ruelles étroites et sombres, il débouche avec elle sur une petite place, puis il s'arrête devant une maison, sort une clef de sa poche, ouvre la porte de l'allée et fait entrer sa compagne, en lui disant :

— Nous voici à l'hôtel où je loge... donne-moi la main et laisse-toi conduire...

N'aie pas peur... bientôt nous y verrons clair : ne fais pas de bruit.

— Peur!... peur!... quand je suis avec toi!... oh! tu me connais donc bien mal!...

Tiens, voilà ma main... est-ce qu'elle tremble?...

Je suis avec toi... que m'importe où tu me conduiras... je serai toujours bien près de toi.

Une légère pression de main répond à ces paroles de Miretta; puis, son conducteur lui fait monter un escalier; il s'arrête au premier étage, ouvre doucement une porte, et fait entrer la jeune fille dans un appartement où, au moyen d'une lampe qui brûlait dans le fond d'une cheminée, il a bientôt allumé plusieurs bougies.

Alors, Giovanni se débarrasse de son bonnet, de sa perruque, de sa large pelisse, et laisse voir un jeune homme à la figure fine et italienne, que nous avons déjà vue sous le chapeau à plumes du soi-disant comte de Carvajal, l'hôte de l'hôtel du Sanglier, où il venait de conduire Miretta.

En revoyant son amant débarrassé de tout cet attirail qui le déguisait, la jeune fille court se jeter dans ses bras, en s'écriant :

— Ah! te voilà comme je t'ai connu à Milan...

Te voilà comme tu étais lorsque, la première fois que nous nous rencontrâmes au *Balestrino*, tu vins m'inviter pour la danse...

Comme j'acceptai avec plaisir... comme je me sentais déjà heureuse en dansant avec toi; car, vois-tu, je t'avais aimé sur-le-champ...

Ce sentiment qui devait me lier à toi... il vint, comme la pensée, comme la foudre, me frapper au cœur...

Ce doit être ainsi quand l'amour est véritable... quand il doit durer toujours!... n'est-ce pas, mon bien-aimé?...

Et tu m'aimais déjà aussi, toi?

Giovanni écoute Miretta; ses yeux ont alors une expression de tendresse et de mélancolie.

Il s'est jeté sur un sofa, il a fait asseoir la jeune fille près de lui, il tient une de ses mains que, par moments, il porte à ses lèvres, et lui dit à demi-voix :

— Parle... parle encore, tu me rappelles un temps bien heureux!...

— Bien heureux, dis-tu! mais alors, mon ami, pourquoi n'en avoir pas prolongé la durée?

Libre... maîtresse de mes volontés, n'écoutant que mon cœur, je m'étais donnée à toi; Giovanni était mon dieu!... mon idole!...

Comme j'attendais avec impatience ton arrivée, le soir, sous l'ombrage des orangers où tu me donnais rendez-vous...

Je ne te demandais rien, moi, que de m'aimer et de me le dire.....

Ah! tu le sais bien, Giovanni, je n'enviais pas les toilettes et les bijoux des autres jeunes filles!

Je ne désirais point ces plaisirs luxueux que l'on goûte à la ville!... je ne voulais que toi... que ton amour!...

Mais après quelques mois de ce bonheur que je croyais, moi, devoir durer toujours, tu devins triste, soucieux; tu manquas souvent à nos rendez-vous...

Quand je t'en faisais des reproches, tu te fâchais au lieu de t'excuser...

Enfin, un soir, tu me dis que tu allais partir pour Paris..

— Avec moi? m'écriai-je aussitôt...

Mais tu détournas la tête...

Toutes mes prières furent vaines... Je pleurai longtemps à tes pieds... tu me dis seulement : Je reviendrai!...

— Oui, répond Giovanni en regardant la jeune fille.

Et je te défendis de me suivre...

— Aussi, je ne t'ai pas suivi.

— Mais pourquoi donc es-tu venue à Paris, alors?

— Et pourquoi n'es-tu pas revenu, toi?

Il y a six mois que tu es parti... six mois!...

Est-ce que tu ne comprends pas que ce temps est horriblement long quand on aime... quand on attend... quand on ne vit plus que par l'espérance?...

— Je serais revenu...

— Oh! ne me dis pas cela, Giovanni!... non, tu ne serais pas revenu... ou bien il aurait été trop tard, et tu m'aurais trouvée morte...

Tu ne comprends donc pas combien je t'aime... tu ne sais donc pas que cet amour est pour moi au-dessus du monde entier... qu'il me rend capable de tout braver... de tout entreprendre...

Mais pourquoi troubler le bonheur que j'éprouve, maintenant que je t'ai retrouvé?...

Pourquoi ces nuages sur ton front?...

Je ne te ferai plus aucun reproche... aucune question...

Que j'habite la même ville que toi, que je puisse te voir... te parler quelquefois, et je serai heureuse, et je ne te demanderai même pas ce que tu fais à Paris...

Et pourquoi tu crains que je n'y prononce ton nom?...

— Mais moi, je veux te le dire! murmure Giovanni d'une voix sombre et en laissant retomber la main de la jeune fille, qui se sent frémir sans savoir encore pourquoi son cœur est glacé.

Puisque tu as voulu venir à Paris malgré ma défense... il faut bien que tu saches, enfin, ce que fait ton amant... dont, sans cela, tu pourrais chaque jour... sans le deviner, compromettre la sûreté...

Puis le jeune Italien se lève et fait quelques pas dans la chambre d'un air sinistre en répétant encore :

— Ah! Miretta!... pourquoi as-tu voulu venir à Paris?

— Mon Dieu!... de quel air me dis-tu cela!...

Tu me ferais presque trembler si je ne t'aimais pas tant!...

— Ton amour ne résistera pas, je le gage, à la confidence que je vais te faire...

— Mon amour est plus fort que tout!... tu peux le mettre à l'épreuve!

— Cependant... si ton amant était... un homme banni de la société... un... un criminel enfin...

Miretta court se jeter dans les bras de Giovanni, en s'écriant avec l'expression d'une joie sauvage :

— Ah! j'avais peur que tu ne me dises que tu en aimais une autre!...

Je respire... ce n'est pas de cela qu'il s'agit.

Giovanni repose quelques moments ses regards sur ceux de la jeune fille, puis il fait un mouvement de tête, en disant :

— Allons!... c'est la vérité... celle-là m'aime bien!...

L'Italien se rasseoit et reprend, mais avec calme cette fois :

— Écoute, Miretta :

Il y a depuis quelques mois, dans Paris, un homme qui répand l'effroi dans toutes les classes de la société, mais surtout parmi les plus riches; cet homme... ce voleur... car c'est bien d'un voleur qu'il s'agit, attaque chaque nuit les passants dont il sait que la bourse est bien garnie.

Adroit, leste, intrépide, il effraie son monde par son audace, il glace de terreur par sa seule présence... et jamais, jusqu'à présent, il n'a eu besoin de répandre le sang pour accomplir ses desseins...

Lorsqu'il rencontre... ce qui est rare, des gentilshommes assez braves pour se défendre, il les désarme facilement... et se contente ensuite de leur prendre leur or.

Tu penses bien que la police fait tout son possible pour s'emparer de ce bandit, mais, jusqu'à ce jour, tous ses efforts ont été vains.

Cependant son signalement, ou plutôt son costume, est désigné partout; car pour accomplir ses exploits, le voleur est toujours vêtu de même.

Un large cafetan de couleur olivâtre enveloppe son corps, un bonnet rouge tout bordé de poils de sanglier couvre sa tête et descend jusque sur ses yeux; enfin, une longue barbe noire cache tout le bas de son visage...

— Mon Dieu! dit Miretta, cet homme doit, en effet, avoir un aspect bien effrayant!

Mais que me fait à moi ce voleur?... Je ne crains pas qu'il me prenne mon or...

Et pourquoi me racontes-tu tous ces hauts faits?

Giovanni se lève sans répondre, il va à un vieux bahut que ferme un fort cadenas; il l'ouvre, et en tire le cafetan olivâtre, le bonnet à poils de sanglier, l'immense barbe noire; il jette tous ces objets aux pieds de la jeune fille en lui disant :

— Tiens! voilà le costume que revêt chaque nuit ce bandit redoutable... car cet homme que l'on cherche... que l'on guette... que l'on poursuit en vain... cet homme... qui répand l'effroi, la terreur dans tout Paris... c'est moi... c'est ton amant... c'est Giovanni!

Miretta cache sa figure avec ses deux mains en murmurant :

— Toi!... toi!... oh! ce n'est pas possible!

— Je t'ai dit la vérité, Miretta; et, d'ailleurs, pourquoi t'aurais-je fait ce récit, si cela n'était pas?...

— O mon Dieu!... mais qui a pu te pousser à embrasser cet affreux métier?

— Oh!... cela vient de loin... hélas!

Tout se suit, tout s'enchaîne dans la vie...

L'enfant qui ne veut pas étudier... l'adolescent qui fait le vagabond... le jeune homme qui ne veut que s'amuser et satisfaire ses passions... tous ceux-là marchent, sans s'en apercevoir, au résultat où je suis arrivé

Ils l'abordent moins franchement peut-être !

Les uns se font escrocs... les autres grecs, c'est-à-dire qu'ils volent au jeu dans la haute société.

Moi, je m'estime autant qu'eux, je cours plus de dangers... voilà toute la différence !...

Oui, celui qui ne veut que se donner du plaisir arrive là, à moins qu'il n'ait la force, la raison de s'arrêter à temps...

Mais, moi, je ne me suis point arrêté...

J'ai voulu me donner toutes les jouissances que goûtent les favoris de la fortune... ou ces hommes que leurs talents conduisent aux premiers emplois, aux premiers honneurs...

Mais je n'avais ni fortune, ni talent.

Je pourrais te dire que c'est le sort qui l'a voulu... que mon destin était écrit d'avance... que je ne pouvais l'éviter...

Je ne te dirai pas cela, parce que je ne le crois pas... parce que tout nous prouve au contraire que les hommes se font eux-mêmes ce qu'ils sont...

D'ailleurs, pourquoi chercherais-je à m'excuser ?...

J'ai eu un moment de trêve à mes passions... un moment de bonheur calme et presque pur... c'est celui où je t'ai connue, Miretta.....

Ton amour si vrai m'avait, pendant quelque temps, fait croire qu'il suffisait d'aimer pour être heureux...

Mais bientôt ces passions, que tu avais eu l'art d'endormir, se sont réveillées dans mon âme... il m'a été impossible de leur résister...

Toi-même, sans t'en douter, les excitais parfois... car en te voyant vêtue si simplement, si mesquinement même, je me disais :

Ah ! qu'elle serait belle avec ces riches robes de soie ! avec ces bijoux dont se parent tant de femmes laides ou vieilles !... Quel plaisir de rouler avec elle dans un beau carrosse... de voir chacun l'admirer et envier mon bonheur !...

— Ah ! Giovanni... est-ce que j'avais besoin de parures pour t'aimer ?...

— Non, pas toi... mais moi je voulais te les voir... te les donner, ces parures...

Eh bien !... Miretta... ce désir, je puis le satisfaire à présent... viens... viens regarder.

Giovanni a pris la main de Miretta, il la conduit devant le bahut, il ouvre un double fond, et lui fait voir un monceau de pièces d'or, des bijoux, des diamants, qui remplissent presqu'à moitié ce grand coffre.

— Vois-tu cet or !... vois-tu toutes ces richesses !... encore quelques mois de séjour à Paris et j'en posséderai le double...

Alors je retourne en Italie, et si tu veux m'y suivre, tu seras la plus élégante, la plus coquette, la mieux parée entre toutes les femmes !...

Miretta s'éloigne du coffre en faisant un geste d'horreur :

— Moi ! me parer de ces bijoux que tu as volés !... Oh ! jamais !... jamais... Cet or me fait mal à voir !...

Tiens, Giovanni !... il faut que je t'aime bien pour être encore près de toi, après l'aveu que tu m'as fait !...

Et cependant je te sais gré de m'avoir confié ce secret terrible, je te remercie d'avoir eu en moi cette confiance... Ah ! tu sais bien que je ne la trahirai pas !

Oui... mon amour est tel que je puis tout te pardonner... tout oublier... Mais par pitié... par grâce, renonce à cette affreuse carrière... quitte cette route du crime où, tôt ou tard, tu trouverais le châtiment !...

Tu voulais des richesses... eh bien, n'en as-tu pas assez ?...

Emporte ce que tu as si mal acquis... puisque tu peux avoir le courage de t'en servir sans remords.

Mais viens avec moi... quittons Paris, la France dès demain... dès cette nuit même... je resterai près de toi pour veiller sur ta sûreté, pour éloigner les périls qui pourraient te menacer...

Lorsque tu ne courras plus aucun danger, je m'éloignerai si ma présence t'importune... mais de près ou de loin je veillerai sur toi, et chaque matin, chaque soir je prierai le ciel pour qu'il te pardonne tes crimes et ouvre ton âme au repentir...

Giovanni... mon Giovanni !... ne repousse pas mes prières... crois en une voix secrète qui me dit que la mort t'attend dans l'affreux métier que tu exerces...

Je t'en supplie à genoux... quitte-le... et fuyons... bien loin de Paris... au bout du monde... jusqu'à ce que tu n'aies plus de danger à courir...

Ah ! j'étais folle tout à l'heure quand je préférais te savoir criminel plutôt qu'épris d'une autre femme... le ciel me punit de ce blasphème...

Giovanni, je te rends ta liberté, tes serments... je te pardonnerai si tu en aimes une autre...

Mais au nom de la madone qui a présidé à ta naissance.. dis-moi, oh ! dis-moi que tu vas quitter cette carrière qui te conduirait à l'échafaud !...

La jeune fille s'est précipitée aux pieds de son amant, elle lui tient les mains, elle lève vers lui des yeux noyés de larmes, et dans ce moment l'expression de ses traits a quelque chose de sublime.

Mais Giovanni a écouté Miretta sans paraître aucunement ému ; lorsqu'elle a cessé de parler, il la relève, la fait asseoir sur le sofa, s'y place près d'elle et lui dit avec beaucoup de tranquillité :

— Ma chère amie, je t'avais défendu de me suivre, de venir en France... j'avais eu raison... je prévoyais cette scène que tu viens de me faire...

Si tu m'en crois... tu retourneras bien vite à Milan...

— Avec toi ?

— Non, sans moi.

— Jamais alors... mon parti est pris, je resterai où tu seras... je n'ai plus rien à perdre !... je t'ai sacrifié ce qu'une jeune fille a de plus précieux... je puis bien maintenant te donner mon repos et ma vie.

— D'abord je ne te demande rien de tout cela...

Tu es trop exaltée, ma pauvre Miretta !... tu as une mauvaise tête ; moi, maintenant je suis pour le positif... tu veux rester à Paris... soit !

Mais tu comprends qu'il n'y a pas moyen de demeurer avec moi... cela me gênerait dans le métier que j'exerce ; une femme est toujours de trop... en croyant nous servir elle nous perd !

— Ainsi, tu ne veux donc pas le quitter... ce métier infâme !

Giovanni lance sur la jeune fille un regard qui la fait presque frissonner, en répondant :

— Jamais une femme ne changera rien à mes résolutions... quand il me plaira de jouir de mes richesses... de retourner en Italie... le voleur disparaîtra, le fortuné Giovanni, qui prendra alors un nom et un titre pompeux, brillera dans le monde où chacun lui fera des courbettes... sans chercher à savoir quelle est la source de sa fortune.

Tu m'as entendu, Miretta, ne reviens donc jamais sur ce sujet... ou tu ne me reverras plus.

Miretta se contente d'incliner tristement sa tête sur sa poitrine.

— Tu as une place à Paris, m'a-t-on dit, tu es attachée à mademoiselle Valentine de Mongarcin !

— Oui, comment sais-tu cela ?

— Je sais bien autre chose !... c'est Cédrille, ton cousin, qui t'a amenée à Paris...

— En effet... je lui avais même donné rendez-vous ce soir à la brune devant l'hôtel, je pensais qu'il me servirait de cavalier, pour aller voir une jeune fille qui demeure rue Saint-Jacques et dont le père est baigneur-étuviste ; car cette jeune fille nous a rendu un grand service ce matin lorsque nous arrivions à Paris !...

Tu ne sais pas que...

— Je sais tout ! les mauvaises plaisanteries, les quolibets qu'on lançait sur ton compagnon de route, ce pauvre Cédrille, et les compliments que l'on adressait à la jolie étrangère... puis les querelles, la bataille qui s'en est suivie !...

Oh ! j'ai reconnu dans tout cela cette jeunesse indomptée qui veut être la maîtresse en France... plus maîtresse que le roi vraiment...

Mais qu'elle prenne garde !... il y a ici à la tête du gouvernement un certain cardinal de Richelieu, qui, je crois, mettra un peu d'ordre dans tout cela !... on l'appellera tyran, car on appelle tyrans tous les hommes qui veulent réprimer les abus, mettre un frein au désordre, à la licence, donner de la force aux lois et surtout savoir les faire exécuter, quels que soient le nom, le rang, la haute position de celui qu'elle frappe !...

Mais l'homme de génie, l'homme fort ne s'inquiète nullement de ces clameurs qu'il soulève autour de lui, il continue sa marche et arrive à son but, souvent calomnié par ses contemporains ; c'est la postérité qui se charge de lui rendre justice !...

Eh bien, Miretta, pour un voleur, il me semble que je ne raisonne pas mal... c'est que, vois-tu, tout en vivant en guerre avec la société, cela ne m'empêche pas de rendre justice à ceux qui savent la protéger.

Mais revenons à toi : tu as attendu en vain Cédrille, car je le faisais boire dans un cabaret avec un certain chevalier gascon, haut comme une perche, qui se prétend aussi ton libérateur...

— Ah ! oui... je me rappelle... un grand homme bien maigre... il s'était presque mis à genoux devant notre cheval, il voulait baiser ma main et que je l'acceptasse pour mon chevalier !

Mais il est bien laid ce gentilhomme.

— C'est vrai, mais cela ne l'empêche pas d'être amoureux de toi...

Oh! le seigneur Passedix... c'est le nom de ce héros, n'est pas dis-cret dans ses amours...

Prends garde, Miretta, il a juré de triompher de tes rigueurs.

— Celui-là n'est pas dangereux!... mais serait-ce le plus beau!... le plus séduisant du royaume de France... vous savez bien que mon cœur n'est plus à donner!

Giovanni jette un doux regard à la jeune fille et lui presse tendrement la main en murmurant :

— Pauvre fille... oh! je sais bien que c'est vrai, cela...

Tu n'es pas comme les autres, toi!

Mais bientôt, comme se repentant de ce mouvement de faiblesse, l'Italien reprend son air dégagé et se met à se promener dans la chambre.

— Eh bien, as-tu été voir la fille de l'étuviste de la rue Saint-Jacques?

— Mon Dieu non : d'abord j'avais attendu Cédrille fort longtemps; ne le voyant pas venir, je me suis décidée à aller seule : tu sais que je ne suis pas peureuse, cependant, lorsque je me suis trouvée seule, au milieu de la nuit, dans les rues de cette grande ville dont on dit tant de choses!... je me suis sentie inquiète, j'avais le cœur serré; pourtant je marchais toujours, croyant reconnaître mon chemin.

Enfin, craignant de me perdre, je m'adresse une fois à un cavalier qui passait près de moi... je le prie de m'enseigner la route pour arriver chez maître Hugonnet, étuviste, rue Saint-Jacques.

Ah! combien je me repentis d'avoir abordé cet homme...

Si tu savais comme il m'a traitée!...

— Ah! ah! me dit-il, drôlesse, tu vas aux étuves si tard... le rendez-vous est donc bien urgent!... puis mille vilains propos, et il voulait me prendre la taille, me retenir malgré moi...

Oh! mais la colère me rendit mes forces, je repoussai si vivement cet homme qu'il en demeura tout étourdi, ensuite je me sauvai courant au hasard, c'est alors que je me perdis tout à fait.

J'ai marché bien longtemps; je voulais revenir à l'hôtel de Mongarcin, mais j'aurais passé la nuit entière dans la rue plutôt que de demander encore mon chemin!

C'est alors que tu m'as rencontrée.

— Ceci doit te servir de leçon, Miretta; il ne faut point t'aventurer seule le soir dans Paris; cela est dangereux pour un homme, à plus forte raison pour une fille jeune et gentille, et si le guet t'avait rencontrée, il t'aurait menée aux *Filles repenties.*

Mais dix heures ont sonné depuis longtemps, je vais te reconduire à l'hôtel de Mongarcin.

Sais-tu bien que l'on va y prendre une singulière opinion de toi; pour le jour de ton arrivée, tu disparais une partie de la soirée...

— Je raconterai à ma jeune maîtresse ce qui m'est arrivé.... je lui dirai toute la vérité, mademoiselle Valentine me pardonnera, car je lui promettrai bien d'être plus sage à l'avenir.

— Tu lui diras... *toute* la vérité? murmure Giovanni, en attachant ses regards sur la jeune fille.

— Oui... en ne te nommant pas, cependant...

Oh! sois tranquille... je ne dirai pas... ce qui est ton secret.

— J'y compte... viens...

Ah! j'attends encore.

Giovanni retourne prendre l'affreux bonnet à poil de sanglier, l'immense barbe et le large cafetan olivâtre, il présente de nouveau tous ces objets à Miretta en lui disant :

— Regarde bien tout cela... si jamais tu rencontres un homme qui porte ces vêtements... fuis... fuis bien vite et n'approche pas cet homme...

Tu me le jures, Miretta?

La jeune fille balbutie en tremblant :

— Je le jure.

— A cette condition tu me reverras quelquefois, tantôt en riche cavalier, tantôt en simple ouvrier, ou bourgeois... mais alors j'irai te parler, moi.

Après avoir dit ces mots, l'Italien se hâte d'aller se revêtir de son costume de vieux bohémien; lorsque sa toilette est achevée, il s'écrie :

— Maintenant viens, hâtons-nous... mais surtout ne fais point de bruit.

Giovanni a lestement éteint les bougies, et replacé dans son coin la lampe fumeuse qui éclaire à peine la chambre.

Il reprend la main de Miretta, la fait sortir de chez lui et de l'hôtel avec les mêmes précautions et sans qu'ils aient rencontré personne.

Une fois dans la rue, il passe son bras sous celui de sa compagne et la fait marcher d'un pas pressé.

La route se fait en silence, la jeune fille se sentait oppressée par le chagrin et la terreur; lorsqu'on rencontrait quelqu'un, elle serrait avec force le bras de son conducteur, car elle se figurait qu'on allait le reconnaître et l'arrêter.

Mais Giovanni connaissait parfaitement Paris et ses rues les plus détournées; en fort peu de temps il s'arrête avec sa compagne devant une grande maison, et lui dit :

— C'est ici... voilà l'hôtel de Mongarcin, tu es arrivée.

— Déjà!...

— Déjà, dis-tu, et tu tremblais, pauvre fille...

— Oh! pas pour moi!...

Mais à présent il faut te quitter...

Et quand te reverrai-je?...

Giovanni fait un mouvement de tête qui semble indiquer qu'il ne le sait pas lui-même, puis, avant que Miretta ait eu le temps de le retenir, il disparaît, et bientôt on n'entend plus même le bruit de ses pas.

Alors Miretta donne un libre cours à ses sanglots, et rentre dans l'hôtel en murmurant :

— Ah! le malheureux!...

XVII

Le Feu de la Saint-Jean.

Longtemps avant le règne du roi Louis XIII, les échevins de Paris faisaient, la veille de la Saint-Jean, entasser sur la place de Grève des fagots de toutes dimensions avec buissons d'épines et menues branches faciles à enflammer; le roi venait avec solennité mettre lui-même le feu à cet énorme bûcher.

En 1471, Louis XI suivit l'exemple de ses prédécesseurs et présida à cette cérémonie qui, par la suite, donna lieu à des fêtes, à des divertissements que le bon peuple attendait toujours avec impatience.

Le feu de la Saint-Jean célébré en 1573 fut, disent les historiens, une superbe cérémonie.

On avait élevé au milieu de la place de Grève un mât de près de soixante pieds de hauteur, hérissé de traverses de bois, auxquelles était attachée une immense quantité de bourrées et de cotrets.

Plusieurs voies de bois et infiniment de bottes de paille formaient la base de cet édifice.

Des guirlandes, des couronnes décoraient ou plutôt déguisaient tout cela.

On distribuait des bouquets au roi et à sa suite, aux notables et aux magistrats.

Des pièces d'artifice étaient aussi placées sous les fagots.

Cent vingt archers de la ville, cent arbalétriers et cent arquebusiers maintenaient l'ordre.

Enfin, on suspendit au mât un grand panier renfermant deux douzaines de chats et un renard.

Ce dernier article était sans doute le *nec plus ultra* de la fête!...

Pauvres chats! pauvres renards! nous vous laissons en paix maintenant lorsque nous avons des réjouissances publiques, et, en vérité, je suis persuadé que nos fêtes n'en ont pas moins d'attraits.

Sous le cardinal de Richelieu, la cérémonie du feu de la Saint-Jean avait perdu beaucoup de son éclat, on ne brûlait plus autant de chats; et cela devait être, le premier ministre ayant une grande affection pour ces animaux dont il aimait à s'entourer.

Mais cependant, la cérémonie avait toujours lieu et attirait encore bon nombre de curieux, de flâneurs, d'étudiants, de jeunes filles et même de jeunes gentilshommes qui venaient là chercher des aventures ou faire des niches aux manants.

Quelques semaines après les événements que nous avons racontés, la place de Grève était ornée d'un bûcher, qui ne pouvait pas rivaliser avec ceux dont nous vous avons fait la description, mais qui était encore fort présentable.

Lorsque la nuit commence à tomber, il y a déjà un grand nombre de personnes rassemblées sur cette place; mais ce n'est rien encore, car à chaque instant on voit déboucher par les quais, ou par les petites rues qui lui font face, des sociétés de bourgeois, des bandes de jeunes basochiens, des jeunes filles se donnant le bras, puis des gens du peuple, puis des écuyers, des pages, et enfin de beaux jeunes gens enveloppés dans leurs manteaux sous lequel ils veulent cacher la richesse de leur costume, mais que trahissent toujours, ou les plumes trop élégantes qui ornent leur chapeau, ou la beauté des éperons attachés à leurs bottes.

Quand la nuit est venue tout à fait, la place se trouve envahie, et ce n'est plus sans peine que l'on peut y avancer, surtout du côté du bûcher; mais aussi quelle vie, quelle animation, quel cliquetis de paroles! que d'interpellations, de questions, se pressent, se croisent de tous côtés! c'est un bourdonnement continuel.

Beaucoup de gens, cependant, font leurs réflexions tout haut, afin d'être entendus par tout le monde; car, à toutes les époques, il y a eu de ces beaux parleurs, de ces personnages à prétentions, qui se croient appelés à pérorer, à se mettre en évidence, et qui n'y mettent souvent que leur sottise ou leur fatuité!

— Par ici, mon père, avançons par ici... je vous assure que nous serons bien mieux pour voir le bûcher!... dit une grande et belle jeune fille, dans laquelle nous retrouvons une aimable connaissance de la rue Saint-Jacques.

C'est Ambroisine qui a son bras droit passé sous celui d'une jeune fille encore plus jolie qu'elle, mais qui a l'air timide, craintif, et surtout semble toute surprise de se voir ainsi au milieu de cette cohue.

Cette jeune fille est Bathilde, la fille de Landry, l'étuviste de la rue Dauphine.

Comment se trouvait-elle loin de chez elle et sans sa mère, au milieu de cette foule curieuse et hardie, où la beauté et la jeunesse étaient surtout le point de mire de la plupart des promeneurs?

Comment enfin était-elle au bras d'Ambroisine, à qui dame Ragonde faisait depuis longtemps si froide mine et qu'elle semblait craindre de laisser causer avec sa fille?

C'est que la mère de Bathilde avait en Normandie une vieille parente qui lui avait toujours témoigné beaucoup d'amitié, et ne s'était jamais mariée dans l'intention de laisser un jour tout son bien à Ragonde.

Ce bien consistait en quelques arpents de terre et une chétive maison pouvant valoir en tout quinze cents livres; mais considérez qu'à cette époque quinze cents livres en valaient bien six mille d'aujourd'hui; que Landry ne possédait pour tout bien que son établissement; enfin qu'aux yeux de dame Ragonde, ces quinze cents livres devaient être une dot très-suffisante pour marier Bathilde à un honnête marchand de Paris.

Et il advint qu'un beau jour un message arriva de Caudebec, résidence de la vieille parente.

C'était un voisin de celle-ci qui écrivait à la femme Landry, pour lui apprendre que sa cousine était fort malade et désirait bien l'avoir près d'elle pour lui fermer les yeux.

Le voisin ajoutait qu'il était urgent de se hâter, puisque la vieille fille paraissait ne plus avoir que peu de temps à vivre.

Au reçu de ce message, dame Ragonde avait sur-le-champ fait ses préparatifs de voyage; il s'agissait du fameux héritage, elle sentait qu'il n'y avait point à hésiter.

Mais au moment de partir, elle songea à Bathilde, que dans sa préoccupation elle avait oubliée.

Devait-elle l'emmener ou la laisser près de son père?

S'en rapporter au vieux soldat de Henri IV pour surveiller une jeune fille, c'était peut-être imprudent.

Mais d'un autre côté, faire voyager celle que jusqu'alors on avait si bien gardée, n'était-ce pas l'exposer à entendre les propos de l'un et de l'autre; à se voir l'objet des galanteries, peut-être même des entreprises téméraires des voyageurs?

Car dame Ragonde n'avait pas les moyens de se faire transporter en litière, et à cette époque on allait si lentement sur les routes, les moyens de transport étaient si difficiles, que l'on passait beaucoup de temps dans un coche ou autre véhicule, lors même que l'on n'avait pas un grand voyage à faire.

Ensuite, il y avait le chapitre des économies, chapitre très-important pour la femme de l'étuviste; il en coûtait gros pour voyager.

En emmenant sa fille, la dépense était double!

Le résultat de ces réflexions fut que dame Ragonde partit seule, mais non point sans avoir répété bien des fois à son mari :

— Veillez bien sur votre fille! ne la laissez pas sortir de la maison, ni recevoir personne! ne changez rien à l'ordre habituel que j'ai établi dans notre intérieur, que l'on ne s'aperçoive pas que je suis absente! enfin, annoncez toujours que je reviens dans la journée!

Si la personne qui s'absente savait comme on oublie vite toutes les recommandations qu'elle a faites, elle ne se donnerait pas la peine de les répéter si souvent.

Ce n'est pas toujours mauvaise volonté de la part de ceux que vous laissez à votre place; mais, en donnant vos instructions, vous ne pouvez pas donner vos habitudes, votre intelligence, votre sévérité, votre coup d'œil, votre esprit observateur, votre caractère enfin, et chacun se conduit suivant son naturel.

Landry, malgré ses moustaches et son air rébarbatif, avait le cœur moins sec que sa femme; et puis cette constance à surveiller sans cesse, à se faire pour ainsi dire l'espion de sa fille, entre beaucoup plus dans les habitudes d'une femme que dans celles d'un homme.

D'ailleurs, l'ancien soldat, ne doutant nullement de la vertu de son enfant, ne comprenait pas qu'il fallût être sans cesse sur ses gardes comme avec un prisonnier qui chercherait toujours à se sauver.

Les premiers jours qui suivirent l'absence de dame Ragonde, n'amenèrent aucun changement dans la vie habituelle de Bathilde, car celle-ci ne se serait pas permis de demander à sortir, et personne ne venait la distraire.

Mais un matin Ambroisine vint aux étuves de maître Landry, et fut toute surprise d'arriver jusqu'à Bathilde sans avoir rencontré la figure sévère de sa mère et entendu ces paroles : Ma fille est occupée, ne restez pas longtemps, ça la dérange!

En apprenant que la mère de son amie est en voyage, Ambroisine pousse un cri de joie et dit à Bathilde :

— Comment, tu es libre depuis plusieurs jours, et tu ne me le fais pas savoir, et tu ne viens pas me voir!

— Tu sais bien que je ne sors jamais...

— Parce que ta mère ne le veut pas; mais puisqu'elle est absente...

— Oh! mon père ne me laisserait pas sortir non plus; ma mère le lui aura recommandé!

— Et moi je gage que si... je gage que ton père ne sera pas si sévère, qu'il comprendra que tu ne goûtes aucun plaisir, que tu ne prends aucune distraction... et qu'il n'est pas juste qu'une pauvre fille passe ses plus beaux jours renfermée dans sa chambre.

Tiens, j'ai une marraine, une bonne femme, une fermière qui demeure au village de Vincennes... je n'ai jamais le temps d'y aller ni mon père non plus, et cependant la mère Moulineau ma marraine nous envoie souvent de petits fromages et de la crème, en nous faisant prier d'aller la voir. La pauvre femme est infirme et ne peut pas venir à Paris; tous les jours je dis à mon père : Demain j'irai voir ma marraine Moulineau, et mon père me répond : Vas-y, mon enfant. Eh bien, si tu veux, Bathilde, je t'y mènerai avec moi... nous coucherons chez ma marraine. Oh! elle nous recevra joliment! elle sera si contente de me voir...

— Oh! mon père ne voudra pas que je couche hors de notre maison.

— Après cela, tu t'ennuierais peut-être chez ma marraine. Ah! j'y songe! c'est après-demain la cérémonie du feu de la Saint-Jean sur la place de Grève; mon père m'a promis de m'y conduire... je n'ai jamais vu cela, on assure que cela est très-beau à voir; veux-tu y venir avec nous...

— Si je le veux!... mais tu sais bien que j'en serais enchantée... moi qui ne connais rien, qui n'ai rien vu... mais je n'oserais jamais demander à mon père de m'y laisser aller... il me refuserait.

— Toi, peut-être... mais si mon père, son ami, son camarade, se chargeait de cette commission...

— Ton père! tu crois qu'il voudra bien se charger de lui demander cela?

— Pourquoi pas? mon père est bon, il m'aime bien; il ne trouve pas mauvais que sa fille prenne quelquefois du plaisir... quand ce sont des plaisirs honnêtes, où est le mal?... parce qu'on s'amuse un peu, est-ce que cela empêche de se bien conduire...

Sois tranquille, demain je l'envoie ici, chez ton père, et après-demain tu viendras avec nous...

— Oh! s'il était vrai!...

— Je l'ai décidé, cela sera, c'est que j'ai de la tête, va! [illisible].

En effet, le lendemain de cette entrevue, maître Hugonnet, pour contenter les désirs de sa fille, s'est rendu chez son confrère Landry; et tout en vidant avec lui un pot de vin, lui dit :

— Camarade, j'ai une demande à vous faire.

— Parlez; vous savez que si je puis vous être bon à quelque chose... je suis à vous, moi et ma vieille lame, qui est encore bonne au besoin!

— Oh! je connais la valeur de votre lame et la vigueur de votre bras, mais ce n'est pas de tout cela qu'il s'agit.

Vous savez que ma fille est amie de la vôtre, que son plus grand bonheur est d'être avec elle... car enfin il y a déjà quelques années qu'elles se connaissent; elles étaient bien enfants alors, mais à présent ce sont de grandes filles, et leur amitié a grandi comme leurs personnes!

Pendant que maître Hugonnet parlait, son confrère Landry se caressait la moustache, mais ne sourcillait pas.

— Je sais tout cela, dit-il enfin quand son ami eut fait une pose ur boire. Eh bien, après?

— Après? Je saisis, moi, toutes les occasions qui se présentent de procurer quelque plaisir à ma fille... car Ambroisine le mérite!... c'est une gaillarde qui tient joliment ma maison!... de la tête, de l'activité, du caractère!... oh! c'est une brave fille!.. et qui ne s'en laisse pas conter par les muguets, les galants, les grands seigneurs même... et Dieu merci, il en vient chez moi!... mais lorsqu'ils veulent prendre des manières trop libres avec Ambroisine... jernidiè! elle a bec et ongles et une rude poigne... il faut voir comme elle les fait pirouetter!...

— Elle fait bien. Mais après?

— Après... C'est demain la cérémonie du feu de la Saint-Jean, sur la place de Grève, Ambroisine n'a jamais vu cela, elle m'a prié de l'y conduire, je le lui ai promis; mais elle m'a dit encore qu'elle serait bien plus heureuse si sa jeune amie Bathilde y venait avec nous, parce qu'elle savait bien que ce serait un grand divertissement pour votre fille qui... qui... qui n'en prend pas de trop! et pourtant, camarade, il n'est pas juste de toujours travailler, de ne jamais se divertir... au contraire, c'est quand on est jeune qu'il faut se donner du bon temps... nous nous réjouissons bien encore quelquefois, nous, lorsque l'occasion se présente... et puis enfin, où est le mal qu'une jeune fille prenne quelque amusement quand c'est au su et vu de ses parents. Finalement, camarade, tout cela est pour vous prier de me confier demain, à la fin de la journée, votre fille Bathilde, afin que je la mène avec Ambroisine voir le feu de la Saint-Jean, à moins que vous n'y veniez aussi avec nous, ce qui serait encore mieux.

En entendant son ami lui faire cette demande, le front du vieux soldat était devenu soucieux, puis il avait caressé assez longtemps sa moustache grise, avant de répondre.

— Mais c'est que j'ai promis à Ragonde de ne point laisser sortir Bathilde...

— Seule!... je le conçois, mais avec moi et ma fille est-ce qu'elle ne sera pas aussi en sûreté qu'avec vous... Allons, jernidiè! ne soyons pas si sévères pour nos enfants... si on l'avait été toujours pour nous, ça ne nous aurait pas fait adorer nos parents.

Après un moment d'hésitation, Landry avait dit enfin :

— Eh bien... venez demain chercher Bathilde... je tâcherai d'aller vous retrouver.

Vous savez maintenant par quelle suite de circonstances Bathilde se trouvait au bras d'Ambroisine sur la place où se célébrait le feu de la Saint-Jean.

XVIII

La Foule.

— Ah! eh! Bahuchet! viens donc par ici, nous serons bien mieux pour voir la pétarade de la cérémonie...

— Attends donc, Plumard, pour que je passe il faut d'abord que cette dame se dérange, et en voilà une qui prend son équilibre! une fois posée c'est comme la tour de Notre-Dame! pas moyen que ça bouge...

— Qu'est-ce que vous dites, polissons, mauvais sujets, méchants petits basochiens? vous venez ici pour insulter les dames! vous n'êtes bons qu'à cela!... ne faudrait-il pas se déranger pour ces messieurs!

— Ah! mon Dieu! voilà madame qui se monte, parce qu'elle a une belle cotte avec des fanfreluches après, et un galon d'argent à sa ceinture... Dis donc, Plumard, je croyais qu'il y avait un édit qui ne permettait qu'aux filles de joie et aux filous de porter de l'or ou de l'argent sur leurs habits?...

— Ah! oui, un édit du roi Henri IV... cette grosse dame est peut-être dans son droit!

— Ah! petits drôles, si le guet passait, je vous ferais appréhender au corps!...

— Oh! le guet!...

— Oh! appréhender... c'est la femme d'un procureur...

— Ne me poussez pas ou je vous soufflette!...

— Quand on ne veut pas être poussée ici, on s'y fait amener en chaise à porteurs.

— Ou l'on y vient sur la mule de son mari.

— Avec son petit clerc... Tant pis, il faut que je passe.

— Monsieur, vous me marchez sur le pied...

— Pourquoi mettez-vous vos pieds par terre?... dans une cohue comme celle-ci, on se tient en l'air, on se perche sur ses voisins.

— Ah! Bahuchet, regarde donc là-bas, une dame qui a un loup!

— C'est qu'elle est laide; voilà pourquoi elle ne veut pas montrer son visage...

— Ou qu'elle vient ici *en catimini*.

— Tiens, j'aime bien mieux regarder la figure de ces deux petites caillettes qui ont des toquets bleus.

— Ah! oui, elles sont gentilles! mais je les connais de vue... elles viennent ici attendre des pages... je les rencontre souvent qui se promènent avec leurs amoureux sur le Pré-aux-Clercs.

— Dis donc, Plumard, sais-tu si on grillera des chats, ce soir, au bûcher qui est là?

— Mais non, tu vois bien qu'il n'y a pas un seul panier attaché en l'air au grand arbre...

— Ah bien, si on ne brûle plus de chats, il n'y a plus de plaisir! voilà comme on laisse tomber les plus belles institutions... si j'avais su cela, j'aurais apporté un sac de souris!

— Est-ce que tu en vends, des souris?

— Non; mais mon propriétaire les aime beaucoup, car il en a toujours plein sa maison... je crois qu'il en mange.

Les deux gaillards qui causaient ainsi au milieu de la foule aussi librement que s'ils eussent été seuls, étaient en effet deux jeunes clercs de procureurs, mais de ceux que l'on rencontre plus souvent dans les rues, devant les boutiques, les théâtres en plein vent que dans l'étude de leur patron, véritables flâneurs, qui, pour jouer un tour à quelque passant, oublient totalement la commission quelquefois importante dont leur procureur les a chargés et qui restent toute leur vie petits clercs, à moins que leurs parents n'aient de quoi leur acheter une charge.

Bahuchet était petit, sa taille n'atteignait pas quatre pieds neuf pouces; il était assez mal bâti dans sa petitesse; de plus, laid de visage, son front était bas, son nez trop retroussé mettait en évidence deux narines d'une énorme dimension qui jouaient un très-grand rôle dans sa physionomie; sa bouche était trop fendue, et ses yeux ne l'étaient pas assez, mais dans ses petits yeux brillait une expression spirituelle et railleuse que son sourire narquois augmentait encore.

M. Bahuchet, toujours disposé à se moquer des autres, prenait fort mal les plaisanteries qu'on se permettait sur sa personne, il se fâchait très-facilement; en général les petits hommes sont beaucoup plus colériques que les grands; pourquoi?

Rabelais vous en donnera l'explication, que je n'ose pas rapporter ici.

Plumard, l'ami et le compagnon habituel de Bahuchet, atteignait juste aux cinq pieds de rigueur pour être soldat; mais à côté de son camarade il se croyait bel homme et affectait de le regarder par-dessus son épaule.

Sans être beau, M. Plumard était moins laid que Bahuchet; il avait un nez convenable, une bouche commune, mais d'une dimension modeste; enfin, ses yeux à fleur de tête auraient pu être remarqués pour leur grandeur, s'ils ne l'avaient point été d'abord pour l'expression de sottise dont ils flamboyaient.

Tout cela n'empêchait pas M. Plumard de se croire fort joli garçon.

Quelque chose troublait cependant le bonheur de ce diminutif d'Apollon : sa chevelure ne répondait point à tous les avantages de son individu.

A vingt-sept ans, le jeune basochien, qui n'avait jamais possédé que fort peu de cheveux, vit avec douleur que son tissu capillaire s'amoindrissait; une maladie de peau lui en avait déjà fait tomber les trois quarts.

Il s'était flatté pendant longtemps que ses cheveux repousseraient, et, au lieu de cela, il voyait encore diminuer ce qui restait.

En vain le clerc se fourrait, à défaut de pommades, qui étaient fort chères alors, tous les corps gras qu'il croyait capables de redonner de la fécondité à sa nuque; le petit rond fatal s'était formé sur le sommet de son crâne, puis les pointes avaient tellement gagné, et le front tellement reculé ses limites, que la tête de M. Plumard était à peu près chauve.

Aussi portait-il presque constamment la petite toque en forme de chaperon dont messieurs de la basoche se coiffaient alors, et ne l'ôtait-il que lorsqu'il y était presque contraint.

Bahuchet, qui connaissait son camarade sur le bout de son doigt, et savait que l'article de ses cheveux était l'endroit le plus sensible pour son amour-propre, se plaisait souvent à l'attaquer par là.

Ce n'était pas brave; mais de son côté Plumard se moquait de la taille et du nez de son collègue.

Tout était donc compensé entre les deux amis, si toutefois on peut appeler amis des gens qui se moquent continuellement l'un de l'autre?

Mais, je crois qu'on le peut, car ceux qui se traitent d'amis, à présent, se conduisent encore comme ceux d'autrefois.

—Es-tu bien, Bathilde? Vois-tu le bûcher? demande Ambroisine à sa jeune amie qui n'avait pas assez de ses yeux pour regarder sur la place qui était illuminée par une grande quantité de falots, de torches, que les boutiquiers avaient plantés devant leurs boutiques, et par des lanternes que le lieutenant de police y avait fait placer.

— Oui, oui, ma chère Ambroisine, je suis bien... je vois assez... je vois tant de choses... Tout ce monde.... toutes ces toilettes.... cela me semble si drôle... Oh! mais, c'est bien amusant!...

— Mes enfants, dit maître Hugonnet, si vous vouliez, nous irions nous asseoir à une table...

A l'un de ces cabarets là-bas, nous y serions fort bien pour attendre le moment du feu...

Et au moins vous seriez assises, au lieu de rester ainsi sur vos jambes...

— Oh! que non pas, mon cher père; je vous vois venir, vous voudriez aller boire...

Vraiment! ce serait joli!...

Quand on a deux jeunes filles à garder, on ne boit pas, entendez-vous, mon père!...

—Ah! il faut qu'on attrape la pepie, alors?

Et ce diable de Landry qui devait venir nous rejoindre!...

Après cela, il est peut-être sur la place; mais trouvez-y donc vos connaissances dans une cohue comme celle-là

Si nous le trouvions, il me relaierait un peu...

Cette foule, cela cause une chaleur... qui altère...

Ah! oui... jé me rappelle....vous savez même pour qui jé soupire... Vous connaissez Miretta?

— Si je la connais? Oh! oui, c'est mon amie aussi.

Je l'aime bien!... Elle s'est montrée si reconnaissante du faible service que je lui ai rendu.

Elle vient me voir de temps en temps.

— Jé lé sais, pardieu!

La petité né fait point un pas qué jé né le sache et ne sois sur ses talons!

—Elle me l'a dit, monsieur le chevalier, et je vous préviens que cela lui déplaît beaucoup.

Elle m'a répété plusieurs fois: Si ce grand monsieur sec et jaune continue ainsi à me suivre dès que je mets le pied dans la rue... je serai obligée de lui dire qu'il perd son temps et ses pas.

— Ah! ah! ah!

D'abord, jé gage que Miretta n'a pas dit: cé grand monsieur sec et jaune. Céci est dé vous, mauvaise langue!...

Oh! jé connais les femmes! Elles se plaignent dé cé qu'on les suit; mais elles seraient bien attrapées si on né les suivait pas!

— Eh bien, essayez d'attraper Miretta, ça lui fera plaisir...

— J'espérais la rencontrer cé soir ici...

Ah bigre! je n'avais pas remarqué... vous donnez le bras à uné bien charmante personne!

— N'est-ce pas?

C'est Bathilde, ma meilleure amie.

Vous allez sans doute en devenir aussi amoureux?

— Oh! non! c'est fini!

Vous mé jugez mal, belle Ambroisine; j'ai donné mon cûr à Miretta!

C'est pour ellé seule désormais qué jé veux faire des prouesses et....

Sandis! qui diablé sé glisse entre mes jambes comme un lézard... Est-ce un homme? est-ce une anguille?

— Ne vous dérangez

Tais-toi... ne prononce jamais ce nom, car ce serait me perdre, ce serait me livrer à la mort.

—Eh! sandis! quelle agréable rencontre!... c'est la fière Ambroisine avec son digne père qué j'aperçois...

— Tiens, c'est M. le chevalier Passedix! répond Ambroisine un grand homme long et maigre qui vient de se planter devant elle. Vous venez donc aussi voir le feu de la Saint-Jean?

— Ah! jé mé fiché pas mal dé ces feux de joie!...

Célui qui brûle au fond dé mon cûr éclipserait toutes les Saint-Jean possibles...

Rassurez-vous, méchante! ce n'est plus à vous qué céla s'adresse.....

Vous m'avez rebuté, j'ai porté ailleurs mes soupirs et mes vœux!

— Oh! je le sais, monsieur le chevalier..., et je vous en fais mon compliment!

— Vous lé savez?

pas, seigneur, répond Bahuchet, me voilà passé.

Vous concevez bien que je ne pouvais pas rester derrière vous; vous avez une taille de géant!

— Et vous êtes un nain, vous, à ce qué jé vois!... Est-ce que les atomes devraient venir dans cetté foule?... On vous écrasera sans y faire attention, mon pétit!

— Ah! ouiche! je ne me laisserai pas aplatir sans dire gare!

Ohé! Plumard! entends-tu cette grande asperge qui croit qu'on peut m'égruger comme un grain de sel!

Plumard était à quelques pas, il regardait Bathilde et il paraissait saisi d'admiration.

—Plumard! Plumard! ubi es?..... Ah! le voilà... Pourquoi ne réponds-tu pas... Qu'est-ce que tu as donc? On dirait que tu es changé en bonhomme de bois?

Plumard se contente de faire un signe de tête à son camarade en lui montrant la ravissante jeune fille.

Bahuchet regarde à son tour Bathilde et cligne de l'œil en disant :

— Ah ! fameux ! fameux, ça !...

Tiens, vois-tu, Plumard, quand je vois une si jolie personne, je commence par la saluer, pour lui marquer mon respect... Fais comme moi.

Et M. Bahuchet ôte sa toque devant Bathilde qui ne fait aucune attention à lui.

Mais Plumard, qui ne veut pas se découvrir la tête, fait un mouvement d'impatience et se glisse un peu plus loin, en murmurant :

— Je suis enrhumé du cerveau.

De temps à autre, Ambroisine se retournait, et ses yeux semblaient aussi chercher quelqu'un dans tout ce monde de toutes les classes, de tous les rangs, qui semblait s'être donné rendez-vous sur la place de Grève.

— Vois-tu Landry? disait alors maître Hugonnet à sa fille.

Et celle-ci secouait la tête en murmurant :

— Non, mon père, non, je ne vois pas M. Landry.

Mais était-ce bien Landry qu'elle cherchait?

N'était-ce pas plutôt Miretta, qui lui avait dit qu'elle tâcherait aussi d'aller voir le feu de la Saint-Jean?

Et je ne vous garantirais point que la Belle Baigneuse ne cherchait pas encore autre chose, car il y avait alors dans son regard une certaine expression qui aurait donné bien de l'inquiétude à un mari jaloux.

— Eh bien, il ne partira donc pas ce soir, ce feu?

Est-ce qu'on va nous faire attendre jusqu'à la Saint-Martin?

Ohé, Plumard! Plumard! est-ce que tu fais encore le bonhomme de bois?

— Viens donc, Bahuchet, on est mieux ici, on est plus près des fagots.

— Comment! tu t'approches tant que ça, toi?

Ma toque!... ne marchez pas dessus.

Prends garde, Plumard, la flamme pourrait bien roussir tes cheveux.

Donne-m'en une mèche auparavant; je suis sûr que dans quelque temps ils se vendront très-cher, tes cheveux; et encore, n'en aura pas qui voudra!

— Bahuchet, tu as oublié quelque chose, toi?

— Quoi donc?

— Les deux bouchons que tu mets à ton nez quand tu sors le soir et qu'il vente.

Prends garde! il y a quelqu'un qui porte un falot à côté de toi; ne te retourne pas, ton nez l'éteindrait.

— Ah! monsieur Plumard fait le goguenard...

Au fait, tu as même le droit de faire ton crâne!

Tu sais bien que je ne te prendrai pas aux cheveux?

— Attends! attends! je vais te moucher, vilain nain!

Les deux basochiens se rapprochaient pour se donner des coups, mais comme le chevalier Passedix se trouvait entre eux, ils s'en servaient comme d'un rempart pour se mettre à l'abri, et le rempart recevait assez fréquemment les horions que ces messieurs se destinaient.

— Sandioux! voilà deux drôles qui se battent entre mes jambes à présent.

Aurez-vous bientôt fini, pigmées?

Si vous me faites sortir Rolande du fourreau, je vous garantis que vous serez embrochés tous les deux comme des mauviettes!

Les deux clercs, en voulant se sauver pour éviter les effets de la colère du Gascon, se culbutent sur deux dames de la halle.

Celles-ci les repoussent avec tant de force, que M. Plumard tombe sur le pavé, et pour comble de malheur, dans sa chute, il perd sa toque.

On voit alors cette jeune tête, déjà presque chauve, n'ayant conservé un peu de végétation qu'au-dessus des oreilles.

Un rire général se fait entendre, et la gaieté s'augmente par la mine furieuse que fait le pauvre clerc qui marche à quatre pattes dans la foule, regardant entre toutes les jambes en criant :

— Ma toque! ma toque! ne marchez pas dessus!

XIX

Deux Hommes à quatre pattes.

Ambroisine a ri comme les autres en apercevant la tête nue de M. Plumard.

Elle se retourne du côté de son amie pour savoir si elle a vu ce spectacle; mais elle demeure toute surprise de l'expression singulière qu'offre en ce moment la figure de Bathilde.

La charmante fille semblait à la fois heureuse et confuse.

Ses yeux à demi baissés, mais de manière à voir de côté, avaient un éclat plus vif.

Ses joues étaient plus colorées, sa bouche souriait et restait entr'ouverte : tout cela n'était pas naturel; et Ambroisine, avec cette connaissance qu'elle avait déjà du cœur humain, cherche ce qui peut causer l'émotion de son amie.

La fille de maître Hugonnet aperçoit alors à la gauche de Bathilde un jeune homme drapé dans son manteau, la tête couverte d'un grand chapeau orné de plumes élégantes, et sous ce chapeau une fort jolie figure, fière et distinguée, mais très-séduisante, quand elle voulait en prendre la peine, et c'est ce qu'elle faisait en ce moment.

— Ah! mon Dieu! c'est M. le comte Léodgard! se dit Ambroisine, en reconnaissant le jeune homme qui tient Bathilde comme fascinée par l'éloquence de son regard, et presque aussitôt, comme si elle devinait déjà le danger qui menace son amie, elle lui secoue le bras, en lui disant :

— Eh bien! qu'as-tu donc... à quoi penses-tu donc, Bathilde? je te parle et tu ne me réponds pas!

— Moi, Ambroisine! ah! pardon... c'est que je ne t'avais pas entendue...

— Tu as l'air trouble, ému... est-ce que l'on t'a... poussée... gêne... veux-tu prendre mon autre bras...

— Mais non... mais non... on ne m'a rien fait... je n'ai rien...

— Je te dis que si... c'est ce jeune seigneur qui est à côté de toi, et qui te regarde sans cesse... C'est insupportable, n'est-ce pas?

— Oh! cela ne me fait pas de peine... regarde-le donc... sans en avoir l'air, Ambroisine; tu verras comme il est joli garçon... ce seigneur-là.

— Je n'ai pas besoin de le regarder encore; je le connais bien, va!...

— Tu le connais!...

Avant qu'Ambroisine ait eu le temps de répondre, Léodgard, qui vient à son tour de reconnaître la Belle Baigneuse dans celle qui ne le bras à la jeune fille qu'il admire, s'empresse de s'avancer vers elle, et l'aborde de son air le plus gracieux.

— Salut à la belle Ambroisine... Ah! voilà aussi maître Hugonnet!... Décidément, c'est une charmante fête que ce feu de la Saint-Jean; on y fait d'heureuses rencontres, et je me félicite d'y être venu.

— Votre serviteur, monsieur le comte Léodgard!... vous êtes content d'être venu ici, vous, ma foi, je n'en dirai pas autant, moi... Il faut que je reste à garder ces deux fillettes... pas moyen d'aller se rafraîchir. Je ne trouve pas que ce soit amusant, moi!...

— Eh! mais, mon cher Hugonnet, si vous avez envie d'aller prendre quelque chose, confiez-moi pour quelques instants votre fille et sa jeune amie... je vous promets, sur mon honneur, qu'elles seront aussi en sûreté qu'avec vous...

Maître Hugonnet, qui a très-soif, semble hésiter un moment, mais sa fille lui serre fortement le bras, en lui disant tout bas :

— A coup sûr, mon père, vous n'écouterez pas cette proposition; vous ne laisserez pas deux jeunes filles avec le comte de Marvejols, si connu pour un séducteur, un mauvais sujet... un conteur de fleurettes... Moi seule, je saurais me défendre; car, vous le savez bien, ce monsieur voulait me faire la cour... et je l'ai reçu de façon qu'il n'y est pas revenu; mais Bathilde qui ne connaît pas le monde... qui peut croire tout ce qu'on lui dira... Bathilde, que son père vous a confiée... et à qui vous avez promis qu'elle ne courrait aucun danger... Ah! vous ne voudriez pas la confier à ce jeune seigneur!

— Non... non, mon enfant, tu as raison...

Oh! je ne veux pas vous quitter, répond le maître étuviste, que les paroles de sa fille ont fait réfléchir.

Tu parles sagement... ce serait imprudent, avec ce comte de Marvejols, surtout...

— Oh! oui, mon père!...

— C'est égal, Landry aurait bien pu venir nous rejoindre!...

Pendant que le père et la fille parlent tout bas, Léodgard n'a pas cessé de considérer Bathilde, dont la beauté a fait sur lui la plus vive impression; celle-ci est devenue tremblante, en entendant prononcer le nom de Léodgard de Marvejols, car sa mémoire lui a sur-le-champ rappelé tout ce qu'Ambroisine lui a dit touchant ce jeune seigneur; le portrait effrayant qu'elle en a fait devrait ôter à Bathilde l'envie de regarder encore celui-ci. Mais, bien au contraire; soit esprit de contradiction, soit curiosité, soit ce désir de s'instruire, qui est si puissant dans le cœur des femmes, tout le mal qu'on leur a dit d'un homme ne les engagera jamais à éviter sa présence, et c'est vers celui-là qu'elles porteront leurs yeux de préférence.

Léodgard voit bien que sa proposition n'a pas été accueillie; mais que lui importe, la place de Grève appartient à tout le monde. Si la charmante fille y demeure, il y restera près d'elle; si elle la quitte, il la suivra. Aussi, c'est en souriant qu'il dit de nouveau à maître Hugonnet :

— Eh bien, mon brave, vous ne m'avez pas répondu... Est-ce que vous ne vous sentez plus l'envie d'aller faire un tour à l'un des cabarets voisins?...

— Oh! si fait, monsieur le comte; je mentirais si je disais que c'est l'envie qui me manque, mais ça ne se peut pas... car monsieur le comte sait bien lui-même que je ne dois pas lui confier deux jeunes filles... merci... autant vaudrait mettre deux brebis sous la garde d'un renard!...

— Eh! pourquoi donc cela, Hugonnet? est-ce à cause de la petite querelle que nous avons eue ensemble autrefois?... mais vous voyez bien que je n'y pense plus, moi! d'ailleurs, j'avais tort; j'en conviens!... Oh! je ne suis pas de ces gens qui n'entendent pas la raison... tenez... dans ce temps-là j'étais un assez franc vaurien... un tapageur... un libertin!... mais depuis!... je me suis bien corrigé... Si vous saviez comme je suis sage, maintenant!...

— Je vous en fais mon compliment, seigneur, et cela doit bien réjouir M. le comte votre père!

Léodgard cache un léger sourire, et son regard caresse les traits de Bathilde, qui, tout en tenant ses regards baissés, ne perd pas un mot de ce qui se dit.

— Oui, mon cher Hugonnet, oui, mon père se félicite maintenant d'avoir un fils qui est tout à fait guéri de ses mauvais penchants... qui ne rosse plus le guet, ne fait plus damner les bourgeois, endiabler les marchands, et surtout n'en conte plus à toutes les femmes!... car pour cela...

— Eh! cadédis! la réunion devient choisie!... voici ce cher comté Léodgard dé Marvéjols!...

— Ah! c'est vous, chevalier Passedix...

— Moi-même, qui ai bien regretté dé né pouvoir être dé cette joyeuse partie qué vous avez faite avant-hier avec des amis et de délicieuses pétites femmes... Ah! fripon qué vous êtes!... jé crois qu'on s'est diverti!... le jeu! lé vin, les belles!... vous êtes toujours le roi pour conduire tout cela de front... il paraît que le lendemain tout le monde était gris... On s'est battu... il y a eu du scandale... on a emmené dé ces dames aux Répenties! Voilà cé qué j'appelle s'amuser!...

— Que le diable t'emporte, grand imbécile! murmure Léodgard, en détournant la tête, tandis qu'Ambroisine pousse Bathilde, en lui glissant à l'oreille :

— Entends-tu?... voilà comme il devient sage, comme il se range, ce mauvais sujet!... voilà comme il se corrige!...

— Mon Dieu, Ambroisine, qu'est-ce que cela me fait à moi? tu me dis cela comme si cela m'intéressait...

— Ah! dame, il te regardait tant... et puis, tu le trouves joli garçon...

— Je le trouve... parce que cela est. Mais, qu'est-ce que cela prouve... Est-ce que tu vas me gronder, à présent, parce que ce jeune seigneur m'a regardée... est-ce ma faute?

— Te gronder... ma chère Bathilde... Oh! non... mais, vois-tu... je dois veiller sur toi... comme si j'étais ta sœur aînée... car nous avons répondu de toi à ton père, et je ne voudrais pas qu'il t'arrivât malheur... il me semble que j'en serais cause...

— Malheur!... mon Dieu! et quel malheur redoutes-tu pour moi?...

Ambroisine n'ose pas répondre, lorsque tout à coup le chevalier Passedix s'élève sur ses pointes, puis pousse un cri :

— Elle est là, sandioux... jé la vois à la lueur d'une torche... Elle est Vénus, la pétité! Par Rolande, il faut qué jé la rejoigne, quand je devrais bousculer touté cette foule!...

Se mettant aussitôt à jouer des bras et des jambes, comme un télégraphe, le grand Gascon fait s'écarter tous ceux qui se trouvent sur son passage, et il a bientôt gagné une partie de la place où Miretta était arrêtée.

Ambroisine a suivi des yeux le chevalier Passedix; elle aussi aperçoit de loin sa nouvelle amie dans la foule; mais pour la rejoindre, il faudrait se jeter au milieu de cette cohue qui les sépare et perdre les bonnes places où l'on est, et maître Hugonnet a déclaré qu'il ne voulait plus bouger; Ambroisine tâche en vain, en faisant des signes et élevant les bras en l'air, d'être aperçue par Miretta.

La jolie cousine de Cédrille portait cependant ses regards de tous côtés.

A coup sûr, celle-là cherchait aussi quelqu'un; mais n'était-ce que son amie Ambroisine?

Tout à coup, Miretta se sent prise par le bras, et une voix aiguë lui crie :

— Ah! sandis! jé vous ai donc trouvée... ô ma déesse... jé vous cherchais... jé né dirai pas per montes et vitulos, mais dans tous les groupes de jolies femmes...

Mé férez-vous lé plaisir d'accepter mon bras?...

Miretta prend un air sévère et répond sèchement au chevalier :

— Non, monsieur, je n'accepterai pas votre bras, et puisque je vous rencontre encore ici, je profiterai de l'occasion pour vous dire que vous perdez votre temps en me suivant sans cesse, que l'entêtement que vous mettez à me poursuivre m'ennuie...

— Eh! cadédis! la pétite fait la fière... Ah! vous réfusez mes hommages, et c'est ainsi qué vous réconnaissez les services qu'on vous rend, ingrate!... moi qui vous ai sauvée du péril le plus imminent... Ah! votre cousin Cédrille me rendait plus dé justice!... j'étais son ami, son compagnon fidèle... jé suis bien fâché qu'il soit retourné à Pau! il vous aurait parlé en ma faveur.

— Cédrille n'aurait point encouragé vos entreprises, monsieur le chevalier; il savait trop bien que vous n'aviez rien à espérer de moi.

Je ne sais s'il a eu lieu de se féliciter de vous avoir pris pour compagnon, mais je sais fort bien qu'il n'a fait qu'un très-court séjour à Paris, et qu'il est parti avec un œil tout noir, en me disant qu'il avait bien assez de la capitale, et qu'il ne s'y amusait pas du tout. Enfin, monsieur, si vous avez pris ma défense lorsqu'on m'insultait, je pense que vous ne devez pas vous en repentir : c'était votre devoir comme galant homme.

Mais il me semble que cela ne saurait vous donner le droit d'épier toutes mes démarches et d'être continuellement sur mes pas.

Le chevalier gascon est piqué au vif, et le ton ferme et décidé avec lequel Miretta vient de lui répondre augmente encore son dépit, car la voix d'une femme sait quelquefois adoucir les mots les plus sévères, comme elle peut aussi donner plus d'âcreté au reproche le plus simple.

En toutes choses, c'est le ton qui fait la musique.

Le ton pris par la jolie brune a exaspéré le seigneur Passedix ; il passe sa main dans sa barbiche, et il essaie de ricaner, en murmurant :

— Ah ! c'est commé céla ! ah ! nous lé prénons sur ce ton ! par Rolande, voilà qui est coquet !... et c'est uné pétité servante... uné camériste... uné fille de chambre qui se permet ces manières de duchesse... quand jé daignais l'honorer en laissant tomber un regard sur son chignon !... Ah ! ma mie, prénez garde !... jé n'é jamais rencontré dé cruelles... surtout parmi vos pareilles... et si vous né mé donnez pas votre bras, jé suis capable...

— De quoi êtes-vous capable ? demande un jeune homme, dont le costume est celui d'un simple ouvrier, et qui vient de se glisser tout à coup entre Miretta et Passedix qu'il regarde fixement, tout en le forçant sur son bras gauche à reculer de quelques pas.

— Et de quoi té mêles-tu, manant qui te permets dé m'interroger... je té trouve bien hardi !... Drôle... ôte-toi dé là bien vite, sinon, jé dégaîne !...

Et le chevalier gascon, tout rouge de colère, s'est déjà mis en garde, et porte sa main droite sur la poignée de Rolande, tandis que Miretta, en regardant le jeune homme qui est venu la protéger, laisse échapper une exclamation de surprise, et aussitôt la joie, le bonheur brillent dans ses yeux.

— Je ne m'ôterai pas de là... à moins qu'il ne convienne à mademoiselle d'accepter mon bras pour sortir un peu de cette foule qui la presse, reprend le nouveau venu.

— Toi !... emmener cetté petité sous mon nez... à ma barbe !... Tu seras mort dix fois auparavant...

Et sur-le-champ, Passedix tire Rolande hors du fourreau ; l'aspect de cette épée nue que l'on brandit au milieu de tout ce monde, fait jeter les hauts cris aux femmes et pleurer les enfants, mais avant que celui qui la tient puisse s'en servir, la main du jeune homme a saisi le poignet qui porte Rolande, elle serre ce poignet d'une telle façon que les doigts s'ouvrent, s'allongent et l'épée tombe sur le pavé.

— Sandioux ! voilà uné poigne qué je reconnais et qué j'ai déjà rencontrée quelqué part ! s'écrie Passedix. Me désarmer... fi ! c'est déloyal ! c'est félon !...

Mais pendant que le Gascon s'exclame en secouant son bras engourdi, le soi-disant ouvrier a pris celui de Miretta et s'est déjà perdu avec elle dans la foule.

En ce moment on pousse de grands cris de tous côtés : c'est le feu que l'on met au bûcher. Il se fait dans la foule un mouvement de flux et de reflux ; les uns veulent s'approcher du feu pour mieux le voir ; les autres veulent s'en éloigner parce qu'ils en ont peur.

Une forte poussée a transporté Passedix à dix ou quinze pas du lieu où est tombée son épée ; il se met alors à pousser, au milieu de la foule, des beuglements parmi lesquels on distingue ces mots :

— Prénez garde ! mes amis !... au nom dé cé qué vous avez dé plus cher né marchez pas dessus !... si on la brise jé n'y survivrai pas... jé me passerai les tronçons dans le cûr !

Mais ce monde, tout occupé de ce qu'il voulait voir, ne fait aucune attention aux cris, aux gémissements, aux recommandations du malheureux chevalier, qui essaie en vain de revenir à l'endroit où il a perdu Rolande et qui bientôt ne sait plus lui-même de quel côté il était.

Tout cela dure jusqu'à ce que le feu cesse.

Dès qu'il est éteint la foule se dissipe, chacun reprend le chemin de son logis en devisant sur le plaisir qu'il a eu, et quelques autres en pensant à celui que cette soirée leur promet.

Il ne reste bientôt plus sur la place que deux hommes, l'un assez petit, l'autre fort grand, et qui tous deux se promènent à quatre pattes en furetant et regardant dans tous les coins ; l'un cherchant sa toque, l'autre son épée.

Tous deux se trouvent tout à coup nez à nez ou plutôt tête à tête dans cette occupation.

— Vous cherchez avec moi ? dit Passedix au basochien. Merci, mon pétit, c'est gentil dé votre part ! si vous la trouvez, jé vous donné six deniers... j'ai reçu des fonds dé ma famille.

— Si je la trouve, je n'ai pas besoin de vos deniers, répond Plumard avec humeur. Elle est à moi, c'est mon bien, et si vous la trouvez, vous, il faudra bien que vous me la donniez, n'allez pas croire que je vous la laisserai...

— Qu'est-ce qu'il chante, cé pétit ; si tu la trouves tu prétends la garder... tu es fou, mon cher !... et qu'en ferais-tu ?... elle est deux fois trop grande pour toi ! tu né pourrais pas seulement la porter.

— Je ne pourrais pas la porter... elle est bonne celle-là !... elle me va comme un ange au contraire... tandis que vous, vous n'en avez pas besoin, vous avez un casque sur votre tête.

— Et pourquoi mon casque m'empêcherait-il dé la porter, imbécile qué vous êtes.

— Vous la mettriez donc dessous, alors !... ça ferait un joli effet... d'ailleurs, c'est ma propriété...

— Taisez-vous, pétit filou ! qué jé la trouve seulement et jé vous châtie avec.

Ces deux messieurs, qui avaient eu cette altercation toujours à quatre pattes, étaient prêts à se jeter l'un sur l'autre comme deux chats furieux, lorsqu'un troisième personnage paraît en riant, en chantant.

C'est Bahuchet qui tient à sa main la longue Rolande au bout de laquelle il fait tourner la toque de son camarade.

— Ohé ! les autres !... en voilà des trouvailles !... à moi la toque ! à moi l'épée !

A l'aspect des objets qu'ils cherchaient, Passedix et Plumard se relèvent spontanément et se jettent dessus.

Le premier a saisi son épée, le second a pris sa toque.

Celui-ci l'enfonce sur sa tête et se met à courir à toutes jambes.

Le chevalier remet Rolande dans le fourreau et s'éloigne aussi à grands pas.

Bahuchet, resté seul sur la place, les regarde aller en se disant :

— Eh bien, ils sont gentils, ils ne m'ont pas seulement remercié !

XX

Le Rosier.

Huit jours après cette soirée mémorable, où le feu de la Saint-Jean avait rassemblé tant de monde et fait naître tant d'aventures sur la place de Grève, à la tombée de la nuit, un jeune homme, enveloppé dans un manteau brun, se promenait dans la rue Dauphine devant la maison du baigneur-étuviste Landry, vers laquelle à chaque instant il portait ses regards, examinant surtout une fenêtre du premier à laquelle, sur un balcon qui faisait saillie, on pouvait voir un superbe rosier tout paré de fleurs et de boutons.

Et comme, lorsqu'on regarde en l'air, on ne voit pas devant soi, le jeune homme se heurte tout à coup contre un individu qui descendait la rue d'un pas pressé.

— Prenez garde, mille diables ! vous ne voyez donc pas devant vous !

— Par la mordieu, vous n'aviez qu'à y regarder vous-même !

— Cette voix... eh mais ! c'est le jeune comte de Marvejols !.

— Tiens ! c'est le sire de Jarnonville... excusez-moi, alors, mais j'étais trop préoccupé pour vous voir... J'attends... je guette...

— Fort bien, je comprends... vous êtes en bonne fortune... une nouvelle intrigue en train...

— Une nouvelle intrigue, oui ; mais en bonne fortune, pas encore... oh ! ce sera difficile... il y a de grandes difficultés... mais il faudra bien que j'en vienne à mon honneur...

— Y a-t-il des coups à donner, au moins... quelque bonne estafilade à faire... avez-vous besoin de moi pour rosser quelqu'un ?... pour escalader une muraille ?...

— Merci, Jarnonville, merci... mais il faut que mon intrigue se dénoue sans bruit et sans combat !...

Il s'agit d'une jeune fille, jolie !... oh !... ce mot ne saurait la dépeindre !... c'est une créature ravissante... un ange d'innocence et de beauté que le hasard m'a fait rencontrer il y a huit jours au feu de la Saint-Jean.

Elle était avec Ambroisine et son père... vous savez, l'étuviste de la rue Saint-Jacques ?

— Oui, maître Hugonnet... ensuite ?...

— Pas moyen de faire causer la jeune fille, Ambroisine veillait sur

eût comme une duègne! mais je voyais bien que mes allures ne déplaisaient pas... on rougissait... on baissait les yeux... C'est une tête
digne du pinceau du *Titien*... ah! j'en suis fou!...

Vous comprenez que je ne perdis pas de vue cette adorable fille!

Après le feu ils s'éloignèrent; je les suivis, et je vis qu'on ramenait cet ange dans cette maison...

C'est la fille de l'étuviste Landry : je vous confie cela à vous, Jarnonville, parce que je sais bien que vous ne chercherez pas à m'enlever cette conquête!...

— Moi... oh non!... désormais mon cœur est fermé à de si doux
sentiments... il ne connaît plus que les regrets... que la douleur!...

En disant ces mots, le Chevalier Noir a laissé sa tête s'incliner vers
sa poitrine.

— Allons, Jarnonville, ne vous abandonnez donc pas toujours à
vos tristes souvenirs... vous êtes jeune encore... croyez-moi, vous
pouvez retrouver de beaux jours... mais laissez-moi vous achever mon
récit :

Le lendemain je me rendis bravement chez maître Hugonnet; Ambroisine avait surpris mes regards attachés sur son amie, je ne voulus
pas feindre avec elle et je lui demandai des nouvelles de sa jolie compagne de la veille.

On me reçut fort sévèrement, comme je m'y attendais; on me dit
que j'en serais pour mes soupirs, pour mes tentatives amoureuses;
que Bathilde... c'est le nom de la divine créature, que Bathilde ne
sortait jamais... que c'était par extraordinaire que la veille elle avait
été voir la fête, mais que son père et sa mère veillaient sur elle jour
et nuit, comme sur leur trésor le plus précieux... enfin la superbe
baigneuse alla même jusqu'à me faire de la morale!...

Elle me dit que ce serait affreux à moi de penser à séduire tant
d'innocence et de candeur...

Pauvre Ambroisine! elle ne comprenait pas que plus elle vantait la
vertu de Bathilde, et plus elle augmentait mon désir de la posséder...

Mais il me semble que vous ne m'écoutez pas, Jarnonville?...

— Pardonnez-moi, continuez.

— Je quittai Ambroisine en lui jurant que je respecterais son amie,
et je vins me mettre en faction dans cette rue.

Pendant deux jours je n'aperçus pas ombre de jeune fille.

J'entrai aux étuves, rien.

Je me fis raser dans la boutique... mais toujours rien... point de
Bathilde.

Enfin il y a trois jours la fenêtre de ce balcon s'entr'ouvrit, une
jeune personne parut, tenant un pot de fleurs...

Elle le plaça doucement là... où il y est encore...

C'était elle... c'était Bathilde.

M'avait-elle aperçu me promenant dans la rue? m'avait-elle reconnu? c'est ce que je ne pouvais encore savoir; mais cela m'en donna
l'espoir.

Ce beau rosier n'avait jamais encore paru à cette fenêtre... le placer
sur ce balcon, c'était se donner une occasion d'y revenir.

En effet, quelques heures après que le rosier avait été placé là, la
fenêtre se rouvrit, la jolie fille reparut, elle examina ses fleurs avec
beaucoup de soin... Jamais rosier ne fut nettoyé plus minutieusement.

On ne me regardait pas en se livrant à cet ouvrage; mais j'étais
bien certain qu'on me voyait!...

Quelquefois un regard furtif était lancé de mon côté, mais comme
on rencontrait toujours les miens, on se hâtait de détourner la tête...

Enfin, depuis ce jour, Bathilde continue de soigner, d'arroser, de
venir, plusieurs fois par jour, regarder ses fleurs.

D'abord je lui ai envoyé des baisers; hier, j'ai fait mieux, je lui ai
écrit quelques mots...

J'ai roulé mon billet autour d'une pierre, et le soir, saisissant un
moment où personne ne passait dans la rue, je l'ai jeté sur son balcon...

Je suis bien certain qu'elle l'a ramassé, car la pierre n'y est plus...

Mais aujourd'hui elle n'a pas, de toute la journée, paru à cette fenêtre; le rosier a été impitoyablement abandonné...

Est-ce pour me punir de lui avoir écrit?... est-ce pour me faire
comprendre qu'elle ne partage pas mon amour, que je dois renoncer
à toute espérance?...

Oh! non, c'est impossible!..

J'ai lu dans les yeux, dans la physionomie de cette charmante fille;
elle ne connaît point encore l'art de dissimuler ce qu'elle éprouve...

J'ai vu ses joues se colorer en m'apercevant, ses beaux yeux briller
d'un éclat plus vif... un éclair de joie illuminer son visage!...

Oh! elle m'aime!... elle m'aime, Jarnonville!... et elle sera à moi.

Le Chevalier Noir a écouté Léodgard d'un air sombre; quand

le jeune homme a terminé son récit, il secoue la tête en disant :

— J'aime peu ces aventures de jeunes filles séduites.

Il y a au fond de tout cela quelque chose qui froisse... qui serre le
cœur...

Parlez-moi d'un mari trompé, d'un rival jaloux, d'un tuteur méchant... Alors il y a du danger, des périls à courir... alors il y a
souvent des coups de poignard ou d'épée à recevoir, à échanger...
On se bat, cela occupe, cela distrait...

Mais ici!... séduire... abandonner!... faire pleurer quelqu'un qui
n'a pas su se défendre...

— Ah! ah! ah! en vérité, mon cher Jarnonville, je ne puis m'empêcher de rire en vous écoutant!... Comment! est-ce bien vous, le
sacripant! le mécréant... l'homme qui ne croit plus à rien, enfin...
car c'est ainsi que l'on vous désigne, qui venez vous apitoyer sur le
sort d'une jeune fille, parce que je lui conterai fleurette et qu'elle
m'écoutera...
Beau malheur, vraiment!...

Et d'où vient que vous, dont le cœur, m'avez-vous dit, est désormais fermé à tous les tendres sentiments; que vous, qui avez pris le
monde en haine et l'existence comme un fardeau; qui cherchez, enfin,
en faisant du mal aux autres, à vous venger de celui que le destin
vous a fait, me blâmeriez de satisfaire mes passions, au risque de
faire couler quelques larmes...

Le sire de Jarnonville a froncé ses épais sourcils, en murmurant
quelques mots que Léodgard ne peut entendre, puis il relève brusquement la tête et dit au jeune comte :

— Comme je ne puis vous être bon à rien ici, adieu, je vous laisse...
bonne chance.

— Ah! pardon... encore... un mot, Jarnonville!... s'écrie Léodgard,
en retenant le Chevalier Noir. J'ai cependant un service à vous demander... si toutefois vous êtes en position de me le rendre...

J'ai perdu hier au brelan tout ce que je possédais... je n'ai pas le
sou... hom! l'argent! l'argent!...

Quand donc en aurai-je pour satisfaire mes désirs... pour jouir de
la vie! car ce n'est pas jouir que d'être sans cesse obligé d'emprunter... de chercher des prêteurs.

Je suis tellement gueux depuis quelque temps, que mon valet, ce
fripon de Latournelle, m'a quitté... sous prétexte que je jouais ses
gages!...

Je n'ai plus de serviteurs... que ceux de mon père... mais je préfère m'en passer...

Ce vieux fripon d'Isaac Lehmann... cet usurier... mon bailleur de
fonds ordinaire, est absent de Paris en ce moment...

En connaissez vous un autre, Jarnonville? vous m'adresseriez à
lui... d'autant plus qu'Isaac commence à faire des façons pour me
prêter encore; le vieux coquin sait bien cependant qu'il sera tôt ou
tard payé...

— Je croyais que votre père avait soldé toutes vos dettes il y a
quelque temps?

— Oui, en me défendant surtout d'en faire d'autres...

Ah! s'il savait... il m'a menacé de la Bastille!...

— Et cela ne vous empêche pas de vous endetter encore?

— Est-ce que je puis vivre avec la misérable pension qu'il me
donne?

Eh bien! Jarnonville, connaissez-vous un usurier qui puisse m'aider
en ce moment?

— Non, je n'en connais pas, car je n'ai jamais eu de relations avec
ces gens-là; mais j'ai sur moi deux cents pièces d'or à l'effigie de
notre monarque...

Je comptais aller jouer ce soir au lansquenet; tenez, voici ma
bourse... si vous la voulez, elle est à votre disposition...

— Ma foi, Jarnonville, cela me rendrait service, mais je crains d'être
indiscret...

— Pas du tout, prenez...

— Et votre partie de lansquenet?...

— A la rigueur, on me ferait bien crédit; mais au lieu d'aller jouer
chez la Valteline, j'irai me griser chez le financier Durfeuille; ce sera
toujours employer mon temps.

— Allons... j'accepte en ce cas... mais je dois cependant vous prévenir que je ne sais pas encore à quelle époque je pourrai vous restituer cette somme...

— C'est bien! c'est bien!... ne vous occupez pas de cela, c'est le
moindre de mes soucis... Adieu, comte; adieu...

Le sire de Jarnonville s'est éloigné à grands pas sans écouter les
remercîments de son débiteur; Léodgard serre la bourse pleine d'or
dans sa ceinture, en se disant :

— Il me rend un grand service...

C'est un original... mais il a du bon...

Quand j'aurai dépensé cet or... comment ferai-je pour m'en procurer d'autre...

Mais à quoi vais-je penser?...

J'ai sur moi une bourse bien garnie... et je soupire pour une fille charmante...

Pardieu! ce n'est pas le cas de s'inquiéter de l'avenir...

Ce qui m'inquiète à présent, c'est de voir cette croisée rester fermée; il est nuit depuis longtemps... Est-ce que Bathilde ne viendra pas à ce balcon?...

Ah! il me semble que je n'ai jamais aimé aucune femme comme l'adore celle-là...

Mais aussi quelle différence avec toutes nos coquettes de la cour... avec nos courtisanes... nos petites bourgeoises même...

L'innocence la plus pure brille sur le front de cette enfant!

Quelle ivresse de lui faire connaître l'amour... de faire battre son cœur le premier...

Mais elle ne se montre pas!...

Léodgard frappe du pied avec impatience, et se met à arpenter la rue, sans jamais perdre de vue la maison de l'étuviste.

Voyons ce que faisait Bathilde en ce moment.

Il n'est pas besoin de vous dire qu'en quittant la place de Grève pour regagner sa demeure, la fille de Landry avait fort bien vu que le beau comte de Marvejols suivait ses pas; elle n'avait point eu l'air de le remarquer, elle n'avait pas quitté un seul instant le bras d'Ambroise, elle ne s'était pas retournée, et pourtant elle avait vu que le jeune cavalier la suivait...

Comment avait-elle fait?

Ceci est un mystère que je ne saurais percer.

Seulement, je puis vous affirmer que toutes les femmes ou filles, depuis les plus madrées jusques aux plus innocentes, possèdent cette faculté-là.

Probablement c'est la seconde vue des Écossais, qu'elles ont du côté opposé.

Bathilde était rentrée dans sa chambrette, éprouvant un sentiment tout nouveau pour elle; son sein se soulevait plus fréquemment, elle se sentait plus heureuse...

Etait-ce sa fierté, son amour-propre qui étaient flattés?

Non; l'aimable enfant ne connaissait point ces sentiments-là.

C'en était un plus doux, plus tendre, qui s'était glissé dans son âme avec les regards de feu du beau cavalier, et contre lequel elle n'avait pas su se défendre; car elle ne connaissait pas le danger; elle n'avait pas pensé que c'était mal faire de regarder de temps à autre un joli garçon qui la regardait toujours.

En apprenant que ce joli garçon était le comte Léodgard de Marvejols, la jeune fille avait peut-être éprouvé comme un secret effroi; mais cela n'avait pas duré, les regards du jeune homme l'avaient eu bientôt dissipé.

Bathilde habitait une chambre, qui donnait sur une cour située derrière la maison.

De la fenêtre de cette chambre, impossible de rien voir de ce qui se passait dans la rue; mais, depuis que sa mère est absente, la fille de l'étuviste jouit de beaucoup plus de liberté; pourvu qu'elle n'aille pas du côté des étuves, lieu qu'il ne serait pas prudent qu'elle fréquentât, elle peut, tant que cela lui fait plaisir, aller et venir au premier étage; Landry sait que sa fille est dans la maison, il n'en demande pas davantage.

Le lendemain du feu de la Saint-Jean, Bathilde, sans savoir pourquoi, ne pouvait pas tenir en place; elle allait et venait d'une chambre à l'autre, rangeait ou plutôt dérangeait, pour avoir l'occasion de ranger encore.

Dans ses pérégrinations, elle allait de préférence dans une chambre située sur le devant, et qui servait, à dame Ragonde, de lingerie : c'était la chambre au balcon.

Sans ouvrir la fenêtre, Bathilde avait, de temps en temps, regardé dans la rue en écartant un peu le rideau.

Elle n'avait pas tardé à apercevoir le jeune seigneur de la veille qui se promenait devant les étuves et s'arrêtait souvent pour regarder la maison du haut en bas.

Bathilde s'était sentie rougir, quoique personne alors n'eût pu l'avoir entr'ouvrant à peine le rideau

Elle avait quitté la fenêtre; elle y était revenue un moment après, et elle se disait en tremblant :

— Il est là!... il est encore là !...

Mon Dieu! pourquoi regarde-t-il toujours notre maison?

La petite innocente devinait bien pourquoi; mais il y a de ces choses qu'on ne veut pas tout de suite s'avouer à soi-même, surtout lorsqu'elles nous font plaisir; on y met bien moins de façon avec celles qui nous causent du chagrin.

Le lendemain, Bathilde n'avait pas manqué d'aller de bonne heure à la lingerie; elle avait recommencé son petit manège de la veille, regardé dans la rue en soulevant avec beaucoup de précaution un coin du rideau...

Cela avait duré quatre jours, pendant lesquels on avait vu le beau cavalier presque sans cesse dans la rue, et regardant bien tristement les fenêtres en posant sa main sur son cœur et probablement en soupirant : on n'avait pas entendu le soupir, mais on l'avait deviné.

Le cinquième jour, on ne se sentait plus le courage de tenir la fenêtre fermée, et cependant on n'aurait pas voulu se montrer au balcon sans avoir un motif pour y aller.

Tout à coup, on se souvint que l'on avait un rosier dans sa chambre, lequel, par parenthèse, y recevait rarement un rayon de soleil.

Aussitôt on courut dire à maître Landry :

— Mon père... vous savez bien que j'ai un beau rosier... c'est Ambroise qui me l'a donné, il y a deux ans, à ma fête...

— C'est possible; après?

— Il est dans ma chambre, sur la fenêtre, mais je viens de m'apercevoir qu'il est malade... les feuilles jaunissent...

C'est qu'il n'a pas assez d'air...

La cour est si petite, et puis la fumée des étuves lui fait mal peut-être...

Je serais si désolée s'il mourait...

Voulez-vous me permettre de le mettre sur le balcon qui est à la fenêtre de la lingerie?

Il n'y a rien là, il ne gênera pas; il aura du soleil, et je suis sûre qu'il se portera mieux.

— Mets ton rosier où tu voudras, mon enfant; qui est-ce qui t'en empêche?

— Oh! merci, mon père!

Et Bathilde s'éloigna très-satisfaite.

Ce n'est pas dame Ragonde qui eût permis que l'on plaçât un rosier à une fenêtre sur le devant!...

Une femme eût pressenti, deviné là-dedans toute une intrigue! Mais le vieux soldat n'y voyait qu'un rosier.

XXI

L'amour va vite.

Bathilde s'était empressée de profiter de la permission que son père lui avait donnée.

Avant de porter le rosier sur le balcon, elle avait jeté un coup d'œil à son miroir.

Etait-ce coquetterie? Non.

Mais la fille d'un maître étuviste ne voulait pas se montrer aux regards des passants, sans être bien certaine qu'il ne manquerait rien à sa toilette.

Nous savons déjà que, pendant trois jours, la jeune fille n'avait pas oublié de venir plusieurs fois dans la journée, et même dans la soirée, s'assurer si son beau rosier ne manquait de rien.

Jamais fleur n'avait été plus soignée, jamais boutons de roses n'avaient été visités avec autant d'attention, et, certes, aucun puceron ne devait trouver place sur leur tige, ou il aurait fallu alors qu'ils y missent de l'obstination.

Le troisième jour, ou plutôt le troisième soir, Bathilde avait entendu cette pierre lancée sur le balcon, où elle n'était pas alors, mais près duquel elle se tenait toujours.

Elle avait donc aperçu sur-le-champ le papier qui enveloppait la pierre.

Son premier mouvement avait été d'aller ramasser le caillou; mais elle avait réfléchi que celui qui avait jeté cela était encore dans la rue, et qu'en ramassant tout de suite son billet, ce serait faire savoir qu'elle était là, qu'elle guettait derrière le rideau.

Voyez pourtant comme les plus innocentes savent agir finement parfois !

La Fontaine nous a dit : *Comment l'esprit vient aux filles*; moi, je suis d'avis qu'il est tout venu, dès qu'elles sentent qu'elles aiment quelqu'un.

Bathilde attendit donc que la soirée fût très-avancée, pour aller, en tapinois et sans faire de bruit, ramasser la pierre et le papier.

Puis, elle courut s'enfermer dans sa chambre, pour y lire tout à son aise ce premier billet d'amour, qui devait achever de porter le trouble dans son âme, qui devait lui causer bien des tourments peut-être, et qu'il eût été plus sage de ne point lire...

Mais la sagesse est souvent le fruit de l'expérience, et Bathilde n'en avait pas.

La jeune fille ouvrit en tremblant la lettre de Léodgard, et elle lut avidement ces mots :

« Charmante Bathilde,

« Est-il besoin de vous dire que je vous aime? que, depuis le moment où je vous ai rencontrée, votre image chérie n'est pas sortie de ma mémoire et de mon cœur?

« Vous devez savoir qui je suis; votre amie, Ambroisine, m'a nommé devant vous, mais elle m'a calomnié si elle vous a dit que je ne savais pas garder ma foi.

« Je vous aimerai toujours, Bathilde, parce que mon amour est sincère, parce que vous êtes la première qui m'ayez fait connaître un sentiment véritable.

« Vous me répondrez peut-être que trop de distance nous sépare, que mon rang, ma naissance vous éloignent de moi...

« Ah! dites-moi seulement que vous m'aimez un peu, et je saurai renverser tous les obstacles...

« Que m'importe, à moi, dans quelle classe vous êtes née! à mes yeux vous valez bien plus que les grandes dames de la cour.

« Ma fortune, mon nom... je mets tout à vos pieds!

« Oui, c'est devant Dieu que je fais le serment de vous prendre pour ma femme!

« Mais paraissez à votre balcon, ne vous sauvez pas le soir lorsque j'en approche, et accordez quelques moments d'entretien à celui qui mourra si vous refusez de l'aimer.

« LÉODGARD DE MARVEJOLS. »

Un billet aussi tendre, aussi brûlant, devait faire bien du ravage dans un cœur tout novice, dans un cœur qui éprouvait le besoin d'aimer!...

L'amour va vite quand il passe dans un sentier qui n'est pas encore battu.

Et puis une secrète sympathie entraînait la jeune fille; elle aussi aimait Léodgard.

Il n'avait fallu pour cela qu'un instant, qu'un regard.

Bathilde a lu, relu, puis encore relu la lettre du jeune comte; elle la tient dans sa main en se couchant, elle la garde toute la nuit serrée contre son cœur.

Ah! c'est un si grand trésor qu'une première lettre d'amour!...

On peut en recevoir beaucoup dans le cours de sa vie, mais les autres ne vaudront jamais celle-là.

Le lendemain, Bathilde sait la lettre par cœur, et elle se répète à chaque minute :

— Il m'aime!... il m'aimera toujours!...

Je suis la première qu'il aime véritablement...

Ma naissance n'est pas un obstacle, dit-il... alors il demandera ma main à mes parents et il m'épousera...

Quel bonheur!... que je serai heureuse!...

Oh! ce n'est pas parce que je serai comtesse!... que m'importe cela;... mais je serai sa femme!... et je pourrai, à mon tour, lui dire que je l'aime!...

Mais il faudra donc que, ce soir, j'aille lui parler sur le balcon.....

Si je consultais mon père avant... si je lui montrais cette lettre?...

Mais il me gronderait peut-être de l'avoir reçue... lue... sans sa permission!...

Bathilde était dans une grande perplexité, ne sachant pas ce qu'elle devait faire...

Mais son cœur était gonflé de joie et de bonheur, parce qu'elle se sentait aimée de Léodgard.

Elle hésitait encore pour aller regarder à sa fenêtre, lorsque tout à coup Ambroisine parut devant elle.

La Belle Baigneuse n'avait pas eu le temps de venir voir son amie depuis le feu de la Saint-Jean, et, pourtant, un secret pressentiment lui disait que son amitié était plus que jamais nécessaire à Bathilde.

Enfin, elle a saisi un instant dans la matinée; elle accourt rue Dauphine, elle monte chez son amie, elle entre dans sa chambre et ne l'y trouve pas; une servante lui apprend que la fille de son maître passe maintenant presque toutes ses journées dans la chambre de la lingerie et lui indique le chemin.

Ce changement étonne déjà Ambroisine.

Cependant elle se rend dans la petite pièce où est Bathilde; celle-ci, en apercevant son amie, éprouve un trouble involontaire et fourre vivement dans son sein la lettre qu'elle venait de relire pour la centième fois.

Ambroisine court embrasser Bathilde en lui disant :

— Enfin! me voilà... j'ai pu m'échapper aujourd'hui...

Nous avons tant de monde à nos étuves... il vient tant de jeunes gentilshommes se faire raser chez mon père!...

Mais j'ai trouvé un instant ce matin, et j'accours...

Je désirais tant te voir!...

Et toi... est-ce que tu n'avais pas envie de causer avec moi de notre soirée sur la place de Grève...

On a tant de choses à se dire!... n'est-ce pas?...

— Oh! oui... oui!... je désirais bien te voir aussi...

— C'est singulier... tu ne me dis pas cela... de tout cœur, comme moi!...

Tu as un drôle d'air...

Est-ce que tu as été malade?..

Tu es pâle...

Oh! certainement, tu as quelque chose!

— Mais non... tu te trompes...

Je ne suis pas malade du tout!...

— Tant mieux.

Mais, par quel hasard es-tu dans cette pièce, qui donne sur la rue toi qui ne quittais jamais ta chambre?...

— Mais, j'y suis... j'y suis...

— Oh! je vois bien que tu y es!...

— Parce que... j'ai demandé à mon père la permission de placer mon beau rosier sur ce balcon, où il est bien mieux, et alors... il faut bien que je vienne le soigner.

— Ah! c'est pour ton rosier?

— Et puis, c'est plus gai ici que dans ma chambre.

— Pour cela, c'est vrai.

Mais quand ta mère reviendra, je suis bien sûre qu'elle te fera reporter ton rosier dans ta chambre et t'empêchera de revenir ici.

— Tu crois? Oh! mon Dieu!...

— Eh bien tu pâlis, à présent... Voyons, embrasse-moi, parle-moi, Bathilde; tu as quelque chose et tu ne veux pas me le confier.

Est-ce que je ne suis plus ta sœur, ton amie?...

Est-ce que tu aurais des secrets pour moi?

Oh! non, ce n'est pas possible...

Tu vas me dire d'où vient que tu es troublée... que tes yeux se remplissent de larmes... que tu crains de me regarder? Est-ce que tu ne veux plus m'ouvrir ton cœur?

Mais, parle donc!...

Bathilde hésite et balbutie enfin :

— Ah! c'est que tu vas encore me dire du mal de lui!

Ambroisine frémit; ces quelques mots viennent de tout lui apprendre.

Une profonde expression de tristesse se peint sur son visage.

— De lui! de lui!... Mon Dieu! mais tu as donc revu le comte Léodgard?

— Est-ce que je t'ai dit cela?

— Oui.

Ces mots que tu viens de laisser échapper me l'ont fait comprendre.

Allons, Bathilde, conte-moi tout à présent.

Tu ne peux rien avoir à cacher à ta sœur qui t'aime tant.

Je ne te gronderai pas, moi : je n'en ai pas le droit; mais mon amitié te sera utile.

Parle, je t'en supplie...

Bathilde ne se sentait pas la force de résister aux sollicitations de son amie; elle ne savait pas encore dissimuler.

Elle s'assied à côté d'Ambroisine, elle lui conte tout ce qui s'est passé depuis qu'elles se sont vues, et finit en tirant de son sein la lettre de Léodgard qu'elle donne à son amie d'une main tremblante.

Ambroisine a lu cette lettre en frémissant, puis elle reporte ses yeux sur Bathilde qui la regarde, qui attend ce qu'elle va lui dire.

Mais la fille d'Hugonnet garde pendant quelques moments le silence; de grosses larmes roulent dans ses yeux.

Enfin, elle prend Bathilde par la tête, elle la presse contre sa poitrine, la couvre de baisers et de larmes en murmurant :

— Non! non! je ne veux pas que tu sois perdue, moi!...

Pauvre petite, je veux te sauver.

Je le dois; car si tu as été vue par cet homme qui cherche à te séduire maintenant, n'est-ce pas ma faute?

N'est-ce pas moi qui ai voulu te mener voir cette cérémonie du feu de la Saint-Jean?

Mon Dieu! est-ce que je pouvais prévoir, est-ce que je pouvais deviner que le démon serait là sous la figure de ce comte Léodgard pour chercher à te perdre?...

Car c'est le démon, vois-tu... c'est l'ange maudit, que cet homme...

Mais, tu ne les crois pas, j'espère...
Tu n'ajoutes pas foi à ce qu'il t'écrit?...
Cette lettre... il n'y a pas un mot de vrai dedans...

— Pas un mot de vrai!... s'écrie Bathilde avec un accent déchirant. Mais alors, pourquoi donc m'écrirait-il tout cela s'il ne le pensait pas?...
Pourquoi passerait-il des journées entières à se promener devant notre maison?...
Pourquoi y reviendrait-il le soir... regardant toujours cette fenêtre?... et je ne sais pas si la nuit il n'y est pas encore...
Ah! quand je vais sur ce balcon pour soigner mon rosier, si tu savais comme il me regarde... comme il paraît heureux pendant tout le temps que je suis là!...

— Tu le regardes donc aussi, toi?...
Oh! Bathilde!...

— Non... oh! je ne le regarde pas... je n'oserais point d'ailleurs...
Mais tu sais bien qu'on peut voir... de côté... sans avoir l'air de regarder.

— Ma pauvre amie, est-ce que tu l'aimerais déjà, ce M. Léodgard?

— Ah!... je ne sais pas... je n'ose point te dire... Mais depuis que j'ai lu sa lettre où il me jure qu'il m'aimera toujours... ah! vois-tu, je ne sais plus ce que j'ai... ce que je fais... ce que je dis... ma tête est brûlante... tout mon corps est comme ma tête... je crois que j'ai la fièvre... je ne pense plus qu'à lui... je ne puis éloigner son image... j'éprouve comme de la peine et du plaisir en même temps... Mon Dieu!... je ne me reconnais plus!..

— Chère enfant! calme-toi...
Écoute-moi... Tu as trop de raison pour ne pas me comprendre...
Voyons, Bathilde, admettons que le comte t'aime en ce moment; d'abord son amour, à lui, serait bien vite passé...
Mais quand même il serait plus vrai que tous les amours qu'il a aussi promis, jurés à d'autres, à quoi cela t'avancerait-il?...
Tu sais bien que tu ne peux jamais devenir la femme d'un comte, d'un grand seigneur?...

— Tu vois bien que, dans sa lettre, il dit qu'il ne tient pas au rang, à la fortune.

— Dans sa lettre, il a mis tout ce qui pouvait te tourner la tête...
Ah! Bathilde! est-ce que les grands seigneurs nous épousent... nous, pauvres filles de simples gens établis!
Quand nous sommes jolies, ils nous font la cour, ils tâchent de nous séduire, ils ne sont pas avares de promesses et de mensonges pour cela!...
Mais, si nous avons le malheur de les écouter, ils ne tardent pas à nous abandonner en nous laissant la honte et les regrets...
Bathilde! c'est bien vrai ce que je te dis là...
Tu sais bien que je ne veux que ton bonheur...
Mais si tu écoutes le comte Léodgard, tu seras malheureuse... tu seras perdue...
Songe à ton père qui est si fier de toi...
Songe à ta mère qui veillait sur toi avec tant de soins... ils te maudiraient!...

— Ah! n'achève pas... oui... tu as raison... j'étais folle...
Mais tu me rends à moi-même...
Eh bien, dis-moi maintenant la conduite que je dois tenir...
Je ferai tout ce que tu voudras.
Ambroisine embrasse encore son amie en lui disant :

— Chère Bathilde, tu souffres en ce moment...
Je t'arrache à des illusions qui faisaient ton bonheur...
Mais c'est pour que tu en goûtes un plus réel dans l'avenir.
Écoute, il faut d'abord, pendant huit jours, au moins ne plus reparaître à ce balcon et même ne plus venir dans cette chambre, où malgré toi tu regarderais dans la rue.
Reprends ta vie ordinaire, travaille comme si ta mère était là...
Ensuite il faut... il faut ne plus lire cette lettre; et pour être plus certaine de ne pas succomber à la tentation... il faut brûler ce papier.

— Brûler sa lettre!... le seul gage que j'aurai de son amour... de son souvenir... quand il ne pensera plus à moi, lui!...
Oh! non, laisse-la-moi, Ambroisine, je t'en prie.
Je ferai tout ce que tu m'as dit...
Mais ne brûle pas son billet.
Et Bathilde était presque tombée aux genoux de son amie.
Celle-ci la relève et reprend :

— Comment veux-tu guérir, si tu gardes avec toi cet écrit... où il te dit de si douces choses... qui nous tournent la tête à nous autres femmes?...
Tu la relirais tous les jours cette lettre, cela ne ferait qu'entretenir ta souffrance...

— Eh bien, prends-la, Ambroisine, emporte-la; mais garde-la-moi... plus tard... dans bien longtemps.. quand je saurai guérie... si jamais je puis guérir... tu me rendras ce billet et je serai bien heureuse de le lire encore.

— Comme cela, à la bonne heure.
J'emporte la lettre alors...

— Mais tu ne la brûleras pas au moins?...

— Non, je te le promets.

— Et tu en auras bien soin... tu ne la perdras pas...

— Je vais la serrer dans mon petit coffret à bijoux...
Comment veux-tu que je la perde?...

— Mais... tu... tu ne la liras pas non plus, toi; car enfin, si je me prive de ce bonheur, il ne serait pas juste qu'une autre le goûte à ma place!...

— Chère Bathilde!... cette lettre, qui est un trésor à tes yeux, n'est d'aucun prix pour une autre.
Sois tranquille, on n'y touchera pas.
A présent, il faut que je te quitte... que je retourne chez nous.
Tu feras bien tout ce que je t'ai dit... et d'abord, ma chère, pour commencer, tu vas quitter cette chambre?..

— Oui.

— Tu n'y reviendras pas de... dix jours?...

— Tu avais dit huit?

— Enfin tant que le comte Léodgard se promènera dans la rue.

— Je n'y reviendrai pas.

— Et ta mère, est-ce qu'elle ne sera pas bientôt de retour?
Je ne crois pas...
Il paraît que là-bas, où elle est, en Normandie, on lui cherche des chicanes sur l'héritage qu'elle a fait, car notre parente est morte; mais ma mère a tous les droits pour elle... elle est bien tranquille.

— Des procès! en Normandie!...
Ce sera long! murmure Ambroisine en secouant la tête.
Puis elle embrasse encore sa jeune amie.

— Adieu, je tâcherai de revenir te voir le plus tôt possible.
Du courage, ma pauvre Bathilde.
Tu as le cœur bien gros, en ce moment; mais cela se passera.
Et puis, vois-tu, quand on se conduit bien, cela donne de la force pour supporter les chagrins.

— Adieu, Ambroisine, je tâcherai d'avoir du courage...
Mais aie bien soin de ma lettre... ne la perds pas... en chemin... je ne m'en consolerais jamais si tu la perdais!...

— N'aie donc pas peur, je ne suis pas un enfant.
Au revoir.
Ambroisine descend vivement l'escalier, et Bathilde la suit jusqu'au bas, en lui répétant à l'oreille :

— Tu me la rendras, surtout!...

XXII

Le Balcon.

Bathilde, ayant suivi exactement les conseils de son amie, Léodgard s'est promené en vain dans la rue Dauphine le soir où il y a rencontré le sire de Jarnonville.
Et, comme Léodgard est très-amoureux, comme il se flattait déjà de triompher facilement de la fille de Landry, il reste jusqu'à minuit devant la maison de l'étuviste; mais le balcon est demeuré désert, la fenêtre noire, la jeune fille n'a point paru.
Alors l'impatience, la colère, le dépit s'emparent de notre amoureux.
Habitué à braver, à surmonter les obstacles, ses désirs s'irritent encore par le dédain qu'on lui témoigne.
Il est surtout furieux de ce que son billet, au lieu d'achever d'attendrir Bathilde, ait justement produit l'effet contraire.
Il frappe avec impatience le pavé de ses éperons, il mesure des yeux la hauteur du balcon.
Si quelque ami était là pour lui prêter ses épaules, il aurait déjà tenté de l'escalader.
Mais au lieu d'un ami, Léodgard voit une patrouille du guet descendre le haut de la rue.
Ne se souciant pas d'avoir à lui seul une patrouille à combattre, il se décide à s'éloigner.
Mais ce n'est pas sans s'être dit, en regardant encore le balcon :

— Oh! tu as beau te cacher, Bathilde, tu as beau essayer de te soustraire à mon amour, tu seras à moi, car je le veux, car je l'ai juré, car tu es la plus belle, la plus charmante fille que je connaisse maintenant à Paris.

Le lendemain Léodgard est de bonne heure dans la boutique di l'étuviste, il entre, il demande un bain ; et, pendant qu'on le lue apprête, il regarde à toutes les fenêtres de la cour et fait jaser le garçon qui le sert.

— Maître Landry est marié?

— Oui, seigneur.

— Où est sa femme?

— En voyage pour le moment ; elle est allée en Normandie recueillir un héritage.

— Maître Landry a une fille?

— Oui, seigneur.

— Très-jolie?

— C'est vrai, seigneur.

— Pourquoi ne la voit-on jamais dans la boutique, ni du côté des étuves?

— Justement, seigneur, parce qu'elle est très-jolie.

— On la surveille donc beaucoup?

— Quand dame Ragonde, sa mère, est ici, elle ne quitte pas sa fille d'un instant.

— Mais pendant qu'elle est en voyage... est-ce qu'il n'y aurait pas moyen de dire un mot à la jeune fille... un seul mot...

Tiens, prends cette pièce d'or et dis-moi seulement où est la chambre de Bathilde...

Mais Léodgard s'adressait mal.

Landry était un vieux brave qui se connaissait en gens d'honneur ; il savait choisir ses garçons ; ceux qui étaient à son service l'estimaient trop pour le trahir.

La pièce d'or est refusée ; en vain Léodgard insiste, le garçon se borne à lui répondre :

— Je ne travaille pas du côté des femmes, seigneur ; je ne sais pas où elles logent ; je suis trop bien chez maître Landry pour faire quelque chose qui me ferait chasser d'ici.

— Pardieu! j'ai du malheur! se dit Léodgard, tous nos valets, tous nos écuyers se laissent corrompre!

Il faut donc que je vienne chez un étuviste pour trouver un garçon incorruptible.

La fenêtre au balcon demeure fermée ; on ne vient même plu visiter le pauvre rosier, qui, cependant, aurait grand besoin d'êtr arrosé, et dont les boutons commencent à retomber mollement su leur tige.

— Comment! elle laissera mourir son rosier de crainte de me voir se dit Léodgard.

Elle a donc bien peur de moi!...

Ah! lorsqu'on a si peur de quelqu'un, c'est bon signe ; on ne crain pas ceux qui nous sont indifférents.

Mais je gagerais qu'Ambroisine a été la trouver ; que c'est elle qu lui a bien recommandé de ne plus se montrer.

Qui me dit pourtant que, sans se laisser voir, Bathilde n'es pas cachée quelque part, derrière une autre fenêtre, d'où elle m voit, d'où elle épie c que je fais et se dit : l est toujours occupé d moi!...

Si je le croyais!

Allons, essayons c moyen, ayons la forc d'être quelques jour sans venir... sans pas ser dans cette rue.. elle croira que j'ai ces sé de penser à elle ; e peut-être son dépit, ou sa confiance, me servi ra plus que ces inutile factions.

Notre amoureux s drape dans son manteau, renforce son chapeau sur sa tête, puis de l'air d'un homme qu a tout à fait pris son parti, il s'éloigne à grands pas, il dispa raît sans avoir retourné la tête une seule fois.

Léodgard avait trop bien lu dans le cœur candide de Bathilde dans ce cœur qui avait besoin d'aimer, et qu trouvait encore du bon heur dans les peines que ce sentiment lui faisait déjà éprouver.

La jeune fille avait tenu la promesse qu'elle avait faite à son amie ; elle n'était pas retournée dans la chambre au balcon ; mais à côté de cette pièce, et toujour sur le devant de la mai son, il y en avait une autre : c'était celle occupée par maître Landry et sa femme.

Depuis que dame Ragonde était absente, cette chambre était toute la journée déserte, car le vieux soldat descendait de bon matin à ses étuves et ne remontait dans sa chambre que le soir pour se

Babuchet, qui tient à sa main la longue Rolande au bout de laquelle il fait tourner la toque de son camarade.

Et l'on dit du mal de ces maisons-ci! on prétend qu'elles servent les amours..... que l'on y noue et dénoue les plus aimables intrigues.

Ah! ce n'est pas à coup sûr chez maître Landry.

Et Léodgard promène ses regards sur toutes les fenêtres de la cour ; mais elles sont fermées et garnies en dedans de rideaux fort épais ; impossible de rien apercevoir, de deviner où loge Bathilde, car le jeune homme est bien persuadé qu'elle n'habite pas la chambre du balcon sur le devant, puisque aucune lumière ne s'y est montrée la veille pendant toute la soirée.

Le jeune comte sort des étuves sans prendre le bain qu'il avait commandé ; il va de nouveau se promener dans la rue ; il n'y est pas plus heureux, et de guerre lasse il quitte la place en se disant :

— Je suis bien sûr cependant que je ne lui déplaisais pas.

Les deux jours suivants, Léodgard fait en vain sentinelle, Bathilde ne se montre pas.

coucher. Le lendemain de la visite d'Ambroisine, Bathilde s'était rappelé que son père lui avait donné une vieille veste à raccommoder ; ce travail n'était nullement pressé, mais Bathilde se hâta de le faire, afin d'avoir ensuite une raison pour se rendre dans la chambre de ses parents.

Elle fut donc y reporter le vêtement qui appartenait à son père ; puis, une fois là, dans cette chambre qui donnait aussi sur la rue, mais où les fenêtres n'avaient point de balcon (parce que les architectes d'alors ne se piquaient point de régularité dans leurs constructions), une fois là, Bathilde n'avait pu s'empêcher de s'approcher d'une des croisées, et en voulant arranger un rideau qui probablement ne tombait pas bien, elle avait laissé errer un de ses regards dans la rue, où elle avait sur-le-champ aperçu celui qu'elle avait promis d'oublier.

Ce premier pas une fois franchi, Bathilde avait encore trouvé des prétextes pour revenir chaque jour dans la chambre de son père, où en écartant à peine le rideau, elle apercevait dans la rue... il faut si peu de place à un œil pour voir beaucoup de choses !

Pour s'excuser vis-à-vis d'elle-même, Bathilde se disait :

—J'ai promis à Ambroisine de ne point retourner de huit jours dans la lingerie... et je n'y retourne pas... j'ai affaire ici, il faut bien que j'y vienne !...

Ce n'est pas ma faute s'il y a aussi dans cette chambre des fenêtres d'où l'on voit dans la rue.

Ce raisonnement était piutôt celui d'un avocat que d'une jeune fille innocente; vous voyez bien que l'esprit vient aux plus novices en même temps que l'amour.

Bathilde savait donc que Léodgard était là, toujours là. les yeux fixés sur le balcon, et à chaque instant elle ajoutait moins de foi aux discours que son amie lui avait tenus.

Elle se disait :

—S'il ne m'aimait pas sincèrement, est-ce qu'il passerait ainsi des journées à chercher à me voir !

Il est si doux d'excuser ceux qu'on aime.

Mais lorsque le jeune comte a changé de batterie, lorsqu'il cesse entièrement de reparaître dans la rue Dauphine, un tourment nouveau, une douleur plus cruelle que les autres vient briser le cœur de la pauvre petite.

Une journée entière s'est passée et Léodgard n'a point paru.

On se flatte d'abord qu'il est venu justement pendant qu'on n'était pas contre le rideau, car, avec la meilleure volonté du monde, on ne peut pas rester la figure collée contre la fenêtre.

Mais le jour suivant, point d'amoureux dans la rue; le jour d'après personne encore.

Bathilde a le cœur serré, oppressé, ses larmes auraient besoin de couler, mais elle s'efforce de les retenir; elle est pâle, elle a la fièvre, elle ne mange plus.

Landry remarque l'air triste de sa fille, il s'en inquiète, il lui demande si elle souffre, si elle se sent malade.

—Je n'ai rien, mon père, je n'ai rien! telle est la réponse habituelle d'une jeune fille dont la peine a sa source dans le cœur.

La jeune fille était venue s'assurer si son beau rosier ne manquait de rien.

Mais Ambroisine ne veut pas laisser son amie sans consolation, elle accourt un matin près d'elle; elle est effrayée de sa pâleur, de son abattement, de l'air de souffrance qui se peint sur son visage.

Cependant, en voyant Ambroisine, Bathilde s'efforce de cacher le chagrin qui la dévore.

—Je viens savoir si tu as eu du courage... si tu as bien tenu les promesses que tu m'as faites, dit Ambroisine en embrassant Bathilde; celle-ci se laisse embrasser sans répondre aux caresses de son amie, mais elle balbutie :

—Oui, j'ai fait... ce que tu m'as ordonné..

—Ordonné!... est-ce que ce sont des ordres que je te donne... est-ce que ce n'est pas mon amitié qui te conseille... qui veut veiller sur toi...

—Mais comme tu es pâle... tu as donc beaucoup de chagrin...

—Moi... oh non !...

—Tu n'es pas retournée sur le balcon...

—Non... oh! mais je pourrais bien y retourner maintenant... car c'est fini, il ne vient plus... il ne passe plus. . plus du tout... depuis quatre jours...

—Comment le sais-tu... tu as donc regardé... par la fenêtre.

—Dame!... j'étais dans la chambre de mon père... je ne pouvais pas m'empêcher de voir... d'ailleurs, je voulais être certaine qu'il n'était plus là...

C'est fini.. il m'a oubliée.

En disant ces mots, malgré tous ses efforts, Bathilde ne peut plus retenir ses larmes... elle laisse tomber sa tête sur l'épaule d'Ambroisine, et elle donne un libre cours à ses sanglots.

La fille d'Hugonnet mêle ses pleurs à ceux de son amie, car en ce moment elle ne trouve rien mieux pour la consoler.

Une douleur qui trouve à s'épancher perd toujours de sa force, c'est un torrent qui se change en ruisseau.

Bathilde reprend un peu de courage, elle essuie ses larmes en disant :

—Je serai raisonnable... je l'oublierai aussi... je l'imiterai...

Ah! tu avais raison, Ambroisine, sa lettre ne renfermait que des faussetés... car il me disait qu'il mourrait plutôt que de cesser de m'aimer..

Oui, ce n'était que mensonges... que faux serments... aussi, je ne veux plus la relire; tu la brûleras, cette lettre qui m'a trompée... tu la détruiras... je ne dois rien garder qui puisse me rappeler... cette fatale rencontre.

—C'est bien ce que tu dis là, chère enfant; oui, oui, je brûlerai sa lettre dès aujourd'hui... tout de suite, en rentrant!

Ah! il mériterait bien d'être rôti aussi, lui, ce méchant! qui a causé tant de peine à ma pauvre Bathilde !...

—Oh! non, il ne faut pas lui souhaiter du mal...

Je désire qu'il soit heureux, au contraire!... et quand je prierai Dieu, je le supplierai aussi pour qu'il veille sur lui... pour qu'il le comble de félicités!

—Par exemple... tu es trop bonne!... mais le ciel aura pitié de toi; avant peu, j'en suis sûre, il aura banni de ta mémoire... de ton cœur... tout ce qui te rappellerait ce séducteur...

Si tu pouvais venir me voir... sortir un peu pour te distraire...

Oh! mais non... non... ce serait dangereux... on pourrait encore te suivre, te guetter.

Je viendrai, moi, je viendrai toutes les fois que j'aurai un moment de libre.

J'aurais voulu amener avec moi mon autre amie, Miretta, cette jeune fille dont je t'ai parlé; elle est bien aimable, et elle raconte de l'Italie des choses si curieuses!

Mais elle ne vient jamais me voir que le soir, et mon père ne veut plus me laisser sortir dès qu'il fait nuit, parce qu'il y a dans Paris un brigand très-redoutable qui attaque tout le monde et que l'on ne peut jamais arrêter. Aussi, bien des personnes assurent que ce voleur n'est pas un personnage naturel, qu'il a des accointances avec le diable ; il y a même des gens qui prétendent que ce Giovanni doit être le diable lui-même !...

Est-ce que cela a le sens commun ! et pourquoi le diable s'amuserait-il à voler, à dépouiller les passants ?

Par exemple, mon amie Miretta n'est pas poltronne... elle n'a pas peur du bandit, elle !... car elle reste quelquefois assez tard chez nous, et lorsque mon père n'est pas allé boire avec ses voisins, il propose toujours à Miretta de la reconduire jusqu'à l'hôtel de Mongarcin, mais elle ne veut jamais accepter le bras de personne.

Mon père lui a dit plusieurs fois : Prenez garde ! vous serez rencontrée par Giovanni, il vous attaquera !

Mais elle se contente de secouer la tête en répondant : Je n'ai pas peur des voleurs !

Ah ! je ne suis pas **très-peureuse**, moi, mais j'avoue que je n'aurais pas autant de courage que Miretta, je n'oserais pas aller aussi tard seule dans les rues... d'autant plus qu'on dit son aspect épouvantable, à ce Giovanni !

Il paraît qu'il a une tête toute hérissée de poils noirs, comme une bête fauve, et une barbe qui lui descend jusque sur la poitrine.

Ah ! il doit être bien effrayant, n'est-ce pas ?

Bathilde, qui n'écoutait plus quand on ne parlait pas de Léodgard, répond en soupirant à son amie :

— Ah ! vois-tu, Ambroisine, j'ai réfléchi...

Tu ne la brûleras pas, sa lettre, j'aime mieux la garder, parce que c'est une preuve... cela fait voir comme les hommes nous disent des choses qu'ils ne pensent pas...

Oh ! non, il ne faut pas la brûler... et tu me la rendras ; dans quelque temps, je pourrai la lire sans danger, va !

Ambroisine hausse les épaules ; et, voyant que c'est inutilement qu'elle cherche à distraire Bathilde de ses pensées, elle se décide à la quitter, en lui disant :

— Il suffit, je ne la brûlerai pas, puisque tu veux la **conserver précieusement**, cette vilaine lettre !...

Adieu, tu n'écoutes pas mes consolations, mais j'espère que le temps aura plus de puissance que moi.

Et la Belle Baigneuse est partie.

Mais il est minuit : c'est l'heure que l'on dit être **adoptée par les amoureux et les voleurs** pour tenter leurs entreprises.

Tout était calme dans la maison de l'étuviste Landry ; c'était le moment du sommeil.

Mais on ne dort pas à dix-huit ans quand on a éprouvé des tourments, des chagrins d'amour.

Bathilde était dans sa chambre ; elle s'était relevée parce qu'il lui était impossible de trouver le repos sur sa couche solitaire, elle avait ouvert sa fenêtre qui donnait sur la cour, elle s'y était placée, puis l'avait quittée, trouvant que l'on y manquait d'air ; c'était celui de la rue qui pouvait lui faire du bien.

Tout d'un coup, la jeune fille se rappelle son rosier chéri qu'elle a abandonné depuis huit jours, elle pense que faute d'eau il a dû périr, ou que du moins il doit être bien malade, et aussitôt, prenant sa lampe qui brûlait encore sur sa table, elle ouvre doucement sa porte et se rend à la lingerie, enchantée d'avoir trouvé un motif pour aller sur le balcon.

Bathilde a posé sa lumière dans un coin, elle ouvre bien doucement la croisée et la voilà sur le balcon près de son rosier ; mais alors, au lieu de s'occuper de lui, elle plonge ses regards dans l'obscurité qui l'environne.

La rue était sombre et paraissait entièrement **déserte**.

Quelquefois, au loin, on entendait des cris ou quelques sifflets qui semblaient se répondre, signaux peu rassurants pour le bourgeois tardataire, qui, précédé d'un gagne-denier portant un falot, hâtait pas pour regagner sa demeure.

D'autres fois encore, des chants d'étudiants, de pages, d'écoliers réunis pour faire du vacarme et briser les vitres, troublaient aussi le silence de la nuit.

Mais tout cela ne durait qu'un moment et le calme renaissait.

La jeune fille ne pouvait rien voir dans cette rue sombre, il n'y avait pas de lune pour dissiper les ténèbres ; et cependant elle ne pouvait se décider à quitter le balcon, elle s'y trouvait mieux, il lui semblait presque être avec celui auquel elle pensait constamment.

Tout à coup, son nom est prononcé, la voix vient de dessous le balcon.

Elle frémit, mais ce n'est pas de crainte ; elle écoute... on l'appelle encore...

La voix est douce, suppliante.

Bathilde balbutie :

— Qui est là ?

— Celui qui ne pense qu'à vous, qui ne peut exister sans vous !.....

— Ah ! vous mentez, monsieur ; car depuis quatre jours vous n'êtes pas venu, vous n'avez pas cherché à me voir, ainsi vous ne pensiez plus à moi.

— Ah ! Bathilde, vous avez été si cruelle !

Pas un mot de réponse à ma lettre, et au lieu de cela, vous cessez de vous montrer, vous ne paraissez plus sur ce balcon...

Oui, je voulais vous oublier..... ne plus revenir !..... mais cela n'était pas possible, mon amour est plus fort que vos dédains !...

— Ah ! si cela était vrai ! mais non, je ne dois pas vous croire ! vous séduisez toutes les femmes, Ambroisine me l'a dit.

— Ambroisine répète ce qu'elle entend dire.

Est-ce qu'il faut ajouter foi à des propos de gens qui ne me connaissent pas ?

Chère Bathilde, c'est votre cœur seul qu'il faut croire, car le cœur ne trompe pas.

— Mais je ne dois pas vous écouter, vous êtes un grand seigneur, je ne suis qu'une pauvre fille...

— Vous êtes un ange !... et ils se montrent si rarement sur la terre !...

— Ambroisine m'a dit que vous vous moquiez de moi en me jurant que je serais votre femme !

— Bathilde, pourquoi donc avez-vous plus de confiance dans une autre que dans mes serments ?

— Ah ! je serais cependant bien heureuse si je pouvais vous croire...

— Vous me rendez l'espérance... la vie !...

— O mon Dieu ! je crois que j'entends tousser mon père... **adieu**, sauvez-vous !

Bathilde a précipitamment quitté le balcon, poussé la fenêtre, repris sa lampe et regagné sa chambre, sans même penser à ce pauvre rosier, qui avait été le prétexte de sa démarche nocturne.

Nous sommes des ingrats : dans le bonheur nous oublions toujours ceux auxquels nous le devons.

Et Bathilde était si heureuse maintenant, on l'aimait toujours, on n'avait pas cessé un instant de penser à elle, ces doux serments enivraient son cœur de joie et d'amour ; celui qu'elle éprouvait était si vrai, si **sincère**, si pur, qu'elle ne se sentait plus la force de le combattre.

Léodgard s'est éloigné, non moins heureux que la jeune fille ; bien certain maintenant d'être aimé, il n'a plus qu'une pensée : posséder celle dont il a déjà le cœur, et chez le jeune comte, du désir à l'exécution, il n'y avait jamais loin.

Le lendemain soir, une demi-heure avant minuit, Léodgard est devant la maison de Landry ; il écoute avec attention autour de lui, tout est calme, pas une lumière ne se montre, et la nuit est aussi obscure que la veille.

Mais le jeune comte sait bien où est le balcon, dont il a d'avance mesuré la hauteur, et, tirant de dessous son manteau une petite échelle de soie à laquelle est attaché un fort crochet de fer, il lance adroitement le crochet par-dessus le balcon, s'assure qu'il est fixé, puis, grimpant à l'échelle avec la vivacité d'un écureuil, atteint le balcon, retire son échelle et pousse doucement la fenêtre.

La veille, dans sa précipitation, Bathilde avait repoussé la fenêtre sans la fermer, tout favorise donc l'audace de Léodgard.

Mais, arrivé dans la lingerie, il fallait encore trouver la chambre de la jeune fille : il ouvre la porte, entre dans un couloir, marche à tâtons, mais avec précaution, s'arrêtant souvent pour écouter ; quelque chose lui dit que Bathilde elle-même lui indiquera la route qu'il doit tenir.

En effet, une douce voix se fait entendre ; elle chante une villanelle au refrain lent et mélancolique.

Léodgard se dirige du côté d'où partent les sons, il aperçoit bientôt la lumière sortir par une porte qui n'est pas entièrement fermée.

C'est la chambre de Bathilde.

Celle-ci voit tout à coup sa porte s'ouvrir et Léodgard paraître devant elle ; elle pousse un cri, mais son amant tombe à ses pieds ; elle veut le fuir, mais il la tient déjà dans ses bras.

Pauvre Bathilde ! elle l'aimait trop pour savoir se défendre.

Le lendemain, son rosier était mort.

Laissons deux mois s'écouler, pendant lesquels les deux amants étaient rarement une nuit sans se voir.

L'échelle de soie restait chez Bathilde, c'était elle qui l'attachait au balcon à l'heure convenue avec Léodgard.

Et maintenant, celui-ci ne se montrait plus le **matin** devant la demeure de maître Landry.

Les amants pouvaient donc jouir en paix de leur bonheur ; personne n'était dans leur confidence, ils ne craignaient aucune trahison.

Plus d'une fois, Ambroisine était venue voir son amie, et lui ava[...]

demandé si elle commençait à se consoler, à oublier entièrement le comte Léodgard.

Alors Bathilde avait menti, car son amant lui avait dit que le plus grand mystère devait envelopper leur liaison jusqu'au moment où il pourrait en parler à son père; et pour obéir à Léodgard, Bathilde avait feint avec son amie d'être guérie de son amour.

Mais au bout de ces deux mois qui ont passé si rapidement pour Bathilde, un message arrive à Landry; il lui apprend que sa femme ayant terminé ses procès et réalisé l'argent de son héritage, va revenir à Paris, qu'elle y sera dans deux jours.

La pensée qu'elle va se retrouver devant sa mère fait trembler la jeune fille coupable, il lui semble que sa mère lira sa honte sur son front, et, la nuit qui suit cette nouvelle, se trouvant encore avec son amant, elle lève vers lui ses yeux pleins de larmes en lui disant :

— Sauvez-moi !... ma mère sera ici demain !... Si elle apprend ma faute, je serai perdue...

Ah! je vous en prie, ne tardez plus, demandez ma main à mon père, avouez-lui votre amour, que je sois votre femme...

Que je puisse vous aimer sans rougir, sans cela ma mère saura bien m'empêcher de vous revoir... et je mourrais à la fois de ma honte et de ma douleur.

Léodgard tâche de calmer l'effroi et le chagrin de Bathilde, et ne paraît pas fort affligé en sachant que l'arrivée de dame Ragonde va mettre un terme à ses doux rendez-vous nocturnes.

Mais, depuis deux mois, il n'avait plus rien à désirer et il n'attendait qu'une occasion pour rompre une intrigue dans laquelle il avait obtenu tout ce qu'il voulait.

Cependant il cache à la jeune fille, qui verse des larmes, ce qui se passe dans son âme; il feint de partager ses peines, il n'est point avare de serments, de promesses, et lui jure qu'avant peu ils ne se quitteront plus.

Le lendemain, dame Ragonde était de retour à son logis, et elle apportait la somme qu'elle pensait devoir être la dot de sa fille.

XXIII

L'Hôtel de Montgarcin

C'était le lendemain d'une grande soirée donnée à l'hôtel de Mongarcin, soirée qui avait réuni les plus nobles dames et les gentilshommes des premières maisons de France qui résidaient alors dans la capitale.

Madame de Ravenelle et sa nièce avaient fait les honneurs de cette petite fête, mais Valentine surtout y avait déployé cette grâce, cette élégance qui la faisaient remarquer partout.

C'était elle qui avait eu l'idée de donner cette fête, et sa tante y avait consenti, mais à condition que sa nièce se chargerait de tout ordonner, de tout diriger.

On avait beaucoup causé, on avait joué le lansquenet, le brelan, la prime, les dés, et autres jeux à la mode; on avait dansé des sarabandes, des passe-pieds, des branles, tout ce qui était en vogue alors; enfin chacun avait paru satisfait de sa soirée, et avait adressé force compliments à Valentine de Mongarcin et à madame de Ravenelle, en la félicitant d'avoir une nièce qui faisait si bien les honneurs de sa maison.

Et comme le lendemain d'une grande soirée, ceux qui l'ont donnée sont ordinairement très-fatigués, la vieille tante était étendue dans une chaise longue où elle ne bougeait pas, et Valentine, assise sur un sofa, les pieds sur un moelleux tabouret, tenait dans ses mains un ouvrage en tapisserie, mais n'y travaillait pas.

— Ma tante, dormez-vous ? dit Valentine après un fort long silence.

— Je ne crois pas, ma nièce; et d'ailleurs, si je dormais, votre question m'aurait éveillée !...

— Oh! je voyais bien que vous n'étiez pas tout à fait endormie. Notre soirée d'hier était fort brillante, n'est-ce pas ?...

— Si c'est pour me dire cela que vous m'empêchez de m'assoupir...

— Non... je voulais vous demander encore si vous avez remarqué que tous nos invités sont venus ?

— Tous ? croyez-vous ?

— Oui, ma tante, un seul excepté... oh! je suis bien sûre que vous avez remarqué aussi !

— En effet, dit madame de Ravenelle en se redressant un peu, le jeune comte de Marvejols n'est pas venu.

— C'est cela même. J'espère que maintenant on ne songera plus à me marier avec ce monsieur qui montre... je ne dirai pas peu d'empressement !... il en a mis à me fuir... mais qui est presque impoli avec nous !

— Valentine, le père du jeune Léodgard, le marquis de Marvejols s'est rendu à notre invitation,.. il a excusé son fils, il m'a dit que la fatigue... la fièvre le retenaient chez lui...

— Vous pensez bien que je ne crois pas un mot de cela !... la fatigue !... la fièvre ! s'il était malade, est-ce que son père serait venu à notre soirée ?

— Il peut n'être qu'indisposé... le marquis son père a été d'une amabilité charmante avec moi !...

C'est un homme de la vieille roche... il est très-bien en cour; on assure que le roi l'aime beaucoup, et que le cardinal lui-même a pour M. de Marvejols la plus haute considération.

— Eh mon Dieu, ma tante, je n'ai jamais mis en doute toutes les grandes qualités de M. le marquis, quoique je lui trouve l'air plutôt sévère qu'aimable; qu'il soit bien en cour, c'est possible! cela n'empêche pas que son fils ne sera jamais mon mari... Par exemple !... vous verrez que j'irai prendre pour époux un homme qui me dédaigne.....

— Ah! ma nièce!

— Mais, ma tante, puisque ce monsieur ne veut pas se donner la peine de me faire la cour, puisqu'il évite même de se trouver avec moi, n'est-ce pas dire qu'il dédaigne mon alliance?

— As-tu entendu dire qu'il faisait la cour à une autre... non!

Ah! si on pouvait citer quelque noble demoiselle, quelque grande dame dont il serait le chevalier assidu, je concevrais ton dépit!... mais le jeune Léodgard ne va presque pas dans le monde... il aime ces réunions de jeunes gens qui jouent, boivent, se battent et font endiabler les passants.

Eh, mon Dieu, ma nièce, ce sont là des divertissements que se sont permis bien des jeunes gens de haute lignée; n'a-t-on pas été jusqu'à dire qu'un de nos rois prenait beaucoup de plaisir à sortir le soir, avec ses favoris, ses mignons, et qu'ils allaient ensemble enlever les manteaux des passants !...

— Ah! ma tante, est-ce que vous trouvez cela bien?

— Non certes! mais c'est pour te dire que ce jeune Léodgard peut n'être encore qu'un étourdi qui craint le moment où il faudra qu'il se marie, parce qu'il sait bien qu'alors il lui faudra se ranger, changer entièrement de conduite et vivre dans un monde où il faut tenir son rang.

Valentine se tait.

Au bout de quelques instants elle sonne, puis elle dit à madame de Ravenelle :

— Je vais dire à Miretta d'achever cette tapisserie... ce travail me fatigue, et puis, cette petite Béarnaise s'en acquitte si bien !... elle a fait ce coin-là... c'est mieux que moi; elle est remplie de talents, cette jeune fille, elle a du goût pour tout... elle chiffonne un bonnet avec une adresse... ma tante, voulez-vous permettre qu'elle travaille là... sur mon tabouret... il ne nous viendra aucune visite aujourd'hui.

La vieille dame se contente de faire de la tête un signe de consentement.

Miretta entre dans le salon.

— Viens ici, Miretta, dit Valentine en montrant son tabouret à sa camériste. Mets-toi là, et travaille à ma tapisserie... cet ouvrage m'ennuie... d'ailleurs je ne suis pas en train de tenir mon aiguille ce matin... je suis fatiguée... assieds-toi... es-tu bien?

— Oui, mademoiselle.....

— Mais ne te presse pas, n'en prends qu'à ton aise... ce tapis de pied n'est pas attendu... As-tu vu tout le monde hier, Miretta?

— Oui, mademoiselle; dans le petit salon d'entrée, je prenais les pelisses, les mantes, les pardessus des dames.

— Ah! c'est vrai. Il y en avait de bien jolies, n'est-ce pas?

— Oh! oui... cependant....

— Eh bien... achève...

— Mademoiselle croira que je veux lui faire un compliment... mais je ne suis pas flatteuse, moi; je ne dis que ce que je pense!

— Voyons, dis-le donc ce que tu penses.

— Eh bien, c'est mademoiselle qui était la plus belle de toutes ces demoiselles ou dames qui sont venues hier à l'hôtel.

— Vraiment? Mais c'est gentil ce que tu me dis là... Ma tante, entendez-vous ce que Miretta me dit?

Madame de Ravenelle ne répond point; mais on entend le bruit d'une respiration prolongée.

— Ah! cette fois ma tante est endormie, reprend Valentine; tant mieux, nous pourrons causer plus librement; seulement nous parlerons bas.

Eh bien, ma pauvre Miretta, tu me trouves assez bien pour l'emporter sur beaucoup d'autres femmes... ce que tu me dis là, bien des cavaliers me l'ont dit hier... j'ai reçu une foule de compliments, d'hommages, de déclarations même!

Je sais bien qu'il ne faut prendre cela que comme de ces galanteries qu'il est d'usage d'adresser aux dames; mais enfin, après tout, e sais aussi que je ne suis pas mal!... et cela n'empêche pas qu'il y a un jeune homme qui ne veut pas me voir, de peur d'être obligé d'être un peu galant avec moi.

—Oh! c'est bien étonnant, mademoiselle, à moins pourtant que ce eune seigneur n'ait une autre passion dans le cœur!

—C'est ce que j'ai pensé aussi; mais on m'assure qu'il n'en est rien!

— Est-ce qu'on peut savoir ces choses-là!...

— Oh! tu as bien raison, Miretta, est-ce qu'on peut connaître les secrets du cœur...

Tiens, Miretta, je suis bien sûre de quelque chose cependant... c'est que tu aimes quelqu'un, toi!

— Moi, mademoiselle! répond la jeune fille en rougissant.

— Oui, oui, toi; voyons conte-moi les secrets de ton cœur... depuis que tu es à mon service, je t'ai bien observée..... d'abord pour une jeune fille, tu n'es pas gaie, tu soupires très-souvent, et quand tu crois qu'on ne te voit pas, tu lèves vers le ciel tes yeux qui semblent l'implorer... pour qui? ah! ce ne peut être que pour celui qu'on aime qu'on adresse au ciel des regards aussi éloquents...

Est-ce que je me trompe, Miretta? est-ce que tu n'as pas dans le cœur un amour qui te cause du chagrin... allons, avoue-le-moi.

— Non, mademoiselle, vous ne vous trompez pas. . en effet mon cœur... n'est plus à moi.

— Ah! j'en étais bien sûre... mais celui que tu aimes ne te paierait-il pas de retour... puisque tu soupires tant!

— Pardonnez-moi, mademoiselle, celui que j'aime répond à mon amour.

— Alors pourquoi donc es-tu si souvent triste... Ah! c'est que peut-être des obstacles vous séparent, vous ne pouvez pas vous voir... on vous défend de vous aimer...

— En effet, mademoiselle, il y a bien des obstacles... et Je ne le... rencontre que rarement!

— Ah! mais il est à Paris pourtant?

— Oui, mademoiselle.

— Et c'est pour le rejoindre que tu y es venue, je gage?

— C'est vrai, mademoiselle.

— Vois-tu comme je devine bien.

Mais que fait-il, ton amoureux? il n'est donc pas libre? vous ne pouvez donc pas vous marier?...

Miretta baisse les yeux, son sein se soulève péniblement; la pâleur de l'effroi a glacé son front.

— Allons, je vois bien que je te fais de la peine, reprend Valentine, ne parlons plus de cela. Mais c'est égal, tu vois quelquefois celui que tu aimes, et tu es bien heureuse alors...

Oh! va, quand cela t'arrive je le devine à ta physionomie, tu n'es plus la même que la veille, tu souris alors, tu es presque gaie... c'est qu'il est, je crois, aussi difficile de cacher son bonheur que sa peine. Moi, je n'ai pas d'amour pour celui qu'on voudrait me faire épouser... oh! certainement je n'ai pas d'amour pour lui... quoiqu'il soit fort joli garçon...

— Ah! vous le connaissez, mademoiselle...

—Fort peu; je l'ai aperçu une ou deux fois dans le monde... c'est le fils de ce vieux seigneur qui est venu hier... ce grand homme maigre à l'air sévère, tout habillé de noir, et encore à la mode du temps de Henri IV, avec une fraise qui lui cache le menton... le marquis de Marvejols enfin.

— Le marquis de Marvejols!... et c'est son fils que vous devez épouser, mademoiselle?

—Sans doute... pourquoi cette exclamation?

— Ah! c'est que, hier, j'étais dans le grand vestibule quand ce vieux seigneur est arrivé...

— Eh bien... ensuite?

— Il y avait tous vos gens... mais il y avait encore un clerc du procureur de madame votre tante... qui était venu pour lui donner des nouvelles d'une affaire, d'une créance... je ne sais!... mais comme vous pensez bien, on a dit au petit clerc... car il est tout petit ce garçon, on lui a dit qu'il y avait soirée à l'hôtel, et que madame ne pouvait le recevoir.

— Quel rapport dans tout cela avec le vieux marquis de Marvejols?

— C'est que, mademoiselle, quand M. Bahuchet. . c'est le nom de ce petit clerc, quand il a su qu'on ne pouvait pas le recevoir, il a mis ses paperasses dans sa poche en disant : Très-bien, je reviendrai demain; mais, au lieu de s'en aller tout de suite, comme la société arrivait, il est resté assez longtemps dans le vestibule, causant avec le majordome, avec les domestiques; il est très-bavard!... mais il est amusant, car il faisait ses réflexions sur chaque personne qui arrivait, et je vous assure, mademoiselle, qu'il disait quelquefois des choses fort drôles.

Si bien que, quand ce vieux seigneur est arrivé, lorsqu'on eut annoncé M. le marquis de Marvejols, le petit clerc s'écria :

Ah! je le connais ce seigneur-là, et son fils aussi... il a fait joliment des dettes, le fils, mais le père les a payées il y a quelque temps; c'est mon patron, mon procureur qui a rassemblé les créanciers... Le comte Léodgard a promis de se ranger, mais il ne se range pas; il recommence à s'endetter; et puis, c'est un coureur d'aventures nocturnes... Je gage bien qu'il ne viendra pas ce soir ici. il est trop occupé ailleurs...

— Ce jeune clerc a dit cela...

— Oui, mademoiselle, j'étais près de lui, je l'ai fort bien entendu.

— Et ensuite, qu'a-t-il ajouté... continue...

— Il n'a rien dit de plus sur ce sujet, mademoiselle, car d'autres personnes sont entrées, sur lesquelles il a aussi fait ses réflexions..... il paraît qu'il connaît tout Paris, ce garçon-là; mais il n'a plus du tout été question du fils de M. le marquis de Marvejols.

— Quel dommage... j'aurais été si contente d'en savoir davantage... et il est bien probable que ce clerc... ce... Comment l'appelles-tu?

— Bahuchet, mademoiselle, un tout petit homme, pas si grand que moi, et qui a une tête bien originale!...

—Ce M. Bahuchet doit en savoir davantage, et puisqu'il est si bavard, si on avait pu le questionner...

En ce moment la porte du salon s'ouvre, un domestique paraît et dit :

Le clerc du procureur de madame, qui est déjà venu hier, demande s'il peut parler à madame de Ravenelle.

— Oh! oui, oui , s'écrie Valentine en faisant un bond de joie. Qu'il entre, il ne pouvait arriver plus à propos!...

—Eh! mon Dieu! qu'y a-t-il donc? pourquoi ce bruit, ces cris? demande la vieille dame que l'on vient de réveiller. Qu'avez-vous donc, Valentine?

— Ma tante, c'est le clerc de votre procureur qui demande à vous parler...

— Et c'est pour cela que vous jetez de tels cris?...

Qu'on renvoie ce clerc... je ne veux pas m'occuper d'affaires aujourd'hui... je suis trop fatiguée...

— Mais, ma tante, il est déjà venu hier... et puis, si vous saviez... il va nous apprendre des choses fort intéressantes sur le jeune comte de Marvejols.

— Comment?... mon procureur...

— Son clerc...

Je vous en prie, ma tante, laissez-moi l'interroger; ne vous donnez pas la peine de parler, si cela vous fatigue; je parlerai pour vous.

Madame de Ravenelle se contente de se rejeter en arrière dans sa chaise longue, et au même instant M. Bahuchet est introduit près de ces dames.

XXIV

La Plume blanche.

En voyant entrer ce jeune homme de quatre pieds huit pouces, avec son énorme tête, sa bouche immense, son nez au vent, et, par-dessus tout cela, un air d'assurance et de prétention qui frisait presque l'impertinence, Valentine se retourne pour ne point lui rire au nez.

Bahuchet fait quatre pas dans le salon , puis deux révérences profondes, l'une à madame de Ravenelle, l'autre à sa nièce. Quant à Miretta, il se borne à lui adresser un sourire protecteur qui voulait dire:

— Je vous connais, ma mie, je sais que vous êtes la femme de chambre.

— Que me voulez-vous, monsieur? demande la se bouger.

— Madame, je suis mis en demeure par mon patron, maître Pierre-Guillaume Bourdinard, votre procureur devant la cour, et requis de vous annoncer, toujours de la part du susdit, que le sieur Benoit-Gervais Cocatrix, votre locataire et débiteur, habitant votre immeuble situé rue des Lions-Saint-Paul, n'a point encore soldé ses locaux, ni courants, ni arriérés, depuis qu'il est installé dans ce dit immeuble; bien que nous lui ayons dûment et souvent envoyé des citations et invitations sur papier marqué, lesquelles citations, grossoyées par votre serviteur Nicolas Bahuchet, devront être aux frais du débiteur, qui cependant!...

— Assez! assez! dit la vieille dame, en faisant avec sa main signe au petit clerc de se taire, vous m'assommez avec votre langage de chicane...

Au fait, s'il vous plaît; mon locataire a-t-il payé?

— J'allais, par ma péroraison, certifier le contraire à madame, si elle m'avait laissé finir... Je continue:

Et maître Bourdinard, mon respectable patron, ayant inutilement intimé votre locataire, demande à madame s'il doit lui octroyer encore du temps, ou lui faire vider les lieux *ex abrupto!*

— Comment! monsieur, vous me parlez latin à présent?... Est-ce que vous vous figurez que je l'entends par hasard?...

Que mon procureur me fasse payer... qu'il emploie les moyens qu'il voudra, cela le regarde...

Mais qu'on ne me rompe plus la tête avec cette affaire... J'espère que c'est entendu!

— Parfaitement, madame, il sera fait droit à vos ordres...

Je les transmettrai à maître Bourdinard, parlant à sa personne, comme j'ai eu l'honneur de parler à la vôtre; et la justice aura son cours... *Dixi...*

Sur ce, j'ai bien l'honneur...

Le petit clerc s'apprêtait déjà à partir quand Valentine lui dit:

— Un moment, monsieur, j'aurais quelque chose... quelques renseignements à vous demander...

Mais je voudrais bien que, pour me répondre, vous n'employassiez plus ni latin, ni style de palais.

— Oh! très-volontiers, mademoiselle; maintenant que la commission de mon patron est faite, je redeviens un franc basochien, libre de sa personne et de sa langue...

Mais lorsque nous faisons notre état de clerc, il faut bien en prendre le ton et le langage.

Et puis, il est toujours bon de faire voir qu'on a de l'instruction...

C'est ce que je répète toujours à Plumard, qui ne pense qu'à trouver des pommades qui fassent pousser les cheveux...

Plumard est mon confrère, mais il est chauve, et...

— Ce n'est pas sur votre confrère Plumard que j'ai à vous parler, monsieur; mais hier au soir, vous avez fait vos réflexions tout haut sur une grande partie des personnes qui arrivaient à notre soirée...

— C'est possible, mademoiselle, des réflexions sans conséquence...

Il faut bien jaser et rire un peu... et montrer que l'on a de la conversation...

— Toutes vos réflexions n'étaient pas sans conséquence, monsieur... surtout celles que vous vous êtes permises sur le fils de M. le marquis de Marvejols.

— Sur le fils du marquis... ah! M. le comte Léodgard!... Qu'est-ce que j'ai donc dit de lui?

D'abord, je ne le connais pas personnellement, je ne l'ai jamais vu que de loin; j'ai pu répéter ce que tout le monde dit: qu'il avait des dettes; que dernièrement, son père avait payé cinquante mille livres pour lui!...

C'est la vérité, puisque maître Bourdinard, mon patron, a rassemblé les créanciers dans son étude, afin d'en obtenir les meilleures conditions et le plus de rabais possible...

— Ce n'est pas tout; vous avez ajouté que, bien certainement, le comte Léodgard ne viendrait pas à notre réunion...

Qui vous faisait penser cela, monsieur?...

Bahuchet sourit malicieusement, se gratte le front, et se dandine d'une jambe sur l'autre, à la manière des serins; il semble hésiter pour répondre; il regarde tantôt la vieille dame, tantôt sa nièce, tantôt Miretta!

— Eh bien! monsieur, ne m'avez-vous pas entendue, reprend mademoiselle de Mongarcin avec impatience et d'un ton impératif.

— Pardonnez-moi, mademoiselle, je vous ai parfaitement entendue; mais il y a des choses... que l'on se dit... entre jeunes gens de la basoche... ou en causant avec du populaire... et que l'on n'oserait pas dire... à une jeune et noble demoiselle...

— Puisque vous avez de l'éducation, monsieur, vous devez savoir, pour raconter un fait, employer les termes qu'il convient, et ne rien dire qui puisse blesser mes oreilles...

Tant pis pour vous si vous ne trouvez pas moyen de vous faire entendre convenablement.

Bahuchet sent son amour-propre piqué au vif.

Valentine avait trouvé le moyen de le faire parler.

Il appuie sur sa hanche la main qui tient son chapeau, et, se posant comme un avocat.

— Mademoiselle, je sais très-bien m'exprimer, et choisir mes expressions suivant mon auditoire.

Grâce au ciel j'ai fait mes études!...

Mes parents étaient pauvres... mais pauvreté n'est pas vice!...

Je ne sais pas celui qui s'est permis de dire *c'est bien pis!* Mais ne partage pas son opinion.

Ce qui est un vice, c'est l'ignorance, c'est la sottise!...

La fortune n'accompagne pas toujours le mérite!...

Bien loin de là! elle semble se complaire à le narguer!

Homère, aveugle et pauvre, allait par les carrefours et les places publiques; il récitait des vers pour avoir un morceau de pain.

Plaute, ce poëte comique, si original, si caustique, tournait la meule d'un moulin pour gagner sa vie!

Agrippa mourut à l'hôpital!

Et l'on assure que l'illustre auteur de *Don Quichotte, Michel Cervantes*, est mort de misère!...

Le *Tasse* était souvent réduit à emprunter un écu!...

— Mon Dieu! est-ce qu'il ne va pas finir! dit Valentine en se tournant vers Miretta, je suis bien sûre que ma tante s'est rendormie.

Le petit clerc, s'apercevant que la belle demoiselle ne lui prête pas attention, se décide à revenir au sujet sur lequel on l'a questionné.

— Pardon, mademoiselle, je me laissais entraîner par mes souvenirs scolastiques...

Je reviens à ce que vous m'avez fait l'honneur de me demander.

J'ai dit, en effet, que je croyais en ce moment M. le comte Léodgard trop occupé de nouvelles intrigues, pour avoir le temps de se rendre à votre réunion...

Si j'ai dit cela, c'est que j'ai un ami... c'est-à-dire un confrère... ou un ami, n'importe... Plumard... celui qui est déjà chauve à vingt-six ans!... c'est de bonne heure!...

Or, Plumard loge dans la rue Dauphine... une petite chambre sous les toits...

Et il y a quelques jours... nous étions huchés à sa fenêtre, nous regardions dans la rue, et je reconnus le jeune comte de Marvejols qui s'y promenait, en lorgnant du coin de l'œil la maison d'un baigneur-étuviste, lequel, à ce qu'il paraît, a une fille charmante, un modèle de grâce, de beauté, d'innocence...

Les parents ne laissent jamais sortir cette ravissante créature...

La mère surtout veille sur elle avec le plus grand soin!...

Mais Plumard me dit en riant: Tous les jours ce jeune seigneur vient rôder devant cette maison, il y revient encore le soir!...

Il est probable qu'il y est la nuit...

A coup sûr il aura entrevu la fille de l'étuviste, et c'est pour elle qu'il passe son temps dans le quartier...

— La fille d'un étuviste! dit Valentine avec un air de dédain. Serait-il possible que le fils du marquis de Marvejols s'oubliât au point d'adresser ses soupirs aussi bas!...

— Si la petite est, comme on le dit, un modèle de beauté!... murmure le clerc, cela fait passer sur bien des choses!...

— Tu connais la fille d'un baigneur, toi, Miretta... ne vas-tu pas la voir quelquefois?... serait-ce celle-là?

— Non, mademoiselle; celle que je connais est fort bien aussi, mais elle demeure rue Saint-Jacques...

Depuis longtemps elle n'a plus sa mère...

— Je sais qui vous voulez dire! s'écrie Bahuchet; vous parlez d'Ambroise, qu'on a surnommée la Belle Baigneuse...

Ah! c'est une fort belle fille!... grande!... bien faite!...

C'est la fille de maître Hugonnet, dont les étuves sont très-fréquentées...

Oh! je la connais... je connais tout Paris, moi!...

Mais ce n'est point d'elle qu'il était question, puisque mon ami Plumard... c'est Plumé qu'on devrait l'appeler, puisqu'il n'aura bientôt plus trois poils sur la nuque!...

C'est égal, Plumard me parlait de la fille de son voisin, l'étuviste de la rue Dauphine; celui-ci se nomme Landry. C'est un ancien soldat qui ne plaisantera pas s'il apprend qu'un galant fait la cour à sa fille!... quels que soient le nom et le rang du galant.

— Et... y a-t-il longtemps, monsieur, que vous avez eu cette conversation à la fenêtre de votre ami de la rue Dauphine?

— Six semaines environ, mademoiselle.

— Depuis ce temps, avez-vous revu votre ami? vous a-t-il appris quelque chose de plus sur les amours de M. Léodgard de Marvejols?

— J'ai revu Plumard très-souvent depuis...

Nous dînons quelquefois ensemble à la gargotte !..

Il y a peu de jours... ou plutôt peu de nuits... je reconduisais mon camarade à sa demeure... il était fort tard... près de minuit... on avait chanté, joué, gobeloté très-longtemps, et Plumard, qui n'est pas brave, n'osait pas rentrer seul à son logis...

Il avait peur de rencontrer le bandit Giovanni... ce fameux voleur italien que nos archers, nos arquebusiers... notre guet, et toute la milice enfin, ne sont pas encore parvenus à surprendre...

Ils ne sont pas malins...

Pour qu'on arrête ce misérable, il faudra que je m'en mêle... Mais je le ferai pincer, moi !...

Oh ! je sais comment il faut s'y prendre pour le saisir, et...

— Vous ferez arrêter Giovanni ? s'écrie Miretta, dont le visage est devenu d'une pâleur effrayante.

— Eh bien, qu'est-ce qui te prend donc, petite ! dit Valentine, que la brusque exclamation de sa camériste a presque effrayée.

Mon Dieu ! comme te voilà émue...

— Pardon, mademoiselle, excusez-moi... c'est que... monsieur disait qu'il savait comment on pourrait .. arrêter ce... cet Italien... ce Giovanni...

— Qu'est-ce que cela te fait, à toi ! il paraît que tu n'en as pas peur, car c'est toujours le soir que tu sors... et tu rentres assez tard, à ce que m'a dit Béatrix.

— Sans doute, mademoiselle ; mais malgré cela... j'aurais voulu savoir...

— Moi, je veux savoir ce qui concerne M. Léodgard. —

Je ne m'intéresse nullement à cet illustre voleur.

De grâce, monsieur Bahuchet, achevez...

Vous rameniez votre ami Plumard chez lui... rue Dauphine ?

— Oui, mademoiselle ; nous cheminions tout doucement en nous tenant sous le bras... et en causant... il m'assurait qu'il s'était découvert trois cheveux de plus sur la tête depuis la veille, et il attribuait cette recrudescence capillaire à de la graisse de pendu dont une vieille femme lui avait fait don...

— Ah ! monsieur, vous abusez...

— Mille pardons, mademoiselle... m'y voilà.

A cent pas environ de la maison du baigneur-étuviste, Plumard s'arrête en me serrant le bras très-fort.

— Qu'y a-t-il ? lui dis-je sans sourciller...

Je n'ai peur de rien, moi !... je suis très-courageux...

— Qu'est-ce que tu as vu, Plumard ?

— Ce que j'ai vu, me dit-il, c'est un homme qui escalade une fenêtre... au premier... là-bas !...

Et il me désignait la maison de maître Landry.

— Pressons le pas, répondis-je, il faut nous assurer du fait.

Et je tirai Plumard par le bras ; mais il n'allait pas plus vite pour cela.

En approchant de la fenêtre en question, où il y a un balcon, nous crûmes voir comme une corde... ou une échelle de corde que l'on retirait vivement...

Quand nous fûmes devant la maison, nous ne vîmes plus rien !...

Était-ce un amant... était-ce un voleur ?...

Je me rappelai les stations du comte Léodgard devant la demeure de l'étuviste, et je dis à Plumard : Ceci doit être la suite de ce que nous avons vu de ta fenêtre.

Mais Plumard, qui voit des voleurs partout... n'était pas de cet avis, il voulait crier à la garde, ameuter le guet, les voisins... lorsqu'en regardant à mes pieds... précisément sous la fenêtre au balcon, j'aperçus à terre quelque chose de blanc, je me baissai et ramassai une fort belle plume blanche... de celles dont nos jeunes seigneurs ornent leur chapeau...

Je me rappelai que le comte Léodgard en avait comme cela sur le sien, et je montrant la plume à mon compagnon : Tiens, lui dis-je, voilà quelque chose que celui qui a grimpé là a perdu en route.

Des voleurs n'ont pas de ces plumes-là pour faire leurs expéditions nocturnes ; il ne s'agit donc que d'amoureux : laissons-les en paix ; va te coucher et ne tremble plus.

Là-dessus, je mis Plumard à sa porte et je rentrai chez moi.

— Et cette plume que vous aviez trouvée ?

— Je l'ai emportée... je l'ai toujours... elle est fort belle...

Trop élégante pour que je m'en pare... avec mes modestes vêtements... mais on ne sait pas... si quelque jour j'avais un beau manteau, un riche pourpoint... et une toque en velours, alors la plume ne ferait pas mal sur tout cela.

Valentine semble se recueillir, elle jette un coup d'œil sur sa tante qui est profondément endormie, et reprend en ayant soin de parler à demi-voix :

— Est-ce là tout ce que vous savez concernant M. Léodgard !

— Non pas, vraiment.

Oh ! je n'ai pas encore vidé mon sac... comme dit mon patron ; il faut que mademoiselle sache que j'ai un parent qui habite tout près de Vincennes ; c'est un simple cultivateur ; il a une petite maisonnette avec un assez vaste clos... où il fait pousser des légumes, des fruits qu'il vient vendre à Paris.

La maisonnette de Thomas... c'est le nom de mon parent, est dans un endroit bien désert ; c'est avant le village et le château de Vincennes...

Oh ! c'est là où Plumard aurait peur... aussi quand je lui propose de venir avec moi chez Thomas, il refuse toujours... et cependant on boit de bon petit vin chez mon parent.

Mais pour y arriver, en quittant notre quartier de la Cité, il faut passer le pont Saint-Louis, autrement dit le *Pont-aux-Choux !*... et c'est un endroit très-dangereux, surtout dans ce moment où le voleur dont je vous parlais tout à l'heure, Giovanni, s'y tient de préférence.

Je suis bien sûr qu'il a sa tanière dans les environs ; il y a cinq jours, pas plus tard, sur le Pont-aux-Choux, on a volé l'âne de Thomas, il n'a pas aperçu le voleur, par conséquent c'est Giovanni.

On a trouvé aussi une vieille paysanne de Vincennes, assassinée à cinquante pas de ce maudit pont... c'est encore par le fait de ce damné brigand...

— Non, monsieur, non, vous mentez ! s'écrie Miretta, Giovanni n'a pas assassiné cette paysanne... cela ne se peut pas...

— Et pourquoi donc cela ne se peut-il pas, jeune camériste ! demande Bahuchet en regardant la jolie brune d'un air étonné.

Miretta tâche de cacher son émotion en répondant :

— Mais parce que l'on m'a assuré... j'ai entendu dire par tout le monde que Giovanni ne répandait jamais de sang, que personne n'avait été blessé par lui !

— Vraiment, ma belle enfant !

Et pourquoi ne dit-on pas aussi, qu'en détroussant les passants, le bandit leur donne des dragées et des confitures pour les dédommager de l'argent qu'il leur vole !..

Comme cela tombe sous le sens qu'un homme qui attaque à main armée, ne fasse point usage de ses armes quand on lui résiste !...

Mais il y a des gens qui se plaisent à faire des contes à dormir debout, et qui veulent tout savoir mieux que les autres...

Ah ! je voudrais avoir cent hommes bien armés, j'irais m'embusquer avec eux sous le Pont-aux-Choux, et avant huit jours j'aurais pris, garrotté ou fusillé le fameux Giovanni !...

— Ah ! c'est comme cela que vous comptez le faire prendre ? murmure Miretta d'une voix altérée et en jetant sur le petit homme des yeux qui lancent des éclairs.

— Il me semble que c'est bien facile ; quand on sait à peu près où un oiseau a son nid, on peut le dénicher ; mais pardon, mademoiselle, je vois que vous me trouvez bavard...

Je disais donc que la maisonnette de Thomas est isolée ; cependant à trois portées de fusil environ... du côté de Paris, il y a une fort jolie habitation, un pavillon très-élégant, qui appartient, je crois, maintenant au baron de Montrevert, mais qui, auparavant, appartenait au comte Léodgard ; celui-ci l'a perdu au jeu.

Ce pavillon est ce que nos seigneurs de la cour appellent leur petite maison ; c'est là qu'ils vont se divertir en cachette, où ils conduisent leurs maîtresses, des courtisanes, et le jeune comte...

— Assez, monsieur, assez ! dit Valentine en jetant sur Bahuchet un regard qui lui coupe la parole.

Ceci ne m'intéresse plus... que le comte de Marvejols se ruine comme un gentilhomme... qu'il fasse mille folies !... qu'il se batte, se grise, s'endette ! je le comprends... mais qu'il soit amoureux de la fille d'un étuviste... que cette passion le retienne loin du monde !... voilà ce qui me paraît inconcevable... Cette plume que vous avez trouvée... voulez-vous me la donner ?

Bahuchet se frotte le menton, en faisant son air moqueur, et enfin :

— Vous la donner, mademoiselle !... certainement vous en serez bien digne... mais... je l'ai essayée sur mon chaperon et elle ne m'allait pas mal... ah ! foi de basochien, ça me rendait fringant... eh ! eh !...

— Pas si haut donc, monsieur ; vous allez réveiller ma tante :...

— Tiens !... c'est vrai... cette digne et honorable dame fait un somme.

— Si je vous demande cette plume qui a du prix sans doute, je n'entends pas, monsieur, que vous me fassiez un cadeau gratuit... et je vous prierais, en échange, de vouloir bien accepter cette bourse !... non pas comme le prix de ce que je vous demande, mais comme un souvenir de moi.

Le petit clerc a jeté vivement un œil en coulisse sur la jolie bourse en velours, qui ressemblait assez à une aumônière, et de laquelle il avait entendu sortir un son très-agréable à son oreille.

Il salue jusqu'à terre la noble demoiselle, et mettant presque un genou en terre, prend la bourse en disant :

— J'accepte ceci pour vous obéir, mademoiselle ; demain vous aurez la plume.

Trop heureux de pouvoir faire quelque chose qui vous soit agréable.

— C'est bien, monsieur, et maintenant laissez-nous.

Bahuchet s'incline de nouveau, puis sourit à Miretta, qui ne répond son sourire que par un regard de colère ; mais, sans faire attention à mine que lui fait la jeune suivante, le petit clerc sort vivement de ôtel de Mongarcin.

A peine dans la rue, il ouvre l'aumônière et trouve dedans quatre pièces d'or.

Alors, il pousse des cris de joie, jette sa toque en l'air, se jette lui-même dans les passants, puis se met à courir en criant :

— Ohé ! Plumard ! ohé ! où es-tu ?... J'ai de quoi t'acheter une perruque... mais je ne te l'acheterai pas.

XXV

L'Homme à cinq visages.

Lorsque le clerc du procureur de sa tante est parti, Valentine se lève sans faire de bruit en faisant signe à sa camériste de la suivre.

Elles arrivent bientôt dans la chambre à coucher de mademoiselle de Mongarcin ; celle-ci, après avoir fait fermer la porte, dit à Miretta :

— Ici, nous pouvons parler plus à notre aise... Miretta.

Je ne saurais te dire ce qui se passe au fond de mon cœur...

Je sens de la colère... du dépit !... presque de la fureur...

Cependant je n'aime pas ce Léodgard... mais je voudrais être assurée si ce ne sont pas des mensonges que ce garçon vient de nous faire...

Miretta, il faut que tu m'aides à découvrir la vérité... tu es à moi pour faire tout ce que je veux, tu me serviras, n'est-ce pas ?

— Je vous suis dévouée, mademoiselle, et vous pouvez être sûre de moi...

— Bien... bien... oh ! je te récompenserai dignement, va !...

— Ne parlez pas de récompense, mademoiselle, je n'ai besoin de rien ici, vous êtes déjà trop bonne pour moi... je serais heureuse de vous prouver que je ne suis pas ingrate.

— Tu n'es pas intéressée... je m'en suis aperçue déjà... tu n'es pas une suivante ordinaire... d'ailleurs tu aimes, tu adores ton amant...

Aussi tu me comprendras, toi.

Le comte de Marvejols, celui que l'on me destine pour mari, ferait la cour à la fille d'un baigneur ! ce serait près d'elle qu'il passerait tout son temps !

Pour être avec elle il refuserait d'assister à des bals, à des fêtes !...

Ah ! je ne puis encore le croire ; mais si cela est, tu conviendras que j'aurais le droit de refuser... de repousser cette alliance... et si l'on me demandait pour quels motifs... comme il me serait doux de me venger en faisant savoir la noble conduite... les honorables amours du comte Léodgard !... cet élégant seigneur !... ce raffiné d'honneur... ce gentilhomme de la cour de Louis XIII !... beau gentilhomme vraiment, et qui ne craint pas de ternir son blason !...

Ah ! je ne sais ce que j'ai... donne-moi de l'eau... donne-moi ce flacon de sels... j'ai besoin d'en respirer un peu.

Miretta s'empresse de prodiguer ses soins à sa jeune maîtresse, dont les nerfs sont violemment agacés, parce que son amour-propre est humilié, et qu'elle ne peut supporter la pensée que la fille d'un baigneur a empêché celui qu'on lui destinait pour époux de se rendre à son invitation.

Enfin, Valentine ayant repris un peu de calme, reste quelques instants plongée dans ses réflexions, Miretta attend en silence les ordres de la noble héritière, qui se sert déjà de la haine pour la roturière qu'elle ne connaît pas.

— Miretta, tu n'es pas timide, toi ; tu es courageuse, puisque tu ne crains pas de sortir seule le soir dans ce Paris... que l'on dit si dangereux...

Eh bien, il faut que tu ailles rue Dauphine, que tu voies cette... fille, cette beauté merveilleuse...

— Oui, mademoiselle.

— Tu sauras si en effet il court quelque bruit de ses amours... tu feras jaser des voisins, des valets... d'ailleurs, je m'en rapporte à toi pour découvrir la vérité !...

— Mademoiselle, la fille du baigneur chez qui je vais, Ambroisine connaît, je crois, la fille de ce Landry.

Oui... oui, je me rappelle à présent qu'elle m'a parlé souvent de son amie... Bathilde, c'est le nom de la jeune fille de la rue Dauphine.

— Bathilde... ah ! elle se nomme Bathilde... j'aurais cru qu'elle devait s'appeler Marion ou Margot !...

— J'irai d'abord voir Ambroisine, et par elle j'en saurai peut-être bien plus que par d'autres !

— Fais comme tu le jugeras nécessaire, je te laisse libre...

Dès ce moment, je te dispense de tout service et te permets de sortir quand bon te semblera, et de rester dehors aussi longtemps que tu le voudras...

Le concierge aura l'ordre de t'attendre... et si quelqu'un de l'hôtel se permettait quelques réflexions curieuses sur ta conduite... il serait chassé sur-le-champ, car je suis maîtresse ici...

Tu vois bien que ma tante n'est plus bonne qu'à dormir !... elle n'a prêté aucune attention au récit de ce jeune clerc, et il s'agissait cependant de l'avenir, du bonheur de sa nièce.

C'est donc moi-même désormais qui veillerai sur ce qui touche à mon repos, à mon nom, à mon honneur...

Tiens, voilà de l'or, tu peux en avoir besoin pour gagner, pour faire parler quelqu'un... ne le ménage pas... prodigue-le, si cela est nécessaire, mais agis, agis promptement.

Le soir même qui suit cet entretien de Valentine avec Miretta, celle-ci sort de l'hôtel aussitôt la nuit venue.

Mais ne croyez pas qu'elle dirige ses pas du côté de la demeure d'Ambroisine : si mademoiselle de Mongarcin avait été vivement impressionnée par les propos du petit clerc, la jolie cousine de Cédrille n'avait pas été moins émue par ce qu'elle avait entendu concernant Giovanni ; ce que M. Bahuchet avait dit l'avait frappée au cœur ; elle voyait déjà son amant arrêté et conduit à la mort ; et ce qu'elle éprouvait pour Giovanni était plus fort que son dévouement à sa maîtresse.

En sortant de l'hôtel, elle veut, avant tout, tâcher cette nuit de rencontrer Giovanni.

Le petit clerc assure que c'est du côté du Pont-aux-Choux qu'il se tient de préférence, et Miretta s'est dit : Dirigeons nos pas vers cet endroit... je ne sais pas où ce pont est situé... mais on me l'indiquera.

La première personne à qui Miretta s'adresse dans la rue Saint-Honoré, pour savoir son chemin, fait un mouvement de surprise en s'écriant :

— Le Pont-aux-Choux, mademoiselle ! diable ! mais c'est fort loin d'ici... c'est hors de la ville... passé les fossés jaunes entre la porte du Temple et la porte Saint-Antoine ; vous ne comptez pas aller là ce soir, sans doute ?

— Pardonnez-moi.

— Et vous êtes seule !.. prenez garde, c'est un quartier désert.. et fort dangereux le soir...

— Je n'ai pas peur ; indiquez-moi seulement la route qu'il faut suivre.

On indiquait le chemin à peu près, en terminant par cette phrase d'usage : *Quand vous serez là, vous demanderez.*

Miretta marche longtemps, elle ne connaît point encore assez Paris pour savoir où elle est, elle ignore donc si elle approche du but de sa course.

Les boutiques sont déjà en partie fermées ; la jeune fille, qui se rappelle qu'elle a de l'or, se repent de n'avoir pas requis l'assistance d'un gagne-denier ou commissionnaire, qui l'aurait menée tout droit où elle veut aller, mais il est trop tard pour trouver encore dans la rue de ces hommes de peine.

Déjà des écoliers, des étudiants et des pages ont essayé d'accoster la jeune fille en lui offrant leurs services, d'une façon très-familière, mais elle s'est sauvée d'eux sans leur répondre.

Elle vient encore de fuir un groupe de jeunes garçons qui semblent fort disposés à rire, lorsqu'en s'arrêtant tout essoufflée de sa course, au détour d'une rue, une voix qui lui est bien connue frappe ses oreilles.

— Eh sandis ! je n'ai pas la berlue !... c'est bien notre cruelle infante qué voilà !... Par Rolande, ma mie, vous vous exposez en trottillant seule la nuit dans un si vilain quartier... il n'y a qué les chevaliers dé ma trempé qui doivent ainsi courir le *Guilledou !*...

En reconnaissant la voix de son féal soupirant, le chevalier gascon, Miretta se sent rassurée, car si Passedix l'ennuie avec son amour, s'il l'obsède avec ses déclarations, du moins elle le connaît ; et, tout en le trouvant insupportable comme amoureux, elle le croit incapable de se permettre avec une femme aucune tentative qui puisse blesser sa pudeur.

C'est donc avec une espèce de plaisir qu'en ce moment la jolie brune reconnaît le chevalier, aussi lui répond-elle d'un ton beaucoup plus aimable qu'elle ne l'a ordinairement avec lui.

— C'est vous, monsieur le chevalier... ah! j'avoue que je ne m'attendais pas à vous rencontrer...

— C'est qué vous né mé cherchez jamais, pétite, tandis qué moi, vous espère toujours!...

— Puisque vous voilà, vous m'aiderez à sortir d'embarras...

— Jé vous aiderai dans tout cé qué vous voudrez entréprendre!... Désirez-vous monter dans la lune... graviter autour d'une planète? Jé vais vous conduire dans lé céleste empire. . jé né sais pas trop quel chemin nous prendrons, par exemple, mais n'importe, fussé-je aux enfers, si c'était votre fantaisie, jé vous y servirai dé cavalier!

— Je vous remercie, monsieur le chevalier. mais mon intention n'est pas de vous faire aller si haut, ni si bas; je ne me crois pas encore digne d'habiter près des anges, mais je ne veux pas non plus aller visiter les démons!

— Sandis! moi jé mé donnerais bien au diable pour être aimé dé *vousse*!

— Soyez assez aimable pour ne pas me parler d'amour, et veuillez seulement me servir de guide jusques au Pont-aux-Choux, car c'est là que je vais.

— Ah! je comprends, c'est là où vous donnez vos rendez-vous amoureux... c'est là probablement qué vous devez réjoindre cé jeune malotru, cé manant, cet artisan qui, sur la place de Grève, a eu la maladresse dé faire tomber Rolande dé ma main... à la faveur dé la foule qui mé poussait par derrière.

Ah! mille bombardes! jé voudrais bien lé rétrouver, votre galantin, je lui montrérais cette fois qué jé sais mé servir dé mon épée... et qu'elle n'a pas pour habitude dé m'échapper de la main.

— Il me semble pourtant, chevalier, qu'elle s'était échappée de votre main, le jour où vous aviez la bonté de prendre ma défense et de vous placer devant moi et Cédrille, dans la rue Saint-Jacques.

Passedix fronce les sourcils en murmurant :

— Cé jour-là, il y avait une autre cause.

Mais révénons au présent, vous voulez vous rendre sur le pont Saint-Louis...

— Non, sur le Pont-aux-Choux.

— C'est la même chose.

Vous allez bien tard par là, ma mie; votre amoureux est donc un maraîcher, il a donc son gîte dans les choux et les carottes qui couvrent té chémin du côté de Vincennes?

— Si vous allez recommencer vos questions, monsieur, je vous quitte et tâcherai de rencontrer un cavalier plus obligeant.

— Non pas! non pas! s'écrie le Gascon en retenant la jeune fille qui s'éloignait déjà; c'est la poudré qué cette pétite... quelle mau-

Bahuchet est introduit.

vaise tête! si c'était un homme, nous nous serions déjà tués dix ou douze fois... mais j'aime ce caractère bouillant! il y a de la ressemblance avec le mien.

Eh donc, vous désirez aller au Pont-aux-Choux, prenez mon bras, ma belle, jé vaisse avoir l'honneur dé vous y conduire.

Miretta se décide à passer son bras sous celui du chevalier, qui, enchanté de tenir la jolie fille dont il est épris, se redresse et tient fièrement le nez au vent, ce qui le fait paraître encore plus grand et diminue la taille de la personne qu'il accompagne.

On marche quelque temps, le Gascon faisant résonner sur les cailloux ses éperons rouillés et le fourreau de Rolande, Miretta pensant à Giovanni et jetant les yeux autour d'elle au moindre bruit.

— Est-ce que nous sommes encore loin de l'endroit où je vais? demande enfin la jeune fille à son conducteur.

Passedix est quelque temps avant de répondre. Depuis qu'il sentait le bras de Miretta sous le sien, son amour pour la jolie brune faisait de rapides progrès, son cœur battait avec violence sous son pourpoint reprisé, sa tête brûlait et son imagination se livrait à mille écarts.

Enfin il venait de se faire ce raisonnement :

— Puisqué ma bonne étoile m'a fait rencontrer mon inhumaine, je serais bien *bestiole* d'aller la mener à mon rival...

Ce drôle qui a manqué dé me faire perdre Rolande; né dois-jé pas plutôt saisir l'occasion qui se présenté dé mé venger et dé triompher d'uné cruellé?

La pétite né sait pas son chemin; au lieu dé la conduire à son rendez-*vousse*, jé vais la mener sur la Place-aux-Chats, jé lui dirai qué c'est lé Pont-aux-Choux!

Ensuite jé tâcherai, en lui faisant peur des voleurs, de la faire accepter un abri à l'hôtel du Sanglier... et une fois là!... sandioux! ce plan est hardi, il entre dedans un peu de félonie!... mais cette pétite est un démon, et jé né serai jamais son vainqûr si je n'emploie les grands moyens.

— Eh bien, chevalier, sommes-nous encore loin de ce Pont-aux-Choux?

— Mais oui, ma belle enfant, encore assez loin...

Oh! vous vous étiez totalement égaré, vous n'étiez pas sur la voie.

— C'est singulier, j'avais cependant suivi les indications qu'on m'avait données...

— Il y a des gens si méchants! ils sé plaisent à faire perdre leur chemin à ceux qui le leur demandent...

Appuyez-vous sur moi, tendre fleur!... né craignez pas de mé lasser... c'est un bonheur pour moi dé sentir votre bras rondelet sous le mien... Ah! dioux!...

— Ce serait un grand bonheur pour moi d'arriver...

Je n'y comprends rien. il me semble que vous me faites revenir sur mes pas.

— Puisqué vous n'alliez pas au but, il faut bien qué jé vous y ramène.

Cetté soirée est uné des plus belles dé ma vie!

— Ne me serrez pas tant le bras, je vous en prie.

— Cette tendre pression est un effet électrique du feu qui brûle mon cœr et qui pétille diablément près dé vous!

— Est-ce que vous allez recommencer à me parler de votre amour... je croyais que vous étiez guéri?

— Guérir! moi! plutôt mourir qué dé guérir!...

Et dé quoi voulez-vous qu'on parle, belle amie, quand on est avec vous?

— Vous ne vous souvenez donc plus que je ne suis qu'une servante... à qui vous faisiez trop d'honneur en la regardant...

— On dit cela quand on est en colère, ma mie, mais, dans lé fond, on n'en pense pas un mot...

— Oh! pour cette fois, s'écrie Miretta en s'arrêtant tout à coup au détour d'une rue, je suis persuadée que c'est vous qui vous vous trompez maintenant...

Je reconnais très-bien cette rue... elle donne dans celle que j'habite... vous m'avez ramenée dans le quartier que je quittais...

— Eh sandis! jé vous mène où vous désirez aller... marchons donc, nous serons bientôt arrivés.

— Non! s'écrie la jeune fille en refusant d'avancer et retirant son bras de dessous celui du chevalier.

Non, je ne vous suivrai plus, car il n'est pas possible que le Pont-aux-Choux soit de ce côté.

Passedix veut prendre le bras de Miretta qui lui résiste, mais le Gascon avait la tête montée, il ne voulait pas laisser la jeune fille lui échapper encore.

Un nouveau personnage qu'on n'a ni vu, ni entendu venir, se trouve tout à coup là pour mettre fin à cette lutte, en dégageant Miretta des mains du chevalier.

C'est un homme qui porte le costume d'un bourgeois, et dont le menton est entièrement rasé.

A peine la jeune fille l'a-t-elle regardé, que la sérénité renaît sur son visage, elle se met vivement de son côté,

Tandis que l'inconnu dit au Gascon :

— Eh quoi, mon maitre, vous voulez emmener cette jeune fille contre son gré!...

Ah! pour un chevalier qui porte le casque et l'épée, cela n'est pas courtois.

— Eh d'où diable sort celui-ci! jé ne l'ai ni entendu, ni aperçu venir...

Faites-moi lé plaisir dé passer votre chemin, mon cher ami; cette jeune bergerette est de ma compagnie, nous n'avons pas besoin qué vous vous mêliez dé nos affaires.

— Il me semble cependant que vous n'étiez guère d'accord tous deux... et moi je protége toujours les dames.

Parlez, ma belle enfant, ce cavalier ne veut-il pas vous faire prendre un chemin qu'il ne vous plait pas de suivre?

— C'est la vérité, monsieur, car je voulais aller au Pont-aux-Choux, et je vois bien qu'il ne m'y menait pas!

— Oh! non vraiment!... Il vous conduisait sur la Place-aux-Chats... à l'hôtel du Sanglier, bel bôtel, ma foi, dont il voulait sans doute vous faire les honneurs.

— Sandioux! il paraît que tu mé connais toi!... mais qui qué tu sois, jé té défends de prendre le bras dé cette petite...

Arrière bien vite.

Passedix veut repousser l'inconnu qui vient déjà de passer le bras de la jeune fille sous le sien; mais, de la main qui a de libre, le soi-disant bourgeois saisit le poignet du Gascon et l'étreint dans ses doigts d'une telle façon, que celui-ci s'écrie :

— Aye... aye... encore cetté maudite poigne... Oh! c'est bien la même, jé la reconnais!...

Tu es l'ouvrier de la placé de Grève... tu es le bohémien du Loup-de-Mer.

— Cherche bien, je suis encore une autre personne, peut-être.

— Oui, ces yeux, ce regard... Ah! mille diables... c'est aussi la figure du comte de Carvajal, l'hôte splendide de dame Sadichard!...

Mais qui qué tu sois, double, triple, quadruple, ou qué tu sois le diable en personne, si tu as du cœur, tu mé rendras raison, comme un vaillant champion, l'épée à la main!

— Ah! tu veux tirer l'épée avec moi, chevalier, eh bien, qu'il soit fait comme tu le désires : en garde, alors...

Rassurez-vous, jeune fille, ceci est l'affaire d'un instant.

En disant ces mots, l'individu habillé en bourgeois tire de dessous son manteau une petite épée courte et large; de son côté, Passedix a sorti Rolande du fourreau; mais en voyant l'arme de son adversaire, il s'arrête et s'écrie :

— Et qué diable voulez-vous faire dé cé petit coutelas contre ma belle lame...

J'ai trop d'avantage sur vous, sandis!...

— Que ceci ne vous arrête pas, chevalier, et tâchez que votre longue épée tienne mieux dans votre main cette fois.

En disant ces mots, l'inconnu frappe de tels coups sur Rolande et avec tant de dextérité, qu'en moins de deux minutes la longue épée vole au loin, et Passedix, en reculant, rencontre un trou, culbute et roule aux pieds de son adversaire, qui met la pointe de sa courte épée contre la poitrine du vaincu, en disant :

— Eh bien, croyez-vous que mon petit coutelas puisse se mesurer avec votre illustre lame?

— Jé n'y comprends rien!... vous avez une manière de combattre... qui étourdit, qui trompe!... Sandis!...

Il n'est pas possible, il faut que j'aie la goutte à la main droite... N'importe, jé suis vaincu, frappez!

— J'en serais bien fâché...

Au revoir, chevalier Passedix... tâchez de retrouver votre épée, elle a sauté par là-bas...

Mais croyez-moi, ne détournez plus les jeunes filles de leur chemin.

En disant ces mots, le vainqueur rejoint bientôt Miretta ; il passe son bras sous le sien, puis s'éloigne rapidement avec elle, sans plus s'occuper de son adversaire, qui fait une mine piteuse en voyant le couple s'éloigner.

— Ah ! Giovanni !... quel bonheur de t'avoir rencontré ! dit Miretta à son compagnon, lorsqu'ils furent assez éloignés pour ne plus craindre d'être entendus. Va ! je n'ai pas eu peur une minute pendant le combat que je viens de voir.

J'étais bien sûre que tu serais vainqueur.

— Et pourquoi voulais-tu aller si tard au Pont-aux-Choux ?

— Pourquoi ?... parce que je veux te sauver... parce que tu es menacé... parce que je ne veux pas, moi, quoique tu sois bien coupable, que l'on t'arrête et que l'on te fasse mourir !...

— Què Diavolo è questo !... à quel sujet ces craintes ! ces nouvelles terreurs !...

— Ah ! c'est que j'ai entendu un jeune homme qui a dit : Je sais où est la retraite habituelle de Giovanni, c'est près du Pont-aux-Choux qu'il se cache ordinairement ; si on cernait cet endroit avec des archers, il serait bien facile de prendre ce fameux voleur.

— Ah ! vraiment !...

— C'est par là, a-t-il ajouté, qu'il attaque le plus fréquemment les passants ; dernièrement il a volé un âne à mon cousin, puis il a assassiné une vieille paysanne de Vincennes !...

Ah ! ces paroles m'ont fait frémir ; j'ai dit que cela n'était pas vrai, que Giovanni ne répandait jamais le sang... ai-je eu raison d'affirmer cela ?

— Tu avais raison de le penser, tu avais tort de le dire ; veux-tu que l'on soupçonne que tu me connais ?...

Tu es une imprudente, Miretta, tu oublies ce que je t'ai recommandé !... jamais un mot sur moi, jamais une réflexion qui puisse faire supposer que nous ne sommes pas étrangers l'un à l'autre !... écoute, sans avoir l'air d'y prêter attention, tout ce que l'on dit sur moi.

— Ah ! tu crois qu'il m'est possible de rester indifférente lorsque j'entends dire que l'on sait où tu te caches, qu'on t'arrêtera, qu'on te... ah ! je ne veux pas prononcer ce vilain mot-là.

— D'abord, ma chère, pourquoi es-tu assez niaise pour ajouter foi à ces récits inventés par les uns pour se donner de l'importance et répétés par les autres, parce que les mensonges trouvent toujours des sots disposés à les répandre !...

J'irais tuer une paysanne ! pour lui prendre ses légumes peut-être... je volerais un âne !... et qu'en ferais-je ensuite !...

Et tu as pu croire cela, Miretta, toi qui as vu mes richesses ! toi qui connais cette soif de l'or qui me possède maintenant !

— Mon Dieu !... ne sera-t-elle donc jamais satisfaite, cette passion qui te pousse au crime...

Giovanni, est-ce donc ainsi que tu veux passer ta vie ?

— Non... encore quelques mois...

Tiens, au printemps prochain, je veux retourner dans ma belle Italie...

— Tu m'emmèneras, n'est-ce pas ?

— Oui, je t'emmènerai...

J'achèterai un palais, une villa magnifique... J'aurai un brillant équipage... Tu seras couverte de diamants !...

Je veux que Milan, que Florence soient éblouis par mon luxe et ma magnificence...

— Pourquoi ne point réaliser dès à présent ce projet ?...

— Non... cet hiver sera bon à Paris... nous partirons au printemps.

— Giovanni, on ne brave pas toujours impunément les périls !... on n'est pas toujours plus fort que les lois et les hommes... le moment du châtiment arrive lorsqu'on se croit à l'abri du danger...

— Assez, Miretta, assez !... je t'ai déjà dit que tes réflexions étaient inutiles... prenons cette rue, nous serons bientôt à l'hôtel de Mongarcin...

— Prenons-en une autre, alors ; je ne voudrais pas déjà te quitter, Giovanni !... je ne sais pourquoi il me semble que je serai bien longtemps sans te revoir...

J'ai quelque chose de triste au fond du cœur... ne me quitte pas encore, je t'en prie, à moins que ta sûreté ne l'exige !...

— Ma sûreté n'a rien à craindre.

Mais il est fort tard, et je pensais qu'il te fallait rentrer...

— Oh ! rien ne me presse maintenant, je puis rester dehors aussi longtemps que je le veux, ma maîtresse elle-même me l'a permis, car elle croit que c'est de la servir que je m'occupe...

— Que signifie tout cela...

— Que mademoiselle Valentine de Mongarcin, furieuse de se voir dédaignée par le jeune comte Léodgard de Marvejols, qui devait l'épouser, veut savoir si en effet celui-ci est épris de la fille d'un étuviste de la rue Dauphine, et si c'est bien lui qui se rend près d'elle, en escaladant la nuit le balcon d'une fenêtre au premier.

Mademoiselle m'a chargée d'aller aux renseignements, de faire toutes les démarches possibles pour m'assurer de la vérité.

— Tes renseignements sont pris, tes démarches sont faites.

Mieux que personne je sais ce qui se passe la nuit dans Paris.

Je connais le comte Léodgard...

Une certaine nuit de l'hiver dernier, j'ai eu avec lui une assez longue conversation, et depuis quelque temps, en effet, je l'ai aperçu plusieurs fois escaladant le balcon de l'étuviste Landry...

Je me serais bien donné garde de le déranger...

Je lui aurais plutôt prêté assistance s'il en avait eu besoin.

— En ce cas voilà ma commission faite. Mademoiselle Valentine n'est pas heureuse dans ses amours... car, bien qu'elle ne veuille pas en convenir, je suis bien sûre, moi, qu'elle aime ce jeune seigneur... mais pas autant, à coup sûr que j'aime mon Giovanni...

Ah ! Giovanni, pourquoi faut-il que je te quitte encore... si tu voulais...

Giovanni interrompt la jeune fille en lui disant :

— Le jour ne tardera pas à poindre, je ne dois pas l'attendre... Prenons par ici... hâtons le pas... tu vas être rendue à ta demeure.

Miretta n'ose pas répliquer, mais c'est en soupirant qu'elle hâte sa marche, et ce chemin se fait en silence.

On est bientôt à trente pas de l'hôtel de Mongarcin.

Alors Giovanni quitte le bras de sa compagne, en lui disant.

— Tu es arrivée... adieu...

— Déjà !... eh quoi ! déjà te quitter !...

Encore un instant.

— En vérité, Miretta, cette nuit tu n'es pas raisonnable... ne vois-tu pas là-haut... dans le ciel... cette faible lueur qui annonce le jour.. les étoiles pâlissent, les ténèbres vont se dissiper... ne me retiens plus. adieu !

Giovanni abandonne la main qui voulait encore presser la sienne il s'éloigne, il disparaît.

Miretta est restée immobile, elle a ressenti au cœur une vive douleur, comme si elle venait de s'y sentir frappée.

XXVI

Le Pont-aux-Choux.

Les historiens ne sont point d'accord sur les deux premières enceintes qui furent données à la ville de Paris, mais on est fixé sur la formation de la troisième, que l'on doit à *Philippe-Auguste*, et qui fut commencée en 1190.

Cette enceinte, en partant de la rive droite de la Seine, où est à présent le pont des Arts, traversait l'emplacement du Louvre et suivait la direction de l'Oratoire Saint-Honoré, où se trouvait la porte Saint-Honoré ; le mur décrivait toujours une ligne courbe, s'étendait jusqu'au carrefour que forment maintenant les rues Jean-Jacques Rousseau, Coquillière et de Grenelle.

Parvenu à la rue Montmartre, le mur était coupé par la porte Montmartre.

Il continuait derrière le côté septentrional de la rue Mauconseil, et arrivait à la rue Saint-Martin, où se trouvait une poterne appelée *Porte de Nicolas Huidelon*.

Traversant l'emplacement des rues Michel-le-Comte, Geoffroy-Langevin, du Chaume, de Paradis, où se trouvait la porte de Braque, il arrivait à la Vieille-Rue du Temple ; de là, il se prolongeait jusqu'à la porte Baudoyer, traversait l'enclos du couvent de l'*Ave-Maria*, la rue des Barres, et se terminait à la rive droite de la Seine.

Les travaux du mur de l'enceinte méridionale datent de l'année 1208.

Cette muraille, bâtie entre des clos et des vignes jusqu'à la porte Saint-Marcel, tournait ensuite le clos de Sainte-Geneviève jusqu'au château de Hautefeuille, coupait le clos Bruneau, arrivait à la porte de Buci, et, suivant extérieurement l'enceinte de l'abbaye Saint-Germain-des-Prés et le petit Pré-aux-Clercs, se terminait à la tour de Nesle.

Cette troisième enceinte offrait, de distance en distance, des tours rondes pour la protéger.

Mais les plus formidables étaient aux extrémités, sur les deux rives de la Seine.

Sous le règne de François Ier, cette enceinte était déjà considérablement agrandie.

Mais en l'année 1536, le cardinal du Bellai, lieutenant général des armées du roi François Ier, instruit de l'approche des Anglais qui ravageaient déjà la Normandie et la Picardie, et craignant pour Paris l'attaque des ennemis, fit faire des tranchées et creuser des fossés depuis la porte Saint-Antoine jusqu'à la porte Saint-Honoré.

On les appela depuis les *Fossés-Jaunes.*

Cette petite digression dans le domaine de l'histoire était nécessaire pour rappeler à nos lecteurs le vieux Paris, et surtout pour qu'ils puissent se faire une idée juste des localités où se passent les événements qui vont suivre.

Le pont Saint-Louis, surnommé le *Pont-aux-Choux*, à cause de la proximité du faubourg Saint-Antoine, et parce qu'il était surtout fréquenté par les maraîchers, qui le traversaient pour porter leurs légumes dans l'intérieur de la ville, était situé entre la porte du Temple et la porte Saint-Antoine, et bâti sur les fossés dont nous venons de vous dire l'origine.

Sur ce pont, triste et souvent solitaire, il y avait aussi une porte d'une architecture grossière, et nommée la *Porte-Saint-Louis.*

Mais comme depuis longtemps on ne la fermait plus, personne ne la gardait; elle était fort délabrée et près de tomber en ruine.

Les environs du Pont-aux-Choux ne présentaient à l'œil que des marais, dont une partie n'était point cultivée.

De hautes herbes croissaient sur ses bords; en dessous, les fossés ne contenaient qu'une eau bourbeuse, où il eût été difficile de faire passer un bateau.

Cet endroit avait donc quelque chose de sauvage, de sinistre, qui devait inspirer de l'effroi au voyageur solitaire que la nuit surprenait sur ce chemin.

Cependant, par une belle nuit d'été, plusieurs gentilshommes, dont quelques-uns sont de notre connaissance, après avoir traversé le Pont-aux-Choux pour rentrer dans Paris, venaient de s'arrêter à trois cents pas environ, et l'un d'eux s'était jeté sur l'herbe en s'écriant:

— Oh! ma foi, tant pis!... marchez si vous voulez, mes maîtres, quant à moi, je me repose ici... : on est très-bien sur l'herbe...

D'ailleurs, je sens que je suis gris; je ne puis plus tenir sur mes jambes...

— Comment, mon pauvre Monclair... tu ne portes pas le vin mieux que cela? quelle pitié!...

— Ne fais donc pas le vaillant, Sénange! tu es au moins aussi gris que moi... si tu ne l'es pas plus...

— Le fait est que j'aime autant m'asseoir que de trébucher à chaque pas dans ces affreux chemins...

Quelle diable de route Léodgard nous a-t-il fait prendre?...

Ohé!... comte de Marvejols!... où êtes-vous donc? qu'on vous fasse compliment...

Où est donc mon valet Bruno, qu'il nous mette une torche ici... et nous y ferons encore une partie...

— Ton écuyer est en avant... il marchait toujours.

— Il faut l'appeler...

Messieurs, messieurs!... vous qui vous tenez encore sur vos jambes, ayez donc la complaisance d'appeler mon écuyer... mon page... mon varlet... ce drôle qui s'éloigne là-bas avec les falots, sans s'inquiéter si les maîtres le suivent.

Ces paroles s'adressaient à trois autres jeunes seigneurs, qui étaient arrêtés à quelques pas.

Parmi eux se trouvait Léodgard de Marvejols, dont la figure était loin d'annoncer la gaieté, et qui ne semblait pas avoir, comme quelques-uns de ses amis, laissé sa raison au fond d'un verre.

Le valet ayant été rappelé, revient et plante un falot allumé auprès des deux gentilshommes qui sont déjà étendus sur l'herbe; les autres se décident à venir les trouver.

Mais Léodgard reste un peu en arrière, s'adossant tout pensif contre un arbre isolé.

— Vous restez donc là, mes braves?

— Oui... le grand air nous a achevés, nous ne pouvons plus nous tenir sur nos jambes...

— Le fait est que le souper était délicieux, le vin exquis; Montrevert bien fait les choses!... sa petite maison est un séjour précieux.

— A propos de Montrevert, est-ce qu'il n'avait pas dit qu'il partait avec nous...

— Oui, il nous a dit: Allez toujours, je vous rejoins.

— Il me semble qu'il ne nous a pas rejoints; cependant, nous sommes bien à un quart de lieue de chez lui ici...

— C'est vrai, raison de plus pour nous reposer en cet endroit, nous l'attendrons.

— Bah! il ne viendra pas!... il sera resté près de son infante.

Elle est fort bien, cette Herminie...

— Moi, je vous dis, messieurs, que Montrevert va venir; il ne peut rester à sa petite maison, il faut qu'il soit demain à Paris au lever du roi.

Il a l'espoir d'entrer dans cette compagnie de mousquetaires gris que Sa Majesté vient d'instituer, et c'est une garde qui doit le suivre partout, même à la chasse.

Vive Dieu! messieurs, c'est un beau corps!... quel galant uniforme... rouge brodé d'or...

Ah! comme on fera des conquêtes avec cet habit-là!...

— Tiens! mais j'ai aussi quelque espoir d'y entrer, moi, dans ce corps de mousquetaires, dit le jeune comte de Sénange, en cherchant à se caler sur l'herbe et à se tenir sur son séant.

Je devrais bien aussi me trouver demain... ou plutôt ce matin, au lever du roi ..

Mais je crois que je ne m'y trouverai pas!... je me sens trop étourdi... tant pis!...

La jeunesse est l'âge de la folie et des plaisirs.

Ah! je voudrais bien trouver quelqu'un qui voulût s'asseoir dos à dos avec moi, cela nous servirait mutuellement de point d'appui...

Monclair, place-toi donc derrière moi...

— Non pas! je suis bien étendu, je ne bouge plus.

— Quel égoïste que ce petit Monclair!...

Voyons, La Valteline, et toi, Beausseilly... venez donc vous asseoir près de nous...

Les deux jeunes gens qui étaient restés debout se décident à s'asseoir sur l'herbe, près de leurs compagnons.

Mais celui qu'on appelle La Valteline se tourne vers Léodgard en lui criant:

— Eh bien, comte de Marvejols! est-ce que vous ne venez pas près de nous?

Que diable faites-vous donc tout seul, là-bas, les yeux fixés vers le ciel... est-ce que vous vous occupez d'astrologie?

Prenez garde! vous savez que l'on a établi à l'Arsenal, dans la chambre des empoisonnements, une commission expressément chargée de juger la magie!...

Et les astrologues sont bien proches parents avec les sorciers.

— Messieurs, dit le sire de Beausseilly, en baissant la voix, ce pauvre Léodgard n'est pas en train de rire, vous devez en comprendre la cause: il a été bien malheureux au jeu ce soir, il a perdu contre Montrevert tout ce qu'il possédait, et je crois encore cent pistoles sur parole.

— Il a du malheur avec Montrevert, il ne devrait jamais jouer contre lui; car cette charmante petite maison où nous avons soupé et qui est si galamment décorée, elle était autrefois au jeune Marvejols; il l'a jouée avec Montrevert contre je ne sais plus quelle somme!...

Et maintenant cette ravissante propriété ne lui appartient plus!...

A la vérité, Montrevert l'invite souvent à y venir.

— Si c'est pour lui gagner tout son argent, comme cette nuit, cela n'est pas bien amusant pour Léodgard...

Ah! depuis quelque temps, j'ai remarqué que la fortune lui était bien contraire...

Il perd sans cesse, ce pauvre Marvejols!

— Aussi, je le crois très-endetté... il doit à tout le monde!...

— Eh! vive Dieu! messeigneurs! est-ce qu'il faut se tourmenter parce qu'on a des dettes!

Quant à moi, j'ai des créanciers, et beaucoup, je m'en vante!... mais quand ces drôles-là ont l'insolence de me demander de l'argent, je tire mon épée, je crie, je blasphème; je me mets tellement en fureur, qu'ils se sauvent comme si le diable était à leurs trousses!...

Voilà comment on règle ses affaires!...

Léodgard n'a pas entendu La Valteline, car il regarde toujours les étoiles!...

— Attendez, messieurs, je gage, moi, que je vais le faire venir... je connais le moyen...

Oh là! Bruno!... avance, maroufle:... as-tu les cornets et les dés dans ta poche?

— Toujours, seigneur.

— Donne-moi tout cela.

Le valet présente au comte de Sénange, son maître, deux cornets en ivoire et des dés, le gentilhomme met les dés dans les cornets et les agite longtemps, puis il se met à crier:

— Sept... onze... douze!... j'ai gagné!...

Le bruit des dés a produit l'effet que Sénange en attendait : Léodgard, tiré de sa rêverie, quitte sa place, et s'approche des gentilshommes assis autour du falot

— Eh quoi! messieurs, est-ce que vous jouez aux dés sur l'herbe demande Léodgard.

— C'est Sénange qui joue tout seul en ce moment.

— Je lui ai entendu crier qu'il avait gagné?...

— Oui, pardieu j'ai gagné; j'avais parié qu'avec mes dés j'attirerais près de nous le comte de Marvejols...

Eh bien, mes maîtres, ai-je réussi?

— Allons, Léodgard, viens donc un peu avec nous!... est-ce qu'il faut se fâcher contre la fortune! à quoi bon!... elle est femme; ce qu'elle ne veut pas un jour elle le voudra le lendemain!...

— Et, d'ailleurs, le comte Léodgard aurait mauvaise grâce à maudire le sort, car si au jeu il lui est contraire, avec les belles, il paraît qu'il vous traite en enfant gâté...

— Il est bruit surtout de certaine bonne fortune avec une jeune fille de la rue Dauphine...

On ajoute que la petite est belle comme les amours...

On la tenait cachée avec soin, mais ce diable de Léodgard les découvrirait au fond d'une citerne ou sur le sommet des rochers les plus escarpés!...

— Voyons, Léodgard, contez-nous un peu cette aventure...

— Ah! oui, contez-nous cette bonne fortune bourgeoise...

Cela nous fera passer le temps jusqu'à l'arrivée de Montrevert, qui sera tombé dans quelque trou sur la route.

Léodgard se laisse aller nonchalamment sur le gazon et porte ses regards sur ses compagnons en disant:

— Est-ce que personne n'a à boire ici ?... Je suis singulièrement altéré... je ne puis pas conter si je ne bois pas...

— Ah! par Saint-Jean! je boirais bien aussi! murmure le jeune Monclair en faisant de vains efforts pour se mettre sur son séant.

— Quoi! rien... et pas de cabarets aux environs.

— Ils sont gais les environs de cet affreux Pont-aux-Choux! on n'aperçoit pas une maison... pas une baraque!

— Attendez, mes amis, attendez... Holà! Bruno!

Le valet de Senange se rapproche de la société.

— Bruno, n'as-tu pas toujours sur toi une gourde, comme les pèlerins lorsqu'ils entreprennent un long voyage?

— Oui, oui, seigneur... en effet...

— Et qu'y a-t-il dans ta gourde?

— Il y a... il y a ... de fort mauvaise eau-de-vie...

— Fort mauvaise!... ah! drôle! à la manière dont tu dis cela je gagerais que tu mens. Donne-nous ta gourde, nous allons juger si la boisson qu'elle renferme est aussi mauvaise que tu le dis.

— Mais, seigneur, j'ai déjà bu à cette gourde, et je n'oserai pas me permettre...

— Donne toujours... à la guerre comme à la guerre!... Allons, gibier de potence, je crois que tu hésites!...

Le valet présente, en comprimant un soupir, une énorme gourde à son maître. Senange avale une gorgée, puis s'écrie:

— Ah! je m'en doutais!... c'est exquis! c'est délicieux... une liqueur qui a trente ans, je gage; le pendard aura volé cela dans les caves de mon père... Tenez, Léodgard, jugez-en.

Léodgard prend la gourde qu'on lui tend, il boit lentement, mais longtemps, si bien que les jeunes gens lui crient:

— Assez! comte, assez!... il avalerait tout! mais nous voulons juger aussi cette liqueur, nous!

Enfin Léodgard a passé la gourde à son voisin qui, après avoir bu, la repasse à un autre. Ces messieurs ne s'arrêtent que lorsqu'ils ont épuisé ce qu'elle contenait. Alors on rejette l'amphore à Bruno, puis on se met à son aise sur le gazon; les uns à demi étendus, les autres couchés tout à fait, et Léodgard, qui est resté assis la tête accoudée sur son bras gauche, dit à ses compagnons:

— Que voulez-vous que je vous conte, messieurs? une amourette.. dans le populaire!... Eh, mon Dieu! c'est toujours la même marche!... on tenait la jeune fille bien enfermée... mais pas assez cependant pour qu'elle ne me vît pas dans la rue me promener sous sa fenêtre!...

— Tant que les parents laisseront des fenêtres aux maisons, dit Monclair, ils ne doivent point répondre de l'innocence de leurs filles!

— Il y avait un balcon où l'on avait mis un pot de fleurs que l'on venait arroser...

— Messieurs! ce n'est pas sans motif que les femmes montrent tant d'amour pour les fleurs, c'est presque toujours par des bouquets que commencent les intrigues!

— Tais-toi donc, Monclair! cuve ton vin... et laisse le comte achever son récit...

— Cuvez votre eau-de-vie, vous autres!

— Je jetai un billet doux par la fenêtre... on feignit d'abord d'être courroucée... je fus quatre jours sans reparaître... et le cinquième je trouvai la petite à minuit sur son balcon qui regardait dans les ténèbres si elle m'apercevrait!...

— Oh! que c'est ça! oh! comme c'est ça...

— Le lendemain, avec une échelle de soie j'étais auprès de ma belle!... vous voyez, messieurs, que cela ressemble à tout... c'était même trop facile: point de maris jaloux, point de tuteurs qui veillent...

— Oh! c'est fort maussade. . quand il n'y a point de péril, il n'y a point de plaisir !...

— Oh! sire de Beausseilly, ce que vous dites là est faux... il y a toujours du plaisir dans la conquête d'une jolie fille... et il paraît que celle-là est un ange de beauté... est-ce vrai, Léodgard?

— Oui... elle était fort bien.

— Comment, elle était ... est-ce qu'elle est morte?

— Non, mais depuis plusieurs semaines déjà j'ai cessé de la voir... c'est pourquoi je mets cela au passé...

— Ah! c'est déjà fini!

— Déjà?... une amourette qui dure deux mois... n'est-ce donc pas assez?

— C'est beaucoup!

— C'est trop!

— Ce n'est jamais de trop quand on est heureux.

— Et puis il est arrivé une mère... fort peu aimable à ce qu'il paraît, et qui avait été longtemps absente... si j'avais encore été amoureux, les difficultés qui allaient entraver nos rendez-vous n'auraient fait qu'irriter mes désirs... mais mon amour était éteint... ma foi! que la petite s'arrange maintenant comme elle le pourra, cela ne me regarde plus!

— Bien parlé!... D'ailleurs un gentilhomme ne pouvait s'exposer à quelque prise de bec avec des vilains!

— Ma foi, messieurs, moi, je n'aime pas les grandes dames!... elles savent si bien filer une intrigue, elles y mettent tant de coquetterie, que cela vous tient en suspens, en haleine... on est bien plus amoureux quand on n'a pas la certitude d'être aimé!

— Et vous, sire de Beausseilly ?

— Moi! est-ce que j'ai la patience de faire la cour à une femme... avoir des petits soins... être attentif... soupirer... fi donc!... jamais! j'aime les amours qui ne donnent point de peine!...

— Ah oui... on sait ce que cela veut dire... il fréquente les rues *Fromenteau, Tire-Boudin, Brisemiche,* du *Hurleur,* de la *Vieille-Bouclerie*...

— Peste. La Valteline! il paraît que tu sais parfaitement où sont situés les *clapiers,* car tu nous cites toutes les rues où les filles *folles de leur corps,* puisque c'est ainsi qu'on les nomme, sont obligées d'avoir leur repaire...

— Il faut bien connaître son Paris, messieurs...

— Oui, surtout lorsqu'on veut rencontrer des *ceintures dorées.*

— Oh! messeigneurs, il y a longtemps que l'ordonnance du roi Louis VIII est oubliée et que ces demoiselles ne s'y conforment plus; aussi le proverbe: *Bonne renommée vaut mieux que ceinture dorée,* ne signifie plus rien maintenant.

— Ah çà, mais il doit être bien tard, messieurs?

— C'est-à-dire qu'il doit être de fort bonne heure au contraire...

— Trois heures du matin, je pense.

— Oh! bien plus que cela... quatre heures au moins... je gage que le jour ne va pas tarder à paraître...

— Nous allons donc finir la nuit ici!

— C'est bien singulier que Montrevert ne nous ait pas rejoints!

— Maintenant il ne viendra plus!

— Je ne veux pas attendre le jour pour rentrer dans Paris, moi, fait comme me voilà!... Si j'étais rencontré par quelque âme damnée du cardinal, Richelieu le saurait et je subirais une verte réprimande...

Allons, messieurs, levons-nous et continuons notre route!...

— Non pas! non pas! murmure le comte de Senange en se roulant sur le gazon; moi, je me trouve bien ici... que La Valteline s'en aille si cela lui plaît... je reste; car bientôt, quand le jour viendra, les petites laitières qui viennent de la campagne vont passer sur le Pont-aux-Choux, nous guetterons les plus jolies, et il faudra bien qu'elles paient le passage... n'est-ce pas, Léodgard?...Allons, le voilà qui songe encore à sa perte au jeu!

Léodgard relève la tête et s'écrie

— Senange, vous avez des dés, je vous joue mon manteau... vous l'admiriez hier au soir... Je vous le joue contre cinquante livres, et foi de gentilhomme, il m'en coûte plus de cent... que je n'ai pas encore payées, c'est vrai, mais que je dois au tailleur...

— Comment, Léodgard, vous voulez encore jouer! s'écrie le sire de Beausseilly... mais vous n'êtes pas en veine... et si vous perdez votre manteau, comment rentrerez-vous dans Paris?

— Je jouerai mon épée, mon pourpoint... mon haut-de-chausses!... je me jouerai moi-même quand je n'aurai plus rien... mais il faut que je joue... Tant qu'il me restera un enjeu... par l'enfer il en sera ainsi... Voyons, Senange, acceptez-vous la partie que je vous propose?

— Oui. . je le veux bien... le manteau contre cinquante livres... Mais sur quoi jouerons-nous?... on ne peut pas jeter les dés sur l'herbe, ils ne se poseraient pas, le coup serait douteux...

— Jouez sur mon dos, messieurs, dit Monclair en se mettant à plat ventre sur le gazon. Je vous promets que je ne bougerai pas.

— Soit!... sur le dos de Monclair.

Les deux joueurs prennent chacun un cornet, leurs compagnons s'avancent pour voir cette partie; le valet rapproche le falot; Monclair est sur le ventre et ne bouge pas.

— Commencez! dit Léodgard d'une voix sombre en donnant les dés à son adversaire.

— Comme vous voudrez, dit Senange. En remuant les dés dans le cornet, il les lance ensuite sur le dos de Monclair.

— Quatre! s'écrient Beausseilly et La Valteline.

— Quatre! répète Léodgard en laissant échapper un sourire de joie.

— Voilà un fichu point! murmure Senange, et je crois que je puis dire adieu à mes cinquante livres... Allons, jouez, comte!

Léodgard prend les dés, puis les lance d'une main frémissante.

— Trois! s'écrie à son tour Senange. Ah! pardieu, j'ai de la chance!... votre manteau m'appartient, Léodgard!

Le jeune comte de Marvejols a laissé retomber sa tête sur sa poitrine, tandis que les autres gentilshommes gardent le silence et semblent affligés du malheur qui poursuit Léodgard.

En ce moment un bruit lointain et peu distinct d'abord parvient jusques aux jeunes gens.

— Entendez-vous, messieurs? dit La Valteline en prêtant l'oreille, entendez-vous?

— Je n'entends rien, moi, dit Monclair.

— Si fait, dit Beausseilly, j'entends quelque chose... cela se rapproche... on dirait des cris... des imprécations...

— Il me semble que quelqu'un marche vers nous... Tenez... tenez... les pas deviennent plus distincts.

— Si c'était Montrevert...

— Est-ce qu'il serait attaqué... il faut aller à son aide...

— Il faut le héler d'abord... Prend ce falot, Bruno, et tiens-le en l'air... imitez-moi, messieurs. Ohé, Montrevert, est-ce vous?

Aux cris des jeunes gens, un autre cri répond.

— C'est lui! dit Léodgard. Mais il n'est pas loin...

— Le voilà!... le voilà!...

— Par ici... par ici!

Un jeune homme de vingt-huit à trente ans, mis avec élégance, mais dont le costume était en désordre, la ceinture arrachée, la figure bouleversée, et qui n'avait plus d'épée, a traversé le Pont-aux-Choux à pas précipités et arrive enfin près de ceux dont les cris viennent de le guider.

— C'est Montrevert!...

— Eh, mon Dieu, qu'a-t-il?... quelle pâleur...

— Quel désordre dans sa toilette...

— Que vous est-il arrivé, Montrevert?...

— Vous avez été attaqué?

— Attendez, messieurs, permettez que je respire d'abord.... oui, j'ai été attaqué...

— Etes-vous blessé?...

— Non... pas du tout... et cependant je vous jure que j'ai voulu me défendre... c'est Giovanni! c'est le fameux voleur qui vient de m'attaquer... là-bas... de l'autre côté du pont... sur la droite...

— Giovanni!...

— Oh! oui, il est bien tel que le dépeignent ceux qui ont été volés par lui... tel que Léodgard l'a vu... cette grande pelisse olivâtre... ce bonnet tout hérissé de poils... Ah! le misérable...

Tenez, messieurs, voici comment cela s'est passé:

J'étais resté plus longtemps que je ne voulais chez moi, après votre départ; si bien que lorsque je me suis mis en route, voulant regagner le temps perdu et vous rattraper, je me suis mis à marcher extrêmement vite; j'allongeais le pas, allant parfois à travers les plantations des maraîchers et ne m'occupant qu'à regarder à mes pieds pour ne point tomber dans les trous, dans les excavations qui rendent cette route fort dangereuse. Il n'est donc pas étonnant que je n'aie pas vu venir mon voleur; au reste, je crois qu'il était embusqué derrière un arbre, car il m'a tout à coup barré le passage sans que j'aie entendu le bruit de ses pas... je reste tout saisi en voyant devant moi un homme dont l'aspect est épouvantable, et je mets aussitôt la main sur la garde de mon épée; mais au lieu d'une voix fort rauque que je m'attendais à entendre, c'est comme une petite voix de fausset qui me dit:

— Ne tirez pas votre épée, mais donnez-moi votre bourse, seigneur, ce sera plus vite fait ainsi.

— Ma bourse!... m'écriai-je.

Ah! tu crois que tu l'auras sans coup férir!...

Je vais te tuer au lieu de te donner mon argent...

Et, en disant cela j'avais tiré mon épée, et je croyais transpercer mon voleur...

Mais... il faut que ce gaillard-là soit d'une rude force!...

Avec deux coups d'une arme qu'il tenait il brisa la mienne, puis me renversant sur le sol, il arracha de ma ceinture ma bourse...

Vive Dieu!... ma bourse qui contenait deux cents pièces d'or!...

Ah! le pendard!... et tout cela fut fait avec tant de dextérité, de promptitude, que je venais à peine de tomber, et c'était fini: plus de bourse, plus de voleur, plus personne... Giovanni avait disparu...

C'est alors que je me suis mis à vociférer mille imprécations pour me soulager un peu!...

Je ne suis pas blessé, c'est vrai... mais être volé, et vaincu, comme cela... par ce bandit!... C'est à se damner...

Les jeunes gens sont restés stupéfaits de ce qu'ils viennent d'entendre. Léodgard seul se lève, en s'écriant:

— Ah! par la mort! je ne laisserai pas échapper l'occasion qui se présente... C'est à droite en quittant le pont, avez-vous dit, Montrevert, que vous avez été attaqué... le sentier qui mène à Vincennes, alors?...

— Oui... mais que voulez-vous donc faire, Léodgard?

— Vous venger, ou plutôt nous venger tous deux, car, ainsi que vous, j'ai été dépouillé et vaincu par Giovanni!...

Mais, cette fois, je le tuerai, oui je le tuera.

— Y pensez-vous, Léodgard? courir après ce voleur, mais il doit être bien loin maintenant... Il ne sera pas resté près du théâtre de son nouvel exploit...

— Peut-être...

D'ailleurs, j'irai loin, s'il le faut... mais je trouverai cet homme...

— Alors, dit La Valteline, nous allons vous accompagner; nous ne vous laisserons pas seul courir un danger...

— Non, messieurs, par grâce, ne me suivez pas, vous m'empêcheriez de réussir...

Si ce voleur peut être surpris, ce ne sera que par la ruse... Il entendrait les pas de plusieurs personnes, et cela lui donnerait l'éveil...

Encore une fois, laissez-moi seul tenter l'aventure...

Un homme contre un homme, c'est assez... et si je trouve la mort dans cette entreprise, ne me plaignez pas... en ce moment je tiens fort peu à l'existence...

En achevant ces paroles, Léodgard s'élance en courant sur le Pont-aux-Choux, et disparaît dans l'obscurité.

— Léodgard! Léodgard! crie Beausseilly, nous vous attendons ici... nous ne bougerons pas que vous ne soyez revenu...

Je ne sais pas s'il m'a entendu.

— Quelle diable d'idée lui est passée par la tête!

— Ce qu'il entreprend n'a pas de bon sens, dit Montrevert; d'après l'adresse et la promptitude que ce Giovanni montre dans ses attaques, il n'est pas supposable qu'il se laissera surprendre...

— C'est aussi mon avis, mais Léodgard a la tête montée!

Il a perdu au jeu tout ce qu'il possédait... plus même...

Il ne tient guère à la vie en ce moment!...

Ma foi! s'il rencontre Giovanni, je crois que celui-ci ne s'en tirera pas à bon marché.

— Pardieu! dit Senange en se relevant à demi, vous me rappelez que le riche manteau que porte le comte est maintenant ma propriété, puisque je le lui ai gagné tout à l'heure aux dés... Je n'aurais pas dû le laisser s'en aller avec!...

— Ah! Senange! vous êtes un créancier bien impitoyable!

— Ecoutez donc, s'il rencontre Giovanni, celui-ci sera vainqueur, c'est mon opinion: eh bien! ne trouvant pas une obole sur Léodgard, il lui prendra son manteau...

Est-ce qu'il ne vaudrait pas mieux que je l'eusse que ce voleur?

— Ecoutez, messieurs, n'entendez-vous pas quelque bruit?...

— Non, rien...

— Ah! le temps me dure!... je voudrais bien que Léodgard fût de retour.

Dix minutes se passent, et à chacune qui s'écoule les jeunes gens deviennent plus inquiets; ils ne rient plus, ils ne causent plus même; car ils écoutent toujours.

Au bout de ce temps, le jour commence à poindre.

— Le jour!... murmure Montrevert, et Léodgard ne revient pas. Je commence à trembler qu'il n'ait été victime de son audace.

— Messieurs, dit La Valteline, s'il n'est pas revenu dans cinq minutes, il faudra nous mettre à sa recherche.

— Oui, oui.

— Attendez... j'entends des pas...

— Eh! c'est une paysanne qui se rend au marché...

Tenez, on peut maintenant la distinguer sur le pont...

En effet... ah! l'heure des voleurs est passée!...

Pauvre Léodgard!

Messieurs! cet homme qui marche si vite sur le pont... Oh! cette c'est lui!... c'est notre ami!

Victoire! c'est qu'il est vainqueur.

Tous les jeunes gens courent au-devant de Léodgard, car c'était bien lui qui revenait.

En l'abordant ils sont frappés de sa pâleur et du feu sinistre que jette ses regards, qu'il ne repose sur aucun d'eux.

— Eh bien, comte!... vous êtes donc vainqueur?...

— Ou n'auriez-vous pas rencontré le bandit?...

— Eh! messieurs! ils se sont battus... tenez... tenez... voyez... Léodgard a du sang sur ses vêtements...

— Oh! le Giovanni a vécu!...

— Vous vous trompez, murmure Léodgard d'une voix altérée; je me suis en effet battu avec ce brigand...

Je l'ai blessé, puisque son sang a rejailli sur moi...

Mais il paraît que cette blessure était peu de chose, car cela n'a pas empêché Giovanni de fuir... et il m'a été impossible de l'atteindre...

Il a disparu derrière des haies, des buissons... je ne l'ai plus revu...

— Ah! tant pis!

— Quel dommage!...

— Ce pauvre comte en est pour sa tentative.

Heureusement vous n'êtes pas blessé, vous?

— Non... nullement!

— C'est le principal, car nous commencions à être fort inquiets de vous!...

— Messieurs, messieurs, il fait jour, hâtons-nous de rentrer... car on nous prendrait aussi pour des voleurs...

— Oui, oui, partons...

— Est-ce que vous ne venez pas de notre côté, Léodgard?

— Mon, messieurs, je ne suis pas pressé, moi, de rentrer dans Paris. Cette aventure, ce combat... tout cela m'a fatigué. L'air de la campagne me fera du bien.

— Au revoir, alors.

— Au revoir.

Les jeunes gens marchent à grands pas vers l'intérieur de Paris, tandis que Léodgard, au contraire, traverse lentement le Pont-aux-Choux, en jetant de temps à autre des regards furtifs derrière lui.

XXVII

Les Fossés-Jaunes.

Valentine de Mongarcin était nonchalamment couchée sur un sofa dans un cabinet de musique. C'était son séjour habituel lorsqu'elle n'était point près de sa tante; mais depuis quelques jours, l'étude du sistre et de la mandoline avait été abandonnée.

La noble héritière avait su par sa cameriste que les propos du petit clerc étaient basés sur des vérités; Miretta lui avait rapporté ce qu'elle avait appris par Giovanni.

Depuis ce moment une sombre préoccupation se montrait sur les beaux traits de Valentine.

Si le sourire errait parfois sur ses lèvres, il semblait inspiré par espoir de la vengeance plutôt que par une de ces douces pensées qui ont ordinairement sourire les jeunes filles.

Valentine vient d'agiter une sonnette, et Miretta est bientôt devant elle.

— Miretta, as-tu fait ma commission? as-tu été chez le procureur de ma tante?

— Oui, mademoiselle, j'y suis allée ce matin; j'ai trouvé facilement l'étude de maître Bourdinard; c'est dans la rue du Bac.

J'ai passé le *Pont-Rouge* que l'on a, dit-on, construit tout nouvellement pour remplacer le bac qui était établi là, et servait à passer la rivière en face de cette rue, à laquelle, dit-on, il a donné son nom... Oh! je commence à bien connaître Paris maintenant!

— Enfin, chez le procureur, as-tu trouvé ce petit clerc si bavard qui est venu ici l'autre jour... et à qui je dois... de précieuses découvertes!...

— M. Bahuchet! non, mademoiselle, il n'était pas à l'étude; mais il y avait plusieurs autres clercs qui me regardaient avec tant d'effronterie que j'étais assez embarrassée.

Quand j'ai demandé M. Bahuchet, tous les écrivassiers se sont mis à rire, ils se disaient l'un à l'autre des plaisanteries fort grossières... et qui me faisaient monter le rouge au visage.

— Ah! vous voulez voir Bahuchet? me disaient-ils; ah! c'est ce scélérat, ce séducteur de Bahuchet que vous demandez?... il est vraiment bienheureux!...

Il paraît que vous ne tenez ni à la taille ni au physique!...

Qui croirait qu'un pareil nain est recherché par une aussi jolie fille!...

A la vérité, quand vous lui donnez le bras, vous le dominez! et s'il ne marche pas assez vite à votre gré, vous pouvez facilement le prendre sous votre bras et l'emporter plus loin; il ne pèse que trente-trois livres et demie.

— Pour mettre fin à toutes ces sottises, je demande M. Bahuchet de la part de mademoiselle Valentine de Mongarcin, qui est ma maîtresse et qui désire lui parler.

Ah! mademoiselle, en entendant prononcer votre nom, si vous saviez quel changement s'est opéré dans l'étude!

Tous les clercs ont pris un air sérieux, les quolibets ont cessé sur-le-champ, ils sont devenus polis et l'un d'eux, qui, en ôtant son bonnet pour me saluer, me montrait une tête déjà chauve, m'a dit:

— Mademoiselle, Bahuchet est en course pour le patron, et il ne rentrera pas avant une heure, au plus tôt.

Mais si c'est pour affaire que mademoiselle votre maîtresse désire parler à Bahuchet, l'un de nous pourrait le remplacer; moi, par exemple, moi, Eudoxe Plumard, je m'offre à me rendre sur-le-champ à l'hôtel de Mongarcin.

A moins que vous n'aimiez mieux parler au procureur lui-même; mais il n'est pas ici, il vient de monter sur sa mule pour se rendre au palais.

Je répondis qu'il s'agissait d'une affaire que M. Bahuchet connaissait déjà, et que, pour cette raison, c'était à lui-même que vous vouliez parler.

Alors, on me promit de vous l'envoyer aussitôt qu'il rentrerait à l'étude.

— Mais, ajouta celui qui se nommait Plumard, ne comptez pas sur lui de bonne heure, car lorsque Bahuchet sort, il est toujours un temps infini avant de revenir.

Voilà, mademoiselle, le résultat de ma visite à l'étude du procureur.

— Il suffit, dit Valentine en paraissant réfléchir. Puis, au bout de quelques instants, Y a-t-il longtemps, Miretta, que tu as été voir ta connaissance, la baigneuse de la rue Saint-Jacques?

— Non, mademoiselle, huit jours tout au plus.

— Lui as-tu parlé de... de son amie... la fille de l'autre étuviste?

— Oui, mademoiselle, je lui ai demandé s'il y avait longtemps qu'elle ne l'avait vue.

Elle m'a répondu que la mère de Bathilde étant de retour, elle ne pourrait plus la voir que très-rarement.

Et comme j'essayais de la questionner encore sur ce sujet, elle changea brusquement de conversation.

Ce qui m'a fait présumer que, si elle est dans la confidence des amours de son amie, elle ne veut pas en trahir le secret.

— Beau secret, vraiment, qui doit être maintenant connu de toute la ville, excepté, peut-être, de ceux que cela intéresse le plus... mais il en est toujours ainsi.

A quelle heure as-tu été rue du Bac, Miretta?

— Il était dix heures et demie, mademoiselle.

— Et il est à présent?

— Midi passé.

— Allons, il nous faut attendre qu'il plaise à M. Bahuchet de rentrer à son étude.

En vérité, les procureurs sont bien patients avec messieurs leurs clercs!

Va, Miretta; dès que ce garçon arrivera à l'hôtel, tu l'amèneras toi-même ici, sur-le-champ.

Que ma tante ne sache rien de tout ceci, surtout!

— Soyez tranquille, mademoiselle; au reste, madame de Ravenelle est en ce moment enfermée dans son oratoire, et elle ne s'occupe guère de ce qui se passe dans la maison.

Quatre heures ont sonné à l'église des Capucines, dont on entendait l'horloge de l'hôtel Mongarcin.

Valentine est depuis longtemps en proie à la plus vive impatience, elle ne peut plus tenir en place, elle va, vient, prend un livre qu'elle rejette bientôt; veut préluder sur son sistre, puis laisse l'instrument s'échapper de ses mains, et s'écrie à chaque instant:

— Il ne viendra pas... quatre heures... et il était sorti dès le matin!... et les procureurs gardent de tels clercs!...

Oh! comme je chasserais tout cela, si j'étais à leur place!...

Si je chargeais Miretta d'exécuter ce que j'ai résolu... mais non!... ce n'est pas une femme qui peut s'acquitter d'une telle commission, d'ailleurs, celle-ci est à mon service... on le saurait... et je ne veux pas être compromise... je veux me venger... mais sans que l'on sache d'où part la vengeance...

Valentine avait renoncé à voir ce jour-là le clerc du procureur, lorsque tout à coup on ouvre la porte de la pièce où elle est, et Miretta annonce : M. Bahuchet !

Puis, sur un signe de sa maîtresse, elle fait entrer le petit homme qui se confond en saluts devant mademoiselle de Mongarcin.

— Enfin, monsieur, vous voilà !... ce n'est pas malheureux ! s'écrie Valentine ; il paraît qu'on a bien de la peine à vous avoir...

Reste, Miretta, reste, tu sais bien que je n'ai pas de secrets pour toi !...

Quand vous sortez pour une heure, monsieur le clerc, cela signifie donc que vous ne rentrerez pas de la journée ?

— Mille pardons, mademoiselle, répond Bahuchet en tâchant de prendre une pose gracieuse ; assurément, si j'avais su... si j'avais seulement pu deviner que mademoiselle désirait me parler, je serais revenu bien plus tôt à l'étude... et pourtant, mademoiselle, cette fois, je suis bien excusable...

Je n'ai point passé mon temps, ainsi que cela m'arrive quelquefois, à regarder les parades de *Turlupin*, de *Gautier-Garguille*, ni les marionnettes de *Brioché*.

Oh ! non pas, vraiment !... aujourd'hui les nouvelles étaient trop intéressantes... il s'agissait d'un événement si grave... avec des circonstances si mystérieuses... je vous certifie, mademoiselle, que l'homme le moins curieux n'aurait pu résister au désir de voir ce que j'ai vu...

— Encore quelques amourettes ! quelques **rendez-vous** nocturnes que vous avez surpris !

— Non, mademoiselle, il n'est plus question d'amourettes, il s'agit d'un assassinat qui a été commis cette nuit...

Quand je dis cette nuit, c'est une erreur... il y a peut-être quinze jours, peut-être plus... mais enfin, ce n'est que cette nuit qu'on a découvert la victime !

— Un assassinat !... et vous en avez été témoin ?

— Non pas, Dieu merci !

Quand je dis Dieu merci ! j'aurais cependant été bien **curieux de sa**voir comment cela s'est passé !...

Mais non... quoique je sois très-brave, il y a de ces choses qui font frémir rien que d'y penser !...

— Voyons, monsieur, expliquez-nous donc ce que vous avez appris de si effrayant...

— Mademoiselle, j'avais été pour le service de l'étude jusqu'au coin de la rue Barbette ; je me disposais à retourner chez maître Bourdinard, en me promettant, je ne le cache pas, de passer par le Pont-Neuf, car je ne connais point d'endroit plus attrayant, plus amusant pour le curieux et l'observateur !...

C'est le rendez-vous de toute la ville.

Qui est-ce qui ne passe point sur le Pont-Neuf ?

On y voit, en même temps, militaires, bourgeois, prêtres, étudiants, abbés, courtisans, pages, paysans... et des femmes ! ah !...

— Monsieur Bahuchet, c'est donc du Pont-Neuf que vous allez nous conter l'histoire...

— Non, mademoiselle, non, excusez-moi...

C'est d'un pont beaucoup moins gai qu'il s'agit... c'est de ce vilain Pont-aux-Choux !...

En entendant nommer le Pont-aux-Choux, Miretta éprouve comme un vague frisson, elle écoute avec plus d'attention ce que dit le petit clerc.

— Oui, mademoiselle, c'est près du Pont-aux-Choux que s'est passé l'horrible événement découvert seulement ce matin.

Je vous disais donc... où en étais-je ?

Ah ! j'allais retourner chez mon procureur, lorsqu'en me rafraîchissant dans un cabaret, j'entendis un paysan qui disait à une bonne femme... je dis bonne femme... elle était peut-être méchante... mais vous savez, c'est l'habitude, on dit bonne femme, en parlant d'une vieille : il lui disait donc : Oui, commère, il y a eu quelqu'un d'assassiné sur le chemin que je prends pour venir du faubourg Saint-Antoine à la halle...

Eh ! ma fille, ce n'est pas rassurant... et je ne sais pas si j'oserai encore m'aventurer sur le Pont-aux-Choux quand il ne fera plus clair. Là-dessus, ma curiosité étant éveillée, j'ai accosté le paysan en lui demandant de quoi il voulait parler, et il m'a répondu :

— On a trouvé, il n'y a pas plus de deux heures, dans les fossés jaunes...

— Qu'est-ce que c'est que les fossés jaunes, monsieur Bahuchet, dit Valentine ; je suis bien ignorante, n'est-ce pas ? mais on nous instruit si peu, nous !...

— Mademoiselle, les fossés jaunes... c'est sous le roi Charles V qu'on les a creusés, ils entourent l'enceinte de Paris faite autrefois... du temps de Philippe-Auguste... ils s'étendent depuis la Bastille jusqu'à la porte Saint-Honoré...

— Et sont-ils remplis d'eau ?

— Il y en a eu, sans doute, mademoiselle, mais depuis longtemps, ils ne contiennent plus que des mares boueuses, où il croît des herbes très-hautes... et d'où, quand on y tombe, il n'est pas facile de se tirer...

Mais comme ces fossés ne servent plus à rien, je crois qu'on les comblera incessamment.

Je reprends mon récit ; le paysan me dit donc : On a trouvé dans les fossés jaunes, près de la porte Saint-Antoine, derrière le Pont-aux-Choux, un homme mort.

D'après l'état de ses blessures, on a reconnu qu'il y avait déjà pas mal de temps qu'il y avait été tué, par conséquent, le crime doit avoir été commis, on ne sait pas au juste quand...

Et moi qui ai passé par là à trois heures du matin, monsieur, si les brigands m'avaient vu ! ils m'auraient sans doute assassiné aussi !...

— Mais, répondis-je au paysan, puisque vous avez passé par là à trois heures du matin, comment savez-vous que l'on y a trouvé un homme mort il y a deux heures ? vous y êtes donc retourné ?

— Non, me dit-il, mais je viens d'apprendre cela par un voisin, maraîcher comme moi, et qui arrive à présent du faubourg.

Il a vu le pauvre malheureux que l'on a retiré des fossés jaunes ; il paraît que c'est un jeune homme beau comme tout ! il est encore étendu, couché tout de son long sur la berge.

Près de l'endroit où il a été découvert, il y a des soldats, des archers qui le gardent, et on est allé chercher les gens de justice, qui vont sans doute faire des recherches, examiner les environs, et tâcher de découvrir quelques indices qui les mettent sur les traces des coupables.

— Ma foi, mademoiselle, je n'eus pas plutôt entendu cela, que je me sentis le plus violent désir de voir l'infortuné qui a été trouvé cette nuit dans les fossés jaunes !...

Et puis je me dis : Si on a besoin de la justice, on peut aussi avoir besoin d'un clerc de procureur ; il faut aller voir cela, ensuite je pourrai raconter toute cette histoire *de visu* !...

Je pris donc mes jambes à mon cou... ça se dit encore, quoique cela n'ait pas le sens commun !... et je puis vous certifier que je courus sans m'arrêter... bien qu'en route j'aie renversé deux enfants, un âne et une laitière... mais c'est un détail...

Arrivé sur le Pont-aux-Choux, on m'enseigna l'endroit où était encore le pauvre jeune homme... j'y courus ; je n'étais pas le seul que la curiosité poussait là... il y avait foule, et les soldats avaient de la peine à faire laisser un espace autour du cadavre.

Mais comme je ne suis jamais emprunté, je dis à un garde que j'étais clerc et attaché au greffe ; il me laissa approcher.

— Ainsi, vous avez vu celui qui a été trouvé mort ? dit Miretta d'une voix que l'émotion rend tremblante.

— Oui, jolie camériste, je l'ai vu comme je vous vois...

Ah ! quel malheur ! c'était un jeune homme... c'est-à-dire un homme jeune... vingt-sept à vingt-huit ans au plus, jolie taille, très-bien fait... et une figure ! ah ! une ravissante figure ! fine, distinguée...

Ce devait être un gentilhomme ou un cavalier de bonne maison !

— Il n'était donc pas défiguré, blessé au visage ?...

— Nullement !...

Un chirurgien était là, près de M. le lieutenant de police... car le lieutenant de police était venu en personne examiner la victime ; le chirurgien ayant examiné les blessures, a dit : Ce jeune homme a dû être frappé par derrière, au moment où sans doute il était assis ; il a reçu un coup d'épée qui l'a traversé de part en part... et ensuite un autre au cœur, mais lorsque déjà il devait être tombé... et sans connaissance.

Il ne peut y avoir eu combat, la mort a dû être instantanée, cet infortuné n'aura pas eu le temps de se défendre.

— Mais, enfin, quelqu'un a-t-il reconnu ce jeune homme ? dit Valentine ; d'après ses vêtements, on a dû savoir son rang ou sa profession...

Le lieutenant de police a-t-il remarqué quelque chose qui l'ait mis sur la voie ?

— Eh ! mon Dieu, mademoiselle, c'était fort difficile à deviner.

D'abord, la victime aura été dépouillée de son manteau, de son chapeau, de sa ceinture !

Le pauvre jeune homme n'avait plus sur lui que son haut-de-chausses et son pourpoint... le tout en étoffe noire... et des bottines assez ordinaires.

Mais rien dans les poches ! ni argent... ni papier... ni armes... rien absolument !...

Devinez donc qui c'est !...

Si bien que monsieur le lieutenant de police, après mûr examen du corps et de la personne, a dit :

Ce jeune cavalier arrivait sans doute à Paris, car nous n'avons aucune souvenance de l'y avoir déjà vu.

Il aura été attaqué et dépouillé par Giovanni, qui lui a pris son argent, ses papiers, ses armes et jusqu'à une partie de ses vêtements.

Oui, un tel crime ne peut avoir été commis que par cet audacieux,

Italien, qui ensuite a précipité dans les fossés le corps de sa victime, afin qu'on s'aperçoive moins vite de ce nouveau forfait.

— Giovanni ! s'écrie Miretta, toujours Giovanni !.. dès qu'un meurtre se commet, il est convenu maintenant qu'on le mettra sur son compte !...

Qui prouve que ce soit lui qui ait tué ce jeune homme...

— Ah ! bon ! voilà encore la petite brune qui défend le voleur ! dit Bahuchet en riant. Décidément, ma belle, je commence à croire que vous faites partie de sa bande !...

Miretta devient pourpre, elle balbutie :

— Je dis cela parce que... on conte si souvent des mensonges... on invente tant de choses... que...

— Eh ! mon Dieu, tu n'as pas besoin de te justifier ! dit Valentine en souriant. Mais est-ce tout, monsieur Bahuchet ? votre terrible histoire est-elle finie ?

— Oui, mademoiselle, c'est tout. M. le lieutenant de police a fait faire des recherches dans les environs, espérant que l'on trouverait quelques effets ayant appartenu à la victime, mais allez donc chercher à présent, lorsqu'il y a peut-être trois semaines que le crime a été commis ; car sans un chien, on n'aurait encore rien découvert !... mais ces estimables chiens sont souvent bien plus adroits, bien plus malins que nous... et ils ont surtout un flair étonnant. Celui-là s'était arrêté au bord des fossés jaunes, et son maître avait beau l'appeler, il ne bougeait pas...

Cette persistance du chien ayant semblé extraordinaire, on s'est approché pour tâcher de savoir ce que l'animal faisait là.

A force de regarder dans les hautes herbes du fossé on a fini par apercevoir quelque chose comme un bras d'homme... on a couru chercher des échelles, et bref on a trouvé la pauvre victime ! mais c'est là tout, car du reste on n'a rien trouvé, ni dans la campagne, ni dans les fossés où gisait ce pauvre jeune homme !.. qui arrivait sans doute à Paris pour s'amuser, se divertir, et qui a trouvé la mort avant d'avoir mis le pied dans la ville... Ce que c'est de nous pourtant !...

— Je plains beaucoup celui qui a péri si misérablement ! dit Valentine, mais je ne le connais pas sans doute, et comme je ne puis rien pour le venger, vous voudrez bien permettre, monsieur Bahuchet, que je m'occupe maintenant de ce qui m'a fait vous prier de passer ici.

— Mademoiselle, je vous écoute, je suis tout à vos ordres ; je tenais seulement à vous faire savoir que si je suis revenu si tard à l'étude, ce n'était pas sans motifs... cet imbécile de Plumard se permettait déjà de me dire des choses...

— Assez, monsieur !... écoutez : j'attends de vous un service... êtes-vous disposé à me le rendre, et surtout à ne jamais dire un mot qui puisse faire soupçonner que c'est par mes ordres que vous avez agi ?

— Mademoiselle, je vous suis tout dévoué, et quant à ma discrétion... oh !... il n'y a aucun danger !...

— Cependant vous aimez bien à parler, monsieur, et à conter tout ce que vous avez appris...

— Tout !... c'est selon... je sais encore bien des choses... qu'on ne sait pas... des secrets ; par exemple, quand Plumard...

— Eh bien, monsieur, vous allez donc les trahir ?

— Non, mademoiselle, non... j'allais dire : quand même Plumard me questionnerait, il ne saurait rien.

Mais quel genre de service mademoiselle attend-elle de moi ?

— Quelque chose de bien simple et de bien facile ! dit Valentine en allant ouvrir un petit meuble d'où elle tire la plume blanche que Bahuchet lui a cédée.

Tenez, monsieur Bahuchet, reconnaissez-vous cette plume ?

— Parfaitement, c'est celle que j'ai ramassée rue Dauphine, sous le balcon où venait grimper M. Léodgard de Marvejols.

— C'est cela même ; eh bien, je désire que vous vous rendiez chez le baigneur-étuviste Landry ; là, vous demanderez la mère de la séduisante Bathilde...

Je sais que maintenant elle est de retour dans la maison ; vous remettrez cette plume à cette femme, en lui disant :

Les amoureux de votre fille perdent leur plume la nuit, en escaladant les balcons pour se rendre près d'elle ; en voici une qui vient d'un noble seigneur dont mademoiselle Bathilde pourra vous dire le nom. Puis vous saluerez et vous partirez, c'est tout... et comme je ne veux pas vous déranger pour rien, veuillez accepter cette bourse en récompense de la peine que je vous cause.

Le petit clerc a vu d'un coup d'œil la rotondité de la bourse que lui présente Valentine en même temps que la plume ; cependant il hésite à prendre les deux objets.

— Eh bien, reprend la noble fille avec impatience, est-ce que vous ne voulez pas faire ce que je vous demande ?

— Pardon... pardon, mademoiselle, assurément je suis trop heureux de la confiance que vous me témoignez...

— Prenez donc cette plume et cette bourse alors...

— C'est que... je me demande, à part moi,

Léodgard prend la gourde qu'on lui tend. Il boit lentement.

quelle figure fera dame Ragonde... c'est le nom de la mère de la jeune Bathilde... Oh ! je connais la maison...

Dame Ragonde... est fort méchante, dit-on ; quand je lui dirai que sa fille reçoit des amoureux la nuit... cela ne lui fera pas grand plaisir... si elle allait tomber sur moi à coups de griffes et de poing...

— Quoi, monsieur Bahuchet, vous qui vous dites si brave, vous redoutez la colère d'une femme !

— Parce que d'une femme on est obligé de tout recevoir sans se venger... tandis qu'avec un homme, quelle différence !... s'il se permet de nous manquer, de nous frapper, on tombe dessus, on lui rend le double, le triple de ce qu'on a reçu...

— Eh bien monsieur, au lieu de porter cette plume à la mère de Bathilde, remettez-la à son père, à l'étuviste Landry ; alors, s'il se porte à quelque voie de fait, vous le lui rendrez au double, au triple !...

Le petit clerc se gratte l'oreille et entrebâille encore plus ses narines ; il s'aperçoit que la noble demoiselle n'a pas beaucoup foi en son courage; il se décide cependant et prend enfin la plume et la bourse, en disant:

— Je ferai comme vous me l'avez dit la première fois, mademoiselle, je remettrai cette plume à dame Ragonde, je crois que cela vaut mieux; et quant à ses griffes, je les affronterai sans trembler...

— Et si on vous demandait qui vous envoie?

— Personne... j'agis de moi-même... j'ai ramassé la plume, je la rapporte... et je ne mentirai pas.

— Très-bien; de la discrétion pour ce qui me regarde, monsieur, c'est ce que je vous recommande. Vous porterez dès aujourd'hui cette plume chez l'étuviste?

— Dès aujourd'hui elle sera remise à dame Ragonde.

— Si ma commission n'était pas faite, je vous préviens que je le saurais!

— Elle sera faite... j'en jure par la basoche!

— Au revoir, monsieur Bahuchet.

— Mademoiselle, j'ai bien l'honneur de vous présenter mes respectueux hommages... Bonsoir, jolie brunette. Oh! quels yeux vous me faites, ma mie!...

Allons, calmez-vous, je ne dirai plus de mal des voleurs!...

— Eh bien, dit Valentine en s'adressant à Miretta qui est restée pensive après le départ du clerc de procureur. Tu ne dis rien, Miretta; est-ce que tu n'approuves pas ce que je viens de faire?

— Cette pauvre jeune fille!... elle va être bien malheureuse quand ses parents vont connaître sa faute! murmure Miretta en poussant un soupir.

— Et si une femme devenait la maîtresse de celui que tu aimes, toi, reprend Valentine en saisissant le bras de sa camériste, est-ce que tu ne te vengerais pas?

— Ah! si!... si!... Oh! vous avez bien fait!

Et les yeux de Miretta se sont relevés et lancent des éclairs.

XXVIII

Plumard.

En sortant cette fois de l'hôtel de Mongarcin, Bahuchet ne se jette

— Ah! quel malheur! c'était un jeune homme de 27 à 28 ans au plus...

trique ou de griffes... J'ai promis que cette plume blanche serait remise aujourd'hui aux parents de la jeune Bathilde... elle le sera, car un honnête garçon n'a que sa parole!... d'ailleurs je suis chez un procureur!... mais les procureurs savent tourner les questions les plus ardues... si je tournais ma commission... si j'envoyais un autre à ma place porter cette diable de plume... en lui dictant les paroles qu'il doit prononcer... eh! eh! cela reviendrait absolument au même... et mon individu n'aurait plus aucun risque à courir.

S'étant arrêté à cette pensée, Bahuchet se dirige vers la mauvaise gargote où habituellement il dîne ainsi que son camarade Plumard.

En entrant dans le cabaret il aperçoit son ami assis à sa place ordinaire; il va se mettre en face de lui, en lui faisant un sourire encore plus affectueux que de coutume.

— Enchanté de te rencontrer, Plumard, mon ami! j'aurais été bien désappointé si tu n'étais pas venu ce soir ici... Tu soupes, je vais en faire autant... je me sens en appétit... Ce que tu manges a l'air bien bon, Plumard.. que diable est-ce donc?

— C'est de la gibelotte de lapin, à ce que dit notre hôte, mais c'est trop bon pour être du lapin, ce doit être au moins du chat!

— Ah! bigre!... je veux en tâter aussi... Garçon! holà! servez-moi une portion du même plat que mon camarade... si ce n'est pas du même animal, je n'en veux pas!..

Ah! garçon, vous me fricotterez aussi du veau aux petits oignons... une grosse portion... faites-la double, j'en offrirai à mon ami Plumard, il a comme moi un faible pour le veau...

Ah! garçon, je mangerai bien aussi de ce poisson délicieux... qui brille par les arêtes... une carpe... aussi belle que celles de Fontainebleau... où elles ressemblent à des baleines... une carpe frite... c'est cela qui est un régal... avec du persil dessus... et je sais que mon ami Plumard ne professe pas un profond mépris pour la carpe... arrosez-moi tout cela avec ce petit vin d'Argenteuil qui est si bien dépouillé, vous savez ce que je veux dire, du vieux, pas du jeune!... du vrai vieux, que vous ne faites pas vous-même. Allez, garçon!... et si je suis content de vous, je vous graisserai la patte, comme nous disons à l'étude.

— Oh! mais! dit Plumard en fixant ses gros yeux ronds sur son vis-à-vis. Qu'est-ce que cela signifie, Bahuchet, tu as donc hérité... ou bien une belle dame d'un âge mûr a laissé tomber sur toi ses faveurs.

— Eh! non... rien de tout cela. Certainement, une dame pourrait s'éprendre de moi comme d'un autre!... Je ne suis pas ennemi du beau sexe... Quoiqu'il y ait toujours le revers de la médaille... je ne dirai pas des femmes comme Suétone qu'il faut... *missam facere uxorem!*... Ce Suétone n'est pas galant.

— Réponds donc à ce que je te demande, au lieu de me citer tes auteurs.

— Plumard, il me semble qu'avec toi je puis me permettre quelques enjambées dans le domaine de la science...

point dans les passants, et ne fait pas sonner sa bourse; le petit clerc commence à s'habituer aux bonnes aubaines.

D'ailleurs en ce moment sa joie est tempérée par un autre sentiment.

Il a caché avec soin la plume blanche sous son pourpoint; ensuite il a compté deux fois ce que renferme la bourse, il y a trouvé cent livres tournois en diverses monnaies; il a considéré avec admiration cette somme, puis il a serré avec soin la bourse dans sa ceinture, en se disant:

— C'est dommage qu'il faille porter cette plume chez l'étuviste Landry, cette commission n'a rien d'agréable... elle peut même être dangereuse!... Pardieu! mademoiselle de Mongarcin le sait bien! elle ne paierait pas si cher une commission si facile en apparence, si elle ne prévoyait pas que le messager est fort exposé!... Voyons... voyons... cherchons un peu dans ma tête... est-ce qu'il n'y aurait pas moyen de mettre mon dos ou mon visage à l'abri des coups de

Tu es clerc comme moi... tu dois entendre le latin...

Si tu ne l'entendais pas, cela me ferait de la peine pour toi !...

— Quel maudit bavard, il s'écarte toujours de son sujet !...

— Cela prouve que j'ai de la facilité dans l'élocution... de l'élasticité dans les idées...

Il y a bien des gens qui voudraient s'écarter de leur sujet et qui ne le peuvent pas !...

Il faut qu'ils y restent cloués, faute d'imagination pour trouver autre chose !... *Quid agis ?*

Tu veux savoir pourquoi je te régale si bien ce soir... n'est-ce pas ?

Eh bien ! je vais te le dire : j'ai gagné, dans une partie de *brisque* avec un croquant, une douzaine de livres...

Je veux en manger une partie avec toi...

Trouves-tu que j'aie tort ?

— Non pas !... au contraire, c'est une bonne idée que tu as là...

— Ah ! c'est bien heureux que tu m'approuves !

— Tu joues donc à la brisque, toi ?

— Je joue à tous les jeux auxquels je gagne ; il n'y a que ceux-là qui m'amusent.

Mais voici le fricot qui arrive... Soyons tout à notre affaire.

Il y a des imbéciles qui disent : *Non ut edam vivo, sed ut vivam edo.*

Eh bien ! moi, je ne crains pas de dire que je ne vis pas pour autre chose que pour manger... car, si je ne mangeais pas, je mourrais.....

Eh ! pourquoi donc ne ferait-on pas avec plaisir, avec volupté, une chose qu'il faut recommencer tous les jours ?

Attaquons tout cela.

Bahuchet, qui possède un estomac dont la capacité est surprenante, engouffre avec une étonnante vélocité tout ce que le garçon place entre lui et Plumard, il dévore à lui seul presque tout le contenu des plats dont il a demandé pour deux ; si bien que son vis-à-vis l'arrête enfin, en lui disant :

— Ce n'était pas la peine de m'offrir de me régaler, si tu avais tout !

— *Quid rogas ?* mon camarade, pourquoi es-tu si lent à manger ?...

J'ai cru que tu n'avais pas faim... je jugeais inutile d'en laisser.....

— Si j'allais aussi vite que toi, j'étoufferais !

— Allons, je vais me modérer maintenant...

D'ailleurs j'ai à causer avec toi... et quand on parle, on ne peut pas manger ; c'est pourquoi j'ai pris de l'avance.

Plumard, je vais t'apprendre quelque chose qui te fera bien plaisir !...

— Bah !.... est-ce que notre procureur nous donnerait un écu de plus par mois ?

— Ah ! ouiche ! compte là-dessus !... il nous diminuerait plutôt, il m'en a déjà menacé...

Voyons, cherche, cherche un peu quelque chose qui pourrait avoir pour toi des avantages immenses !

Plumard porte ses gros yeux vers les poutres qui soutiennent le pla fond de la salle :

— Est-ce que tu as rencontré une femme riche qui désire m'épouser ?

— Tu n'y es pas encore ; mais, avec ce que j'ai découvert, je ne doute pas que tu ne séduises bientôt quelque fortunée douairière qui mettra ses écus à tes pieds !...

— Voyons, explique-toi donc, Bahuchet, tu sais bien que je ne suis pas très-fort pour deviner, moi !... et tu me tiendrais trop longtemps en suspens...

— *Quid festinas !...* Ne te presse pas, cherche, donne-toi le temps !

— Si tu ne parles pas, je m'en vais...

— Quel baril de poudre !

— Tel est mon caractère !

— Eh bien ! écoute.

J'ai découvert, dans un cul-de-sac, une vieille sibylle qui a inventé, elle, une pommade d'une vertu infaillible pour faire pousser les cheveux sur les crânes les plus chauves et les plus rebelles à la culture !

Plumard fronce les sourcils, et regarde son camarade d'un air irrité, en murmurant :

— Est-ce que tu veux encore te moquer de moi ?...

Tu sais bien, Bahuchet, que je n'aime pas cela.

Tu m'as déjà fait un tas de contes avec des pommades qui n'existaient s...

Tu m'as envoyé en demander chez des personnes qui ont ri à mes dépens... Je ne veux plus de tes attrapes...

Je me battrai avec toi si tu recommences... je me bats, moi ; je ne suis pas poltron, moi !

Prends garde !... je te donnerai une volée !

— Ta ! ta ! ta ! comme c'est gentil ! comme c'est aimable !... On régale les gens, on désire leur être agréable, et, pour vous récompenser, ils vous menacent de vous battre !...

C'est bien ! qu'il n'en soit plus question, mon cher ; je garderai pour moi ma découverte... et si un de ces jours il me tombait quelque poil... je saurai comment y remédier.

Plumard garde un moment le silence, en grignotant un croûton de pain sec.

Puis il murmure d'un ton plus doux :

— Aussi, pourquoi m'as-tu si souvent attrapé ? comment veux-tu que j'aie confiance ?

— C'est bien ! c'est bien ! ne parlons plus de cela. .

— Et cette vieille sibylle, qui fait cette pommade... tu sais son adresse ?

— Non, te dis-je, je ne sais plus rien... je mentais, je voulais me gausser de toi !... je ne mérite que la corde ou le bâton !...

— Voyons, Bahuchet, j'ai été trop vif... je m'en repens...

— Ah ! quand un ami me dit qu'il se repent, je ne sais plus lui tenir rancune...

Oui, je sais où trouver la sibylle.

— Et elle vend de cette pommade ?

— Non, elle n'en veut vendre à personne !... mais à moi... qu'elle a pris en amitié, elle en donnera un pot !...

— Oh ! c'est encore plus agréable, cela !

Et quand auras-tu ce pot ?

— Demain, si je le veux...

— Et tu me le donneras... Ah ! tu es un ami...

— Oui, je te le donnerai, mais à une petite condition... c'est que tu me rendras aussi un service...

Tu sais bien qu'entre amis, quand on s'oblige, ce n'est jamais sans qu'il y ait une petite réciprocité.

Plumard refronce les sourcils, en disant :

— Et que faut-il que je fasse ?

— Une chose fort simple, et qui ne te dérangera nullement !...

En retournant tout à l'heure chez toi, entre chez le baigneur-étuviste Landry... c'est ton voisin...

Tu remettras à sa femme cette plume blanche que j'ai ramassée sous leur balcon, une nuit que je te reconduisais chez toi, et tu diras à dame Ragonde :

Les amoureux de votre fille perdent leurs plumes la nuit en escaladant votre balcon ; en voici une que j'ai ramassée et qui appartient à un jeune seigneur dont votre fille vous dira le nom...

Et puis tu t'en iras !... C'est bien aisé !

Plumard recule son tabouret de la table en s'écriant :

— Elle est jolie ta commission... je serai bien traité quand j'aurai dit cela...

Non, non, fais ta commission toi-même... tu en auras les profits.

— Comme tu voudras...

Mais, puisque tu me refuses, qu'il ne soit plus question du pot de pommade.

Et Bahuchet se met à siffloter d'un air indifférent.

Au bout de quelques minutes, Plumard dit entre ses dents :

— Quelle idée de vouloir envoyer à la mère de cette jeune fille la plume que son amoureux a perdue...

C'est méchant, cela... c'est un vilain trait !...

Tu as donc à te plaindre de cette jolie Bathilde...

Cela m'étonne ; je croyais que tu ne la connaissais pas.

— Plumard ! il y a de ces mystères qu'il n'est pas permis de dévoiler...

Quant à la jeune fille, elle répondra à sa mère : Ça n'est pas vrai je n'ai pas d'amoureux ; et tout sera fini par là.

— Tu crois ?...

— Parbleu ! est-ce que les filles qui ont des amoureux sont jamais empruntées pour mentir ?...

— C'est vrai.

Mais je fais une autre réflexion.

— Formule-la.

— Admettons que je me charge de cette commission... épineuse qui me dit ensuite que tu me donneras le pot de pommade ?...

Tu me riras au nez quand je le réclamerai.

— Je comprends ta défiance, t'ayant quelquefois joué d'assez bons tours ; et, loin de m'en formaliser, je veux te prouver que, cette fois, il n'en sera pas ainsi.

Tirant de sa ceinture la bourse qu'il a reçue, Bahuchet en sort un bel écu d'or à la rose et le met dans la main de Plumard en lui disant :

— Tiens, voici de l'or et de bon aloi.

Si je ne te donne pas le pot de pommade quand tu me le réclameras, je te permets de garder cette pièce et de ne point me la rendre.

Penses-tu que je t'attrape à présent ?

Plumard tourne et retourne la pièce d'or dans sa main ; il la pèse, la fait sonner, puis la met dans sa poche et tend la main à son camarade :

— Le marché est conclu, je porterai la plume...

— Et tu diras exactement ce que je t'ai dit?

— Je le dirai sans en omettre un mot. Où est la plume?

— La voici, cache-la sous ton pourpoint, comme je l'avais fait; vidons ce pot de vin, ensuite tu iras faire ta commission...

— Dès ce soir?

— Pourquoi pas?... D'ailleurs il vaut mieux s'en débarrasser tout de suite.

— Et toi, tu vas aller chercher le pot de pommade?

— Je t'ai dit que je te le donnerais demain, et tu peux y compter... D'ailleurs, il me semble que tu as une bonne garantie.

— C'est juste.

Les deux clercs ont vidé le pot de vin; Bahuchet a payé les écots. Ils sortent du cabaret. Le jour est sur son déclin.

— A demain, dit Bahuchet, en frappant dans la main de son camarade.

— A demain.

Et le petit homme se met à courir dans la direction opposée à celle que suit Plumard pour se rendre rue Dauphine.

Et tout en courant, M. Bahuchet rit dans sa barbe et se dit :

— Porte la plume, cher ami; moi, je vais me réjouir, me divertir, passer la nuit au cabaret, et composer une pommade pour ravoir ma pièce d'or!...

A mesure qu'il approche de la demeure de maître Landry, Plumard sent sa résolution faiblir, un petit frisson nerveux parcourt ses membres.

Pour rappeler son courage, il passe plusieurs fois sa main sur son front chauve et se dit :

— Des cheveux!... il me poussera des cheveux, autant qu'à Samson, peut-être!...

Comme je serai beau quand j'aurai des cheveux!...

Aucune femme alors ne pourra me résister...

Et quand elles m'en demanderont une mèche, je ne serai pas, comme aujourd'hui, forcé de les refuser...

Ah! corbleu! sacrebleu! morbleu!... on doit tout affronter devant cette espérance...

Comme je me coifferai bien...

Je me ferai des boucles qui tomberont de côté sur mes oreilles...

Mais si cette vieille femme se jetait sur moi et m'arrachait les yeux! Peste! je ne verrais pas pousser mes cheveux!...

Mes yeux sont superbes... je ne me consolerais pas si j'en perdais seulement la moitié d'un...

C'est bien embarrassant, bien délicat!...

Voyons un peu!... est-ce que je ne pourrais pas changer quelque chose dans ce que j'ai à dire en remettant la plume...

Après tout, Bahuchet ne sera pas derrière mon dos pour écouter ce que je dirai...

Il m'a fichu dedans plusieurs fois, et quand je le tricherais un peu... où serait le mal?...

Et puis, je serais fâché de faire de la peine à cette jeune fille que l'on dit être si jolie!...

Et qui sait si un jour... quand j'aurai des cheveux, en lui faisant savoir le service que je lui ai rendu, elle ne se sentira pas pour moi une tendre affection...

Oui, il faut se montrer généreux pour la beauté et mettre mon visage à l'abri des égratignures.

Plumard est arrivé devant la maison du baigneur.

Il est nuit et les boutiquiers commencent à fermer leurs portes.

Le vieux soldat de Henri IV fumait sa pipe sur le seuil de sa demeure.

Le clerc se promène quelque temps dans la rue, enfin, il se décide à aborder l'étuviste en se disant :

— Peu importe que je donne la plume au père ou à la mère...

J'aime mieux m'adresser au père, entre hommes on s'entend mieux... soyons adroit et subtil.

— Eh bonsoir, maître Landry! comment va cette santé ce soir... Vous fumez votre pipe... c'est un doux passe-temps!... j'aimerais beaucoup fumer si cela ne me donnait pas des pituites et des maux de tête à plus voir clair.

J'ai un oncle que la pipe a rendu poitrinaire, et deux cousins qui sont restés imbéciles!...

Ah! que c'est gentil de fumer...

Le ciel est lourd ce soir, je crains que nous n'ayons demain de l'orage... cela me contrarierait.

J'ai envie de me faire promener en *chaise à porteurs*... ou en *brouette*...vous savez, ces nouvelles inventions... c'est très-commode...

c'est fort à la mode dans le beau monde; les brouettes ne coûtent que seize sous par course ou dix-huit à l'heure, tandis que la chaise à porteurs coûte trente sous la course... c'est cher!... ah! c'est fort cher... mais comme on doit être bien là-dedans!... après cela en brouette, c'est encore assez gentil.

Landry écoute tranquillement ce flux de paroles en toisant le jeune clerc; quand celui-ci a fini, il lui répond froidement :

— Comme je ne vous connais pas, et qu'il m'est indifférent que vous alliez en chaise ou en brouette, je vais rentrer me coucher. Bonsoir.

— Eh! attendez donc!... vous êtes bien pressé... vous ne me reconnaissez pas parce qu'il commence à faire nuit... je suis une de vos meilleures pratiques... je me baigne jusqu'à quinze fois par semaine!... mais il vous vient tant de monde... vous ne pouvez pas reconnaître tous les visages!...

— C'est possible!... excusez alors... mais je suis fatigué et je vais prendre du repos.

— Encore une minute, je vous en prie...

Est-ce que votre charmante fille jouit aussi d'une parfaite santé, comme son digne père?

L'ancien soldat commence à regarder le jeune clerc avec plus d'attention, en murmurant :

— Ma fille... est-ce que vous connaissez ma fille, monsieur de la Basoche...

— Ah! je la connais... sans la connaître... je sais qu'elle est ravissante... parce que... je l'ai aperçue quelquefois sur votre balcon... quand elle arrosait ses fleurs...

— Ah! vous l'avez aperçue... très-bien... je commence à comprendre... et, où voulez-vous en venir ce soir?

— Ma foi, je vais vous le dire... tenez, j'ai là une plume blanche magnifique... elle me vient d'une tante qui la tenait d'un oncle qui était porte-queue à la cour du roi Charles IX...

Bref, je me suis dit :

Une si belle plume est un objet de luxe dans mes mains; si je l'offrais à la fille de maître Landry, ce serait un cadeau digne de sa grâce... et cela ombragerait agréablement son front de roses et de lys...

Cette idée une fois arrêtée, j'ai songé à la mettre à exécution...

Tenez, honorable étuviste, voici la plume en question, vous voyez qu'elle est de toute beauté, veuillez la prendre et la remettre à votre séduisante progéniture... je ne veux pour récompense que le plaisir de savoir qu'elle aura été flattée du cadeau.

— Ah! oui-da, mon drôle, vous vous permettez d'offrir une plume à ma fille... et vous osez charger son père d'être votre messager!...

Mille mousquets! ceci passe la permission... c'est probablement vous aussi qui rôdiez si souvent dans cette rue, que cela faisait bavarder les voisins...

— Moi, maître Landry, je demeure dans cette rue, il est vrai, mais je n'ai jamais rôdé devant votre...

— Assez! assez! effronté polisson!... qui vient charger un père d'un présent pour séduire sa fille...

— Mais, pas du tout! vous n'y êtes pas, brave Landry, ce n'est nullement pour cela...

— Ah! vous me prenez pour ces pères imbéciles ou complaisants qui ferment l'œil sur de tels manéges...

Je vais vous apprendre, moi, comment je reçois les galants qui voudraient en conter à ma fille...

Tenez, chenapan! voilà le prix de votre cadeau.

En disant ces paroles, l'étuviste allonge son pied dans le haut-de-chausses de Plumard, et réitère plusieurs fois ce mouvement en poursuivant le jeune clerc, qui se sauve en jetant de grands cris...

Satisfait de la correction qu'il vient d'administrer à celui qu'il croit être amoureux de sa fille, Landry rentre et referme la porte de sa maison.

Quant au malheureux Plumard, il regagne son logis clopin-clopant, en tenant sa main sur la partie qui vient d'être si durement traitée par l'étuviste... en se disant :

— J'aurais aussi bien fait d'exécuter ma commission sans rien changer au texte!... sans y faire de variante!...

Quel brutal que cet étuviste!...

Il me croit amoureux de sa fille, à présent!

Je n'oserai plus passer devant sa porte... je vais être obligé de déménager...

Enfin, si la pommade a la vertu que Bahuchet lui attribue... je me consolerai des désagréments que je viens d'essuyer...

Je serai si beau avec des cheveux... j'irai tête nue, je tiendrai toujours mon toquet à la main.

XXIX

Une pauvre Fille.

L'orage que Plumard redoutait pour le lendemain éclate dans cette même soirée, et fort peu de temps après que le clerc de procureur a porté la plume chez l'étuviste de la rue Dauphine. Ambroisine était seule, et tout en écoutant le bruit du tonnerre et de la pluie, elle attendait le retour de son père.

Maître Hugonnet était allé chez son voisin le cabaretier, mais il y prolongeait son séjour plus longtemps que d'ordinaire, et sa fille commençait à concevoir quelque inquiétude, lorsqu'enfin elle entend frapper à la porte de la rue; au bruit du marteau, elle a reconnu la main de son père, qui est plus ou moins lourde, suivant que les libations ont été plus ou moins fréquentes dans la soirée.

Cette fois, au son que le marteau a rendu, Ambroisine a deviné que son père est gris.

Elle se hâte d'aller ouvrir.

Maître Hugonnet tenait le bras du cabaretier son voisin, qui avait jugé prudent d'aider sa pratique à regagner son logis.

Pendant que l'étuviste entre dans sa demeure, en invitant son voisin à entrer aussi, le cabaretier dit à l'oreille d'Ambroisine :

— Votre père a rossé, battu, échiné un petit clerc de procureur, qui se régalait chez moi... il est bien mauvaise tête à jeun...

Maintenant c'est un agneau!... et il a embrassé sa victime... Il devrait toujours être gris, mademoiselle, car alors il est bien aimable en société!...

Le cabaretier est reparti.

Ambroisine retourne près de son père qui est allé s'asseoir près d'une table sur laquelle il frappe en criant :

— Ambroisine! donne-nous du vin... des gobelets... le voisin va boire un coup avec moi...

Eh bien! où donc est-il, le voisin?

— Il est retourné chez lui, mon père, car il est tard, chacun songe à se coucher, et vous ferez bien d'en faire autant, vous n'avez plus soif, vous avez assez bu.

Hugonnet ne semble pas avoir entendu sa fille; il passe une main sur ses yeux, pousse un gros soupir et balbutie :

— Pauvre petit procureur... car je crois qu'il est procureur!... l'avoir rossé à ce point-là... un garçon qui n'est pas plus haut que ma canne!... c'est indigne!... c'est révoltant... il y a des gens qui abusent de leur force sur des êtres faibles!...

— Mais, mon père, on assure que c'est vous qui avez battu le petit clerc!... que vous avait-il donc fait?... car enfin vous ne cherchez pas querelle aux gens sans quelque raison!...

— Moi!... c'est pas possible... c'est mon ami, ce petit nain... je voudrais l'embrasser... pauvre garçon... il voulait de la pommade... je lui dis : Je n'en ai pas.

Il en voulait toujours en prétendant qu'un barbier devait faire de la pommade... pauvre petit!

— Et vous l'avez battu parce qu'il vous demandait de la pommade!... voilà un beau sujet de querelle!

— Moi, le battre... qu'est-ce qui a dit ça?... Il me dit : Savez-vous faire pousser les cheveux?... donnez-moi une recette... Croyez-vous qu'en mêlant du suif avec du crottin de cheval, on obtiendrait un bon résultat?... ah! ah! des bêtises! des stupidités... Où est donc mon voisin?...

— Je vous répète qu'il est allé se coucher, mon père, et qu'au lieu de rester dans cette salle, vous feriez bien mieux d'en faire autant.

— Pauvre petit procureur!... mon Dieu! qu'il est petit... rosser un bout d'homme... c'est indigne... et si je connaissais le gueusard qui a fait cela... Certainement, on ne fait pas de pommade avec du crottin de cheval et du suif, fi donc... c'est se moquer d'un barbier que de lui dire cela...

Coiffez donc vos pratiques avec une pommade comme ça... jamais!... pour qui me prenez-vous!... Embrassons-nous!... on vous a fait une bosse au front... laissez-moi verser des larmes dessus...

— Mon père, par grâce!... rentrez dans votre chambre... écoutez... le tonnerre gronde avec force... tout le monde est couché dans la maison... je voudrais bien en faire autant... vous serez bien mieux dans votre lit...

— Est-ce que le voisin ne va pas revenir?

— Par le temps qu'il fait... quand la pluie tombe par torrents... quand le ciel est menaçant... Ah! quels éclairs... c'est effrayant!... et qui donc voulez-vous qui sorte par ce temps épouvantable... mon plus mortel ennemi serait chez moi que je ne le mettrais pas à la porte!...

En ce moment on frappe à la maison de l'étuviste.

Ambroisine reste toute saisie, et maître Hugonnet balbutie :

— Tiens... tu vois bien... on a frappé : c'est le voisin qui revient!...

— Oh! non, ce n'est pas possible, dit Ambroisine, ce ne serait pas lui... mais nous nous serons trompés... c'est le bruit de l'orage que nous aurons entendu.

Deux nouveaux coups frappés faiblement, mais à peu de distance l'un de l'autre, ne peuvent laisser de doutes à la jeune fille.

Elle a frémi, sans pouvoir se rendre compte de son émotion, mais elle court prendre une lampe, et s'élance dans le passage qui conduit à la porte d'entrée en s'écriant :

— Quelqu'un dehors par ce temps affreux!

Ah! ne faisons pas attendre.

Ambroisine ôte les verrous et tire à elle la lourde porte de la rue...

Une femme est là, devant elle, pâle, échevelée, tremblante, et ruisselant l'eau de tout son corps.

Ambroisine pousse un cri et reste un moment immobile, elle ne peut en croire ses yeux; elle suffoque, en murmurant :

— Bathilde!... toi... dans cet état... non, non, ce n'est pas possible!...

— Oui, c'est moi... répond une faible voix.

C'est bien Bathilde... qui est chassée de la maison paternelle... Bathilde qui a été maudite par sa mère et son père... et qui vient te demander un asile...

Car je n'en ai plus... ils m'ont renvoyée...

Si tu me repousses, Ambroisine, si tu me chasses aussi... alors... je resterai dans la rue... mais ce sera bientôt fini...

— Moi! te repousser... moi! te refuser un asile!... mon amie... ma sœur... Ah! mon Dieu! je ne puis plus parler...

Les larmes suffoquaient Ambroisine et lui ôtaient l'usage de la voix. Mais elle a fait entrer Bathilde.

Elle la presse dans ses bras, sur son cœur; elle voudrait déjà la réchauffer par ses caresses, et la jeune fille, ranimée par cet accueil, tâche de calmer ses sanglots, en lui disant :

— Tu ne me chasses pas, toi... tu m'aimes encore...

Ah! je suis moins malheureuse...

— Pauvre enfant... mais viens donc... il faut te sécher... changer de vêtements...

Tu ne peux rester en cet état...

Ah! si mon père te voyait ainsi...

— Ton père... il ne me recevrait peut-être pas, lui... car je suis bien coupable, et si tu savais...

— Tais-toi... il ne faut pas parler de cela à présent...

Attends... j'ai bien dans l'idée qu'il s'est endormi... je vais aller m'en assurer.

Ambroisine retourne dans la salle où elle a laissé son père.

Maître Hugonnet est profondément endormi, la tête appuyée sur la table.

Ambroisine revient près de Bathilde, et lui prend la main en lui disant.

— Viens dans ma chambre... mon père dort, je ne l'ai pas réveillé.

Arrivées dans la chambre, les deux jeunes filles tombent de nouveau dans les bras l'une de l'autre : Bathilde soulagée en pleurant sur le sein d'une amie, et Ambroisine cherchant déjà à lui prendre une partie de son chagrin.

Cette dernière se dérobe la première à ces douces étreintes, en s'écriant :

— Mon Dieu! mais j'oublie que tu es mouillée... trempée...

Ote tout cela d'abord, et couche-toi dans mon lit... je vais bien te couvrir, tu seras plus vite réchauffée...

— Et toi, Ambroisine?

— Moi! eh bien, je me coucherai à côté de toi; le lit est assez grand pour deux.

Mais avant... il y a là du vin... tu vas en boire pour te remettre... Pauvre sœur!... tu étais dehors par cet orage!...

— Ah!... il faisait déjà ce temps quand ma mère m'a chassée... malgré mes prières et mes supplications...

J'étais à genoux... elle m'a repoussée...

Je me suis traînée à ses pieds... elle a été inexorable...

— Ah! ne me dis pas cela...

O mon Dieu!... je ne sais pas si vous m'accorderez le bonheur d'être mère... mais si j'ai un jour des enfants... je vous le jure, ô mon Dieu, quelque faute qu'ils aient commise... quel que soit leur crime... je ne les maudirai jamais... je ne les repousserai jamais de mes bras.

Bathilde est tombée à genoux; elle joint ses mains qu'elle élève vers le ciel, ses larmes coulent avec abondance, tandis qu'elle balbutie :

— Pardonnez-moi, ma mère!... pardonnez-moi, mon père! pour la faute dont je me suis rendue coupable...

Ah! je suis bien punie...

Et quand vous m'avez chassée, je me serais donné la mort... si cela n'eût pas été un nouveau crime...

Je n'en avais pas le droit, d'ailleurs... car... je suis mère aussi, moi... et j'aimerai tant mon enfant !...

— Mère !... tu es mère !... s'écrie Ambroisine en courant de nouveau presser Bathilde sur son cœur.

Mais la tienne ne le savait donc pas quand elle t'a mise hors de sa raison par ce temps épouvantable !...

— Si... elle le savait... je venais de tout lui avouer... que je portais ns mon sein le fruit de ma faute...

C'est pour cela qu'elle m'a chassée et maudite !...

— Allons, remets-toi un peu, pauvre amie... calme ta douleur...

Songe que maintenant tu n'es plus seule pour souffrir...

Que je prendrai la moitié de tes peines...

Et que je n'aurai point de cesse que je ne les aie soulagées... car quelque chose me dit que je suis un peu la cause du malheur qui t'arrive.

Au bout de quelques instants, Bathilde était déshabillée et couchée dans le lit d'Ambroisine.

Celle-ci supplie son amie de tâcher de dormir, mais Bathilde secoue la tête en murmurant :

— Dormir .. cela me serait impossible en ce moment...

Si tu voulais, j'aimerais mieux tout te dire... mais tu es fatiguée, tu as besoin de repos, toi...

— Non !... je suis trop émue...

J'ai reçu une secousse trop violente en te voyant tout à l'heure dans la rue...

Je sens bien que je ne dormirai pas non plus... et j'aime bien mieux t'écouter... dis-moi tout...

Attends, je vais m'asseoir contre le lit, près de toi... là... parle maintenant.

— Celui que j'aime, Ambroisine, ai-je besoin de te le nommer ? ..

— Oh ! non... c'est le comte Léodgard...

J'en ai eu comme un pressentiment depuis cette soirée... au feu de Saint-Jean.

Ah ! combien je me repens d'avoir eu la malheureuse idée de t'emmener alors avec moi !...

— Ne te fais pas de reproches, Ambroisine ; est-ce ta faute si le comte m'a trouvée... à son gré... si je n'ai pu me défendre d'éprouver pour lui le plus tendre sentiment !...

Tu as fait ce que tu as pu pour m'empêcher de l'aimer...

Tu m'as donné les conseils d'une mère...

Mais la blessure était faite... déjà mon cœur n'était plus à moi...

Il ne m'était plus possible de me sauvegarder contre cet amour, qui était plus fort que ma raison...

Ah ! si tu savais comme cela est doux d'aimer !...

Tiens, même en ce moment où je suis si malheureuse... eh bien, je ne maudis pas mes peines, quand je songe que c'est pour Léodgard que je les endure !...

— Et moi, qui te croyais guérie de cet amour, parce que depuis longtemps tu ne me parles plus de cette lettre que le comte t'a adressée ; tu ne me la redemandais plus !...

— Qu'avais-je besoin de la lettre, lorsque tous les jours je pouvais voir celui qui l'avait écrite ?...

Que te dirai-je, Ambroisine ? ma mère était absente... toute la journée je pouvais l'apercevoir à travers les fenêtres qui donnent sur la rue...

La nuit j'eus l'imprudence d'aller y regarder encore.

Et une fois... je ne sais comment il avait fait... je le trouvai là .. près de moi, puis à mes pieds, me jurant encore qu'il m'aimerait toujours... et je n'eus pas le courage de le repousser...

— Le mal est fait... il n'y a plus à revenir... Ensuite ?

— Deux mois s'écoulèrent !... Ah ! comme ils se passèrent vite !...

Ma mère était toujours absente...

Et presque chaque nuit je voyais Léodgard.

Combien de fois, pendant ce temps, lorsque tu venais me voir, il me prit envie de te faire confidence de mes amours et de ma faute !...

Cela me coûtait bien d'avoir un secret pour toi !... mais lui, m'avait recommandé la plus grande discrétion ; il m'avait fait promettre que je ne te dirais rien... et je ne voulais pas lui désobéir.

Enfin, il y a près d'un mois, j'appris que ma mère revenait...

Je sentis mon cœur se glacer d'effroi, et je suppliai Léodgard de ne point tarder longtemps à demander ma main à mes parents...

Il me le promit... mais depuis ce jour je ne l'ai pas revu !...

Il est vrai que je cessai d'être libre dans la maison...

Ma mère était de retour !... elle me gardait !... me surveillait comme autrefois.

Depuis quelques jours, il me semblait que ma mère était encore plus sévère pour moi ; sa figure était sombre ; lorsque ses regards s'attachaient sur les miens, je ne pouvais les supporter : je me sentais pâlir et trembler...

Plus d'une fois, je fus sur le point de tomber à ses pieds et de lui tout avouer !...

Mais j'attendais... j'espérais toujours ! je me disais : Aujourd'hui peut-être celui qui m'a rendue coupable viendra demander ma main à mes parents...

Et comme la réparation suivra l'aveu de la faute, on ne pourra refuser le pardon...

— Oui, dit Ambroisine en soupirant, mais ton séducteur n'a pas tenu sa promesse !...

— Oh ! il la tiendra, Ambroisine, je ne veux pas en douter...

S'il avait su... si j'avais osé lui apprendre... que j'étais mère !... je suis bien sûre qu'il serait déjà venu sécher mes larmes !...

Mais je n'avais pas encore osé lui faire cet aveu, lorsque le retour de ma mère vint si brusquement nous séparer.

— Ah !... il ne sait pas !...

Mais, achève ton récit, je t'en prie.

— Mon Dieu, il ne me reste plus qu'à te dire ce qui s'est passé ce soir dans notre maison.

Je travaillais près de ma mère, dans une salle éloignée de la rue.

Nous gardions un profond silence, mais de temps à autre je voyais les regards de ma mère attachés sur ma personne...

Je tremblais qu'elle ne s'aperçût de ce que je tâchais de cacher encore ..

Mais tout à coup mon père entra, et lui, ordinairement bon et doux, il avait aussi un front sombre, soucieux.

Il s'approcha de moi en me présentant une plume blanche, que je reconnus pour l'avoir vue sur le chapeau de Léodgard, — Tenez, me dit-il, voilà ce qu'un amoureux vous envoie !... mais le galant n'aura pas, je l'espère, envie de recommencer, car je l'ai traité de façon à lui en ôter le désir.

J'étais pâle, interdite, car il me semblait bien que Léodgard seul pouvait avoir apporté cette plume.

Aussitôt ma mère s'écria :

— Un amoureux !... il est donc vrai qu'elle a un amoureux...

Mes soupçons étaient fondés !...

Ah ! malheureuse... fille indigne !...

Je tombai à genoux en balbutiant : Pardon ! pardon !... oui je suis coupable... mais il sera mon époux, il me l'a juré... il tiendra son serment !...

En écoutant un aveu auquel ils étaient sans doute loin de s'attendre, mon père se cacha le visage dans ses mains.

Mais ma mère !... ah ! sa colère fut terrible !...

Elle s'avança sur moi pour me frapper... je crois que mon père a retenu son bras...

Elle m'accablait d'injures... elle m'interrogeait.

Je ne pouvais plus parler, tant j'éprouvais de frayeur...

— Mais, s'écria-t-elle, ce misérable... son séducteur... quel est-il ?... tu l'as vu, Landry ?...

— Je n'y comprends rien, dit mon père ; c'est un petit méchant clerc de procureur... fort laid et fort sot... qui a pris la fuite quand je l'ai rossé !...

Je vis bien alors que la plume blanche n'avait pas été apportée par Léodgard, et je balbutiai :

— Ce n'est pas lui, mon père... non, je ne connais pas l'homme que vous avez vu !...

— Mais ton séducteur alors, qui est-il ? nomme-le... nomme-le sur-le-champ... que j'aille laver dans son sang l'affront fait à mon honneur.

Les yeux de mon père étaient menaçants... il voulait tuer mon amant... je refusai de le nommer.

— Eh bien, me dit ma mère, va le rejoindre celui pour qui tu as oublié tes devoirs... celui qui a porté la honte dans notre maison ; va, tu ne peux plus rester avec nous... tu n'es plus digne de vivre sous notre toit... nous te chassons... va-t'en !...

Dans l'espoir d'attendrir ma mère, je lui dis alors que je portais dans mon sein un petit être innocent de ma faute !...

Ah !... bien loin d'apaiser sa colère, en apprenant cela son indignation sembla redoubler... elle me traita de...

Mais qu'ai-je besoin de t'en dire plus ?...

Tu m'as vue dans la rue... quand l'orage, redoublant encore pour m'accabler, semblait me dire que la colère du ciel s'unissait à celle de ma mère pour punir la fille qui a manqué à l'honneur, qui a fait rougir le front de son père.

De nouvelles larmes coulent des yeux de Bathilde en achevant son récit.

Ambroisine laisse sa douleur s'épancher ; il y a des moments où les consolations bourdonnent à nos oreilles sans arriver jusqu'à notre cœur.

Enfin Bathilde prend la main de son amie, qu'elle presse dans la sienne en lui disant :

— Pardonne-moi tout le chagrin que je te cause...

Mais ton père, s'il apprend que tu as recueilli l'enfant maudit par ses parents .. il me chassera aussi peut-être... Ambroisine, je resterai cachée dans ta chambre, je n'en bougerai pas...

Tu ne diras pas à ton père que j'y suis... car où irais-je s'il me renvoyait aussi... sans asile, je mourrais de souffrance et de misère...

Et je ne veux pas mourir, puisqu'il y a un petit être à qui je dois donner l'existence.

— Calme tes crainte, ma pauvre chérie!... je dirai tout à mon père, car je ne voudrais pas avoir de secret avec lui, mais je suis bien tranquille... il est sensible, mon père; quoiqu'il crie et s'emporte, il a bon cœur, et loin de me blâmer de t'avoir accueillie, il m'approuvera, il dira que j'ai très-bien fait, et puis il ira voir tes parents .. il parlera pour toi... car il n'est pas possible qu'ils ne se repentent pas de t'avoir chassée...

— Ambroisine!... tu ne connais pas ma mère... elle ne revient pas sur ses résolutions... et mon père est si sévère sur l'honneur... il vait tant de confiance en sa fille!...

Ah! crois-moi, ton père ferait maintenant une démarche inutile... Mais il y a quelqu'un... que je voudrais bien voir... quelqu'un à qui il faut que j'apprenne mon état... ma situation... car alors il pourra, je l'espère du moins, fléchir le courroux de mes parents en leur apprenant qu'il veut réparer sa faute... et me consoler un peu, moi, de toutes mes souffrances, en me disant qu'il m'aime toujours.

Ce quelqu'un, tu sais bien qui c'est, n'est-ce pas, Ambroisine?...

Et bien, tu trouveras facilement sa demeure... c'est place Royale qu'est situé l'hôtel de Marvejols.

Tu es si bonne, Ambroisine, que tu voudras bien aller le trouver... lui dire... tout ce qui s'est passé... lui donner une lettre que je lui écrirai pour le prier de mettre un terme à mes tourments... pour lui apprendre aussi... qu'il y a encore quelqu'un à qui il doit aide et protection...

N'est-ce pas que tu verras Léodgard?...

Ah! s'il savait que je suis maudite par ma mère, il serait déjà venu me consoler!...

— Je ferai tout ce que tu voudras, pauvre fille, répond Ambroisine en étouffant un soupir.

Mais dors un peu, prends du repos; songe qu'il t'est nécessaire et que tu dois prendre soin de ta santé.

Bathilde se tait et ferme les yeux.

La fatigue finit par amener le sommeil, comme le temps finit toujours par amener l'oubli.

Ce qui prouve que, chez nous, le moral est constamment vaincu par le physique.

XXX

De bons amis.

En s'éveillant le lendemain, maître Hugonnet n'a conservé de sa ribotte que le souvenir du petit clerc contre lequel il est maintenant furieux.

Tout en rangeant dans sa boutique, il s'écrie :

— Conçoit-on un aigrefin!... un drôle, un impertinent de cette espèce!... me proposer de lui faire de la pommade avec d'infâmes choses... me demander si cela fera pousser les cheveux!...

C'est qu'il avait un air fort goguenard en me disant cela... cet horrible nain!...

Figure-toi, ma fille, un petit homme qui a le nez tellement retroussé qu'on ne voit dans sa figure que deux trous!... et faisant le moqueur avec cela... parce qu'il avait quelques écus, gagnés dans des brelans sans doute.

Si je le retrouve, je lui donnerai encore une bonne correction...

Je n'entends pas que la basoche insulte les étuvistes!

Ambroisine laisse son père donner cours à sa bile.

Ensuite elle s'approche de lui en souriant :

— Mon père, vous ne disiez pas tout cela hier au soir, quand vous revenu du cabaret!... vous adoriez ce petit nain... vous répandes larmes de regret de ce qu'on l'avait battu...

— Bah! en vérité, j'étais donc gris alors?

— Mais oui... pas mal.

— Il faut pourtant que je me corrige de ce défaut-là...

— Oh! mon père... on excuse un défaut chez celui qui a tant de bonnes qualités... le monde n'est pas parfait!

— Tu me gâtes, mon enfant; mais toi, je ne te connais que des qualités et pas un défaut!...

— Mon père, vous souvenez-vous qu'on a frappé hier à près de minuit pendant l'orage?

Non, je ne m'en souviens pas!...

— Mais vous vous souvenez au moins de cet orage terrible qui a duré presque toute la nuit...

— Très-vaguement! pourquoi?

— Si quelqu'un était venu me demander l'hospitalité par ce temps-là... aurais-je eu tort de la lui accorder?

— On n'a jamais tort de faire une bonne action, quand même elle devrait tomber sur des ingrats.

— Eh bien, mon père, quelqu'un est venu... tout trempé, tout tremblant... cette personne était bien malheureuse... elle n'avait plus d'asile... aussi je l'ai reçue, logée... elle a passé la nuit chez nous... et elle y est encore...

— Elle y est... et où cela donc?

— Dans ma chambre...

— Dans ta chambre...

Déjà maître Hugonnet fronce les sourcils, mais Ambroisine se hâte d'ajouter :

— Cette personne, mon père, c'est Bathilde, la fille de votre ami Landry.

— La fille de Landry ici... et elle y a passé la nuit...

Qu'est-il donc arrivé chez son père?... que s'est-il donc passé?

— Oh! mon père, il s'est passé des choses bien terribles dans la maison de votre ami!...

— Conte-moi cela, mon enfant.

Ambroisine raconte, en baissant les yeux, l'histoire des amours de Bathilde avec le jeune comte de Marvejols, le retour de dame Ragonde et enfin la terrible catastrophe qui a suivi la découverte de ce mystère.

Hugonnet écoute sa fille en laissant voir sur sa physionomie l'intérêt qu'il prend à ce récit; par moments ses poings se serrent, ses traits se contractent, le courroux anime ses yeux; mais enfin, lorsque Ambroisine lui dépeint dans quel état elle a trouvé Bathilde, au milieu de la rue, à minuit, quand la pluie tombait par torrents et que la foudre grondait presque sans interruption, alors maître Hugonnet ne peut plus résister à son émotion, des larmes mouillent ses yeux, et il ne peut s'empêcher de murmurer :

— Ah! c'est trop!... c'est trop de dureté... leur colère a été sans miséricorde...

Mais la pauvre fille pouvait en mourir!

— Oh! oui... un peu plus tard... et on l'aurait trouvée morte!... s'écrie Ambroisine en passant ses bras autour du cou de son père.

Ah! ce n'est pas toi... qui chasserais ainsi ta fille... sans pitié, sans merci... qui la mettrais dehors pour qu'elle soit exposée à la fureur de l'orage!...

Non, non, j'aurais beau être coupable... tu ne me traiterais pas ainsi, toi... mon père!... tu aimes trop ton enfant...

Hugonnet n'a pas la force de répondre, il ne peut qu'essuyer ses yeux et embrasser sa fille.

— Mon père, je t'ai tout conté, reprend Ambroisine, je t'ai dit jusqu'au nom du séducteur de Bathilde... mais ce secret tu le garderas, je t'en supplie, car si maître Landry le découvrait, il se battrait avec le comte, et si l'un ou l'autre était tué, cette pauvre fille serait encore bien plus à plaindre...

— Je me tairai, soit, mais cependant il faut que ce séducteur soit puni... laisse-moi me charger de ce soin.

— Non, mon père, non...

Oh! il ne faut pas que tu te mêles de tout cela...

Je t'en prie, c'est moi qui veux voir le comte Léodgard... Bathilde croit qu'il réparera ses torts... qu'il lui rendra l'honneur en l'épousant...

— Lui!... le comte Léodgard!... ce mauvais sujet! épouser la fille de Landry!... la fille d'un étuviste! ne l'espérez pas!... jamais! jamais il n'épousera Bathilde...

— O mon père, si elle t'entendait, quel serait son désespoir...

Eh bien, moi, je n'aurai point de cesse, point de repos que le comte n'ait réparé ses torts, rien ne m'arrêtera, ne me rebutera pour arriver à ce but!...

Ah! c'est que j'ai de la résolution, de la force, vois-tu, mon père; je te ressemble, moi... je suis courageuse!...

Je t'en prie, permets-moi d'agir, de faire toutes les démarches nécessaires pour rendre le bonheur à Bathilde...

Je ne sais pas si c'est le désir que j'en ai... mais quelque chose me dit que j'y parviendrai.

Hugonnet presse la main d'Ambroisine :

— Agis comme tu l'entends... tu es une bonne fille, et j'ai confiance en toi.

— Oh! merci, mon père!... et maintenant... est-ce que vous ne viendrez pas dire un mot de consolation à cette pauvre Bathilde qui ne bouge plus de ma chambre, et n'ose pas se présenter devant vous?...

Je vous en prie, mon père, venez la voir... sans quoi elle pensera que vous êtes fâché que je lui aie donné l'hospitalité... cela augmentera encore ses chagrins, et elle en a déjà bien assez.

Hugonnet se laisse conduire par sa fille qui lui prend la main et le mène à sa chambre dont elle ouvre doucement la porte.

A l'aspect du père d'Ambroisine, Bathilde tombe à genoux et cache son visage dans ses mains.

Mais en apercevant cette pauvre fille dont les souffrances ont déjà flétri la beauté, Hugonnet oublie sa faute et ne voit plus que son malheur.

Il court à elle, la relève et l'embrasse en lui disant :

— Je ne suis pas votre juge, moi, je suis votre ami... j'étais aussi celui de votre père, voulez-vous que j'aille le trouver, que j'implore sa clémence pour son enfant...

— Oh! monsieur!... vous êtes trop bon!

Mais je craindrais que vous ne fissiez une démarche inutile... peut-être même la colère de mes parents redoublera-t-elle encore s'ils apprennent que vous connaissez ma faute...

— Et si j'allais chez Landry sans avoir l'air de rien savoir...

— Cela vaudrait mieux, mon père, dit Ambroisine, vous verrez comme on vous recevra, et s'ils vous parlent de leur fille... alors...

— Ils n'en parleront pas! dit Bathilde en secouant tristement la tête.

Ils m'ont dit en me chassant : Ne vous représentez jamais devant nous... nous ne vous reconnaîtrions pas, car désormais nous n'avons plus de fille!...

Vous voyez bien qu'ils ne vous parleront pas de moi.

— Du courage, mon enfant, du courage; il n'est pas possible que leur courroux ne finisse point pas s'apaiser.

En attendant, cette maison est la vôtre... ma fille sera votre sœur... et moi je tâcherai de remplacer ceux qui vous ont retiré leur affection.

Bathilde baise les mains à Hugonnet, et Ambroisine saute au cou de son père en s'écriant :

— Ah! si je ne t'aimais pas de tout mon cœur, je crois qu'en ce moment je te chérirais encore davantage.

Restée seule avec Ambroisine, la pauvre Bathilde, qui n'a plus qu'une pensée, qu'une espérance, s'empresse d'écrire ce billet à Léodgard :

« Mes parents ont tout appris, ils m'ont chassée de leur demeure; Ambroisine m'a recueillie, elle est pour moi une sœur...

« Mais sans vous, Léodgard, je ne puis espérer de pardon; apprenez ce que je n'avais pas osé vous dire encore, ce qui fait à la fois ma joie et ma souffrance : je suis mère!...

« Ah! mon ami, rappelez-vous vos serments, venez, venez bien vite donner un nom à votre enfant. »

Bathilde remet la lettre à son amie en lui disant :

— C'est sur la place Royale... tu trouveras bien sa demeure, n'est-ce pas?

— Sois tranquille, reprend Ambroisine en serrant le papier dans son sein.

La place Royale... ce n'est pas bien difficile à trouver... j'y ai passé d'ailleurs il n'y a pas très-longtemps... en revenant de Vincennes, où j'avais été voir ma marraine; elle m'avait chargée d'une commission pour quelqu'un qui habite sur la place Royale...

Oh! c'est un jour que je n'oublierai jamais... car sur le chemin par où j'avais passé...

Mais, mon Dieu, je te conte là des choses qui ne t'intéressent pas et je lis dans tes yeux que tu voudrais déjà que je fusse partie pour porter ta lettre...

C'est bien naturel, puisque ce que tu as écrit doit aussi tant intéresser le comte...

Allons, calme-toi, je pars... je pars tout de suite...

— Chère Ambroisine! que de tourments, que d'ennuis je te cause!...

— Veux-tu bien ne pas dire cela... encore une fois, si tu n'es plus chez tes parents maintenant, c'est ma faute...

Sans cette maudite idée que j'ai eue d'aller voir avec toi ce feu de la Saint-Jean, tu serais encore rue Dauphine, à travailler près de ta mère...

Puisque je suis la première cause du mal, c'est bien le moins que je cherche à tout réparer.

Ambroisine se met en route, marche très-vite, ne s'arrête pas en chemin et arrive en moins d'une demi-heure sur la place Royale.

Elle demande dans une boutique l'hôtel de Marvejols, on le lui indique, et bientôt la belle fille voit s'ouvrir devant elle la lourde porte de la cour.

— Que demandez-vous? crie le concierge d'une voix rauque et sans quitter le grand fauteuil sur lequel il trône au fond de sa loge.

— Je voudrais parler à M. le comte Léodgard de Marvejols.

— Il n'y est pas.

— Voulez-vous avoir la bonté de me dire à quelle heure on peut trouver?

— Jamais!...

— Comment! jamais?...

— Eh non! maintenant, monsieur le comte ne demeure plus, ne couche plus à l'hôtel de monsieur le marquis, son père, et il n'y vient plus... vous voyez donc bien que vous ne l'y trouverez jamais...

— Alors, monsieur le suisse, veuillez me dire où demeure maintenant monsieur le comte... j'irai chez lui.

— Je ne sais pas où loge monsieur le comte et, d'ailleurs, je ne suis pas chargé de donner son adresse...

— Mais cependant, monsieur, il faut que je parle à monsieur le comte... c'est indispensable!...

— Ça ne me regarde pas.

Le concierge referme la porte de sa loge d'un air fort peu aimable.

Ambroisine est restée dans la cour, désolée du peu de succès de sa démarche et ne pouvant cependant se décider à s'éloigner ainsi.

En ce moment le vieil Hector, valet de chambre du marquis, sortait d'un vestibule au fond et traversait la cour.

Il aperçoit Ambroisine; et comme la beauté charme toujours, même les vieillards, il s'approche de la belle fille et remarque son air chagrin :

— Qu'avez-vous, ma jolie demoiselle?... est-ce que vous désirez quelque chose ici?

— Oui, monsieur... j'espérais y trouver quelqu'un... on me dit qu'il n'y est plus!...

— Qui donc demandez-vous, mon enfant?

— Monsieur, je demandais le jeune homme de la maison... le comte Léodgard...

— Le fils de mon maître, répond le vieil Hector en poussant un profond soupir.

Ah! ce n'est plus ici qu'il faut le chercher... ce n'est plus chez son père que l'on trouve M. le comte de Marvejols...

Depuis près d'un mois, il a cessé entièrement de se montrer à l'hôtel!... et, quoiqu'il ne veuille pas en avoir l'air, je vois bien que M. le marquis en éprouve un profond chagrin!...

— Mais, monsieur, s'il ne demeure plus ici, M. le comte doit habiter quelque part... à moins... mon Dieu! est-ce qu'il aurait quitté Paris... la France?

— Non, non, mon enfant, tranquillisez-vous! répond le vieux domestique en pinçant sa bouche avec une expression tant soit peu maligne, le fils de M. le marquis n'a pas quitté Paris!

Oh! il y mène trop joyeuse vie pour avoir l'intention de s'en éloigner. Et vous avez donc bien envie de le voir, ma jolie demoiselle!...

— Oui, monsieur... c'est si important!... il s'agit du repos... du bonheur de quelqu'un...

J'ai une lettre à remettre à M. Léodgard... et votre concierge ne veut pas me dire où je pourrai le trouver.

— Mais je crois qu'il n'en sait rien lui-même.

Depuis que M. le comte a entièrement cessé d'habiter chez son père, M. le marquis ne parle jamais de son fils, et il ne veut pas non plus en entendre parler.

Mais moi qui, sans en avoir l'air, connais bien le fond du cœur de mon maître, sans lui en rien dire, j'ai pris des renseignements, j'ai causé avec un valet d'un ami de M. Léodgard, et j'ai su par lui que M. le comte habite une maison fort jolie, fort élégante, qui est située... bien loin d'ici par exemple!... rue de Bretonvilliers...

C'est tout près de l'île Saint-Louis... une nouvelle rue, percée depuis peu... un quartier bien désert encore...

Mais il paraît que cela n'empêche pas M. le comte de s'amuser beaucoup dans sa nouvelle habitation, d'y donner des fêtes ou plutôt des orgies, car nos jeunes seigneurs ne savent plus s'amuser autrement.

Probablement, la fortune, qui traitait si mal M. Léodgard, aura cessé de lui être contraire.

Ah! dame, le jeu a des chances, il y a des temps où il vous favorise autant qu'il vous a maltraité.

Tant mieux, si maintenant M. le comte y a du bonheur... car son père ne voulait plus payer ses dettes!...

Mais je bavarde et mon maître pourrait avoir besoin de mes services...

— Rue de Bretonvilliers, avez-vous dit; ah! merci... merci, monsieur!...

— Je ne sais pas le numéro, mais il n'y a encore que fort peu de maisons dans cette rue, et il vous sera facile de trouver.

— Oh! oui, monsieur, oui, je trouverai; merci de votre obligeance...

— Allez, mon enfant, je désire que vous ne fassiez pas une course inutile!

Ambroisine quitte l'hôtel de Marvejols et se remet en marche; mais elle songe à ce que le vieux domestique vient de lui apprendre.

Si, depuis qu'il a cessé d'habiter chez son père, le jeune comte mène plus que jamais une vie dissipée, il n'a donc pas gardé un souvenir pour la pauvre Bathilde.

Cette pensée oppresse le cœur d'Ambroisine, qui n'a jamais eu de confiance dans les serments que le comte a faits à son amie, mais cela n'ébranle ni sa résolution ni son courage.

La rue de Bretonvilliers, commencée en 1615, ne contenait que peu de maisons ; des murailles fermant des jardins, ou des terrains incultes, séparaient souvent les nouvelles bâtisses.

La Belle Baigneuse remarque une maison d'une architecture élégante mais singulière, qui se compose de trois pavillons, dont deux donnent sur la rue, tandis que le troisième, beaucoup moins grand, est tout au fond d'une vaste cour.

Quelque chose dit à Ambroisine que c'est la demeure de Léodgard, elle n'hésite pas à y frapper.

— Monsieur le comte de Marvejols? demande Ambroisine à une vieille femme qu'elle aperçoit dans la cour.

La vieille femme fait un signe de tête, puis sort un cornet de sa poche et se l'applique à l'oreille.

Ambroisine réitère sa demande, en criant bien fort.

— Monsieur le comte n'y est pas, répond la vieille concierge sourde ; que lui voulez-vous?

— J'ai une lettre à lui remettre...

— Donnez-la-moi...

— Mais je désirais avoir une réponse.

— Vous reviendrez.

— Quand faut-il revenir pour trouver le comte?

— On ne sait jamais, il ne le dit pas.

— Mais vous lui remettrez cette lettre aujourd'hui?

— Oui, si je le vois.

— Vous ne le voyez donc pas tous les jours?

— Non!... il est le maître de ne pas rentrer!...

— Quelle vie mène-t-il donc! se dit Ambroisine ; enfin, vous lui remettrez cette lettre dès qu'il rentrera!...

— Oui, si je le vois.

— Comment... vous ne le voyez pas quand il rentre... vous, la concierge?...

— Dame... il a son passe-partout... et il ne frappe pas toujours...

— Allons, tâchez de je voir le plus vite possible!...

Ambroisine revient chez elle peu satisfaite de ce qu'elle a appris. Bathilde l'attendait avec impatience, elle lui raconte tout ce qu'elle a fait, tout ce que le vieux valet du marquis lui a dit sur le jeune comte.

Mais, loin de s'alarmer, Bathilde est persuadée que son amant n'a quitté la demeure de son père que pour être plus libre d'offrir un refuge à celle qui sera sa compagne.

— Il aura bientôt ma lettre! s'écrie-t-elle en prenant la main de son amie, il va savoir ma position, tout ce que j'ai eu à souffrir pour lui... enfin, il va savoir que je suis mère... ah! tu verras, Ambroisine, qu'il viendra me consoler.

Ambroisine ne répond rien ; mais elle ne partage pas l'espérance de son amie.

Maître Hugonnet vient le soir revoir la pauvre fille, et lui dit d'un air chagrin :

— Je suis allé dans la journée chez maître Landry...

— Vous avez vu mon père! s'écrie Bathilde, eh bien...

— Il m'a reçu très-froidement... très-sèchement même... à peine s'il répondait quelques paroles brèves à ce que je lui disais... son front était sombre... soucieux...

— Ah! mon pauvre père! c'est moi qui cause ses chagrins!...

— Mais il ne m'a pas dit un mot de vous!...

Quant à votre mère, en m'apercevant elle a tourné le dos et a disparu... peut-être a-t-elle craint que je ne devinasse ses peines dans ses yeux...

— Oh non, monsieur, mais elle a craint plutôt d'entendre prononcer le nom de sa fille.

Et Bathilde va pleurer à l'écart, en songeant qu'il est bien triste d'être un objet de honte et de douleur pour ceux dont on était appelé à embellir l'existence.

Deux jours se passent et Bathilde ne reçoit aucune nouvelle de Léodgard.

Chaque heure, chaque minute qui s'écoule semble maintenant un siècle pour la pauvre fille, dont les yeux expriment l'anxiété, la souffrance qui dévore son âme.

Le deuxième jour écoulé, Ambroisine, qui comprend les tortures de son amie, lui dit, après l'avoir embrassée le matin :

— Pendant que mon père est occupé avec ses pratiques, je vais courir rue de Bretonvilliers.

— Oh! oui, vas-y, Ambroisine, il n'est pas possible que Léodgard ait reçu ma lettre et qu'il n'ait pas fait la moindre démarche pour me consoler... qu'il vienne seulement me dire qu'il m'aime toujours, et cela me donnera de la force pour supporter mes peines...

Cette concierge ne l'aura pas vu, ou elle aura oublié de lui remettre mon billet...

— C'est ce que je vais savoir...

— S'il est chez lui, tâche de le voir... de lui parler... qu'il te réponde, que je sache au moins quel sera le sort de mon enfant.

— Je sais tout ce que je dois lui dire...

— Mais ne lui fais pas de reproches, cependant... Tu n'ignores pas combien il est impatient, emporté!... évite de l'irriter.

— Je penserai à toi... et comme toi, je serai indulgente.

Ambroisine est partie. Bathilde ne vit pas pendant tout le temps que dure son absence ; enfin la fille de Hugonnet revient, mais sa physionomie n'annonce pas d'heureuses nouvelles, et c'est d'une voix émue qu'elle dit à son amie :

— La concierge m'a juré avoir remis la lettre à son maître avant-hier dans la journée... elle n'en sait pas plus.

— Et tu ne l'as pas vu...

— Monsieur le comte est absent, voilà ce qu'on m'a répété.

— Mais à quelle heure faut-il donc venir pour le trouver? ai-je dit à cette femme.

— Je n'en sais rien moi-même ; M. le comte sort et rentre sans me rien dire, et il ne veut pas même qu'on lui demande s'il rentrera!

— Cela ne vous regarde pas! m'a-t-il répondu une fois et avec un regard si courroucé, si menaçant, que je me suis bien promis de ne jamais lui faire la moindre question.

Voilà, ma pauvre amie, ce que m'a dit cette femme.

— Il a reçu ma lettre depuis deux jours!... murmure Bathilde en

— Bathilde! toi dans cet état... non, non, ce n'est pas possible!...

versant de nouvelles larmes, et il n'est pas venu, et il ne m'a fait aucune réponse...

Mon Dieu! ce que tu me disais du comte Léodgard serait-il donc la vérité... n'aurais-je été pour lui qu'une de ces conquêtes auxquelles on n'est point attaché... qu'un caprice... qu'une séduction de plus!...

Ah! si cela était... si je n'étais plus aimée de celui pour qui je me suis perdue... s'il m'abandonne pour toujours... Ambroisine, je n'aurai pas le courage de supporter mes peines.

— Si tu auras ce courage, dit Ambroisine, le ciel te le donnera; tu le puiseras, d'ailleurs, dans ta situation même ..

En songeant que tu es mère, tu te rappelleras que tu te dois à ton enfant. . à cet enfant que tu aimes déjà, quoique tu ne le connaisses pas encore, mais qui te fera oublier toutes tes peines, quand ses petits bras chercheront à t'enlacer...

Quand sa bouche te donnera ce nom si doux de mère... quand les accents de sa voix arriveront jusqu'à ton cœur.

Bathilde essuie ses larmes et lève ses regards sur son amie en lui disant:

— Ah! tu as raison! on ne peut pas désirer la mort quand on est mère.

J'aurai du courage... pour mon enfant, je tâcherai de ne plus penser qu'à lui.

— Crois-tu d'ailleurs qu'il faille renoncer à toute espérance? non... Oh! je ne me rebute pas facilement, moi.

Je n'ai pas trouvé le comte aujourd'hui, eh bien, j'y retournerai dix fois, cent fois .. et s'il le faut, je passerai des journées, des nuits devant sa demeure, jusqu'à ce que je puisse le voir et lui parler; à moins qu'il ne sorte comme un sylphe, ou qu'il n'ait le pouvoir de se rendre invisible, je finirai par le rencontrer.

En attendant, je te le répète, de la patience, du courage... pense à ton enfant.

XXXI

L'Hôtel de la rue Bretonvilliers.

Le petit hôtel, ou plutôt la maison de plaisance habitée par le jeune comte de Marvejols, et située rue Bretonvilliers, avait été bâtie pour un fermier général qui avait donné à son architecte des instructions toutes particulières.

Ce riche traitant avait acheté à dessein un terrain dans un quartier éloigné de la ville et encore presque désert.

En y faisant bâtir une petite maison, où il pouvait tout à son aise recevoir ses maîtresses, traiter ses amis et y donner des fêtes qui la plupart du temps dégénéraient en orgies, notre fermier général, qui affectait cependant une vie plus régulière que beaucoup de ses confrères, avait songé à se réserver toujours les moyens d'éviter le scandale, et même de pouvoir au besoin nier sa présence à son petit hôtel de la rue Bretonvilliers.

Ainsi, par ses ordres, l'architecte avait divisé cette maison en trois parties, ou plutôt en trois pavillons: l'un, le plus vaste, le plus élégant, situé sur la droite, était le rendez-vous de la société, on y soupait, on y jouait, ou s'y livrait aux orgies les plus complètes.

Le pavillon de gauche contenait les cuisines, les communs, les logements des valets.

Enfin, au fond, un pavillon plus petit n'était jamais habité que par le maître de la maison et les personnes de son intimité auxquelles il en permettait l'accès.

On assurait que dans cette partie de l'habitation il y avait des portes secrètes, ouvrant sur des passages souterrains qui avaient issue dans des ruelles désertes, ou des terrains incultes qui se trouvaient de l'autre côté de la rue Bretonvilliers, et que par ces issues secrètes le maître de cette demeure pouvait, quand il le voulait, disparaître de chez lui, et nier même sa présence à son hôtel, où il était toujours impossible de le surprendre.

Malgré toutes ses précautions notre fermier général avait cependant été surpris un jour par quelqu'un auquel il n'y a pas moyen d'échapper, et contre qui on emploierait vainement issues cachées et portes secrètes; la mort l'avait frappé à l'apogée de sa fortune, et au moment où cet homme, toujours heureux jusqu'alors, cherchait dans sa tête quel souhait il pourrait encore former...

Mais c'est souvent ainsi que la mort prend ses victimes, aussi un ancien philosophe nous a-t-il dit de craindre l'excès du bonheur presque autant que l'adversité!

Le fermier général n'avait laissé que des collatéraux, qui avaient mis en vente la petite maison de plaisir de la rue Bretonvilliers.

Mais le temps s'était écoulé, on n'avait pas trouvé d'acquéreurs.

Les roués de ce temps préféraient avoir leur petit séjour dans les faubourgs ou dans la campagne, tout à fait en dehors de la ville.

On s'était décidé alors à mettre le petit hôtel en location, et c'était dans cette demeure que le comte de Marvejols s'était établi maintenant qu'il n'habitait plus chez son père.

Depuis quelques semaines la situation de Léodgard avait totalement changé.

Ce jeune gentilhomme que nous avons vu près du Pont-aux-Choux, jouant son manteau parce qu'il n'avait plus un denier à mettre au jeu, fait maintenant une brillante figure; il a remboursé à ses amis les sommes qu'il leur devait; on assure même qu'il s'est aussi acquitté avec le vieil usurier auquel il avait eu si souvent recours; sa mise est à présent de la dernière élégance, de riches pierreries brillent à la poignée de son épée et servent à attacher ses aiguillettes; les courtisanes auxquelles il adresse ses hommages, reçoivent de lui de riches cadeaux et ne cessent de vanter sa générosité; enfin il donne souvent des fêtes à ses amis et à leurs maîtresses dans sa nouvelle habitation, et rien ne manque au festin, les mets les plus recherchés, les vins les plus exquis y sont servis avec profusion dans une salle où l'éclat des lustres et des bougies est répété de tous côtés par de belles glaces de Venise qui servent de tapisseries.

Il est deux heures après minuit.

Le petit hôtel de la rue Bretonvilliers a son pavillon de droite somptueusement éclairé; on entend de la cour les éclats de rire des convives qui sont encore dans la salle du festin, assis, ou plutôt à demi

— Tenez, chenapan! voilà le prix de votre cadeau...

couchés comme les Grecs autour d'une table chargée de fleurs, de flacons vides ou pleins et des débris d'un souper dont les reliefs régaleraient plus d'une famille.

Dans une pièce contiguë et dont les portières ne sont point fermées, des tables de jeu sont dressées, et entourées aussi de nombreux amateurs.

Quelques femmes même y ont pris place et ne semblent pas des moins acharnées à poursuivre la chance ou à lutter contre le sort.

Enfin sur des sofas, dans les parties moins éclairées de l'appartement, loin des joueurs et des convives intrépides, des couples sont assis et causent, sinon de leurs amours, du moins de leurs aventures galantes ; quelques belles cherchent par des œillades brûlantes à soumettre des cœurs qui jusque-là leur ont été rebelles, mais qui doivent être plus tendres à la suite d'un souper splendide, et dans une réunion où le plaisir est la seule loi que l'on veuille reconnaître.

Le comte de Senange, le sire de Beausseilly et le chevalier de Monclair sont bravement restés à table, et causent en buvant, tandis que leurs compagnons jouent ou font la cour aux dames.

— Savez-vous, messieurs, que ce petit hôtel est un séjour délicieux ! dit Senange en parcourant des yeux la salle du festin. Rien ne manque ici... tout est élégant, commode, décoré avec goût !

— Ce que j'admire surtout, moi, c'est la manière dont la cave est garnie ; vertudieu, messieurs, à la façon dont on nous traite, il faut qu'il y ait de tout à profusion ici !...

— Tâche, Monclair, de ne point te mettre dans l'état où tu étais cette nuit où nous nous sommes couchés sur l'herbe... près du Pontaux-Choux... T'en souviens-tu ?...

— Oui... oui... il y a deux mois environ...

Verse-moi donc de ce malaga, Senange.

Eh bien, messeigneurs, voyez cependant quels changements peuvent arriver en deux mois...

Vous souvenez-vous, à cette époque, de la pénurie dans laquelle se trouvait ce pauvre Léodgard...

— Pardieu ! si je m'en souviens, puisque nous avons joué son manteau... que je lui ai gagné même... mais il m'en a bien remboursé la valeur depuis !

— Qui nous aurait dit alors que quelques semaines plus tard ce même Léodgard nous donnerait des soupers délicieux... dans une charmante propriété faite pour un fermier général... qu'il y déploierait autant de recherche, de magnificence que son prédécesseur !...

— Eh mon Dieu ! je ne vois rien de bien étonnant à cela... la fortune est capricieuse... elle maltraitait Léodgard... maintenant il est son favori... au lieu de perdre constamment au jeu, maintenant il y gagne, voilà tout !...

— Ce n'est pas ce soir, toujours, car la jolie Herminie vient de lui enlever cent nobles à la rose au lansquenet... elle les comptait tout à l'heure à côté de moi.

— Donnez-moi donc du chypre, mes maîtres, c'est mon vin favori, et celui-ci est parfait.

— Ma foi ! si Léodgard perd, il n'y paraît pas, dit la belle Camilla, jeune courtisane aux yeux fendus en amande et qui est revenue dans la salle du festin pour prendre des dragées sur la table. Il sème ce soir son or, son argent avec l'indifférence d'un nabab !... c'est maintenant un cavalier accompli.

— Il faut que son père, le vieux marquis, se soit décidé à faire un sacrifice, à délier les cordons de sa bourse, sans quoi des gains au jeu n'auraient point aussi vite changé la position de Léodgard.

— C'est bien probable... mais quand on le questionne à ce sujet, ce diable de Léodgard prend de l'humeur... il dit que cela ne regarde personne.

— Il n'aime point à conter ses affaires... en général, il n'est pas expansif.

— Oh ! ne disons pas cela devant la belle Camilla !... elle doit connaître tous les secrets de son plus soumis serviteur... un cavalier servant n'a pas de mystère pour la dame de ses pensées...

N'est-il pas vrai, adorable Camilla ?...

— Eh ! mon Dieu, seigneurs, je suis moins curieuse que vous, moi... du moment que Léodgard me donne tout ce dont j'ai envie, que voulez-vous que je lui demande de plus ?...

— Bien répondu cela...

Ah ! mes gaillards, cela vous apprendra à questionner une femme.

— Quant à moi, dit le sire de Beausseilly, il y a quelque chose qui me surprend plus que la magnificence actuelle du comte de Marvejols !...

— Qu'est-ce donc ? dit Monclair après avoir encore vidé une coupe remplie de chypre.

— Eh bien, messieurs, c'est la singulière physionomie que notre hôte a depuis quelque temps ; c'est l'expression constamment triste ou sombre de ses yeux, même au milieu de nous, au sein des plaisirs, et tandis qu'il n'entend autour de lui que les accents de la joie, que des chants d'allégresse.

— Ah ! par exemple ! voilà qui est délicieux !... vous êtes fou, Beausseilly !

Il veut nous faire croire à présent que Léodgard a du chagrin quand il nous donne une fête... tout à l'heure encore il a chanté à table !..

— Il a chanté, je ne dis pas le contraire, mais en chantant il n'en avait pas pour cela l'air plus gai ; il cherchait à le paraître, c'est possible ! mais il y a si loin de la gaieté réelle à des éclats de rire forcés !..

— Allons, laisse-nous tranquilles, Beausseilly ; je crois, cher ami, que les fumées du vin d'Espagne commencent à te porter à la tête !

— Non, messieurs, je suis de sang-froid, j'ai encore toute ma raison...

Ah ! je ne promets pas de la conserver toute la nuit, par exemple... car il y a ici de beaux yeux bien capables de me la faire perdre !...

Mais pour en revenir à Léodgard...

Tenez, je m'en rapporte à sa maîtresse... demandez à Camilla si elle ne trouve pas aussi qu'il a l'air moins gai, moins franc, moins ouvert qu'autrefois ?

Répondez, divinité terrestre !

La belle courtisane prend un bouquet de fleurs dans un vase et le lance au visage de Beausseilly en lui disant :

— Vous ne vous y connaissez pas... Léodgard est charmant... tâchez de devenir aussi galant que lui, et toutes les dames vous adoreront.

Voulez-vous parler de cavaliers sérieux qui ne rient jamais, qui ne regardent même pas les femmes...

Ah ! je vais vous en montrer un sur-le-champ... il n'y a pas besoin de chercher bien loin... tenez... à cette table de jeu regardez ce cavalier tout noir... si vous l'avez vu sourire une seule fois cette nuit, je vous donne mon menton à baiser !...

— Elle veut parler de Jarnonville, dit Senange en riant.

— Jarnonville, oui, c'est le nom qu'on lui donne, reprend Camilla ; mais, dites-moi un peu, mes gentilshommes, ce que cette figure d'enterrement vient faire dans une joyeuse fête...

— Vous ne l'avez donc pas vu à table ?

Il a bu comme quatre !

— Il supporte bien le vin, alors, car il n'en a pas l'air plus en gaieté pour cela.

— C'est un brave, il se bat aussi bien qu'il boit !...

— Tout cela n'a pas plus de charmes chez lui...

Ah ! vous ne savez pas, Flavia, cette folle de Flavia a parié qu'elle ferait la conquête de ce sombre chevalier...

Je suis bien sûre qu'elle en sera pour ses regards et ses soupirs... Il faut que j'aille voir cela.

La séduisante Camilla quitte la salle du festin et retourne dans le salon de jeu.

Les parties sont animées, les jeunes seigneurs, déjà échauffés par le vin, risquent des sommes considérables sur une carte ou sur un dé. Léodgard tient la banque d'un lansquenet.

La chance, qui d'abord lui avait été défavorable, vient de changer ; il gagne à chaque coup, et des monceaux d'or sont devant lui.

Il rafle avec un grand sang-froid l'argent de ses adversaires.

Il n'est pas plus animé par le gain ; de temps à autre seulement il promène autour de lui des regards dont l'expression est vague et semble peu en rapport avec le passe-temps auquel il se livre.

— Décidément, il n'y a pas moyen de lutter cette nuit contre le comte de Marvejols, dit le chevalier La Valtelne en quittant avec humeur la table de jeu ; je crois qu'il s'est donné au diable.... il a un démon qui le favorise !...

— Allons, dit Montrevert, il ne faut pas lui reprocher son bonheur... il a perdu assez longtemps... il en a été réduit une fois à jouer son manteau... vous rappelez-vous cette nuit-là, Léodgard ?

— Oui... oui... je me le rappelle... Messieurs, le jeu n'est pas fait...

— Quant à moi, je ne l'oublierai pas, reprend Montrevert, car c'est cette même nuit que j'ai été attaqué et dépouillé par Giovanni...

— Messieurs, faites donc votre jeu ! s'écrie Léodgard en fronçant fortement le sourcil, tandis que tous ses traits se contractent comme par un mouvement nerveux.

— Léodgard doit bien s'en souvenir aussi, dit La Valteline, c'est cette même nuit aussi qu'il voulut aller tuer ce fameux voleur... et s'il ne l'a pas tué, au moins a-t-il eu l'honneur de le blesser, car il est revenu couvert de sang...

— Eh bien, comte, que faites-vous donc... vous prenez votre argent, et vous avez perdu le coup, dit Jarnonville à Léodgard, dont la figure est devenue tout à coup d'une pâleur effrayante.

— Ah ! oui... c'est vrai... pardon... j'ai perdu le coup, en effet... et bien, à un autre à tenir la banque.

— C'est égal, je voudrais bien avoir eu la gloire de m'être battu avec ce Giovanni, moi !...

— Fait-il toujours des prouesses, ce misérable ?

— On a fait ! mais plus que jamais à ce qu'il paraît.

Il n'y a pas quatre jours que le vicomte de Monferrant, qui revenait d'une réunion où l'on joue gros jeu, a été attaqué dans la rue Saint-Paul, et volé par cet endiablé d'Italien...

— Monferrant s'est-il défendu?

— Il le dit, mais je n'en crois rien, il est trop poltron pour cela.

— Alors, comment revenait-il seul la nuit dans Paris?

— Il n'était pas seul, son domestique était devant avec un falot, mais au premier cri de son maître, au lieu d'accourir, il paraît que le drôle s'est enfui sans même regarder en arrière.

— Et quelques jours auparavant la vieille baronne de Graveline se faisait ramener le soir chez elle en brouette; Giovanni a mis en fuite le conducteur de la brouette, et puis il a débarrassé la baronne de son or, de ses bijoux et de ses diamants; elle en avait justement de fort beaux ce soir-là.

— Il est à remarquer que ce maudit voleur a une chance unique, il tombe toujours sur une riche proie!

— Vous appelez cela de la chance, Montrevert, moi, je suis persuadé que Giovanni n'attaque qu'à coup sûr.

J'entends par là qu'il doit avoir des complices qui, probablement, le renseignent sur les bons coups qui peuvent se faire dans la soirée.

— Alors, les complices de Giovanni seraient donc reçus dans le grand monde et à la cour même, pour être si bien au fait de ce qui se passe... et du chemin que doivent prendre telle et telle personne pour rentrer à leur hôtel...

— Ah! ah! ah! ma foi! la supposition n'est pas mauvaise! messieurs, il n'y a plus de sûreté nulle part.

Holà!... comte de Marvejols!... êtes-vous bien certain de n'avoir pas reçu des voleurs ce soir dans votre réunion... eh! Léodgard... où est-il donc?

Léodgard avait quitté la salle de jeu, il était allé près d'une table où des intrépides buvaient encore, il avait avalé coup sur coup plusieurs verres de marasquin, ensuite il était sorti pour aller dans la cour, d'où il était bientôt revenu dans la salle à manger.

— Comte, vous avez donc des inquiétudes dans les jambes ce soir? murmure le jeune Monclair; il me semble que vous ne restez pas une minute en place.

— Vous vous trompez... je suis resté fort longtemps au lansquenet, répond Léodgard d'une voix brève.

— Ma foi, mon cher ami, la fête était délicieuse, dit Senange; il est impossible de faire mieux les choses et de recevoir son monde plus magnifiquement.

— Je suis heureux si cette nuit vous a paru agréable, dit Léodgard dont le front se déride un peu.

— Vive Dieu! nous serions bien difficiles si nous ne trouvions pas ce souper exquis. Ma foi! vous avez bien fait de louer ce petit hôtel; il semble fait exprès pour ces sortes de parties.

Mais vous ne nous avez pas fait voir toute votre maison...

Il me semble qu'il y a encore un pavillon au fond de la cour... est-ce qu'on n'y va pas?...

— C'est le pavillon où je loge, moi, répond Léodgard redevenu sérieux. Mais il n'est pas disposé pour y recevoir du monde.

— D'ailleurs, c'est le pavillon mystérieux! s'écrie Camilla en riant. Pour m'y laisser pénétrer, moi!... il faut que j'aie prévenu M. le comte longtemps d'avance.

— Taisez-vous, Camilla!... faites-nous grâce de vos fadaises!... dit Léodgard en lançant sur la courtisane un regard sévère.

— Eh bien, vous êtes galant ce soir!...

Je prendrai votre partie une autre fois, quand on dira que vous n'avez plus l'air gai!

— Qu'est-ce qui a dit cela?

— Laissez-moi tranquille... je vais aller jouter avec Flavia pour faire la conquête du Chevalier Noir.

Jarnonville avait quitté le jeu et était allé s'asseoir dans une partie moins éclairée du salon, mais bientôt mademoiselle Flavia, jeune fille aux yeux expressifs, tour à tour vifs ou langoureux, était allée s'asseoir auprès du chevalier, en lui disant:

— Que faites-vous dans ce coin, vous avez l'air de bouder... on ne vient pas ici pour cela...

Voyons, dites-moi quelque chose. Savez-vous que vous n'êtes guère galant... vous n'avez pas, de toute la nuit, dit une parole à une seule de ces dames...

— Puisque vous voyez que je ne m'occupe pas des dames, pourquoi vous occupez-vous de moi? reprend Jarnonville en supportant avec une parfaite indifférence le feu des regards de la blonde Flavia.

— Pourquoi?... eh bien, mon cher, vous ne connaissez donc pas les femmes?... C'est justement parce que vous ne faites pas attention à nous, c'est parce que vous semblez dédaigner notre conquête, que moi, j'ai envie de faire la vôtre... esprit de contradiction... nous désirons toujours ce qu'on ne nous offre pas...

A votre âge, que signifie cette manie de faire l'ours!...

Voyons, contez-moi vos peines...

— Vous ne les comprendriez pas!

— Est-il malhonnête! Mon Dieu, on les devine... vous avez été trompé par votre femme, ou par votre maîtresse: c'est toujours là ce qui rend ces messieurs misanthropes...

— J'étais bien sûr que vous ne les comprendriez pas, dit Jarnonville en se levant, et il se dispose à s'éloigner lorsque la brune Camilla vient se placer devant lui en souriant.

— Comment, sire de Jarnonville, est-ce que vous vous disposez à partir? mais le jour ne paraît pas encore...

On va chanter, on va danser des chaconnes, ne voulez-vous pas être mon cavalier!...

— Depuis longtemps ces plaisirs ne sont plus les miens...

Excusez-moi, belle Camilla, vous vous adressez mal.

— Oh! ma chère, s'écrie la blonde Flavia en faisant voir la double rangée de perles dont sa bouche est ornée, tu y perdras comme moi tes œillades et tes sourires!...

Ta voix la plus douce glissera sur cette cuirasse de fer...

Ce gentilhomme a un cœur de roc!... ou plutôt il n'en a pas du tout!...

Tiens, il ne nous écoute pas, il veut partir!...

— Ah! pas encore! reprend Camilla en posant sa jolie main sur le bras de Jarnonville; voyons, chevalier, pourquoi voulez-vous partir... vous trouvez-vous donc si mal entre nous deux...

Regardez-nous, est-ce que nous sommes si désagréables que vous ne puissiez pas même soutenir notre vue?...

La voix de la jeune courtisane a pris, pour dire ces mots, un ton si calin, si suppliant, que malgré lui le Chevalier Noir laisse tomber un regard sur Camilla, et pour la première fois son visage perd un peu de sa sévérité.

Enchantée du commencement de succès qu'elle vient d'obtenir, la séduisante brune reprend:

— Allons, c'est décidé, je veux vous garder, moi... et pourquoi nous quitteriez-vous si vite, vous êtes votre maître, je le sais, vous n'avez ni femme, ni enfant...

A peine a-t-elle achevé ces mots que Jarnonville repousse brusquement les deux courtisanes et sort du salon de jeu en répétant d'une voix sourde:

— Ni enfant! ni enfant! eh! non, je n'ai plus d'enfant!...

J'ai perdu mon plus cher trésor, mon bonheur présent, mon espoir pour l'avenir...

Cet ange dont un seul regard adoucissait toutes mes peines... dont la voix ouvrait mon cœur à une félicité si pure que c'était déjà le paradis sur la terre!...

Je ne l'ai plus... la mort l'a frappée... qu'avait-elle donc fait pour mourir, ô destin inexorable!...

Tout en se parlant ainsi à lui-même, Jarnonville est sorti des appartements, il traverse la cour, fait signe au concierge de lui ouvrir et sort de chez le comte de Marvejols.

Mais le Chevalier Noir n'a pas fait vingt pas dans la rue que quelqu'un vient se jeter au devant de lui, et se met presque à ses genoux, en lui criant:

— Par grâce, seigneur, écoutez-moi, je vous en supplie, ne repoussez pas une femme qui réclame votre appui!...

— Une femme! répond avec dureté Jarnonville, qui se croit encore accosté par une courtisane, que m'importe à moi que vous soyez une femme!...

Allez demander protection aux damerets qui sont là dedans, mais ne m'arrêtez pas, laissez-moi passer.

— Le sire de Jarnonville!... s'écrie celle qui vient d'arrêter le chevalier.

Ah! la Providence me protège...

Vous ne me repousserez pas, seigneur, vous viendrez à mon aide...

Je ne suis point une courtisane, moi; je ne suis point une de ces femmes qui fréquentent cette maison d'où vous sortez...

Je suis une honnête fille... et je puis sans crainte lever la tête devant vous...

Vous me reconnaîtriez peut-être si le jour n'était pas encore aussi faible...

Je me nomme Ambroisine... je suis la fille de maître Hugonnet, l'étuviste de la rue Saint-Jacques... et souvent vous êtes venu chez mon père...

Jarnonville regarde quelques instants la Belle Baigneuse, et lui dit enfin:

— Et que fait la fille de Hugonnet seule... au milieu de la nuit, dans ce quartier désert, si loin de la maison de son père?

— Elle est ici, chevalier, dans l'espoir de rendre le repos, le bonheur à une amie qui est maintenant en proie au plus profond désespoir...

Oh! ce n'est pas la première fois que je passe des nuits entières près de cet hôte.... guettant le départ ou le retour du comte Léodgard...

Depuis un mois, il n'y a presque pas de soirée que je ne m'échappe en secret de notre demeure, pour venir faire sentinelle dans cette rue... mon père ne le sait pas... il croit que je repose... il serait inquiet, s'il savait que sa fille s'expose seule, la nuit, dans cet affreux quartier !...

Et pourtant il ne pourrait m'en vouloir, car c'est pour sauver mon amie que je fais tout cela...

— Je ne vous comprends pas !

— Ah! je n'ai aucune raison pour cacher la vérité, à vous surtout... que je sais moins méchant que vous ne voulez le paraître...

Le comte de Léodgard a séduit, entraîné dans l'abime une pauvre jeune fille qui, jusque-là, était restée pure comme les anges...

Il lui a promis, juré sur son honneur, qu'elle serait son épouse !...

Elle a cru à la sincérité de ses serments et de son amour...

Les parents de Bathilde ont découvert la faute de leur fille...

Ils l'ont chassée sans pitié de chez eux...

Je l'ai recueillie, moi... et mon père ne m'a pas blâmée... bien au contraire...

Mais l'auteur de toutes les souffrances de Bathilde... celui qui demeure là... le comte de Léodgard...

Croiriez-vous, seigneur, qu'il a entièrement abandonné celle qu'il a séduite...

Bathilde lui a écrit que ses parents l'avaient chassée... et il n'est pas venu la voir, et il n'a pas daigné lui répondre...

Il a reçu la lettre, pourtant... c'est moi qui l'ai remise à sa concierge...

Depuis un mois, je me suis présentée vingt fois pour le voir... pour lui parler... impossible de le trouver!...

Il n'a pas voulu me recevoir !...

Et il donne des fêtes dans son hôtel, cet homme !...

Et il passe des nuits dans les plaisirs, quand sa pauvre victime pleure, se désespère, et l'appelle en vain pour qu'il lui dise un mot de consolation...

Ah! c'est horrible !...

Mais moi, je me suis dit que je le verrais... que je lui parlerais, à ce Léodgard... à ce seigneur indigne, qui déshonore le nom qu'il porte...

Je ne suis qu'une femme, mais j'ai du cœur... de la résolution...

Aujourd'hui la Providence a permis que je vous rencontre, et je l'en remercie...

Par votre aide, je n'en saurais douter, je pourrai enfin parler au comte.

Jarnonville a écouté Ambroisine avec attention ; un moment il semble ému, mais bientôt, comme s'il avait du regret de s'être laissé attendrir, il repousse la jeune fille, et se dispose à continuer sa route en disant :

— Une histoire d'amour !... de femme séduite !... que puis-je à tout cela ?... les intrigues du comte Léodgard ne me regardent pas !...

— Mais une pauvre fille qui est sur le point d'être mère... et dont l'enfant, repoussé par son père, n'aura pas de nom, pas de pain !... cela vous regarde, cela... car vous avez pitié des enfants, vous.

Jarnonville s'est arrêté ; il passe sa main sur son front, pousse un profond soupir, puis revient près d'Ambroisine lui dire :

— Suivez-moi !

Le chevalier retourne à l'hôtel de Léodgard, il frappe et la porte s'ouvre.

Il fait alors entrer Ambroisine avec lui.

En apercevant la jeune fille dans la cour, la concierge, qui la reconnaît, s'écrie :

— Que venez-vous faire ici? M. le comte ne veut pas vous recevoir, vous le savez bien !...

J'ai ordre de vous renvoyer chaque fois que vous vous présenterez... ainsi...

— Cette jeune fille est avec moi, dit Jarnonville d'un ton qui impose silence à la concierge.

Taisez-vous !...

Puis, prenant Ambroisine par la main, il la fait entrer, par le vestibule à droite, dans une pièce qui précède la salle du festin, et la pousse en lui disant :

— Restez ici...

Je vais chercher Léodgard... je vous l'enverrai... sans lui dire quelle est la personne qui l'attend.

— Ah! merci! merci mille fois, seigneur!...

Oh! je savais bien que vous me protégeriez !...

Jarnonville s'est éloigné, Ambroisine attend sans trouble l'arrivée de Léodgard.

Elle n'est point embarrassée en se voyant dans cette élégante demeure.

La grandeur perd tout son prestige, quand elle ne peut plus inspirer le respect.

Cinq minutes sont à peine écoulées, lorsque Léodgard entre dans la pièce où attend Ambroisine, en s'écriant :

— Une dame me demande !...

Et pourquoi donc n'entre-t-elle pas dans les salons où la société est réunie ?...

— Parce que ce n'est pas sa place, monsieur le comte, et que sans doute, vous ne seriez pas bien aise de l'y voir, dit Ambroisine en s'avançant d'un air résolu.

En reconnaissant la fille de Hugonnet, Léodgard ne peut maîtriser un mouvement de colère.

Il lui lance un regard dédaigneux et murmure :

— Comment!... c'est vous !...

Par l'enfer !... vous y mettez de l'obstination...

Vous vous êtes déjà présentée trop souvent chez moi, vous auriez dû comprendre que je n'ai pas voulu vous recevoir...

On ne se permet pas de violer ainsi le domicile des gens...

Apprenez, ma mie, que vous n'êtes point ici chez votre père, l'étuviste, où le premier venu a droit d'entrer...

— Oh ! je sais bien que je ne suis pas ici chez mon père, monsieur le comte, on ne saurait s'y tromper ;

Car la maison de maître Hugonnet est celle d'un honnête homme, où l'on ne repousse pas ceux qui viennent demander justice...

— Je crois, en vérité, qu'elle fait l'insolente...

Sortez! je n'ai point à causer avec vous...

— Aussi, n'est-ce pas pour causer que je suis venu, monsieur, mais pour vous demander une réponse à la lettre que vous avez reçue...

— Quelle lettre?

— Celle de Bathilde...

Celle de cette pauvre fille que vous avez trompée, séduite... et qui porte dans son sein le résultat de sa faute...

Quand elle vous implore au nom de son enfant... serez-vous sourd à sa prière?...

Que dirai-je à Bathilde, monsieur le comte ?

— Rien !...

Il n'y a pas de réponse à des lettres pareilles !...

En vérité, ces petites filles sont folles !... on leur fait l'honneur de les trouver jolies, de les courtiser... et elles voudraient que cela durât toujours !...

Votre amie se consolera...

Adieu !...

— Monsieur le comte, dit Ambroisine en se jetant aux genoux de Léodgard,

Par grâce... ne soyez pas sans pitié pour Bathilde, qui a cru à vos serments...

Rendez-lui l'honneur... songez que ses parents l'ont chassée !...

Excusez-moi si je n'ai pas su vous parler avec plus de respect...

Traitez-moi bien mal... mais soyez sensible aux souffrances de Bathilde... je vous en supplie...

— Assez! assez !... que je n'entende plus parler de tout cela !...

Et surtout, la fille, ne remettez jamais les pieds dans ma demeure... car je ne serais pas toujours aussi patient.

En disant ces mots, Léodgard se dégage brusquement d'Ambroisine et sort vivement de l'appartement.

— L'infâme!... dit la jeune fille en se relevant.

Ah! pauvre Bathilde !... qui donc prendra soin de ton enfant?...

— Moi!... dit Jarnonville, qui se trouvait alors auprès d'Ambroisine, et s'empresse de la faire sortir avec lui de l'hôtel de la rue de Bretonvilliers.

XXXII

Passedix fait peau neuve.

Par une belle journée d'hiver, le chevalier Passedix, qui était sorti le matin de sa mansarde tout grelottant, en s'enveloppant fort mal d'un manteau râpé et trop court, rentre à l'hôtel du Sanglier d'un air radieux, la tête haute, le nez au vent, en ouvrant les portes comme un homme qui ne craint plus qu'on lui reproche de faire trop de bruit.

Le chevalier, au lieu de remonter à son logis, entre dans la salle basse que nous connaissons déjà, et où dame Cadichard, maitresse de l'hôtel du Sanglier, continuait de se tenir et de prendre ses repas.

Passedix pénètre dans la salle justement comme son hôtesse se disposait à avaler une panade que venait de lui servir sa vieille servante Popelinette.

Le chevalier va se jeter sur un vieux fauteuil qui se trouve en face de dame Cadichard, et s'étale dedans en s'écriant :

— Ah! sandis! quel fichu fauteuil !... qué Dieu mé damne s'il n'est pas rembourré avec des coquilles de noix !...

La veuve Cadichard a jeté un cri d'étonnement et presque d'indignation en voyant le sans-façon avec lequel son locataire du cinquième étage s'est permis de venir s'installer devant elle, et a poussé l'impertinence jusqu'à critiquer son fauteuil.

— Que signifie ce ton, ces manières, monsieur de Passedix? dit enfin madame Cadichard en s'arrêtant sur sa panade.

Depuis quand entre-t-on ainsi dans une salle où il y a une dame, sans même porter la main à son chapeau ; et pourquoi vous vautrez-vous dans ce fauteuil, si vous trouvez qu'il n'est pas assez doux pour ous porter ?...

— Assez, tendre Cadichard, assez, jé vous en prie...
Mettez un frein à votre langue, dont l'intempérance commence à m'importuner...
J'ai été assez longtemps patient sur vos sottises. mais jé né suis pas disposé à l'être...
Mettez cela dans votre poche, dame Cadichard !...
Vous mangez une panade qui a une bien triste mine...
Ah ! fi donc... je gagerais qu'il n'y a point dé sucre dedans !...
Je veux faire un déjeuner un peu plus substantiel qué celui-ci...
Où est Popelinette qué jé l'e voie chez le cabaretier voisin ?...
Holà ! eh ! Popelinette !...

— Ma servante n'est point à vos ordres, monsieur le chevalier ; elle fait les chambres des locataires qui me payent...
Quand vous en ferez autant, elle vous servira aussi.

Sans répondre un mot, le Gascon tire de sa ceinture une grosse bourse toute pleine de pièces d'or, il la jette sur la table devant laquelle son hôtesse est assise en lui disant :

— Eh bien, belle dame, voici dé quoi payer plus qué jé né vous dois.
Veuillez bien me faire mon compte... afin qué nous rédévenions bons amis !...
Car j'ai pu apprécier la justesse dé cé proverbe : les bons comptes font seuls les bons amis !...
Cela est triste pour l'humanité !...
Cela prouve qu'elle est bigrement égoïste, l'humanité...
Mais jé n'ai point la prétention de la corriger... et jé la prends comme elle est...
Faites votre compte, dame Cadichard, et payez-vous dé tout cé que jé vous dois jusqu'à ce jour.

L'hôtesse est demeurée stupéfaite en voyant cette bourse si bien garnie, qui est tombée presque dans son potage ; car l'or qu'elle renferme brille d'un éclat de bon aloi.

Dans la joie, dans l'étonnement que lui fait éprouver l'action de son ataire, elle veut lui dire quelque chose ; mais elle ne peut que bé-er des mots sans suite, qui se terminent par un éternuement qui nd ses ramifications jusque dans sa panade.

Mais dame Cadichard se borne à remuer sa soupe, et, retrouvant enfin la parole, s'écrie avec le plus gracieux de ses sourires :

— Eh mon Dieu ! chevalier... que vous est-il donc arrivé ?... Quel changement s'est donc opéré dans votre position depuis hier ?... car, hier encore, vous ne pouviez pas même me donner un à-compte sur mes loyers.

— Ce qui m'est arrivé, chère hôtesse ?... un dé ces événements bien simples, qui arrivent tous les jours aux personnes qui ont des parents riches !...
Un de mes oncles est décédé... *Mortuus est !*...
Et cet oncle, qui ne pouvait pas mé souffrir, qui né voulait pas mé voir ni à sa fête. ni au premier de l'an, s'est ravisé en mourant, et m'a fait son unique héritier... au détriment dé quelqués cousins qui le gobergeaient et le câlinaient du matin jusqu'au soir !...

— Ah ! tant mieux, monsieur le chevalier !...
Croyez que je prends bien part à ce qui vous arrive...

— Jé n'en douté pas ! Et d'abord, vous allez prendre la part qui vous revient dans cetté bourse...
Si bien qué, cé matin, je rencontre un ami qui venait m'apporter cette bonne nouvelle !...
Il se jette à mon cou... il m'embrasse à m'étrangler...
J'allais lui en demander raison, lorsqu'il s'écrie :
Ton oncle Flic-Flac dé Pézenas vient de fermer boutique... autrement dit d'éteindre sa lanterne... autrement dit dé casser sa pipe...
Enfin, il vient dé partir pour le grand voyage, et il té laisse tout son bien... environ deux mille écus dé revenu par an !...

— Deux mille écus de rente !... mais c'est très-joli, cela, monsieur de Passedix...
Cela fait comme qui dirait six mille livres...

— C'est cela même, dame Cadichard, vous calculez à merveille...
st dé six mille livres dé rente qué j'hérite... sans compter les eubles, les effets du défunt qui me reviennent aussi...

Lorsque Craquenard... c'est lé nom dé mon ami, m'eût dit tout cela, je vous avoue qué, dans lé premier moment, jé refusai dé lé croire... Je m'écriai . Craquenard, tu te fiches de moi !... tu mé contes des bourdes...

Si tu m'as menti, jé té passe Rolande dans le nombril !...

— Ah! monsieur le chevalier! comme vous êtes tout de suite méchant!...
Qué voulez *voussé*! c'est plus fort qué moi, mon sang est toujours à quarante degrés au-dessus de zéro...

Bref, Craquenard mé répondit: Pour té prouver qué jé né té fait point de contes, viens avec moi, jé vais té conduire chez maître Bourdinard, procureur; c'est lui qui a reçu le double du testament et qui est chargé de te remettre les fonds de la succession.

Vous comprenez, dame Cadichard, que jé né mé fis pas prier pour accompagner Craquenart chez le procureur. Là, dès que l'on eut reconnu mon identité, on m'offrit de mé donner d'avance des à-compte sur ce qui mé reviendra quand tout cela sera liquide.

Et voila pourquoi, tendre hôtesse, je reviens avec une bourse, si joliment garnie!

Sans compter un autre petit sac que j'ai là dans ma ceinture...
Eh! eh! c'est gentil, la fortune!
Sandioux ! jé né mé suis jamais senti si joyeux...
Faites donc votre compte, s'il vous plaît.

— Le voilà, monsieur le chevalier ; il était fait depuis longtemps, répond dame Cadichard en sortant un papier d'un tiroir ; puis elle le présente au Gascon en disant :
Veuillez vérifier cette note !...

— Fi donc !... est-cé qué nous autres gentilshommes, nous vérifions les mémoires ?...
Cela est bon pour des croquants! des vilains!...
Nous né payons pas toujours, c'est possible! mais, au moins, nous ne vérifions jamais...
Encore une fois, prenez cé qu'il vous faut dans cette bourse ; qué jé sois entièrement libéré avec vous.

L'hôtesse ouvre la bourse, y prend plusieurs pièces d'or, compte sur ses doigts, puis avec une plume, et acquitte son mémoire, qu'elle donne au chevalier avec la bourse qui reste encore assez bien garnie :

— Voici qui est fait, monsieur de Passedix...
Quand vous aurez le temps, vous pourrez vous assurer que ce mémoire n'est pas enflé d'une obole !...

— Et encore une fois, dame Cadichard, pour qui mé prenez vous ?...
Je serais bien fâché dé regarder ce papier..
Tenez, voilà lé cas qué j'en fais...

Et Passedix jette la note dans un tout petit feu allumé dans une grande cheminée placée au fond de la salle, et dont la faible chaleur changeait à peine la température, qui était très-froide dehors.

La dame Cadichard, évermeillée de la noblesse avec laquelle son locataire vient de payer ses dettes, lui dit en inclinant la tête avec respect :

— Monsieur le chevalier, ne voudriez-vous point accepter une assiettée de ce potage ?...
Cela vous fera attendre ce qu'on ira chercher au cabaret voisin...

— Oh non ! oh non ! merci ! s'écrie Passedix, qui se rappelle probablement l'accident arrivé sur la panade. Jé n'ai nullement envie de goûter à cette soupe...
On né peut donc pas avoir Popelinette ?...

— Pardonnez-moi, monsieur le chevalier, sur-le-champ, tout de suite.

Et, quittant sa panade, dame Cadichard sort de la salle et va sur l'escalier appeler sa servante avec des accents si aigus, si impératifs, que bientôt la vieille Popelinette accourt toute effarée en disant :

— Qu'est-ce qu'il y a donc ?... qu'est-ce qui se trouve mal ?... où est le feu ?...
Certainement il est arrivé *queuque* chose...

— Il y a, Popelinette, que M. le chevalier de Passedix a besoin de vous envoyer en commission... et qu'il ne doit pas attendre...

— Comment ! c'est pour ça que madame criait à se donner une entorse au gosier !...

— Pour ça !... Popelinette, tâchez de vous exprimer avec plus de respect quand il s'agit de M. de Passedix !...

La vieille servante reste, d'un air hébété, au milieu de la salle, ne comprenant pas comment il se fait que sa maîtresse parle maintenant si bien d'un locataire que, le matin encore, elle traitait si mal.

Passedix met fin aux conjectures de la servante en lui mettant dans la main une pièce d'or qu'il accompagne de ces paroles :

— Popelinette, va au cabaret voisin, demande un repas soigné ; qu'on apporte dé tout pour trois... Jé mé sens dé force à tripler mes bouchées... Demande aussi plusieurs flacons du meilleur vin. Va! et cé qui restera sur la pièce sera pour toi !

La vue d'un beau doublon d'or a sur-le-champ rendu la servante aussi polie, aussi empressée que sa maîtresse.

Puissant effet de ce métal, qui agit de même sur presque tous les tempéraments !

Les médecins n'ont point encore trouvé son pareil dans les drogues qu'il nous font prendre.

Lorsque Popelinette est partie, le chevalier va se rasseoir près de la table en disant à son hôtesse

— Maintedant, dame Cadichard, causons un peu:

Vous comprenez facilement, je pense qu'un homme qui possède deux mille écus dé rente... sans compter les menus objets, ne peut pas continuer dé loger sous les toits!... où il a pour commensaux des rats de toutes les dimensions.

— Oh! certainement, monsieur le chevalier, je sens très-bien que ce logement n'est plus digne de vous... et croyez que... que si je vous y ai logé, c'est parce que des circonstances particulières m'y obligeaient...

C'était bien contre mon gré...

— Assez! assez! dame Cadichard, il né faut jamais revenir sur les choses qui ne sont pas agréables...

Mé croyez-vous assez riche maintenant pour reprendre mon bel appartement du premier, où vous aviez logé ce bel Espagnol... cé soi-disant comte de Carvajal...

— Je voudrais en avoir encore un plus beau à vous offrir, monsieur de Passedix... mais mon premier est à vos ordres...

— Fort bien...

A propos dé cé comte de Carvajal... vous né l'avez jamais révu, ma chère hôtesse... depuis qu'il a quitté si brusquement votre maison?

— Jamais...

Un soir, vous étiez absent de l'hôtel, et je fus très-surprise quand M. de Carvajal, qui ne m'avait prévenue de rien, vint me dire :

Madame Cadichard, je quitte votre hôtel à l'instant; des nouvelles que je viens de recevoir me forcent à retourner sur-le-champ en Espagne.

Là-dessus il me solda ce qu'il me devait, donna un gros pour-boire à Popelinette, fit venir un gagne-denier pour porter ses malles, et disparut me laissant tout étonnée de ce brusque départ.

— Oh! le scélérat! le traître!... il né partait nullement pour l'Espagne, car c'est dans cette même nuit, jé ne mé le rappelle qué trop, puisque le lendemain matin, m'informant de votre locataire, on m'apprit qu'il avait quitté ce hôtel la veille au soir!...

C'est dans cette même nuit qui suivit son départ qué, me promenant avec une infante que je courtisais... nous rencontrâmes dans la rue une espèce dé manant... dé truand... dé... jé ne sais quoi qui se jeta entre moi et ma belle...

Vous pensez bien que je dégaînai aussitôt...

— Je n'en doute pas, monsieur le chevalier.

— Mais ce croquant, ce rustre, avait sous son manteau une petite épée courte et large, dont il se servait comme d'une hache!...

Cela me dérouta...

Jé suis habitué à me battre avec des gens qui savent se mettre en garde...

Jé voulus mé fendre un peu trop... et Rolande m'échappa de la main.

Pendant qué jé la cherchais, mon drôle disparut avec ma belle..... é, par parenthèse, je n'ai point rencontrée depuis...

— Mais je ne vois pas, moi, quel rapport il y a dans cette aventure le comte de Carvajal...

— Lé rapport, lé voici :

Le manant n'était point un manant...

Jé l'avais déjà rencontré sous l'habit d'un ouvrier, et, pourtant l'ouvrier n'était point un ouvrier...

J'avais déjà eu affaire à lui, il était alors en vieux bohémien...

Et finalement, tous ces déguisements cachaient le comte de Carvajal, votre fastueux locataire.

— Le comte de Carvajal!... il serait possible !...

Se déguiser comme cela... quelle pouvait être son intention? ..

— Jé n'en sais rien...

Cet homme était probablement un espion politique envoyé ici par son gouvernement pour épier, pour découvrir les projets du cardinal... peut-être même pour ourdir une conspiration contre lui!

— Ah! mon Dieu!... mais alors son séjour dans mon hôtel aurait pu me compromettre !...

— Jé le crois bien, sandis!

On aurait fini par raser votre maison...

C'est un grand bonheur pour vous, dame Cadichard, qué cé beau fringant vous ait fait ses adieux...

— Vous me faites frémir, monsieur le chevalier!...

— Puisqu'il a décampé, vous ne courez plus aucun danger

Mais, par Rolande! jé né lui dis pas adieu, moi!

S'il est encore dans Paris, je l'y retrouverai, et alors, entre nous, ce sera une guerre à mort!...

Mais, si vous lé permettez, je vais aller m'installer, ou plutôt mé réinstaller dans le logement du premier...

J'y prendrai mon repas...

Ah! dame Cadichard, j'attends un petit jeune homme fort aimable...

Il est bien pétit, mais il est très-aimable pour sa taille.

C'est un clerc de mon procureur; et, comme jé parlais devant lui du désir de remonter entièrement, et lé plus vite possible, ma garde-robe, il m'a dit avoir un ami qui connaît un fripier amplement pourvu des vêtements les plus à la mode...

Il doit mé l'amener...

— Soyez tranquille, monsieur le chevalier, je le ferai monter chez vous...

— Au premier, dame Cadichard...

N'oubliez pas que je suis redescendu...

Je remonterai peut-être un jour... il né faut jurer dé rien...

— Ah! monsieur de Passedix!.,.

— Mais ceci m'inquiète peu...

Six mille livres de rente !...

Sandis! jé faisais déjà des conquêtes, mais je vais en être assommé!

Le chevalier est allé reprendre possession de l'appartement du premier; il s'étend avec délices dans un immense fauteuil qui pourrait presque servir de lit, et promène ses regards autour de lui en se disant :

— Ah! monsieur dé Carvajal, j'occupe donc votre place, maintenant... eh! qui sait? peut-être seriez-vous bien heureux maintenant d'habiter une petite chambre sur les toits... car, dans cé monde, lorsque les uns montent, il n'es pas rare de voir les autres descendre... et vice versâ!...

Oh! mais jé le retrouverai, ce mystérieux Espagnol...

D'après tout ce que j'ai pu voir, il connaît cette petite Miretta... jé lé crois mon rival près de la jolie brune...

Un grand d'Espagne amant d'une camériste... c'est assez extraordinaire...

Mais après tout, jé soupire bien pour cetté pétite, et jé vaux les plus grandissimes seigneurs de l'Espagne.

Popelinette est revenue avec deux garçons du cabaret, lesquels apportent des plats et des bouteilles.

En peu de temps on a dressé devant Passedix un dîner de Gargantua; mais le nouvel héritier ne semble nullement effrayé en voyant la dimension des plats qu'on lui sert; et à la manière dont il les attaque, on peut présumer qu'il en viendra à bout.

Passedix a déjà fait disparaître la première moitié de ce qu'on lui a servi; il se dispose à en faire autant de la seconde, lorsque la vieille servante Popelinette, qui est devenue aussi polie que sa maîtresse, vient, en faisant des révérences, lui annoncer que monsieur Bahuchet est là avec son camarade Plumard, et demande à lui parler.

— Très-bien, jé sais cé qué c'est! s'écrie Passedix, ce sont des vêtements neufs et dans lé dernier goût qué l'on m'apporte...

Introduisez ces jeunes gens devant moi... jé choisirai cé qui mé semblera digne dé ma personne, et cela ne m'empêchera pas d'achever mon dîner!...

Avant d'introduire les deux clercs de procureur près du Gascon, sachons un peu ce qui s'était passé entre eux à la suite de la commission délicate que l'un avait donnée à l'autre.

XXXIII

La Pommade de Bahuchet.

Nous avons vu de quelle façon maître Landry avait traité le jeune Plumard, qu'il avait pris pour un amoureux de sa fille.

Nous savons aussi que le petit Bahuchet s'étant rendu dans un cabaret dans le dessein de s'y régaler, avait trouvé moyen de se faire rosser par maître Hugonnet, auquel il avait demandé de la pommade qui eût la vertu de faire pousser les cheveux.

Comme dans ce temps-là on n'employait ni les graisses d'ours, ni les chairs de lion chez les coiffeurs, le barbier-étuviste avait pris fort mal la demande du petit clerc.

Bahuchet était rentré chez lui assez vexé d'avoir reçu des coups, mais plus mécontent encore de n'avoir pas de pommade, car il voulait absolument rentrer en possession de la pièce d'or qu'il avait donnée à son camarade Plumard, et que celui-ci avait promis de lui restituer en recevant le précieux cosmétique qui devait rendre à sa nuque l'ombrage qu'elle avait perdu.

— Après tout, se dit le lendemain matin Bahuchet, puisque ce brutal de barbier n'a pas voulu me donner de la pommade, pardieu! j'en composerai une moi-même!... et, que sait-on? peut-être vaudra-t-elle mieux pour la tête que toutes ces infâmes drogues que les perruquiers fourrent dans nos cheveux.

Après avoir cherché quelquet emps avec quoi il confectionnera de la pommade, le petit clerc prend de la gomme, du goudron, de la moutarde, de l'amidon et de la mélasse; de tout cela il forme une pâte solide, qui n'exhale pas un parfum bien suave, mais qui se colle si bien après les mains qu'on a ensuite une peine extrême à s'en débarrasser.

Il remplit un petit pot de ce résidu, le couvre d'un papier, met son cachet dessus et se rend de pied ferme à son étude en se disant :

— Plumard aura sa pommade et moi ma pièce d'or.

Les deux clercs se sont abordés en faisant chacun une drôle de figure :

— Eh bien, ami Plumard, as-tu fait ma commission?... as-tu porté la plume blanche ?

— Oui, sans doute... je l'ai remise en mains propres à maître Landry...

— Comment a-t-il pris la chose ?

— Assez mal, et j'ai vu le moment où il allait se livrer sur moi à de vilaines actions... heureusement, je me suis esquivé lestement...

C'est égal, je ne recommencerais pas cette commission !... elle était trop périlleuse...

— Mais aussi ! que tu en seras bien récompensé ! dit Bahuchet en sortant de sa poche le petit pot dans lequel il a mis son infâme composition.

Plumard devient radieux, il étend déjà la main pour saisir le petit pot, mais Bahuchet le repousse en lui disant :

— Une minute... et ma pièce d'or?

— Oh ! c'est juste, je vais te la rendre, je ne demande pas mieux ! je préfère ce pot !

— Je le crois bien... une invention si merveilleuse, j'aurais dû te faire payer cela au poids de l'or... mais entre amis ! d'ailleurs ce qui est promis est sacré ! tiens, voilà ton affaire.

Bahuchet, ayant repris sa pièce, donne le petit pot à son camarade.

Plumard est tellement pressé de faire l'essai de sa pommade, qu'il se hâte d'arracher le papier : il regarde et flaire :

— C'est noir.

— C'est qu'il faut que ce soit noir apparemment.

— Cela a une singulière odeur...

— C'est que probablement la sibylle emploie là-dedans des plantes qui nous sont inconnues.

— Comme c'est dur.

— Pour s'en servir, il faut la chauffer un peu; elle devient alors plus ductile.

— N'importe, je veux sur-le-champ en mettre sur ma tête...

— Comment ici, à l'étude; tu en mettras chez toi...

— Non pas, il n'y a encore que nous dans l'étude, je ne veux pas différer d'en faire usage.

— Tu ne présumes pas sans doute que les cheveux vont pousser tout de suite... il faut que cela ait le temps d'agir sur les tissus capillaires.

— Très-bien, mais plus tôt j'en mettrai sur ma tête, et plus tôt les cheveux me pousseront...

A propos, y a-t-il une manière particulière de s'en servir?

Bahuchet réfléchit quelques instants, puis répond :

— Oui, attends que je me rappelle bien les instructions de la vieille sorcière...

Ah ! j'y suis : faire chauffer d'abord, puis tu vas te frotter le crâne avec cette pommade, tu en mettras pas mal, ensuite tu couvriras tout cela avec un petit rond en toile, en coton ou en laine, le choix de l'étoffe ne fait rien, il faut seulement que la partie pommadée soit couverte, et puis dans quelques jours... tu verras tes cheveux.

— Très-bien... je vais suivre exactement ces instructions... cela va chauffer sur le poêle...

Mais que diable pourrai-je mettre sur ma tête pour recouvrir la pommade...

— Eh! tiens, ce vieux bas de laine noir que la servante de maître Bourdinard aura oublié ici par mégarde... tu peux te découper une calotte là-dedans...

— Ma foi, tu as raison... j'aurai l'air d'un petit abbé; et vite à la besogne.

Bahuchet coupe dans le bas de laine un rond assez grand pour couvrir tout le haut de la tête de Plumard. Pendant ce temps, celui-ci enduit son chef avec la composition que la chaleur a fait fondre; il remarque avec étonnement que ses doigts ne peuvent plus se dépêtrer de la pommade quand il s'en est servi; mais Bahuchet lui dit que c'est une preuve de la vertu du cosmétique : enfin la tête du clerc étant suffisamment pommadée, le morceau de bas de laine est appliqué dessus et l'opération terminée.

Le clerc recouvre ensuite son chef avec la toque qu'il ne quitte presque jamais.

Le lendemain, le jeune Plumard porte la main à sa tête pour s'assurer que sa calotte tient toujours.

En passant ses doigts dessus, il sent comme une espèce de croûte; mais le tissu de laine ne bouge pas, et le clerc est persuadé que le travail de la pousse des cheveux est en train de se faire.

Huit jours s'écoulent.

Plumard a essayé, mais en vain, de retirer le morceau de bas de laine qui couvre sa tête.

— Laisse donc cela en paix ! lui dit Bahuchet, si cela tient, c'est que probablement le travail se fait; quand les cheveux seront un peu grands, la calotte tombera d'elle-même.

Huit jours se passent encore, nouvelle tentative de Plumard pour ôter le morceau de bas de laine, sans obtenir de résultat plus heureux.

Enfin, au bout d'un mois, Plumard n'y tient plus, il veut savoir ce qui se passe sous sa calotte et dit un matin à Bahuchet :

— Ote-moi ce rond de laine qui commence à m'ennuyer beaucoup; il est bien temps de voir si mes cheveux poussent.

Bahuchet n'ose plus se refuser à la prière de son ami.

Il pince un petit bord du rond et veut l'enlever, mais Plumard se met à pousser des cris aigus en disant :

— Arrête donc !... tu m'arraches la peau.

La pommade de Bahuchet, faite en grande partie avec du goudron, s'était, en séchant, fortement collée à la peau, tandis que le morceau de laine noire s'était pris dans le goudron de façon qu'il était tout à fait impossible de l'en détacher.

Pour avoir un petit morceau de la calotte, il fallait arracher un morceau de goudron, et on arrachait la peau avec.

On comprend maintenant pourquoi Plumard jette les hauts cris lorsque Bahuchet essaye d'arracher le rond qui est sur sa tête.

— Tu ne veux donc plus que je touche à cela? dit Bahuchet à Plumard.

— Eh! ne vois-tu pas que tu m'enlèverais la peau de la tête... Je ne veux pas être trépané !

Quelle horrible pommade m'as-tu donnée là ' .

— Probablement, tu te presses trop... le travail des cheveux n'est pas fini... il faut encore garder ce rond de laine !

— Ah! je commence à croire que je le garderai toujours... je ne veux pas qu'on m'arrache la peau...

— Après tout, ce rond n'est pas laid, tu as l'air d'avoir un faux toupet, ou plutôt des cheveux coupés très-ras.

Je t'assure que cela est plus joli que ta tête chauve.

Il y avait quelques semaines que ces événements s'étaient passés entre les deux clercs.

Plumard avait toujours sa petite calotte de laine goudronnée sur son chef; il tâchait de prendre son parti, mais il y avait des moments où la colère le prenait, et alors c'était contre Bahuchet qu'il exhalait sa fureur, en l'accusant de lui avoir donné une pommade qui, au lieu de favoriser la croissance de sa chevelure, devait nécessairement empêcher qu'il ne poussât la plus petite chose sur sa tête.

Pour calmer son camarade et tâcher de se rapatrier avec lui, Bahuchet s'était empressé de le prendre à part, après que le chevalier Passedix avait fait sa première visite à l'étude du procureur.

— Une bonne aubaine se présente, avait dit le petit clerc à son camarade, ce Gascon hérite; il veut remonter sa garde-robe...

Tu as un oncle fripier, allons faire un choix dans sa boutique : nous gagnerons cent pour cent avec le chevalier de Passedix...

Ensuite j'ai dans l'idée que ce sera pour nous une bonne connaissance... le nouvel héritier m'a l'air de vouloir mener lestement son héritage : autant vaut qu'il le mange avec nous qu'avec d'autres..... n'es-tu pas de mon avis, Plumard ?

Plumard, après avoir en grimaçant gratté son rond de laine noire, enfonce jusque sur ses sourcils son chaperon et sort avec son camarade en répondant :

— Soit... allons chez mon oncle le fripier !

Après avoir fait un choix de vieilleries que l'oncle n'avait confiées à son neveu qu'avec beaucoup de répugnance, les deux clercs se sont dirigés vers la place aux Chats, et sont entrés à l'hôtel du Sanglier, où ils sont bientôt introduits près du chevalier gascon, qui en était à la seconde partie de son repas.

Bahuchet et Plumard s'inclinent devant le nouvel héritier comme des Turcs devant un pacha, Passedix leur fait un gracieux sourire et leur indique des siéges.

— Asseyez-vous, jeunes gens... je vais, si vous le permettez, achever mon dîner...

— Si nous le permettons!... nous sommes aux ordres de monsieur le chevalier... d'ailleurs rien ne nous presse... n'est-ce pas, Plumard?

— Rien du tout, répond Plumard, qui par politesse a ôté sa toque, mais qui passe de temps à autre sa main sur son rond de laine qu'il espère toujours détacher.

— Vous êtes tous deux attachés à l'étude de maître Bourdinard?

— Oui, monsieur le chevalier, nous sommes les deux premiers clercs.

— C'est une bonne étude?

— Excellente... ce qui fait que l'on a trop d'ouvrage.

— Et l'on n'est pas grassément payé?

— Ah! chez un procureur!... il n'y a de gras que le dos des chaises.

— Vous boirez bien un coup avec moi, jeunés basochiens.

— C'est infiniment d'honneur pour nous, monsieur le chevalier; nous en boirons tant que cela vous fera plaisir.

— Voilà qui est parler, sandis!...

Popelinette, des gobelets!... et retournez au cabaret demander quelques autres fioles dé différents crus; pendant cé temps nous finirons ces flacons...

Tenez, servante... prenez cette autre pièce d'or... et surtout né marchandez pas, fi donc... c'est bourgeois!... c'est croquant!... on dit : « C'est pour le très-noble et très-vaillant chevalier de Passedix...» et on paye sans compter.

La vieille servante est partie et Bahuchet a dit tout bas à son camarade :

— Tu entends, il ne marchande pas. Il payera ces friperies le prix que nous en demanderons.

Passedix emplit les gobelets, les deux clercs choquent respectueusement les leurs contre celui du chevalier, qui s'écrie en regardant Plumard :

— Ah! pauvré garçon!... il paraît qué cela né va pas bien!

— Pourquoi cela, seigneur chevalier, répond le clerc en se redressant.

— Parce que jé vois qué vous avez un emplâtre sur la tête, comme on en met aux chiens malades.

Plumard est devenu pourpre; Bahuchet dit aussitôt :

— Ce n'est rien... c'est qu'il est enrhumé du cerveau... c'est un topique dont il essaye.

Mais pendant que monsieur le chevalier achève son repas, nous pouvons toujours lui montrer le superbe costume que nous avons apporté... Ouvre ton paquet, Plumard.

— Vous avez raison, pétits clercs, faites-moi voir ces vêtements.

Plumard sort en premier lieu du paquet un haut-de-chausse en soie orange enjolivé de crevés de satin citron.

Passedix est enchanté du haut de-chausse, il le prend, l'examine, le considère et s'écrie :

— Magnifique! admirable! s'écrie Passedix.

Cependant si lé manteau avait été d'une autre couleur... pour trancher avec le reste!

— Ah! monsieur le chevalier, c'est bien plus élégant, bien plus riche ainsi... D'ailleurs, voyez notre monarque Louis XIII, est-ce qu'il porte plusieurs couleurs sur lui? n'est-il pas presque toujours tout en noir : haut-de-chausse, pourpoint et manteau?

— Il a raison, sandioux!... et je ne saurais prendre un plus noble modèle.

Oui, tout d'une couleur... cela s'harmonise mieux, c'est plus doux à l'œil.

D'honneur, je suis enchanté de cet habillement... buvons, messieurs, j'ai hâte d'essayer ce costume...

—Nous aurons l'honneur de vous servir de valets de chambre, monsieur le chevalier...

— Vous êtes trop aimables... buvéz donc, jeunés clercs.

Passedix qui éprouve cette même impatience que les enfants, quand il s'agit de mettre un vêtement neuf, se hâte d'achever son repas, puis procède à sa toilette. Avec l'aide des deux clercs, il a bientôt revêtu haut-de-chausse, pourpoint, ceinture et manteau.

Alors il se promène dans la chambre, se regarde dans le grand miroir qui orne la cheminée, et ne peut se lasser de se contempler par devant et par derrière.

Tout en disant aux jeunes gens :

—Commentmé trouvez-vous?... là, sans flattérie...

Tout le costume était beaucoup trop large pour le Gascon, dont le corps sec et mince dansait dans ses nouveaux vêtements. Mais Bahuchet prend un air d'admiration en regardant le chevalier et s'écrie :

— Cela vous va supérieurement, seigneur chevalier; on jurerait que ce costume a été fait pour vous... il vous engraisse... Dieu que vous êtes beau ainsi!...

— Le haut-de-chausse est peut-être un peu large...

—Cela se fera... vous êtes magnifique!...

— Jé crois, au fait, qué jé né suis pas à dédaigner ainsi... et si la

— Charmant! délicieux... cela est du meilleur goût... c'est galant et coquet, voilà un haut-de-chausse qui me plaît beaucoup... et j'ai dans l'idée qué la couleur orange né fera pas mauvais effet sur mon individu.

Voyons le pourpoint.

Le pourpoint présenté est en étoffe pareille et orné de crevés en satin citron comme le haut-de-chausse.

Passedix est ravi.

— Voilà qui s'accorde parfaitement avec le haut-de-chausse, dit le chevalier, c'est parfait, et la ceinture ?

— La voici, dit Plumard, en présentant une ceinture en soie orange à franges pareilles.

— Oh! comme c'est joli, et comme tout cela va bien ensemble ! dit Plumard. Voyons le manteau maintenant.

Bahuchet présente en souriant le manteau qui est en velours orange, doublé de soie couleur citron.

pétite mé voyait maintenant, il est probable qu'elle serait moins revêche .. mais elle mé verra... il faudra bien qué je la rencontre.

Jé veux me faire voir à touté la ville.

— Vous ne rencontrerez pas de cruelles, seigneur...

— Il est gentil, cé petit clerc... C'est dommage qué votre ami ait cet emplâtre sur la tête... cela lui donne trop de ressemblance avec un caniche... à sa place j'aimerais mieux éternuer qué de porter cela...

A propos, messieurs, j'oubliais l'essentiel... lé prix dé ces vêtements ?

— Trente pistoles le tout, dit Plumard d'un ton sec, parce qu'il n'est pas satisfait qu'on lui a trouvé de la ressemblance avec un caniche.

— Va pour trente pistoles!... nous allons fouiller dans lé petit sac, l'argent est fait pour rouler, sandis!

Pendant que Passedix compte les trente pistoles à Plumard pour un costume que l'oncle fripier a déclaré qu'il donnerait pour quinze, Popelinette revient avec un panier contenant des bouteilles.

Paris. — Imprimerie Walder, rue Bonaparte. 44.

La vieille servante demeure ébahie devant Passedix qu'elle ne reconnaît pas, et murmure :

— Qu'est-ce que c'est donc que cette personne-là ?...

— Cette personne, Popelinette, c'est votre locataire... qué vous n'aviez jamais vu aussi brillant... et qué vous ne jugiez pas susceptible dé dévenir aussi séduisant !... peut-être... il y a tant dé gens qui ne rémarquent que la toilette et né veulent pas se donner la peine de fouiller dessous !...

J'étais aussi bel homme cé matin, mais je n'avais pas cé superbe costume, et l'on m'admirait moins !

— Je crois même qu'on ne l'admirait pas du tout ! dit Plumard à son camarade.

— Ah ! monsieur le chevalier... mais vous avez l'air d'une orange comme cela !... reprend la vieille servante.

— Tant mieux, ma chère, tant mieux ! l'orange est un fruit distingué et parfumé... J'entrerai cé soir dans la boutique d'un marchand d'eaux de senteur et jé me ferai asperger de la tête aux pieds afin qué l'on me sente cinq minutes avant dé me voir.

Mais buvons, aimables clercs, goûtons ces flacons... vidons-les, cadédis !... faisons rubis sur l'ongle...

Allons, jeune emplâtre ! dé la gaîté... et ôtez-moi cet affreux toupie... qui vous donne l'air d'un barbet.

Plumard fait la grimace, mais il boit ; Bahuchet rit de la figure de son compagnon, et vide son verre que Passedix remplit de nouveau. Bientôt les deux clercs sont plus qu'en train et disent des choses qui pourraient les compromettre aux yeux de Passedix, si celui-ci était en état d'y faire attention ; mais tout occupé de sa toilette, de sa nouvelle fortune, et passablement ému lui-même par ses fréquentes libations, le chevalier n'entend pas ce que disent les deux clercs, d'autant plus que le vin ayant délié la langue de ces messieurs, ils parlaient tous les trois à la fois.

— Six mille livres dé rente... ô fortune... comme cetté couleur mé va bien !...

— J'aime assez ce vin-là...

Charmant ! délicieux ! cela est du meilleur goût .. c'est galant et coquet...

— Plumard, il faudra nous faire fripier... c'est un bon état...

— Pourquoi m'appelle-t-il barbet et caniche, ça m'ennuie à la fin... A boire...

— A votre santé, pétits... Ah ! quand elle mé verra ainsi... brillant comme lé soleil... j'enfoncerai un peu son amoureux à quatre faces !

— C'est l'infâme pommade de Bahuchet qui est cause que j'ai ce rond sur la tête...

— A ta santé, ô mon infante !...

— C'est monsieur du Portugal... qui va enfourcher ce bel animal !...

— Trente pistoles... je gagne cent pour cent... et j'ai bien envie de ne rien donner à mon oncle !...

— O Miretta !... je mettrai mon magot à tes pieds... jé m'y mettrai également !

— Au diable l'étude de maître Bourdinard !... Je veux m'amuser... je ne travaille plus !...

Au milieu de ce brouhaha, les flacons étant vidés, Passedix, sans

plus s'occuper des deux clercs, est sorti de l'hôtel du Sanglier, pour aller se faire admirer dans Paris et y chercher Miretta.

Bahuchet et son ami l'ont suivi sur la place aux Chats.

Là, ils s'arrêtent, se regardent, se mettent à rire, se prennent le bras, chacun deux croyant soutenir l'autre ; puis Bahuchet balbutie :

— Nous avons trente pistoles à manger... car je ne pense pas, cher ami, que tu feras la bêtise d'aller en donner la moitié à ton oncle le fripier.

— Ça n'a jamais été mon intention...

Mon oncle peut bien me faire ce petit cadeau.

— S'il se fâche... tu lui diras qu'on t'a volé le paquet... les vêtements.

— Tiens ! c'est vrai... Je dirai que c'est le fameux Giovanni qui m'a dévalisé.

— Bravo !... c'est cela même... mettons l'accident sur le compte de Giovanni. Par la sambleu ! le gaillard est de force à prendre beaucoup de vols sur lui.

— A présent, allons nous divertir. Il faut faire danser les trente pistoles... Prends garde, cher ami... soutiens-toi un peu...

— Où allons-nous aller manger ça ?

— Il faut sortir de Paris... où des camarades pourraient nous rencontrer... Nous serions obligés de les régaler aussi...

— Pas si bêtes !...

— Allons au village du Roule.

— Où est-il, ce village ?

— Le Roule !... c'est un joli petit village... en sortant de Paris par la porte Saint-Honoré... Il y a là une léproserie.

— Une léproserie... merci ! Quel attrait !... Est-ce que tu veux que nous allions nous divertir dans une *maladrerie ?*...

— Mais non... tu ne me laisses pas finir... C'était pour te faire voir que je connaissais l'endroit... Il y a aussi un certain pêcheur-rôtisseur... qui fait sauter des lapins !... des fritures... Nous y serons très-bien... et nous pourrons nous y régaler à notre aise...

— Soit !... allons-y, conduis-nous...

— Tâche de ne pas tant vaciller sur tes jambes !

— Il est charmant...

c'est lui qui trébuche à chaque pas.

Les deux clercs, l'un portant l'autre, et décrivant parfois des zigzags qui font peur aux passants, se mettent en route pour le Roule, qui n'était, en effet, qu'un village, avant de devenir un des grands faubourgs de Paris.

XXXIV

Une démarche hardie.

Depuis que Bathilde avait connu le résultat de la visite d'Ambroisine chez Léodgard : depuis qu'elle savait de quelle manière celui-ci avait traité la personne qui venait l'implorer pour elle, une profonde tristesse, une sombre résignation avait remplacé l'impatience, l'inquiétude, l'espérance qui d'abord s'étaient emparées de ses esprits.

On a souvent dit, et avec raison, que l'incertitude est pire que le malheur lui-même.

Bathilde, en apprenant qu'elle ne doit plus attendre de Léodgard que du mépris et du dédain, a tourné toutes ses pensées vers l'enfant qu'elle porte dans son sein.

C'est pour lui qu'elle veut vivre; c'est pour lui que, dans l'excès même de ses peines, elle a puisé du courage et de la résignation.

Cependant une pensée tourmente encore la pauvre fille, elle craint d'être à charge, non pas à Ambroisine, mais à son père; elle craint que son séjour prolongé dans la maison de maître Hubonnet ne soit un embarras, une gêne, que, par humanité, on a soin de lui cacher.

Mais, dans sa position, sans argent, sans ressources, où irait-elle, si le père d'Ambroisine la renvoyait?

Bathilde avait tort de concevoir de telles craintes; maître Hugonnet ne faisait pas le bien par ostentation; il suivait simplement le penchant de son cœur; il était heureux lui-même quand il pouvait rendre un service, et il ne songeait pas à en tirer vanité.

La pensée de renvoyer la pauvre fille qui lui avait demandé un asile ne lui serait jamais venue, et il n'était pas besoin qu'elle fût l'amie d'Ambroisine pour qu'il fût humain et charitable avec elle; les bons cœurs ne demandent pas à être stimulés: ce ne sont pas des êtres vraiment généreux, ceux qui ont besoin d'un grand nombre de témoins pour faire une bonne action.

Mais Ambroisine lisait dans le cœur de son amie, elle devinait ses pensées, ses inquiétudes, ses craintes; elle faisait tout son possible pour les dissiper, en faisant entendre à Bathilde que, loin de leur causer le moindre embarras, sa présence leur était bien utile; que, par son habileté à travailler dans le linge, elle leur était d'un grand secours: que sa société charmait sa retraite; et qu'enfin c'était à elle que l'on devait de la reconnaissance.

L'amitié est ingénieuse quand elle veut dissimuler ses bienfaits.

Bathilde souriait à son amie, elle pressait sa main dans les siennes; mais involontairement les larmes s'échappaient encore de ses yeux.

— Toujours des pleurs!... dit un jour Ambroisine à Bathilde.

Tu n'es pas raisonnable...

Tu ne dois plus trembler pour l'avenir de ton enfant; ne t'ai-je pas dit que le sire de Jarnonville m'avait promis de lui servir de père?... Et il ne manquera pas à sa parole, celui-là!...

Je l'avais bien jugé, moi, en pensant que, sous cet air farouche, terrible même, le Chevalier Noir cachait un cœur accessible à la pitié...

Comment ne serait-il pas sensible aux peines des autres, celui qui en a tant éprouvé lui-même par la perte de son enfant...

Depuis ce jour où je l'ai rencontré rue de Bretonvilliers, il est venu plusieurs fois ici.

Il s'approche de moi quand je suis seule, et me dit tout bas: Comment va votre amie? A-t-elle besoin de quelque chose?... N'oubliez pas que je veux servir de père à son enfant...

— Servir de père! répond Bathilde avec amertume.

Eh quoi!... l'enfant du comte Léodgard de Marvejols a donc besoin qu'un étranger lui serve de père... lorsque le sien existe...

Hélas! Ambroisine, je fais ce que je puis pour avoir du courage... Mais, malgré moi, je souffre en pensant que la honte est le seul héritage que je laisserai à mon enfant...

Le lendemain de cette conversation, Ambroisine était seule, à la chute du jour, dans la boutique de son père, lorsque le Chevalier Noir, qui traversait la rue, s'arrête devant elle et lui dit d'un ton brusque, qui déguisait mal ce qui se passait au fond de son âme:

— Et cette pauvre fille... votre amie... ne puis-je encore rien faire ur elle?

Ambroisine regarde Jarnonville, et, comme frappée d'une pensée subite, s'écrie:

— Pardonnez-moi, seigneur... vous pouvez m'aider à lui rendre l'honneur peut-être...

Car je vois bien que ma pauvre Bathilde ne peut se consoler d'être abandonnée par son amant et maudite par sa mère!...

Depuis hier, une idée... une espérance m'est venue...

C'est le ciel, sans doute, qui m'a envoyé cette pensée...

Sire de Jarnonville, le comte Léodgard n'a-t-il pas encore son père?

— Sans doute... le marquis de Marvejols...

— Quel homme est-ce?...

— Le vieux seigneur de Marvejols est un homme intègre, juste, et portant le point d'honneur jusques à la plus extrême susceptibilité.

Fier du nom que lui ont transmis ses aïeux, il ne l'est pas moins de n'avoir point, dans tout le cours de sa vie, une injustice à se reprocher. Sévère dans ses paroles, il a cependant un cœur sensible et généreux: les méchants peuvent trembler devant lui; les malheureux jamais.

— Ce que vous me dites, seigneur, m'affermit encore dans mon projet...

— Quel est-il?

— D'aller trouver le père du comte Léodgard, de lui faire connaître toute la conduite de son fils avec Bathilde, et les événements qui en sont résultés; enfin, de lui demander justice pour celle qui fut victime d'une indigne séduction...

Et voyant que Jarnonville garde le silence, Ambroisine reprend:

— Est-ce que vous désapprouvez mon projet, seigneur chevalier? Mais qu'ai-je à craindre, après tout?...

Ma pauvre Bathilde ne saurait être plus malheureuse!...

Son séducteur ne se conduira pas plus mal avec elle!...

Oh! oui... je veux tenter ce dernier moyen de rendre l'honneur à mon amie...

Ce vieux marquis, qui est si juste, voudra peut-être que son fils tienne les promesses, les serments qu'il avait faits à Bathilde.

— Mais comment prouverez-vous au père de Léodgard que son fils a réellement fait à votre amie de solennelles promesses; il vous dira que tous les hommes qui veulent séduire une femme lui tiennent le même langage, et que c'est à celle-ci à ne point écouter des propos dont elle doit connaître la valeur!

— Comment je prouverai!...

Oh! j'ai heureusement conservé une lettre écrite à Bathilde par le comte, alors qu'il n'avait pas encore réussi dans ses projets...

C'est la première; c'est, je crois, la seule lettre qu'il lui ait écrite...

La pauvre petite me l'avait alors donnée pour ne point la relire toute la journée...

Car les beaux serments d'amour qu'elle renferme commençaient déjà à lui tourner la tête...

De l'écriture, c'est autre chose que des paroles en l'air...

— Oui, en effet, vous avez raison... et si vous aviez cette lettre...

— Je l'ai toujours conservée avec soin; quelque chose me disait qu'un jour elle pourrait être utile à Bathilde... qui croit sans doute que je l'ai brûlée depuis longtemps...

— Alors, mettez à exécution l'idée qui vous est venue...

Mais je ne vois pas en quoi je puis vous servir dans tout ceci, et pourquoi vous réclameriez mon appui?...

— C'est pour arriver jusqu'au vieux seigneur de Marvejols... c'est pour avoir accès près de lui que je m'adressais à vous.

— Savez-vous où est l'hôtel de Marvejols?...

— Oui, chevalier, il est sur la place Royale.

J'y suis allée déjà lorsque je croyais y trouver M. Léodgard.

— Eh bien! rendez-vous à cet hôtel... demandez M. le marquis... dites que c'est une pauvre fille qui désire lui parler pour obtenir justice, et bientôt vous serez introduite près du vieux seigneur.

Pour arriver près de l'homme intègre qui met le devoir au-dessus de la naissance et de la fortune, il n'est pas besoin de protection; il suffit d'être opprimé et de réclamer son appui.

Un introducteur vous serait donc inutile; au contraire, ce serait offenser le marquis, en lui faisant voir que vous l'avez confondu avec ces hommes puissants qui sont inaccessibles à la plainte des malheureux.

— O merci! sire de Jarnonville... merci!...

Alors, dès demain, je me rendrai à l'hôtel de Marvejols...

— Votre amie connaît-elle votre projet?

— Non, vraiment!... je me serais bien gardée de le lui dire...

D'abord, je suis certaine qu'elle m'aurait défendu d'aller trouver le père de son séducteur; elle aurait craint d'attirer sur celui-ci le courroux de cet homme plein d'honneur; mais il n'a pas craint, lui, en abusant de l'innocence d'une pauvre fille, de la voir un jour maudite!... chassée de chez ses parents!...

Oh! non, sire chevalier, Bathilde ne saura rien... si j'échoue dans mon entreprise, du moins elle n'aura pas cette nouvelle humiliation à ajouter à ses douleurs... Si le vieux marquis m'écoute avec bienveillance, alors seulement il sera temps de rendre un peu d'espoir à son cœur.

— Allez donc, fille courageuse, et puissiez-vous réussir dans votre noble dessein.

Le lendemain, vers le milieu de la journée, le père de Léodgard était seul dans son cabinet de travail.

Depuis quelque temps, la physionomie du vieux seigneur paraissait encore plus sévère, parce qu'elle était devenue plus triste.

L'abandon de son fils, qui ne mettait plus le pied dans le vieil hôtel de Marvejols, devait causer au chagrin que le marquis dissimulait sous un aspect plus fier et plus sombre.

Mais sur ce noble front sillonné par l'âge, il y avait autre chose à lire que de la sévérité.

Le marquis était assis dans son immense fauteuil, il avait devant lui, sur une table, un livre ouvert, mais il ne lisait pas dedans; la tête appuyée dans une de ses mains, il semblait absorbé dans une profonde méditation, puis de temps à autre jetant les yeux sur des papiers épars devant lui, il murmurait:

— Toutes ses dettes sont payées... il n'en a pas contracté d'autres, et il passe son temps en fêtes, en orgies, il traite ses amis et leurs maîtresses, le plus grand luxe règne dans cette demeure qu'il habite rue de Bretonvilliers.

Où donc prend-il cet argent qu'il semble répandre à profusion autour de lui ?

Sans doute le jeu lui est devenu favorable... mais la chance ne saurait être constamment pour lui... et, il n'y a pas longtemps, chez le duc de Soubiran, il a, m'a-t-on dit, perdu une somme assez forte...

Où donc trouve-t-il assez d'or pour subvenir à ses folles dépenses?...

Serait-il vrai, comme on en répand le bruit, que quelque courtisane étrangère lui ait apporté d'immenses richesses en échange de son amour... et Léodgard aurait accepté ce honteux marché...

Ah! je ne veux plus chercher à découvrir la source de sa fortune... car quelque chose me dit que la découverte de ce mystère ferait rougir mon front !... Et cet hymen avec mademoiselle de Mongarcin... il faut n'y plus penser... jamais il ne se fera...

La noble héritière refuserait maintenant un homme dont la conduite est un scandale continuel...

Ah! Léodgard a bien fait tout ce qu'il fallait pour empêcher que cette union ne s'accomplisse!...

Le vieillard était retombé dans ses méditations lorsque la porte de son cabinet s'ouvre et la figure du vieil Hector paraît discrètement sur le seuil avant que toute personne ne se montre.

— Que me voulez-vous, Hector? dit le marquis en relevant la tête, je ne vous ai pas sonné....

— C'est vrai, monsieur le marquis, et je ne me serais pas permis de vous déranger... sans une cause... sans un motif... c'est quelqu'un.

— Qu'est-ce donc?... parlez, expliquez-vous, Hector... il y a là quelqu'un qui désire me parler... serait-ce mon fils ou bien de sa part?...

— Non monsieur, répond le valet en baissant tristement ses regards sur le parquet. Non, ce n'est pas M. le comte Léodgard qui envoie... quoique cependant la personne doive le connaître... car elle est venue le demander ici... il y a déjà plusieurs mois...

— La personne... et quelle est cette personne?

— C'est une jeune fille... elle demande la faveur de parler à monseigneur... en particulier...

— Une jeune fille... et de la connaissance du comte Léodgard... Je ne saurais avoir rien de commun avec tout ce monde-là... Renvoyez cette jeune fille, Hector !...

— J'aurai l'honneur d'affirmer à monsieur le marquis que la personne qui est là a l'air aussi honnête que décent...

Elle supplie monseigneur de vouloir bien l'entendre... elle réclame justice et dit n'avoir d'espoir qu'en lui pour l'obtenir.

— Justice!... murmure le marquis. Alors, Hector, ne faites pas attendre, introduisez cette jeune fille.

Le vieux valet de chambre s'éloigne, mais il ne tarde pas à revenir avec Ambroisine, qui, arrivée sur le seuil de la porte devient pâle, tremblante et n'ose plus avancer, car l'aspect du marquis était imposant et sévère; les regards du vieillard s'attachaient sur elle, et ils inspiraient autant de crainte que de respect à la personne qui les affrontait pour la première fois.

Hector pousse doucement la belle fille dans la chambre, en lui disant bien bas:

— N'ayez donc pas peur !... M. le marquis n'est pas si redoutable qu'il en a l'air.

Puis sur un signe de son maître, le vieux domestique s'incline et disparaît, laissant Ambroisine seule devant le père de Léodgard, qui lui fait signe d'avancer en lui disant:

— Approchez... prenez un siége et dites ce que vous désirez de moi, jeune fille.

— Justice, monsieur le marquis, répond Ambroisine en relevant la tête, parce que la voix sonore du vieillard, au lieu de l'intimider, semble lui rendre le courage en lui rappelant le motif qui l'amène.

— Justice... on vous a donc fait du tort... vous avez donc à vous plaindre de quelqu'un?

— Ce n'est pas à moi que l'on a fait du tort, seigneur... et ce n'est pas pour moi que je viens réclamer votre appui... c'est pour une amie qui est bien malheureuse... bien à plaindre... mais qui n'aurait jamais osé venir elle-même vous dire ses souffrances... et cependant...

— Expliquez-vous mieux, jeune fille, et surtout... songez-y bien, dites que la vérité !..

— Ah! monseigneur, est-ce que l'on doit oser mentir devant vous? Veuillez m'excuser seulement si je ne sais pas bien m'exprimer...

— On s'exprime toujours bien quand le mensonge et la calomnie ne souillent point nos lèvres et que l'on a foi dans la justice de Dieu. Parlez, mon enfant, je vous écoute.

— Bathilde, c'est le nom de mon amie, n'a pas encore dix-huit ans; son père, aujourd'hui baigneur-étuviste rue Dauphine, est un ancien soldat qui a servi sous Henri IV; c'est un homme plein de bravoure et d'honneur,

Bathilde fut élevée bien sévèrement chez ses parents; sa mère ne la laissait jamais sortir et ne lui permettait aucun plaisir...

Excusez, monsieur le marquis, si j'entre dans tous ces détails... c'est que la pauvre fille qui ne connaît rien est bien plus exposée à se laisser prendre que celle qui est avertie.

Malheureusement la mère de Bathilde fit un voyage... pendant son absence, celle-ci avait plus de liberté...

Un jeune homme l'avait remarquée au feu de la Saint-Jean, où j'eus la malheureuse idée de la mener.

Ah! c'est qu'elle est si jolie, Bathilde! Il y avait dans sa beauté tant de candeur et d'innocence qu'il était facile à un séducteur de deviner qu'il en triompherait, qu'il l'abuserait aisément...

Enfin... ce jeune homme était constamment devant les fenêtres de mon amie... puis il lui envoya par la croisée une lettre dans laquelle il lui faisait les plus tendres promesses... il lui jurait qu'elle serait sa femme... il lui en faisait le serment devant Dieu!...

Ah! monseigneur, la pauvre Bathilde aurait cru outrager celui qu'elle aimait aussi, si elle n'avait pas eu confiance dans un pareil serment !...

Elle fut faible... elle fut coupable... mais jugez de son désespoir... sa mère revint et découvrit sa faute... la pauvre Bathilde fut chassée... sans miséricorde.. jetée dans la rue au milieu de la nuit... Heureusement elle se souvint que j'étais son amie...

Ah! nous ne l'avons pas repoussée, nous, nous lui avons donné un asile, mon père a pardonné sa faute en voyant l'excès de son malheur...

Mais Bathilde espérait toujours que son séducteur tiendrait ses promesses... elle lui écrivit, elle lui annonça qu'elle portait dans son sein un gage de leur amour... c'est moi qui me chargeai de porter sa lettre... de voir celui en qui elle avait mis toute son espérance...

Ah! monsieur le marquis... celui qui avait fait tout le mal repoussa mes prières, il fut insensible aux souffrances de la pauvre fille qu'il avait indignement abusée... il me fit chasser de sa demeure et me défendit de m'y représenter...

N'est-ce pas, seigneur, que cela est infâme... et qu'après avoir déshonoré une pauvre fille qui était si pure, aussi sage que belle, on n'a pas le droit d'être sourd à ses prières et de renier son enfant!

Le vieillard a écouté Ambroisine avec intérêt et sans l'interrompre; pendant qu'elle parlait, la tête appuyée sur une de ses mains, il semble peser chacune de ses paroles; lorsqu'elle a fini, il la regarde avec bonté et lui dit:

— Vous êtes une amie sincère et dévouée... c'est bien; ce que vous faites, vous, on le demanderait en vain à ces jeunes gens qui se serrent la main en se faisant mille protestations d'amitié.

Mais, hélas! pauvre fille... ce qui est arrivé à votre amie est un de ces malheurs devenus trop communs de notre temps... Qui prouvera d'ailleurs que cette jeune Bathilde n'a pas été elle-même au-devant de la séduction; que sa coquetterie n'a pas causé sa perte... enfin, pourquoi est-ce à moi plutôt qu'à tout autre que vous vous adressez pour obtenir justice de ce séducteur?... Suis-je donc son parent, son allié, ai-je sur lui quelques droits... quelque pouvoir?...

Ambroisine, sans répondre, a tiré de son sein la lettre écrite à Bathilde par Léodgard, et d'une main tremblante elle la présente au vieillard; celui-ci n'a pas plutôt jeté les yeux sur ce papier, qu'il reconnaît l'écriture de son fils.

Alors ses traits s'altèrent, un nuage obscurcit son front; cependant il maîtrise son émotion et lit l'écrit qu'il a dans les mains.

A mesure qu'il le parcourt, sa physionomie devient plus sévère; lorsqu'il a fini cette lecture, il laisse tomber sa tête sur sa poitrine et demeure comme anéanti par le nouveau coup qui vient de le frapper.

Ambroisine, immobile, espérant et craignant tour à tour, n'ose rompre le silence et prie tout bas le ciel de rendre le vieillard miséricordieux pour la pauvre Bathilde.

— C'est mon fils... c'est l'héritier de mon nom qui a fait tout cela!... murmure enfin le marquis de Marvejols, En se parlant à lui-même, et comme s'il avait oublié la présence de la jeune fille. O mon Dieu! me faudra-t-il donc toujours le trouver coupable!... N'aurais-je de lui que des sujets de peine... de douleur... de honte!...

Oui... c'est bien sa main qui a tracé ces caractères... et d'ailleurs il n'a pas craint de signer cette lettre... de mettre un nom qui fut toujours honorable à la suite de ces lignes qui ne contiennent que faussetés, perfidie!.. qui ne tendent enfin qu'à faire tomber dans l'abîme une innocente jeune fille...

Ah! ce n'est pas sous le règne d'un monarque juste et sage qu'il devait exister !... c'est du temps de Henri III, c'est à cette époque de licence, de libertinage, parmi les *Maugiron*, les *Scomberg*, les *Saint-Mégrin* et autres mignons du roi que sa place était marquée, qu'il aurait pour sa conduite obtenu l'approbation, les faveurs d'une cour dissolue !...

Mais aujourd'hui, lorsqu'une main ferme tient les rênes de l'État!..

lorsque des lois protectrices rendent le courage au faible et font trembler le criminel!... mon fils!... le dernier descendant des Marvejols... semble par sa conduite vouloir donner à son nom cette célébrité scandaleuse que cherchaient les favoris de Henri III.

Je ne saurais souffrir que ses désordres se prolongent... non... il faut, avant tout, que justice soit faite... Honneur passe noblesse!...

Et relevant la tête avec fierté, le vieillard dit d'une voix forte à Ambroisine :

— Allez rejoindre votre amie, jeune fille, et dites-lui qu'avant peu elle aura de mes nouvelles.

Ambroisine voudrait savoir ce qu'elle peut espérer pour Bathilde, mais un geste du marquis lui impose silence, et elle sort de l'hôtel de Marvejols ne sachant pas encore si elle doit se féliciter d'y être venue.

XXXV

Changement inattendu.

Bien que le vieux marquis ait engagé Ambroisine à dire à Bathilde que bientôt elle aurait de ses nouvelles, la Belle Baigneuse ne juge pas à propos de parler à son amie de sa visite chez le père de son séducteur.

Elle craindrait de lui donner de trompeuses espérances.

Ce n'est qu'au sire de Jarnonville qu'elle raconte son entrevue avec le père de Léodgard.

Le Chevalier Noir, qui maintenant porte un vif intérêt à Bathilde, dit à Ambroisine, lorsque celle-ci a terminé sa confidence :

— Justice sera faite!... n'en doutez pas, courageuse fille.

Le vieux marquis va d'abord prendre des informations sur votre amie, sur ses parents ; il voudra s'assurer si vous ne l'avez trompé en rien, et lorsqu'il sera certain que tout est vrai dans ce que vous lui avez dit, je vous le répète, il fera justice.

— Mais, comment entendez-vous qu'il fera justice, seigneur chevalier?...

Est-ce qu'il peut obliger son fils à épouser Bathilde?...

— Non ; et franchement, je ne crois pas que telle soit son intention...

Mais si Léodgard a le droit de ne point contracter une union qui ne lui agrée pas, si, par son âge, et devenu son maître, il peut braver les désirs ou les volontés de son père, celui-ci, qui est très-bien vu du cardinal-ministre, n'a qu'à dire un mot pour que Richelieu envoye Léodgard à la Bastille.

Quant à sa victime, je ne doute pas que le vieux marquis ne lui assure un sort indépendant et ne prenne soin de son enfant.

— De l'argent à Bathilde!... son amant en prison!...

Ah! ce n'est pas là ce que je voulais... Bathilde refusera les bienfaits du marquis...

Elle se reprochera la punition qu'il infligera à son fils...

Et c'est moi qui serai cause de tout cela!...

Ah! je me repens bien maintenant d'avoir été à l'hôtel de Marvejols... ma pauvre amie ne me le pardonnera jamais!...

— Quel était donc votre espoir en allant tout dire au père de Léodgard?

— Je ne sais... mon Dieu!... je voulais d'abord qu'il grondât son fils... mais sans l'envoyer à la Bastille!...

Et puis... je pensais que... peut-être... M. Léodgard, honteux de sa conduite... voudrait tout réparer... en épousant Bathilde!...

— Epouser la fille d'un baigneur... lui! le comte de Marvejols?...

Ah! c'est c'est là justement ce qu'il ne fallait jamais espérer!...

Ambroisine baisse ses regards vers la terre, mais une vive rougeur vient colorer ses joues, et sa voix s'empreint d'une noble fierté en murmurant :

— Les filles de baigneurs sont donc bien peu de chose à vos yeux, monsieur le chevalier, pour qu'on puisse impunément les déshonorer?

Jarnonville lève les yeux et regarde quelque temps la jeune fille.

Jamais encore il ne l'avait considérée ainsi.

Il est frappé de sa beauté, car en ce moment la rougeur qui colore son visage, la fierté et le chagrin qui se lisent sur son front, donnent à tous ses traits une expression qui les embellit encore.

Le chevalier demeure tout surpris ; il ne s'était pas encore aperçu que la fille de Hugonnet fût aussi belle, et qu'il y eût tant de charmes répandus sur sa personne ; pour la première fois depuis bien longtemps, un léger sourire vient errer sur ses lèvres, et il répond enfin :

— Si les filles de baigneurs étaient méprisables, il suffirait de vous pour les réhabiliter...

Vous vous êtes méprise sur le sens de mes paroles...

Loin de moi la pensée qu'il existe une classe que l'on peut outrager impunément!... Mais, après les passions des hommes, il y a les préjugés, les convenances, les usages...

Il y a l'orgueil, la vanité!... qui ne commettent par les fautes, mais qui, trop souvent, empêchent de les réparer.

Mais, encore une fois, je n'eus jamais l'intention de vous offenser,.. vous, noble fille, si dévouée, si généreuse!... vous qui réalisez si bien tout ce qu'on nous raconte de merveilleux sur les amitiés des temps antiques!...

Allons, donnez-moi votre main... que je la presse dans la mienne... comme le font les braves qui se réconcilient... et je serai bien certain alors que vous ne conservez plus de rancune contre moi.

Le sire de Jarnonville vient de présenter sa main à Ambroisine.

Celle-ci semble hésiter, une vive rougeur a de nouveau monté à son visage, qui, maintenant, a une expression plus douce et plus tendre.

Enfin, elle se décide ; elle avance lentement sa main blanche et potelée, et la pose en tremblant dans celle du chevalier.

Celui-ci la presse comme celle d'un ami ; mais en sentant leurs mains l'une dans l'autre, il est douteux que ces deux personnes éprouvent les mêmes sensations que deux amis.

Après s'être tenu la main quelque temps, Jarnonville et Ambroisine se séparent.

Le premier ayant le front moins sombre que de coutume ; la Belle Baigneuse, réfléchissant à ce qu'elle a fait pour Bathilde, et peut-être aussi à cette poignée de main qu'elle vient d'échanger avec le Chevalier Noir ; car les femmes mettent de l'intention dans tout ce qu'elles font, tandis que les hommes cèdent souvent sans réfléchir à l'influence d'un premier mouvement.

Six jours se sont écoulés, et rien n'est venu troubler la vie paisible que mène Bathilde dans la chambre qu'elle occupe chez maître Hugonnet.

Pendant ce temps, Ambroisine n'a pas osé lui parler de sa visite au vieux marquis de Marvejols.

Mais elle est sans cesse inquiète, préoccupée ; au moindre bruit inattendu qui se fait dans la maison, elle court s'informer, elle demande si quelqu'un est venu.

Enfin, maintenant c'est Bathilde qui s'étonne de son trouble, et veut qu'elle lui en dise la cause.

Mais Ambroisine se borne à lui répondre :

— Moi... je n'ai rien!... je t'assure que je n'ai rien...

Seulement... je pensais...

Je suis étonnée, parce que depuis plusieurs jours le sire de Jarnonville n'est pas venu à notre boutique... me demander de tes nouvelles, comme il le faisait depuis quelque temps...

— Mais, Ambroisine, ce chevalier doit avoir bien d'autres affaires en tête!...

Pourquoi penserait-il si souvent à une pauvre fille qu'il ne connaît pas ?...

— Par exemple!... je voudrais bien voir qu'il t'oubliât?

Après avoir promis... de protéger ton enfant... et surtout maintenant que...

— Que quoi ?...

— Mais, dame... que tu approches du moment où tu seras mère... Oh! non, il ne t'oubliera pas...

Il ne ressemble pas à tous les jeunes seigneurs de la cour, celui-là... Et s'il ne vient pas .. il faut qu'il y ait quelque cause qui l'en empêche... car... il a mis sa main dans la mienne...

Cela veut dire qu'il est mon ami... que je puis compter sur lui en toute circonstance... et il n'est pas homme à faillir à ses engagements.

Sur la fin de cette journée, un valet à la livrée du marquis de Marvejols se présente chez maître Hugonnet ; il est porteur de deux grandes lettres cachetées et scellées aux armes de la noble maison.

Ambroisine, qui est alors près de son père, devient pâle et tremblante en voyant entrer le valet, car elle reconnaît sur-le-champ la livrée qu'il porte.

— Maître Hugonnet, barbier-étuviste? dit le domestique en s'adressant au maître du logis.

— C'est moi, monsieur... que désirez-vous?

— Je suis chargé de vous remettre cette missive, de la part de mon maître, M. le marquis de Marvejols.

Hugonnet regarde la lettre qu'on lui présente ; il hésite à la prendre et dit au laquais :

— Ne faites-vous pas erreur, monsieur, je n'ai pas l'honneur de connaître M. le marquis de Marvejols... et...

— Si, mon père, si, si, c'est bien pour vous, s'écrie Ambroisine, prenez... prenez donc...

— Ah!... tu sais qu'on ne se trompe pas...

— Oui, oui... vous verrez... Et cette autre lettre, monsieur?...

— C'est pour une demoiselle Bathilde Landry, qui doit demeurer chez vous... auriez-vous la bonté de la lui remettre?...

— Oui, monsieur, oui... Oh! je vais la lui porter sur-le-champ.

— Alors ma commission est faite.

Et le valet s'éloigne après avoir salué très-poliment l'étuviste et sa fille.

— Tu sais donc ce que tout cela veut dire, toi? dit Hugonnet en regardant sa fille avec des yeux étonnés.

— Oui, mon père, je vous expliquerai cela...

Mais avant... je vous en prie... brisez ce cachet... voyez vite ce que l'on vous écrit...

— Que je brise ce cachet... c'est dommage! il est superbe... regarde donc...

— Mais, mon père, les cachets sont faits pour être déchirés... Comment voulez-vous savoir ce qu'on vous écrit, sans cela?.. Brisez donc... brisez donc...

— Oh! que tu es impatiente...

Allons, puisqu'il le faut!...

Le sceau est brisé, et l'étuviste déploye un grand papier sur lequel il lit :

« Le marquis de Marvejols prie maître Hugonnet, baigneur-étuviste, et sa fille Ambroisine, d'accompagner demain à son hôtel la jeune Bathilde Landry.

« Il les attendra à deux heures de l'après-midi, toute affaire cessante. »

— Qu'est-ce que cela signifie? murmura Hugonnet en regardant sa fille.

— Cela signifie, mon père, que je suis allée, moi, seule, trouver le vieux seigneur de Marvejols, que je lui ai conté toute la conduite de son fils avec Bathilde... en lui remettant pour preuve une lettre que M. Léodgard a écrite jadis à mon amie... et puis, enfin, que je lui ai demandé justice pour la victime de la séduction...

Voilà ce que j'ai fait, mon père... sans en avoir demandé la permission à Bathilde...

— Ni à moi non plus, il me semble?

— C'est vrai, mon père...

Est-ce que vous êtes fâché que j'aie fait cela?...

Est-ce que vous trouvez que j'ai mal agi?...

Hugonnet réfléchit un moment, puis s'écrie :

— Ma foi, non!...

Tu n'as pas mal fait...

Tu aurais pu me prévenir, cependant...

C'est égal, embrasse-moi ; tu es une bonne fille... une amie sincère...

Eh bien, nous irons demain chez le marquis... et nous verrons ce qu'il nous dira...

Après tout, il ne saurait nous faire un crime d'avoir recueilli une pauvre fille qui était sans asile et sans ressource...

— Oh! non, mon père... il m'en a déjà remerciée, au contraire.

— Maintenant va porter cette lettre à ton amie..

Il est probable qu'elle contient la même invitation que celle-ci.

— Oui, mon père... j'y vais...

Mais, si vous saviez... cela me cause une émotion...

Que va dire Bathilde, quand elle saura que je suis allée tout raconter au père de son séducteur?...

— Eh bien, n'as-tu pas peur qu'elle ne te gronde!... je t'ai bien pardonnée, moi!

— Oh! ce n'est pas la même chose!...

— C'est vrai ; avec moi, tu étais toujours sûre d'avoir raison...

Mais tu as agi pour le bien de Bathilde... et surtout pour celui de son enfant!...

Va... va... si l'amie te blâme, la mère te pardonnera.

Ambroisine quitte son père et se rend à la chambre de son amie, cachant sous son épais fichu la seconde lettre du marquis. Elle s'efforce de prendre un air indifférent et gai en s'avançant vers Bathilde, mais celle-ci ne s'y trompe pas et après avoir attaché quelques secondes ses regards sur les yeux d'Ambroisine, elle lui dit d'une voix brève :

— Tu as quelque chose à m'apprendre... et tu crains de parler... qui t'arrête?

Chassée, maudite par mes parents, abandonnée de celui que j'aimais, il me semble que je puis maintenant braver le sort...

Que pourrais-je encore avoir à redouter?

— C'est vrai... j'ai quelque chose à te dire... mais ce n'est point un malheur qui te menace... au contraire...

— Qu'est-ce donc alors... et pourquoi hésites-tu à t'expliquer.

Ambroisine sort de son sein la lettre scellée aux armes du marquis la présente à Bathilde en balbutiant :

— Tiens... voilà une lettre que l'on vient d'apporter pour toi...

— Une lettre!... oh! c'est de lui... oui, lui seul peut m'écrire... il pense donc encore à moi... et tu ne me la donnais pas...

Et Bathilde a déjà saisi la lettre, elle brise le cachet, elle ouvre le pli et lit :

« Le marquis de Marvejols prie la demoiselle Bathilde Landry de se rendre demain à deux heures à son hôtel accompagnée par maître Hugonnet et sa fille Ambroisine. »

— Qu'est-ce que cela veut dire? murmure Bathilde que la lecture de cette lettre a remplie d'effroi.

C'est son père... c'est ce vieillard qui ne me connait pas... et qui m'écrit cela?...

Alors Ambroisine s'assied près de son amie, elle prend une de ses mains dans les siennes, et de sa voix la plus douce, elle lui fait l'aveu de sa démarche près du père de Léodgard.

Bathilde a écouté Ambroisine en frémissant, lorsque celle-ci a cessé de parler, elle lui dit en pleurant :

— Je ne dois pas te gronder de ce que tu as fait... car tu as pensé mettre un terme à mes peines!... et cependant, si tu m'avais consultée, je t'aurais détournée de ce dessein... car il ne peut en résulter pour moi que plus grand chagrin, si le marquis punit son fils...

Celui-ci me haïra encore davantage... il sera furieux contre moi, car il pensera que c'est moi qui ai voulu que tu ailles tout apprendre à son père...

Ah! n'était-ce pas assez de son abandon! et fallait-il encore y joindre sa haine...

Le vieux seigneur de Marvejols prendra soin de mon enfant, dis-tu?...

Mais, si pour mieux veiller sur cet enfant, si pour lui donner une éducation digne du sang qui coulera dans ses veines, il lui venait à l'idée de l'avoir avec lui, près de lui...

Alors il me faudrait donc m'en séparer... ne plus jamais le voir peut-être!...

Ah! cette pensée seule glace mon cœur... moi, me séparer de mon enfant, mon trésor, mon espérance, le seul bien qui m'attache encore à la vie...

Ah! jamais! jamais! plutôt mourir.

— Et qui te dit que l'on songe à te séparer de ton enfant? s'écrie Ambroisine en relevant la tête avec fierté, est-ce que tu crois que je le souffrirais!...

Oh! ne crains rien... si j'ai eu tort en allant, sans te consulter, chez le père de ton séducteur...

Sois tranquille, j'empêcherai bien qu'il n'en résulte aucun malheur pour toi...

Quelque chose me dit, au contraire, que tu ne me blâmeras pas longtemps d'avoir agi ainsi.

Du courage, Bathilde, du courage... le marquis de Marvejols est un homme plein d'honneur, de justice...

Ayons confiance en lui.

Le lendemain, vers le milieu de la journée, la grande salle de l'hôtel de Marvejols était disposée comme pour une cérémonie solennelle.

De chaque côté, les sièges étaient rangés.

Au fond, une grande table recouverte d'un immense tapis de velours frangé d'or, était placée devant trois beaux fauteuils aux pieds desquels on avait mis de riches coussins de soie.

Sur la table, on voyait des papiers et tout ce qu'il fallait pour écrire.

Plusieurs valets en riche livrée, et parmi lesquels on remarquait le vieil Hector, allaient et venaient dans la salle, pour s'assurer si tout y était disposé suivant les ordres de leur maître.

Comme deux heures allaient sonner, une des portes de la salle s'ouvrit et trois personnes furent introduites.

C'était Bathilde accompagnée d'Ambroisine et de maître Hugonnet.

Bathilde, que son état et son air souffrant rendaient encore plus intéressante, s'appuyait en tremblant sur le bras de son amie, et semblait n'avoir pas le courage de lever les yeux.

Ambroisine s'avançait avec confiance, quoiqu'au fond de l'âme elle fût vivement émue ; ensuite venait le maître-étuviste qui marchait d'un air respectueux, tenant son bonnet à sa main, saluant tous les valets et même les meubles devant lesquels il passait, parce que la magnificence de l'hôtel lui imposait beaucoup.

Le vieil Hector s'empresse d'aller au-devant des jeunes filles, il les conduit à l'un des côtés de la salle et leur avance des sièges en leur disant :

— Veuillez vous asseoir, monsieur le marquis ne va pas tarder à venir.

Veuillez vous asseoir aisi que votre compagnon.

Il n'y a pas cinq minutes que Bathilde et ses amis sont dans cette vaste pièce où ils osent à peine échanger tout bas quelques paroles, lorsqu'une autre porte s'ouvre, et le marquis de Marvejols entre dans la salle accompagné de deux gentilshommes, dont l'un, presque aussi âgé que le marquis, a une tête vénérable, bienveillante, qui inspire le respect et la confiance, tandis que l'autre, beaucoup plus jeune, a un air brave, sévère, et un regard qui semble vouloir lire au fond du cœur.

— Voilà le marquis! dit tout bas Ambroisine à Bathilde, mais celle-ci, au lieu de lever les yeux, les baisse alors vers la terre, et se sent défaillir

Cependant, ainsi que son amie et maître Hugonnet, elle s'est levée à l'arrivée des trois nobles personnages.

Ceux-ci saluent gracieusement les personnes qu'ils trouvent là, et le marquis s'avançant seul vers Ambroisine, lui dit en regardant Bathilde :

— C'est là... votre amie?

— Oui, monseigneur.

Bathilde chancelait, la crainte, l'émotion faisaient vivement battre son cœur.

Mais, malgré son abattement et son extrême pâleur, ses traits si beaux et si fins étaient toujours ravissants, et le vieillard semble frappé par le doux charme de sa physionomie.

Il la contemple quelques instants en silence, puis posant sa main sur le bras de la jeune fille, lui dit :

— Ne tremblez pas, mon enfant, calmez votre émotion... vous n'êtes pas ici comme accusée...

Le marquis va rejoindre les deux gentilshommes avec lesquels il est arrivé, ils s'asseyent tous trois sur les fauteuils placés au fond de la salle.

Bientôt un homme, revêtu de la robe noire et de la toge que portaient alors tous les gens de loi, vient se placer devant la table sur laquelle sont disposés des papiers et des parchemins.

Le vieil Hector paraît à l'une des portes d'entrée et fait un léger signe de tête à son maître qui lui dit :

— Vous pouvez l'introduire maintenant.

Hector s'en retourne par la porte qui a servi d'entrée à Bathilde et à ses amies; au bout de quelques instants, un homme paraît à cette porte : il est pâle, son émotion est visible, mais son regard est sévère, il a revêtu son vieil uniforme, qu'il ne met plus que dans les occasions solennelles.

Il porte la tête haute, et c'est d'un pas ferme qu'il s'avance dans la salle sans jeter les yeux du côté où est Bathilde, qui a frémi à son aspect et a caché sa tête dans le sein d'Ambroisine en murmurant :

— Mon père !... c'est mon père !...

C'est, en effet, le vieux soldat de Henri IV qui vient de passer à quelques pas de sa fille, et qui, s'avançant vers le marquis, lui dit d'un ton respectueux mais dans lequel perce un secret sentiment d'amertume.

— Seigneur, vous m'avez fait prier de me rendre devant vous... vous m'annoncez que vous me ferez connaître le séducteur de... de celle qui fut ma fille... vous deviez être certain que je ne manquerais pas à ce rendez-vous... mais... permettez-moi de vous le dire... je ne croyais pas que ce serait devant autant de témoins que cette connaissance aurait lieu... je ne pensais pas qu'il fût nécessaire que ma honte fût aussi publique...

— Maître Landry, ne nous accusez pas avant de savoir ce que nous voulons faire, répond le marquis de Marvejols, nous savons que vous êtes un homme plein d'honneur... votre titre de vieux soldat du roi Henri vous honore à nos yeux autant que pourraient le faire les plus anciens quartiers de noblesse... vous ne devez donc pas supposer que ce soit dans l'intention de vous humilier que nous vous avons prié de vous rendre près de nous.

Nous voulons, au contraire, que justice vous soit rendue... et si votre honte a été publique, la réparation le sera aussi... veuillez-vous asseoir... de ce côté.

Le marquis a indiqué à Landry le côté opposé où est sa fille, et le vieux soldat, dont les traits se sont un peu adoucis en entendant les paroles prononcées par le seigneur de Marvejols, va s'asseoir sur un banc en caressant sa moustache grise, mais en évitant de porter ses yeux sur Bathilde.

Celle-ci qui se soutient à peine depuis quelle est en présence de son père, dit bien bas à son amie :

— Il ne daigne pas même jeter un regard sur moi !

— Parce qu'il craint de s'attendrir... oh !... il sait bien que tu es là... s'il te voyait si pâle, si défaite... est-ce qu'il pourrait conserver sa colère... attends... espère...

Une portière qui se tire avec fracas, le bruit que font les éperons quand ils retentissent avec force sur le parquet, attirent l'attention des jeunes filles : un nouveau personnage vient de pénétrer dans la salle; celui-ci y fait son entrée en maître; et c'est d'un air fier et hautain que, se dirigeant vers le vieux marquis, il passe dédaigneux devant les personnes qui sont là rassemblées.

Bathilde a déjà reconnu Léodgard, elle presse la main d'Ambroisine en murmurant :

— C'est lui... ô mon Dieu ! que va-t-il se passer !...

— Vous m'avez mandé près de vous, seigneur, pour affaire où il y va, dites-vous, de l'honneur de notre famille, dit Léodgard en s'arrêtant devant son père, mais que signifie tant de monde rassemblé ?... est-ce donc un jugement que vous allez rendre ?... est-ce comme accusé que vous me faites venir en ces lieux ?

— Peut-être, répond le vieux marquis d'une voix grave en arrêtant sur son fils des regards qui forcent celui-ci à détourner les siens.

Mais Léodgard en jetant les yeux sur les personnes qui l'entourent, reconnaît bientôt tous les personnages.

À l'aspect de Bathilde, il pâlit et n'est pas maître de son trouble; mais en reconnaissant Landry, une expression de colère, de dépit se peint sur ses traits, et c'est en frémissant d'impatience qu'il semble attendre ce qu'on veut de lui.

— Comte de Marvejols, dit le vieux marquis, quand une faute... je pourrais dire un crime a couvert de honte le front d'un vieillard, et

porté le désespoir dans une famille, ce n'est pas dans l'ombre et le mystère que doit se faire la réparation.

Aussi ai-je prié M. le duc de Montaulac et M. le baron de Freilly de vouloir bien aujourd'hui m'assister de leur présence, car devant de tels gentilshommes, on doit faire son devoir sous peine de passer pour indigne de porter une épée.

— Je ne vous comprends pas, seigneur ? répond Léodgard, en imprimant à ses traits une expression de hauteur et d'arrogance. Si quelqu'un ici trouve que je ne suis pas, en effet, digne de porter une épée, qu'il vienne me le dire, et je lui montrerai alors comment je m'en sers.

— Monsieur, l'honneur ne consiste pas seulement à bien savoir se battre; s'il en était ainsi, les bandits, les routiers, les coupe-jarrets seraient tous gens fort honorables, que l'on récompenserait au lieu de les punir.

Mais c'est assez de discourir.

Comte Léodgard, jetez les yeux sur cette jeune fille qui est là, près de vous... sur ce vieux soldat, qui ne faillit jamais à l'honneur, et qui n'ose plus porter les yeux sur son enfant, parce qu'elle a fait rougir son front... voilà vos deux victimes.

— C'est lui !... quoi !... c'est lui... le misé..... et Landry, qui n'a pas achevé sa phrase, porte déjà la main sur la garde de son sabre; mais un regard du vieux marquis le rappelle à lui-même, il se contient, et se borne à lancer sur le jeune homme un coup d'œil dans lequel on devine ce qu'il compte faire.

Le marquis reprend en s'adressant toujours à son fils :

— Vous avez séduit Bathilde, la fille de Landry ; vous avez trompé une jeune fille jusqu'alors innocente et pure... elle a cru à vos promesses, à vos serments... et après l'avoir perdue, vous l'avez lâchement abandonnée... lorsqu'elle était maudite et chassée par ses parents...

Comte Léodgard, est-ce parce que vous êtes d'une illustre maison, est-ce parce que vous portez un beau nom que vous vous êtes cru le droit de jeter le malheur et l'infamie dans une famille du peuple... dans une famille qui n'avait pour tout bien que son honneur... Répondez !

Un profond silence règne un moment dans la salle.

Landry se contentait de caresser en frémissant la poignée de son vieux sabre. Bathilde respirait à peine.

Ambroisine attendait avec inquiétude ce qui allait suivre, et tous les autres personnages rassemblés là semblaient partager son anxiété.

Au bout de quelques instants, Léodgard, qui a détourné la tête pour ne point rencontrer les regards de Bathilde, dit, en essayant de donner à sa voix un accent ironique :

— En vérité, monsieur le marquis, je ne m'attendais pas à être traduit ainsi en cour d'honneur pour une action... dans laquelle, j'en conviens, je n'avais pas vu tant de crimes, tant de malheurs !...

À la manière dont vous traitez... ce qui n'est après tout qu'une... peccadille... qu'un écart de jeunesse ! ne croirait-on pas que j'ai fait ce que nul gentilhomme ne s'était encore permis...

Par Notre-Dame !... ce serait bien mal connaître tous nos jeunes seigneurs d'aujourd'hui !... il n'en est pas un qui n'ait commis au moins cinq ou six forfaits !... du genre de celui que vous me reprochez !... mais bien loin d'en rougir et de s'en repentir, tous, au contraire, en tirent vanité !...

Et depuis quand est-il défendu à nous autres gens de cour de conter fleurette aux petites bourgeoises, aux jeunes filles du populaire ?...

Après tout, si elles veulent rester sages, c'est à elles de ne point nous écouter !...

Mais loin de là ! elles provoquent notre conquête par leurs regards, par leurs agaceries !... elles seraient bien désolées si nous ne cherchions pas à les séduire !...

Landry faisait entendre comme un grognement sourd qui annonçait un orage près d'éclater, Bathilde cachait sa figure dans ses mains, et Ambroisine serrait avec force le bras de son père en murmurant :

— C'est affreux ! c'est indigne !... oh ! non ! elle n'a pas fait tout cela !

Mais le vieux marquis se lève et interrompt Léodgard en s'écriant d'une voix tonnante :

— Assez, monsieur, assez ! votre défense n'est qu'une insulte de plus à celle que vous avez outragée...

Nous savons qu'il est des femmes qui vont au-devant de la séduction... qui la provoquent même... celles-là ne mériteraient point notre pitié... mais osez-vous ranger l'infortunée qui est ici parmi ces filles sans pudeur et sans mœurs...

Alors, pourquoi donc avez-vous eu besoin pour la séduire d'employer les serments les plus sacrés, de lui écrire que vous la prendriez pour épouse ?...

— Tenez, voici votre lettre... démentez donc votre signature...

Et le marquis présente à son fils la lettre que celui-ci a jadis écrite à Bathilde et à laquelle sans doute il ne songeait plus depuis longtemps.

En reconnaissant les caractères qu'il a tracés, Léodgard demeure confondu.

Un rayon de joie brille dans les yeux d'Ambroisine.

Quant à Landry, un changement soudain s'opère dans ses traits ; ils perdent en un instant toute leur sévérité et, tournant presque aussitôt ses regards vers sa fille, ce n'est plus avec courroux, c'est avec douleur que le vieux soldat la contemple ; la pitié vient d'entrer dans son cœur, il est facile de voir que le pardon n'est pas loin.

Mais Léodgard n'est pas longtemps à se remettre de ce premier mouvement de surprise, et faisant un geste d'impatience, il s'écrie :

— Enfin, seigneur, où voulez-vous en venir ?... de grâce, terminons cette scène... pourquoi m'avez-vous fait comparaître en ces lieux ?...

— Pour que vous rendiez l'honneur à cette jeune fille... que vous avez rendue mère... et pour cela il vous faut l'épouser... lui donner votre nom.

Léodgard regarde son père et semble douter de ce qu'il entend ; il en est de même de tous les assistants, excepté les deux nobles seigneurs assis près du marquis de Marvejols.

Celui-ci reprend :

— Si vous consentez à cette union, Léodgard, je cède dès ce moment à Bathilde Landry cet hôtel et les revenus de deux maisons que je possède dans Paris ; de plus, j'assure après ma mort toute ma fortune à l'enfant qu'elle porte dans son sein.

Moi, je me retirerai à ma terre de Champfleury... j'y terminerai ma carrière... le séjour de la ville ne convient plus à mon âge ni à mes goûts.

Si vous refusez de prendre Bathilde pour votre femme, alors, monsieur, il est une autre satisfaction que son père a droit d'attendre... je lis dans ses yeux qu'il brûle de vous la demander... et je ne saurais l'en blâmer !...

Choisissez donc : la main de Bathilde ou le duel avec son père.

— Mon choix ne saurait être douteux ! s'écrie Léodgard. Le comte de Marvejols n'épousera point la fille d'un baigneur-étuviste !... et si celui-ci désire se mesurer avec moi... je veux bien consentir à lui faire cet honneur.

Un gémissement sourd se fait entendre du côté des jeunes filles, tandis que Landry, relevant sa moustache avec fierté, dit avec calme :

— Monsieur le comte, le roi Henri IV m'a frappé sur l'épaule en m'appelant son brave !... je crois que vous ne vous déshonorerez point en frottant votre épée contre ma rapière.

— Ainsi donc ! reprend le marquis en jetant sur son fils un regard douloureux : c'est en essayant de répandre le sang du père, que vous comptez effacer la honte dont vous avez entaché cette jeune fille... Qu'il soit fait ainsi que vous le voulez, monsieur... c'est Dieu maintenant qui se chargera de votre punition...

Mais rassurez-vous, pauvre fille... pauvre mère, que votre séducteur repousse... quelle que soit l'issue du combat qui aura lieu... je veillerai désormais sur vous, comme si vous étiez mon enfant...

Et vous, Landry, vous, son père... qui voyez sa douleur, ses souffrances, son repentir... vous lui pardonnerez sa faute... oui... vous lui pardonnerez... je le vois dans vos yeux... et vous remercierez alors cette jeune fille... son amie... dont vous ne connaissez pas encore tout le dévoûment.

Avancez, Ambroisine, venez recevoir les éloges que vous méritez... que votre père les entende... portons au moins la joie dans un cœur.

Maître Hugonnet, tout rouge de plaisir, pousse doucement Ambroisine, celle-ci fait quelques pas en saluant avec embarras, et dit en baissant les yeux :

— Monsieur le marquis est trop bon... ce que j'ai fait était tout naturel... j'aurais été si heureuse de voir... monsieur le comte Léodgard aimer encore Bathilde...

Aussi, avant de me décider à venir tout conter à monsieur le marquis... j'avais été bien des fois... à l'hôtel de la rue de Bretonvilliers pour tâcher de parler à M. le comte... et pourtant... j'avoue que j'avais un peu peur en me rendant seule la nuit dans ce quartier-là... et puis comme on me disait toujours que M. Léodgard n'y était pas... je passais quelquefois une partie de la nuit pour attendre son retour... et une fois... oh ! j'ai eu si peur... j'ai fait une rencontre si horrible... Mais pardon, monseigneur..... ceci ne saurait vous intéresser..... excusez-moi...

Depuis quelques instants, en écoutant Ambroisine, la figure de Léodgard devenait d'une pâleur livide et des gouttes de sueur perlaient sur son front, mais il restait immobile à sa place et affectait de faire bonne contenance.

Le vieux marquis fait un signe à Ambroisine qui allait s'éloigner, en lui disant :

— Continuez, mon enfant ; ce qui vous est arrivé pour le service de votre amie ne saurait que nous intéresser... Quelle était cette rencontre ?

— Mon Dieu, monsieur le marquis... excusez-moi... c'était comme une apparition...

Tenez, voilà comme la chose est arrivée :

J'attendais le retour de M. le comte... minuit avait sonné... ne sachant que faire et pour tromper le temps, au lieu de rester toujours devant la porte de l'hôtel, je me promenais quelquefois le long des murs de côté... car l'hôtel est tout isolé...

Cette nuit-là, comme j'étais arrêtée au bout du mur... derrière l'hôtel... un homme paraît tout à coup... je ne l'avais ni entendu ni vu venir... on aurait dit qu'il était sorti de la muraille...

Mais jugez de mon effroi : à son bonnet à poils, à sa pelisse olivâtre, je ne doutai pas que ce ne fût le brigand Giovanni... dont on m'avait si souvent fait le portrait, et alors...

— Tout est fini !... tout est réparé ! s'écrie Léodgard d'une voix stridente et en repoussant brusquement Ambroisine pour s'approcher de Bathilde. Monsieur le marquis... je cède... je consens... j'épouse Bathilde... je suis prêt à la conduire à l'autel !

Il serait impossible de décrire l'effet de ces paroles, que l'on était si loin d'attendre...

La joie la plus vive se peint sur tous les visages.

Bathilde pousse un cri de bonheur, Landry s'approche de sa fille et la presse dans ses bras.

Ambroisine et son père sont dans l'ivresse.

Le vieux marquis de Marvejols tend la main à son fils en signe de réconciliation.

Et personne ne songe plus à demander la fin de l'aventure que la Belle Baigneuse était en train de conter.

XXXVI

Un choix singulier.

Par une belle journée de printemps, Valentine de Mongarcin, assise dans le salon où madame de Ravenelle, sa tante, se tenait de préférence, s'amusait à chercher quelques accords sur son sistre, et fredonnait les paroles d'un virelay nouveau.

Madame de Ravenelle, couchée dans une immense bergère, écoutait sa nièce en marquant doucement la mesure avec sa tête, et souriait avec ce contentement d'une personne qui digère bien et n'a point de souci.

La belle Valentine était loin de montrer une physionomie placide comme sa tante ; souvent son front se plissait, sa bouche exprimait plutôt la tristesse que la joie, et ses yeux, qu'elle portait incessamment de côté et d'autre, annonçaient que son esprit était fortement préoccupé.

— Eh bien, continuez donc, Valentine... pourquoi ne chantez-vous plus ? dit bientôt la vieille dame.

— Comment, ma tante, est-ce que je chantais ?...

— Ah ! voilà qui est charmant... vous ne le saviez pas... vous chantiez sans vous en apercevoir ?...

— Je vous assure, ma tante, que je ne pensais pas du tout à la musique !

— C'est possible.

Depuis quelque temps d'ailleurs vous êtes si distraite... si rêveuse... en vérité, si je ne vous connaissais pas, je croirais que vous avez une passion dans le cœur !... mais je suis bien tranquille de ce côté... je sais que vous n'aimez personne...

— C'est vrai, ma tante, je n'ai d'amour pour personne.

— Il faudra cependant vous décider quelque jour... ce ne sont pas les soupirants qui vous manquent... voilà déjà plus de dix cavaliers... nobles et riches, qui me demandent votre main !...

Moi, je leur dis à tous : Attendez... prenez patience !... elle y arrivera.

Valentine ne répond rien. Au bout de quelques minutes elle s'écrie :

— Ma tante, hier, à la soirée de madame de Brissac, n'avez-vous pas entendu parler d'un événement... fort extraordinaire ?...

— Non, ma nièce, non... et j'aime autant cela ; les choses extraordinaires causent quelquefois de vives émotions, et je n'aime pas tout ce qui trouble ma douce quiétude.

— Eh bien, moi, j'ai entendu deux jeunes seigneurs, qui causaient à quelques pas de moi... mais pas assez bas pour que je ne pusse saisir leurs paroles ; l'un d'eux disait : Oui, mon ami, oui, Léodgard de Marvejols est marié !...

Ce n'est pas possible, répondait l'autre, pourquoi aurait-on tenu cette union secrète ?

Le premier cavalier répondit, mais en s'éloignant avec son ami, et il me fut impossible d'en apprendre davantage...

— Ma nièce, vous devez avoir mal entendu, ou ce jeune cavalier aura voulu s'amuser aux dépens de son ami !...

Un homme du rang des Marvejols ne contracte pas une union sans qu'on le sache d'avance dans le monde. Et cela serait en effet très-extraordinaire.

En ce moment un laquais paraît et annonce le baron de Germandré.

La vieille dame donne l'ordre de laisser entrer, et bientôt un petit vieillard sec et chauve entre dans le salon, salue les dames avec toute la courtoisie d'un homme de cour et, après avoir présenté ses hommages d'un air tout guilleret, se laisse tomber sur un sofa en disant :

— Grande nouvelle ! mesdames, grande nouvelle... vous savez que je suis toujours instruit un des premiers, moi...

J'aime cela... les primeurs plaisent toujours... eh ! eh ! eh !...

— Qu'est-ce donc, monsieur de Germandré ? demande madame de Ravenelle en soulevant à demi sa tête ; est-ce que le roi fait la cour à sa femme... est-ce que Richelieu aurait perdu de sa faveur ?

— Non, non, ce n'est point de la cour qu'il s'agit aujourd'hui !... mais bien d'un gentilhomme de haute lignée, d'une famille fort ancienne... C'est-à-dire que c'est inconcevable, et si je n'étais pas renseigné par le vieux duc de Montaulac, qui a servi de témoin, je refuserais d'y croire... mais il faut bien se rendre à l'évidence !...

— Quand vous voudrez vous expliquer tout à fait, baron, vous nous ferez plaisir, car jusqu'à présent vous ne nous dites que des phrases bien ambiguës...

— C'est vrai... pardon, mesdames, voici la nouvelle véridique : le fils du marquis de Marvejols, le jeune comte Léodgard est marié !...

— Marié ! s'écrie madame de Ravenelle, qui n'est pas maîtresse d'un mouvement de surprise et jette un regard sur sa nièce ; mais celle-ci demeure impassible et se contente de serrer plus fortement ses lèvres, comme quelqu'un qui n'apprend rien qui l'étonne.

— Ceci ne serait encore rien que de fort naturel, reprend le baron. Le comte s'est marié... cela devait arriver... et cela ne surprendrait personne, s'il avait épousé quelqu'un de son rang, une personne de noblesse, d'illustre maison... Mais si vous saviez à qui il a donné son nom... c'est-à-dire

Mon père ! c'est mon père !

que c'est à ne pas le croire... cela ne s'était jamais vu...

— En vérité, baron, vous êtes insupportable ! vous nous tenez en suspens...

— Oh ! mille pardons encore une fois, belle dame !

Eh bien, le descendant des Marvejols, le comte Léodgard a épousé une fille du peuple... l'enfant d'un baigneur-étuviste...

Voilà à qui ce noble gentilhomme s'est allié.

Valentine crispe ses doigts sur le meuble où reposait sa main, mais elle s'efforce de conserver son air calme.

Madame de Ravenelle, pour la première fois de sa vie peut-être, pousse un cri et semble vivement émue ; elle peut à peine murmurer :

— Cela ne saurait être, baron, il doit y avoir erreur... une telle union n'a pu se faire...

— Eh ! mon Dieu, madame, j'ai dit positivement comme vous lorsqu'on m'a appris cela...

Mais puisque le duc de Montaulac et le baron de Freilly ont assisté comme témoins à ce mariage, puisqu'ils m'ont confirmé le fait, comment voulez-vous douter encore ?

— Et le vieux marquis de Marvejols a consenti à cette alliance ?

— Non-seulement il a consenti, mais ce qui vous paraîtra bien plus incroyable, c'est lui qui a, pour ainsi dire, obligé son fils à contracter ce mariage...

— Lui ? le marquis ?

— Oui, madame. Après cela, vous savez que c'est un homme bien singulier que ce cher marquis ; il a sur l'honneur des idées... des principes... très-respectables sans doute... Mais cependant il y a des cas où l'on doit faire exception à la règle...

— Et le duc de Montaulac, le baron de Freilly ont consenti à servir de témoins à une union qui choque toutes les convenances... qui est presque une insulte à la noblesse !...

— Que voulez-vous ? il paraît que c'est toute une histoire ! c'est fort romanesque... On assure que la jeune fille, qui était très-sage, a été séduite par ce mauvais sujet de Léodgard, car il passe pour un grand roué, ce monsieur... Ensuite la faute ayant eu... des suites... la jeune fille a été chassée par ses parents, et sans une amie qui la secourut, qui lui donna un asile... elle serait peut-être morte dans la rue... car le beau Léodgard l'avait abandonnée aussi.

— C'est fort mal. Il devait lui donner de l'argent... beaucoup d'argent !...

— Il n'en a jamais trop pour lui ; maintenant on dit qu'il en dépense autant qu'un sultan !... Bref, le père a su tout cela par l'amie de la jeune fille qui a été le trouver... il a fait venir tout le monde devant lui... c'est alors que le duc de Montaulac et monsieur de Freilly l'ont assisté. Il a dit à son fils qu'il devait une réparation au père de celle qu'il avait séduite ; ce père est un vieux militaire, à ce qu'il paraît ; il lui a donné le choix d'épouser la jeune fille ou de se battre en duel avec son père.

Et Léodgard aurait préféré cette union... C'est inconcevable ! il avait refusé d'abord... il avait même rejeté avec dédain cette proposition...

Puis, tout à coup... on ne sait comment cela s'est fait, il a changé de résolution, il a consenti à épouser... le mariage s'est fait à l'instant même dans la chapelle de l'hôtel de Marvejols... Un vénérable prêtre avait été prévenu... Tout était disposé... La cérémonie a eu lieu.

— Je n'en reviens pas ! Non... cela me passe... le nouveau marié n'aura pas, je pense, l'audace de présenter sa femme à la cour !...

— Il paraît qu'à la suite de ce mariage les parents de la mariée ont quitté leur établissement d'étuvistes et sont allés vivre en province...

— C'est dommage... on aurait été se baigner chez le beau-père du comte de Marvejols... Cela eût été la mode peut-être.

— Quant au vieux marquis, il a, dit-on, donné son hôtel de la place Royale à la jeune mariée... Il paraît qu'il l'a comblée de ses dons, il a passé sur sa tête d'immenses revenus... mais tout cela, sans que son fils puisse y toucher ; il a voulu enfin que la jeune femme ait une fortune indépendante... il est certain qu'au train que mène le comte Léodgard, peu de fortunes pourraient résister... Enfin le vieux mar-

Juis a quitté Paris, il s'est retiré dans sa belle terre de Champfleury en annonçant qu'il ne voulait plus la quitter.

— Voilà des événements bien singuliers! Et les nouveaux mariés font-ils bon ménage?

— Oh! oui, car ils ne demeurent pas ensemble.

Le jour même de son mariage, le comte Léodgard a quitté sa femme pour retourner habiter sa petite maison de la rue Bretonvilliers.

Quant à la nouvelle comtesse, elle est installée dans l'hôtel de Marvejols, et depuis qu'elle en a pris possession, on assure que le comte son mari n'y a pas mis les pieds.

— Tout ce que vous m'apprenez est si étonnant... cela m'a trop émotionnée.

Baron, j'ai bien peur d'en être malade... cela sort de mes habitudes...

— Vous les reprendrez, belle dame, après tout... qu'il en advienne ce qu'il pourra... il me semble que cela doit nous être très-indifférent... Tant pis pour les gens qui font des sottises... épouser une femme que l'on quitte dès le jour même, et que l'on ne veut plus revoir! Je déclare, qu'à la place du comte, je me serais battu cent fois plutôt que de contracter une union aussi ridicule...

— Vous auriez bien fait, baron, vous auriez très-bien fait!... Oh! mais vous ne démentez pas votre sang, vous!

— Que diable! on est gentilhomme ou on ne l'est pas, je ne connais que ça, moi!.. Mais je vais vous quitter, mesdames, recevez mes hommages... Je vous avoue qu'il me tarde d'aller conter dans plusieurs maisons l'histoire du mariage extravagant du comte de Marvejols.

— Je comprends cela. Allez, baron de Germandré, allez... nous ne vous retenons pas davantage.

Le vieux baron est parti. Madame de Ravenelle regarde sa nièce; Valentine se contente de lui dire d'une voix brève:

— Eh! bien, madame, vous voyez que je n'avais pas si mal entendu.

La vieille dame ne répond rien, mais après tant de secousses, après des émotions si fatigantes pour elle, on voit qu'elle désire goûter du repos, car elle s'étend dans sa bergère comme lorsqu'elle veut dormir.

Valentine s'empresse alors de quitter le salon et de se rendre dans son appartement.

— Qu'on m'envoie Miretta! dit-elle à un laquais qu'elle rencontre; puis n'ayant plus aucun motif pour dissimuler ce qu'elle éprouve, elle s'abandonne à la colère, au dépit, à l'impatience; elle déchire tout ce qu'elle trouve sous sa main, elle repousse, elle brise tout ce qui lui fait obstacle.

Miretta se présente bientôt devant sa maîtresse, mais, depuis quelque temps, Miretta est triste, pensive.

Elle porte en tous lieux un front pâle, sombre, et des yeux où se lisent l'abattement et la douleur; ce n'est déjà plus la piquante et jolie brune qui captivait tous les regards.

Le chagrin flétrit vite la beauté.

— Mademoiselle me fait demander... me voici, murmure la camériste en s'inclinant devant sa maîtresse.

— Oui... viens... entre... ferme cette porte.. que je puisse parler... que je puisse enfin, sans contrainte, donner un libre essor à mes sentiments...

— Mademoiselle est bien agitée... lui serait-il survenu quelque chagrin...

— Oh! oui... je souffre... je me sens humiliée... je ne saurais te dire tout ce que j'éprouve... je ne sais pas bien moi-même ce qui se passe dans mon cœur, mais je voudrais pouvoir me venger...

Miretta, cet homme qui devait être mon époux... du moins, c'était le désir de nos deux familles...

Ce Léodgard de Marvejols... il est marié... marié avec cette Bathilde, avec la fille d'un baigneur-étuviste... lui! le descendant d'une illustre famille... comprends-tu cela?.. comprends-tu quel affront il me fait à moi?...c'est pour épouser mademoiselle Bathilde Landry qu'il a dédaigné, refusé la main de Valentine de Mongarcin... Ah! cette pensée me met en fureur... elle m'étouffe, elle me crispe... donne-moi de l'eau... vite, il me semble que je vais être suffoquée....

Miretta prodigue ses soins à sa jeune maîtresse; au bout de quelque temps, celle-ci devient plus calme, elle sourit même à sa femme de chambre en lui disant:

— Je me sens mieux, merci, Miretta... En vérité, j'étais bien folle de me faire mal pour cet homme... ce n'est pas ainsi que l'on se venge... mais épouser cette Bathilde! qui aurait jamais cru cela de lui?...

— Et la plume blanche que vous aviez envoyée, mademoiselle?

— Je crois qu'au lieu de perdre cette fille... cela n'a servi qu'à la faire devenir comtesse.. elle!... elle!... comtesse de Marvejols!... je ne puis me faire à cette idée... et pourtant il paraît qu'il ne l'aime plus, cette femme: figure-toi, que depuis le jour de leur mariage, Léodgard a quitté cette Bathilde... elle demeure dans l'hôtel de la place Royale, et le comte continue à habiter sa maison de la rue de Bretonvilliers, et, depuis le jour où il a contracté ce honteux hymen, il n'a pas été une seule fois rendre visite à sa femme!...

Mais juge de mon effroi... à son bonnet à poils, à sa pelisse olivâtre, je ne doutai pas que ce ne fût le brigand Giovanni.

— Alors, mademoiselle, cela prouve bien que M. le comte Léodgard ne s'est pas marié de bonne volonté... et s'il a épousé la fille de l'étuviste Landry, c'est que bien certainement il y aura été contraint...

— Non... il pouvait refuser... il est d'un âge où l'on est maître de ses actions... il avait le choix entre cette union et un duel avec le le père de cette Bathilde... et il a lâchement refusé le duel!...

— Ah! mademoiselle, on ne peut cependant pas supposer que ce soit par manque de courage...

Tout le monde s'accorde pour dire que M. le comte Léodgard est un brave parmi les braves!...

— Oui... oui... tu as raison... mais, alors... pourquoi donc a-t-il consenti?.. Il y a là-dessous quelque mystère... quelque chose... que je donnerais tout au monde pour découvrir.

Et Valentine, appuyant sa tête sur l'une de ses mains, le corps à demi-étendu sur un sofa, demeure pendant plusieurs minutes plongée dans ses réflexions; Miretta, à genoux sur un coussin devant sa maîtresse, conserve de son côté la même immobilité, et tout entière à ses pensées, ne sait plus sans doute ce qu'elle fait là.

Valentine sort enfin de ses rêveries, et passant sa main dans les beaux cheveux noirs de Miretta, lui dit avec douceur :

— Pauvre fille !... tu souffres aussi... toi... et tu n'as personne à confier tes peines....

Mais, depuis quelque temps je remarque ta tristesse... ton front est soucieux, et près de moi lorsque tu t'efforces de sourire... il y a des larmes dans tes yeux... et tu cherches en vain à les cacher...

Eh ! bien, voyons, conte-moi un peu tes peines... est-ce qu'il t'a trahie, celui que tu aimais tant ?...

— Hélas, mademoiselle, je ne sais s'il m'a trahie, mais cependant je dois penser qu'il a cessé de m'aimer, puisqu'il ne cherche plus à me voir..

Les jours, les semaines, se sont écoulés et je ne le vois plus... et je ne puis parvenir à le rencontrer !...

— Pauvre Miretta, je comprends ta tristesse... mais, que sais-tu ? si celui que tu aimes est encore à Paris, peut-être a-t-il été obligé de s'absenter, de faire un voyage sans avoir le temps de te prévenir ?...

— Oh ! non, mademoiselle, il est toujours à Paris, j'en suis bien sûre, car... j'ai quelquefois de ses nouvelles...

— Ceux qui te donnent de ses nouvelles doivent pouvoir te dire où est ton amant, où tu pourrais le rencontrer ?

Miretta baisse les yeux et répond au bout d'un moment :

— Non, mademoiselle, car... il ne veut pas dire... où il demeure... il ne veut pas que j'aille le voir... que lui ai-je donc fait, mon Dieu ! pour qu'il m'oublie, me fuie ainsi ?.. il sait bien cependant que je ne suis venue dans ce pays que parce qu'il y était !... je ne demandais qu'à le voir quelquefois... de loin en loin... étais-je donc si exigeante ?.. et pourtant, la dernière fois que je l'ai vu, loin de se montrer froid avec moi... on aurait dit, au contraire, qu'il m'aimait encore davantage... il me reconduisit jusqu'à la porte de cet hôtel... il me regardait comme on regarde avec le cœur... et il aurait cessé de m'aimer... non, c'est impossible !...

Ah ! il y a des moments où je croirais qu'il est mort... si... si... je ne savais pas... qu'il a été vu... à Paris, il n'y a pas encore quinze jours !..

— Tiens, Miretta, tu es une enfant de t'inquiéter, de te désoler... tu n'as aucun motif sérieux... tes craintes sont vagues comme tes soupçons... tandis que moi... je sens qu'il faut une vengeance à mon affront... Mais cette vengeance, de qui l'obtiendrai-je... ce n'est pas de ma tante... elle a été passablement impressionnée, je l'avoue, en apprenant ce monstrueux mariage... mais ensuite elle s'est endormie pour ne plus penser à cela...:

C'est donc de moi seule que je puis attendre ma vengeance... moi... oui... mais une jeune fille... cela ne compte pas dans le monde... cela ne peut agir... il vaut mieux... oui, il faut pouvoir tenir sa place... se montrer... briller... et peut-être...

Les traits de Valentine s'illuminent, sa pensée semble embrasser tout un avenir ; elle demeure longtemps plongée dans ses méditations, puis elle dit à Miretta :

— Tu as dû voir ici tous ces nobles seigneurs qui aspirent à obtenir ma main... je veux que tu me dises ce que tu penses d'eux... ce que tu as pu entendre sur leur compte... les pages, les écuyers ne sont jamais muets quand il s'agit de leur maître... réponds-moi avec franchise... cela ne saurait me blesser je n'aime aucun de ces gentilshommes !... le sire de Vergy ?

— C'est un fort beau cavalier, il me semble un peu trop amoureux de lui-même... il ne songe qu'à sa toilette... il adore les parfums...

— Passons à un autre... le comte de Brillancourt ?

— C'est un très-bel homme... il tient beaucoup à passer pour un roué, pour un séducteur, pour un homme qui fait chaque jour des conquêtes, mais ses gens assurent qu'il en dit plus qu'il n'en fait... et qu'il ne trouve jamais personne aux rendez-vous qu'il croit avoir reçus...

— Ce doit être un sot !... ce serait une bien triste société... et le sire de Montaubry ?

— Il passe pour un aimable cavalier, qui adore les plaisirs, qui dépense sa vie en fête ; il est généreux jusqu'à la prodigalité... il récompense son écuyer lorsque celui-ci lui a trouvé pour sa journée une occupation agréable... le jeu, la danse, la musique, la table, les chevaux, voilà ce qu'il lui faut tous les jours...

— Cet homme-là doit être insupportable avec sa gaîté ! le baron d'Arcelle ?

— Ce n'est plus un jeune homme, mais il est immensément riche !... il tient beaucoup à l'étiquette : il a un jour chassé son cocher parce que celui-ci s'était laissé dépasser par la voiture d'un fermier aux gabelles...

— Ceux qui mettent tant d'importance dans les petites choses, sont incapables pour les grandes !... le marquis de Santoval ?

— Oh ! c'est un homme dont le regard a quelque chose qui inspire de l'effroi... il a une belle figure... mais une barbe si noire... des yeux qui brillent d'un feu sombre... des sourcils épais et rapprochés... ses gens disent qu'il est très-juste pour eux... mais qu'il punit sans rémission pour la moindre faute... il est veuf... sa première femme était jolie... M. de Santoval est très-jaloux... c'est un homme qui adore la chasse, qui passe une grande partie de l'année dans ses terres à courir après les loups...

— Assez... assez, mon choix est fait ! va voir, Miretta, si ma tante a fini sa sieste...

Miretta étant venue annoncer à sa maîtresse que madame de Ravenelle est toute disposée à l'écouter, Valentine quitte son appartement et se rend près de sa tante ; après l'avoir saluée gravement, elle lui dit :

— Madame, je suis enfin décidée à prendre un époux ; il est temps que je tienne ma place dans le monde.

— Ah ! vous êtes décidée, ma nièce, fort bien ; mon Dieu ! que d'événements pour une seule journée !..

Eh bien ! à présent, Valentine, il ne s'agit plus que de choisir parmi tous ces nobles cavaliers qui m'ont demandé votre main...

— Mon choix est fait, ma tante.

— Aussi... c'est extraordinaire comme tout se précipite aujourd'hui.

— C'est au marquis de Santoval que je donne la préférence... C'est lui que j'accepte pour époux.

— Le marquis de Santoval !...

Et la vieille dame poussa une exclamation de surprise, puis elle se laissa aller sur le dos de sa bergère en disant :

— Tous ces gens là veulent me faire mourir aujourd'hui à force d'émotions.

XXXVII

L'enfant de Bathilde.

Le magnifique hôtel de Marvejols a changé de maître.

A la place du vieux marquis, c'est maintenant Bathilde, l'épouse légitime du comte Léodgard, qui est établie dans ses vastes appartements, c'est elle qui commande à plusieurs valets que le marquis lui a laissés pour commencer à former sa maison.

En devenant comtesse de Marvejols, il semble qu'un changement subit se soit opéré dans les manières, l'esprit, le ton de cette jeune femme.

La nature, secondant sa nouvelle fortune, lui prodigue alors une foule de dons, qui, jusque-là du moins, avaient été cachés par sa timidité et la retraite dans laquelle elle vivait.

En recevant un nom, un titre, qui l'élèvent à ses propres yeux, la jeune fille modeste et tremblante est devenue une bonne femme, bienveillante, humaine pour tous ceux qui l'entourent.

Elle porte sans embarras, et même avec dignité, cette nouvelle toilette qu'exige sa haute position.

Loin d'être gauche et gênée sous les riches vêtements d'une noble dame, Bathilde y montre des grâces nouvelles ; ses traits fins et séduisants semblent faits pour les étoffes de soie et les manteaux de velours.

Rien ne choque, rien ne semble disparate dans cette jeune femme transportée tout à coup d'une petite chambre bien modeste dans un hôtel fastueux, et personne, en la voyant au milieu de son salon, parée comme doit l'être une riche comtesse, ne devinerait que c'est la fille d'un baigneur-étuviste qu'il a devant les yeux.

Lorsqu'au sortir de la chapelle, Bathilde a vu s'éloigner Léodgard sans recevoir même de lui un regard, sans l'entendre lui adresser un seul mot, son cœur a éprouvé un cruel déchirement, mais elle a su comprimer sa douleur, elle s'est dit qu'après l'honneur qu'elle venait de recevoir, elle et son enfant avait un nom, et qu'elle pouvait sans rougir regarder son vieux père, s'abandonner à ses chagrins d'amour serait de la faiblesse, et qu'il lui fallait désormais se montrer digne du rang où on l'avait élevée.

Elle s'est dit enfin que la fille séduite, que la maîtresse devaient disparaître devant la femme légitime, et elle a trouvé dans son âme la force de refouler la souffrance et de montrer un front calme, un regard assuré, un sourire aimable à ceux qui l'entouraient.

Peut-être dans le fond de son cœur, Bathilde espérait-elle encore que son époux ne lui garderait pas éternellement rancune, qu'il voudrait revoir celle à qui il venait de donner son nom.

Mais lorsque les semaines et les mois s'écoulèrent sans qu'elle revît Léodgard, elle comprit que c'était chez le comte un parti arrêté, qu'il l'avait épousée pour satisfaire aux désirs de son père, mais qu'il voulait, en vivant éloigné d'elle, lui prouver que ce n'était point de son plein gré qu'il avait accompli cette union.

Après avoir installé Bathilde dans le bel hôtel de la place Royale, après lui avoir remis les titres qui lui assuraient, ainsi qu'à son enfant, une fortune indépendante, le vieux marquis avait démasqué baiser sur le front de celle qui était devenue sa fille, puis il était parti pour sa terre, emmenant avec lui le vieil Hector et quelques-uns de ses plus anciens serviteurs ; les autres étaient restés au service de la jeune comtesse.

Quant à Landry, la nouvelle position de sa fille avait satisfait son honneur sans éblouir son esprit.

Mais, dans son bon sens, il avait compris que le père de la comtesse de Marvejols ne devait plus exercer l'état de baigneur-étuviste, et il s'était hâté de vendre son établissement.

Le lendemain de son mariage, Bathilde s'était rendue près de sa mère pour lui demander son pardon et le retour de sa tendresse.

Mais dame Ragonde ne savait pas pardonner, même à son enfant.

Après avoir froidement écouté la prière de sa fille, elle lui avait répondu d'un ton sec et dur :

— Je vous félicite d'être devenue comtesse ! mais je désire que cela n'encourage pas les jeunes filles à vous imiter...

Puis elle avait tourné le dos à Bathilde, qui avait dû se contenter de l'embrassement de son père.

Peu de temps après, le vieux soldat et sa femme étaient partis pour la Normandie.

Si Bathilde avait dû renoncer à conquérir les bonnes grâces de sa mère, qui du reste ne lui avait jamais montré la moindre tendresse, en revanche, il y avait des personnes que sa nouvelle position rendait bien heureuses, et qui ne cherchaient point à dissimuler tout le bonheur, toute la joie que leur causait cet événement inespéré.

Est-il besoin de nommer Ambroisine et son père ?

Mais Ambroisine surtout était dans l'ivresse, car en considérant Bathilde sous ses beaux habits de comtesse, et dans ce superbe hôtel qui était devenu le sien, elle pouvait à juste droit se dire :

— Voilà mon ouvrage, c'est grâce à moi qu'elle est à cette place, qu'elle a un nom et de la fortune.

La douce Bathilde ne se montrait point ingrate.

Son premier soin, en se voyant maîtresse de disposer de grandes richesses, avait été de supplier Ambroisine et son père de les partager avec elle.

D'abord, elle leur avait offert d'habiter son hôtel, ensuite elle avait voulu enrichir maître Hugonnet, en le priant d'accepter comme un don d'amitié une forte somme qui pouvait assurer son avenir, sans qu'il eût encore besoin de travailler.

Mais Ambroisine et son père avaient tout refusé.

— Gardez vos richesses, chère jeune dame, avait dit Hugonnet en pressant dans les siennes la main de Bathilde, je n'en ai que faire, moi !...

Je suis à mon aise, ma maison va bien, mon établissement prospère !... je n'ai garde de le quitter...

Je me porte bien et suis encore d'âge à travailler...

D'ailleurs, je mourrais d'ennui si je ne faisais plus rien... et pour ne point tant m'ennuyer, il est probable que je me griserais tous les jours... ce qui serait trop souvent.

Vous voyez bien que je dois refuser cet or que vous m'offrez... car je ne pense pas que vous vouliez me payer le plaisir que j'ai eu jadis à vous être utile, à vous offrir un abri chez moi... ces choses-là... ça ne se paye pas... et vous le savez bien.

Ah ! si j'étais dans le malheur... si quelque coup du sort venait me frapper ! j'irais sans rougir réclamer vos services, et je croirais vous faire injure en m'adressant à d'autres.

Mais je me flatte que cela n'arrivera pas.

En attendant, conservez-nous votre amitié ; traitez-nous toujours mme vos meilleurs amis.

C'est comme cela que vous nous rendrez aussi heureux que vous.

Quant à ma fille... vous m'offrez de la garder près de vous... mais ça me coûterait trop de m'en séparer !.. mille tonneaux ! c'est que j'y tiens, à ma fille... et j'espère bien qu'elle tient un peu à moi !...

— Oh ! oui, mon père, s'était écriée Ambroisine en se jetant dans les bras de Hugonnet.

Soyez tranquille, je ne veux pas vous quitter...

Je viendrai voir Bathilde... madame la comtesse... souvent... bien souvent...

— Mais tu ne m'appelleras jamais autrement que Bathilde... ton amie... ta sœur... qui te doit tout !... sinon, je penserai que tu ne m'aimes plus !...

— Comme vous voudrez... comme tu voudras, chère Bathilde...

— Tenez, ma chère jeune dame, avait repris maître Hugonnet, je vais vous dire tout ce que je puis faire pour vous...

D'abord, je vous promets qu'Ambroisine ne fera plus la barbe... oh ! c'est fini ! parce que quand on vient chez une comtesse... il faut tenir son rang !...

— Mais, mon père, je n'en faisais plus depuis longtemps...

— Hom ! quelquefois... ensuite elle ne s'occupera plus des détails de la boutique... elle n'y descendra pas même si elle le veut...

Je peux m'y passer d'elle, et cela lui donnera plus de temps pour venir chez vous.

Ambroisine avait encore embrassé son père, et c'était là tout ce que

ces braves gens avaient voulu prendre dans la brillante fortune de celle qu'ils avaient recueillie, logée, consolée lorsqu'elle était sans asile et sans pain.

Mais bientôt un nouvel être devait, en recevant la vie, tout revivifier, tout animer, tout embellir autour de lui.

Bathilde mit au monde une fille, qui annonça devoir être aussi belle que sa mère.

En entendant le premier cri de son enfant, en lui donnant le premier baiser, la jeune mère se crut transportée dans les cieux.

Ambroisine était près de son amie, lorsque, par les ordres de la comtesse, un exprès fut envoyé au comte de Léodgard pour lui annoncer la naissance de sa fille, et lui demander des ordres pour le baptême.

L'intendant qui avait été chargé de cette commission revint bientôt à l'hôtel de Marvejols.

Bathilde le fit appeler et voulut qu'il lui rendît, à elle-même, compte de son message.

On introduisit l'intendant dans la chambre de l'accouchée.

— Avez-vous vu monsieur le comte ? dit Bathilde en cessant pour un moment de regarder sa fille, qui était placée sur son lit, à son côté.

— Oui, madame, j'ai demandé à avoir cet honneur, comme ayant quelque chose de très-important à apprendre à M. le comte, on m'a introduit devant lui.

— Vous lui avez annoncé ?

— Que madame venait de mettre au monde une fille... belle comme le jour...

Bathilde sourit et regarde sa fille d'un air qui signifie :

— Il n'a pas menti, mon enfant ! il n'y a rien au monde de plus beau que toi.

Puis elle fait signe à son messager de poursuivre.

— J'ai eu l'honneur de dire à M. le comte que madame la comtesse demandait ses ordres relativement à la cérémonie du baptême.

— Eh   que vous a répondu M. le comte ?

— Monseigneur m'a d'abord demandé quelles étaient les perso qui se trouvaient en ce moment près de madame la comtesse.

— Et vous lui avez dit qu'il n'y avait chez moi que ma fidèle Ambroisine et les personnes de ma maison ?

— Oui, madame : alors M. le comte est resté longtemps plongé dans ses réflexions.

Si bien que, probablement, il ne s'apercevait plus que j'étais là, car tout à coup, en levant les yeux, il me dit : Que faites-vous ici ?

Monseigneur, lui répondis-je, j'attends ce que je dois dire de votre part à madame la comtesse.

Dites-lui, me répondit alors M. le comte, qu'elle peut agir comme bon lui semblera... que je la laisse entièrement maîtresse... que je n'ai aucun ordre à lui donner.

Et d'un geste, monseigneur me congédia.

— Il suffit, dit Bathilde en laissant échapper un soupir qui va s'éteindre sur le berceau de sa fille, et elle fait signe à l'intendant de s'éloigner.

Lorsqu'il n'est plus là, elle jette un triste regard sur Ambroisine ;

— Il ne veut pas venir ici... même pour voir sa fille !...

— Console-toi !... il viendra quelque jour, et lorsqu'une fois il aura vu cet ange, tu n'auras pas besoin de lui envoyer de messages.

— Tu as raison ! dit la jeune mère en reportant les yeux sur son enfant. Oui, je dois mettre toute ma confiance, tout mon espoir dans cette chère petite, et, d'ailleurs, ce n'est pas quand le ciel m'accorde un pareil trésor, que je puis me permettre une plainte.

Mais enfin, Ambroisine, qui tiendra ma fille sur les saints fonts du baptême ?

— N'est-ce pas toujours le grand-père qui sert de parrain au premier né ?

Envoie un courrier à M. le marquis de Marvejols à sa terre de Champfleury. C'est auprès de Chartres... à quarante lieues d'ici, je crois... Tu auras sa réponse avant huit jours.

— Tu as raison, Ambroisine, en effet, c'est maintenant à cet homme respectable, qui a été si bon pour moi, que je dois demander des ordres...

Mais je suis encore trop faible...

Agis, commande... charge-toi d'envoyer ce courrier.

Ambroisine s'est empressée d'exécuter les ordres de la jeune comtesse.

Par ses soins, un homme intelligent est envoyé aux vieux marquis, et il se charge de rapporter sa réponse le plus promptement possible.

Mais dans ce temps-là, la promptitude était encore bien lente.

Les postes ne furent établies que sous Louis XI, et alors seulement pour le service du roi.

Ce n'est que sous Louis XIII, et en l'année mil six cent trente, que les postes prennent une forme un peu régulière, et que l'on établit des relais et des contrôleurs-généraux chargés de surveiller ce service.

Mais, malgré cela, comme les courriers chargés des dépêches par des particuliers étaient encore fort rares sur les routes, celles-ci étaient, par la même raison, fort mal entretenues, et les relais n'avaient souvent, dans leurs écuries, que quelques bidets fort maigres, ou des ânes en guise de chevaux.

Cependant le temps ne semble pas long à Bathilde, car elle a maintenant sa fille près d'elle, sa fille qu'elle nourrit elle-même, ne concevant pas qu'une mère charge une étrangère de ce soin, lorsque la nature ne lui a pas refusé les moyens de s'en acquitter.

Aussi, les heures passent comme des minutes, les jours, s'écoulent avec une rapidité extraordinaire pour cette jeune femme, qui goûte tant de délices à allaiter, à bercer, à embrasser son enfant.

Au bout de quelques jours, le courrier revient, cependant ; il est porteur d'une lettre que le vieux marquis de Marvejols lui a remise pour la comtesse.

Celle-ci se hâte de briser le cachet, et comme elle sait lire, ce qui était chose assez rare à cette époque parmi les filles de la classe du peuple, elle prend connaissance de la lettre qui contient ces mots :

« Ma chère Bathilde,

« C'est avec joie que je serai parrain de la fille que Dieu nous a donnée ; mais, ma chère enfant, il m'est impossible en ce moment de me rendre près de vous, car la goutte m'a cloué sur mon fauteuil, et lorsqu'elle me tient une fois, elle ne me quitte pas facilement.

« Faites-moi donc remplacer pour cette auguste cérémonie, que l'on ne doit jamais trop retarder.

« Qu'un brave gentilhomme tienne l'enfant en mon nom, et qu'il lui donne celui de Blanche : ma femme le portait.

« Ce nom sera pour moi le souvenir et l'espérance.

« Quant à la marraine... je crois aller au-devant de vos vœux en vous engageant à choisir pour remplir ce doux emploi cette jeune et brave fille qui vous a montré tant d'amitié, tant de dévoûment !...

« Adieu, ma fille, que le ciel vous accorde de longs jours pour veiller sur le petit ange qui, je n'en doute pas, vous fera oublier toutes vos souffrances passées.

« Le marquis DE MARVEJOLS. »

La jeune comtesse porte à ses lèvres les caractères tracés par le père de son époux, en disant :

— Il sera fait ainsi que vous le permettez, homme respectable, qui lisez en effet si bien dans mon cœur...

Blanche !... Blanche !... c'est ton nom, chère petite, c'est celui que ton aïeul te donne...

Ah ! comme il est doux à prononcer...

Comme il ira bien avec la pureté de ton âme...

Blanche !... on dirait qu'elle m'entend déjà !... et qu'elle me remercie de lui donner ce nom !

Ambroisine était rarement un jour sans aller voir Bathilde, surtout depuis que son amie était devenue mère.

Dès qu'elle arrive chez la jeune comtesse, celle-ci lui donne la lettre du marquis de Marvejols, en lui disant :

— Lis... cette réponse te concerne aussi.

Ambroisine a lu vivement le message ; et aussitôt la joie, le plaisir colorent ses joues, elle court embrasser son amie en s'écriant :

— Je serai la marraine ! il me permet d'être la marraine de ta fille... Quel digne seigneur !...

Oh ! oui... il savait bien qu'il nous rendrait heureuses toutes deux en nous permettant cela...

Et il lui donne le nom de Blanche... de Blanche...

Ambroisine s'arrête comme si un souvenir la frappait.

— Qu'as-tu donc ? lui dit Bathilde. On dirait que ce nom te rappelle quelque chose...

— Non... non... c'est que je réfléchissais...

— A qui je pourrai accorder l'honneur de remplacer M. de Marvejols, n'est-ce pas ?...

Mon Dieu ! je t'avoue que cela m'embarrasse bien... car je ne connais aucun gentilhomme, moi !...

Il ne vient que toi, ici...

— Oh ! ne sois pas embarrassée... ne cherche plus... j'ai déjà trouvé, moi...

— Tu as trouvé... et qui donc ?

— Tu as oublié, chère Bathilde, ce brave chevalier qui, alors que tu étais encore chez mon père, m'avait chargée de t'offrir son secours et promis protection à ton enfant... le sire de Jarnonville ?

— Ah ! tu as raison, Ambroisine, je n'aurais pas dû l'oublier, pardonne-moi.

Mais, vois-tu ? maintenant, je ne pense plus qu'à ma fille !...

Et ce gentilhomme, le vois-tu quelquefois ?

Oui, assez souvent même ; il vient chez mon père... non pas pour dire des sornettes avec tous ces jeunes seigneurs si désœuvrés, s'y donnent rendez-vous, mais pour me demander de tes nouvelles et celles de ton enfant...

Ah ! il a bien pris part à ton bonheur !

— Et crois-tu qu'il voudra accepter... tenir ma fille sur les fonts, à la place de M. le marquis ?

— S'il acceptera !... oh ! avec joie, j'en suis sûre... il aime tant les enfants !...

Car... il est veuf, il a eu aussi une petite fille qu'il adorait.. et... qui se nommait Blanche, comme la tienne...

Voilà ce qui m'est revenu à l'esprit tout à l'heure...

— Et ce que tu n'osais pas me dire, parce qu'il a perdu sa fille lui...

Ah ! rassure-toi, chère Ambroisine, je suis loin d'y voir un présage un malheur pour ma Blanche...

Non ; le ciel nous l'a envoyée pour calmer toutes les souffrances... Elle m'a donné trop de bonheur pour ne point adoucir aussi les regrets du sire de Jarnonville !..

Il reportera sur elle la tendresse qu'il avait pour son enfant.

Le même soir, le Chevalier Noir s'arrêtait devant la maison de maître Hugonnet, et il jetait toujours les yeux à travers le vitrage, pour s'assurer si Ambroisine était là.

La conversation franche et enjouée de cette jeune fille avait insensiblement adouci l'humeur noire du sire de Jarnonville, et souvent, sans en avoir formé le projet, il dirigeait ses pas du côté de la rue Saint-Jacques, pour se procurer cette distraction qui, chaque jour, lui devenait plus nécessaire, et qu'il commençait à préférer à ces orgies, à ces combats, dont auparavant il ne pouvait se passer.

Ce soir-là, Ambroisine guettait de son côté le passage du chevalier, car elle avait hâte de lui faire savoir ce que Bathilde attendait de lui.

Elle lui apprend bien vite quelle a été la réponse du vieux marquis de Marvejols, et ajoute, en baissant les yeux, qu'elle s'est permis d'assurer que le sire de Jarnonville consentirait à tenir sa place et à le représenter.

— Vous avez eu raison d'affirmer cela, répond le chevalier en pressant doucement la main d'Ambroisine. Ce sera pour moi un honneur et un plaisir de servir de parrain à l'enfant de la comtesse.

D'ailleurs, le marquis de Marvejols est très-vieux... moi, je suis robuste encore...

Si le premier parrain venait à s'éteindre, c'est bien le moins qu'il en reste un pour lui succéder et veiller sur cette enfant, auquel père semble vouloir fermer ses bras.

— Le vieux marquis désire que la petite fille soit appelée Blanche... dit Ambroisine en hésitant.

— Blanche !... Blanche !... murmure Jarnonville en laissant retomber sa tête sur sa poitrine.

Ah ! c'était le nom d'un ange !...

— Et bien, c'est encore un ange que vous verrez... vous serez son protecteur, son second père...

Cette chère petite, elle vous aimera bien...

Elle ne vous fera pas oublier l'autre, mais elle vous demandera pour elle un peu de cette affection que vous ressentez pour tous les enfants, en souvenir de celui que vous avez perdu.

Jarnonville est trop ému pour répondre, il prend congé d'Ambroisine en lui disant :

— Demain, j'irai présenter mes hommages à madame la comtesse, et je prendrai ses ordres pour la cérémonie.

Deux jours après cette conversation, la fille de Bathilde et de Léodgard était présentée au baptême par le sire de Jarnonville et Ambroisine.

Un vieux gentilhomme, ami du chevalier, maître Hugonnet, et quelques anciens et fidèles serviteurs du marquis, étaient les seuls témoins de cette cérémonie, à laquelle Bathilde n'avait pas eu assez de force pour assister.

En rapportant la petite Blanche, en la remettant dans les bras de sa mère, Jarnonville dépose un baiser sur le front de l'enfant.

Il est en proie à une vive émotion, car les traits charmants de la petite fille lui rappellent l'être chéri qu'il a perdu ; c'est à peine s'il peut balbutier :

— Me permettrez-vous, madame, de venir quelquefois vous présenter mes hommages et embrasser cette enfant ?

— Désormais, cette maison vous est ouverte, seigneur, répond Bathilde. Ce sera m'honorer d'y venir... ce sera me rendre heureuse que de s'intéresser à ma fille.

Le Chevalier Noir n'use d'abord que discrètement de la permission que la jeune mère lui a accordée.

Mais à mesure que la petite Blanche se développa t, à mesure que ses traits commençaient à s'accuser, que ses yeux reflétaient autre chose que cette expression vague de la première enfance, la petite fille devenait si jolie, il y avait déjà dans son regard tant de charmes et de douceur, qu'il était impossible de ne point éprouver pour elle le plus vif intérêt, et qu'on ne pouvait la quitter sans se promettre de ne point tarder à la revoir.

En considérant la petite Blanche, Jarnonville cherchait à retrouver en elle quelques rapports avec l'enfant qu'il avait perdu, et il était rare qu'il n'en découvrît pas, car, dans la première enfance, pour la joie, pour le chagrin pour la douleur, ces petits être ont, presque tous, les mêmes cris, le même langage,

Les visites du chevalier devinrent donc peu à peu plus fréquentes, car chaque jour il sentait s'augmenter la tendresse qu'il éprouvait pour la petite Blanche.

Et puis Ambroisine, qui avait pour l'enfant presque autant d'amour que sa mère, était rarement un jour sans venir embrasser la fille de Bathilde, et en se rendant à l'hôtel de Marvejols, Jarnonville était presque certain d'y trouver la belle marraine ; ce devait être un motif de plus pour qu'il le fréquentât souvent.

Enfin Bathilde voyait avec orgueil, avec ivresse, sa fille devenir chaque jour plus aimable et plus belle ; elle était heureuse de l'attachement que chacun éprouvait pour cette enfant ; mais au milieu de sa joie, entourée de ses amis fidèles, tenant sa fille dans ses bras, elle levait parfois les yeux au ciel, et soupirait en disant :

— Ah ! si son père la voyait, je suis bien sûre qu'il l'aimerait aussi.

XXXVIII

Le Chevalier orange.

Nous avons laissé le chevalier Passedix, revêtu de son nouveau costume couleur orange, et quittant les deux clercs, qui lui ont vendu cette friperie, pour aller se faire admirer dans Paris, et surtout pour tâcher d'y rencontrer Miretta dont il est toujours fort amoureux et à laquelle il se flatte de plaire sous sa nouvelle toilette.

Mais le chevalier gascon avait en vain parcouru les rues de Paris pendant toute la soirée et une partie de la nuit, il n'avait point aperçu celle qu'il brûlait de rencontrer.

Pour se dédommager de cette mauvaise chance, Passedix était allé finir sa nuit dans une gargote qui ressemblait beaucoup à un *clapier*, et là, avait achevé de s'enivrer, en payant à boire à tous les habitués qui lui faisaient des compliments sur son costume et la façon galante dont il le portait.

Pendant quelque temps, Passedix avait continué de mener cette joyeuse vie, faisant de la nuit le jour, passant à table une grande partie de ses journées, se promenant et arpentant la ville pendant des soirées entières ; allant ensuite au cabaret, régalant ses connaissances et même les premiers venus, se grisant régulièrement toutes les nuits et rentrant au petit jour à l'hôtel du Sanglier, où le lendemain la vieille Popelinette lui administrait avec le plus grand zèle du thé ou n'importe quelle lotion calmante souvent nécessaire à un homme qui menait une vie si déréglée.

Mais quelquefois, le lendemain d'une ribotte plus épicée que de coutume, tout en buvant la tasse de thé que lui présentait Popelinette, notre Gascon poussait de gros soupirs, passait sa main dans sa chevelure, et regardait le plafond de son appartement, en s'écriant :

— Sandis ! jé né l'aurais jamais cru !

Ah ! Popelinette ! il est donc vrai qué la fortune né fait point le bnheur !

— Bah !... est-ce possible monsieur le chevalier ?

— La preuvé qué c'est possible, c'est qué je vous lé dis !... Maintenant j'ai dé l'or plein mes poches... jé puis mé faire servir les mets les plus exquis, les vins les plus rares.

— Et vous ne vous en faites pas faute, il me semble !...

— Certainement qué jé né m'en fais pas faute !... il faut bien faire danser les écus, se faire *honnur* de ses richesses !... Jé déjeune quatre ! jé dîne comme six, jé soupe comme..... la première bouche de France... jé reçois des œillades à droite et à gauche qué c'en est étourdissant... jé joue ! jé fréquente très-souvent les jeux de paume... j'y suis très-fort, j'y perds toujours... mais j'y suis très-fort... il faut voir comme je renvoie l'*esteuf*... on accourt pour mé voir jouer aux jeux de paumes dé la rue de la Perle, dé la rue Cassette, et surtout dans le bel emplacement de la rue Mazarine ; enfin, Popelinette, jé mène ce qu'on appelle une joyeuse vie..

— Oh ! pour cela oui !..

— Eh bien jé né suis pas joyeux du tout, au milieu de tous ces plaisirs, jé soupire, jé languis...

Sandioux ! votre thé est fadasse en diable cé matin... mettez-y donc sucre !...

Jui, je donnerais toutes ces fêtes... ces festins, pour un regard de mie !... Hélas !...

— Ah ! vous avez une mie qui ne veut pas vous regarder, monsieur le chevalier.

— Qué vous êtes cruche, Popelinette, elle né mé regarde pas, parce qué jé né suis point sous ses yeux...

Il y a un siècle qué jé né l'ai vue... jé ne puis parvenir à la rencontrer...

Enfin elle né m'a point aperçu depuis qué j'ai cé galant costume dont toutes les femmes raffolent et qui me fait faire des conquêtes à chaque pas...

Pas uné femme qui né se retourne sur moi.

— Ah dame ! c'est vrai, monsieur le chevalier, que vous êtes drôle tout plein sous ces habits oranges.

— Drôle !... qué signifie drôle, ma vieille ?...

Tâchez donc d'avoir des expressions plus distinguées... vous vous exprimez comme une oie, Popelinette, et vous me servez dé l'eau chaude au lieu de thé !... remportez cette drogue... et préparez-moi un émollient qué jé né prendrai pas par la bouche... vous entendez..

Allez, vieille sibylle... et né vous avisez plus dé mé trouver drôle, ou jé répasse Rolande sur vos demi-lunes !

La vieille se retire en grommelant, et Passedix parcourt sa chambre comme s'il répétait une scène tragique en en se disant :

— O Miretta ! caprice dé mon *cur*, si tu mé voyais maintenant, jé ne puis croire qué tu serais aussi farouche... les femmes aiment la parure sur elles et sur ceux qui les courtisent...

J'étais diablement râpé quand tu m'as connu. et cela devait mé faire beaucoup dé tort près de toi... et dire qué jé né puis la rencontrer...

Jé mé suis mis vingt fois en sentinelle en face de l'hôtel de Mongarcin sans qu'elle soit sortie !...

Jé ne puis, cependant y faire faction touté la journée, d'autant plus qué jé suis trop remarqué... les femmes s'attroupent autour de moi !...

N'importe !... je reverrai ma séduisante brunette... jé le jure par Rolande !...

Dans le milieu de la journée, Passedix s'est remis en course en se disant :

— Dirigeons mes pas d'un autre côté, peut-être le hasard mé sera-t-il plus favorable ?

Et depuis deux heures le chevalier aux couleurs oranges parcourait en tous sens le quartier Saint-Honoré et les Halles ; il vient de changer de route et tournant vers le Cloître Saint-Merri, il est entré dans la rue Brise-Miche. Alors fort mal famée, cette rue était spécialement affectée aux femmes publiques ; à la requête du curé de Saint-Merri, le prévôt de Paris avait, à la fin du quatorzième siècle, rendu une ordonnance qui chassait les *ceintures dorées* de la rue *Brise-Miche* et de la rue *Tire-Boudin*, mais des bourgeois s'opposèrent à l'exécution de cette ordonnance, et voulurent maintenir les femmes publiques dans la possession de ces rues.

Et le Parlement, par un arrêt du 21 janvier 1838, *admit l'opposition des bourgeois* ! Que pensez-vous du bon vieux temps ?

Passedix venait de passer devant une obscure boutique de fripier, d'assez triste apparence, lorsqu'un petit homme déjà vieux, mais fort et trapu et qui prenait l'air sur le seuil de cette boutique, ayant un moment examiné le chevalier, se met à pousser un cri digne d'un paon et, s'élançant après le passant, le rattrape et le saisit par son manteau en s'écriant :

— Ah ! je le tiens... le voilà... oh ! tu ne m'échapperas pas, mon gaillard !

Étonné par cette brusque attaque, le Gascon se retourne, envisage le fripier d'un air méprisant et cherche à dégager son manteau, en lui disant :

— A qui diable en avez-vous, mon pétit bonhomme ? Vous faites erreur assurément, mais il faudrait tâcher dé mettre des lunettes.....

Lâchez donc ce manteau, cadédis ! vous allez tout le chiffonner !

Mais le fripier avait les poignets vigoureux, il ne lâchait pas manteau et retenait Passedix tout en criant :

— Te lâcher, voleur, brigand, oh ! non pas, ne m'échapperas pas !...

Ce sont bien mes marchandises... le pourpoint, le haut-de-chausse et jusqu'à la ceinture !... rien n'y manque !...

Faut-il être effronté pour se promener avec tout cela sur son corps..

A moi, mes amis, à moi, voisins !... à l'aide ! la garde, le guet !... venez m'aider à arrêter un voleur !...

— Un voleur ! s'écrie-t-on de toutes parts ; et déjà le monde accourt, s'amasse, une foule compacte se forme autour des deux hommes qui se débattent.

— Il mé prend pour un voleur ! dit Passedix en s'adressant témoins de la scène.

Jé trouverais cela fort plaisant si jé né craignais pas qué cé tru ne déchirât mon manteau !

Mais, sandis ! s'il y fait le moindre accroc jé lé lui ferai payer.

— Il me fera payer ce qui est à moi... ce qu'il a volé à mon pauvre neveu !... dit à son tour le fripier. Ah ! scélérat, tu ne démens pas ta réputation.

Mes amis... messieurs... mesdemoiselles... savez-vous qui est cet homme ? c'est Giovanni !... le célèbre Giovanni... ce voleur italien qui depuis quelque temps exploite Paris et que la police ne peut jamais saisir... eh bien je le tiens, moi!...et je réponds que je ne le lâcherai pas...

C'est une belle capture... aidez-moi à le conduire au poste du Châtelet... c'est un grand service que nous rendons à la société!...

— Giovanni! Giovanni! répète-t-on de tous côtés.

Et chacun se hausse, on se pousse, on se presse, c'est à qui verra de plus près le fameux brigand dont tout le monde parlait et sur lequel on faisait des récits qui faisaient frissonner les femmes, les enfants, et souvent aussi les frères et les maris.

— Comment, c'est le brigand italien! dit un bourgeois, on le citait comme ayant une figure effrayante...

Ce grand homme-là me donnerait plutôt envie de rire !...

— On me l'avait dépeint jeune et joli garçon, dit une grosse commère; celui-ci est fort laid, mais il n'est plus jeune !...

— Il n'a pas l'air rébarbatif du tout, ce cavalier-là, dit un marchand; voisin, êtes-vous bien sûr de ne point vous tromper ?

— Si j'en suis sûr! s'écrie le fripier, mais cela est bien facile à expliquer.

J'avais confié à mon neveu Plumard, clerc de procureur, le costume complet, en orange citronné que porte cet homme.

Mon neveu Plumard est revenu me raconter en pleurant qu'il avait été attaqué et dévalisé dans la rue des Bourdonnais par le voleur Giovanni... revêtu du costume sous lequel on le connaît.

Or donc, puisque cet homme porte le vêtement complet que j'avais confié à mon neveu, c'est que c'est lui qui l'a volé, et il a été bien aise de mettre ce costume, parce qu'il sait que, sous l'autre, on a son signalement.

— Oui, oui, c'est le voleur! c'est Giovanni !... crie la foule, qui, suivant l'usage, est toujours disposée à trouver un coupable.

Il faut le conduire à la prison du Châtelet, il ne faut pas le laisser échapper... ôtons-lui sa grande épée.

— Sandioux! vous êtes tous les lâches! dit Passedix en tirant Rolande du fourreau et en essayant de se faire jour à travers la multitude.

Ce vieux fripier est une buse, jé né lé connais pas !...

Les vêtements qué j'ai sur moi, jé les ai payés en beaux écus..... trente pistoles, entendez-vous?

— La preuve qu'il ment, dit le fripier, c'est que je ne voulais que quinze pistoles du costume complet, vu qu'il est de hasard...

— Ah! les cuistres! les polissons! ils m'ont attrapé, reprend le Gascon.

Mais jé n'en ai pas moins payé toute cette défroque.

Qué célui qui mé dément s'avance... jé lui offre lé combat à outrance... à la dague, à l'épée, à la pertuisane !...

Mais on n'écoute pas le chevalier, parce qu'on est trop content de pouvoir se persuader que l'on tient Giovanni.

Déjà plusieurs gardes et arquebusiers sont venus percer la foule, bientôt l'infortuné Passedix est désarmé, on lui lie les mains derrière le dos, et tout en continuant de l'accabler d'injures et de le bourrer de coups de poing, on le fait marcher vers le Châtelet.

Le petit fripier est à la tête du cortége qui grossit à chaque instant, parce que sur le chemin qu'il suit, les passants ou les gens en boutique qui entendent dire : « C'est Giovanni que l'on vient d'arrêter, » courent se joindre à la foule espérant voir le bandit qui les fait trembler depuis quelque temps.

XXXIX

La Marquise de Santoval.

Pendant que ceci se passait, une autre scène avait lieu dans un superbe hôtel situé dans la rue Sainte-Avoie, lequel hôtel appartenait au marquis de Santoval, qui, depuis quelques mois, était devenu l'époux de Valentine de Mongarcin.

La noble demoiselle avait dû, en se mariant, quitter sa demeure de la rue Saint-Honoré pour suivre l'époux qu'elle avait choisi.

Elle s'était séparée sans trop de regrets de sa tante, madame de Ravenelle, dont le caractère ne sympathisait nullement avec le sien, et, de son côté, la vieille dame n'avait point paru bien émotionnée en voyant sa nièce la quitter.

Les égoïstes n'avait jamais heureux, ils ne rapportent qu'à eux toutes leurs sensations; ils s'aiment trop pour aimer les autres.

Mais Valentine avait emmené avec elle Miretta, qu'elle traitait plutôt en amie qu'en femme de chambre, et de laquelle, pour tout au monde, elle n'aurait pas voulu se séparer.

Cet arrangement n'avait souffert aucune difficulté.

M. de Santoval, fier de la préférence que Valentine lui avait accordée sur ses nombreux rivaux, se montrait fort empressé à satis-

faire les moindres désirs de sa belle épouse, qu'il avait comblée de diamants et de cadeaux précieux.

Il lui laissait une liberté complète, persuadé sans doute qu'elle n'en abuserait pas; peut-être aussi s'était-il réservé des moyens de s'en assurer.

Le marquis avait de ces figures chez lesquelles la confiance a toujours quelque chose qui donne le frisson.

La jeune marquise de Santoval était dans son cabinet de toilette, debout devant un de ces grands miroirs de Venise, qui alors tenaient lieu de nos psychés; elle essayait sur ses cheveux l'effet d'une nouvelle parure en rubis que son mari lui avait apportée le matin.

Et le feu rougeâtre des rubis, se mêlant parfaitement au noir brillant de sa chevelure, Valentine ne pouvait s'empêcher de sourire de plaisir de se trouver si belle.

— Cela me va bien, n'est-ce pas, Miretta? demande la jeune femme en se tournant vers la jolie fille, qui se tenait debout derrière elle et la contemplait tristement.

— Oui, madame, c'est admirable... cela vous sied parfaitement. Je ne crois pas qu'il soit possible d'être plus belle !...

— Hom!... flatteuse !... mais il est possible d'être moins bien et de plaire davantage !...

— M. le marquis est très-galant!... il est magnifique dans ses présents !...

— Il ne fait que ce qu'il doit !...

Je pense qu'il est assez flatté de la préférence que je lui ai accordée.

— Est-ce que madame en aurait du regret, maintenant ?...

— Tais-toi, Miretta, tais-toi, il y a de ces choses qui ne se disent jamais.

D'ailleurs, je n'ai point de regrets, j'ai fait ce que je voulais faire... Ce n'est point un caprice qui m'a fait agir...

Tu penses bien que ce n'est pas l'amour non plus... quoique M. de Santoval soit encore jeune et fort bel homme.

Il y a même des femmes qui le trouvent superbe; dernièrement, madame de Grangeville me dit à l'oreille : Je vous fais compliment de votre choix ! M. de Santoval est un des plus beaux cavaliers de la cour.

— Cela vous a flatté, madame?

— Moi !... oh ! que veux-tu que cela me fasse ?...

Du moment que l'on ne ressent pas d'amour pour quelqu'un, que nous importe ce que l'on peut en dire?...

— M. de Santoval a l'air bien amoureux, lui !

— Amoureux de moi!... Hum !... oui, peut-être... mais très-fier, très-orgueilleux... très-jaloux de son honneur surtout...

— Et de madame aussi, sans doute?

— Mais puisque tout cela se tient !... quelle chose singulière !...

— Quoi donc, madame?...

— Rien... rien !...

Et Valentine souriait comme si elle eût pensé alors ce que plus tard *Beaumarchais* a fait dire au comte Almaviva dans le *Mariage de Figaro*.

— Miretta, est-ce que Joseph n'est pas revenu ?

— Non, madame, pas encore...

— Que ce domestique est long pour une commission si simple !...

Je l'ai envoyé à deux pas d'ici, chez madame de Ligneulle, à qui je fais demander si elle ira ce soir chez la baronne de Beaumont..., et il y a plus d'une heure qu'il est parti !...

Il s'amuse en route, à ce qu'il paraît...

— Cela m'étonne, madame, car Joseph est ordinairement très-prompt, très-zélé pour servir madame.

— Je le sais bien, et c'est pour cela que je l'emploie...

Mais l'hôtel de madame de Ligneulle est à cinq minutes de chemin d'ici... et mettre plus d'une heure pour aller et venir...

— On l'aura fait attendre sans doute...

— Quand on se présente de ma part, cette dame ne fait jamais attendre...

— Madame ira chez madame de Beaumont ce soir ?...

— Oui... j'irai...

— Madame aime le monde depuis qu'elle est mariée...

— Tu crois cela parce que j'y vais beaucoup...

Je n'y ai pas encore rencontré... ce que j'y cherche... mais il faudra bien que cela arrive cependant.

La portière du cabinet est légèrement relevée, et un domestique en riche livrée passe sa tête en demandant respectueusement s'il peut entrer.

— Ah! vous voilà enfin de retour, Joseph, s'écrie Valentine.

Il vous est donc arrivé un accident pour que vous ayez été si longtemps dehors... voyons... entrez, parlez.

— Oh! oui, madame! répond le valet en pénétrant tout à fait dans la pièce.

C'est-à-dire, ce n'est pas positivement un accident qui m'est arrivé... mais il y avait tant de monde dans la rue... tant de foule pour le voir passer... on courait... on se poussait...

— Et pourquoi ce monde, cette foule, qu'y avait-il de curieux à voir passer?...

— Ah! c'est que madame ne sait pas! il est arrêté... il est pris... est bien heureux... depuis le temps!...

— Et qui donc est arrêté enfin?

— Ce fameux bandit italien... ce Giovanni si redouté...

— Giovanni est arrêté, dites-vous? s'écrie Miretta, qui est devenue d'une pâleur effrayante, et prend le bras du valet qu'elle secoue fortement.

Giovanni serait pris... en êtes-vous sûr?

— Certainement, mademoiselle. puisqu'on le conduisait au Petit-Châtelet et que tout le monde se pressait pour le voir.

— Ah! malheureuse!...

Et la jeune fille, poussant un grand cri, s'élance hors de l'appartement, ne songeant plus à sa maîtresse, ne s'occupant plus de ce qui l'entoure ; en quelques secondes, elle a traversé les salons, le vestibule, la cour, elle est dans la rue, et elle se met à courir en repoussant brusquement tout ce qui se trouve sur son passage.

Mais, au moment où le chevalier orange approchait du Petit-Châtelet, qui servait alors de prison à beaucoup de malfaiteurs, trois jeunes seigneurs, qui débouchaient par le Petit-Pont, apercevant la foule et entendant dire que Giovanni vient d'être arrêté, se font jour à travers les curieux et parviennent enfin jusqu'au chevalier gascon, que chacun leur indiquait du doigt en leur disant :

— Voilà le fameux bandit.

Alors, au grand étonnement de la multitude, ce sont de grands éclats de rire que font entendre les trois gentilshommes, puis ils prennent la main au soi-disant voleur, et la lui pressent cordialement, tandis que celui-ci s'écrie :

— Ah! c'est bien heureux, sandis! voilà enfin des amis qui mé reconnaissent! c'est Senange! c'est Monclair!....

Croiriez-vous, messieurs, qué l'on veut absoiument qué jé sois le célèbre Giovanni!...

— Toi, Giovanni!... ce pauvre Passedix!....

— Pauvre! diable! il ne l'est plus depuis qu'il a hérité...

— Et qui donc a été assez sot pour te prendre pour le bandit italien?...

— C'est cet infâme petit fripier qué voilà... mais, par Rolande! j'aurai raison de ses insultes.

— Pardieu! dit Senange, voilà justement le capitaine Raynold qui est de garde au Châtelet et qui connaît notre ami Passedix.

Un capitaine des archers sortait en effet de la prison pour connaître la cause du tumulte; en apercevant Passedix, avec lequel plus d'une fois il avait trinqué et joué au cabaret, il lui tend la main, ce qui achève de convaincre la foule qu'en effet elle s'est trompée et que ce n'est point Giovanni que l'on a pris.

Le capitaine gronde assez vertement ceux qui ont fait cette arrestation, en leur faisant remarquer que la taille et la figure du chevalier orange n'ont pas le moindre rapport avec le signalement si connu de Giovanni.

— Mais enfin, s'écrie le petit fripier fort désolé de sa méprise. Il n'en est pas moins vrai que les vêtements si remarquables sortent de ma boutique, et qu'ils ont été volés à mon neveu auquel je les avais remis pour aller les vendre...

— Un instant, vieux juif, dit Passedix, comment s'appelle votre neveu?

— Plumard; il est clerc chez maître Bourdinard, procureur...

— Très-bien, nous voici sur la voie... et il a pour ami un tout pétit drôle... plus pétit qué vousse encore, qui se nomme Bahuchet.

— C'est la vérité.

— Et l'un des deux a un emplâtre sur la tête, ce qui lui donne un faux air de caniche indisposé...

— C'est mon neveu qui a cet emplâtre pour remplacer des cheveux.

— Eh bien, fripier dé l'enfer, si vous m'aviez écouté, jé vous aurais dit qué votre neveu et son ami Bahuchet sont vénus à mon hôtel du Sanglier, sur la place aux Chats, et qué sachant qué je voulais me remettre à neuf et qué j'avais fait un gros héritage, ils m'ont apporté cé costume orange qué je leur ai payé trente pistoles en bon ʼʼcus à vache.

— Il serait possible... vous leur avez donné trente pistoles!...

— Jé le juré sur l'honneur, et ces gentilshommes vous attesteront qué l'on peut mé croire.

— Oui! oui!... palsambleu! trente pistoles, mais ce n'est rien pour lui maintenant, qui ne sait que faire de ses doublons.

— Pardon... mille fois pardon, monsieur le chevalier. . alors, c'est mon neveu qui m'a volé...

— Céci est très-probable...

Ce petit drôle, avec son emplâtre, avait bien l'air d'un maître fripon... jé crois que lé Bahuchet ne vaut guère mieux... mais lorsque jé les rencontrerai, je leur administrerai une correction salutaire.

Quant à vous, fripier, jé devrais vous diminuer un peu les oreilles ! vous avez traité de voleur la finé fleur dé la chevalerie!...

En disant cela, Passedix avait saisi le marchand par une oreille qu'il secouait rudement; les jeunes seigneurs, que cette scène amusait, engageaient le chevalier à user des droits de la victoire; le fripier,

effrayé, commençait à gémir et à crier merci, lorsque tout à coup la figure du Gascon devient radieuse, ses yeux lancent des éclairs et il lâche l'oreille du petit homme en s'écriant :

— La voilà!... c'est elle!... jé la rétrouve enfin!...

Adieu, nobles amis... je vous en prie, né me suivez pas!

C'était bien Miretta que Passedix venait d'apercevoir ; Miretta qui après avoir longtemps couru, était parvenue à percer la foule, et au moment où elle croyait apercevoir son amant, avait entendu dire de tous côtés :

— On s'est trompé...

— Ce n'est pas Giovanni que l'on a pris...

— Ah! quel malheur....

— Qui donc a-t-on arrêté alors?

— Personne! c'est-à-dire si, on avait arrêté ce grand homme sec habillé d'orange; mais il paraît que ce n'est pas un voleur, puisque tous ces seigneurs le connaissent ! et le capitaine des archers lui-même est venu lui taper dans la main...

— C'est ce vieil imbécile de fripier qui est cause de tout cela!.....

— A bas le fripier!...

— A la potence le fripier!...

En entendant tout ces propos, Miretta avait senti son cœur se dilater, et comme elle avait couru longtemps, elle s'était appuyée contre une borne et commençait à respirer plus librement.

C'est alors que Passedix vient se poser devant la jeune fille, qu'il salue avec courtoisie, en s'écriant :

— Enfin, jé vous revois donc! étoile dé mon âme... firmament dé mon cœur, lune dé mes pensées, astre dé...

— Comment! monsieur le chevalier, on vous avait pris pour Giovanni? dit Miretta en interrompant les compliments de son adorateur.

— Oui, délicieuse brune! comprenez-vous quelque chose à cela?... Jé né connais pas lé fameux voleur ; mais il n'est pas possible qu'il ait cetté taille élégante, cette tournure noble... enfin ce physique distingué qué jé possède!...

— Oh! non! à coup sûr, il ne vous ressemble pas!...

— Comment?... est-ce qué vous le connaissez, vous, syrene?

— Non... mais on m'a fait son portrait si souvent!...

— Et Giovanni ne doit pas avoir un costume comme célui-ci... n'est-ce pas, ma mie?...

Mais c'est assez de nous occuper dé ce bandit; dites-moi donc, adorable brunette, qu'est devenu un certain comte dé Carvajal qué vous connaissez, jé crois, assez intimement?...

Miretta se trouble, mais elle se hâte de répondre :

— Je ne sais ce que vous voulez dire, monsieur le chevalier, je ne connais personne de ce nom.

— Vraiment? cependant tous ces rustres, à la poigne d'acier, avec qui je vous ai rencontrée... et notamment celui qui a fait... je ne sais comment, tomber Rolande dé ma main, ressemblaient diablement à l'étranger qui logeait à l'hôtel du Sanglier...

— Et que lui voulez-vous à cet étranger?

— Qué vous importe, si vous né le connaissez pas? mais vous savez bien le contraire, friponne...

— Adieu, monsieur le chevalier, je ne puis m'arrêter plus longtemps...

— Eh quoi! déjà mé priver de votre présence... jé vais vous escorter jusqu'à la rue Saint-Honoré.

— Je ne demeure plus là : depuis que mademoiselle Valentine de Mongarcin est devenue marquise de Santoval, nous habitons dans la rue Sainte-Avoie.

— Ah! elle est marquise dé Santoval, votre dame! c'est donc cela que j'en étais pour mes factions devant l'hôtel de Mongarcin!

— Croyez-moi, monsieur le chevalier, ne faites plus de factions pour me voir...

— Ah! Miretta, jé suis riche maintenant... je vous couvrirais dé perles fines!...

— Vous m'offririez tous les trésors de l'Inde, que je vous dirais encore : vous perdez votre temps... je ne vous aime pas... Je ne vous aimerai jamais...

— Alors, c'est cé mystérieux Carvajal que vous aimez... mais par la mort! si jé le rencontre jamais...

— Ah! je voudrais bien le rencontrer moi!

En disant ces mots, Miretta a pris sa course, et si lestement, que bientôt elle a disparu aux regards de Passedix, qui enfonce avec colère son casque sur sa tête en murmurant :

— Mordioux! elle mé brave encore... oublions-la!... ayons de dignité... allons nous soûler.

Miretta s'est hâtée de regagner l'hôtel de Santoval; elle se rappelle maintenant avec quelle précipitation elle en est sortie, et elle craint que sa maîtresse ne soit mécontente de ce qu'elle s'est absentée au moment où son service devait la retenir près de la marquise; c'est donc presque en tremblant que Miretta rentre à l'hôtel.

A peine y est-elle qu'un valet l'avertit que sa maîtresse la demande.

Valentine était seule dans sa chambre à coucher; sa physionomie n'était nullement sévère, mais elle annonçait une forte préoccupation.

En apercevant Miretta, elle lui fait signe de fermer avec soin toutes les portes, toutes les issues, puis de venir se placer sur un tabou qui est placé près d'elle. Miretta s'avance et commence à balbutier quelques excuses, mais Valentine, posant un doigt sur sa bouche, lui montre le siége placé près d'elle. La jeune fille s'assied tout interdite, et attend avec anxiété ce que sa maîtresse peut avoir à lui dire qui exige tant de mystère. Valentine arrête ses grands yeux gris veloutés de noir sur ceux de sa cameriste, qui baisse alors les siens, et lui dit en ayant soin de ne parler qu'à demi-voix :

— Miretta, jure-moi que tu répondras avec franchise à la question que je vais te faire... jure-moi que tu ne mentiras pas.

La jeune fille relève les yeux, regarde sa maîtresse, et ne voyant rien dans sa physionomie qui annonce la colère, lui répond doucement :

— Je le jure, madame.

— C'est bien ; maintenant, écoute-moi :

J'ai découvert tout à l'heure un secret bien important pour toi, et qu'il ne faut pas laisser découvrir à d'autres!...

Je sais quel est ton amant, l'homme que tu aimes...

— Vous savez, madame!...

— Oui, te dis-je, et tu vas me répondre si je me suis trompée : celui que tu n'as pas revu depuis si longtemps... celui pour qui tu es venue en France... à qui tu penses sans cesse... qui te cause tant d'inquiétude, c'est Giovanni...

— Ah! madame... vous pensez...

— C'est Giovanni... ose me démentir...

Miretta, ne crains rien de moi... tu dois bien me connaître... mais rappelle-toi ton serment... celui que tu aimes... c'est Giovanni ; réponds... réponds...

Miretta tombe à genoux en joignant les mains devant sa maîtresse et murmure enfin :

— Oui, madame, oui, c'est Giovanni qui est mon amant... Ah! pardonnez-moi...

— Eh relève-toi donc enfant! ta franchise me fait t'aimer davantage. Crois-tu donc que c'est pour t'adresser des reproches que je t'ai demandé ton secret?...

Tu aimais ce Giovanni avant qu'il ne fût un bandit, sans doute?...

— Oh! oui, madame...

— Et depuis que tu sais la profession qu'il exerce, tu n'as pu cesser de l'aimer... Je comprends cela... je comprends tout ce que l'amour peut faire commettre...

Sous l'empire de cette passion, est-on maître de raisonner... réfléchir?...

Et puis cet homme doit être très-brave... cette réputation qu'il s'est faite... la terreur même attachée à son nom... oui, il y a dans tout cela quelque chose qui fait presque oublier ses crimes.

— Ah! madame, si vous saviez combien je l'ai prié, supplié de renoncer au métier qu'il exerce... il me l'a promis : Encore quelques mois, m'a-t-il dit, et nous retournerons en Italie, et personne ne reconnaîtra en moi le bandit si redouté...

Mais, hélas! il y a plus d'un an qu'il m'a dit cela... et je ne l'ai pas vu depuis.

— Mais il ne vient pas d'être arrêté comme nous l'avait dit ce Joseph.

Un autre valet que j'ai envoyé s'informer vient de revenir me dire

que l'on s'étoit trompé, que l'homme que l'on avait arrêté n'était pas le fameux voleur...

— C'est la vérité, madame, grâce au ciel, mes craintes étaient vaines...

Ah! si vous saviez quel desespoir s'était emparé de moi...

— Crois-tu donc que je ne l'ai pas vu, pauvre fille? crois-tu que je n'ai pas été frappée de ta pâleur, de ton égarement, de ce cri douloureux que tu as poussé lorsqu'on t'a dit : Giovanni est arrêté!..... c'est là ce qui m'a fait découvrir ton secret...

Heureusement les gens de l'hôtel n'ont vu dans ta précipitation à sortir que de la curiosité, que le désir de voir un homme qui répand l'effroi dans tout Paris.

A présent que tu sais qu'il n'est pas arrêté, tu es plus calme, plus heureuse... A l'avenir, sois plus prudente, prends garde de te trahir...

— Oh! vous avez raison, madame, je saurai dissimuler...

— Mais écoute, Miretta, tâche plus que jamais de rencontrer... celui que tu aimes, et la première fois que tu le verras... retiens bien ceci : tu lui diras que je désire le voir, lui parler... que j'ai besoin de ses services... qu'il peut se fier à moi... que je me rendrai... seule avec toi... au rendez-vous qu'il lui plaira de m'indiquer, et que je récompenserai généreusement... ce qu'il fera pour moi... Lui diras-tu tout cela, Miretta, me le promets-tu?

— Oui, madame, je ferai tout ce que vous m'ordonnerez.

Mais, hélas! pour dire cela à Giovanni, il faut que je le revoie... et vous savez bien que je ne puis plus y parvenir.

— Ne te désole pas!... tu reverras ton amant. Souvent le hasard nous sert mieux que nous-mêmes, et c'est au moment où nous l'espérons le moins que tous nos vœux sont satisfaits.

Regarde-moi : depuis que je suis marquise de Santoval... je vais à toutes les fêtes, aux bals, aux réunions, et cependant je n'ai pas encore rencontré celui que j'y cherche. Il m'évite sans doute, mais il aura beau faire... il faudra qu'il me revoie, car je le veux.

Mais j'entends les pas du marquis de Santoval!... va-t'en!... prends par cette porte dérobée ; il est inutile qu'il te rencontre, tu es encore toute troublée et il a des yeux qui lisent plus avant que sur notre visage... va-t'en.

XL

Une Fête chez Camilla.

La courtisane Camilla habitait une jolie petite maison située près de la porte Saint-Honoré ; c'était encore dans la ville, mais c'était presque la campagne.

Un jardin planté de lilas, de seringats, de roses, se trouvait derrière le pavillon où l'on se tenait habituellement, et dans la belle saison semblait une continuation d'un charmant salon situé au rez-de-chaussée, dont les portières élégamment relevées laissaient voir les bosquets fleuris et les allées, où le feuillage touffu de beaux sycomores entretenait la fraîcheur le jour comme la nuit. On était en plein été; une chaleur lourde, accablante, avait pendant tout le jour énervé les habitants de Paris. Camilla avait choisi cette époque pour donner une fête de nuit; c'était le seul moment où l'on pouvait respirer avec bonheur; où des brises légères rafraîchissaient l'air; et l'on allait avec délices se promener dans les jardins, se reposer sous les bosquets.

La séduisante courtisane avait donc parfaitement pris son temps.

Quoi de plus voluptueux en été qu'un jardin semé de clartés douteuses, sous un ciel étincelant d'étoiles! non loin d'un rond-point, d'un tapis de verdure brillamment illuminé une allée sombre allait se perdre sous des bosquets plus sombres encore. Le son des instruments, le parfum des fleurs, le bouquet des vins, des liqueurs de toute espèce que l'on servait aux invités charmaient et enivraient les sens. Là, chacun était maître de ne faire que ce qui lui plaisait; la gêne, l'étiquette n'entraient point dans la demeure de Camilla; et chez elle, ceux qui faisaient le plus de folies étaient trouvés les plus aimables. Mais ce n'était pas seulement pour faire admirer ses jardins, ses fleurs, l'ameublement de ses salons et l'élégance de ses parures, que Camilla donnait cette fête: depuis quelque temps, la favorite de Léodgard remarquait un grand refroidissement dans l'amour du comte; son amant était toujours aussi généreux, aussi magnifique avec elle; mais il la revoyait sans plaisir, il la quittait sans regret; et, lorsqu'il passait quelques heures avec elle, ces heures lui semblaient longues, car ses yeux exprimaient plutôt l'ennui que le plaisir.

Une femme se trompe peu à tous ces symptômes; l'amour qui s'en va est encore plus visible que l'amour qui commence, car l'un observe au moins les convenances, tandis que l'autre est parfois peu poli. Camilla voulait retenir son amant près d'elle, peut-être un peu par amour, et beaucoup par intérêt; un jeune et joli garçon qui sème l'or à pleines mains ne se remplace pas toujours facilement.

Dans ce temps-là comme aujourd'hui, il y avait des protecteurs magnifiques, mais le plus grand nombre étaient vieux et laids.

Après avoir employé toutes les séductions pour ranimer une flamme prête à s'éteindre, Camilla voulait essayer de ce dernier moyen, qui réussit quelquefois, mais qui détruit tout espoir lorsqu'il manque son effet. Elle voulait tâcher de rendre Léodgard jaloux.

Parmi cette foule de jeunes seigneurs, de brillants raffinés, de francs libertins qu'elle avait invités à sa fête de nuit, il y en avait nécessairement plus d'un qui lui faisait la cour et désirait l'enlever à Léodgard, ou que du moins elle lui fût infidèle; Camilla avait dit à la blonde Flavia, son amie et sa confidente:

— J'accorderai quelques préférences bien marquées à l'un de mes adorateurs, il faudra bien que Léodgard s'en aperçoive!... Il s'en irritera! lui, si bouillant! si emporté... peut-être en résultera-t-il quelque scène... un duel... des coups d'épée!... Oh! ce serait ravissant!... car alors il reviendra à moi plus amoureux que jamais.

— Et s'il était tué dans ce duel? avait répondu Flavia.

— Tant pis! que veux-tu? qui ne risque rien n'arrive à rien. Mais non..... Léodgard est aussi brave qu'adroit; il sera vainqueur.

— Alors c'est l'autre qui sera tué...

— Eh! ma chère! après tout, je lui aurai donné les plus douces espérances toute la soirée!... Ne sera-t-il pas bien à plaindre!

Voilà comme les courtisanes aimaient à cette époque; et, même parmi les grandes dames, vous savez qu'il y en avait qui jetait leur gant dans une fosse peuplée de lions, et disaient à leur galant:

— Si vous m'aimez réellement, vous irez le ramasser.

Quelle tendresse! et quelle triste idée cela donnerait de l'amour!

Heureusement, pour consoler notre cœur, nous avons *Philémon* et *Baucis*, *Pyrame et Thisbé*, *Héro* et *Léandre*, mais ceux-ci sont de la fable!... et les autres sont de l'histoire.

Il est minuit; presque tous les invités de Camilla sont arrivés. Les appartements sont resplendissants de lumière, les jardins répandent les plus doux parfums; un orchestre qui ne valait pas ceux de notre temps, mais qui alors semblait fort harmonieux, exécutait des sarabandes, des chaconnes, des branles à danser. On jouait d'un côté, on buvait d'un autre; ceux qui ne dansaient pas allaient causer ou se promener dans le jardin; la chaleur était devenue supportable; cependant on recherchait l'air, le souffle du soir, et toutes les dames avaient eu soin de ne revêtir que des robes légères qui n'écrasaient point leurs charmes et, dans les allées du jardin où elles aimaient à aller courir, leur donnaient l'air de nymphes ou tout au moins d'hamadryades.

Camilla avait une toilette piquante et d'un effet irrésistible. Elle avait mis pour sa fête un costume rappelant celui de ces belles Espagnoles, qui dansent avec tant de feu, tant

de souplesse les boléros et les cachutchas. Une robe un peu courte, en satin ponceau et recouverte de riches dentelles noires, permettait d'admirer une jambe fine, un pied bien cambré et une taille charmante; cette robe laissait voir presque entièrement un sein éblouissant de blancheur et des épaules dignes de servir de modèle à un statuaire.

Dans ses cheveux relevés d'une façon originale, on voyait des branches de feuillage et de longues épingles d'or, ayant pour tête des perles et des diamants. Sous ce costume, tout de fantaisie, la courtisane, dont les yeux lançaient des éclairs, dont tous les mouvements, toutes les poses avaient quelque chose de voluptueux, ne pouvait manquer d'ajouter au nombre de ses conquêtes; tous les hommes l'admiraient, et les femmes même lui rendaient justice; il est vrai que celles-ci étaient presque toutes jolies, et l'envie ne pouvait pas se glisser parmi elles.

Léodgard était arrivé depuis peu de temps; en apercevant Camilla, il lui avait simplement adressé un sourire, mais celle-ci se plaçant devant lui, avait murmuré:

7

— Comment me trouvez-vous?

— Bien! très-bien, comme toujours, avait répondu le comte qui s'était ensuite rendu dans une autre pièce.

— Comme toujours! se dit Camilla, en mordant ses lèvres avec dépit! il me trouve comme toujours! tandis que tous ces jeunes cavaliers ne se lassent point de me répéter que jamais je ne fus aussi belle, aussi séduisante! Mais il n'a pas même regardé ma coiffure ni fait attention à cette robe à l'espagnole!... Il ne m'aime plus... et pourtant je ne crois pas qu'il en aime une autre —

— A quoi rêvez-vous, ma divine *Manola?* dit le comte de Senange en allant prendre le bras de Camilla qu'il passe sous le sien.

— Mais.... à vous, peut-être! répond la courtisane en laissant voir une double rangée de dents d'une blancheur irréprochable.

— A moi! à moi! ah! si je pouvais le croire... Tenez, Camilla, c'était bien assez de vos yeux... de ce costume pour me tourner la tête... cette parole que vous venez de me dire va me rendre fou d'amour!...

— Eh bien! quel mal après tout.. quand vous seriez un peu fou! cela ne vous changerait pas beaucoup, il me semble.

— Camilla, je voudrais endurer toutes les souffrances, passer par toutes les épreuves, si pour récompense vous me laissiez vous aimer!

— M'aimer! mais qui vous en empêche... Est-ce que vous n'avez pas le droit de m'aimer tout comme un autre!

— Mais entendons-nous, adorable sirène! Ce n'est pas gai d'aimer seul..... l'amour se double en se partageant.

— En vérité! Quel dommage qu'il n'en soit pas ainsi de tout! je deviendrais bien charitable!...

— Voyons, Camilla, est-ce qu'il n'y a pas assez longtemps que vous êtes fidèle à Léodgard... Franchement, vous vous couvrez de ridicule! Une femme qui a tant d'attraits est une fleur... il n'est pas juste qu'un seul homme respire son parfum!...

— Ah! comte, vous voulez butiner dans le parterre de votre ami!...

— Il n'y a plus d'amis là où il y a une jolie femme!... d'ailleurs, Léodgard devient bien peu aimable depuis quelque temps!... convenez-en.

— Ecoutez donc! il est marié, le pauvre ami... et il y a bien de quoi changer une physionomie!

— Oh! il se moque pas mal de cela; d'ailleurs, vous savez très-bien que, quoique marié, il vit absolument comme s'il était garçon! mais je vous le répète, ce n'est plus le roué, le gai mauvais sujet d'autrefois.... on le croirait vieilli de quinze ans.... ses traits sont altérés, sa physionomie est constamment soucieuse ou sombre... il ne sait plus rire et boire... il ne doit plus savoir aimer?

— Ah! vous croyez! vous pourriez vous tromper... Léodgard a toujours été d'une humeur fantasque!

— Moi, je l'ai connu riant et chantant toujours!

Camilla, donnez-moi quelque espérance...

— Eh bien... nous verrons... la nuit n'est pas près de finir.. mais voilà du monde qui m'arrive, il faut que j'aille le recevoir

Le jeune comte s'éloigne de Camilla; mais il se croit sûr de son triomphe, et son visage exprime toute sa joie. Flavia n'a pas tardé à se rapprocher de son amie à laquelle elle dit tout bas :

— C'est donc ce charmant Senange que tu as choisi pour ta victime...

— Pourquoi pas! lui ou un autre!

— Plutôt lui, car il est fort gentil... et ce serait vraiment dommage s'il lui arrivait malheur!

— Il ne lui arrivera rien. Vois comme Léodgard est indifférent pour moi. Il a passé pendant que j'étais au bras du comte; il n'y a pas seulement fait attention!...

— Oh! ne vas tu pas te tourmenter?... ne t'occupe que de ta fête... elle est délicieuse... il y a ici une foule de cavaliers fort aimables.... tu n'attends plus personne, sans doute?

— Il me semble que tout mon monde est venu... Ah! j'avais aussi invité... mais je me doutais que ce serait inutile! il ne viendra pas...

— Qui donc?

— Te rappelles-tu ce Chevalier Noir, qu'une nuit, à une fête donnée par Léodgard, nous avons vainement essayé de rendre galant...

— Le sire de Jarnonville, je crois?

— Justement.

— Ah! quel dommage qu'il ne soit pas ici!... je le trouvais original ce chevalier... Pourquoi ne viendra-t-il pas?

— Parce que, depuis quelque temps on ne le voit plus à aucune partie de plaisir, il ne boit plus, ne joue plus, ne se bat plus même... enfin c'est un homme perdu pour ses amis!... c'est pour cela que je suis persuadé qu'il ne viendra pas.

En ce moment un laquais paraît à l'entrée des salons et annonce:

— Le sire de Jarnonville!

— Voilà qui est particulier! s'écrie Flavia, au moment où nous désespérions de le voir

— C'est une faveur qu'il me fait! et je t'assure que j'en suis fière!

En disant cela, Camilla va au-devant de Jarnonville qui faisait son entrée dans le salon; tout le monde est frappé du changement avantageux qui s'est opéré dans sa personne; la figure du chevalier est ouverte, gracieuse et presque riante; il n'y a pas jusqu'à sa toilette qui n'ait subi des modifications; si son pourpoint et son haut-de-chausse sont encore noirs, sa ceinture est maintenant d'un bleu tendre, et son manteau est d'un velours de la même couleur.

Enfin, la personne du chevalier n'a plus cet aspect sombre et sévère qui, sur son passage, faisait fuir les plaisirs et les amours.

— C'est bien aimable à vous, sire de Jarnonville, dit Camilla, de vous être rendu à mon invitation; j'y suis d'autant plus sensible que maintenant on vous voit fort peu dans le monde, dans nos réunions.

— La vôtre, belle dame, méritait bien que je fisse une exception en sa faveur...

— Est-ce que vous auriez renoncé à la misanthropie, chevalier? est-ce que vous ne seriez plus ce cavalier de Verglas, comme on vous appelait autrefois? Ah! tant mieux, vous nous seriez rendu alors.

— Je n'ai jamais renoncé à rien, pas même à vous dire que vous êtes ravissante avec ce costume

En achevant ce compliment, Jarnonville s'incline devant la courtisane, puis se perd au milieu de la foule qui encombre les salons et le jardin.

— Mais il devient charmant, dit Camilla, il m'a dit que j'étais ravissante, il a remarqué mon costume, lui! Il est plus galant que Léodgard. Je crois, Flavia, que maintenant nous pouvons faire sa conquête.

— Ah! je n'y tiens plus! je l'aimais mieux tout noir et quand il avait l'air d'un ours!

Pendant que les dames émettaient leur opinion sur Jarnonville; dans un groupe de jeunes cavaliers on causait aussi du nouveau venu.

— As-tu vu Jarnonville, Monclair?

— Oui, je viens de lui dire bonne nuit.

— Ne trouve-tu pas qu'il a une tout autre physionomie qu'autrefois?

— Pourquoi? parce qu'il a un manteau bleu au lieu d'un noir?

— Non pas cela; mais parce qu'il n'a plus cet air sombre et malheureux que jadis il portait partout avec lui.

— C'est vrai, dit le jeune La Valteline, j'ai remarqué ce changement, il m'a même frappé lorsque Jarnonville a paru au salon.

— Eh bien! messieurs, quoi d'étonnant à cela? reprend Monclair. Après tout, les chagrins ne sont pas éternels! après la pluie vient le beau temps!... et puisque Jarnonville vient ici, cela prouve, en effet, qu'il n'est plus ennemi du plaisir!

— Messieurs, messieurs, dit le baron de Montrevert en faisant aller sa tête d'un air d'importance, un changement d'humeur, de caractère, n'arrive jamais sans qu'il y ait une cause...

— Et bien! cette cause, dit Senange, est-ce que vous la connaissez, Montrevert?

— Eh!... peut-être!... peut-être...

— Oh! messieurs, il la sait, il va nous la dire... parlez, cher ami, parlez, nous ne perdons pas une syllabe...

— Messieurs... je vais vous dire... ce que l'on m'a rapporté... les bruits qui courent... je n'affirme rien du reste...

— Parfait, le préambule! arrivons au fait, avocat.

— Eh bien voici ce que l'on dit :

Depuis quelques mois, Jarnonville fréquente beaucoup l'hôtel de Marvejols, où demeure la jeune comtesse...

— Ah! bah! vraiment, et que va-t-il donc faire là?

— Mais il me semble que c'est bien facile à deviner... il va voir la femme de notre ami Léodgard...

— La fille de l'étuviste...

— Chut! malheureux!... si Léodgard t'entendait; il ne veut pas que l'on parle de sa femme ni en bien, ni en mal... il y a quelques jours le jeune vicomte de Saunois s'étant permis, devant lui, de plaisanter sur les mariages mal assortis, il lui a jeté son gantelet à la figure et le lendemain il tuait Saunois d'un coup d'épée.

— Que nous fait tout cela?... revenons à Jarnonville: il va donc faire la cour à la petite comtesse?

— Je ne puis vous dire au juste ce qu'il va faire à l'hôtel de Marvejols, mais il y va très-souvent, et l'on dit que, malgré son défaut de naissance, cette jeune comtesse est extrêmement jolie!...

— En vérité!

— Et c'est depuis que Jarnonville va voir cette jeune femme que sa tristesse s'est dissipée... que ses yeux ont perdu de leur expression farouche...

— Et qu'il porte un manteau bleu!... ah!... ah! c'est charmant...

Pardieu, mes seigneurs, je trouverais fort drôle que cet ancien ours mal apprivoisé chassât sur les terres de Léodgard, qui devient bien peu aimable depuis qu'il est riche!...

— Oh! ce serait très-bien fait!

— On pourrait encore chasser sur une autre partie de ses domaines! dit Senange en caressant sa royale, mais ceci est une besogne dont je me charge!

— Ah! vraiment! reprennent les jeunes seigneurs en riant; décidément, le comte de Marvejols est traqué de tous les côtés.

Les deux personnages qui étaient le sujet de cette conversation se trouvaient alors dans le jardin.

Léodgard, arrêté devant un bassin entouré de fleurs auxquelles on avait entremêlé des feux de mille couleurs, regardait, d'un air morne, se refléter dans l'eau les jacinthes et les iris ; il est probable qu'il ne remarquait guère ce qu'il y avait de séduisant dans cette partie des jardins où l'eau donnait de la fraîcheur, où les illuminations étaient assez douces pour ne point fatiguer les yeux, cependant il restait là pensif, absorbé dans ses pensées. Jarnonville, après avoir parcouru les salons sans y rencontrer le comte de Marvejols, avait aussi porté ses pas dans le jardin, car ce n'était pas pour prendre sa part des mille plaisirs qu'on se promettait chez Camilla que le chevalier s'était rendu à l'invitation de la courtisane. Mais, depuis qu'il allait chez la jeune comtesse, depuis qu'il pouvait admirer, caresser cette charmante petite Blanche, qui, tout en lui rappelant l'enfant qu'il avait perdu, avait changé son humeur sombre en une douce mélancolie et ouvert son cœur à de plus tendres sentiments, Jarnonville avait plus d'une fois entendu Bathilde exprimer ses regrets de ce que Léodgard ne connût pas sa fille, et le chevalier, qui pensait aussi qu'il était impossible de connaître Blanche sans l'aimer, s'était dit:

Si Léodgard avait vu cet enfant, il voudrait le revoir encore, et ce petit ange le ramènerait près de cette jeune femme, qui est si digne de son amour. Mais, pour que Léodgard désirât voir sa fille, il fallait lui en parler, il fallait lui donner le désir de la connaître, et pour cela il fallait donc le voir. Plusieurs fois Jarnonville s'était rendu au petit hôtel de la rue de Bretonvilliers, mais jamais il n'avait pu y rencontrer Léodgard, qui était absent ou ne voulait pas recevoir. C'est alors que l'invitation de Camilla arriva au chevalier. Il savait bien que Léodgard ne pouvait manquer d'être à une fête donnée par sa maîtresse, et l'on comprend dans quel but il s'y était rendu. Au détour d'une allée, Jarnonville se trouve dans le rond-point où est le bassin. Il aperçoit devant lui celui qu'il cherchait, et comme Léodgard ne l'apercevait pas, il va doucement lui toucher le bras en lui disant :

— Vous voilà bien pensif, au milieu d'une fête si joyeuse, comte de Marvejols?

Léodgard a fait un brusque mouvement, mais en reconnaissant Jarnonville, il reprend d'un air surpris :

— Ah! c'est vous, Jarnonville? Par quel hasard vous voit-on à cette fête? Depuis quelque temps, on ne vous aperçoit dans aucune partie de jeu, dans aucune échauffourée contre les manants... On assure que vous devenez sage! que vous n'êtes plus le mécréant, le ferrailleur d'autrefois!... Ah! tant pis, ma foi, tant pis! et pour mon compte, je regretterais le Chevalier Noir avec sa rudesse et ses bons coups de dague et d'épée.

— Mon épée et ma dague ne feront jamais défaut à l'appel d'un ami..... et tailleront, je l'espère, d'aussi bonnes estafilades qu'autrefois! Seulement, il faudra que je sache auparavant si la cause que je défends est juste, si ce n'est pas encore pour favoriser quelque honteuse intrigue que je me bats.

Léodgard fronce ses épais sourcils, et dit d'un ton ironique :

— Vous le voyez, chevalier, vous n'êtes plus le même homme... Vous voulez maintenant prendre des informations avant de vous battre!... Tandis qu'autrefois, vous vous jetiez tête baissée dans la mêlée, sans vous inquiéter du motif de la querelle, et distribuant quelquefois des coups aux deux partis... Vous étiez admirable, alors.

— Peut-être! Oui, je n'en disconviens pas, je ne suis plus le même. Cette haine que je ressentais contre tout le genre humain s'est dissipée et a fait place à des sentiments plus doux... En sentant de nouveau battre mon cœur, j'ai compris que toute sensibilité n'était pas morte en moi... J'ai retrouvé mon âme, j'ai éprouvé des sensations que je croyais ne plus pouvoir connaître... Et le sombre désespoir qui me consumait s'est changé en touchants souvenirs...

— Et qui donc a pu produire en vous ce miraculeux changement?

— Un enfant.

— Un enfant?

— Oui!... La perte de ma fille avait fait de moi cet homme... que vous avez si bien dépeint tout à l'heure. Un autre enfant... un ange aussi m'a rendu à moi-même... Cependant cet enfant n'est pas le mien... Mais il est si aimant, si aimable!... Chère petite!... elle sourit à mes caresses... elle me témoigne déjà de l'affection... et je me figure que ma fille m'est rendue...

— Et quel est donc cet enfant merveilleux?

— Le vôtre, comte. C'est de votre fille, de votre petite Blanche que vous parle... Ah! j'ai bien le droit de l'aimer, de lui prodiguer mon affection, car c'est moi qui, représentant votre père, ai eu l'honneur de lui servir de parrain.

Je vous le répète, votre fille est un ange; la beauté de ses traits n'est pas seulement ce que l'on admire en elle, mais, si jeune encore, ses yeux ont déjà une expression de bonté, de douceur, qui vous séduit, vous attire, tandis que son front, noble et pur, annonce une intelligence supérieure!... Comte, ne voudrez-vous donc pas la voir?... Ne déposerez-vous jamais un baiser sur le front de cet ange?... Vous ne vous doutez pas que vous possédez un trésor... Mais, j'en suis certain, il vous suffira de la voir un instant pour l'aimer...

— Est-ce pour me dire tout cela?... Est-ce pour me parler... de cet enfant, que vous êtes venu ici? répond Léodgard d'un air sombre.

— Vous l'avez dit, comte, c'est pour cela que je me suis rendu à cette fête. Je voulais vous voir; plusieurs fois, j'avais été vainement à votre demeure; j'ai pensé qu'ici je serais plus heureux...

— Je regrette alors que vous ayez pris cette peine... Vous auriez mieux fait de ne pas vous mêler à une société de courtisanes et de débauchés... Franchement, cela ne convient plus à un homme qui a renoncé à Satan!...

— Comte, est-ce donc la seule réponse que j'obtiendrai de vous?... et n'irez-vous pas au moins une fois embrasser votre fille?...

Ah! si vous l'aviez vue... si ses yeux s'étaient reposés sur les vôtres... si sa petite voix si douce avait retenti à vos oreilles, vous avoueriez que tout ce que je vous ai dit d'elle est encore bien au-dessous de la vérité.

— Chevalier, ne revenez pas davantage sur ce sujet. C'est en vain que vous essayeriez de me ramener près de quelqu'un que je ne veux plus voir. Car, je le devine, la petite fille n'est ici qu'un prétexte. C'est pour me rapprocher de la mère que vous me parlez de l'enfant!

— Et quand cela serait, comte?... Le temps n'est pas encore si loin où je vous rencontrai dans la nuit veillant sous ses fenêtres... Ah! c'était un ange alors... vous l'adoriez!..... vous ne pouviez vivre sans elle... et aujourd'hui...

— Assez! Jarnonville... assez!...

Léodgard avait élevé la voix en prononçant ces derniers mots avec l'accent de la colère, plusieurs des invités qui se promenaient alors dans cette partie du jardin s'approchèrent vivement, croyant à une querelle.

— Qu'y a-t-il donc, messieurs? qu'y a-t-il donc? demanda le baron de Montrevert en s'avançant un des premiers. Est-ce qu'on se dispute par hasard?... quoi! deux bons amis..... Léodgard et le sire de Jarnonville?...

— N'importe, s'écrie Senange, si vous avez besoin de seconds, nous voilà. Mais, auparavant, il faut nous apprendre le motif de votre différend.

— Vous êtes dans l'erreur, mes maîtres, répond Léodgard redevenu calme. Il n'y a ici ni querelle, ni différend; je causais avec le chevalier. Et, en causant, j'ai pu m'animer et élever la voix... Mais nous n'avons aucune envie de nous battre, car nous n'avons aucun motif pour cesser d'être amis.

— Ah! c'est dommage! murmure Monclair en s'éloignant. Cela m'aurait amusé, moi, de les voir ferrailler.

— Il n'a pas voulu dire la vérité, reprend Montrevert en entraînant ses amis. Mais nous ne sommes pas sa dupe... Il aura eu vent des visites de Jarnonville à sa femme, et il lui en touchait deux mots...

— Alors, ils se battront au premier moment..

— C'est immanquable!...

— Ah! voilà Flavia!...

— Et la jolie Nadina... Venez vous promener avec nous, enchanteresses!...

Les deux courtisanes auxquelles s'adressaient ces paroles retournèrent du côté des salons en disant :

— Non, vraiment; nous n'irons pas avec vous dans les jardins, vous avez trop de penchant pour les allées sombres...

— D'ailleurs, moi, je veux danser, dit la jeune Nadina, qui était un peu forte pour sa petite taille, mais qui portait son embonpoint précoce avec un laisser-aller si gracieux et une figure si mutine, qu'on se sentait entraîné vers la *Petite Boule*, surnom que ses amies lui avaient donné.

— Elle veut danser pour faire fondre sa graisse! dit tout bas Flavia à un des cavaliers.

— Pourquoi donc?... moi, je la trouve très-bien ainsi.

— Ah! fi! on ne lui voit pas de taille!...

— Je vous assure qu'on lui voit de fort jolies choses!...

— Est-ce que les hommes s'y connaissent?...

— Oh! quel est voilà bien un mot de femme!... Elles veulent séduire, subjuguer les hommes, et prétendent ensuite qu'ils ne sont pas aptes à les juger.

— Messeigneurs, dit Camilla en s'avançant vers un groupe de cavaliers, parmi lesquels elle avait aperçu Léodgard et Senange. On vient de servir le souper sous cet immense berceau de lilas qui est là-bas... Quand vous voudrez venir être nos échansons, nous allons nous mettre à table... Venez, mesdames.

En disant cela, la belle courtisane entraîne ses amies, qui se mettent à courir comme un essaim de papillons du côté où le souper est servi.

— D'honneur, ce costume espagnol sied à ravir à Camilla! dit Senange, exalté par un sourire que la courtisane vient de lui adresser. Je ne crois pas qu'il soit possible de voir une femme plus séduisante... Je vais souper, moi!...

— Certainement, Camilla est fort bien; je rends justice à ses attraits, dit Montrevert, en restant à causer avec quelques jeunes gens. Mais, quant à dire qu'il n'y a pas de femme plus séduisante, Senange va trop loin!... Que dirait-il donc s'il avait vu la jeune marquise de Santoval!..... Oh! voilà ce que j'appelle une beauté qui éclipse toutes les autres!... Et, malgré tous ses charmes, je vous parie qu'on ne remarquerait pas Camilla, si elle était près de la marquise!...

— Quelle est cette marquise de Santoval? dit Monclair, d'où sort-elle?

—On voit bien que tu ne sors pas des cabarets, toi, Monclair ; sans cela, tu saurais que le marquis de Santoval a épousé mademoiselle Valentine de Mongarcin, fille d'une illustre maison...

— Ah ! oui...

En effet, je me le rappelle à présent...

Et c'est cette jeune femme qui est si belle, dis-tu ?

—Montrevert n'exagère pas, dit le sire de La Valteline. Je me suis trouvé, il y a quelques jours, à un bal chez madame de Beaumont, et la jeune marquise de Santoval y est venue : son entrée a fait sensation ! ce n'était qu'un cri d'admiration dans le salon... Cette jeune femme a tourné toutes les têtes... Et puis, outre sa beauté, il y a dans ses traits une expression qu'on ne saurait dépeindre... De la coquetterie, de la fierté, de la langueur, de l'ironie... Et tout cela fait un assemblage ravissant !

— Allons, il paraît que ce Santoval est bien heureux !...

—Il l'est beaucoup trop, messieurs ! C'est un homme bien en péril !...

— Diable !... il faudra prendre des précautions, alors... Car c'est un véritable sanglier orné de vilaines défenses, que ce mari-là...

— Allons souper, messieurs.

— Allons souper.

Les jeunes gens s'éloignent ; mais Léodgard, qui les avait écoutés, est resté pensif sur un banc de verdure, se disant :

— Ah ! cette marquise de Santoval... qu'ils disent être si belle..... c'est Valentine... celle que je devais épouser... Je l'ai à peine remarquée jadis... Il faudra que je la revoie, cette femme !... Je suis curieux de savoir s'ils disent vrai... Et puis, cela me distraira, et... j'ai besoin de distraction.

Et le comte se dirige lentement vers l'endroit où la société est réunie. Quant à Jarnonville, depuis longtemps il avait quitté la demeure de la courtisane, tout attristé d'avoir fait près de Léodgard une tentative inutile.

XLI

Un Regard.

A quelques semaines de là, un bal brillant avait lieu chez le prince de Valdimer, riche et fastueux étranger, envoyé d'une puissance du Nord. Tout ce qui embellissait la cour un peu triste de Louis XIII, tout ce qui portait en France un nom illustre avait reçu une invitation pour cette fête. Le comte de Marvejols n'avait pas été oublié.

On pouvait à peine circuler dans les salons du vaste hôtel que le prince Valdimer avait loué, et qu'il avait fait décorer et éclairer avec la plus grande magnificence.

Les dames, parées de riches toilettes, étaient couvertes de diamants, de perles et de pierreries ; les hommes, plus coquets alors que nous le sommes aujourd'hui, portaient aussi des dentelles, des plumes et des pierres précieuses sur leurs habits.

Puis, venaient les traitants enrichis les financiers, les fermiers généraux qui, sous des habits de brocart d'or et d'argent, tâchaient, à force de luxe, de déguiser leur origine.

Ce qui ajoutait encore, pour beaucoup de personnes, à l'importance de cette fête, c'est que l'on se disait que le cardinal de Richelieu avait promis de s'y rendre. Aussi l'affluence était telle que, pour passer d'un salon dans un autre, il fallait quelquefois attendre fort longtemps, si l'on ne voulait point être foulé.

Une jeune femme d'une rare beauté, balançant avec grâce sa taille élégante, tout en s'appuyant sur le bras d'un homme de quarante ans, dont la figure était noble et sévère, vient d'entraîner son cavalier dans l'embrasure d'une fenêtre où elle semble chercher un peu d'air, tout en disant :

— De grâce, monsieur le marquis, ne nous mêlons point à cette foule... attendons un peu ici... où nous pourrons peut-être respirer !... Mon Dieu ! que de monde... toute la cour et la ville sont donc à cette fête ?...

— Si vous craignez la chaleur... si cette nombreuse réunion a peu de charmes pour vous, Valentine, nous quitterons ce bal...

— Mais non, je veux rester à cette fête ! elle est fort brillante... seulement, je veux me reposer ici un moment.

— Tout comme il vous sera agréable.

— Eh ! voilà monsieur le marquis de Santoval ! s'écrie un petit vieillard maigre et bossu, mais qui relève encore la tête avec vivacité et dont les yeux ont une expression de malice et de gaieté, en s'adressant au cavalier qui vient de s'arrêter avec sa dame contre une croisée. Est-ce madame la marquise que j'ai l'honneur de saluer ?

— Oui, mon cher de Noirteuil, répond M. de Santoval en pressant la main du petit vieillard.

— Ah ! de grâce, veuillez me présenter à elle.

—Madame, je vous présente M. de Noirteuil, gentilhomme du midi... comme moi ; de plus, fin diplomate qui a souvent mis son esprit au service de son pays, et toujours avec succès !

— Que voulez-vous ? je n'avais que cela à lui offrir, à mon pays... il n'aurait pas voulu de ma personne !...

Mais permettez-moi de vous faire compliment, Santoval ; d'honneur, vous êtes un heureux mortel... J'avais entendu citer la beauté de madame votre épouse... je vois que l'on était encore loin de la vérité !...

— Vous êtes toujours galant, de Noirteuil !

— En ce moment, je ne suis que l'écho de ce qui se dit de tous côtés.

Comment trouvez-vous cette fête, belle dame ?... un peu cohue, n'est-ce pas ?

— Mais, monsieur, cela me semble fort brillant, fort élégant...

— Hum !... il y a trop de monde... Voyez-vous, ces étrangers, quand ils veulent donner des fêtes... ils invitent ! ils invitent ! ils feraient bien mieux de choisir... de trier...

— Comment ! est-ce que vous avez vu ici des personnes qui y sont... déplacées ?

— Je ne dis pas cela... cependant... enfin... on aurait pu en inviter moins...

— On dit que le cardinal doit venir...

— C'est possible ! cela m'est égal, je ne tiens pas à le voir, je n'ai rien à lui demander... Il vient de créer deux compagnies de mousquetaires, mais je crois qu'il ne me nommera pas capitaine dedans... eh ! eh ! eh !...

— Toujours gai, ce cher Noirteuil !...

— Ah ! écoutez donc, marquis, il faut bien que j'aie quelque chose ! Vous, vous possédez une femme ravissante !... moi, je possède ma gaieté... je n'ai jamais eu d'autre compagne que celle-là ! mais elle a son mérite, aussi. Ah ! mon Dieu, qu'est-ce que je vois ! quel miracle... est-ce bien lui... oui, ma foi, c'est lui-même...

— De qui donc parlez-vous, de Noirteuil ?

— De ce jeune cavalier que j'aperçois là-bas... à l'entrée de la galerie.. mis avec une élégance... une richesse... toute princière !...

Mais, vrai Dieu ! il porte bien tout cela... c'est un fort joli garçon que ce Léodgard de Marvejols...

— Ah ! c'est du comte de Marvejols que vous parlez...

Qu'avez-vous, Valentine... seriez-vous indisposée ?

— Moi, monsieur, aucunement. Pourquoi me demandez-vous cela ?

— Il m'avait semblé que votre bras s'était tout à coup appuyé sur le mien... Je suis heureux de m'être alarmé à tort.

—J'ai poussé une exclamation d'étonnement, reprend le petit bossu, parce que depuis fort longtemps on ne voyait plus le jeune Marvejols à aucun bal, à aucune réunion ; il ne va plus tout à la cour ; enfin, entre nous, il passe pour un assez mauvais sujet, ne hantant que les tripots et les courtisanes !

— Il paraît que vous n'êtes pas son ami, monsieur ? dit Valentine en lançant un regard ironique au petit gentilhomme.

— Moi, madame la marquise, oh ! je ne lui en veux pas du tout... Je n'ai jamais été son rival, eh eh eh...

Tiens, le voilà qui vient de ce côté...

Léodgard, ayant su par quelques personnes que la marquise de Santoval était dans cette salle, cherchait à percer la foule et venait de parvenir à quelques pas de la croisée où Valentine était arrêtée.

Le vieux de Noirteuil fait aussitôt plusieurs saluts à Léodgard, auquel il tend la main en lui disant de cette petite voix aigre et perçante qui semble le patrimoine des bossus :

— Salut, cher comte, salut... enchanté de vous voir, parole d'honneur... vous êtes si rare ! Du moins à la cour... on ne vous reprochera pas d'être trop courtisan, vous ! Mais, vive Dieu ! il ne faut pas comme cela abandonner la place aux autres. Les Marvejols sont bien faits pour se montrer..... c'est ce que je disais tout à l'heure à mon ami le marquis de Santoval et à sa gracieuse épouse.

Pendant que le petit vieillard parlait, Léodgard avait porté ses regards sur Valentine, qui de son côté attachait les siens sur lui.

Ce coup d'œil réciproque n'avait duré qu'un instant, mais que de choses s'étaient dites pendant ce rapide éclair qui semblait devoir allumer un incendie ! Le comte de Marvejols méritait bien qu'une dame attachât ses regards sur lui. Ayant alors vingt-huit ans à peine, grand, bien fait, doué d'une tournure noble et élégante, il joignait à cela de fort beaux traits, d'une expression tendre et fière à la fois.

Ce que l'on pouvait seulement critiquer dans Léodgard, c'était cette extrême pâleur qui donnait à son visage quelque chose de l'autre monde, et dans son regard un certain vague qui s'alliait trop bien avec la pâleur de son front. Mais, comme en général les femmes aiment assez les hommes qui ont en eux quelque chose qui n'est pas ordinaire, Léodgard faisait beaucoup de conquêtes, et son arrivée chez le prince Valdimer avait fait sensation.

Léodgard, après avoir échangé quelques serrements de main avec M. de Noirteuil, a salué le marquis de Santoval, puis, en s'inclinant devant Valentine, il a accompagné ce mouvement d'un léger sourire qui indiquait que ce n'était pas la première fois qu'il présentait ses hommages à la marquise. Ensuite il continue sa marche et passe au salon.

—Il est bien ! très-bien ! c'est un charmant cavalier ! murmure le petit vieillard en regardant le comte de Marvejols s'éloigner

M. de Santoval, dont le front s'est assombri, dit à Valentine :

— M. de Marvejols vous a saluée, il me semble, comme une ancienne connaissance...

— Mais, en effet, mon père était très-ami avec le marquis de Marvejols... Je ne suis pas une inconnue pour le comte, avec qui je me suis trouvée déjà quelquefois.

— Ah! pardon... j'ignorais tout cela... Est-ce que le comte n'est pas marié?

— Si fait! si fait! dit M. de Noirteuil, il a même fait un fort sot mariage... la fille d'un homme de boutique... et c'est son père, le marquis, qui a voulu que cette union se fît. Il paraît qu'il y avait eu séduction, malédiction, abandon... puis un enfant au milieu de tout cela.

— Les hommes à bonnes fortunes en ont aussi de mauvaises!..... dit M. Santoval en souriant d'une façon singulière.

— Il me semble, monsieur, que la foule est moins grande, dit Valentine, et que nous pourrions à présent circuler dans les autres pièces.

— Volontiers, madame; je suis à vos ordres.

— Belle femme! ravissante femme! s'écrie le petit bossu, en regardant s'éloigner la jeune marquise au bras de son mari.

— Oui, dit le baron de Montrevert, en s'appuyant sans façon sur l'épaule du petit homme, mais beaucoup trop belle pour son mari... n'est-ce pas, Noirteuil?

— Baron, ne vous appuyez donc pas ainsi sur moi, vous êtes lourd... vous êtes extrêmement lourd, baron!

— Comment l'entendez-vous, malin vieillard? est-ce de mon corps ou de mon esprit que vous parlez?

— C'est de tous les deux.

— Est-il vrai que Léodgard soit à cette fête?

— Très-vrai, je lui ai parlé tout à l'heure.

— Vous savez que Senange lui a enlevé Camilla, sa maîtresse?

— Comment voulez-vous que je sache cela? est-ce que je fréquente les courtisanes, moi; je n'ai jamais aimé ces femmes-là!

— Ah! ah! ah! je crois que vous avez aussi bien fait, cher ami!...

— Vous riez? eh mon Dieu! si j'avais voulu... en les couvrant d'or, elles m'auraient adoré...

— Vous voulez dire qu'elles auraient fait semblant.

— Pour un homme d'esprit, ça revient au même... Tenez, vous me citez Léodgard, il est cependant beau, jeune et bien fait celui-là...

Cependant, vous venez de me dire que sa maîtresse l'a quitté!

— C'est vrai.

Et ce qu'il y a de très-singulier, c'est que Léodgard n'a pas cherché querelle à Senange; on dit même qu'ils sont restés bons amis.

— Par la sambleu! je le crois bien; quel plus grand service peut-on rendre à un ami que le débarrasser d'une ancienne maîtresse?...

— Noirteuil, vous êtes un scélérat!... il est bienheureux pour les dames que vous ayez eu cette légère éminence sur l'épaule!...

— Pourquoi cela?

— Parce que cela les a préservées des tours que vous leur auriez joués. Mais je vais tâcher de rejoindre la belle Santoval; et s'il y a moyen, je la ferai danser.

— Allez! allez vous brûler à la lumière, beaux papillons! dit le petit vieillard en se mêlant aussi à la foule, je crois qu'il y en a plus d'un qui y perdra ses ailes... mais ce ne sera pas moi.

Léodgard s'était éloigné de Valentine, encore fasciné par son regard, par sa beauté qui lui avait troublé les sens, par sa tournure noble et charmante, par la grâce avec laquelle elle portait sa brillante toilette; enfin, par le changement que le titre de femme avait apporté dans ses manières et dans toute sa personne.

Il ne pouvait se persuader que cette beauté si séduisante fût bien la demoiselle dont il avait refusé la main. Puis, il se rappelait qu'autrefois il l'avait fort peu regardée, et qu'alors, de son côté, elle avait à peine levé les yeux sur lui, et se disait : Quelle différence!... et quel regard elle m'a lancé tout à l'heure..... Il y avait dans ses yeux comme l'ironie qui me raillait de l'avoir méconnue... comme le défi de ne point rendre hommage à ses charmes!...

Ah! je veux la revoir encore... je veux admirer ses attraits..... longtemps..... bien longtemps..... je veux savourer ce bonheur..... que j'ai repoussé jadis... me regardera-t-elle encore comme tout à l'heure?

Léodgard parvient sans peine à retrouver Valentine. La jeune marquise, prétextant la chaleur, avait refusé les invitations pour la danse; elle s'était assise sur des gradins élevés dans les galeries, afin que les dames qui s'y reposaient pussent, sans se déranger, jouir du coup d'œil du bal. Le comte de Marvejols, en apercevant Valentine, va s'adosser contre une colonne qui se trouve à quinze pas d'elle, parce que de cette place, et grâce à l'élévation de sa taille, il peut la contempler tout à son aise. Le marquis de Santoval, se trouvant au bas des gradins et entouré de monde, ne pouvait pas de là apercevoir Léodgard.

Il y avait à peine quelques minutes qu'il était à la place qu'il avait choisie, et déjà le comte de Marvejols est certain que Valentine l'a vu, qu'elle sait qu'il est là tout exprès pour l'admirer, pour examiner tous ses mouvements. Alors il ne voit plus rien dans le bal que cette femme dont un seul regard a suffi pour embraser son cœur.

Tout ce qui se passe, tout ce qui va et vient autour de lui ne saurait le distraire, ses yeux ne quittent plus la marquise de Santoval.

— Vive Dieu! cher comte! vous êtes terriblement préoccupé! car voilà deux fois que je vous parle sans obtenir de vous une réponse!

En disant ces mots, le baron de Montrevert venait de poser sa main sur le bras de Léodgard; celui-ci s'arrache avec humeur à sa contemplation et murmure :

— Eh bien! qu'est-ce donc, Montrevert? on ne peut donc pas ici être le maître de ses pensées et de ses actions...

— Oh! diable!... comme vous êtes mal disposé ce soir, Léodgard! je vous ai donc dérangé de quelque occupation bien agréable..... je gage que je saurai ce qui vous cloue contre cette colonne... Eh oui!... je le sais maintenant... ah! mon cher maître! nous admirons la marquise de Santoval... qui est là-bas, sur un gradin... Allons! je vous pardonne en ce cas de m'avoir rudoyé; une si jolie femme est bien capable de nous faire oublier nos amis... Tiens, mais il me semble qu'elle a lancé un regard de notre côté... la place est bonne, à ce qu'il paraît!...

Léodgard s'est remis à regarder la marquise et n'écoute plus Montrevert. Le petit vieillard bossu arrive à son tour près d'eux et se hausse sur ses pointes en s'écriant :

— Que regarde-t-on par là?.... est-ce que le cardinal est de ce côté?... je ne tiens pas à le voir, je le connais... cependant, comme on m'a dit qu'il était encore plus maigre, je voudrais en juger.. Montrevert, prenez-moi donc un moment dans vos bras pour que je voie...

Montrevert fait comme Léodgard, il ne répond pas. Le comte de La Valteline, qui vient de s'arrêter aussi là, dit à M. de Noirteuil :

— Consolez-vous... ce n'est pas le cardinal que l'on regarde..... c'est la jeune marquise de Santoval que chacun admire.

— La marquise de Santoval! oh! c'est différent... je la connais!... je suis très-lié avec son mari!... Eh! mais... quel bruit dans la pièce voisine... sans doute le cardinal qui fait son entrée; il paraît qu'il vient par ici, car le mouvement se rapproche de nous... tant mieux, nous allons voir aussi...

En ce moment, le nouveau personnage dont le costume singulier et le physique original causaient une si vive sensation dans la nombreuse réunion, se montre à l'entrée de la galerie garnie de gradins; à sa vue un grand nombre de dames ne peuvent contenir une envie de rire qu'elles tâchent de dissimuler sous leur éventail, tandis que le petit bossu s'écrie :

— Par Notre Dame!... qu'est-ce que cet homme vert... qui ressemble pas mal à une asperge!... mais je le connais, eh! oui... c'est le chevalier gascon... M. de Passedix!... où diable le comte de Valdimer a-t-il été chercher tout ce monde-là!...

— Mon cher Noirteuil, ne vous y trompez pas, dit La Valteline. Passedix est un vrai chevalier de bonne maison!... il est ridicule par son physique, sa toilette et ses prétentions, c'est possible; mais il n'est nullement déplacé ici!

Le chevalier gascon avait en effet quitté son costume orange; étant parvenu à se faire donner une invitation pour le bal du prince Valdimer, il avait voulu y faire sensation par son élégance et surtout par l'originalité de son costume; il était enfin décidé à faire ses efforts pour oublier Miretta, et n'ayant pas trouvé dans le vin un remède à ses peines, le chevalier voulait faire des conquêtes, espérant qu'un autre amour le guérirait de la passion qui ne lui avait causé que des ennuis. Pendant plusieurs jours, Passedix avait rêvé au choix de la couleur qui lui siérait le mieux et pourrait dans un bal donner surtout dans l'œil aux dames. C'était au vert-pomme que le Gascon s'était arrêté. Il s'était donc fait faire un pourpoint et un haut-de-chausse en satin de cette couleur, le tout parsemé de crevés en vert-olive, pour trancher avec le fond. Une ceinture en vert foncé lui ceignait la taille; un petit manteau en velours vert-pomme était attaché sur l'épaule gauche; enfin, une toque de velours vert de mer, surmontée de plumes de couleur pareille, terminait la toilette du chevalier, qui ressemblait à un arbre ambulant, et dont l'entrée dans le bal avait produit un effet encore au-dessus de ses espérances.

— C'est à ne pas s'en faire une idée, si on ne l'avait pas devant les yeux! dit le petit vieux.

Passedix, qui vient de reconnaître La Valteline et Montrevert, perce la foule qui lui faisait cortége et s'empresse d'aller à eux.

— Salut à la fleur de la chevalerie! dit La Valteline en souriant.

— Enchanté de vous rencontrer, mes braves! Cadédis, qué de monde dans ce bal; c'est brillant! c'est élégant! lé veau sexe, il domine... tant mieux, sandis! Je dis comme François Ier : un bal sans femmes, c'est une cour sans roses... non, jé veux dire un printemps... ça né fait rien!... Eh! mais! c'est notre ami lé comte dé Marvejols qui se tient collé contre cette colonne... Bonsoir, Léodgard!... en donc.. on n'a pas un mot pour un camarade!... est-ce qu'il serait devenu sourd, par hasard? il né répond pas!

— Non pas, dit Montrevert, mais je crois qu'il est tombé amoureux de la marquise de Santoval... qui est assise là-bas...

— La marquise dé Santoval!... reprend Passedix en étouffant avec peine un soupir...

— Ce nom vous fait soupirer, chevalier, dit La Valteline, seriez-vous aussi un des adorateurs de cette dame qui porte ici le trouble dans tous les cœurs?

— Moi, oh! nullément... mais jé mé rappelais qué la marquise dé Santoval n'est autre qué mademoiselle Valentine dé Mongarcin... voilà tout.

— Vertuchoux! monsieur - dit le petit vieillard en saluant à son tour Passedix, vous avez adopté pour le bal un costume tout à fait galant, et qui, vous devez le voir, produit beaucoup d'effet ici.

— N'est-cé pas qué mon costume est gracieux et distingué?... j'ai ujours eu du penchant pour le vert-pomme... céla mé va bien.

— Oui, vous portez cela d'une façon qui n'appartient qu'à vous seul.

— Tu as l'air d'un buisson comme cela, dit Montrevert.

— Tant mieux, sandioux, jé suis un rosier, les dames seront les roses.

— Vous représentez encore l'espérance, dit M. dé Noirteuil.

— Commé vous dites, jé suis le chevalier de l'espoir.

— On pourrait aussi le prendre pour une salade... dit à demi-voix le petit bossu.

— Mais il me semble que tu étais tout orange, il y a quelque temps.

— Oui, oui, en effet, mais j'en ai assez dé mon costume orange! il a failli mé coûter cher... est-cé qué Senange et Monclair né vous ont pas conté cé qui m'est arrivé, grâce à cé maudit pourpoint?...

— Non, nous ne savons rien... ce n'est donc pas une aventure galante...

— Galanté! ah! bigre... pardon, jé veux dire, non! dé par Rolande. J'ai été arrêté, emmené; la foule parlait déjà dé mé pendre... et tout cela, parce qu'on voulait absolument qué jé fusse lé fameux voleur Giovanni!

— Giovanni!... toi!... Giovanni... ah !... ah!... ah!... c'est trop plaisant... dites donc, Léodgard, Passedix que l'on a pris pour Giovanni.

Le nom du voleur italien a produit sur le comte de Marvejols un effet magique. L'expression amoureuse de ses regards s'est sur-le-champ dissipée; il se retourne vers ceux qui lui adressent la parole, les fixe d'un air égaré, en répondant d'une voix saccadée :

— Comment... qu'est-ce... que me dites-vous... je n'ai pas bien entendu...

— Je vous disais, comte, que le chevalier Passedix que vous voyez devant vous déguisé en gazon...

— Qu'entendez-vous par gazon? s'écrie le Gascon.

— Non, je voulais dire habillé en prairie, enfin, ce brave gentilhomme a été arrêté et pris pour le voleur Giovanni!...

— Ah! il a été arrêté...

— Ne trouvez-vous pas comme moi que c'est très-comique?...

— Sandis, baron, jé n'ai pas trouvé cela drôle du tout, moi!... qué trouvez-vous donc là dedans qui prête tant à rire?

— Pardieu, mon cher Passedix, c'est que vous ne ressemblez pas plus à Giovanni que cette énorme dame, que vous voyez là-bas, ne ressemble à la belle marquise de Santoval, et je vous en parle savamment, ayant eu l'honneur d'être arrêté et dévalisé par l'illustre bandit.

— Quoi, monsieur le baron, vous avez été attaqué par le fameux Giovanni? dit le petit bossu en relevant la tête pour mieux considérer Montrevert.

— Oui, monsieur, bien mieux qu'attaqué, j'ai été vaincu, car j'ai cherché à me défendre... mais, tenez, voilà Léodgard, qui connaît Giovanni encore mieux que moi, puisqu'il a eu deux rencontres avec lui... la première, pour être dépouillé comme moi, mais la seconde il voulait me venger et tuer ce misérable voleur, il s'est battu avec lui et l'a blessé... n'est-il pas vrai, comte?

— Oui... en effet... je l'ai blessé... du moins il m'a semblé! reprend Léodgard en s'efforçant de dissimuler son trouble et en jetant des regards inquiets de tous côtés.

— Il vous a semblé! reprend Montrevert, mais ce n'était point une illusion, puisque vous étiez couvert de sang en revenant vers nous.

— Cadédis! s'écrie Passedix, en écartant avec sa main une des plumes de sa toque qui lui tombe sur l'œil gauche, jé né sais pas cé qué jé donnerais pour couper en quatre cé damné voleur!

— Alors, messieurs, reprend M. de Noirteuil, vous devez connaître parfaitement ce Giovanni en effet.

— C'est pour cela que je disais tout à l'heure que le chevalier Passedix ne lui ressemblait pas du tout!... dit Montrevert, non pas qu'on puisse voir sa figure, toute cachée sous sa barbe, mais on distingue ses yeux qui sont très-vifs et très-noirs, son nez qui est long et fin.

— Eh donc! tout ceci mé ressemble assez!

— Mais il est loin d'avoir votre taille, il n'est même pas aussi grand que Léodgard, il est fort leste, semble bien fait et encore fort jeune...

— Jé né vois pas grandé différence avec votre serviteur.

— Depuis quelque temps on entend moins parler de personnes attaquées par ce voleur, dit le petit vieillard; il paraîtrait qu'il se repose ou qu'il a quitté Paris.

— Non pas, vraiment, dit La Valteline, mais pour agir, l'adroit brigand attend toujours une belle occasion; il ne vole pas pour des misères! fi donc! c'est un gaillard qui choisit son monde.

Il n'y a pas plus de quinze jours... c'est-à-dire de quinze nuits, que le riche Destaillis, receveur aux gabelles, a été volé par lui, en sortant d'un tripot où il avait fait sauter la banque!

— Sandis! si j'étais lieutenant de police, jé serais honteux de n'avoir point encore pincé ce Giovanni.

— Il paraît qu'il a des retraites, des cachettes dans tous les quartiers... il met en défaut tous les limiers qu'on lance après lui.

— Patience, messieurs, dit le petit bossu, on m'a assuré que le cardinal de Richelieu avait dit dernièrement qu'il allait s'occuper de ce drôle! et si son Éminence s'en mêle, Giovanni sera pris.

— Mais quel mouvement dans la galerie... Oh! messieurs, cette fois c'est bien le cardinal, il va passer par ici.

— Je ne tiens pas à le voir, dit le petit bossu en s'élançant du côté de la foule, mais il a peut-être quelque chose à me dire... c'est pourquoi je pense qu'il vaut mieux que je sois sur son passage.

— Moi, jé né serais pas fâché qu'il mé remarquât! s'écrie Passedix.

— Oh! parbleu, chevalier, dit Montrevert, cela ne saurait être autrement! avec un costume qui attire les regards.

— Tant mieux! sandis, vous mé faites nager dans la joie! ah! bigre! lé voilà! redressons-nous.

Richelieu s'avançait lentement, entouré d'une foule de courtisans qui tous briguaient un regard favorable ou un simple mot de son Éminence; et ceux qui, quelques instants auparavant, disaient le plus de mal du premier ministre n'étaient pas alors des moins empressés à faire des courbettes pour en obtenir un sourire.

Comme il fallait nécessairement s'écarter et faire de la place pour laisser le passage au cardinal, celui-ci, qui se trouvait alors devant la colonne contre laquelle s'appuyait Léodgard, s'arrête un moment en jetant les yeux sur les personnes rassemblées là.

— Son Éminence s'arrête pour mé considérer, dit Passedix en se penchant vers La Valteline. Tenez, voyez plutôt...

— Il se retourne et parle bas au prince Valdimer qui est près de lui.

— Jé né serais pas étonné qu'il mé fît appeler!... Il veut savoir l'adressé dé mon tailleur!

Mais l'attente du Gascon est déçue, ce n'est pas sur lui que Richelieu a jeté son regard d'aigle c'est Léodgard qu'il a remarqué, c'est le nom du comte de Marvejols que l'on a entendu sortir de sa bouche.

Après avoir gracieusement salué des dames qui se trouvent sur son passage, Richelieu se remet à parcourir la galerie, mais avant de s'éloigner il jette encore sur Léodgard un regard dont tous les courtisans là présents cherchent en vain à deviner l'expression.

XLII

L'intrigue se noue.

Pendant quelques semaines qui suivent le bal donné par le prince étranger, Léodgard cherche à oublier l'image de Valentine, à la chasser de sa pensée; il se dit qu'il y aurait folie de sa part à devenir amoureux d'une femme dont il a refusé d'être le mari.

Mais les yeux à la fois si tendres et si expressifs de la jeune marquise n'étaient point de ceux que l'on oublie facilement, surtout lorsqu'ils ont semblé nous dire: Aimez-moi, je le veux!

Fatigué de combattre un sentiment qui ne lui donne point de relâche, Léodgard se dit enfin:

— Eh bien... aimons-la, cette femme!... Elle aussi m'aimera, j'en suis certain... je l'ai vu dans ses yeux...Que m'importent les obstacles qui nous séparent.... Deux amants, quand ils s'entendent bien, ne sauraient en connaître...Elle n'aime point ce marquis de Santoval... j'ai vu cela aussi... Il y a de ces choses qu'un coup d'œil suffit pour nous faire deviner. Maintenant, je veux me retrouver avec Valentine... J'irai partout où elle sera, bientôt elle ne doutera plus de mon amour... Oui, elle sera à moi, cette femme... J'écraserai sous mes pieds tout ce qui voudrait m'empêcher d'arriver jusqu'à elle.

A quelques jours de là, une soirée brillante était donnée chez un grand personnage, Léodgard s'y rend; il a revêtu un habillement dont l'élégance rehausse encore sa belle figure et sa taille martiale; un diamant d'un très-grand prix retient les plumes qui recouvrent son béret, l'or et les pierreries enrichissent la poignée de son épée, ainsi que les aiguillettes qui brillent sur son épaule.

Sur son passage, le comte de Marvejols peut recueillir plus d'un tendre coup d'œil que lui lancent de jolies et nobles dames, dont maint cavalier brigue la conquête; mais Léodgard n'y fait nulle attention: il n'est venu là que pour une seule femme, toutes les autres lui sont indifférentes; il passe sans être atteint sous le feu de leurs regards. Enfin, il aperçoit celle qui a toutes ses pensées.

Valentine est assise au milieu de plusieurs dames de la cour, sur lesquelles elle domine par la puissance de ses charmes, comme le chêne majestueux sur les frêles arbrisseaux qui l'entourent.

La toilette de la jeune marquise est d'une noble simplicité; elle a moins de clinquant que celles des personnes qui sont près d'elle, et, pourtant, c'est la sienne que l'on remarque, que l'on admire, car la véritable beauté donne du charme à tout ce qu'elle porte.

Léodgard s'est arrêté en face de Valentine, en attachant ses yeux sur elle; il ne cherche point à cacher l'admiration qu'elle lui inspire.

De son côté, Valentine a, sur-le-champ, aperçu Léodgard, et un léger sourire vient errer sur ses lèvres, tandis que ses yeux laissent éclater une vive satisfaction. Le comte de Marvejols est resté à la même place, toujours contemplant Valentine, plus longtemps peut-être que les bienséances ne le permettaient. Mais tout à coup les beaux yeux de la jeune marquise cessent de répondre à ses brûlants regards et semblent, au contraire, faire leur possible pour les éviter.

Léodgard veut découvrir la cause de ce changement; il n'est pas longtemps sans la connaître: en se retournant, il aperçoit le marquis Santoval arrêté à quelques pas de lui et observant ce qui se passe.

Le comte de Marvejols se décide, quoique à regret, à quitter la place. Cependant, il ne perd pas de vue Valentine; il attend, il espère, il cherche sans cesse à se rapprocher d'elle, mais M. de Santoval ne s'éloigne pas de sa femme: lorsqu'on le croit passé dans un autre salon, il y reparaît tout à coup comme un fantôme, comme un spectre menaçant, car son front est sombre et ses yeux lancent de sinistres éclairs qui semblent précurseurs d'un violent orage.

La marquise a quitté sa place pour parcourir les salons au bras de son mari. Profitant d'un moment où beaucoup de monde les entoure. Léodgard s'est approché de Valentine, et lui dit à l'oreille:

— Je meurs d'amour pour vous, madame!...

— Il est bien tard! murmure la jeune femme, en lançant de côté un regard plein de flamme à celui qui vient de lui parler.

— Comment?... qu'avez-vous dit, madame? s'écrie le marquis de Santoval, en se tournant vers sa femme.

— J'ai dit qu'il était bien tard, monsieur.

— Vous avez raison, madame; il est temps de quitter cette réunion qui, d'ailleurs, n'offre rien de bien récréatif.

Le marquis entraîne Valentine, et dès qu'il a la certitude qu'ils ont quitté la fête, Léodgard s'empresse aussi de partir.

Mais Valentine sait qu'il l'aime, et les mots qu'elle lui a adressés ne sont pas faits pour le décourager, lors même qu'un si doux regard ne les eût point accompagnés.

Quelques jours après, un bal se donne chez un favori du roi; Léodgard ne manque pas de s'y rendre, mais c'est en vain qu'il parcourt les salons et y cherche celle qu'il brûle de revoir.

Le marquis de Santoval et son épouse ne paraissent point à cette fête; cependant ils y ont été conviés, car le noble duc qui la donne témoigne plusieurs fois son désappointement de ne point voir la belle marquise faire partie de sa réunion. Plusieurs fêtes, plusieurs grandes soirées se donnent, Léodgard n'en manque pas une, mais celle qu'il espère toujours rencontrer n'y vient pas. Et le temps s'écoule, et l'amour qui s'accroît par l'absence, tant qu'il n'a pas été heureux, est chaque jour plus violent dans le cœur de Léodgard.

Il est évident que le marquis de Santoval est jaloux, qu'il aura remarqué les regards enflammés que le comte de Marvejols attachait sur sa femme, et surtout un certain air de satisfaction, de triomphe qui brillait dans les yeux de Valentine pendant que Léodgard s'enivrait d'amour en la contemplant. Pour que cette pantomime ne se renouvelle plus, le mari n'a pas trouvé de meilleur moyen que de ne plus mener sa femme dans le monde. Mais Léodgard se dit que Valentine n'est pas femme à se laisser séquestrer, à vivre privée des plaisirs de son âge.

— Elle aura beau faire! je la reverrai! se dit Léodgard; je trouverai moyen de me rapprocher d'elle; et, d'ailleurs, ses doux regards semblaient me dire que cela ne lui déplaisait pas.

Quelques semaines s'écoulent encore.

Léodgard, qui continue d'aller dans le monde, se trouve enfin un soir avec le marquis de Santoval et sa charmante épouse.

Il y a dans l'expression des traits de Valentine quelque chose de mélancolique, de tendre, qui ne lui est point habituel; mais, loin que sa beauté y perde, cette douce langueur, qui voile l'éclat de ses yeux, ajoute encore à leur puissance.

Léodgard ne dissimule pas tout ce qu'il ressent en revoyant la marquise; celle-ci le regarde qu'un instant, mais dans ce coup d'œil qu'elle a jeté sur lui, il y a de quoi faire perdre la raison à l'homme le plus sage, et Léodgard était déjà fou d'amour.

Cependant, le marquis de Santoval ne quitte pas sa femme une seule minute; impossible à l'amoureux le plus entreprenant de lui dire un mot en secret, car il n'y a point là de foule pour faciliter un rapprochement. Le comte de Marvejols est donc obligé de voir partir la marquise sans avoir pu échanger avec elle un seul mot.

Mais il ne doute plus qu'elle soit sensible à son amour, et il est décidé à employer d'autres moyens pour la revoir.

L'hôtel de Santoval est situé rue Sainte-Avoie.

Pendant quelques jours, Léodgard passe et repasse devant cet hôtel, dont la grande porte est constamment fermée; il recommence le métier de séducteur, qu'il avait abandonné depuis quelque temps, mais les domestiques qui sortent ou rentrent à l'hôtel ont de ces airs rogues qui n'engagent pas la confiance: ils répondent par monosyllabes aux questions qu'on leur adresse, ou s'éloignent sans répondre du tout. Enfin, le suisse, qui se montre un instant sur le seuil de la porte, a un air rébarbatif fort peu encourageant pour les amoureux.

— Par l'enfer! il faudra pourtant que je trouve moyen de lui envoyer un billet à cette belle Valentine! se dit Léodgard en frappant avec colère de sa bottine sur le pavé.

Puis, avisant un méchant petit cabaret qui n'est situé qu'à une portée de fusil de l'hôtel de Santoval, il se décide à y entrer.

Quoique enveloppé dans un immense manteau brun, il était facile de reconnaître un grand seigneur dans le personnage qui venait de pénétrer dans la salle sombre et enfumée du cabaret; aussi, le maître du logis, qui n'a pas l'habitude de recevoir de telles pratiques, se confond en saluts devant Léodgard, et lui offre-t-il de passer dans un petit salon qui est au fond de sa boutique et dans lequel il pourra être seul, si c'est sa convenance. Mais Léodgard, qui préfère ne pas perdre de vue la rue et la demeure de Valentine, s'assied à une table qui est contre le vitrage, en disant:

— Je me trouve bien ici... j'y reste....

— Que faut-il servir à monsieur?

— Une bouteille de votre meilleur vin.

L'hôte s'incline encore; car dans ce temps-là le vin que l'on serva en bouteille était chose peu commune, et on le payait en conséquence il n'y avait que les seigneurs ou riches commerçants qui se permettaient ce luxe au cabaret. La salle dans laquelle est Léodgard n'a en ce moment que peu de buveurs. Tout au fond, deux vieux soldats trinquent en se rappelant leurs anciennes campagnes; puis trois ouvriers déjeunent très-frugalement, en chantant quelques refrains.

Bientôt ces derniers quittent le cabaret pour retourner à leur ouvrage.

Quelques minutes après arrivent deux jeunes gens, dont le costume est très modeste, mais dont la parole est très haute.

En entrant dans la salle le plus petit s'écrie:

— Ah! mille noms de diables! ça n'est pas brillant ici comme à fameuse taverne du Loup de Mer... n'est-ce pas Plumard, c'est vrai trou que cette salle!...

— C'est assez grand pour ce que nous avons à y dépenser!... murmure le second clerc en ôtant son toquet pour gratter le morc d'emplâtre qui est encore attaché à sa nuque, et qu'à force de patien et de coups d'ongles il avait réduit à la dimension d'un petit écu.

Bahuchet (car on a déjà reconnu les deux basochiens) s'approche de la table qui est contre celle de Léodgard, en disant:

— Mettons-nous là, cher ami, nous y serons bien, nous y verrons du moins un peu clair... si toutefois notre voisinage ne contrarie pas sa seigneurie...

Ces mots s'adressaient au comte qui, après avoir enfoncé son grand chapeau rabattu sur ses yeux, se contente de faire une inclination de tête, et les deux clercs se placent à côté de lui.

— Que faut-il servir à ces gentilshommes? dit le cabaretier en s'adressant aux nouveaux venus.

— Il nous appelle gentilshommes! murmure Plumard.

— Le maître fripon nous flatte pour tâcher de nous faire dépenser plus... mais il en sera pour ses compliments et ses révérences!... Nous sommes fixés... onze sous à nous deux... c'est maigre... mais nous ne pouvons pas aller au-delà!...

Le cabaretier attendait toujours. Bahuchet lui fait signe d'approcher

— Écoutez bien, notre hôte, et ne dépassez point nos ordres... nous sommes venus seulement pour manger un morceau... entre nos repas. Servez-nous pour trois sous de pain, six sous de vin, et deux sous de bonne chère.

L'hôte fait la grimace et remet son bonnet en répondant:

— Quelle bonne chère voulez-vous donc que je vous serve pour deux sous... Mettez-en au moins six, messieurs, et vous aurez un plat.

— Nous ne mettrons pas un denier de plus, nous avons nos raisons pour cela. Allez, cabaretier, et servez chaud!

— Chaud!... vous aurez du fromage!.. je n'ai pas l'habitude de le servir chaud.

— Ah! mon pauvre Bahuchet!... où sont nos jours de bombance!... murmure Plumard en donnant un coup d'ongle à son emplâtre.

— Que veux-tu, Plumard, les jours se suivent et ne se ressemblent pas!... il n'y a que ton crâne qui s'obstine à ne pas changer; il y met de l'entêtement.

— Te souviens-tu, Bahuchet, quand nous avons mangé le costume de mon oncle le fripier... Eh, eh! trente pistoles, rien que cela... aussi nous nous en sommes donné au village du Roule... pendant plusieurs jours...

— Je crois bien, on a été obligé de te porter à la *maladrerie*, toi... tu as manqué y crever d'indigestion... C'était le bon temps!

— A la vérité, ce grand imbécile de chevalier gascon nous a fait ensuite avoir une scène de mon oncle!...

— Oui, mais ton oncle n'a jamais pu nous faire rendre l'argent... Ah! voici notre festin qui arrive... fichtre! la bonne chère qu'on nous apporte se sent de loin...

— C'est du fromage qui est très-fait.

Les deux clercs se décident à attaquer leur déjeuner. Ils se bourrent le pain et de fromage. Mais au bout d'un moment Bahuchet reprend en poussant un soupir:

— Ah! quel dommage que mademoiselle Valentine de Mongarcin soit mariée!... elle me donnait de fameuses commissions, celle-là!... et elle payait généreusement.

Léodgard, qui, jusque-là, avait entendu sans y prêter attention doléances de ses deux voisins, devient tout à coup fort attentif et ne perd plus un mot; car le nom de Valentine a retenti à ses oreilles et il n'en a pas fallu davantage pour exciter sa curiosité.

— Ah! oui! répond Plumard qui vient de faire la grimace en goûtant le vin qu'on leur a servi. Tu recevais des bourses bien garnies alors... et tu me régalais. Moi... je me souviens de la commission de la plume blanche... j'ai manqué de recevoir une bastonnade!...

— J'en risquerais bien dix, à présent, pour avoir de quoi faire un splendide repas...

— Pourquoi ne vas-tu plus à l'hôtel de Mongarcin?

— Je vais bien encore quelquefois à l'hôtel de Mongarcin, puisque maître Bourdinard notre patron est toujours le procureur de madame de Ravenelle, et qu'il est chargé de ses affaires. Mais mademoiselle Valentine n'habite plus avec sa tante depuis qu'elle est mariée au marquis de Santoval.

— Ce qui fait que tu ne la vois plus.

— Ma foi, l'autre jour, la vieille tante a failli m'envoyer chez sa nièce lui faire signer un papier, relativement à la vente d'un immeuble, mais il manquait quelques formalités à cet acte... j'ai dû le reporter à l'étude... où l'on en a fait un autre Sacrebleu! le triste vin.

— Messieurs, dit Léodgard en se tournant vers ses deux voisins, sans pourtant ôter son chapeau qui masque en partie sa figure, vous plairait-il de goûter de celui-ci? il n'est pas très-mauvais...

Et déjà le comte a pris la bouteille pour verser dans les gobelets des deux clercs. Ceux-ci font tous deux un mouvement de surprise qui se termine par un sourire des plus gracieux. Ils ne se font nullement prier pour tendre leur verre.

— En vérité, mon gentilhomme, nous sommes bien sensibles à votre politesse! dit Bahuchet qui se hâte de vider son gobelet.

— Excellent!... il est excellent! s'écrie Plumard, qui voudrait bien saluer son généreux voisin sans découvrir sa tête, et qui porte à chaque instant la main à son toquet en ayant soin de ne laisser voir son front qu'à moitié.

— S'il vous semble bon, il faut redoubler... Holà! cabaretier, deux autres bouteilles!...

— Ah! cher ami, murmure Plumard à l'oreille de son camarade, quel aimable cavalier... il demande deux autres bouteilles!... il paraît que nous lui plaisons beaucoup...

— Oh! il y aura quelque chose au bout de tout ceci! répond Bahuchet en souriant à moitié; ce jeune seigneur ne me fait pas l'effet d'un sot, ni d'un nouveau débarqué... s'il nous traite si bien, c'est qu'il a besoin de nous!... Mais je m'en moque !... laissons-nous d'abord régaler... et ne faisons pas la petite bouche... Il me semble que je le connais, ce raffiné-là... et toi, Plumard?

— Moi... comment veux-tu? je ne vois que le bout de son nez.

— Messieurs, dit Léodgard aux deux amis, est-ce que vous ne prendriez pas volontiers autre chose que du fromage avec votre vin... Tenez, je sais ce que c'est que les jeunes gens... on n'a pas toujours la bourse bien garnie...

— C'est vrai, dit Plumard; nous ne ferons pas les fiers avec vous,

seigneur, nous vous avouerons franchement que nous ne possédons que onze sous... cependant nous sommes clercs chez maître Bourdinard, procureur, mais il paye si peu!

— En ce cas, permettez-moi donc de vous offrir à déjeuner...

— Vous y mettez trop de grâce pour qu'on vous refuse.

— Cabaretier, servez-nous du jambon, une omelette, des côtelettes... enfin tout ce que vous aurez de meilleur!...

Le gargotier regarde avec surprise Léodgard et les deux clercs; mais déjà le comte a jeté une pièce d'or sur la table; on en voyait si rarement dans ce pauvre cabaret, que l'hôte prend la pièce, la regarde longtemps et la fait sonner pour être bien certain qu'il ne s'abuse point. Rassuré enfin sur la qualité du métal, il fait sauter son bonnet en l'air et court à sa cuisine en renversant toutes les tables qui se trouvent sur son passage. Le nouveau déjeuner est bientôt apporté. Léodgard mange aussi pour que sa conduite semble moins extraordinaire à ses convives, auxquels il a soin de verser souvent à boire, et comme ceux-ci ne refusent jamais, ils sont bien vite en belle humeur. Mais Plumard supporte le vin moins bien que son ami, il commence à ne plus s'exprimer qu'avec difficulté, tandis que Bahuchet n'est encore qu'étourdi. Léodgard se penche alors vers ce dernier et lui dit à demi-voix :

— Si je réclamais de vous un service... et si je payais ce service au poids de l'or, seriez-vous disposé à me le rendre?

— Tout disposé, mon gentilhomme, et même c'est moi que cela obligerait beaucoup... Mais reculez-vous un peu, s'il vous plaît... il est inutile que le camarade nous entende; quand il y a de l'argent à gagner, j'aime autant ne point partager... Je sais bien que s'il entendait maintenant, il ne comprendrait pas... il est gris!... il ne sait pas boire!...

Le comte a reculé son banc, Bahuchet s'est rapproché de lui. Plumard, dont on a encore rempli le gobelet, le vide, et parle tout seul.

— Vous connaissez la jeune épouse du marquis de Santoval? dit Léodgard en ayant soin de ne pouvoir être entendu que de Bahuchet. — Oui, seigneur... oui... mais...

— Votre procureur fait les affaires de sa tante...

— En effet.

— Vous avez un acte à porter signer à la nièce de madame de Ravenelle.

— Tiens, vous savez cela...

— En portant cet acte vous pouvez-vous charger d'une lettre que je vous remettrai pour la marquise? mais cette lettre, vous ne la remettrez qu'à elle... et sans que personne puisse vous voir...

— Très-bien... je comprends...

— Saurez-vous faire cette commission?

— Si je saurai... soyez tranquille, j'en ai fait de plus difficiles...

— Il ne faut pas que le mari se doute de rien...

— Il n'y verra que du feu.

— Et vous tâcherez d'obtenir une réponse... si on ne veut pas écrire, vous retiendrez bien ce qu'on vous dira!...

Il jette encore sur Léodgard un regard dont tous les courtisans là présents cherchent en vain à deviner l'expression.

— Mot à mot...

— Maintenant pouvez-vous faire tout cela aujourd'hui ?

— Aujourd'hui... impossible !... il faut que l'acte soit recopié, mais demain, je puis aller à l'hôtel de Santoval.

— A demain alors, à une heure de l'après-midi, je vous attendrai ici, je vous donnerai ma lettre, et vous reviendrez m'y rendre compte du résultat de la commission... Tenez, voici de l'or... je vous en redonnerai autant si vous me servez avec adresse et discrétion !

— Vous serez content de moi, mon gentilhomme... car je tiens beaucoup à vous servir souvent... Pardon... je ne crois pas me tromper, vous êtes le comte de Marvejols...

— C'est possible, mais tâchez de l'oublier, je ne veux pas être connu ici, ni de votre camarade.

— Soyez tranquille, monseigneur, je ne vous connais plus.

— A demain alors.

Léodgard est sorti du cabaret.

Bahuchet compte avec volupté les pièces d'or qu'il a dans la main, mais sans les laisser voir à Plumard, qui demande pourquoi leur nouvel ami est parti.

— Parce qu'il avait affaire, ce digne gentilhomme, et il me semble que nous ne ferons pas mal de quitter aussi la table. Il est bien temps de retourner à l'étude.

— A l'étude... comment ! tu veux travailler aujourd'hui, toi ?

— Pourquoi pas ? Allons, Plumard, en route, mon garçon, l'air te fera du bien.

Et Bahuchet emmène son camarade ; mais, une fois dans la rue, comme son compagnon trébuche au lieu d'avancer, il le dépose sur un banc de pierre, et se hâte de gagner sans lui la maison de son procureur. Le lendemain, Léodgard arrivait au cabaret presque en même temps que le petit clerc. Il remet à celui-ci le billet qu'il avait préparé pour Valentine. Bahuchet, qui est à jeun, promet de s'acquitter adroitement de son message.

Valentine était seule dans sa chambre à coucher, plongée dans ses méditations. Son front était sévère, et les pensées de cette jeune femme ne devaient pas être frivoles. Elle n'a pas entendu sa cameriste, qui vient d'entrer et murmure auprès d'elle :

— Un jeune clerc est là, qui demande si madame veut bien le recevoir... C'est madame de Ravenelle qui l'envoie... Je l'ai reconnu... c'est le même jeune homme... auquel, avant d'être mariée, madame avait remis... une plume blanche... c'est M. Bahuchet.

— Bahuchet ! s'écrie Valentine à qui ce nom rappelle mille souvenirs. C'est ce petit clerc qui est là ?

— Oui, madame.

— Fais-le entrer sur-le-champ.

Le petit basochien est introduit ; il se présente en faisant force courbettes, ce qui ne l'empêche point de conserver l'air moqueur et suffisant qui lui est habituel, et qui s'augmente en ce moment par l'importance de la commission dont on l'a chargé.

— Ma tante vous envoie vers moi, monsieur, dit Valentine en fixant attentivement le messager. Que me veut-elle ?... ou plutôt de quelle commission êtes-vous chargé ?

— Madame, il s'agit d'un immeuble... une maison que possédait un de vos arrière-cousins du côté maternel... le susdit cousin étant décédé sans enfants, et ledit bien revenant aux cohéritiers...

— Assez ! assez ! de grâce, monsieur, je n'entends rien aux affaires d'héritage... et je ne veux pas que l'on me rompe la tête avec tous ces détails que je trouve horriblement ennuyeux... Arrivez au fait... Que faut-il signer ? un pouvoir... Alors, dites donc vite !...

— J'allais y arriver, madame. Oui, en effet, j'ai sur moi un acte... que vous voudrez bien signer... en faisant bien attention cependant... de... lire auparavant, car il ne faut jamais rien signer sans avoir lu.

Bahuchet vient d'accompagner sa phrase d'une pantomime tellement expressive, qu'il est impossible à Valentine de ne point comprendre que le petit clerc a pour elle une autre commission qu'il n'ose pas remplir devant un tiers ; aussitôt son visage s'éclaircit et elle dit à la jeune fille :

— Miretta, veille avec soin... fais attention... Si tu entends venir M. de Santoval, repousse un fauteuil... Et maintenant, monsieur Bahuchet, expliquez-vous ; plus de grimace... qu'avez-vous à me dire ?..

— Madame veut que devant sa femme de chambre...

— Je n'ai point de secrets pour elle. Parlez vite.

Après avoir regardé autour de lui, Bahuchet sort de sa poche la lettre qu'il y tenait cachée :

— Madame, l'acte à signer n'était qu'un prétexte pour être introduit près de vous. Mais voici un billet qu'un jeune et beau cavalier m'a chargé de vous remettre en secret. Veuillez lire... il m'attend près d'ici. Il espère une reponse.

Valentine a pris la lettre, qu'elle s'empresse de lire. Une expression de joie, de triomphe, anime bientôt ses traits. Le petit clerc s'est éloigné par respect, et ne peut entendre la marquise qui, après avoir lu le billet, murmure entre ses lèvres :

— Ah ! monsieur le comte !... vous demandez un rendez-vous !... Oh ! vous êtes bien impatient maintenant !... mais vous allez trop vite !... Et d'un signe elle rappelle Bahuchet près d'elle.

— Où t'a-t-on remis ce billet ?

— Ici près... dans un cabaret...

— Connais-tu celui qui te l'a donné ?

— Non, madame... mais il m'a été facile de deviner que c'était un noble seigneur.

— Et il t'attend, à présent ?

— Oui, madame... dans le même endroit où il m'a remis son message... Quelle réponse lui porterai-je ?

— Aucune...

— Quoi, madame !... pas d'écrit et point de paroles ?...

— Tu lui diras seulement que j'ai souri en lisant sa lettre... et que je l'ai cachée... là.

Valentine vient de glisser le billet dans son sein.

En ce moment Miretta repousse vivement un meuble.

— Mon mari vient... vite, cet acte...

— Le voici, madame... et de plus une plume et une écritoire.. nous en avons toujours sur nous.

Puis Bahuchet ajoute en baissant la voix :

— Omettez un de vos prénoms, ce sera un motif pour me faire revenir... et je présume que cela ne sera pas inutile.

Le marquis de Santoval vient d'entrer chez sa femme ; il examine petit clerc, qui lui fait un salut jusqu'à terre.

M. de Santoval s'arrête au milieu de l'appartement en disant :

— Je vous dérange, madame, vous avez du monde...

— Nullement, monsieur. C'est madame de Ravenelle, ma tante, qui m'envoie le clerc de son procureur avec cet acte pour que je le signe... Vous voyez que cela n'a rien de bien intéressant... la vente ne vieille maison, à ce que je crois...

Bahuchet s'empresse de prendre avec sa voix de fausset :

— Oui, madame, la vente de l'immeuble ci-mentionné, et qui se trouve rue de la *Parcheminerie*, laquelle rue tire son nom du corps d'ouvriers qui l'habitait, comme jadis l'usage, ce qui fait que nous avons les rues de la *Ferronnerie*, de la *Heaumerie*, de la *Coutellerie*... et bien d'autres; mais Paris s'étant agrandi...

— C'est bien, jeune homme, c'est bien, dit le marquis, il me semble que madame a signé?...

— Oui, monsieur le marquis, c'est juste... et je n'ai plus qu'à vous tirer ma révérence.

Le petit clerc rempoche l'acte, salue et s'éloigne.

M. de Santoval reste assez longtemps à causer avec sa femme. Mais lorsqu'il la quitte, il appelle son valet de chambre, auquel il dit :

— Tu as vu un petit bout d'homme, le nez au vent, qui vient de quitter l'hôtel tout à l'heure?

— Oui, monsieur le marquis.

— S'il revient encore parler à madame, lorsqu'il s'en ira, suis-le ; vois où il va, et assure-toi s'il ne parle à personne en sortant d'ici. Tu m'as bien compris?

— Parfaitement, monsieur le marquis, et vos ordres seront exécutés.

— J'y compte, car je connais ton zèle et ton intelligence.

XLIII

Le Retour du bâton.

Léodgard n'a été que médiocrement satisfait du résultat de son message. La marquise a souri et a placé la lettre sur son cœur.

Sans doute, cela n'annonce pas que l'on soit irritée contre celui qui l'a écrite, mais cela avance fort peu les amours.

— Et maintenant, tu n'as plus de motif pour retourner chez la marquise? demande le comte à son envoyé.

Alors le petit clerc se redresse, se pose fièrement une main sur sa hanche, et répond d'un air suffisant :

— Nous en avons toujours, monseigneur; nous ne sommes jamais à court d'expédients... Dieu merci, cette fois nous avons dit à la dame d'omettre un de ses prénoms en signant cet acte... Cela suffira pour que nous soyons obligés de retourner faire rectifier cette erreur... Eh ! eh! ce n'est pas maladroit!... Mais à défaut de ce moyen, nous en eussions trouvé cent autres.

— Très-bien. Je vois que tu es un garçon d'esprit.

— J'ose m'en flatter, seigneur.

— Tiens, prends cet or, reviens dans quatre jours dans ce même cabaret, je te donnerai une lettre pour la marquise.

— C'est entendu, monsieur le comte, et soyez persuadé que, ce jour-là, je me ménagerai encore une occasion pour retourner à l'hôtel.

Au bout de quatre jours, Bahuchet ayant caché sous son pourpoint un second billet de Léodgard, et, tenant dans sa main un grand rouleau de papier, recouvert d'un autre rouleau de parchemin et qui contient toujours l'acte de vente qu'il compte promener très-longtemps de l'étude de son procureur à l'hôtel de Santoval, s'y présente de nouveau, et demande à parler à madame la marquise.

Il est introduit sans difficulté. Cette fois, Valentine est seule dans son appartement. En voyant entrer le petit clerc avec son rouleau à la main, elle ne peut s'empêcher de sourire.

Bahuchet déroule son parchemin, en disant à haute voix :

— La dernière fois que j'ai eu l'honneur de voir madame la marquise, en signant cette procuration elle a omis un de ses noms de baptême, ce qui, plus tard, pourrait donner lieu à des réclamations, à des demandes de certificats, peut-être même à la nullité de la vente que vous voulez faire...

— Ah! c'est possible, monsieur, je suis fort distraite...

Bahuchet, qui s'est approché de Valentine, tire alors le billet qui était dans son pourpoint, et le lui présente en même temps que l'acte à signer. La jeune femme donne la préférence au billet galant. Elle l'ouvre, le lit, y trouve de nouvelles protestations d'une flamme éternelle, et toujours la demande d'un rendez-vous, où l'on veut lui exprimer de vive voix tout l'amour que l'on ressent pour elle.

Après avoir lu, Valentine se hâte de cacher le billet dans son aumônière; puis elle dit tout bas au jeune clerc, qui l'interroge des yeux :

— Vous répondrez qu'en ce moment je suis trop surveillée... Il faut attendre!...

Puis elle reprend en parlant très-haut :

— Où faut-il mettre ce prénom que j'avais oublié, monsieur? je ne connais rien à tous vos actes, moi.

— Ici, madame, ici, si vous voulez bien... vous ferez ensuite un paraphe sous le renvoi...

Bahuchet ajoute tout bas :

— Mettez une lettre de moins dans le nom, cela me fournira un motif pour revenir.

Valentine a fait ce que le petit clerc lui demande ; celui-ci roule de nouveau l'acte qu'il renferme avec soin dans le parchemin, puis, saluant profondément la marquise, il sort de l'hôtel sans avoir cette fois aperçu le marquis de Santoval. Bahuchet se hâte d'aller retrouver Léodgard, auquel il rapporte la réponse verbale qu'on lui a faite.

Le comte fait un mouvement d'impatience, en murmurant :

— Attendre!... ah! elle ne partage donc pas mon amour... et ne pas daigner m'écrire un mot... ne pas m'accorder le moindre gage... la moindre faveur.

Puis s'adressant au petit clerc :

— Tu peux encore retourner à l'hôtel de Santoval?

— Toujours, seigneur; je me suis ménagé une petite *fin de non-recevoir*... c'est si facile dans notre profession! et la première fois j'en trouverai une autre.

— Alors... reviens dans quinze jours... c'est bien long ! mais puisqu'on le veut... et je te dirai ce que tu auras à faire.

Bahuchet, toujours payé grassement, promet d'être exact, et s'en retourne à son étude sans remarquer qu'il a été suivi depuis sa sortie de l'hôtel, et qu'il l'est encore en rentrant chez son procureur.

Les quinze jours écoulés, Bahuchet a retrouvé Léodgard au lieu habituel de leurs rendez-vous.

— Va trouver la marquise, lui dit le comte; puisque mes lettres n'ont point obtenu de réponse, tu ne lui en porteras pas cette fois, mais tu lui diras que je la supplie de te donner un mot pour moi... ajoute que si elle me refuse cette faveur, je suis capable de commettre les plus grandes imprudences pour me rapprocher d'elle .. va... je t'attends... et je double la somme ordinaire si tu me rapportes un billet de la marquise.

— Par la nuque de Plumard, se dit Bahuchet en s'acheminant vers l'hôtel de Santoval, il faudra que la belle marquise écrive quelques mots! Je me roulerai plutôt à ses pieds pour les obtenir... Vertuchoux! le métier est bon... je fais ma pelote!... que cela dure encore quelques mois, et j'aurai de quoi m'établir!... je me ferai buvetier, c'est plus amusant que la chicane. Voici la demeure de la belle... j'ai mon acte, je suis en règle, présentons-nous hardiment.

Bahuchet a frappé à la porte de l'hôtel qui s'est ouverte et soudain refermée sur lui. Il fait un gracieux salut au suisse, en disant :

— Je viens pour avoir l'honneur de parler à madame la marquise de Santoval pour affaires de l'étude de mon patron.

Et il se dispose à gagner le vestibule du grand escalier, lorsque tout à coup quatre laquais paraissent, l'entourent, l'enlèvent, l'emportent sous la remise, et là lui distribuent une volée de coups de bâton et d'étrivières, sans avoir égard à ses réclamations ni à ses cris.

L'opération terminée, le valet de chambre, qui la dirige, se met à fouiller le petit basochien, et ne le lâche que lorsqu'il a la certitude qu'il n'était porteur d'aucun message secret.

Alors, on pousse Bahuchet vers la porte qui s'est rouverte, on lui administre encore quelques bons coups d'étrivières, puis on le jette dehors en lui disant :

— C'est ainsi que tu seras traité chaque fois que tu te présenteras ici.

— Ah! bigre!... ah! les côtes... ah! les reins!... c'est une infamie... les gredius! comme ils y allaient... aye... j'en deviendrai bossu... quel guet-apens!... Le plus souvent que j'y retournerai, à leur satané hôtel!... Et moi qui trouvais le métier bon... aye!... il est joli le métier!... il faut que je sois solide pour être encore en état de marcher... aye... Quel dommage que je n'aie pas eu l'idée d'envoyer Plumard faire la commission.

Tout en geignant et boitant, Bahuchet est arrivé devant le cabaret; au lieu d'y entrer il fait signe à Léodgard de le suivre, et lui dit :

— Ne restons pas près de cet hôtel, monsieur le comte, il n'y fait pas bon!... peut-être vous réserve-t-on une régalade comme celle que je viens de recevoir.

Puis il raconte la manière dont il a été traité par les gens du marquis de Santoval.

— Et ils t'ont fouillé? dit Léodgard qui paraît fort peu sensible aux gémissements de son messager.

— Oui, seigneur, fouillé depuis le haut jusqu'en bas!

— Il est heureux que justement je ne t'aie pas donné de lettres aujourd'hui...

— Oui, seigneur, car je crois bien qu'alors ils m'auraient tué sur place... Aye! je suis moulu! j'en ferai une grosse maladie!

— Allons donc! est-ce qu'un homme doit être si douillet!... pour quelques coups de bâton!...

— Quelques coups!... merci, seigneur!... cela pleuvait sur mon corps comme la grêle... si vous en aviez reçu autant...

— Je me serais défendu, moi! j'aurais tué quelques-uns de ces misérables laquais...

— Ah! oui, il n'aurait plus manqué que cela... j'aurais fait une belle affaire!... pour aller ensuite pourrir au Châtelet ou à la Bastille!...

— Allons! tais-toi, et prends cet or qui guérira tes blessures.

— Merci, seigneur; oh! certainement j'ai besoin d'acheter des médicaments, des baumes pour me frotter le corps...

— Et dans quelque temps tu seras en état de retourner près de la marquise?...

— Retourner à l'hôtel de Santoval!... miséricorde!

Et sans vouloir en entendre davantage, Bahuchet se met à courir aussi vite que ses membres endoloris le lui permettent, et il disparaît bientôt aux regards du comte.

— Le lâche! dit Léodgard en voyant le petit clerc s'enfuir. Il redoute le danger!... Ainsi ce marquis de Santoval avait des soupçons... il veille... il met ses gens en embuscade!... mais il aura beau faire, que Valentine me seconde, et nous briserons tous les obstacles qu'on élèvera entre nous.

Quelque temps s'est écoulé sans amener aucun événement, lorsqu'un jour Miretta entre dans l'étude du procureur Bourdinard où Plumard essayait de détacher le dernier morceau qui lui restait de son emplâtre, tandis que son camarade Bahuchet se régalait avec un jambonneau et une bouteille de vin vieux extra, qu'il se permettait avec le produit de ses visites à l'hôtel de Santoval.

En reconnaissant la jeune camériste de la marquise, Bahuchet pâlit, il avale son vin, il craint de nouveaux coups de bâton. Mais la jeune fille lui sourit et lui fait signe qu'elle désire lui parler en secret.

Le petit clerc quitte à regret son jambonneau; il sort avec Miretta, qui, lorsqu'ils sont dans un endroit écarté, lui dit :

— Voulez-vous vous charger d'une commission?...

— Si c'est pour retourner à l'hôtel de Santoval, j'en ai assez!...

— Non, il ne s'agit pas de cela, mais de porter ce billet à celui qui vous envoyait près de ma maîtresse...

— Oh! alors c'est différent!

— Tenez, voilà pour vous, vous ferez la commission.

— Mais je ne vois pas d'adresse.

— A quoi bon... vous savez bien pour qui c'est!

— C'est-à-dire, permettez!... je sais bien que c'est pour le jeune seigneur qui m'employait, mais ce jeune seigneur, je ne le connaissais pas... j'ignore son nom, sa demeure... je ne l'ai vu que dans le petit cabaret borgne où il m'attendait toujours.

— Et vous ne saviez pas que c'était le comte Léodgard de Marvejols?

— Le jeune comte de Marvejols!... peste!

— Vous mentez, monsieur Bahuchet, car vous avez assez parlé du comte de Léodgard autrefois, et vous le connaissiez bien alors!

Le petit clerc se gratte l'oreille en disant :

— Il est difficile de vous tromper, jolie brunette; je disais que je ne connaissais pas l'amoureux, parce qu'il m'avait ordonné de ne plus le connaître, mais entre nous, il me semble que nous pouvons parler plus franchement. C'est entendu, je porterai ce billet au comte.

— Vous savez où il demeure?

— Je sais parfaitement que ce n'est pas avec sa femme. Dites à votre belle maîtresse que sa commission sera faite dès aujourd'hui... elle a dû bien me plaindre quand elle a su de quelle manière horrible j'avais été traité dans son hôtel la dernière fois que j'ai eu l'honneur m'y présenter!...

— Nous n'avons su cela que longtemps après, par l'indiscrétion d'un des valets, auxquels cependant on avait recommandé la plus grande discrétion.

— M. le marquis de Santoval a donc eu vent de quelque chose? c'est donc un tigre, un rhinocéros que cet homme?

— Je n'en sais pas plus que vous, et je n'ai pas le temps de bavarder. Adieu, monsieur Bahuchet; n'oubliez pas de porter le billet au comte Léodgard!

— C'est comme s'il l'avait, piquante brune! ... A propos, êtes-vous toujours disposée à prendre la défense du fameux Giovanni?

— Giovanni!... Giovanni!... murmure Miretta dont le visage est devenu blême et qui pousse un profond soupir.

— Mais pardon, ma mie, je ne sais pas pourquoi je vous parle encore de l'illustre voleur, car depuis plus de six mois on assure qu'il ne s'est pas montré dans Paris.

Miretta s'éloigne tristement en murmurant :

— Parti!... oh! oui... il est parti... il a quitté la France sans moi!... il m'a abandonnée... et pourtant je ne puis encore le croire!...

XLIV

La place Royale.

On ne parvenait pas facilement jusqu'au comte de Marvejols quand on se présentait à l'hôtel de la rue de Bretonvilliers.

Cependant Bahuchet insiste près de la concierge, qui lui a d'abord dit que le comte ne voulait pas recevoir.

— Veuillez dire que c'est le petit clerc Bahuchet, le jeune homme du petit cabaret, et je gage que votre maître me recevra sur-le-champ.

La concierge fait entrer Bahuchet dans une salle du corps de logis de droite, et elle se rend dans celui du fond où se tient alors Léodgard.

Après une attente assez longue la concierge revient dire au clerc :

— M. le comte va venir, attendez.

— Et pourquoi donc ne m'avez-vous pas conduit auprès de lui, il me semble que cela aurait été beaucoup plus simple que de le faire se déranger pour venir ici?

— M. le comte ne reçoit jamais personne dans le pavillon qu'il habite.

— Tête de loup! que de mystères! que de façons! se dit Bahuchet. Ce seigneur Léodgard serait proscrit, condamné, on aurait ordre de lui courir sus, qu'il ne se déroberait pas mieux aux regards.

L'arrivée subite du comte met fin aux conjectures du petit clerc.

— Qui vous amène? que voulez-vous? dit brusquement Léodgard.

— Monsieur le comte, je viens... parce qu'on m'a dit de venir... je viens de la part de la marquise...

— La marquise! vous l'avez vue?

— Non, monsieur le comte, mais elle m'a dépêché sa camériste, une fort jolie brune, ma foi!...

— Après... achevez...

— Qui m'a remis ce billet, en me recommandant de vous l'apporter.

— Une lettre de Valentine! donnez donc!...

Léodgard arrache le billet des mains de Bahuchet et le parcourt avidement. Après l'avoir lu, il dit au petit homme :

— Cette missive ne demande point de réponse. Vous pouvez vous retirer.

Bahuchet fait une légère grimace :

— Alors, monsieur le comte, je puis m'en aller, comme cela, comme je suis venu?...

Léodgard comprend ce qu'il a oublié, il se hâte de mettre une pièce d'or dans la main de son messager, qui se retire radieux, en faisant mille protestations de dévoûment. Quand Léodgard est seul, il relit le billet, qui contient seulement ces mots :

« A dater de demain, tâchez de vous trouver sur la place Royale, de midi à deux heures. Une jeune fille qui a toute ma confiance ira... je ne puis vous préciser le jour... vous y parler de ma part... Fiez-vous à elle, et faites ce qu'elle vous dira... »

Le comte imprime ses lèvres sur le billet en murmurant :

— Ah! tu m'aimes... Valentine... je ne m'étais pas abusé... et le temps te dure comme à moi!... Demain, je serai à l'endroit qu'elle m'indique, place Royale!... Place Royale!... il est fâcheux qu'elle ait choisi cet endroit, si près de... mais que m'importe après tout? c'est sans doute la proximité de la rue Sainte-Avoie qui lui aura fait donner la préférence à cette place. J'irai.

A cette époque, le milieu de la place Royale était une espèce de parterre, un frais gazon orné de fleurs et entouré de quelques arbres.

Tout le monde pouvait s'y promener, et des bancs placés à de courtes distances permettaient aussi de s'y reposer et de lire, tout en prenant le frais.

La grille qui entoura plus tard ce *square* ne fut posée que sous Louis XIV, aux dépens des propriétaires des pavillons, qui donnèrent chacun mille livres pour sa construction.

La statue équestre et en bronze de Louis XIII ne fut posée au centre du parterre qu'en l'année 1639; et les événements que nous racontons, commencés en 1634, ne nous ont encore amenés que vers l'automne de l'année 1637.

On était à la fin du mois d'octobre, mais le temps était beau et doux, aussi l'affluence était grande sur la place Royale, où le gazon était toujours vert, où quelques buissons de roses avaient encore des fleurs.

Léodgard est arrivé sur la place, il a soin de s'éloigner le plus vite possible de l'hôtel de Marvejols, habité alors par sa femme; mais la place est grande, et d'une arcade il y a de l'espace et des arbres qui ne permettent pas d'être aperçu.

Le comte, après avoir fait quelques pas devant le gazon, va s'asseoir sur un banc, en se disant :

— Attendons cette jeune fille que la marquise doit m'envoyer; elle me connaît sans doute, ou bien on lui aura fait mon portrait de façon à ce qu'elle ne puisse se tromper.

Il y a quelques instants que Léodgard est assis sur un banc, où petit à petit de sombres pensées lui ont fait oublier qu'il est à un rendez-vous d'amour, lorsqu'un enfant, âgé de deux ans et demi à peine vient se jeter en courant contre lui.

C'est une petite fille au teint blanc et rose, aux longs cheveux châtain clair, qui bouclent déjà sur son front noble et pur : ses yeux bleu foncé sont véritablement plus grands que sa bouche, et ces yeux charmants ont une expression naissante de bonté, de douceur et de malice. La bouche, souriante et gracieuse, est formée par deux lèvres un peu fortes peut-être, mais qui promettent de la franchise, de la sincérité, tandis que les lèvres minces annoncent tout le contraire.

Léodgard, tiré si brusquement de ses réflexions, demeure tout sur pris en voyant cet enfant qui se blottit entre ses jambes; mais la petite fille est si jolie, son sourire est si doux en regardant le monsieur à qui elle semble demander protection, qu'il ne peut s'empêcher de l'admirer et de caresser ses cheveux en s'écriant :

— Quelle charmante petite fille!

Une bonne ne tarde pas à arriver qui dit à l'enfant :

— Eh bien, mademoiselle... que faites-vous donc!... vous allez déranger... importuner monsieur!... venez bien vite.

— Non, non, je ne veux pas!... va te cacher, toi!

— Encore une fois, mademoiselle, venez, monsieur va se fâcher!...

La petite fille regarde Léodgard comme pour savoir si en effet il va la gronder, et, ne voyant sur ses traits rien qui annonce la colère, elle se fourre encore plus contre lui, en poussant de nouveaux éclats de rire, expression de cette joie franche et pure que l'on n'éprouve jamais si bien qu'à cet âge.

— Cette petite fille est charmante! dit le comte après avoir déposé un baiser sur le front de l'enfant, quel âge a-t-elle?

— Bientôt deux ans et demi, monsieur.

— Ses parents doivent en être idolâtres?

— Oh! oui, monsieur!... sa mère l'aime bien!... et si madame n'était pas un peu souffrante depuis quelques jours, elle serait sortie comme à l'ordinaire pour promener mademoiselle!...

— Quels beaux yeux!... ils sont doux et spirituels... elle ne doit pas être méchante, j'en suis sûr!

— Oh! non, monsieur, elle est bonne, aussi tout le monde l'aime... Elle est bien un peu espiègle quelquefois... comme en ce moment... où elle ne veut pas que je l'attrape... mais c'est pour jouer, n'est-ce pas, mademoiselle Blanche?...

— Blanche!... Blanche!... murmure Léodgard, auquel ce nom vient de rappeler l'entretien qu'il a eu avec Jarnonville.

Ah! cette petite fille se nomme Blanche?

— Oui, monsieur.

— Et serait-il indiscret de vous demander le nom de sa mère?

— Mon Dieu non, monsieur, cette chère enfant est la fille de madame la comtesse de Marvejols, qui demeure là-bas... son hôtel est de l'autre côté, sous l'arcade à gauche.

En entendant prononcer son nom, Léodgard a fait un mouvement subit et repoussé l'enfant qui s'appuyait sur lui, mais presque aussitôt Blanche revient se mettre entre ses jambes et s'agrippe avec ses petites mains après l'étoffe de son haut-de-chausse en s'écriant :

— Non... je veux rester avec toi!... ma bonne... pas attraper Blanche...

Léodgard considère en silence la petite fille, qui a posé sur lui ses ux petites mains si mignonnes et si roses.

Mais la bonne, qui craint que l'enfant n'importune l'étranger, saisit un des bras de Blanche et l'attire à elle en lui disant :

— Mademoiselle, si vous ne voulez pas venir, je vais retourner seule ès de votre maman, et je lui dirai que sa fille n'a pas voulu revenir ès d'elle.

Dès qu'on lui parlait de sa mère, on était bien sûr de se faire écouter de Blanche; elle quitte aussitôt la place qu'elle avait adoptée et prend la main de sa bonne, en lui disant :

— Aller voir maman?...

— Dites adieu à ce monsieur... demandez-lui pardon de l'avoir dérangé.

— Adieu... pardon...

Puis, la suivante prend l'enfant dans ses bras et disparaît sous une des arcades de la place. Le comte est resté tout pensif à sa place; il a eu plus d'une fois envie de tourner la tête pour apercevoir encore Blanche, mais il a résisté à ce désir.

Au bout de quelque temps, il se lève brusquement de son banc et quitte la place Royale en se disant :

— Il est bien deux heures, on ne viendra pas aujourd'hui.

Le lendemain, Léodgard se rend sur la place Royale à peu près à la même heure que la veille.

Quoiqu'il soit très-occupé de Valentine et désire avec impatience voir arriver la personne qu'elle doit lui envoyer, en se retrouvant devant le parterre où courent et jouent une foule d'enfants, ses yeux errent de côté et d'autre; tout en ne voulant pas en convenir avec lui-même, il y a un enfant qu'il cherche parmi ceux-là.

Après s'être promené un moment, le comte va s'asseoir sur un banc, et c'est sur le même banc où il s'est reposé la veille; il a même attendu quelques instants que deux personnes qui l'occupaient l'aient quitté, au lieu d'aller s'asseoir ailleurs. Il se place de manière à tourner le dos à l'hôtel de Marvejols, mais il fort souvent ses regards se tournent vers le gazon sur lequel courent les enfants.

Tout à coup, cette voix si douce qui l'a charmé la veille retentit à ses oreilles, et il aperçoit la petite Blanche qui accourt à lui, en lui tendant ses bras et lui disant :

— Le monsieur, ma bonne... le monsieur!...

Léodgard ne peut s'empêcher d'ouvrir aussi ses bras pour recevoir l'enfant; puis, une fois la petite Blanche contre lui, il ne peut encore résister au désir de la prendre sur lui et de l'embrasser.

La bonne arrive bientôt en disant :

— Ah! monsieur! mademoiselle vous a vu de loin, elle vous a re-connu tout de suite, alors il n'y a plus eu moyen de la retenir! elle s'est mise à courir vers vous, en criant : Le monsieur! le monsieur! Il faut que vous lui plaisiez bien, car elle ne va pas comme çà avec tout le monde.

— Est-ce que... la mère de cet enfant est avec vous aujourd'hui, demande le comte en hésitant.

— Non, monsieur, madame la comtesse va mieux, mais elle n'est pas encore assez forte pour sortir.

Léodgard semble plus tranquille et il embrasse de nouveau celle qu'il aurait le droit de nommer sa fille, et à laquelle il se contente de dire :

— Savez-vous que vous êtes bien jolie?...

— Oh! oui! répond la petite en souriant.

— Mais cela ne suffit pas d'être jolie, reprend la bonne. Mademoiselle sait bien qu'il faut aussi être douce, obéissante... on serait laide sans cela.

En ce moment un pauvre petit garçon à demi vêtu, et dont les traits annoncent les privations et la souffrance, s'arrête à quelques pas du banc et tend sa main pour implorer la charité.

La petite Blanche cesse de sourire en regardant le mendiant, ses yeux questionnent aussitôt sa bonne qui lui dit :

— C'est un malheureux, vous savez bien que madame votre mère les secourt toujours et qu'elle veut que vous fassiez comme elle... elle nous donne de l'argent pour cela; tenez, mademoiselle, voulez-vous donner vous-même...

Blanche s'empresse de prendre la pièce de monnaie que lui présente sa bonne et elle court la porter au petit mendiant en lui disant :

— Tenez... malheureux!...

Léodgard suivait tous les mouvements de la petite fille; lorsqu'elle revient vers lui, il la prend de nouveau dans ses bras et ne peut résister au besoin qu'il éprouve de l'embrasser encore. Un cri de surprise retentit alors près de lui, puis ces paroles arrivent à son oreille :

— Oh! mon Dieu!... est-ce possible!... quel bonheur!... monsieur le comte embrasse sa fille!...

Léodgard lève vivement les yeux, il aperçoit Ambroisine qui est arrêtée à quelques pas du banc et qui le considère avec attendrissement. Poser précipitamment l'enfant à terre, se lever et s'éloigner à grands pas, tout cela est pour Léodgard l'affaire d'une seconde. Ambroisine demeure toute saisie, la petite Blanche elle-même semble étonnée de ne plus voir le monsieur; quant à la bonne, les paroles qu'elle vient d'entendre l'ont rendue stupéfaite, et elle ne fait que murmurer :

— Serait-il possible!... Jésus bon Dieu!... quoi! ce gentilhomme qui caressait notre chère petite... ce serait, c'était monsieur le comte son père!... Comment donc que cela se fait... hier, en apprenant que mademoiselle était à madame la comtesse de Marvejols, il n'a pas dit : C'est ma fille!...

— Oui, c'est bien son père, c'est bien le comte de Marvejols! dit Ambroisine en soupirant. Ah! je suis bien fâchée de m'être montrée... d'avoir laissé échapper ces paroles... Mais c'est égal... il l'a embrassée... et il savait que c'était sa fille... Oh! courons dire cela à Bathilde, elle sera si contente!... Viens, Blanche, viens, chère petite... retournons vite près de ta maman, nous allons la rendre bien heureuse!...

Ambroisine enlève Blanche dans ses bras et retourne à l'hôtel de Marvejols, tout en couvrant de baisers la charmante petite fille, qui se laisse faire, et semble déjà partager le bonheur qu'elle répand autour d'elle.

XLV

Pressentiments.

Après avoir marché pendant quelque temps dans les rues qui avoisinent la place Royale, Léodgard se dit :

— Maintenant, cette Ambroisine ne doit plus être sur la place, elle aura ramené l'enfant à sa mère pour apprendre à Bathilde ce qu'elle venait de voir... je puis donc sans crainte retourner au rendez-vous qu'on m'a donné, car il n'est pas deux heures; et si cette jeune fille venait et ne me trouvait pas, la fierté de Valentine s'en offenserait, et qui sait si tout espoir ne serait pas perdu.

Ses calculs étaient justes : Ambroisine, l'enfant et la bonne étaient rentrés à l'hôtel de Marvejols. Il y a près d'une demi-heure qu'il va de côté et d'autre, et l'impatience qui le gagne va lui faire quitter la place, lorsqu'une jeune fille qui arrivait lentement par la rue des Tournelles, et qui a remarqué les allées et venues de Léodgard, s'approche de lui et s'arrête en laissant paraître une vive émotion.

— C'est vous que j'attendais sans doute, dit le comte en examinant attentivement la jeune fille dont les yeux ont une expression singulière en le regardant.

Miretta, car c'est bien elle qui vient de s'arrêter devant Léodgard, répond d'une voix entrecoupée, et comme sous une impression de terreur :

— Vous êtes... le comte... Léodgard de Marvejols?...

— Oui, c'est bien moi. Et vous êtes, vous, envoyée par la dame qui m'a écrit de me trouver sur cette place?

— Oui, seigneur... oui... je viens de sa part...

— Mais qu'avez-vous donc, jeune fille? votre voix est tremblante... vous semblez en proie à une émotion bien vive... Serait-il arrivé quelque malheur à votre maîtresse... auriez-vous un triste message à me communiquer.... de grâce, parlez..... le trouble où je vous vois n'est pas naturel.

— Mon Dieu, seigneur... je ne sais pas moi-même pourquoi je tremble ainsi... pourquoi... une sueur glacée est venue tout à coup couvrir mon front... Je n'ai aucun malheur à vous annoncer... mon message, au contraire, ne peut que vous être agréable... mais en vous voyant... en m'arrêtant devant vous.... je me suis sentie oppressée... je ne comprends pas ce qui s'est passé en moi... il m'a semblé que j'allais mourir...

— Remettez-vous... vous aurez marché vite... et un étourdissement... mais il me semble que vous êtes déjà mieux...

— Oui, seigneur... oui, cela se passe.

— Alors vous allez remplir votre message et me dire...

— Que ce soir, si vous voulez voir ma maîtresse, elle pourra vous accorder quelques instants.

— Si je veux la voir! mais n'est-ce pas mon plus grand désir, ma plus chère espérance... Que faudra-t-il faire pour cela?

— Tout simplement venir à l'hôtel..... mais c'est moi que vous demanderez au suisse que j'aurai soin de prévenir; une fois dans la cour, vous irez jusqu'au fond; à droite, vous apercevrez un petit escalier de service, vous monterez deux étages, et vous me trouverez...

— Et la marquise?

— Elle sera chez moi; elle s'y rendra par des passages secrets qui communiquent à son appartement.

— Fort bien; mais elle ne craint pas que le marquis ne la demande... ne passe chez elle?

— Tout est prévu : ce soir, monsieur le marquis se rend à une grande soirée... madame a prétexté une indisposition pour ne point l'accompagner. Le seul danger à redouter, c'est que monsieur le marquis ne revienne trop promptement... mais sans doute cela n'arrêtera pas monsieur le comte?

— Rien ne saurait m'arrêter lorsqu'il s'agit de voir votre belle maîtresse. Si je vous ai fait ces questions, croyez bien que c'est dans l'intérêt seul de la marquise. Quant à moi, ce serait avec joie, au contraire, que j'affronterais les plus grands périls pour lui prouver mon amour.

— Alors à ce soir, seigneur, à neuf heures...

— Oui... Ah! attendez donc, vous oubliez le plus essentiel; pour que je vous demande, il est indispensable que je sache votre nom, et vous ne me l'avez pas dit.

— Pardon, monsieur le comte, je croyais que ma maîtresse vous l'avait marqué; eh bien, vous direz au suisse : Je vais voir Miretta...

— Miretta! balbutie Léodgard, qui, en entendant le nom de la jeune camériste, a semblé frappé d'un souvenir; et un changement soudain s'opère dans l'expression de sa physionomie.

— Oui, seigneur, je me nomme Miretta, répond la jolie brune qui s'aperçoit de l'effet magique que son nom vient de produire sur le comte, et voudrait bien en savoir la cause. Est-ce que mon nom..... vous rappellerait quelqu'un que vous avez connu?

— Non... non... personne... balbutie Léodgard qui, tout en cherchant à se remettre, examine la jeune fille avec une attention toute particulière.

Y a-t-il longtemps que vous êtes avec la marquise de Santoval?

— Je suis entrée chez mademoiselle de Mongarcin en arrivant à Paris... il y a déjà plus de trois ans... J'avais une lettre de recommandation pour mademoiselle.

— Ah!... et vous veniez...

— J'arrivais d'Italie... j'ai été élevée aux environs de Milan.

Les traits de Léodgard se crispent davantage; mais presque aussitôt il reprend précipitamment :

— Ce soir, à neuf heures... je serai exact... assurez votre maîtresse de l'empressement que je mettrai à me rendre près d'elle...

En achevant ces paroles, Léodgard glisse une bourse dans les mains de Miretta, puis il s'éloigne avant qu'elle ait eu le temps de s'apercevoir de cette action.

La jeune fille regarde avec un sentiment de répugnance cette bourse, que le comte a placée dans sa main, et se dit :

— Pourquoi me donne-t-il cet or?... croit-il donc que j'ai besoin de cela pour obéir à ma maîtresse, pour la servir fidèlement? D'elle, je puis recevoir le salaire que je gagne, mais je n'en veux pas d'autre... Je ne sais pourquoi ce jeune seigneur m'inspire comme une secrète antipathie... En le voyant pour la première fois, je ne comprends pas ce qui s'est passé en moi..... tout mon sang a reflué vers mon cœur... et pourtant, je ne connais pas cet homme... Comment se fait-il que, de son côté, il ait changé de figure quand je lui ai dit mon nom?.... Oh! j'ai bien remarqué son trouble!.... il a frémi, on aurait dit que je lui faisais peur..... A coup sûr, il n'entendait pas le nom de Miretta pour la première fois!... peut-être cela lui rappelait-il encore quelque pauvre fille qu'il a séduite et abandonnée!... Mais cette bourse me pèse..... je ne veux pas la garder..... il me semble qu'elle me brûle... Ah! je sais ce que je puis en faire.

Un petit mendiant passait alors sur la place, Miretta court à lui, et, déposant dans la main du petit garçon la bourse où brillent des pièces d'or :

— C'est pour toi, lui dit-elle.

Puis, elle s'éloigne et disparaît, laissant le petit bonhomme tout stupéfait de la fortune qui lui arrive; mais c'était le même mendiant auquel, quelques instants auparavant, Blanche avait fait la charité, et l'aumône d'un ange devait lui porter bonheur.

Miretta est rentrée promptement à l'hôtel de Santoval; elle se rend sur-le-champ près de sa maîtresse, et, après s'être assurée que personne ne pouvait les entendre, lui dit :

— Votre commission est faite, madame.

— Tu as vu le comte?

— Oui, madame; il attendait place Royale. Ce soir, à neuf heures, il se rendra ici.

— Tu lui as bien dit quel chemin il devait suivre pour se rendre chez toi?

— Oui, madame; oh! il ne se trompera pas.

— A-t-il paru bien heureux en recevant ce rendez-vous?

— Oh! oui..... Il voudrait, dit-il, affronter mille périls pour voir madame.

— Eh bien, on lui procurera ce plaisir... Tu n'avais pas encore vu Léodgard, Miretta; n'est-ce pas que c'est un charmant cavalier?.....

— Mais... oui, madame... il est bien...

— Tu dis cela comme si tu pensais le contraire!...

— Mon Dieu, madame, c'est que... quoique M. le comte soit un beau cavalier, moi... je n'aime pas cette figure-là...

— Tu es difficile, Miretta!

— Mais, il me semblait... j'avais cru, d'après ce que madame m'a dit, que le comte... avait cessé de lui plaire...

— Je veux me venger de l'affront qu'il m'a fait!... mais cela ne m'empêche pas de lui rendre justice... Le rendez-vous de ce soir sera sans danger pour lui... je le crois du moins... mais je suis bien aise de le voir à mes pieds, cet homme qui a refusé d'être mon époux.... Je veux l'entendre me répéter des serments d'amour... des protestations de tendresse... Je veux qu'il maudisse le jour où il m'a laissé devenir la femme d'un autre!...

— Mais, madame... prenez garde... puisque vous trouvez M. le comte si séduisant.... ne craignez-vous pas, en écoutant ses paroles d'amour, que cela ne triomphe de votre ressentiment?

— Oh! non... non, je ne crains rien!... D'ailleurs, tu resteras près de moi, Miretta, tu ne me quitteras pas.

De part et d'autre, on attendait la nuit avec impatience.

Elle arrive enfin; et, sur les huit heures du soir, le marquis de Santoval se rend dans l'appartement de sa femme qui, depuis la veille, s'est dite souffrante et n'est pas sortie de chez elle.

Le marquis promène quelque temps autour de lui ses regards dont l'expression est peu bienveillante.

Jamais il n'a dit un mot à Valentine, au sujet du jeune clerc qu'il a fait bâtonner : M. de Santoval est de ces hommes qui ne parlent point pour un soupçon, mais qui amassent les faits, et sont terribles lorsqu'ils laissent éclater l'orage qu'ils ont longtemps comprimé au fond de leur cœur.

— Eh bien! madame, comment vous trouvez-vous ce soir? dit le marquis en s'asseyant près de sa femme.

— Toujours de même, monsieur, je souffre de la tête... j'éprouve un malaise... je dois avoir de la fièvre... Tenez, voyez donc?

— Je ne m'y connais pas, madame, répond le marquis sans toucher au bras que sa femme lui présente.

— Ah!... c'est fâcheux!

— Alors, vous ne pouvez pas venir avec moi, chez la duchesse de Brillac?

— Vous sentez bien que cela me serait impossible, monsieur. Quand on va dans le monde, je trouve qu'il ne faut point y porter un air malade et ennuyé!... Vous m'excuserez près de la duchesse.

— Oui, madame, oui... Je suis fâché de vous quitter, de vous laisser souffrante; et si je n'avais pas promis au duc...

— Je serais désolée que, pour une simple indisposition qui ne présente aucun danger, vous vous privassiez d'une soirée agréable... J'ai Miretta qui restera près de moi, qui ne me quittera pas.

— Votre fidèle suivante... Elle vous est fort attachée, cette fille!...

— Je le crois; je n'ai jamais eu à me louer de son zèle et de sa fidélité.

— Je crois que, de son côté, elle doit se féliciter d'être à votre service... Elle devrait se trouver heureuse ici, et pourtant, j'ai remarqué depuis quelque temps que cette jeune fille semble en proie à une sombre tristesse... Jamais le sourire ne paraît sur ses lèvres... Est-ce que vous n'avez pas aussi remarqué cela, madame?

— Pardonnez-moi, monsieur; mais comme j'en connais la cause, j'excuse sa tristesse.

— Ah! vous en savez la cause?

— Bien facile à deviner, du reste!... Un amour malheureux. Celui que l'on adorait a disparu!...

— Je vois que vous savez les secrets de votre caméniste.

— Cette pauvre fille est seule dans ce pays, sans parents, sans amis... pourquoi donc ne m'intéresserais-je pas à elle?

— Sans doute; et puis, les femmes ont toujours beaucoup de compassion pour les peines de cœur. Allons, madame, je m'éloigne à regret; prenez bien soin de votre santé.

Le marquis est parti.

— Il a des soupçons! se dit Valentine; mais que m'importe, je sais le moyen de les dissiper.

A neuf heures sonnant, un homme, enveloppé dans un vaste manteau, et portant sur la tête un chapeau dont les larges bords cachent une partie de son visage, frappe à la porte de l'hôtel.

Il a dit au cerbère le nom de Miretta, et on le laisse entrer; il traverse la cour, trouve, sur la droite, le petit escalier qui n'est point éclairé, mais dans lequel il va s'aventurer, lorsqu'une main toute mignonne s'empare de la sienne, en lui disant :

— Laissez-vous conduire, seigneur.

On monte deux étages; là, une lampe est déposée dans un coin du palier, et le comte reconnaît Miretta dans la personne qui lui a servi de guide. Celle-ci s'est hâtée d'abandonner la main qu'elle tenait, comme si elle échappait enfin à une impression pénible. Prenant la lampe, elle marche en avant, et bientôt Léodgard est introduit dans une pièce faiblement éclairée, où il aperçoit la marquise.

En voyant paraître Léodgard, elle comprime avec soin un sentiment de joie qui a brillé dans ses yeux; elle tâche de remplacer par un doux sourire cet éclair de triomphe qui a paru sur ses traits.

Le comte s'incline profondément devant elle, et va se placer sur un siège qui est tout près de Valentine. Avant que la marquise lui en ait accordé la permission, il s'est déjà emparé de sa main, qu'il couvre de baisers, et des paroles sans suite, mais qui peignent bien son amour et le trouble de ses sens, s'échappent avec vivacité de sa bouche, lorsqu'en portant les yeux au fond de la chambre, il aperçoit Miretta assise, la tête penchée sur sa poitrine, et immobile comme une statue. Léodgard devient muet; et, reportant ses regards sur Valentine, lui dit à demi-voix :

—Que fait donc là votre camériste?

— Rien; elle attend mes ordres.

— N'allez-vous pas lui ordonner de s'éloigner?

— Non, vraiment. Je lui ai bien dit de rester, au contraire!...

— Ah! madame, je croyais que vous aviez pitié de mes tourments et de mon amour!

— N'est-ce donc pas en avoir pitié que de vous accorder ce rendez-vous... que de consentir à vous entendre?... En vérité, les hommes ne sont jamais satisfaits!...

— Mais on n'ose pas parler d'amour devant un tiers.

— Pourquoi donc, quand ce tiers est dans notre confidence, quand possède tous nos secrets...

— Un tête-à-tête avec vous m'eût semblé si doux!...

— Avant d'accorder un tête-à-tête, il faut d'abord se connaître... faut être bien sûre d'être aimée!...

—Pourriez-vous en douter?

—Plus que toute autre, je puis en douter, lorsque c'est vous qui me le dites... En vérité, monsieur le comte, votre conduite est si étrange... elle est, maintenant, si opposée... à ce qu'elle a été... que, par moment, je ne puis ajouter foi à vos discours, et je me demande si c'est bien vous... le comte Léodgard de Marvejols, qui êtes là... près de moi... me parlant d'amour... Il fallait donc que je devinsse la femme d'un autre, pour qu'il vous prît cette envie de m'aimer et de me le dire!... Convenez que c'est au moins fort original!...

La manière dont Valentine vient de prononcer ces mots a quelque chose d'ironique, qui blesserait Léodgard s'il était moins amoureux, mais il ne songe qu'à faire revenir la marquise sur le jugement qu'elle avait porté sur les doutes qui lui restent encore.

Habile dans l'art de séduire, éloquent lorsqu'il aimait, tour à tour tendre et brûlant dans ses discours, Léodgard connaissait le chemin du cœur d'une femme; déjà Valentine l'écoutait avec une secrète émotion; déjà ses yeux exprimaient cette douce langueur qui annonce le trouble de l'âme, lorsque Miretta, qui depuis quelques instants observait attentivement sa maîtresse, se lève tout à coup, en s'écriant :

— Du monde dans la cour... la porte s'est refermée... M. le marquis sans doute...

— Ah! je rentre chez moi! s'écrie Valentine, qu'on ne s'aperçoive pas que j'ai quitté mon appartement..... Miretta vous fera sortir..... Adieu...

— Vous me quittez, madame... et j'ignore quand je vous reverrai.....

— Je vous le ferai savoir... Adieu!

Valentine a disparu avant que Léodgard ait pu lui dire un mot de plus. Il reprend son manteau dont il s'enveloppe, et marche sur les pas de Miretta qui lui a fait signe de le suivre.

La jeune fille traverse rapidement la cour, puis elle cogne au carreau du concierge, en lui criant :

— Ouvrez-moi, je sors.

La porte est ouverte, et c'est Léodgard seul qui quitte l'hôtel; Miretta revient lestement près de sa maîtresse, qui lui dit dès qu'elle l'aperçoit:

— Tu t'étais trompée, Miretta, le marquis n'est pas revenu. J'ai demandé à Joseph. Personne n'est rentré.

— Je le savais bien, madame; mais pardonnez-moi... j'entendais les discours de ce cavalier... et je vous voyais si émue... j'ai eu peur pour vous... et pour votre vengeance.

— Tu as peut-être bien fait, Miretta, oui.. ce Léodgard est très-dangereux... cependant il ne me fera pas oublier le passé, et maintenant tu peux me laisser. J'ai besoin de repos.

Miretta quitte sa maîtresse et rentre dans sa chambre, toute préoccupée des événements de la journée, ne pouvant se rendre compte de la répulsion que lui inspire ce beau comte de Marvejols, et regrettant peut-être que le galant ait pu s'éloigner sans avoir fait de mauvaises rencontres. Mais si personne n'avait paru dans la cour lors de la sortie de Léodgard, il y avait dans la rue, à vingt-cinq pas de l'hôtel, dans une encoignure formée par deux maisons, un homme qui guettait, et qui avait ordre d'observer toutes les personnes qui entraient ou sortaient de l'hôtel de Santoval.

XLVI

Duel.

Quelques jours s'écoulent. Léodgard attend avec impatience le nouveau rendez-vous que Valentine a promis de lui accorder; il présume que ce sera encore par le petit clerc qu'il recevra un message de la marquise.

Le marquis était revenu de sa soirée le front encore plus sombre qu'à l'ordinaire. Valentine, bien qu'elle n'ait pas l'air de s'en apercevoir, remarque les progrès de la jalousie qui ronge le cœur de son mari.

Miretta s'aperçoit aussi que, dans l'hôtel, les gens du marquis sont sans cesse sur ses pas et ont l'air d'observer ses moindres démarches.

— Madame, dit la jeune fille, lorsqu'elle est seule avec sa maîtresse, je ne sais ce qui se passe, mais maintenant je vois bien que les domestiques de monsieur ont sans cesse les yeux sur moi... bientôt peut-être ne serai-je plus libre de sortir quand cela me plaira... qu'ai-je donc fait? pourquoi m'espionne-t-on ainsi?

— Comment, Miretta, tu ne devines pas que M. le marquis est jaloux, et comme il sait que j'ai grande confiance en toi, il pense que tu peux servir mes intrigues...

— Mais alors, madame, il va me chasser...

— Rassure-toi, bientôt il nous rendra justice à toutes deux.

Tout annonçait qu'une explication violente ne tarderait pas à avoir lieu. Les regards du marquis faisaient prévoir un orage; mais Valentine, toujours calme et impassible, attendait les événements avec la plus entière tranquillité.

Enfin, un jour, Miretta entre précipitamment dans le salon où le marquis était alors avec Valentine. La jeune suivante est très-émue, et c'est à peine si elle peut balbutier :

— Madame... je voulais sortir... j'avais quelqu'un à voir aujourd'hui... eh bien! le concierge vient de refuser de m'ouvrir la porte... et il m'a dit que c'était par ordre de M. le marquis..

— Est-il vrai, monsieur? dit Valentine en s'adressant à son mari.

— Oui, madame, en effet, il n'a agi que par mes ordres. Vous avez une entière confiance dans cette jeune fille, eh bien, madame, elle en abuse, car je ne présume pas que ce soit avec votre consentement qu'elle reçoive son amant dans cet hôtel... et toutes dénégations seraient inutiles, je suis certain de ce que je dis: il y a dix jours... ce soir où vous prétendiez être indisposée, madame, un cavalier, enveloppé avec soin dans son manteau, est entré dans cette maison en demandant mademoiselle; maintenant est-ce elle ou vous qu'il venait voir... c'est à vous de résoudre cette question, madame.

— Ce n'est pas pour Miretta que ce cavalier est venu, monsieur, c'est pour moi.

Le marquis fait un pas en arrière, en considérant sa femme, et sa main s'est déjà portée sur son épée tandis qu'il murmure :

— Pour vous, cet homme est venu ici pour vous... madame.

— Oui, monsieur, et ce n'est pas tout encore; Miretta a maintenant sur elle un message que je lui envoyais porter à ce cavalier...

— Infamie... quoi! madame, vous osez avouer...

— On ne craint pas d'avouer, lorsqu'il n'y a pas d'intention criminelle... il n'y a point d'infamie, lorsqu'au contraire c'est son honneur que l'on veut venger... et en vérité, monsieur le marquis, pour un homme que l'on m'avait dit si jaloux, si susceptible sur l'honneur, vous avez été bien longtemps à vous apercevoir que l'on faisait la cour à votre femme. Miretta, donne à M. le marquis le billet que je t'avais remis et éloigne-toi.

Le marquis de Santoval a pris le billet que lui a remis la jeune fille, il doute encore de ce qu'il entend; il a peine à comprendre la conduite de sa femme. Cependant il ouvre la lettre et lit:

« Trouvez-vous ce soir, vers dix heures, sous la première arcade de la place Royale, en arrivant par la rue des Tournelles. On ira vous y rejoindre. »

— Ceci est un rendez-vous, madame, dit le marquis en froissant avec colère la lettre dans ses mains.

— Oui, monsieur... mais de grâce ne chiffonnez pas ainsi ce papier, à vous ne voulez pas que j'aie la peine d'en écrire un autr

— Quoi, madame, vous voudriez encore...

— En vérité, monsieur, je vous croyais plus de pénétration; mais, puisqu'il faut tout vous expliquer. écoutez-moi: cette lettre était...

— Pour le comte Léodgard de Marvejols, madame.

— Justement, monsieur; ah! je suis bien aise que vous ayez au moins deviné cela. A présent ignorez-vous que, par suite de projets formés entre nos parents, le comte Léodgard devait être mon époux...

— Votre époux... je l'ignorais.

— Cette alliance était vivement désirée par le père du comte; moi, j'aurais obéi aux dernières volontés du mien. Mais le comte Léodgard ne voulut point de moi pour compagne... il dédaigna mon alliance... et cela pour épouser une fille du peuple. Monsieur le marquis, entre hommes il y a de ces affronts que vous ne pardonnez jamais, et dont vous jurez de tirer vengeance... croyez-vous qu'une se rencontre pas quelquefois chez les femmes de ces âmes fières qui ne sauraient supporter une offense... eh bien, je suis, moi, de ces femmes-là. Devenue votre épouse, mon cœur a palpité de bonheur lorsque j'ai vu le comte, en me rencontrant dans le monde après mon mariage, paraître admirer ma tournure, mes traits... sembler enfin épris de ma personne... alors, monsieur, au lieu de détourner ma vue... avec dédain.. ce que d'autres auraient peut-être fait à ma place... je me suis constamment occupée de lui: attachant mes yeux sur les siens, je cherchais à leur donner une expression de langueur, et presque de tendresse; car, dès cette soirée, je m'étais dit: Le moment est venu de me venger de cet homme qui a refusé mon alliance; je veux qu'il m'aime, je veux le voir à mes pieds me jurer un amour éternel, me supplier de lui accorder le retour, maudire le jour où il a refusé ma main... Le triomphe, je l'ai goûté, monsieur, le soir où le comte a été introduit dans cet hôtel. Mais ce n'était pas assez encore; après avoir feint d'être sensible à sa flamme... je m'étais promis de lui accorder un rendez-vous dans quelque endroit écarté, solitaire... mais là, me disais-je, ce n'est plus moi qu'il trouvera... c'est celui dont je porte le nom qui s'y rendra et se chargera de compléter ma vengeance... Eh bien, monsieur le marquis, comprenez-vous ma conduite maintenant?

Pour toute réponse, le marquis fléchit un genou devant sa femme et lui baise la main à plusieurs reprises en lui disant:

— Je vous admire, madame, je suis fier d'être votre époux!... Ah! pardonnez-moi d'avoir pu un instant vous méconnaître... mais si ma jalousie a été lente à éclater, c'est qu'au fond de mon cœur, je ne pouvais croire à votre trahison.. c'est que je me rappelais que, de votre seule volonté et sans que rien vous y obligeât, vous m'aviez choisi pour votre époux.. et ce nom qui est devenu le vôtre, vous ne pouviez l'avoir pris pour le déshonorer. Tenez, madame, reprenez ce billet, envoyez-le par votre cameriste, qui désormais pourra sortir en toute liberté. Et quant au reste, reposez-vous sur moi maintenant du soin de terminer cette affaire et de punir le téméraire qui, après avoir été assez insensé pour refuser votre alliance, ose maintenant adresser ses vœux à l'épouse du marquis de Santoval. Je sais bien que M. le cardinal de Richelieu défend les duels... qu'il les punit très-sévèrement même... mais soyez sans inquiétude, tout cela se passera entre nous.

A dix heures, moins quelques minutes, un homme, s'abritant le mieux possible dans un manteau beaucoup plus large que long, entrait sur la place Royale, en se disant:

— Quelle singulière prédilection la marquise a pour cette place!... quelle idée de toujours la choisir pour son lieu de rendez-vous!... Mais c'est, je l'espère, le dernier qu'elle me donnera ici. Il faudra bien qu'elle consente à venir dans mon petit hôtel. Là, point de surprises à craindre... il y a des sorties secrètes qui peuvent mettre à l'abri de tout danger.

Parvenu sous une des arcades qui entourent la place, Léodgard, qui est alors à l'abri de la pluie, laisse son manteau retomber en arrière, et relève son feutre, de façon à ce qu'il couvre moins le front. Promenant ensuite ses regards sur la place, qui est déserte et sur ses arcades sombres, il se dit:

— Décidément le lieu est mal choisi pour un rendez-vous galant. Mais probablement Valentine va m'envoyer sa messagère... cette jeune Miretta... Miretta... oh! c'est bien ce nom... et d'après ce qu'elle m'a dit... c'est bien elle! Singulière rencontre!... Si cette jeune fille se doutait... Ah! chassons cet affreux souvenir... Que cette place est triste ce soir... En vérité, l'endroit conviendrait beaucoup mieux pour une rencontre entre deux braves, armés d'épées ou de dagues!... Mais n'est-ce pas par ici?... Oui, c'est à l'entrée de la rue des Tournelles, où aboutissait alors un des côtés du Parc... On me l'a raconté assez souvent... c'est ici que *Maugiron*, *Quélus* et *Livarot* se battirent en duel à cinq heures du matin, dans le mois d'avril de l'année 1578... Ils avaient pour adversaires d'*Entragues*, *Scomberg* et *Ribérac*... Cette place n'était point encore bâtie... et du haut des tours de la Bastille, on pouvait voir les adversaires aux prises... Ah! ce fut un beau combat que ce triple duel!... Maugiron, Scomberg et Ribérac y perdirent la vie... Mais c'est ainsi qu'il convient à un gentilhomme de mourir!... C'était le bon temps! Le roi, loin de défendre les duels, était le premier à les encourager, tandis qu'aujourd'hui le cardinal est d'une sévérité... La Bastille, la mort quelquefois pour ceux qui se sont battus, qui ont enfreint ses ordonnances... Et quand il a prononcé, Richelieu est inflexible! Comme il m'a regardé à cette fête chez le prince de Valdimer... Était-ce en souvenir de mon père, qu'il considère beaucoup, dit-on... ou bien?... Ce regard m'avait bouleversé.... Cet homme sait tant de choses!...

Léodgard a laissé retomber sa tête sur sa poitrine, et demeure abîmé dans ses pensées. Dans cet état, il ne voyait plus rien, n'entendait plus, et semblait étranger à tout ce qui se passait autour de lui.

Il n'a donc pas remarqué un individu de haute taille, enveloppé aussi dans son manteau, et suivi d'un domestique portant un falot, qui est entré sous l'arcade dans laquelle il attend, et qui s'avance vers lui. Ce personnage a passé près de Léodgard, sans que celui-ci soit sorti de ses réflexions, sans qu'il ait relevé la tête. Alors, sur un signe de son maître, le valet qui tient le falot l'approche assez près de la figure du comte, pour que les rayons de la lumière frappent dessus.

— Que fais-tu là, maraud! s'écrie Léodgard en relevant vivement la tête. Et pourquoi t'arrêtes-tu si près de moi avec ton falot?... t'ai-je prié de m'éclairer?

— Excusez-le, monsieur, mais c'est sur mon ordre qu'il vient d'agir ainsi. En passant près de vous, il m'a semblé vous reconnaître... Cependant, je n'en étais pas certain; il fait si noir sous ces arcades... Tenant à m'assurer que je ne m'étais pas trompé, j'ai fait signe à mon valet d'éclairer un moment votre figure... Vous le voyez, ce n'est pas lui qui est coupable.

Les traits de Léodgard se contractent; il vient de reconnaître le marquis de Santoval dans le cavalier qui lui adresse la parole. Il prévoit déjà que cette rencontre n'est pas un simple effet du hasard; cependant il veut feindre d'abord de la prendre pour telle, et ré... d'un air dégagé:

— C'est monsieur le marquis de Santoval, il me semble... Enchanté du hasard qui me procure le plaisir de vous présenter mes sincères compliments!...

Le marquis fait un signe à son valet, qui s'éloigne d'une douzaine de pas, de façon à ne plus entendre ce qui va se dire; lorsque son domestique s'est éloigné, M. de Santoval se campe fièrement devant Léodgard, en lui disant d'un ton gouailleur:

— Le temps est bien mauvais pour un rendez-vous en plein air... n'est-il pas vrai, monsieur le comte?

— Mais il me paraît que vous ne le trouvez pas trop mauvais, monsieur le marquis, puisque cela ne vous a pas empêché de sortir?

— Oh! mais, moi, je ne viens pas ici pour y attendre une belle... bien au contraire!

— Et qui vous a dit que j'y étais dans cette intention?

— Qui?... Vous seriez bien étonné, si je vous disais que c'est la personne elle-même qui vous a donné ce rendez-vous!...

Léodgard comprime avec peine un mouvement de fureur, et répond:

— Je ne vous comprends pas, monsieur le marquis!...

— Vous ne me comprenez pas, comte, cela m'étonne! N'importe, je vais m'expliquer plus clairement alors. Il y a de ces gentilshommes pour lesquels rien n'est sacré, et qui ne craignent point d'adresser leurs hommages à la femme d'un autre... Leur nombre n'est pas rare, je le sais!... Mais ce qui est moins commun, c'est de voir un galant, après avoir refusé l'alliance d'une belle et noble dame, oser lui adresser ses vœux dès qu'elle est devenue l'épouse d'un autre... Convenez qu'il faut être bien fat pour croire que l'on parviendra alors à se faire écouter...

— Monsieur le marquis...

— C'est pourtant ce que vous avez fait, comte, sans vous apercevoir que l'on se moquait de vous, et que l'on saisissait avec joie cette occasion de vous donner une leçon que vous méritiez...

— Assez, marquis, assez... je ne reçois de leçon de personne!...

— Vous préférez les coups d'épée, alors?

— J'aime à croire que c'est pour vous servir de la vôtre que vous êtes venu me trouver, monsieur le marquis?

— Vous ne vous trompez pas!

— Ne discourons pas plus longtemps alors!

— Holà!... Joseph!... viens nous éclairer.

Le valet s'approche avec sa torche enflammée et s'adosse contre un pilier; les deux gentilshommes se sont déjà débarrassés de leurs manteaux, ils ont bientôt mis flamberge au vent, et, se plaçant à deux pas de la lumière, commencent à s'attaquer avec impétuosité. Chez Léodgard, la fureur était excitée par le dépit d'avoir été le jouet de Valentine; chez le marquis, le désir de se venger d'un homme qui avait voulu le déshonorer, suffisait pour armer son bras et enflammer son sang.

Cependant le marquis est plus maître de lui, il se bat avec plus de prudence que son adversaire; Léodgard, furieux de rencontrer un homme dont l'adresse égale la sienne, précipite ses coups ; il semble avoir hâte d'en finir, et, dans un moment où il se fend pour porter une botte terrible au marquis, c'est l'épée de celui-ci qu'il reçoit dans la poitrine et qui lui traverse le corps. Léodgard est tombé sur le sol sans pousser un cri. Le valet avance son falot, regarde la blessure d'où le sang s'échappe à grands flots, et dit à son maître, qui essuie tranquillement son épée et remet son manteau :

— Oh ! monsieur... je ne crois pas que le gentilhomme en revienne... Quelle blessure !... et en pleine poitrine !... c'est un fameux coup d'épée qu'il a reçu là !... Qu'allons-nous faire de ce cavalier ?

— Butor ! qui croit que je vais m'occuper de cet homme !... Nous n'avons plus que faire ici... Allons !... marche devant, et éclaire-moi !

XLVII

Le Blessé.

Revenons maintenant près de Bathilde, cette gentille comtesse, cette tendre mère que les événements nous ont, depuis longtemps, forcés de négliger, mais que l'on ne saurait avoir oubliée ; car la douceur unie à la beauté est un talisman qui ne perd jamais son pouvoir. Lorsqu'en revenant de la place Royale, où elle a vu Léodgard embrasser sa fille, Ambroisine est entrée avec l'enfant dans la chambre de Bathilde, celle-ci a deviné qu'un événement heureux venait de se passer, et, se soulevant de la chaise longue dans laquelle elle était étendue, elle a tendu ses bras à Blanche, en s'écriant :

— Que s'est-il donc passé ?... quel motif vous ramène si vite ? Ambroisine, je vois que tu es heureuse... Ne me feras-tu pas partager ton bonheur ?...

— Oh ! si fait !... et c'est pour que tu le goûtes plus tôt ce bonheur, que nous sommes revenues si vite près de toi. Mais d'abord prends ta fille sur tes genoux, embrasse-le bien, ce cher ange... car c'est lui qui est cause... c'est lui qui... Mon Dieu ! je suis si contente... que je ne puis plus parler et que ça m'étouffe !...

Bathilde a pris sa fille

Le monsieur, ma bonne ! le monsieur !

— Tu ne devines pas, Bathilde ? tu ne devines pas ?...

— O mon Dieu... achève...

— C'était le comte de Marvejols... ton mari...

— Lui !... il se pourrait !...

Bathilde pâlit, elle éprouve un moment de faiblesse, mais la joie fait rarement du mal, et la jeune mère couvre de nouveau sa fille de baisers en s'écriant :

— Il t'a embrassée, chère petite, il t'a embrassée... mais c'est ton père ce monsieur-là... c'est celui pour lequel tous les soirs je t'apprends à prier Dieu afin qu'il conserve ses jours et qu'il le ramène près de nous... ah ! le ciel a entendu tes prières... Maintenant, Marie, Ambroisine, contez-moi tout ce qui s'est passé... tout, hier et aujourd'hui ; ah ! n'oubliez rien surtout, n'omettez pas la plus légère circonstance... je serai si heureuse en vous écoutant.

La bonne fait exactement le récit de sa rencontre de la veille.

— Et vous ne m'aviez rien dit de tout cela hier, Marie ?

— Dame ! madame, je ne pouvais pas deviner que cela vous intéressait tant !... j'étais si loin de douter que ce beau seigneur était monsieur le comte... et s'il me fallait vous parler de tous ceux qui admirent mademoiselle, quand je la promène, qui se récrient sur sa beauté, qui lui font des caresses !... c'est que je n'en finirais pas.

— Enfin, et aujourd'hui, Marie...

La bonne raconte ce qui s'est passé jusqu'à l'arrivée d'Ambroisine, alors c'est celle-ci qui achève le récit.

— Et il est parti comme cela, précipitamment ! dit Bathilde.

— Mon Dieu, oui... je suis bien fâchée de m'être montrée... mais en le voyant qui tenait sa fille dans ses bras... pouvais-je être maîtresse de ma surprise !...

— Il la tenait dans ses bras...

— Oui, vraiment.

— Il l'a embrassée ?

— Oh ! à plusieurs reprises...

— Et vous êtes sûre, Marie, qu'il savait que Blanche était la fille de la comtesse de Marvejols ?

— Pardine ! madame, je l'avais très-bien dit hier à ce monsieur, d'autant plus que c'est lui-même qui avait commencé à m'interroger. — Il savait que c'était sa fille, Ambroisine, et il l'a prise dans ses bras... et il a posé ses lèvres sur son front !... ah ! je ne puis encore croire à tant de bonheur !... mais alors il l'aime, cette chère Blanche !...

— Est-ce que cela te surprend ? est-ce qu'il est possible de voir cet enfant sans l'aimer ? D'ailleurs, puisqu'il est revenu aujourd'hui se remettre à cette même place où il était hier, ne vois-tu pas que c'est le désir de revoir sa fille qui l'avait ramené là !...

— Ah ! s'il était vrai... s'il était possible ; mais s'il a envie de voir sa fille, ne sait-il pas que tous les jours, à toute heure, les portes de cet hôtel s'ouvriront devant lui... et si c'est ma présence qui lui déplait, si c'est moi qu'il ne veut pas rencontrer, eh bien, j'aurai soin d'éviter ses regards, je me réfugierai dans l'endroit le plus retiré de cette demeure, et tant qu'il y sera, je m'y tiendrai cachée... mais qu'il vienne voir sa fille, qu'il lui prodigue sans crainte ses caresses... et je serai encore trop heureuse et je ne me plaindrai pas.

sur ses genoux, l'enfant passe ses petits bras autour du cou de sa mère, et lui rend ses baisers en balbutiant :

— Le monsieur a aussi embrassé Blanche... il a dit... je suis jolie !...

— Que dit-elle ? demande Bathilde en regardant tour à tour Ambroisine et sa bonne.

— Elle dit, répond Ambroisine, elle dit la vérité : il y a un beau seigneur qui s'est trouvé hier, là-bas, sur la place... il a vu Blanche qui jouait... il l'a trouvée si gentille, qu'il l'a caressée... puis il a demandé à Marie le nom de cette chère petite, puis celui de sa mère, et quand on le lui a dit, il a de nouveau embrassé Blanche... et ce même seigneur est revenu aujourd'hui s'asseoir sur le même banc... moi, je suis bien sûre que c'était pour revoir Blanche...

— Quand mademoiselle l'a aperçu ce matin, dit la bonne, elle l'a tout de suite reconnu et elle s'est mise à courir vers lui...

— Mais ce seigneur... qui donc était-ce ? demande Bathilde d'une voix tremblante.

— Monsieur le comte ne savait sans doute pas, d'abord, quand il admirait Blanche, que c'était à sa fille qu'il prodiguait des éloges... en l'apprenant, il n'aura pu se défendre d'être fier de son enfant... et puis ce même sentiment l'aura ramené à cet endroit où il savait que sa fille venait jouer et courir... mais de là à venir dans cet hôtel, il y a loin encore...

— Oh! n'importe, demain, Blanche sortira avec sa bonne à la même heure, ma fille se promènera du même côté, près des mêmes bancs qu'aujourd'hui... il reviendra peut-être pour la voir encore... et moi, je descendrai avec toi, Ambroisine... Oh! je suis assez forte pour sortir... d'ailleurs, tu me donneras le bras, nous nous tiendrons à l'écart... bien loin!... mais pas assez cependant pour ne pas voir si cette chère petite reçoit encore quelques caresses de son père.

Tout s'exécute le lendemain comme Bathilde l'avait désiré : Blanche sort avec sa bonne alors que midi sonnait. Mais le banc sur lequel, deux jours de suite, on avait vu Léodgard, était alors inoccupé, et plus d'une fois la petite fille, après avoir couru de ce côté, était revenue vers sa bonne, dire de sa voix enfantine et d'un ton presque chagrin :

— Il n'est pas là, le monsieur, ma bonne... où donc qu'il est le monsieur?

Le jour suivant on avait recommencé la même promenade, et tout aussi inutilement. Et Blanche, en rentrant à l'hôtel avec sa mère qui soupirait, semblait partager sa tristesse en disant :

— Maman, il n'est pas venu... le monsieur!...

Plusieurs jours s'étant écoulés ainsi, on avait dû conclure que Léodgard, fâché d'avoir été surpris par Ambroisine lorsqu'il embrassait sa fille, n'avait pas voulu revenir sur la place Royale, de crainte d'y faire de nouvelles rencontres.

Le sire de Jarnonville, fidèle ami de la comtesse et d'Ambroisine, et qui chérissait Blanche de tout cet amour de père que le ciel avait encore laissé dans le fond de son âme, avait été bien vite instruit de tout ce qui s'était passé sur la place Royale. Il en avait été plus touché que surpris.

— Je savais bien qu'il ne lui fallait que la voir

pour l'aimer! s'était écrié Jarnonville, en reposant ses regards sur Blanche. Il n'a pas voulu m'écouter ni me croire, lorsqu'un jour je lui ai parlé de sa fille; mais la Providence, plus forte que sa volonté, l'a rapproché de cet enfant! désormais, madame, ayez bonne espérance, il est impossible que votre fille ne vous ramène pas son père.

C'était après une causerie qui s'était prolongée plus tard que de coutume, qu'Ambroisine avait quitté l'hôtel avec le sire de Jarnonville, qui la reconduisait toujours jusque devant la porte de maître Hugonnet. Mais ce soir-là la nuit était plus sombre, la pluie qui tombait était glacée; aussi, quoique le chevalier et celle qu'il accompagnait fussent encore à l'abri sous les arcades, plus d'une fois Jarnonville avait répété à Ambroisine :

— Enveloppez-vous bien dans votre pelisse, mademoiselle, car il pleut et il fait froid. Puis, par un mouvement peut-être involontaire, le chevalier serrait plus fort le bras que la belle fille avait glissé sous le sien.

Le couple était parvenu presqu'au bout de l'arcade, lorsqu'un spectacle effrayant lui barra le passage : un homme était étendu sur le sol; son manteau et son épée étaient un peu plus loin, et l'obscurité ne permettait pas de voir une mare de sang dans laquelle baignait son corps.

— Mon Dieu! qu'est-ce que cela!... dit Ambroisine en s'arrêtant soudain, il me semble qu'un homme est là... étendu par terre...

— Oui... vous avez raison... peut-être dort-il... peut-être est-ce un ivrogne... attendez, je vais m'en assurer...

Jarnonville quitte le bras d'Ambroisine. Il s'approche, il se penche sur ce corps qui est étendu là et sans mouvement; bientôt un cri lui échappe :

— Ah!... ce malheureux est baigné dans son sang...

— Cette épée, là-bas, est un duel peut-être.

— Si je pouvais soulever sa tête... mais ces cheveux qui retombent et la cachent... Mon Dieu... est-ce une illusion...

— Qu'avez-vous, chevalier?

— De grâce... mettez-vous de ce côté... qu'un peu de clarté arrive jusqu'à cet infortuné... mais oui... c'est lui... c'est bien lui...

— Qui donc?...

— Léodgard...

— Le comte... il se pourrait... grand Dieu! serait-il mort?

— Attendez... attendez... non... il me semble avoir senti au cœur un léger battement...

— Ah! je cours à l'hôtel chercher du monde, du secours... vous, chevalier, ne le quittez pas.

Ambroisine n'a plus peur, elle ne songe plus ni au froid ni à l'obscurité; courant le long de cette arcade sombre, elle arrive bientôt à l'hôtel de Marvejols, elle prend deux domestiques; puis, après avoir recommandé au concierge de cacher ce qui se passe à la comtesse, elle revient précipitamment près de Jarnonville, qui, à genoux près de Léodgard, lui avait soulevé la tête et la tenait appuyée contre lui; mais le blessé n'avait pas recouvré ses sens, il était toujours dans le même état.

Avec l'aide des deux domestiques, le chevalier enlève Léodgard que l'on a bientôt transporté à l'hôtel de Mar-

Dans un moment où il se fend pour porter une botte terrible au marquis, c'est l'épée de celui-ci qu'il reçoit dans la poitrine.

vejols. Le comte y avait son appartement, que depuis longtemps il n'occupait plus, mais qui n'en était pas moins toujours disposé pour le recevoir.

— C'est votre maître, dit le chevalier aux valets que la curiosité a rassemblés à la porte de l'hôtel; c'est M. le comte de Marvejols que nous venons de trouver dans cet état à quelques pas d'ici. Que l'un de vous coure en toute hâte chercher un médecin, un chirurgien... Mais surtout le plus grand secret... que cet événement n'arrive pas cette nuit aux oreilles de madame la comtesse : avant de lui apprendre que son mari est auprès d'elle, sachons si l'on peut conserver l'espoir de le rendre à la vie!

Le chirurgien, ramené par le domestique, examine avec soin la blessure profonde de Léodgard. Chacun attend avec anxiété ce qu'il va dire, quel arrêt il va prononcer.

Cependant, l'homme de l'art se borne à secouer la tête d'une façon peu rassurante et à dire :

— Cette blessure est bien grave... la perte de sang a été considérable. Si M. le comte en revient, il aura du bonheur ; cependant, si l'épée n'a point lésé les organes essentiels, il se peut qu'il guérisse... pour le moment, il est impossible de se prononcer... Quand le blessé reprendra ses sens, évitez surtout de le faire parler... évitez tout ce qui pourrait lui causer la moindre émotion.

Jarnonville et Ambroisine passent la nuit près du blessé.

— Mon Dieu !... si elle se doutait qu'il est là ! murmure parfois la belle fille en regardant le chevalier.

— Elle ne pourrait s'empêcher de venir le voir... elle voudrait lui prodiguer ses soins, et vous l'avez entendu, la moindre émotion peut être fatale au malade... Croyez-vous donc qu'il n'en éprouverait aucune si, en ouvrant les yeux, il voyait sa femme près de lui...

— Vous avez raison, chevalier ; mais cependant si le destin voulait que M. le comte succombât à cette blessure... si demain il n'existait plus, croyez-vous que Bathilde nous pardonnerait de lui avoir caché que son époux était là... mourant... près d'elle... et de l'avoir privée du triste plaisir de lui fermer les yeux !...

— Je ne sais que vous répondre... faites ce que vous conseillera votre cœur ; vous aimez trop la comtesse pour ne point deviner ce qui doit lui faire le moins de peine, ou d'ignorer le danger que court son mari, ou de partager nos inquiétudes sur son sort.

Ambroisine hésite, elle balance, puis elle se décide à attendre le point du jour et le retour du chirurgien.

Vers le milieu de la nuit, Léodgard entr'ouvre les yeux, mais ses regards vagues et affaiblis ne peuvent soutenir la faible clarté de l'appartement ; il referme bientôt ses paupières sans avoir rien distingué autour de lui.

Au point du jour, le chirurgien est revenu près du blessé ; après l'avoir examiné, tâté, après avoir écouté longtemps le bruit de sa respiration, il fait un signe de tête plus rassurant que la veille, en murmurant :

— J'ai un peu d'espoir... cependant je ne puis rien dire avant d'avoir levé l'appareil de la blessure... et je ne dois le lever que ce soir. Jusque-là, les mêmes soins, les mêmes prescriptions... qu'on lui fasse respirer ce flacon s'il perdait connaissance... mais toujours le silence le plus absolu..

Lorsque le chirurgien est reparti, Ambroisine a pris sa résolution, elle se rend près de son amie. Elle était entrée dans la chambre, en marchant bien doucement, pour ne point faire de bruit ; la fidèle Marie, qui est déjà dans une pièce voisine, laisse passer sans rien dire la jeune amie de sa maîtresse, car celle-ci lui a dit une fois, qu'en tout temps, à toute heure, Ambroisine pouvait entrer chez elle. La jeune mère et son enfant dormaient toutes deux d'un sommeil paisible.

Ambroisine contemple Bathilde et Blanche en se disant :

— Elles goûtent un doux repos... Pauvre Bathilde, tu l'as acheté par tant de tourments, de souffrances !... ne serait-ce pas un crime de le troubler !... Celui qui est là-bas est bien injuste pour toi !... mérite-t-il que pour lui tu verses encore des larmes ?... Oh ! non... il me semble qu'il ne le mérite pas... mais elle l'aime toujours, mais il est le père de cet ange... et puis il a pressé Blanche sur son cœur... Allons, à cause de cela, il faut lui pardonner...

Et Ambroisine a doucement touché le bras de Bathilde, dont le sommeil léger cède au moindre effort.

— Qu'y a-t-il donc ? demande Bathilde en se levant à demi ; pour que tu sois déjà ici, chère Ambroisine, il faut que tu aies quelque chose de bien important à me dire ?...

— Je n'ai pas quitté ton hôtel depuis hier... c'est-à-dire, je ne l'ai quitté qu'un moment, mais j'y suis revenue, j'y ai passé la nuit...

— Parle, Ambroisine... explique-toi... on dirait que tu n'oses pas... Ah ! s'il le faut, j'aurai du courage... d'ailleurs, ma fille est là près de moi ; et quand je ne crains rien pour elle, je suis bien forte, va !

Ambroisine fait alors à son amie le récit de l'événement de la veille, en ayant soin cependant de ne point dire la blessure du comte aussi grave que le chirurgien l'a déclaré.

Mais Bathilde laisse à peine à son amie le temps de terminer son récit ; déjà elle s'est levée, elle s'habille à la hâte, en disant d'une voix entrecoupée par l'émotion qui la suffoque :

— Il est ici, mon Dieu !... ici... près de moi... depuis hier... et on ne me l'a pas dit... et on me laisse ignorer qu'il souffre... Ah ! c'est mal... c'est bien mal... mon devoir n'est-il pas d'être près de mon époux lorsqu'il a besoin de secours...

— Notre devoir, à nous, était de suivre les ordres du chirurgien... Il a dit que la plus légère émotion serait fatale à M. le comte...

— Mon Dieu ! il est donc bien mal alors...

— Songe qu'il ignore encore où on l'a transporté... et s'il te voit près de lui, s'il te reconnaît, penses-tu que cela lui sera indifférent ?...

— Eh bien, je me cacherai... je me tiendrai à l'écart ; il ne me verra pas !... mais je le verrai, moi... je connaîtrai son état... et je pourrai unir mes soins à ceux qu'on lui prodigue... Viens, Ambroisine, viens...

Mais avant de s'éloigner, Bathilde s'arrête pour déposer un baiser sur le front de sa fille, puis, après avoir recommandé à la fidèle Marie de rester près de Blanche, elle s'empresse de se rendre dans l'appartement de son époux.

Léodgard était toujours dans le même état ; son visage d'une pâleur effrayante, ses yeux fermés lui donnaient l'apparence de la mort ; cependant un léger souffle qui sortait de ses lèvres annonçait que la vie ne l'avait point abandonné. Bathilde contemple longtemps ce spectacle, puis elle tombe à genoux devant le lit et implore le ciel pour qu'il conserve les jours de Léodgard.

XLVIII

L'amour le plus doux.

Pendant vingt jours, Léodgard a été entre la vie et la mort ; un horrible délire avait succédé à l'anéantissement qui d'abord avait suivi sa blessure ; mais, pendant ce temps, les soins les plus touchants lui étaient prodigués.

Dans ces longues nuits où l'on avait veillé le comte, où la violence de la fièvre le faisait souvent parler en rêvant, ou plutôt en délirant, ceux qui étaient près de lui avaient remarqué avec étonnement que le même personnage revenait incessamment à sa pensée, qu'il était presque toujours tourmenté par les mêmes souvenirs, enfin qu'un nom sortait souvent de sa bouche, et ce nom était celui de Giovanni.

— As-tu entendu ? disait parfois Bathilde à son amie, c'est bien extraordinaire... dans son délire, Léodgard s'occupe toujours de ce fameux voleur... on dirait qu'il a peur de cet homme... qu'il se bat avec lui...

— Oui, j'ai encore entendu hier M. le comte qui s'écriait : Va-t'en, malheureux... ne me poursuis plus ! et puis, un instant après, il disait : Mais non, ce n'est pas lui... c'est moi que l'on veut arrêter... on m'a reconnu... c'est moi qui suis Giovanni... c'est moi... l'autre est mort !

— Pauvre ami !... quel délire ! quand donc sera-t-il plus calme et retrouvera-t-il sa raison ?

Puis, un soir, Bathilde dit au sire de Jarnonville, qui semblait tout pensif en écoutant le malade délirer :

— Chevalier, pour que mon époux soit sans cesse préoccupé de ce Giovanni, ne pensez-vous pas, qu'au lieu de s'être battu en duel, comme vous l'aviez cru d'abord, c'est par ce redoutable voleur qu'il a été attaqué et blessé d'une façon si dangereuse !

— Pour moi, dit Ambroisine, cela ne fait pas le moindre doute, et c'est parce que M. le comte a ce dernier événement présent à la pensée, que, dans son délire, il croit toujours revoir ce Giovanni.

Jarnonville semble réfléchir avant de répondre ; enfin il dit aux deux amies :

— Vos prévisions peuvent être fondées, oui... au lieu d'un duel... il se peut que le comte ait été victime d'un guet-apens.

— D'ailleurs, vous vous êtes informé dans le monde, chevalier, vous avez vu plusieurs gentilshommes, amis de Léodgard, et aucun d'eux ne vous a dit que le comte avait eu un duel ?

— Non, madame ; personne n'a même entendu parler d'une querelle qui aurait pu y donner lieu. Mais, à la vérité, depuis que le cardinal a rendu un édit si sévère contre les duellistes, on n'a plus pour habitude de se vanter de ces sortes d'affaires ; et lorsqu'on en a, on tâche, au contraire, de les tenir fort secrètes. C'est pourquoi, quelle que soit la cause de la blessure du comte, il est prudent de l'attribuer à une attaque nocturne.

— D'autant plus que ce doit être la vérité... Est-ce que sans cela mon mari penserait sans cesse à ce Giovanni ?

Le vingt et unième jour arrivé, le chirurgien, qui s'est rendu de très-bonne heure près de son malade, parce qu'il s'attend à une crise qui doit décider de son sort, fait éloigner les dames et ne veut avoir avec lui que le sire de Jarnonville, puis attend ce que la Providence, plutôt que son art, voudra faire pour le comte.

Celui-ci était depuis la veille en proie à une fièvre violente ; cependant le délire avait cessé.

Sur le matin la fièvre se calme ; bientôt c'est un sommeil paisible qui lui succède. Alors le chirurgien va rejoindre Bathilde qui, dans une pièce voisine, s'est mise à genoux et a fait mettre sa fille à genoux à côté d'elle.

Toutes deux adressaient à Dieu leur prière ; elles étaient si pures qu'elles avaient été exaucées.

— Sauvé ! je réponds de lui maintenant ! dit le chirurgien en approchant de la comtesse.

Celle-ci prend les mains du docteur ; elle les presse contre son cœur ; elle les lui aurait baisées s'il ne l'en avait empêchée.

— Cependant, reprend le chirurgien, il faut toujours les plus grandes précautions... point de vives émotions ! la convalescence sera longue... très-longue ! pour se cicatriser entièrement, sa blessure demande un bien long repos ; mais, à moins d'incidents imprévus... je le répète, le comte est sauvé. Quand il s'éveillera, il se sentira mieux ; il va sans doute vous adresser des questions, engagez-le à ne s'occuper encore qu'à se guérir, et dites-lui que j'ai défendu de le laisser causer.

Puis, le docteur écrit de nouvelles ordonnances, et s'éloigne en emportant les bénédictions des heureux qu'il a faits.

— Mais, en s'éveillant, dit Jarnonville, le comte reconnaîtra l'appartement où il est, puisque c'est celui qu'il occupait lorsqu'il habitait cet hôtel avec son père.

— Après tout, dit Ambroisine, il faut toujours bien qu'il le sache! où pouvait-il être mieux pour être soigné que dans son hôtel, près de sa femme et de son enfant?

— Ah! ne lui parlez pas de sa femme! s'écrie Bathilde, cela pourrait lui causer de la colère, et vous savez bien ce que le docteur a recommandé!

— Voulez-vous vous fier à moi, dit le chevalier, je suis certain de procurer à votre époux un réveil agréable, des sensations douces... De grâce, madame, confiez-moi votre fille...

— Blanche!...

— Oui... la vue de ce petit ange ne peut produire qu'un heureux résultat.

— Mais il sait que c'est sa fille.

— Et cela ne l'empêchait pas de la presser dans ses bras.

— Mais il a fui quand il s'est aperçu qu'on le voyait embrasser son enfant!

— Il vient d'échapper à la mort... et cela fait quelquefois faire de salutaires réflexions, quand on voit la tombe de si près!

— Eh bien, je me fie à vous, chevalier; emmenez ma Blanche... moi, je me tiendrai ici; à moins que le comte ne me demande, je ne me permettrai pas de me présenter à lui... mais je me trouverai encore heureuse, si de cette salle j'entends mon époux embrasser son enfant. Jarnonville tient par la main la petite Blanche, à qui on a recommandé de ne point faire de bruit, et qui semble déjà comprendre qu'elle sera pour quelque chose dans la guérison du monsieur qui est couché là, quoique Bathilde n'ait point osé lui dire de l'appeler son père.

Le chevalier est rentré tout doucement dans la chambre du comte, il a entendu quelque mouvement dans le lit; il laisse Blanche cachée par les rideaux et s'approche du malade.

Celui-ci venait de rouvrir les yeux; il promenait ses regards dans l'appartement et semblait chercher à rappeler ses idées, à rassembler ses souvenirs.

En apercevant Jarnonville, Léodgard, encore plus surpris, balbutie :

— Comment... c'est vous, Jarnonville... de grâce, expliquez-moi... que m'est-il arrivé?

— Vous étiez blessé bien dangereusement... je vous ai trouvé gisant sur la terre... sous une arcade de la place Royale.

— Ah! oui... oui... je me rappelle... mon duel... avec le marquis de Santoval... et vous m'avez fait transporter ici. Mais je reconnais cette chambre... c'était la mienne. Je suis à l'hôtel de Marvejols.

— Vous transporter plus loin eût été impossible... vous seriez mort dans le trajet... Et d'ailleurs, où auriez-vous trouvé ces soins de tous les moments, de toutes les minutes, dont depuis vingt et un jours vous avez été entouré ici?

Léodgard ne répond rien : il a laissé sa tête retomber sur l'oreiller; mais son regard est devenu triste, son front s'est assombri.

Jarnonville fait alors signe à Blanche qui est restée sans oser bouger contre les rideaux. La petite fille s'avance; elle grimpe les marches de l'estrade placée devant le lit, puis montre tout à coup sa jolie tête à Léodgard, en lui disant :

— Moi, je viens voir le monsieur.

Un changement subit s'opère dans tous les traits du comte; d'abord c'est un mouvement de surprise, mais presque aussitôt c'est un sentiment de bonheur, c'est comme le calme après l'orage qui vient de se glisser dans l'âme du malade. Il sourit à Blanche; il essaye de lui tendre la main. Mais il est encore trop faible pour se servir de son bras, et ne peut que lui dire :

— C'est vous! chère enfant... ah! c'est bien de venir me voir... il faudra venir souvent.

Puis, les yeux de Léodgard se referment; cette émotion lui a ôté ses forces; mais la faiblesse qu'il éprouve n'a rien de dangereux, et un sommeil bienfaisant ne tarde pas à lui succéder.

— Nous avons réussi! dit Jarnonville en ramenant la petite fille à sa mère; la vue de cet enfant a sur-le-champ dissipé les sombres nuages qui obscurcissaient le front de votre époux. Désormais, soyez-en sûre, madame, c'est Blanche qui achèvera la guérison de son père.

Bathilde embrasse tendrement sa fille, puis profite du moment où Léodgard est endormi, pour aller le contempler tout à son aise.

Quand Léodgard a de nouveau ouvert les yeux, ses regards errent dans la chambre et paraissent y chercher quelqu'un.

Jarnonville s'approche du lit et demande au comte s'il désire quelque chose.

— Oui, murmure le comte en essayant de sourire, oui, je voudrais revoir... la petite.

— Il ne veut pas encore dire : Ma fille! mais cela viendra, se dit le chevalier en allant chercher Blanche, qu'il amène bientôt près du lit de son père.

— Bonjour, mon ami.

Bathilde avait recommandé à Blanche d'appeler ainsi son père. Pour lui donner un nom plus doux, elle voulait que Léodgard lui-même le lui permît. Le malade est parvenu à avancer sa main jusqu'à l'enfant, dont il caresse les cheveux déjà épais et soyeux, en lui disant :

— Vous êtes bien aimable de venir me voir... Mais cela vous ennuiera peut-être... voudrez-vous venir tous les jours?

— Oui, mon ami.

— Le matin, et puis encore l'après-midi?

— Oui... si maman... voudra bien!

Léodgard devient soucieux et garde longtemps le silence, laissant sa main errer toujours sa main sur la tête de l'enfant. Au bout de quelques minutes, Blanche s'écrie :

— Moi j'ai prié le bon Dieu avec maman, pour que mon ami plus malade!

— Chère petite, que vous êtes bonne!... Est-ce que vous m'aimez un peu?

— Oh! oui... tout mon cœur...

Léodgard fait un mouvement; on voit qu'il voudrait embrasser Blanche, mais il ne peut se soulever pour avancer sa tête contre la sienne. Jarnonville, qui le guette du coin de l'œil, remarque tout cela, mais il ne fait pas semblant, et reste à sa place feignant d'être plongé dans sa lecture.

Enfin, ne pouvant atteindre à la figure de la petite, Léodgard se décide à dire à l'enfant :

— Donnez-moi votre main... avancez-la encore... tout contre mes lèvres... là, bien.

Et il couvre de baisers la petite main de sa fille, qui s'écrie toute joyeuse :

— Ah! monsieur ami! il embrasse la main de Blanche!

Cachée derrière les plis d'une portière, Bathilde voit tout cela, et des larmes de bonheur s'échappent de ses yeux.

Le comte garde longtemps sa fille près de lui; mais enfin il se décide à la renvoyer, en disant à Jarnonville :

— Je ne veux pas priver plus longtemps cette enfant des plaisirs, des amusements de son âge... Près du lit d'un malade ses jolies couleurs s'étioleraient!... ramenez-la, chevalier... Au revoir, chère petite... à demain... j'attendrai avec impatience les moments que vous viendrez passer près de moi.

Douze jours se sont écoulés, Léodgard continue d'aller bien, commence à reprendre un peu de force, mais il ne lui est point encore possible de quitter le lit, car la gravité de la blessure qu'il a reçue exige de grandes précautions. Pour charmer ses ennuis, pour trouver les heures moins longues, il a souvent Blanche près de lui, et chaque jour il tâche de la garder davantage.

Mais Léodgard n'a point encore appelé Blanche sa fille, et lorsque la petite parle de sa mère, il trouve moyen de changer bien vite d'entretien.

Bathilde continue de se dérober aux regards de son époux, qui ne s'est pas une seule fois informé d'elle; mais elle ne se plaint pas; elle se trouve heureuse d'avoir pu lui prodiguer ses soins, et plus heureuse encore de la tendresse qu'il témoigne à sa fille.

Ambroisine a cru devoir s'abstenir aussi de se montrer au malade, sa vue a semblé si désagréable au comte lorsqu'elle l'a rencontré sur la place Royale, tenant Blanche dans ses bras, qu'elle ne veut pas lui faire éprouver de nouveau cette sensation.

Léodgard ne voit donc autour de lui que le chirurgien, qui continue de le visiter matin et soir; Jarnonville, qui est souvent là pour lui faire compagnie, et auquel, sans lui en raconter le motif, il a confié s'être battu à l'épée avec le marquis de Santoval; les domestiques, qui accourent dès qu'il sonne, et l'enfant qui depuis quelques jours a garni le lit du malade de différents jouets, afin de rester plus longtemps auprès de son ami.

Un soir les deux amies questionnent le chevalier au sujet de la blessure que Léodgard a reçue.

— Vous a-t-il dit comment cela lui est arrivé? demande Bathilde, comment il a été attaqué par ce Giovanni, car c'est bien par ce bandit qu'il a été blessé, n'est-ce pas?

Jarnonville semble chercher sa réponse.

— Madame, dit-il enfin à la comtesse, votre époux est peu communicatif, et depuis qu'il va mieux, il n'est pas plus causeur. Votre fille seule a le talent de le faire parler. Lorsque j'ai voulu le questionner sur cette aventure, il m'a répondu que par monosyllabes, ce qui m'a fait présumer que mes questions lui déplaisaient; je n'ai pas cru devoir insister.

— Oh! vous avez bien fait, chevalier; que M. le comte, si c'est son désir, nous cache la cause de cet événement; l'important, c'est qu'il n'ait point de suites fatales.

— C'est égal, dit Ambroisine, je ne comprends pas que l'on fasse mystère d'avoir été attaqué par un voleur... a-t-il il s'était donc battu en duel?

— C'est impossible, reprend Bathilde; rappelle-toi que dans son délire il parlait sans cesse de ce Giovanni.

Les deux amies demeurent donc dans l'incertitude sur la cause de cette blessure qui a failli amener la mort du comte, et Jarnonville, qui la connaît maintenant et pourrait la leur apprendre, feint lui-même de l'ignorer aussi.

Un matin en s'éveillant, Léodgard, qui a coutume de voir Blanche dans sa chambre ou sur le pied de son lit, cherche en vain l'enfant qu'il n'aperçoit pas. Après avoir attendu inutilement pendant quelque temps sans qu'on lui amène sa fille, il sonne un domestique.

— Pourquoi ne m'envoie-t-on pas ce matin l'enfant, comme à l'ordinaire? demande le comte au valet qui se présente.

— Monsieur le comte, je crois avoir entendu dire que mademoiselle avait été un peu malade cette nuit; c'est sans doute ce qui empêche qu'elle ne se rende près de vous.

— Ah! c'est différent... et le médecin... a-t-on envoyé chercher le médecin?

— Oui, monsieur le comte.

— Le chevalier de Jarnonville n'est pas encore venu?

— Non, monseigneur.

— C'est bien... dès que ce médecin aura vu l'enfant, envoyez-le moi.

Le domestique est éloigné; mais, au bout de quelques minutes, Léodgard sonne de nouveau et veut qu'on lui envoie la bonne de l'enfant.

— Blanche est malade... qu'a-t-elle donc?

— Oh! ce ne sera rien, monsieur le comte; mademoiselle a toussé cette nuit, puis ce matin elle a un peu de fièvre... mais ce ne sera rien... les enfants sont si vite indisposés; mais ils sont aussi vite guéris.

— Souffre-t-elle?

— Non, monseigneur; elle a déjà demandé à se lever, à venir vous voir...

— Quoi... vraiment, elle a pensé à moi?

— Oh! depuis qu'on la conduit ici, c'est sa première pensée, après qu'elle a embrassé sa mère!

— Chère petite!

— Mais comme mademoiselle a de la fièvre... il serait imprudent de la lever...

— Oui, il ne le faut pas... et... sa mère est près d'elle sans doute?

— Madame ne quitte pas mademoiselle d'une minute... d'autant plus que lorsqu'elle est malade, mademoiselle n'est pas toujours raisonnable pour boire; mais quand sa maman lui dit : Il faut prendre cela, mon enfant! alors elle obéit tout de suite.

— C'est bien... allez... qu'on m'envoie le médecin... quand il aura vu Blanche.

Enfin le médecin se présente et Léodgard se hâte de le questionner sur l'état de Blanche.

Le docteur commence par le rassurer, puis il ajoute :

— Alors même que cette indisposition annoncerait une maladie commune aux enfants... eh bien, on la guérirait.

— Une maladie... et quelle maladie prévoyez-vous donc, docteur?

— Mais c'est ce que l'on appelait autrefois *Pusula*, le feu ardent, le feu sauvage... le feu Saint-Antoine.

— Vous m'effrayez, docteur?

— Mais autrefois on était fort ignorant!... c'est tout simplement la rougeole, que nous nommons nous autres *Boa*; une maladie de peau, très-bénigne chez les enfants... à moins qu'on ne les soigne pas bien... qu'on ne fasse des imprudences! Ici, il n'y a pas cela à craindre. Mais vous, monsieur le comte?

— Moi, je vais bien, et je voudrais pouvoir me lever.

— Attendez encore quelques jours. Si votre blessure venait à se rouvrir, cela vous remettrait au lit pour très-longtemps. Soyez raisonnable, monsieur le comte; c'est vraiment un miracle que vous en soyez revenu.

— Merci, docteur; mais, maintenant, ne vous occupez plus que de l'enfant.

Le médecin est parti, mais Jarnonville ne tarde pas à venir tenir compagnie à Léodgard.

Le lendemain, le docteur déclare que ses prévisions se sont réalisées, et que l'enfant a la rougeole, maladie qui ne présente aucun danger, si elle ne se complique pas d'autres incidents.

Léodgard n'est pas cinq minutes sans sonner et sans envoyer les domestiques savoir des nouvelles de sa fille.

Maintenant, en parlant d'elle, il n'hésite plus à lui donner ce titre, et Jarnonville n'a pu cacher sa joie, lorsque, enfin, le comte a prononcé ce mot. Puis, le troisième jour, Léodgard, après s'être informé de Blanche, s'écrie :

— Ah! que sa mère est heureuse... elle est près d'elle; elle la voit, du moins! Et moi, qui m'étais si bien habitué à la voir chaque jour... combien le temps me semble long maintenant!

Le jour suivant, le visage des domestiques est plus triste; Jarnonville lui-même, tout en disant que la maladie suit son cours, semble plus inquiet, moins rassuré sur les jours de Blanche.

Léodgard, après avoir examiné toutes les figures qui l'entourent, appelle un valet, et lui ordonne de l'habiller.

— Eh quoi! vous voulez vous lever! s'écrie Jarnonville, c'est une imprudence; le médecin vous le défend encore.

— Le médecin ne sait pas combien je souffre de ne plus voir ma fille... sa vue me sera plus salutaire que toutes ses prescriptions... Aujourd'hui, d'ailleurs, on a l'air d'être plus inquiet sur la santé de Blanche; je veux m'assurer par moi-même de son état. Vous me donnerez le bras, chevalier; vous me conduirez près de ma fille.

La manière dont le comte s'est prononcé annonce que toutes les objections seraient superflues.

Enveloppé dans une immense robe de chambre, Léodgard prend le bras de Jarnonville, et quitte enfin son appartement pour se diriger vers le pavillon habité par Bathilde et son enfant.

Mais, malgré toute sa bonne volonté, le convalescent, dont les jambes vacillent, ne peut aller que fort doucement, et un domestique a couru en avant pour annoncer à la comtesse la visite de son époux.

En apprenant que Léodgard a voulu venir voir sa fille, Bathilde ne peut retenir un cri de joie, et elle embrasse tendrement sa petite malade, en lui disant :

— C'est pour toi qu'il vient, chère enfant; c'est toi qui le ramène près de moi... Ah! je sais bien que ce n'est pas moi qu'il désire voir; mais je ne m'éloignerai pas, cependant; car je ne te quitte plus; dès que tu souffres, ma place est marquée près de toi!... et il faudra bien que ton père supporte ma présence s'il veut aussi te prodiguer ses soins.

Des pas lents et lourds annoncent l'arrivée du convalescent. Bathilde s'assied à quelque distance du berceau de sa fille; mais lorsque Léodgard entre, appuyé sur le bras de Jarnonville, elle ne peut s'empêcher de lever les yeux sur lui, et elle est douloureusement frappée du changement survenu dans toute sa personne; considérablement amaigri, d'une pâleur extrême, n'ayant conservé de ses grands yeux qu'un feu fiévreux et sombre, le comte de Marvejols n'est plus que l'ombre de lui-même.

Léodgard incline simplement la tête devant sa femme. Ses yeux cherchent le berceau de sa fille; il l'aperçoit et quitte le bras du chevalier, s'avance seul, écarte les rideaux qui le recouvrent et s'assoit tout auprès. Blanche s'éveillait; son visage est pourpre, sa jolie figure est bouffie par les effets de la maladie; cependant elle sourit à son réveil, et en reconnaissant Léodgard, s'écrie :

— Ah! ami!... ami!... plus malade aussi! il vient voir Blanche.

Le comte se penche sur le berceau et couvre l'enfant de baisers. Bathilde détourne la tête pour cacher ses larmes; mais celles-là sont douces; elle ne cherche pas à les retenir.

— Et le médecin assure toujours que ce n'est pas dangereux? dit Léodgard en s'adressant à Jarnonville; mais celui-ci fait semblant de ne point entendre, afin d'obliger le comte à parler à sa femme.

Voyant que le chevalier s'obstine à ne point lui répondre, Léodgard se décide à se tourner du côté de Bathilde, alors la jeune femme murmure sans oser lever les yeux sur son époux :

— Ma fille est maintenant au moment où sa maladie est dans toute sa force... mais ce soir... vers minuit, le médecin prétend que la fièvre doit commencer à diminuer... il m'a juré que Blanche ne courait aucun danger.

— Cependant, cette extrême rougeur?

— C'est le caractère de cette fièvre... cela m'inquiétait aussi... le docteur assure qu'il vaut mieux qu'elle soit ainsi... mais... vous, monsieur le comte... je croyais qu'il ne vous était pas encore permis de vous lever... n'est-ce pas une imprudence?

— Monsieur votre époux n'a rien voulu entendre, madame, dit Jarnonville; son désir de voir sa fille était plus puissant que mes discours!

Léodgard lève les yeux sur le chevalier et sourit légèrement, en murmurant :

— Ah! vous parlez donc, maintenant, Jarnonville...

Puis, se tournant de nouveau vers sa fille : Chère petite! je m'ennuie bien d'être privé de tes visites..... guéris bien vite..... mais en attendant, c'est à mon tour, et je viendrai te voir.

— Tous les jours? murmure Blanche.

— Oui... oh! oui... tous les jours!... Au revoir, ma fille, au revoir.

Et le comte se levant, salue Bathilde, reprend le bras du chevalier, et s'en retourne dans son appartement.

Mais le lendemain, il est impossible à Léodgard de se lever; la marche de la veille a rouvert sa blessure; le docteur le gronde fortement de cette imprudence; il faut que le comte se contente de recevoir à chaque instant de la journée des nouvelles de sa fille. Heureusement elles sont excellentes; la maladie est dans sa décroissance; la guérison sera prompte. On lui portera Blanche aussitôt qu'on pourra le faire sans danger pour elle.

Quatre jours s'écoulent encore, lorsqu'en s'éveillant Léodgard retrouve Blanche sur son lit : il l'entoure de ses bras, la couvre de baisers.

— Ami est encore malade? dit la petite fille en souriant à son père; mais celui-ci la regarde tendrement, en lui disant :

— Ce n'est pas ami qu'il faut dire, chère petite; désormais appelle-moi ton père... entends-tu, ton père... car tu es ma fille... car je suis fier de toi... Ah! pourquoi n'ai-je pas connu plus tôt le bonheur, ce contentement intime que l'on goûte en pressant son enfant dans ses bras? Mais je n'y croyais pas avant de te posséder. J'étais aveugle encore, et je niais la lumière!

Les joies du cœur sont toujours le meilleur remède à tous les maux. Depuis qu'il revoit sa fille, Léodgard va beaucoup mieux; bientôt il

est en état de se lever, de se promener oans son appartemen:; mais
pour qu'il se trouve complétement bien, il faut que sa fille soit avec
lui ; chaque jour il semble s'y attacher davantage. Tout surpris de la
puissance que cet enfant exerce sur son âme, il ne cherche pas à la
combattre ; il s'y abandonne au contraire avec délices, car il sent bien
que le sentiment nouveau qu'il éprouve est le seul qui fasse goûter
un vrai bonheur.

Quelquefois pourtant, en tenant sa fille sur ses genoux, en laissant
reposer ses yeux sur les yeux si doux de l'enfant, Léodgard devient
tout à coup sombre... rêveur... une pâleur livide change ses traits.
Alors, déposant Blanche loin de lui, il s'en éloigne en cachant son
visage dans ses mains, et en murmurant :

— Pauvre petite !... si un jour on savait... si on lui disait que son
père... Elle me maudirait peut-être !... Ah ! cette pensée est horrible !
c'est mon plus cruel châtiment !

Et Léodgard restait alors comme anéanti dans ses pensées ; mais
Blanche, qui ne comprenait pas pourquoi son père s'était tout à coup
éloigné d'elle, s'empressait de courir près de lui et pressait sa main,
en lui disant de sa voix si douce :

— Mon papa... est-ce que tu n'aimes plus Blanche?

Les accents du petit ange arrivaient bien vite au cœur de son père,
et, comme un rayon de soleil, dissipaient l'orage qui s'y était
amoncelé !

XLIX

Souvent femme varie,
Bien fol est qui s'y fie.

Après son duel avec Léodgard, le marquis de Santoval était rentré
à son hôtel, et s'était empressé de se rendre près de sa femme, qui
attendait avec anxiété le résultat de la rencontre qu'elle avait préparée
elle-même entre le comte et son mari.

Lorsqu'elle aperçoit le marquis revenir d'un air triomphant, Valentine éprouve un frémissement qui lui gagne le cœur.

— Vous êtes vengée, madame, complétement vengée ! dit M. de
Santoval en saluant sa femme.

— Ah ! monsieur !... j'étais bien tourmentée !...

— Je vous remercie de cette inquiétude... Mais avec moi, vous
pouviez être sans crainte !

— Vous avez... rencontré... le comte de Marvejols ?...

— Oui, madame, vous pensez bien qu'il n'aurait eu garde de ne
point se rendre à votre aimable invitation... On n'a pas tous les soirs
d'aussi charmants rendez-vous !... Et cet homme est si fat !... il ne
pouvait manquer de donner tout à fait dans le piége !

— Et comment cela s'est-il passé ?

— Tout naturellement. Le comte a été un peu surpris en m'apercevant ; cependant il a encore essayé de me donner le change. Mais
comme j'étais pressé d'en finir, je lui ai dit franchement tout ce qui
en était...

— Ah ! vous lui avez dit ?...

— Que vous vous étiez moquée de lui, que vous aviez été bien aise
de lui donner une leçon, sans cela votre vengeance eût été incom-
plète !... Mais alors si vous saviez comme ce beau séducteur est devenu furieux...

— Oh ! je le crois, monsieur.

— Aussitôt nous avons mis l'épée à la main... il se bat bien, mais
la colère l'aveuglait !

— Et vous l'avez blessé ?...

— Blessé !... Oh ! j'ai fait mieux que cela... je l'ai tué, madame !
Un superbe coup d'épée, qui l'a percé de part en part... S'il en revient,
cela me surprendra beaucoup. Mais qu'avez-vous donc, madame ?
vous pâlissez...

— Oui, monsieur, en effet... je ne me sens pas bien... les inquiétudes que j'ai éprouvées dans cette soirée... Mais le repos me remettra...
soyez assez bon pour m'envoyer Miretta...

— Sur-le-champ... En vérité je suis bien touché de l'intérêt que
vous me portez. Mais, vous le voyez, je n'ai pas reçu la moindre
égratignure...

— Oui, monsieur, oui, cela me rassure. Et... ce malheureux... que
vous avez tué... qu'est-il devenu ?

— Il deviendra ce qui plaira à la Providence. Quant à moi, ma
chère amie, vous concevez que ce que j'avais de mieux à faire était
de m'éloigner bien vite !... La loi sur les duels est terrible... Mais Joseph seul était notre témoin, et je suis sûr de la fidélité de ce garçon.
Allons, marquise, remettez-vous... prenez du repos... plus d'inquiétudes... Je vais vous envoyer Miretta.

— Madame m'a fait appeler ?... madame semble souffrir ?... dit la
jeune fille en considérant sa maitresse. Cependant... monsieur le
marquis est revenu... c'est qu'il est vainqueur, et madame doit être
vengée !...

— Vengée !... malheureuse !... mais tu ne vois donc pas que je
suis une misérable... une infâme... car il l'a tué, cet homme !... Il l'a
tué !... et c'est moi qui en suis cause... et c'est moi qui ai donné ce
rendez-vous... qui ai tendu ce guet-apens... en faisant croire à Léodgard que je l'aimais... Eh bien ! oui.. je l'aimais... Oui... je ne lui
mentais pas... J'ai essayé de me tromper moi-même sur mes sentiments... j'ai voulu me faire illusion... Je me suis dit qu'il m'avait dédaignée... que je devais tirer vengeance de ses mépris... Je me suis
dit cela !... Mais, au fond du cœur, je l'aimais toujours... Je voulais
le voir à mes pieds, lui entendre me faire de doux serments d'amour...
Je l'y ai vu... et j'ai causé sa mort... et je l'ai tué !... Ah ! je me fais
horreur !... je suis indigne de pitié !... et je donnerais ma vie maintenant pour réparer le mal que j'ai fait.

— Monsieur le marquis a donc tué son adversaire ?...

— Oui, il le croit du moins... Ah !... si pourtant !... Miretta, tu
es courageuse, tu vas sortir, te rendre sur la place Royale... contre
la rue des Tournelles, à l'endroit où j'avais donné le rendez-vous. Tu
chercheras... Si Léodgard y était toujours, il faudrait t'assurer s'il
respire encore... et dans ce cas... tu frapperais à quelque boutique...
tu implorerais du secours, et tu ferais porter le comte à son hôtel,
rue de Bretonvilliers... Tiens, voilà de l'or ; ne le ménage pas... Avec
cela, on trouve toujours des gens prêts à nous être utiles... Va, Miretta ; tu peux sortir quand tu veux ; maintenant, on a en toi la plus
entière confiance... Va... retrouve Léodgard, et ne le quitte qu'après
avoir mis un docteur près de lui... Reviens ensuite... reviens... Je
vais compter les instants.

C'était en vain que Miretta avait cherché Léodgard sur la place
Royale ; nous savons que le blessé n'y était plus. Cependant une
grande mare de sang, dans laquelle son pied a glissé, prouve à la
jeune fille qu'à bien trouvé l'endroit où le combat a eu lieu. N'a-
percevant de lumière nulle part, n'espérant point, au milieu de la
nuit, obtenir des renseignements, Miretta retourne à l'hôtel de Santoval, mais lentement, prêtant l'oreille au moindre bruit, s'arrêtant
de temps à autre lorsqu'elle croit entendre des pas, et ne songeant
plus du tout à la commission dont sa maitresse l'a chargée.

Cependant Valentine attendait impatiemment le retour de sa camériste. Celle-ci revient enfin apprendre à la marquise que le comte de
Marvejols n'était plus sur la place Royale.

— Quelques personnes charitables l'auront secouru, dit Valentine,
et s'il a pu parler, on l'aura transporté chez lui. Demain, au point du
jour, Miretta, tu courras jusques à la rue de Bretonvilliers, tu entre-
ras à l'hôtel du comte, tu sauras si on l'y a rapporté, et tu t'informe-
ras de son état. Au point du jour, entends-tu bien ?

— Je vous obéirai, madame.

Et, en effet, le lendemain, à peine si l'on y voyait encore, et Miretta s'empressait d'exécuter les ordres qu'elle avait reçus. Mais à
l'hôtel de la rue de Bretonvilliers, on n'a pas vu le comte depuis la
veille, on ignore entièrement ce qu'il est devenu.

Les tourments de Valentine augmentaient avec le peu de succès de
recherches qu'elle faisait faire.

— Mais, enfin, le corps de ce malheureux n'a pu disparaître sans
qu'il ait été bruit de cet événement ! s'écrie la marquise. C'est sur la
place Royale qu'il a été laissé mourant par son adversaire, c'est là
qu'il doit avoir été recueilli. Retournes-y, Miretta, passes-y toute la
journée si cela est nécessaire ; mais ne reviens pas sans me rap porter
des nouvelles de Léodgard.

Miretta s'était encore conformée aux ordres de sa maitresse, et,
après avoir passé une partie de la journée sur la place Royale, elle se
disposait à retourner à l'hôtel de Santoval, lorsque le hasard lui avait
fait rencontrer Ambroisine, chez qui elle n'était pas allée depuis fort
longtemps, mais pour laquelle elle conservait toujours une vive reconnaissance.

Les deux jeunes filles s'étaient abordées en se souriant, et la fille
de l'étuviste avait dit à Miretta :

— Que devenez-vous donc ?... Je ne vous vois plus !

— Je suis toujours attachée à mademoiselle Valentine, qui est devenue marquise de Santoval... et vous ?

— Moi, je viens presque tous les jours chez mon amie, Bathilde,
qui est devenue comtesse de Marvejols...

— Ah ! oui... en effet, j'ai entendu raconter ce mariage...

— C'est une histoire bien extraordinaire... mais, en ce moment,
je n'ai pas le temps de causer... Si vous saviez... hier au soir... moi
et le sire de Jarnonville, nous avons trouvé M. le comte Léodgard
étendu là-bas... sous l'arcade... et baigné dans son sang... j'ai couru
à l'hôtel... qui est là... tout près... on y a transporté le blessé... Il est
bien mal, cependant, il y a peut-être encore de l'espoir... Adieu !
adieu ! Je retourne près de Bathilde.

Miretta venait d'apprendre tout ce qu'elle desirait savoir ; elle s'était
hâtée d'aller le rapporter à sa maitresse.

En sachant que Léodgard est maintenant dans l'hôtel habité par sa
femme, Valentine éprouve comme un transport de rage ; enfin, elle
se laisse tomber épuisée sur un siège en se disant :

— Avec sa femme !... il est maintenant auprès d'elle !... Et c'est
à cela qu'ont abouti tous mes projets de vengeance... c'est à le remir
à cette Bathilde... à opérer entre eux une réconciliation peut-être...

Oh! non... Je troublerai son bonheur, à cette femme... Ah! maintenant, j'aurais moins de regrets si Léodgard mourait de sa blessure.

Mais les désirs de la marquise n'avaient point été exaucés; nous savons que le comte n'était pas mort du coup d'épée que lui avait donné le marquis de Santoval. Valentine, une fois instruite de l'endroit où était Léodgard, avait pu facilement avoir de ses nouvelles, et presque tous les jours elle envoyait Miretta s'informer de son état dans les environs de l'hôtel de Marvejols. Les domestiques, en allant et venant, ne manquaient jamais de donner à leurs voisins des nouvelles de leur maître, qu'ils croyaient avoir été attaqué dans la rue par des brigands.

Valentine savait donc que Léodgard entrait en convalescence, et qu'avant peu il serait en état de sortir; elle attendait avec impatience ce moment. Mais les jours s'écoulaient et Léodgard n'avait point encore quitté l'hôtel de Marvejols.

— Il se plaît donc bien près de sa femme!... se dit Valentine, qui est loin de deviner que c'est un enfant qui retient Léodgard près de Bathilde. Ah! n'attendons pas plus longtemps... car si je tardais encore... il n'y aurait peut-être plus moyen d'arracher le comte à cette nouvelle existence. La marquise fait venir Miretta et lui dit :

— Léodgard est maintenant guéri... entièrement guéri de sa blessure, je le sais, et, cependant, il reste toujours près de cette Bathilde... mais quelque chose me dit que j'ai encore du pouvoir sur le comte, et qu'un mot de moi suffirait pour le ramener à mes pieds...

— Quoi, madame, vous voulez...

— Tais-toi, Miretta... tu ne peux comprendre ce qui se passe dans mon cœur... Je n'ai plus qu'une pensée maintenant : Être à Léodgard et quitter ce marquis de Santoval, dont la seule présence me fait horreur. Ne me dis rien!... n'essaie point de combattre ma résolution, elle est inébranlable... Pour ton Giovanni, n'aurais-tu pas tout bravé, tout souffert?... n'aurais-tu pas désobéi à tout l'univers pour n'obéir qu'à lui seul?...

— Oh! oui, madame, oui, pour Giovanni, j'aurais fait tout cela... et je suis prête à le faire encore...

— Ne t'étonne donc pas de trouver chez une autre femme un sentiment aussi impérieux que celui que tu éprouves!...

— Ah! madame... jamais je n'aurais envoyé Giovanni se battre avec un autre!...

— Pauvre insensée! sais-tu ce que tu aurais fait, si tu avais vu ton amant te délaisser pour une rivale?... Mais ne parlons plus du passé!... C'est pour le réparer, que je veux faire parvenir un message à Léodgard, je veux qu'il ne soit remis qu'à lui-même... Tu ne peux t'en charger, toi, qui es connue de cette fille d'un étuviste... amie intime de la noble comtesse... elle voudrait se charger de ta lettre... elle pourrait prévenir son amie... et puis, on devinerait de quelle part tu viens...

— Oh! oui, madame, car j'ai dit que j'étais toujours avec vous, et si M. le comte a avoué avoir eu un duel avec M. votre époux, en me voyant apporter une lettre, on croira que c'est un nouveau duel qui se prépare... et on est capable d'empêcher que votre message n'arrive jusqu'au comte.

— C'est pour cela que je ne veux pas t'en charger. Le petit clerc de procureur remplira parfaitement cette commission. Va le chercher, Miretta; mais il ne peut revenir ici où il a été bâtonné. Donne-lui rendez-vous dans un endroit écarté, solitaire; j'irai l'y rejoindre. Grâce au ciel, depuis ce duel, M. de Santoval a cessé d'être jaloux! il me laisse liberté entière... Va donc trouver ce Bahuchet, promets-lui de l'or, beaucoup d'or... je sais que c'est avec cela seulement qu'on peut compter sur lui.

Miretta s'empresse de se rendre à l'étude de maître Bourdinard.

— Que demandez-vous, jeune pucelte? dit un vieux bonhomme, jaune comme un parchemin, en voyant la jeune fille porter ses regards de tous côtés.

— Je demande... M. Bahuchet...

— Il n'est plus ici, maître Bahuchet.

— Ah!... il est sorti... à quelle heure rentrera-t-il, s'il vous plaît?

— Il ne rentrera pas du tout, Dieu merci; je vous dis qu'il n'est plus ici, ce qui veut dire que maître Bourdinard l'a chassé, renvoyé, mis à la porte, enfin... et il le méritait bien!

— Ah!... mais il avait un ami... un camarade... que je ne vois pas non plus...

— Ah! oui... son ami Plumard... encore un bon sujet aussi!... le digne pendant du Bahuchet... Ces messieurs se battaient toute la journée, mais ils se raccommodaient le soir, pour aller faire les cent coups par la ville... Oh! depuis qu'un client du patron, le chevalier de Passedix, est venu lui raconter l'histoire d'un costume orange que ces deux drôles lui avait vendu, cela a ouvert les yeux à maître Bourdinard, et dernièrement il a mis ses deux petits clercs à la porte, le Plumard, avec le Bahuchet, l'un portant l'autre.

— Mais alors, monsieur, veuillez me donner l'adresse de ce M. Bahuchet; que je sache au moins où je pourrai le trouver... j'ai besoin de lui parler.

— L'adresse... jeune fille... l'adresse d'un Bahuchet!... est-ce que ces gens-là en ont?... est-ce qu'ils logent quelque part?... dans les arêts... dans les taudis... dans les clapiers!... voilà où cela loge... franchement, je ne vous conseille pas d'aller l'y chercher, et si

ce monsieur vous doit de l'argent, vous ferez mieux de faire une croix dessus.

Ne pouvant obtenir d'autres renseignements sur celui qu'elle demande, Miretta revient encore dire à sa maîtresse le triste résultat de sa visite chez le procureur.

— Toujours des retards! murmure Valentine en souriant amèrement, on dirait que le destin prend plaisir à multiplier les obstacles, pour s'opposer à ce que je veux faire!... Mais rien ne lassera ma persévérance... Miretta, tu découvriras ce Bahuchet... ce garçon ne peut avoir aucune raison pour se cacher, puisque, maintenant, il doit s'enquérir d'une autre place... tu le chercheras dans tout Paris... Déguise-toi si cela est nécessaire, cache ta jolie figure sous quelque bonnet bien ample, bien épais, et entre dans ces repaires que fréquente M. Bahuchet. Qui sait!... en le cherchant, tu trouveras peut-être aussi quelqu'un qui t'intéresse.

Miretta fait un mouvement de tête qui indique qu'elle n'espère plus, mais elle ne s'en dispose pas moins à obéir à la marquise.

L

Le Chevalier vert-pomme.

Il était onze heures de l'après-midi; le temps était sec et froid, le vent soufflait du nord, et ceux que leurs affaires obligeaient à sortir, hâtaient le pas, et quelquefois se risquaient à courir, afin de rentrer plus vite près de leur foyer.

Cependant, par cette rude température, assez commune à la fin de décembre, deux jeunes gens traversaient le Pont-Neuf fort lentement, le nez au vent, regardant de côté et d'autre, s'arrêtant devant le plus futile objet, examinant d'un œil curieux jusqu'aux chiens qui passaient près d'eux, et que parfois ils semblaient disposés à suivre; enfin, ces deux particuliers flânaient comme gens qui n'ont rien de mieux à faire, et pourtant leur costume devait peu les garantir contre la rigueur de la saison. Dans ces deux compagnons de flânerie et de mauvaise fortune, on a déjà dû reconnaître les deux clercs que maître Bourdinard avait mis à la porte de son étude.

— Bahuchet, sais-tu qu'il fait terriblement froid ce matin?...

— Pardieu! si je le sais... je le sens tout aussi bien que toi... excepté à la tête cependant, parce que, moi, j'ai des cheveux pour me garantir, tandis que toi... néant!... Tu dois bien regretter ton emplâtre en ce moment; tu as eu tort de t'en défaire, Plumard, au moins cela te faisait une calotte...

— Vas-tu recommencer tes mauvaises plaisanteries? je te préviens, Bahuchet, que je ne serai pas d'humeur à les endurer...

— Allons, ne nous querellons pas, cher ami, ça ne nous donnerait pas à déjeuner, et c'est là ce qu'il nous faut trouver... je sens mon estomac qui sonne le creux d'une façon effrayante, et ça ne réchauffe pas d'être à jeun...

— Oh! non, au contraire.

— Je croyais que tu irais voir... ton oncle le fripier, Plumard; que diable! quand il te ferait cadeau d'un manteau pour passer l'hiver, c'est bien le moins qu'il puisse faire pour son neveu, et tu tâcherais de prendre le manteau assez grand pour qu'il y ait de quoi nous en faire à chacun un.

— J'y suis allé ce matin chez mon oncle, pendant que tu dormais encore dans cette gargotte où nous avons passé la nuit. Mais il m'a si mal reçu que je n'ai pas envie d'y retourner. Il m'a appelé chenapan, vaurien, voleur... toujours au sujet de ce malheureux costume orange... que nous avons mangé ensemble!... et pour lequel il a arrêté ce grand chevalier Passedix! Oh!... il a cette aventure sur le cœur!

— Voilà bien du bruit pour un vieux vêtement fané... Ayez donc des oncles pour qu'ils vous laissent mourir de froid...

— Mille fourchettes! que j'ai faim...

— Gredin de procureur qui nous a mis sur le pavé!...

— C'est la faute de cet escogriffe de Gascon qui a été lui conter l'aventure du costume orange!...

— Et toutes les études sont fournies de clercs, pas moyen de se caser!...

— Si nous pouvions trouver un autre emploi.

— Moi, cela m'est égal, je prendrais le premier que je trouverai vacant!...

— Et si c'était un emploi de cuisinier?

— Par la mordieu! je le prendrais, je me ferais cuisinier de grand cœur... En ce moment, connais-tu un état plus séduisant? Être devant des fourneaux bien chauds et sentir le fumet de plusieurs casseroles dans lesquelles on prend toujours le meilleur morceau!...

— Oui, je conviens que c'est plus agréable que de se promener sur le Pont-Neuf, par le froid qu'il fait. Mais comme il n'est pas probable que nous trouverons même des places de marmitons, je crois que, pour ne point mourir de faim, il faudra nous laisser raccoler par quelque sergent du roi et nous décider à servir notre patrie tant bien que mal...

— Qu'est-ce que tu dis, Plumard?... nous engager, nous faire soldats!... porter le mousquet!... Oh! non, de par tous les diables, ce n'est pas ma vocation!... Dussé-je encore me serrer le ventre et ne boire que de l'eau fraîche, je veux garder ma liberté!...

— Allons, ne te mets pas tant en peine, mon pauvre Bahuchet, on ne t'enrôlera pas!... Tu sais bien d'ailleurs que lors même qu'il te prendrait envie de te faire soldat, on ne voudrait pas de toi!... tu es trop petit, tu n'as pas la taille!...

— Si on ne veut pas d'un petit homme dans la troupe, je crois qu'on ne se soucie pas non plus beaucoup des têtes chauves...

— Tu es un sot, mon petit, comme un soldat ne va jamais tête nue, soit à la bataille, soit à l'exercice, il a le droit d'être sans cheveux, si cela lui plaît.

— Tu mens, cela n'est pas d'uniforme... les soldats sont coiffés, ils ont une queue.

— J'ai des cheveux par derrière de quoi me faire une queue, si cela est nécessaire.

— Oh! que ce sera joli! cette queue pendue derrière un genou!...

— Cela vaudra bien un nain en uniforme, dont le sabre traînerait terre.

— Plumard, je crois que tu as envie de recevoir des coups de poing?...

— Non, mais j'ai envie d'en donner, cela me réchauffera.

— Oui dà! eh bien, moi, je ne veux pas en recevoir... Vois-tu, cher ami, c'est la faim qui nous aigrit le caractère et nous porte à nous quereller... Le proverbe est bien vrai : Quand il n'y a pas de foin au ratelier, les ânes se battent!

— Tu nous assimiles donc à des ânes?

— Plumard! ce proverbe-là a été fait pour les hommes autant que pour les bêtes... Mais en parlant de bêtes, regarde donc ce petit chien qui trotte là-bas... comme il est propre et grassouillet...

— Est-ce que tu as envie de manger du chien, à présent!

— Ma foi! à défaut d'autres mets, ce ne serait peut-être pas si mauvais... Toi qui as l'idée de te faire soldat, tu dois savoir que dans une ville bloquée et assiégée par l'ennemi, on mange de tout : chiens, chats, rats!... Il y a même un vieil archer qui m'a assuré qu'une fois, étant dans une place assiégée, il avait mangé des oiseaux qui étaient empaillés et sous verre depuis plusieurs années.

— Cela devait faire un bien triste roti... Mais le chien s'est arrêté là-bas, si nous pouvions le décider à nous suivre, lors même que nous devrions l'y forcer un peu, nous le vendrions ensuite à un amateur, et nous aurions de quoi casser une croûte.

— Tu as raison... viens, n'ayons pas l'air... je prendrai l'avance, toi, reste derrière, et nous cernerons le barbet...

Bahuchet s'est approché du barbet, qu'il cherche à flatter, en lui disant des douceurs; mais, au moment où il se dispose à mettre sa main sur le collier de l'animal, une main lourde et calleuse repousse brusquement la sienne et une voix rauque lui crie :

— Ne touchez donc pas à mon chien, petit paltoquet! il ne vous a rien fait, pourquoi mettez-vous votre main sur lui?

— Pardon, monsieur, répond Bahuchet en saluant profondément le propriétaire du chien, homme du peuple, aux épaules carrées, dont la physionomie était aussi rude que les mains, mon intention ne fut jamais de faire aucun mal à ce gentil barbet, mais il est si beau, si bien tenu, que tout en l'admirant, j'éprouvais le désir de le caresser... voilà tout!...

— C'est bon! c'est bon! on connaît ça! ils ont l'air de caresser nos chiens, et puis, quand on ne les voit pas, ils les emportent sous leur manteau... Le Pont-Neuf est toujours plein d'un tas de filous... de tireurs de laine... de coupeurs de bourse!...

— Monsieur!... je crois que vous m'insultez!... Est-ce que j'ai l'air d'un tire-laine!... Je ne pouvais pas vouloir mettre votre chien sous mon manteau, puisque je n'en ai pas...

— Pourquoi mettez-vous la main dessus?... Vous ne faites pas déjà l'effet d'être trop bien argenté... allez donc faire mettre des pièces à vos coudes, ça vaudra mieux que de caresser les chiens des passants.

Le propriétaire du chien s'éloigne avec son barbet, et Bahuchet s'en revient tout penaud vers Plumard, qui avait jugé prudent de se tenir à l'écart.

— As-tu entendu ce rustre! ce manant! ce pourceau!... Si je ne m'étais retenu, je lui aurais balafré le visage!...

— Tu as bien fait de te retenir... cet homme n'aurait fait de toi qu'une bouchée!... C'est une affaire ratée, voilà tout!

— Oui, tâchons d'en entreprendre une meilleure. Ah! bigre, que j'ai froid!...

— Ah! fichtre, que j'ai faim!...

Et les deux compagnons se remettent en marche, explorant le Pont-Neuf avec des yeux affamés. Tout à coup, Bahuchet s'arrête en poussant un cri de joie :

— C'est lui, c'est bien lui! — Quoi donc? tu vois un autre chien?

— Je vois quelqu'un qui, si nous ne sommes pas des oies, va nous payer à déjeuner et peut-être mieux encore...

— Qui donc?...

— Tiens, là-bas! ce grand échalas habillé tout en vert pomme... tu ne le reconnais pas!

— Si vraiment, c'est notre héritier, le chevalier de Passedix... seulement, il paraît qu'il a changé de couleur.

— Viens, Plumard, viens, imite-moi, seconde-moi, dis comme moi... et une nouvelle fortune va luire pour nous...

Le petit Bahuchet se met à faire de doubles enjambées, son camarade l'imite; ils arrivent devant Passedix, qui se prélassait nonchalamment sur le Pont-Neuf, regardant de côté si les femmes qui passaient admiraient sa tournure et sa mise, et jetant sur le populaire ces regards de protection qui signifient :

— Rangez-vous! je suis riche... on doit me faire de la place... il en faut beaucoup.

Le chevalier gascon était en effet fort à son aise; six mille livres de rente en valaient à cette époque quinze mille d'aujourd'hui. Passedix n'étant pas joueur, ne trouvait pas facilement à dépenser son bien; car les femmes lui tenaient rigueur, et d'ailleurs sa passion pour Miretta couvait toujours au fond de son cœur et l'empêchait de s'amouracher pour d'autres belles.

Il ne pouvait donc dépenser son argent qu'à table; mais malgré son rude appétit, il ne parvenait pas à manger tout son revenu, d'autant plus que son estomac, à force de travailler, commençait à se montrer moins laborieux et à exiger de temps à autre du repos.

Passedix semble donc médiocrement surpris en voyant deux individus s'arrêter devant lui, le saluer jusqu'à terre et rester dans cette humble position qui l'empêchait d'avancer.

— Qu'est-ce... qu'y a-t-il?... qué demandez-vous, petit? dit le chevalier en se caressant le menton et se tenant l'autre main sur la hanche...

— Monsieur le chevalier de Passedix, permettez-nous de vous offrir nos hommages... nous sommes si heureux d'avoir cet honneur! Monsieur le chevalier ne nous reconnaît pas...

— Eh sandis! comment voulez-vous qué jé vous reconnaisse... vous né mé montrez qué vos derrières!... Relevez-*vousse*! si vous voulez qué je voye vos figures...

Bahuchet et Plumard se redressent. Ce dernier s'est décidé à découvrir sa tête.

— Ah! cadédis! je vous reconnais maintenant, mes drôles... voilà le petit dénudé!... C'est vous qui m'avez vendu cé fameux costume orange... qué vous aviez chipé au fripier...

— C'était mon oncle, monsieur le chevalier... un pleutre qui me l'avait donné, et qui ensuite m'a accusé...

— Oh! peu m'importe, maintenant... j'ai oublié cetté babiole!... mais vous mé semblez tous deux être dans un bien piètre état!

— Hélas, monsieur le chevalier, nous sommes sans emploi... maître ourdinard nous a... remerciés, sous prétexte que nous mangions trop!...

— L'imbécile!... jé voudrais bien pouvoir trop manger, moi... mais, depuis quelqué temps, mon appétit se relâche, il devient capricieux comme uné femme!...

— Nous cherchons des places, monsieur le chevalier, et ma foi, Plumard et moi nous flânions sur le Pont-Neuf, lorsque des dames, en passant près de nous, se sont écriées :

Oh! le bel homme là-bas... habillé tout en vert pomme!... Vois donc, ma chère, quelle belle tournure... comme il porte bien ce superbe costum... Alors, nous avons regardé où regardaient ces dames, et en vous reconnaissant, monsieur le chevalier, nous n'avons plus été surpris de l'admiration que ces bourgeoises faisaient éclater.

— Ah! vraiment, des dames disaient cela?

— Oui, monsieur le chevalier; n'est-il pas vrai, Plumard?

— C'est la pure vérité... et il y en a même une... la plus jeune, qui s'était arrêtée et balbutiait : Allons de son côté!... Mais sa compagne plus âgée l'a entraînée en murmurant : Non, non, je vois bien que ce cavalier vous tourne la tête... venez, vous feriez quelque folie!

Cette fois, Passedix caresse le crâne du second clerc.

— Ah! capedébious... cette jeuné femme en tenait pour moi... eh! eh! ils sont gentils, ces deux petits gaillards... j'aime assez cetté tête chauve, cela me rappelle le fromage de Hollande... que je prise fort. A propos dé fromage, dites-moi, jeunés gens, avez-vous déjeuné ou diné?

— Rien du tout, monsieur le chevalier, nous sommes à jeun depuis hier midi...

— Et nous avons un appétit d'enfer.

— Qué né le disiez-vous donc tout dé suite... Allons, venez avec moi... il y a à l'entrée dé la rue Saint-Jacques un cabaret où le vin est excellent... vous m'en direz des nouvelles.

— Oh! avec grand plaisir, monsieur le chevalier... Mais que vous avez un beau manteau, un délicieux pourpoint!

— Et ce haut-de-chausses... comme tout cela est galant!

— Comme cette couleur vous va bien... Tenez!... encore une belle dame qui s'arrête pour vous contempler!

— Sandis! j'y suis accoutumé... venez, mes compagnons... et remettez vos toques... jé vous lé permets! Parbleu! jé veux vous régaler dé la bonne manière.

Les deux ex-clercs marchent à côté du chevalier gascon comme deux soldats se tiendaient près d'un maréchal de France. On arrive au cabaret situé à l'entrée de la rue Saint-Jacques. Passedix y était connu, et, comme c'était alors une bonne pratique, c'est à qui s'empressera à le servir. Le chevalier choisit une table, fait mettre trois couverts et s'assied entre ses deux convives en leur disant :

— Cé qui mé contrarie, c'est qué jé né pourrai pas faire commé vous... j'ai déjà déjeuné deux fois... Jé né mé sens pas capable dé dîner en ce moment... Jadis cela m'eût été facile; d'honnûr, c'est pitoyable!... en devenant riche, on devrait acquérir plus dé capacités. Eh bien, c'est tout lé contraire!... Quand jé n'avais pas le sou, je mangeais quatre fois plus; il est vrai qué jé né mangeais pas tous les jours. Enfin, on peut toujours boire, et c'est encore quelqué chose.

Bahuchet et Plumard se conduisent de façon à augmenter les regrets du chevalier sur son appétit perdu. Devant les deux ex-clercs, les plats ne font que paraître et disparaître; les assiettes sont à peine remplies qu'elles sont redevenues nettes comme si elles étaient lavées; et cela dure fort longtemps, c'est à peine si les deux amis prennent le temps de boire.

— Ah! bravo! sandioux! c'est superbe!... c'est magnifique! s'écrie Passedix, voilà ce qui s'appelle manger... c'est ainsi qué je travaillais jadis. Cela excite! cela met en train! jé suis certain qué dans votre compagnie jé retrouverais mon appétit d'autrefois!

— Qu'à cela ne tienne, monsieur le chevalier, nous sommes tout à vous... et il y aurait un moyen bien simple pour que vous nous ayez toujours sous la main.

— Quel est cé moyen, pétit?

— Attachez-nous à votre illustre personne! Il me semble que vous n'avez point d'écuyer... il vous en faut un... un chevalier de votre rang ne saurait se passer d'écuyer... donnez-moi cet emploi... et je me rendrai digne de cet honneur... foi de Plumard!

— Eh mais au fait... c'est une idée cela... oui, un écuyer, cela fait bien... jé lui ferai porter mes couleurs.

— Moi, seigneur, dit à son tour Bahuchet, je m'offre pour être votre page, car un écuyer ne suffit pas, il vous faut un page pour porter vos billets doux, vos galants messages... et vous devez en envoyer souvent!

— Oh! certainement j'en envoie et j'en reçois beaucoup... c'est-à-dire, pas aussi souvent peut-être qué vous pourriez lé croire... parce qué... tenez jé vaisse vous ouvrir mon cur... vous faire mes confidents...

— C'est trop d'honneur pour nous, seigneur!

— Sachez donc qué jé nourris dans le fond dé mon âme uné passion qué cent fois j'ai voulu mettre déhors... mais pas possible! la diablesse y rentré sans cesse pour mé tourmenter la nuit et le jour...

— Monsieur le chevalier serait amoureux?

— Jé le crois pardieu bien!... amoureux à en perdre lé sommeil, l'esprit et même l'appétit; car il est bien probable qué c'est cé maudit amour qui mé pèse sur l'estomac et nuit à mes digestions

Est-ce que monsieur le chevalier aurait affaire à une cruelle, ce n'est pas possible.

— Oh! tu as raison, Plumard, c'est impossible... il ne saurait y avoi. de cruelle pour M. le chevalier!

— Eh mon Dieu! mes pétits... ils sont gentils, ces deux pétits!... Certainement le cas est extraordinaire!... mais si vous connaissiez l'histoire dé mes amours... j'ai affaire à un joli démon femelle... qué jé né puis voir quand jé lé voudrais, qui m'échappe! qui mé fuit!... qui disparaît quand jé crois lé tenir.

— Monsieur le chevalier, quel que soit l'objet de vos amours, si vous me prenez pour page, je me fais fort, avant peu, de vous rendre l'heureux vainqueur de votre belle.

— Je fais le même serment si je deviens écuyer de M. le chevalier... vert pomme... je veux dire Passedix; il verra comment nous servirons ses amours!

— Eh bien tope! cela va; c'est dit alors, jé vous attache à ma personne... voilà mon page et voici mon écuyer.

— Vive M. le chevalier!

Jé né vous parle pas des gages... mais tout cé qué vous prendrez sera pour vous.

— Ça nous suffit.

— Avez-vous encore faim?

— Toujours!

— Ils sont admirables! Garçon... un joli plat pour clore le repas, uné fricassée de lièvre! c'est votre triomphe; et nous autres, buvons... trinquons même, jé vous le permets... D'ailleurs, jé sais qué vous êtes des jeunes gens bien élevés, des ex-basochiens, c'est pourquoi quand jé serai seul, je vous admettrai toujours à ma table.

— Et nous vous mettrons en appétit, seigneur!

— J'y compte bien!

Les gobelets sont remplis; on trinque, on boit. En ce moment le garçon arrivait avec le dernier plat demandé; il s'avance et se dispose à le placer devant les convives, lorsque Plumard, dans un retour d'enthousiasme, lève encore son bras et son verre, et si brusquement, qu'il envoie sur Passedix le plat que tenait le garçon.

En un instant le chevalier se voit couvert du haut en bas avec la

A sec, coquin! à sec, butor! et pourquoi suis-je à sec!

fricassée de lièvre; son pourpoint et son haut-de-chausses en sont imprégnés. Passedix jure comme un possédé et veut battre le garçon; le garçon crie que ce n'est pas sa faute; Plumard crie plus fort pour qu'on ne devine pas que c'est la sienne. Bahuchet, qui seul est resté calme, prend la parole lorsque les autres sont las de crier :

— Ceci est un accident!... mais enfin, monsieur le chevalier, puisque le mal est fait, il me semble, qu'au lieu de se mettre en colère, ce qui ne remédiera à rien, il vaudrait beaucoup mieux s'occuper de réparer le malheur.

— Réparer! sandis! réparer... mon pourpoint et mon haut-dechausses sont couverts dé taches... un costume si galant! perdu... abîmé... est-ce qué jé puis me montrer ainsi!... heureusement j'avais retiré mon manteau, sans quoi il est probable qu'il aurait reçu sa part de fricassée.

— Seigneur, je vous répète que le mal n'est point aussi grand que vous le pensez; je connais, dans la rue Saint-Denis, un teinturierdégraisseur qui est renommé pour son talent à enlever les taches sur telle étoffe que ce soit... il nettoiera votre habillement parfaitement, et sans que ce soit trop cher.

— Eh! cadédis, qué m'importe le prix! est-ce que jé regarde à argent... ce n'est pas là cé qui m'occupe! mais pour qué l'on nettoie mon pourpoint et mon haut-de-chausses, il faut assurément que je les ôte... je vais donc rester tout nu... en chemise et en manteau... jé né puis cependant aller chez moi dans ce costume léger.....

— Une autre idée, seigneur, dit Plumard; si nous entrions chez un baigneur-étuviste... vous n'avez pas mangé, vous pouvez prendre un bain, et, pendant que vous serez dans les étuves, Bahuchet courra porter vos vêtements chez le dégraisseur.

— Ah! céci n'est pas mal imaginé... j'approuve l'idée dé mon écuyer; justement j'avais envie dé me baigner. — Les étuves de maître Hugonnet sont dans cette rue; ce n'est pas loin, allons-y, seigneur. — Il faudra donc qué jé sorte avec cette sauce sur moi!... céci mé vexe! — Nous nous tiendrons contre vous, seigneur; l'un à droite, l'autre à gauche... votre manteau avec cela, et l'on ne verra rien!

— Allons... soit!... vite en route pour les étuves, alors, car il mé tarde d'être dégraissé.

Passedix paye l'écot et sort du cabaret entre son page et son écuyer

LI

Un Bain.

Passedix et ses deux gardes du corps sont arrivés chez maître Hugonnet.

— Vite un bain, dit le chevalier, et pendant qué jé tremperai dans l'eau, mon page ira porter mes vêtements chez le dégraisseur.

Maître Hugonnet conduit le Gascon aux étuves; chemin faisant Passedix dit à l'étuviste :

— Jé n'aperçois point ta fille, la belle baigneuse Ambroisine!...

— Elle est rarement ici maintenant, seigneur chevalier, elle passe une grande partie de son temps chez madame la comtesse de Marvejols... qui, tout en devenant grande dame, n'a point cessé de porter à ma fille la plus tendre amitié.

est parti. — Jé n'en vois pas trop la nécessité, va prendre l'air dans la rue, pétit, mais cependant né t'éloigne pas afin d'être à portée d'as courir si j'avais bésoin de tes services. - -Je resterai en bas, à l'entr' de la boutique; je pourrais entendre si vous sonniez.

Plumard quitte le cabinet dans lequel se baigne Passedix. Il va causer avec maître Hugonnet, qui ce jour-là, mettant à profit l'absence de sa fille, a déjà vidé plusieurs pots de vin avec des voisins, et se trouve, par conséquent, fort disposé à causer et à boire encore. Une demi-heure s'est écoulée; le Gascon rêve à Miretta, à sa fortune, à l'effet qu'il produira avec un écuyer et un page. Mais après avoir suffisamment rêvé à tout cela, il commence à trouver le temps long. Il tire une sonnette, le garçon de bain arrive; c'est un nouveau serviteur qui est depuis peu de jours employé chez maître Hugonnet et paraît encore peu exercé dans son emploi.

— Est-ce monsieur qui a sonné? — Sans doute qué c'est moi!... — Monsieur veut *quéque* chose? — Probablement puisque j'ai sonné, c'est qué jé veux quelqué chose.... mais cé n'est pas vous... sandis! car vous mé semblez peu dégourdi! envoyez-moi mon écuyer! — Vous voulez votre écu... — Il n'est pas question dé mon écu! mais dé mon écuyer... un écu est un bouclier, jé né sais pas si vous lé savez, bélître; on né prend son écu que pour se rendre dans un tournois ou sur un champ de bataille!... Qué diable voudriez-vous qué je fisse de mon écu pendant qué je suis au bain? est-ce qué vous croyez qué je vais fér, 'un coup dé lance en me baignant! — Dame!... je ne sais pas, moi!... — Allez-vous-en et envoyez-moi mon écuyer.

Le garçon baigneur descend à la boutique, où il trouve son maître trinquant avec Plumard et quelques boutiquiers du voisinage.

— Qui est-ce qui est l'écuyer de ce grand vilain monsieur tout sec qui se baigne là-haut? demande le garçon.

Celui-ci, voyant qu'on ne lui répond pas, s'assied dans le fond de la boutique en disant:

— Il paraît que l'écuyer n'y est pas Tant pis! ce n'est pas ma faute.

Passedix se décide à sonner de nouveau en

Ah! c'est pour cela que j'éprouvais une terreur secrète près de cet homme.

fille la plus tendre amitié. — Ah! oui... jé sais!... jé connais cette histoire de l'intéressante Bathilde!... — Mais, au reste, monsieur le chevalier, ma fille serait ici que vous n'espérez pas sans doute qu'elle vous servirait de garçon de bain?

— Eh! qué diable té parle dé cela... Ou sait que la belle baigneuse est aussi vertueuse qué sévère... Jé demande mon bain un peu chaud... mon page et mon écuyer vont m'aider à mé plonger dedans.

En un tour de main, les deux ci-devant clercs ont déshabillé leur nouveau maître. Celui-ci entre dans le bain sans apercevoir les grimaces et les contorsions que les deux jeunes gens sont obligés de faire, pour ne point éclater de rire à l'aspect du corps maigre et jaune du Gascon. Bahuchet se hâte de faire un petit paquet du haut-de-chausses et du pourpoint, il le met sous son bras et sort pour le porter chez le dégraisseur.

— Monsieur le chevalier désire-t-il que son écuyer reste près de lui pendant qu'il est au bain? demande Plumard lorsque son camarade

se disant: — Cé garçon de bain a l'air si bête qué je gagerais qu'il n'a pas compris cé qué jé lui ai dit!

Le garçon qui est assis au fond de la boutique entend parfaitement sonner, mais il ne bouge pas, et se dandine sur sa chaise en se disant:

— Voilà le grand squelette qui sonne encore... ça ne peut être que lui, nous n'avons pas d'autres personnes aux étuves dans ce moment! Mais ce n'est pas la peine que j'aille y voir puisqu'il ne veut que son écuyer... et pas moi!...

Quelques minutes s'écoulent encore, puis la sonnette retentit de nouveau et avec plus de violence. Bientôt le bruit de la sonnette ne cesse plus, et dans un moment où les buveurs ne parlent pas, maître Hugonnet entend le carillon auquel se livre la personne qui se baigne chez lui.

— On sonne! saperjeu! on sonne. Vous n'entendez donc pas, Jean? — Oh! j'entends très-bien sonner et depuis longtemps, monsieur, mais c'est pas la peine que j'aille voir... j'y ai déjà été... — Mais celui qui se baigne appelle...

— Oui, je vous dis que j'ai été y voir... il demande son écuyer, ilà ce qu'il veut... mais ce n'est pas moi...

— Son écuyer! s'écrie Plumard, en posant son verre sur la table. Ah! diable!... il fallait donc me le dire... c'est moi qui suis l'écuyer...

— Je vous ai appelé, vous n'avez pas répondu...

— Ah! fichtre! je vais être grondé... dépêchons-nous, il sonne à tout casser.

Plumard entre dans le cabinet où se baigne Passedix, il trouve celui-ci exaspéré, furibond.

— Monsieur le chevalier a sonné...

— Si j'ai sonné, drôle! pendard!... vous osez mé lé démander... mais voilà une heure qué jé sonne...

— Mon seigneur ne vous en prenez pas à moi... c'est la faute de cet imbécile de garçon... il ne m'a rien dit... c'est tout à l'heure seulement que j'ai su que vous me demandiez... Je suis désolé... ô mon maître...

— Jé rosserai cé garçon quand jé serai hors du bain!

— Vous ferez bien, monsieur le chevalier..

— Dis-moi, écuyer, tu n'as pas encore vu revenir mon page?

— Non, mon seigneur, pas encore.

— Il me semble qu'il est bien longtemps... voilà près d'une heure qué jé suis dans l'eau, jé commence à en avoir assez...

— Si monsieur le chevalier veut sortir du bain...

— Sortir? et qué diable mettrai-je sur moi... jé n'ai ni haut-de-chausses ni pourpoint... jé ne puis pas sortir rien qu'en chemise et en manteau!

— C'est juste, si mon seigneur le désire j'irai voir si Bahuchet revient...

— Non pas, cadédis! jé n'ai pas envie d'être encore forcé de sonner une heure pour qué tu reparaisses... Sandioux!...cette eau se refroidit... mon page se fiche du monde!...

— Les taches sont peut-être difficiles à enlever?

— J'en ai peur... jé grelotte... jé grelotte... jé vaisse m'enrhumer... va dire à ce garçon dé m'apporter dé l'eau chaude.

A cette époque les personnes au bain n'avaient point à leur disposition de ces robinets, à l'aide desquels on peut soi-même réchauffer ou rafraîchir son bain, il y a eu progrès chez les étuvistes comme ailleurs; mais alors un garçon venait un seau remettre dans la baignoire l'eau demandée. Plumard sort pour faire la commission de son maître. Le garçon lui dit:

— Le feu est éteint, il n'y a plus d'eau chaude... votre grand sec est depuis plus d'une heure dans le bain, il fera mieux de s'en aller... pour rallumer le feu ce serait trop long...

— Voilà des étuves bien tenues! On voit bien que maître Hugonnet est entrain de boire et que sa fille n'est point au logis!

Plumard retourne près du chevalier qui commence à avoir le frisson.

— Mon seigneur, j'ai le regret de vous annoncer qu'il n'y a plus d'eau chaude dans l'établissement.

— Plus d'eau chaude! qu'est-ce à dire, cadédis se moque-t-on dé moi?

— Non, mon honoré maître, mais le garçon a laissé s'éteindre le feu qui chauffe l'eau des bains. Maître Hugonnet est tellement en train de boire avec des amis qu'il n'y a pas moyen de rien obtenir de lui!

— O belle Ambroisine! on voit bien qué tu passes tout ton temps chez une comtesse! voici des étuves qui vont bigrement mal!... si je m'y rebaigne, il fera chaud... et ce misérable page qui ne revient pas!... Jé né puis pas cependant passer toute la journée dans l'eau... cela me ramollit horriblement...

— Si monsieur le chevalier le voulait, il doit y avoir quelque fripier par ici, je courrais lui acheter un haut-de-chausses et un pourpoint!

— Tu as, ma foi, raison, et voilà cé qué nous aurions dû faire depuis longtemps... Tiens, prends ma bourse, qué fort heureusement je n'ai point laissée dans mon haut-de-chausses... et cours m'acheter dé quoi mé vêtir... les premiers effets venus... cependant qué cela soit gentil.

— Oui, monseigneur.

— Et toujours d'une couleur tendre, cela mé sied mieux... né regarde pas au prix, mais hâte-toi, sandis! car j'ai la chair dé poule... Tu as pris ma bourse...

— Oui, monseigneur... je vole chez le fripier.

Plumard quitte le cabinet, et, en traversant la boutique, il crie au garçon:

— Nous nous passerons de ton eau chaude; mon maître va sortir du bain.

— Alors, dit le garçon, en voyant l'écuyer s'éloigner dans la rue, il paraît que le grand maigre n'a plus besoin de lui... puisqu'il sort du bain, je puis commencer à faire couler l'eau de sa baignoire pour la vider.

Se dirigeant vers une pièce qui se trouve sous les cabinets des hommes, le garçon pousse un ressort qui répondait à la baignoire que l'on voulait vider, et on ouvrait une soupape par laquelle l'eau s'écoulait au dehors.

Quant à maître Hugonnet, entraîné par ses amis et n'ayant plus sa

raison, il venait de quitter sa maison pour aller achever se griser à son cabaret favori. Passedix se tenait dans sa baignoire aussi immobile qu'une statue, parce qu'il savait que plus on s'y donne du mouvement, et plus cela refroidit l'eau. Celle de son bain commençait à devenir d'une température au-dessous de zéro. Le pauvre chevalier devenait violet, et il comptait les minutes, en se disant:

— Capédébious! il faut espérer qué mon écuyer sera plus preste qué mon page... j'aurais dû lé laisser maître sur lé choix des couleurs... Il voudra trouver une jolie nuance, et cela va le retarder... Eh bien!... qu'est-ce à dire?... voilà qué je n'ai plus d'eau sur les épaules... j'en avais tout à l'heure... on dirait qué mon bain fuit... Eh mais oui... cé n'est point un rêve...mon eau s'en va... ma poitrine est à sec!... Ah! mille escopettes!... voilà lé restant dé nos aventures! quel est lé pendard, le misérable, le bélître qui s'amuse à vider ma baignoire... cé né peut-être qué cet imbécile de garçon... Pec Rolande! le drôle payera tout cela!... dans un moment jé vais mé trouver à sec... et tout nu!... c'est épouvantable... Qué la peste étouffe mon écuyer et mon page!... sonnons!... sonnons... Ah! voilà un bain dont jé mé souviendrai!

Passedix se pend à la sonnette; il la tire si fort, que le cordon casse et lui reste dans la main; mais heureusement le garçon a entendu, et comme il sait que l'écuyer est parti, il se décide à monter, en se disant:

— Il paraît que cette fois c'est moi que ce monsieur demande puisqu'il a renvoyé ses gens... c'est sans doute pour payer son pain et me donner pour boire.

Lorsqu'il ouvre la porte du cabinet, le garçon demeure tout sair en apercevant le chevalier, encore nu dans sa baignoire, où il n'y a plus une goutte d'eau; et qui lui fait des yeux furibonds en le menaçant du poing.

— Comment! monsieur, vous prenez un bain à sec? murmure le valet étonné.

— A sec, coquin!... à sec, butor!... et pourquoi suis-je à sec dans ma baignoire? c'est parcé que tu as fait couler l'eau, sans doute...

— Dame! l'écuyer de monsieur m'a crié en s'en allant: Mon maître va sortir du bain! alors, moi je me suis dit: Je peux vider la baignoire...

— Ah! manant, si jé meurs d'une fluxion de poitrine... tu mé le payeras! jé suis gélé!...

— Mais, monsieur, après tout, pourquoi vous obstinez-vous à rester dans cette baignoire au lieu de vous r'habiller!

— Mé r'habiller!... ils sé sont tous donné lé mot pour mé faire donner au diable... voilà mon écuyer qui fait commé mon page!... il né révient plus!... commé jé suis servi... c'était bien la peine dé monter ma maison...Allons, il faut pourtant qué jé prenne un parti... Donnez-moi mon linge, bélître... et pendant qué jé lé mettrai, cé maudit chauve réviendra, j'espère!... ou peut-être, enfin, mon page Bahuchet!

Mais Plumard, en sortant de la maison de maître Hugonnet, soupesait dans sa main la bourse qué son nouveau maître lui avait dit de prendre et très-bien garnie; l'ex-clerc ne put résister au désir de savoir ce qu'elle contenait; il s'arrêta donc, s'assit sur une borne et compta dans le creux de sa main jusqu'à vingt-deux pièces d'or. Cela faisait une forte somme, jamais le basochien n'en avait possédé autant. La vue de cet or l'éblouit et les fréquentes rasades qu'il avait bues chez maître Hugonnet l'ayant déjà légèrement étourdi, il passe sa main sur son front, et se dit:

— Par saint grimoire!... jamais dans une année je ne gagnerai autant que cela à faire l'écuyer de ce grand déhanché de chevalier... Si je commençais par m'amuser avec cette somme... l'occasion est d'autant meilleure que je n'aurai pas à partager avec Bahuchet... ma foi... au petit bonheur... allons à la guinguette où se rendent les jolies filles du quartier... c'est dans le Pré-aux-Clercs!... j'ai de quoi les traiter en grand seigneur!... Oh! je gage bien que ce soir elles refuseront plus de danser une courante ou une périgourdine avec moi.

Et M. Plumard avait replacé la bourse dans sa ceinture et s'était dirigé du côté du Pré-aux-Clercs sans plus songer à celui qu'il avait laissé dans le bain.

Bahuchet, qui n'avait point emporté de bourse, n'avait pu tenir la même conduite que son ami Plumard; mais d'autres raisons l'empêchent de revenir aussi près du chevalier. Après avoir été chez le dégraisseur porter les vêtements de son nouveau maître; ayant appris qu'il fallait un grand quart-d'heure pour ôter parfaitement les taches faites au pourpoint et au haut-de-chausses, le petit homme était sorti de la boutique et badaudait dans la rue, en s'arrêtant devant tout ce qui pouvait l'amuser un moment. Tout à coup, pendant qu'il regardait deux chiens se battre, Bahuchet se sent frappé sur l'épaule; il se retourne et reconnaît Miretta, la jolie cameriste de la jeune marquise de Santoval.

— Je vous rencontre enfin, monsieur Bahuchet, s'écrie Miretta, il y a bien longtemps que je vous cherche dans Paris!

— Vous me cherchiez, séduisante brunette!

— Oui, je suis allée vous demander chez votre procureur...

— Chez maître Bourdinard... il m'a renvoyé parce que je faisais des pâtés sur le papier avec ma plume, et que cela perd de l'encre... hein! quel grippe-sou... Ah! vous me cherchiez, je vous prie de croire que si je l'avais su... Vous auriez besoin de votre serviteur?...

— Non, pas moi, ma maîtresse, madame la marquise. Venez, venez vite; éloignons-nous de tout ce monde.

— Ah! pardon, jolie suivante; mais s'il faut retourner à l'hôtel de Santoval, bien obligé, je n'en suis plus! je me rappelle la manière ont j'y ai été traité, lors de la dernière visite que je vous ai faite!

me rappelle aussi très-bien qu'après m'avoir indignement donné es étrivières, les laquais m'ont dit: Voilà comme tu seras reçu chaque ois que tu viendras dans cet hôtel! D'après cela vous devez être persuadée que, pour tout au monde, je ne voudrais pas y risquer le bout de moi, nez! Écoutez donc! je suis tout dévoué à votre belle maîtresse! mais avant tout, j'aime mes épaules, j'ai le plus vif attachement pour mes côtes, et je ne veux plus être bâtonné!...

— Vous ne retournerez point à l'hôtel de Santoval; quoique maintenant tout soit bien changé.

— Où donc me conduisez-vous alors?

— Où vous voudrez; choisissez vous-même l'endroit où vous consentiriez à attendre ma maîtresse; elle viendra vous y rejoindre, car elle veut absolument vous parler en secret et vous charger d'un message pour le comte de Marvejols; si vous vous chargez de ce message, vous aurez de l'or, tout autant que vous en demanderez.

— De l'or autant que j'en demanderai!... par Mercure! jolie caméte, ceci mérite considération! d'ailleurs, je suis trop galant pour user un entretien avec votre maîtresse que je sais aussi généreuse e belle... Ma foi, tant pis pour mon nouveau maître... je lui dirai e les taches tenaient comme le diable... je trouverai toujours bien elques histoires à lui débiter... Marchons...

— Choisissez l'endroit où vous voulez attendre ma maîtresse.

— Voyons... il faut tâcher d'être dans un lieu où il ne passe point trop de monde, afin de pouvoir causer sans que les passants nous dérangent... oui... j'ai notre affaire... Dans la rue des Francs-Bourgeois, je connais une place où l'on n'a pas encore construit de maison... il y a un renfoncement... on est là comme chez soi pour converser, et puis ce n'est pas bien loin de l'hôtel de madame la marquise.

— Hâtons-nous alors.

Bahuchet et Miretta doublent le pas. Le ci-devant clerc connaissait parfaitement Paris et les rues qu'il fallait prendre pour abréger le chemin; en peu de temps ils arrivent dans la rue des Francs-Bourgeois. Le petit homme s'arrête dans une espèce de terrain où l'on a apporté des matériaux pour bâtir.

— Voici l'endroit... vous voyez qu'on y est commodément pour causer.

— C'est bien. Restez ici; je vais chercher ma maîtresse.

— Elle ne sera pas trop longtemps à venir?

— Avant une demi-heure je vous certifie qu'elle sera ici.

— Très-bien! et surtout qu'elle n'amène point avec elle ses grands laquais!... si j'en aperçois un seul de loin, je prends ma course et je réponds qu'on ne m'attrapera pas!

— Monsieur Bahuchet, est-ce que vous croyez que ma maîtresse vous tend un piége?

— Non, jolie brunette, certainement; je ne crois pas cela... mais écoutez donc, quand on a été rossé comme je l'ai été... on peut bien conserver quelques craintes...

— Fi!... un homme avoir peur! ah! vous ne devriez pas le dire au moins... Je ne suis qu'une femme, moi, mais je n'ai jamais connu ce sentiment... Restez là, monsieur Bahuchet, et ne craignez rien, vous en serez bien récompensé.

Miretta s'éloigne avec la rapidité de la biche. Bahuchet s'asseoit sur une pierre, en disant:

— Cette jeune fille serait digne d'entrer dans ces nouvelles compagnies de mousquetaires que l'on vient de former; je suis sûr qu'elle irait au feu sans trembler. Après tout, je ne dois rien craindre ici... il passe peu de monde dans cette rue, cependant il en passe... c'est moi-même qui ai choisi le lieu du rendez-vous... La belle Valentine est toujours éprise du beau comte Léodgard... hum! les femmes... quand elles ont une passion bien enracinée dans le cœur, tous les obstacles qu'elles rencontrent ne font qu'émoustiller leur appétit... Et l'autre qui m'attend dans sa baignoire... ma foi, il attendra! il n'en sera que plus propre!... d'ailleurs, Plumard est auprès de lui, il lui contera des calembredaines pour lui faire prendre patience... Mais de l'or... de l'or tant que j'en voudrai!... je sais bien que c'est une façon de parler... mais cependant la belle marquise est généreuse... généreuse!... et amoureuse!... et on jetle l'or par les fenêtres!

Il n'y avait pas encore vingt-cinq minutes que Bahuchet était à son poste, lorsqu'il aperçoit deux femmes à l'extrémité de la rue; l'une d'elle, enveloppée dans une mantille et la tête recouverte d'un voile épais, jette de temps à autre des regards à droite et à gauche. C'est la marquise et sa confidente. A cinquante pas de Bahuchet, Valentine fait arrêter Miretta, et elle s'avance seule vers le basochien qui lui fait de loin de profonds saluts.

— Me voici, monsieur Bahuchet, je ne vous ai pas fait trop atten-

dre, j'espère? — Non, madame; oh! je savais bien qu'avec madame la marquise je ne perdrais pas mon temps...

— Ne l'employons pas en vaines paroles; voulez-vous vous charger de porter ce billet au comte de Marvejols?

— Très-volontiers, madame!

— Le voici; acceptez en même temps cette bourse et recevez l'assurance que je vous donnerai encore deux fois autant que ce qu'elle renferme si vous me rapportez une réponse du comte... un mot écrit par lui...

Bahuchet peut à peine tenir dans sa main la bourse que vient d'y placer Valentine, tant elle est bourrée de pièces d'or jusqu'à l'ouverture; il est ébloui, il considère la bourse avec admiration; et, lorsqu'il entend la marquise lui en promettre encore deux fois autant, son dévouement ne peut plus se contenir, il s'écrie:

— Madame, vous aurez une réponse de M. le comte!... Vous l'aurez! quand je devrais la faire moi-même... Non... ce n'est pas cela! le zèle m'emporte! je ne sais plus ce que je dis... Mais, encore une fois, madame, le comte vous répondra... j'en fais mon affaire.

— Vous allez porter ce message sur-le-champ.

— Oui, madame... oh! à l'instant... L'autre se baignera... je m'en fiche pas mal!

— Savez-vous où est le comte, maintenant?

— A son petit hôtel de la rue de Bretonvilliers, sans doute.

— Non; le comte est à présent à l'hôtel de Marvejols, sur la pla Royale.

— Il suffit... j'y vole...

— Attendez donc! Léodgard est là sous le même toit que... femme; vous devez comprendre que c'est à lui-même que vous devez de donner cette lettre. Ne la confiez à personne d'autres... Deman à parler au comte en particulier... qu'il n'y ait personne près de quand il lira mon billet.

— Je comprends, madame, oh! je comprends! soyez tranquille!... Je vois qu'il faut du mystère... je me conduirai avec prudence.

— N'allez pas dire, en vous présentant à son hôtel, que vous venez de ma part... on vous empêcherait d'approcher de Léodgard!

— Je ne suis pas si niais!... Ah! pardon, madame, cette réponse que M. le comte me donnera, je n'en doute pas, où pourrai-je vous la remettre?

— Revenez ici ce soir, à neuf heures; vous y trouverez Miretta, elle vous y attendra...

— Très-bien!... et Miretta me... remettra ce que madame la marquise a la générosité de me promettre?

— Je tiens toujours ce que j'ai promis, monsieur.

— Alors, je cours sur-le-champ à la place Royale.

— Et ce soir... à neuf heures...

— Je reviendrai ici...

La marquise rejoint Miretta et s'éloigne rapidement avec elle, tandis que le petit Bahuchet, après avoir palpé un moment la bourse remplie d'or, la fourre dans sa ceinture, se dirige à grands pas vers la place Royale.

Et, pendant que tout ceci se passait, le chevalier Passedix, n'ayant pour tout vêtement que sa chemise, sa fraise et ses bottes à entonnoir, se promenait dans son cabinet de bain, frappant du pied avec colère, en murmurant:

— Scélérat de page!... polisson d'écuyer!... Mais où sont-ils?... mais qué sont-ils devenus?... Ah! cadédis! si c'est ainsi qué ces drôles me servent, jé vais les flanquer dehors au plus vite... Mais jé n'aurai pas la peine dé les flanquer dehors s'ils né reviennent pas... Indignes fripons!... ils m'ont encore volé... Ils tâteront de Rolande! Malheur à eux si jamais je les rencontre!

Et, dans sa fureur, Passedix prenait son épée, la sortait du fourreau, et menaçait tout ce qui se présentait devant lui, ce qui faisait frémir le garçon de bain, qui était resté dans un coin du cabinet. Enfin, Passedix, perdant patience et se sentant gelé, s'arrête devant le garçon, et lui dit:

— Il faut en finir! Allons, croquant! ôte ton haut-de-chausses bien vite... et dépêchons!

— Que j'ôte mon haut-de-chausses! et pourquoi faire?

— Sandis! pour qué je le mette, apparemment! Jé ne peux pas rester en chemise!

— Mais je n'en ai pas d'autre, moi, mon   si vous me le prenez, c'est donc moi qui serai en chemise?

— Cela m'est bien égal... lé beau malheur... quand tu serais u peu au frais à ton tour!

— Ah! non... je ne donne pas mon haut-de-chausses!

— Donne-le bien vite, drôle, ainsi que ton méchant justaucorps, sinon jé té perce d'outre en outre avec Rolande!

Passedix fait une grimace si effrayante, et mettait la pointe de son épée si près de la poitrine du garçon, que celui-ci, tremblant pour ces jours, ôte bien vite son justaucorps. Le chevalier se hâte de revêtir ce costume, tout en disant:

— Jé serai affreux avec cela! mais, enfin, cela vaut encore mieux qué d'être nu... Maintenant, cachons tout ceci le mieux possible avec mon manteau... Et toi, né pleure pas, imbécile... Crois-tu que j'aie envie dé te voler tes effets? Ils te seront rendus aussitôt q j'aurai été chez moi mé remettre en orange, en attendant que j'aie acheté un jolie costume tout neuf... Jé le prendrai bleu céleste, cette fois!... Si mes gens reviennent, tu leur diras qué jé les attends à l'hôtel au Sanglier, sur la place aux Chats; mais jé commence à douter qu'ils reviennent, les gueusards!

Et Passedix, ayant tant bien que mal terminé sa toilette, sort de la maison de l'étuviste, en grommelant entre ses dents :

— Ce haut-de-chausses mé va horriblement!... O mon écuyer!... ô mon page! vous mé payerez tout cela?

LII

Le petit Ange.

éodgard avait recouvré la santé, il était entièrement rétabli, et cependant il n'avait pas quitté l'hôtel de ses aïeux. Plus d'une fois déjà il avait formé le dessein de retourner à sa petite maison de la rue de Bretonvilliers ; mais lorsqu'il avait cette pensée, c'est que la petite Blanche n'était pas près de lui. Dès que sa fille paraissait, dès qu'il la voyait accourir en souriant, et tendre ses petits bras vers lui, les idées de départ étaient oubliées; le temps passait si vite près de cette enfant, et ce temps était si doux!...

Blanche restait presque toute la journée avec son père; Bathilde se privait du plaisir d'avoir sa fille près d'elle, parce qu'elle devinait que la présence de Blanche retenait seule Léodgard à l'hôtel de Marvejols. Cependant, lorsque la petite avait été plusieurs heures loin de sa mère, elle demandait à la voir; car, dans ce cœur aimant, l'amour qu'elle ressentait pour le comte ne diminuait en rien la tendresse qu'elle éprouvait pour sa mère.

Et un jour que Blanche, étant restée plus longtemps que de coutume avec Léodgard, demandait à retourner près de sa mère, comme le comte, qui la retenait dans ses bras, voulait la garder encore, la petite fille lui dit tout à coup :

— Eh bien! fais venir maman ici... alors je ne demanderai plus à m'en aller; je serai près de vous deux...

A cette proposition si naturelle, le comte ne répond rien, il se contente de baisser les yeux et de soupirer ; mais Blanche reprend bientôt :

— Pourquoi donc maman ne vient-elle jamais ici avec moi?... Quand je l'en prie, elle me répond toujours : Cela contrarierait monsieur le comte... Est-ce toi qui es monsieur le comte ?

— Sans doute, répond Léodgard en souriant.

— Eh bien!... est-ce que tu ne veux pas voir maman? est-ce qu'elle a été méchante?...

Léodgard ne savait trop que dire; les enfants, dans leurs questions, vont toujours droit au but, et embarrassent souvent ceux auxquels ils les adressent, parce que les grandes personnes ne savent plus répondre aussi franchement qu'elles sont questionnées.

Mais en ce moment Bathilde, inquiète de sa fille, qui ne restait pas ordinairement si longtemps chez son père, soulevait la portière de l'appartement, et s'arrêtait timidement à l'entrée, en disant :

— Excusez-moi, monsieur le comte, de me présenter ici sans y être mandée... Mais ma fille ne revenait pas, et je craignais qu'elle ne se fût trouvée indisposée...

Léodgard a levé les yeux sur Bathilde. Pour la première fois depuis qu'elle est sa femme, il la regarde avec attention; il est surpris des changements avantageux qui se sont opérés dans toute sa personne. En devenant comtesse, la jeune fille de l'étuviste s'était transformée. Déjà douée par la nature d'une beauté angélique, elle y joignait maintenant de la grâce, de la distinction, de l'élégance; elle captivait rien que par sa présence; on se sentait attiré vers elle ; et, sans se douter de son pouvoir, Bathilde l'augmentait encore par le charme de son sourire et la douceur de sa voix.

On eût dit que Léodgard remarquait tout cela, comme s'il n'avait jamais encore regardé sa femme; et Bathilde, qui, depuis bien longtemps, n'avait pas vu le comte l'examiner avec autant d'intérêt, se sentait rougir comme sous le feu des regards d'un amant; mais, pour elle, son époux était l'amant le plus chéri ; elle ne savait plus quelle contenance tenir ; mais elle était heureuse, bien heureuse; elle commençait à espérer que Léodgard pourrait l'aimer encore.

Blanche a sauté en bas des genoux de son père, et elle court à sa mère, en lui disant :

— Je voulais aller te voir... Papa ne voulait pas me laisser m'en aller... Mais te voilà... je suis bien contente!... Tu viendras ici avec moi à présent... n'est-ce pas ?

Bathilde regarde sa fille sans répondre.

Mais Léodgard s'incline devant la jeune femme, en lui disant d'un air gracieux :

— Quand vous voudrez y venir, madame, vous y serez toujours bien reçue.

— Vous êtes trop bon, monsieur le comte, balbutie Bathilde, qui

qu'des sanglots étouffent sa voix, et voudrait, mais n'ose point encore, se jeter dans les bras de son époux. Emmenant vivement sa fille, elle se hâte de regagner son appartement. Là, elle prend Blanche, elle la presse contre son cœur, la couvre de ses larmes.

— Tu pleures, maman? s'écrie Blanche.

— Ah! cette fois, c'est de plaisir, c'est de bonheur, chère petite, et ce bonheur, c'est encore à toi que je le dois!...

Le lendemain de cette scène, vers quatre heures de l'après-midi, un domestique entre dans l'appartement de Léodgard, qui tenait sa fille sur ses genoux, et dit à son maître qu'un jeune homme est là, qui se dit chargé d'une commission et désire être introduit près du comte de Marvejols.

— Quel est le nom de cet homme? demande Léodgard.

— Il n'a pas voulu le dire, monseigneur, ce n'est qu'à vous seul qu'il veut parler.

— Faites entrer cet homme.

Au bout de quelques minutes, Bahuchet s'incline profondément devant le comte.

En reconnaissant le petit clerc, son messager près de Valentine, Léodgard éprouve une vive émotion, tous les souvenirs du passé viennent de se réveiller dans son cœur, il met Blanche à terre, en lui disant :

— Va, mon enfant, va retrouver ta mère... tu reviendras me voir... plus tard.

— Oui, mon papa; ah! il est bien vilain ce monsieur-là.

Et la petite fille s'éloigne, en ayant soin de ne point s'approcher de Bahuchet, dont la présence semble presque lui causer de l'effroi.

— C'est toi, messager de malheur! dit Léodgard lorsqu'il est seul avec le petit clerc, que viens-tu faire ici?... Je ne t'ai point demandé, je n'ai plus besoin de tes services. Voyons, que veux-tu?... parle...

— Monseigneur, daignez m'excuser, si je viens, vous pensez bien que c'est parce qu'on m'en a prié, supplié même...

— Qui donc?

— Monsieur le comte ne devine pas... madame la marquise de Santoval...

— Encore cette femme... eh quoi! après m'avoir fait battre avec son mari... après s'être si indignement jouée de moi, elle ose encore... eh bien!... que me veut-elle enfin?...

— Monseigneur... ce billet vous le dira sans doute...

— Une lettre d'elle... Ah! c'est par trop fort!... Voyons, je suis curieux de savoir ce qu'elle peut m'écrire.

Léodgard a pris la lettre.

Bahuchet se retire par discrétion à l'autre bout de la chambre.

Ayant vivement brisé le cachet, Léodgard lit ce billet écrit par Valentine :

« Vous avez dû me prodiguer les noms les plus affreux, je les méritais, je me suis jouée de vous; cela est vrai ; mais à votre tour, rappelez-vous votre conduite : je devais être votre femme, vous m'avez préféré la fille d'un étuviste. J'ai voulu me venger parce que je vous aimais en secret, parce que cet amour a rendu plus profonde la blessure que vous m'aviez faite. J'ai épousé le marquis de Santoval, que je n'aimais pas, mais je connaissais son caractère et je voulais un vengeur. Depuis ce duel où il a failli vous tuer, je ne puis plus supporter la présence du marquis, je ne puis plus vivre avec cet homme, il m'est odieux. Léodgard, vous connaissez toute ma conduite, si vous étiez mort de votre blessure, je me serais tuée pour ne point vous survivre, car je vous aime toujours... Dites-moi que vous me pardonnez, dites-moi que vous m'arracherez au marquis de Santoval... Je veux vous voir, vous parler... Par grâce, répondez-moi quelques mots et indiquez-moi un rendez-vous pour demain, ne fût-ce que quelques minutes... ne me refusez pas.

« VALENTINE. »

La lecture de cette lettre a bouleversé les esprits de Léodgard; de sombres nuages s'amoncellent sur son front, où depuis quelque temps avait reparu un peu de calme. Il se lève, parcourt la chambre à grands pas, en proie à une vive agitation, on voit qu'un combat se livre au fond de son cœur. Il relit encore la lettre de Valentine, puis semble absorbé dans ses pensées. Alors, Bahuchet murmure d'un ton mielleux :

— On m'a fait espérer que monsieur le comte me donnerait un mot de réponse. Cette dame m'a même fait promettre de ne point revenir sans en avoir une... Pauvre dame! .. elle était si pâle, si agitée, si intéressante...

— Tu l'as donc vue?

— Oui, monsieur le comte... sa suivante Miretta me cherchait depuis longtemps dans Paris... après m'avoir inutilement demandé chez ce fesse-mathieu de procureur... qui m'a mis dehors avec Plumard... pour des riens! des vétilles !

— Où as-tu vu la marquise?...

— Dans la rue des Francs-Bourgeois, sur une petite place que j'avais indiquée. Oh! cette dame ne s'est pas fait attendre... Est-ce que monsieur le comte lui refusera quelques mots de sa main?... pauvre dame! elle fera quelque coup de sa tête si je ne lui en rapporte pas...

— Oui, je vais lui écrire... Ah! elle m'aime, cette dame... Pardieu!... il faut que je m'en assure... mais malheur à elle si elle me trompe encore!...

— J'ose garantir à monsieur le comte...

— Tais-toi et laisse-moi écrire.

Léodgard se place devant son bureau et trace à la hâte ces lignes :

« Vous voulez me voir, madame la marquise, vous m'aimez, dites-vous? Quoique j'aie peine à croire à cet amour qui a failli me coûter la vie, je suis trop galant et trop brave pour refuser ce nouveau rendez-vous, alors même que je devrais encore y trouver une épée au lieu d'un sourire. A demain donc, à huit heures du soir dans le Grand-Pré-aux-Clercs. »

Léodgard signe cette lettre et la remet à Bahuchet, qui, enchanté d'avoir obtenu une réponse écrite, se hâte de s'éloigner de crainte qu'il ne prenne envie au comte de lui reprendre la lettre qu'il lui a donnée.

Lorsque Léodgard se retrouve seul, il reste enseveli dans de sombres pensées, tout à ses souvenirs et à ses nouveaux projets, il semble avoir oublié le présent, et ne plus se rappeler où il est. Enfin il n'a pas entendu Blanche qui est entrée dans sa chambre, et depuis quelques instants déjà s'est arrêtée devant son père, toute étonnée de ce qu'il ne lui dise rien.

— Papa... je suis là... tu ne me vois donc pas? murmure enfin l'enfant.

A la voix de Blanche, Léodgard fait presque un mouvement d'effroi, il regarde sa fille, mais il ne lui sourit pas comme d'habitude, on dirait que la vue de cet enfant l'embarrasse. La petite Blanche, habituée à être caressée, embrassée par son père, le regarde avec un air étonné et lui dit enfin :

— Papa, pourquoi donc ne m'embrasses-tu pas ce soir... est-ce que j'ai été méchante?...

— Non... non... tu n'as pas été méchante, Blanche... mais je pensais.., j'étais préoccupé...

— Papa, maman m'a dit de te demander si tu voulais bien qu'elle vienne ce soir me chercher chez toi; ça lui fera bien plaisir... le veux-tu, dis?

— Non... non... ce soir, cela ne se peut pas... une autre fois... tu viendras avec ta mère... mais ce soir... j'ai besoin d'être seul...

Et le comte, sonnant un domestique, lui dit.

— Reconduisez ma fille près de sa mère.

— Tu me renvoies déjà, mon papa, dit Blanche en faisant une petite moue qui la rendait encore plus gentille, mais je n'ai pas eu le temps de t'embrasser... je ne veux pas encore m'en aller, moi.

— Blanche, il faut m'obéir... je le veux!

Léodgard a prononcé ces paroles d'un ton sévère, et qui fait venir des larmes dans les yeux du petit ange, qui n'a pas l'habitude de s'entendre parler ainsi. L'enfant va prendre la main au domestique, et se dispose à s'éloigner en regardant tristement son père. Mais ce regard arrive encore au cœur de Léodgard, il s'élance vers sa fille, la prend dans ses bras et l'embrasse à plusieurs reprises, en murmurant :

— Je reviendrai, cher enfant!... oui... tu me reverras.

Lorsque le domestique a emmené Blanche, le comte fait sa toilette, ceint son épée, prend son manteau, son large chapeau et sort de son appartement en se disant :

— Maintenant, quittons cet hôtel, retournons à ma petite maison de la rue de Bretonvilliers... ici, je ne serais pas libre... et la vue de cette enfant affaiblirait ma résolution... Chère petite... près d'elle j'avais retrouvé du calme... mes remords étaient presque apaisés... Ah! j'ai tort de la quitter peut-être... mais cette lettre de Valentine a bouleversé mes sens... le souvenir de sa beauté... cet amour qu'elle jure avoir pour moi... Allons, le sort en est jeté, il faut que je revoie cette femme!

Et le comte, évitant de passer auprès des appartements de Bathilde, sort de l'hôtel de Marvejols, le cœur serré et comme quelqu'un qui cède à la fatalité.

LIII

Justice divine.

Le lendemain, sur les huit heures du soir, le comte de Marvejols entrait dans la promenade nommée le Pré-aux-Clercs; c'était une vaste prairie coupée en deux par un canal appelé : la *Petite Seine*, qui commençait à la rivière et allait remplir les fossés de l'abbaye Saint-Germain-des-Prés. A cette époque, on avait déjà élevé des bâtiments sur le petit Pré-aux-Clercs, et on se disposait aussi à bâtir sur le Grand-Pré, où plus tard devaient s'élever les rues des *Petits-Augustins*, de *Verneuil*, de l'*Université*, des *Saints-Pères*, etc.

Mais les travaux que l'on commençait à faire exécuter sur le Pré-aux-Clercs laissaient encore un vaste espace pour la promenade, pour les rendez-vous; aussi, cet endroit était-il choisi de préférence par les duellistes et les amoureux.

Quoique la nuit fût venue, Léodgard n'avait pas fait cent pas dans le grand Pré-aux-Clercs, lorsqu'il vit une femme s'arrêter devant lui. Valentine était toute revêtue de noir, et l'émotion qu'elle éprouvait, la pâleur de son visage, le frémissement qui parcourut tout son corps à l'aspect du comte semblaient ajouter encore à sa beauté sévère.

La marquise, sans dire un mot, a tendu sa main à Léodgard, celui-ci prend cette main qui tremble dans la sienne.

— Venez, dit Valentine d'une voix entrecoupée, asseyons-nous sur ce banc, Miretta veille ici près, nous pourrons causer sans crainte.. Ah! je tremblais encore que vous ne vinssiez pas... que vous n'eussiez changé de résolution... mais vous avez cru ce qu'il y a dans ma lettre, n'est-ce pas?... oui, vous l'avez cru, puisque vous voilà... et maintenant, dites-moi si vous m'avez pardonné?

En prononçant ces mots, Valentine attachait sur Léodgard ses beaux yeux noirs tout remplis d'amour et de crainte. Alors la passion que cette femme avait déjà allumée dans le cœur du comte se réveille plus forte, plus impétueuse, plus ardente que jamais, il ne peut que tomber aux genoux de la marquise en s'écriant :

— Vous pardonner!... et vous me dites que vous m'aimez... et vous m'avouez que le sentiment que vous éprouviez vous a seul inspiré ce ce désir de vous venger... Oh! mais ne suis-je pas trop heureux d'être ainsi aimé de vous!... Ah! si j'avais reçu la mort... que je méritais, mon sort eût encore été digne d'envie... c'est à moi de réclamer mon pardon, à moi qui ai refusé ce bonheur qui m'était offert...

— Ne revenons pas sur le passé... Je vous l'ai dit, Léodgard, je vous aime... et maintenant je ne puis supporter la présence du marquis de Santoval!... si vous partagez mon amour, je veux être à vous... mais à vous sans partage... Valentine de Mongarcin ne s'abaissera pas à tromper un homme!... Cet homme, elle le quittera pour jamais, car une fois à vous, elle mourra plutôt que de retourner avec lui!... Vous m'avez entendu, Léodgard, emmenez-moi dans un autre pays.. sous un autre ciel!... que m'importe à moi, pourvu que je sois avec vous... que je puisse fuir un homme que je déteste... que je ne vive que pour vous... qu'avec vous... mais jusque-là, je ne serai point votre maîtresse... car une fois dans vos bras, je vous le répète, je ne veux plus retourner près du marquis de Santoval.

La pensée d'enlever Valentine, de la ravir à son époux, fait battre le cœur de Léodgard; il ne peut plus douter de l'amour de cette femme, qui, pour être à lui, consent à sacrifier sa réputation, son honneur, le haut rang qu'elle occupe dans le monde, et cette femme est si belle, si jeune, si séduisante, elle promet tant de tendresse et de bonheur, que déjà le comte envisage avec ivresse le moment où il verra se réaliser cet avenir de délices et d'amour.

Cependant une réflexion se présente aussi et calme un peu l'exaltation de Léodgard : dans ces délicieux projets que l'imagination enfante, on oublie presque toujours ce qui est le point capital, et la base sur laquelle reposent tous les bonheurs d'ici-bas.

Valentine qui a vu ce nuage passer sur le front du comte, s'écrie aussitôt :

— Ah! vous hésitez, je le vois... ce que je vous propose vous effraye... vous m'accepteriez pour votre maîtresse... mais vous ne voulez pas que votre vie soit la mienne, vous ne voulez pas que je sois sans cesse avec vous, que je ne vous quitte plus... vous craignez de vous charger d'une nouvelle chaîne... vous n'éprouvez pour moi qu'un de ces sentiments éphémères que la possession éteint bien vite... Ah! ce n'est pas comme cela que j'aime, moi!... mais alors nous ne saurions nous comprendre... quittons-nous, monsieur le comte, car je veux autant d'amour que j'en donne... sinon, je ne veux rien!...

Et déjà Valentine fait un mouvement pour s'éloigner, mais Léodgard la retient en baisant amoureusement ses belles mains, et lui dit :

— Comme vous me jugez mal, madame, lisez mieux dans mon âme : je n'ai plus qu'une pensée, qu'un but, qu'un désir, c'est de réaliser le plus promptement possible cet avenir plein de charmes, de délices que vous m'offrez... pour vous posséder je regrette qu'il n'y ait point de dangers à surmonter, de rivaux à combattre!... vous verriez que je n'hésiterais pas. La seule chose qui pourra nous retarder, c'est qu'il faut... c'est qu'avant de quitter la France pour quelque temps... j'ai quelques affaires à régler... quelques propriétés dont je veux me défaire... mais croyez bien que je ferai en sorte de hâter le moment qui nous réunira.

— Pardonnez-moi, Léodgard, de vous avoir mal jugé... et puisque vous m'aimez, comme je vous aime, puisque tout doit être bientôt commun entre nous, permettez-moi, mon ami, de vous demander toute votre confiance... Ce qui vous occupe peut-être en ce moment, c'est de réaliser une forte somme afin de pourvoir à notre existence future, mais ne vous inquiétez pas de cela... j'ai de la fortune, moi et elle n'appartient pas au marquis de Santoval, grâce au ciel! Je puis emporter de l'or, beaucoup d'or... eh bien! lorsque je n'en aurai plus, ce sera à votre tour de prendre sur ce qui vous appartient... Cet arrangement vous convient-il?

— Chère Valentine... car vous me permettez maintenant de vous nommer ainsi... je suis sensible à tant de preuves d'affection...

mais, je vous le répète, avant de partir, il faut que je termine quelques affaires... importantes... Je n'ai pas besoin de vous dire que désormais je ne vais plus songer qu'à hâter le jour qui doit commencer pour nous une existence nouvelle !...

— Qu'il soit donc fait comme vous le désirez, mon ami, je hâterai aussi de tous mes vœux l'arrivée de ce jour... Désormais vous savez que je vous attends... Quand le moment que vous aurez fixé pour notre fuite sera venu, prévenez-moi seulement la veille... à dater de demain, Miretta viendra tous les jours à midi se promener ici et vous serez certain de l'y trouver. Quant à moi, mon départ ne rencontrera nul obstacle !... Depuis votre duel, le marquis de Santoval n'a plus le moindre soupçon jaloux et, bien qu'il sache que vous n'avez pas succombé à votre blessure, je puis aller et venir quand cela me plaît sans que l'on s'en inquiète. Cependant comme il ne faut pas braver les événements, je vais vous quitter, Léodgard, je vais retourner à l'hôtel de Santoval... et quand je vous reverrai, ce sera pour ne plus nous séparer.

— Eh quoi ! dit Léodgard en pressant tendrement la main de Valentine, vous êtes... libre de vos actions... et avant notre réunion, vous ne viendrez pas une seule fois me rendre une visite à mon hôtel de la rue de Bretonvilliers ?...

— Non, monsieur le comte, répond Valentine d'une voix douce, mais avec une certaine fermeté. Je vous l'ai dit : je ne veux pas être votre maîtresse... je veux être votre femme, et en pays étranger j'espère que vous me donnerez ce titre ! car personne ne sera plus là pour me le disputer. Adieu, Léodgard, ou plutôt au revoir !

Donnant alors un signal à Miretta en toussant assez fort, la marquise a bientôt rejoint sa camériste et elle s'éloigne avec elle dans les sentiers du Pré-aux-Clercs.

Quant à Léodgard, il reste encore assez longtemps sur le banc qu'il occupait avec la marquise. Tout entier à ses pensées, et poussant de temps à autre de profonds soupirs, il passe souvent sa main sur son front, comme pour en écarter d'affreux souvenirs. Puis enfin, il se lève et reprend le chemin de la rue de Bretonvilliers, en se disant :

— Il le faut !... j'espérais avoir pour toujours renoncé à ce rôle infâme !... mais je n'ai presque plus d'or... et il m'en faut... il m'en faut beaucoup... Irai-je vivre continuellement aux dépens de cette femme ? lui avouerai-je que j'ai mangé toute la fortune qui m'a été laissée... non, non... c'est impossible ! Allons, le sort le veut .. et le destin, qui m'a m'a toujours favorisé, me protégera encore.

A quelques jours de là, on recommençait dans Paris à parler du fameux voleur Giovanni qui s'y était de nouveau montré, et comme par le passé y exerçait son trop fameux talent. Les rues, redevenues dangereuses, étaient désertes de bonne heure ; cependant le lieutenant de police avait juré cette fois qu'il prendrait Giovanni et mettrait fin à la terreur que cet homme faisait naître. De nombreuses patrouilles du guet faisaient à cet effet de fréquentes rondes de nuit.

Un soir, en revenant de passer quelques heures dans une réunion brillante, la marquise de Santoval se hâte de sonner Miretta, et une fois seule avec elle, lui dit :

— Réjouis-toi, petite, toi aussi tu vas être heureuse... tu seras unie à celui que tu aimes tant... à moins cependant qu'il ne se laisse prendre... car il joue gros jeu, ce monsieur...

— Quoi ! madame, il serait vrai ?...

— Oui, Giovanni a reparu dans Paris.

— Je l'avais entendu dire... mais je n'osais le croire...

— Tu peux en être certaine, car le vieux fournisseur Ducantal, qui se trouvait ce soir chez madame de Bérienne, a été la nuit dernière arrêté et entièrement dépouillé par Giovanni... Nous n'avons pu nous empêcher de rire au récit de cette histoire, car le vieux fournisseur était furieux, il venait justement d'un tripot, où il avait gagné une somme considérable... Tout lui a été enlevé ainsi que ses diamants, et en avait de fort beaux... ce qui augmentait la colère de M. Ducan-c'est qu'il y avait avec lui deux grands laquais qui, au lieu de le défendre, se sont sauvés à l'approche du voleur. C'est égal, conseille donc à ton amant de renoncer à son métier... cela finira mal pour lui !...

— Oh! madame, je l'en supplierai encore... dès cette nuit je me mettrai en course... quel bonheur... je vais donc le revoir enfin... je l'espérais plus !

— Mais sois prudente, ne t'expose pas...

— Oh! je ne crains rien... et que m'importent les dangers... pourvu que je revoie Giovanni... Avez-vous encore besoin de mes services, madame ?...

— Non... je me passerai de toi... j'appellerai Marie... va, je te rends ta liberté.

A peine Miretta est-elle libre que, s'enveloppant de sa mante, elle sort de l'hôtel et marche au hasard dans Paris. Mais c'est en vain qu'elle parcourt plusieurs quartiers écoutant, épiant, s'arrêtant au moindre bruit, elle ne rencontre que des hommes dont elle se sauve et auxquels par sa légèreté elle parvient toujours à échapper. Au point du jour, harassée de fatigue, elle rentre à l'hôtel de Santoval, en se disant :

— Je serai peut-être plus heureuse demain !...

Le concierge et les domestiques pensent que la camériste de leur maîtresse va la nuit rejoindre son amoureux. Mais comme on sait que Miretta est très-aimée de madame la marquise, on se contente de faire ces réflexions tout bas.

Le lendemain, Miretta est de nouveau sortie la nuit et n'a pas été plus heureuse que la veille. Mais elle ne se décourage pas, car dans le courant de la journée elle a encore entendu, à l'office, parler d'une récente attaque nocturne dont Giovanni était présumé l'auteur, et elle se dit : Il faut bien que je finisse par le rencontrer.

La troisième nuit, Miretta, qui a porté ses pas dans le quartier de l'Arsenal, vient de visiter la rue Saint-Paul et se trouve près de la rue Saint-Antoine. Déjà fatiguée par les courses qu'elle fait depuis trois nuits, elle commence à désespérer de retrouver son amant, et, jetant de tous côtés de tristes regards, elle voudrait pouvoir interroger les murailles, les ténèbres, pour leur demander si elles ont aperçu Giovanni, lorsque tout à coup elle croit entendre des cris ; elle s'arrête, prête l'oreille ; cette fois elle entend bien distinctement crier Au voleur! le bruit vient du côté de la rue des Nonaindières ; la nuit est peu sombre, et par moment la lune qui se montre permet de distinguer assez loin devant soi. Miretta, dont le cœur bat avec violence, s'arrête au coin de la rue Saint-Paul et de la rue Saint-Antoine, il lui semble entendre quelqu'un courir, bientôt plusieurs coups de fusil partent presque en même temps. Miretta se sent défaillir, car elle ne doute point que ces coups de feu n'aient été tirés sur Giovanni ; elle s'appuie contre une maison pour ne point tomber, mais les pas de la personne qui courait se rapprochent, et bientôt un homme passe en fuyant devant elle.

— C'est lui ! c'est Giovanni ! se dit Miretta, qui a reconnu le costume particulier de son amant, et aussitôt elle court sur ses pas, en lui disant d'une voix qu'elle a soin de ne point élever.

— Giovanni ! Giovanni !... ne crains rien... c'est moi... c'est Miretta qui te suis ! Giovanni ! par grâce, réponds-moi... si l'on te poursuit, dis-moi ce que tu veux que je fasse... Mon Dieu !... mais je vois quelque chose... c'est du sang que tu perds en te sauvant... tu es blessé... Mais, au nom du ciel! réponds-moi donc au moins...

Celui que Miretta s'efforçait de rejoindre était blessé en effet ; une balle lui avait atteint l'épaule : cependant il continuait de fuir ; mais près d'entrer sur la place Royale, la douleur l'oblige à s'arrêter un moment. Alors Miretta parvient à le rejoindre ; à l'approche de la jeune fille, il veut reprendre sa course, mais celle-ci s'attache à ses vêtements, en lui disant :

— Giovanni ! Giovanni !... mais parle-moi donc... mais dis-moi... donc que... mon Dieu !... mon Dieu !... cette taille... cet homme... ce n'est point Giovanni !... non, non !... ce n'est pas lui... Oh ! tu espères en vain m'échapper... je saurai qui tu es... car si tu n'es pas Giovanni... puisque tu portes son costume... c'est donc toi qui l'as tué... Non, je ne te lâcherai pas... tue-moi, si tu veux... mais je te connaîtrai...

En disant ces mots, Miretta est parvenu à saisir la fausse barbe de l'homme qui est devant elle ; elle la lui arrache, et par ce mouvement fait en même temps tomber l'énorme bonnet qui cachait ses yeux ; en cet instant la lune qui se montre entièrement éclaire parfaitement les deux personnages, et Miretta peut contempler tout à son aise la figure de Léodgard.

En reconnaissant le comte, la jeune fille demeure un moment comme pétrifiée, puis un cri lui échappe, puis elle s'éloigne de lui avec horreur en murmurant :

— Ah! c'est donc pour cela que j'éprouvais une terreur secrète près de cet homme.

Profitant de la surprise, de la stupéfaction de Miretta, Léodgard se hâte de reprendre sa course et marche au hasard devant lui. Mais le sang qu'il perd avec abondance, la douleur qu'il éprouve affaiblissent ses forces, il sent que bientôt il lui sera impossible de se soutenir, et il croit au loin entendre les pas des soldats qui le poursuivent. Alors cherchant à s'orienter, regardant où il est, il s'aperçoit que c'est justement devant la porte du vieil hôtel de ses pères qu'il vient de s'arrêter. Se jetant aussitôt sur le marteau, il frappe plusieurs coups avec violence. La lourde porte s'ouvre enfin, Léodgard entre et se hâte de la refermer sur lui ; puis, n'ayant plus la force de se soutenir, il se laisse tomber sur le pavé de la cour.

En ce moment, les soldats du guet entraient sous l'arcade en cherchant de tous côtés Giovanni.

LIV

Une accusation

Les soldats qui poursuivaient le voleur avaient passé devant Miretta, en apercevant là cette jeune fille seule, et dont toute la personne annonçait l'égarement et la terreur, l'officier qui commandait la patrouille s'arrête et lui dit:

— Jeune fille, n'avez-vous pas vu passer un homme qui fuyait... un homme enveloppé d'un large vêtement olivâtre... ayant sur la tête un grand bonnet à poil...

— Mon officier, dit un soldat, voici un bonnet à terre, est-ce que ce n'est pas celui du bandit?

— Si fait, mordieu! c'est bien cela... tel qu'on nous le désigne dans son signalement; alors, jeune fille, le voleur s'est donc arrêté en cet endroit... oui... il y a aussi du sang là... c'est que nous l'avons blessé... Voyons, sacrebleu! répondrez-vous... la belle... vous avez l'air bien effrayée: est-ce qu'il vous a attaquée, est-ce qu'il vous a volée aussi?... ce misérable Giovanni!...

— Giovanni! balbutie Miretta en secouant tristement la tête. Oh! ce n'est pas lui!... hélas!... ce n'est plus Giovanni!... je savais bien, moi, qu'on l'avait assassiné!...

— Qu'est-ce qu'elle dit? que diable nous contez-vous là, jeune fille... avez-vous vu passer le voleur, oui ou non?...

— Oui, je l'ai vu passer?... mais ce n'est pas Giovanni!... il porte ses habits, il l'en a dépouillé sans doute... mais moi, je viens de lui arracher sa fausse barbe, son bonnet est tombé en même temps et j'ai reconnu...

— Vous avez reconnu...

Après avoir hésité un moment, Miretta s'écrie enfin:

— Et pourquoi donc aurais-je de la pitié pour cet homme qui a tué celui que j'aimais?... Non... je dois le démasquer, l'infâme, je dois attirer sur sa tête le châtiment qu'il mérite...

— Eh bien! jeune fille, répondrez-vous enfin? qui avez-vous reconnu?...

— J'ai reconnu, dans l'homme que vous poursuivez, le comte Léodgard de Marvejols!...

— Le comte de Marvejols, dit l'officier en se retournant vers ses soldats, un des premiers seigneurs de la cour... allons, cette fille est folle!...

— Oui!... oui!... elle ne sait pas ce qu'elle dit...

— La frayeur lui a troublé l'esprit!...

— Ah! ah! elle est bonne l'histoire!... le fameux Giovanni qui est le comte de Marvejols!... N'écoutons pas plus longtemps cette jeune fille, et continuons nos recherches, remarquons bien les traces de sang... faites attention, vous autres, cela pourra nous guider pour retrouver notre voleur; et emportons aussi ce bonnet et cette fausse barbe...

Les soldats se sont éloignés. Alors Miretta jette autour d'elle un regard vague et égaré, puis elle cache sa tête dans ses mains, et verse d'abondantes larmes en s'écriant:

— O Giovanni!... Giovanni!... tu étais bien criminel... je le sais... mais je t'avais pardonné, moi; et j'en suis certaine, par mes supplications je t'aurais fait abandonner la carrière du crime... j'aurais fait revenir ton âme à de bons sentiments... à force de prières! de repentir, tu aurais peut-être aussi obtenu ton pardon de Dieu!... et on t'a assassiné sans que tu aies eu le temps d'apaiser la colère céleste... Oh! je te vengerai... oui... je te vengerai!...

Un peu calmée par les larmes qu'elle vient de répandre, Miretta reprend le chemin de l'hôtel de Santoval, où elle rentre au point du jour. Elle n'essaye pas de prendre du repos, elle sait que ce serait en vain, mais elle attend avec anxiété que sa maîtresse puisse la recevoir.

Enfin la marquise a sonné, et Miretta se rend près d'elle.

En jetant les yeux sur sa ca</i>mériste, Valentine, frappée de sa pâleur et de l'expression sinistre de son regard, s'écrie:

— Mon Dieu! Miretta!... que t'est-il arrivé... sur tes traits je lis un grand malheur!... tu aurais revu Giovanni... il est arrêté... blessé peut-être... Réponds donc, on dirait que tu as peur de parler.

— En effet... madame, ce que j'ai à vous apprendre est horrible... Mais il faut que vous le sachiez pourtant... et que vous connaissiez le monstre auquel vous aviez donné votre amour...

— Comment... que veux-tu dire?... mon amour... je ne te comprends pas. Miretta, je te parle de ton Giovanni... qu'a de commun Léodgard avec tes amours à toi?

— Vous allez le savoir, madame... cette nuit je suis sortie dans l'espoir de rencontrer enfin celui que je cherche inutilement depuis plus de trois ans!... Malgré tout ce que l'on racontait depuis quelques jours sur les nouvelles attaques de Giovanni, mon cœur toujours triste ne battait pas de ce doux espoir que l'on ressent quand on doit revoir celui qu'on aime!... Ah! c'est qu'il y a des pressentiments qui ne nous trompent pas!... Enfin, comme j'étais au bout de la rue Saint-Paul, des cris se font entendre, ils sont suivis de coups de feu... puis un homme passe devant moi en se sauvant, je reconnais le bonnet, le cafetan de Giovanni, je cours sur les pas de celui que je crois mon amant, je l'appelle, je le supplie de me répondre, de m'écouter, je n'obtiens pas un seul mot; mais celui qui fuyait était blessé, il perdait du sang, et à l'entrée de la place Royale ayant ralenti le pas, il me fut enfin possible de le rejoindre...

— Eh bien!... c'était Giovanni!...

— Dans les premiers moments, je le croyais encore, madame; mais étonnée de ce qu'il veut fuir sans me répondre, je l'examine avec attention... la taille de celui-ci est plus élevée... il ne porte pas la tête comme Giovanni... enfin mon cœur lui-même me l'avait déjà dit... non, ce n'était pas Giovanni. Cet homme veut fuir, je m'attache à ses

vêtements, il essaye en vain de se dégager, de me repousser... Oh! j'étais bien forte alors!... je parviens à faire tomber son bonnet, sa fausse barbe... la lune nous éclairait parfaitement... et dans celui qui avait pris le costume, la coiffure de Giovanni... j'ai reconnu le comte Léodgard de Marvejols.

— Léogdard!... Léogdard!.. s'écrie Valentine en attachant ses yeux sur ceux de la jeune fille, pour s'assurer si celle-ci n'est point en proie à un accès de folie; ah! Miretta!... que dis-tu là?... mais tu t'es trompée... tu as été dupe d'une erreur de tes sens... de quelque ressemblance peut-être... mais que ce soit le comte Léogdard qui ait pris le déguisement de Giovanni... songe donc que c'est impossible... et dans quel but, alors?..

— Mais... pour faire ce que Giovanni faisait sans doute!..

— Ah! Miretta, ce que vous dites là est épouvantable... mais cela n'a pas le sens commun... et je rougis d'avoir pu vous écouter!...

— Je me doutais que madame ne voudrait pas me croire... mais avant peu, je l'espère, la vérité sera dévoilée... et il faudra bien que madame reconnaisse que je n'ai pas été la dupe d'une illusion!...

— Comment!... que voulez-dire?... auriez-vous eu l'audace de propager déjà cet odieux mensonge?...

— Je n'ai pas dit de mensonges, madame! mais lorsque cet homme... lorsque le comte Léodgard, qui m'a bien reconnue aussi lui!... eut disparu... sans que j'aie songé à le suivre des yeux... tant j'étais bouleversée alors... des soldats sont venus... ils cherchaient le voleur qu'ils croyaient être Giovanni... mais je les ai détrompés... je leur ai dit quel était celui qu'ils poursuivaient et qu'ils l'avaient blessé..

— Vous avez accusé Léodgard...

— Encore une fois, madame, j'ai dit la vérité...

— Vous êtes folle, Miretta!... car si vous réfléchissiez un instant, vous comprendriez que vous vous êtes abusée; tenir de tels propos sur quelqu'un que j'aime... ah! c'est indigne... je devrais vous chasser de ma présence!...

— Les soldats ont dit comme vous, madame, que j'étais folle... mais, que m'importe ce qu'on pense maintenant de mes paroles? je sais bien, moi, que j'ai dit vrai... Vous m'ordonnez de réfléchir, madame; ah! si je pouvai douter encore de ce que j'ai vu cette nuit, en rappelant dans ma mémoire les souvenirs du passé, je trouverais de nouvelles preuves de ce que j'avance... de grâce, madame, permettez-moi de parler... vous aurez toujours le droit de me chasser après... je ne sais si vous vous rappelez un assassinat qui fut commis... il y a trois ans et demi environ... un beau jeune homme qui fut trouvé dans les Fossés-Jaunes... près du Pont-aux-Choux... cette histoire nous fut raconter par le petit clerc Bahuchet...

— Oui, je me rappelle très-bien...

— C'est à dater de ce moment, madame, que je cessai de revoir Giovanni... c'est lui, je n'en saurais douter, qui avait été assassiné et dépouillé de ses armes, de son costume de nuit... Oh! je me le rappelle si bien maintenant... le signalement du jeune homme assassiné était exactement celui de Giovanni!...

— Quand cela serait... quel rapport avec Léodgard?

— Pardon, madame, mais à l'office... les gens des personnes que vous recevez causent avec vos domestiques... et... comme madame daignait m'entretenir quelquefois du comte Léodgard, lorsque d'autres en parlaient, j'y faisais plus attention... et vers cette époque... j'ai fort bien entendu répéter souvent: Oh! le comte Léodgard est bon à servir maintenant! ce n'est plus comme autrefois, qu'il n'avait pas même de quoi payer son écuyer; à présent, il faut qu'il ait trouvé une mine d'or, car il a payé toutes ses dettes; il a loué un hôtel délicieux rue de Bretonvilliers, il y donne des fêtes magnifiques... enfin il paraît qu'il sème l'or à pleines mains... c'est un maître excellent! voilà, madame, ce que j'ai entendu répéter plus d'une fois... à dater de l'époque où je n'ai plus revu mon pauvre Giovanni!...

Valentine est devenue pâle, et son front se couvre d'un sombre nuage; cependant elle se lève, marche à grands pas dans la chambre, en murmurant de temps à autre:

— Non!... non!... on me le répéterait cent fois... des conjectures... des propos d'antichambre, des caquets de domestiques... qu'est-ce que tout cela prouve?... lui, Léodgard!... si beau! si noble!... oser dire... ah! c'est affreux... c'est indigne...

Puis, tout à coup frappée d'une idée subite, elle reprend:

— Cet homme... qu'on poursuivait cette nuit... et que vous prétendez avoir reconnu, il était blessé, dites-vous?

— Oui, madame, et assez grièvement, car il perdait beaucoup de sang.

— Où était-il blessé...

— A l'épaule autant que j'ai pu voir, car il y a porté sa main plusieurs fois... Je crois deviner la pensée de madame... si elle le veut, j'irai demander...

— Non, je ne veux pas que vous sortiez... j'irai moi-même m'informer... Miretta, vous m'avez entendue... je vous défends de sortir de l'hôtel avant mon retour.

— Je vous obéirai, madame.

Valentine se couvre à la hâte d'une large mante, d'un grand voile qui cache en partie ses traits, puis, marchant d'un pas précipité en ayant soin de prendre les chemins les moins fréquentés, elle se rend dans la rue de Bretonvilliers, se fait indiquer l'hôtel habité par Léodgard et va y frapper.

— M. le comte de Marvejols est-il chez lui?

— Non, madame, répond la concierge qui, frappée de la beauté et de l'air noble de la dame qui l'interroge, accompagne sa réponse d'une profonde révérence.

— Comment! M. le comte est sorti? reprend Valentine, en jetant dans la cour de l'hôtel des regards inquisiteurs.

— Madame, je n'ai pas vu M. le comte depuis hier au soir. Quand il sort, je ne le sais pas toujours!...

— Alors, comment pouvez-vous être certaine qu'il n'est pas chez lui!

— Oh! madame, c'est qu'on est déjà venu ce matin pour parler à monseigneur...

— Déjà, et qui donc est venu?

— Des officiers... des gens du roi!... je ne sais trop; enfin, probablement qu'on tenait beaucoup à voir M. le comte, car ils sont entrés, ils ont visité tous les pavillons... ces gens-là sont sans gêne, et ils s'en sont allés en disant : Il paraît qu'il n'a pas couché chez lui.

La marquise a écouté ces détails avec la plus vive agitation, puis elle remercie la concierge et s'en retourne rapidement à son hôtel, ne pouvant encore croire que Miretta lui a dit vrai, et cependant éprouvant déjà les angoisses les plus vives.

Miretta attendait sa maîtresse dans son appartement; elle l'interroge du regard; Valentine se jette dans un fauteuil sans prononcer un mot... mais la pâleur de son visage, l'altération de ses traits annoncent ce qu'elle souffre, et Miretta, qui se sent touchée de sa douleur, n'ose lui adresser aucune question. Il y a déjà quelque temps que ces deux femmes sont dans cette situation, lorsque le marquis de Santoval entre dans l'appartement.

La figure de M. Santoval est plus aimable que de coutume; il a presque un air riant en entrant chez sa femme, et s'écrie :

— Palsambleu! madame la marquise, il faut que je vous apprenne une singulière nouvelle... un bruit qui circule en ce moment. . et qui concerne notre cher ami... le comte Léodgard de Marvejols... j'ai pensé que cela vous ferait rire, et c'est pour cela que je suis venu vous raconter la chose.

— Qu'est-ce donc, monsieur le marquis?

— Oh! je commence par vous dire que cela n'a pas le sens commun et que je n'en crois pas un mot!... et cependant de Birague, qui vient de me conter l'histoire, avait presque l'air de douter.

— J'attends que vous vous expliquiez, monsieur; mais la présence de Miretta vous contrarie peut-être.

— Non! elle peut rester... d'ailleurs je suis certain que votre camériste entendra bientôt conter à l'office cette effrayante histoire... cela va courir toute la ville, et on fera quelque complainte là-dessus! figurez-vous, madame, que de Birague était ce matin chez le lieutenant de police, lorsque, suivant l'usage, celui-ci a reçu ses rapports de la nuit; l'un d'eux était si extraordinaire, que le lieutenant de police ne put, en le lisant, retenir une exclamation de surprise; puis il dit à de Birague : Vous ne devineriez pas ce qui est arrivé cette nuit! Mes patrouilles ont fait la chasse à Giovanni, qui venait encore d'attaquer quelqu'un; on a fait feu sur le voleur qui se sauvait. Quelques soldats du guet l'ont poursuivi, et à l'entrée de la place Royale, où ils avaient perdu sa trace, ils ont rencontré une jeune fille, toute seule, qui semblait fort effrayée; ils lui ont demandé si elle avait vu l'homme qu'ils poursuivaient; cette jeune fille a répondu affirmativement; et en effet, à ses pieds ils ont ramassé l'effrayant bonnet à poil que porte habituellement Giovanni, et une fausse barbe qu'il met pour cacher une grande partie de son visage.

— Mais enfin, monsieur... ces détails?...

— Pardon, madame, c'est que tous ces détails sont d'une grande importance dans l'histoire; le lieutenant de police continua : Cette jeune fille répondit donc qu'elle avait vu le voleur, mais elle ajouta : Vous vous trompez, l'homme que vous poursuivez n'est point Giovanni... c'est... oh! voilà ce qui va vous surprendre, madame... elle s'écria : Celui qui vient de fuir, qui portait ce bonnet, cette fausse barbe, c'est le comte Léodgard de Marvejols! Eh bien, que dites-vous de cela, madame?

— En vérité, monsieur, cela me semble si absurde!... que je m'étonne qu'on ait pu le répéter!

— Je suis de votre avis. Quoique ennemi du comte, je sais rendre justice à sa noblesse, à sa valeur... enfin, c'est une des plus anciennes maisons de France... où l'honneur n'a jamais failli. En entendant cela, Birague ne put s'empêcher de rire. Alors, le lieutenant de police lui dit : J'ai ordonné que l'on fît venir devant moi le sergent qui commandait l'escouade du guet. Je vais l'interroger, restez, si cela vous intéresse. De Birague ne demandait pas mieux; il resta et bientôt le sergent du guet fut introduit. Il fit un récit parfaitement semblable au rapport de la nuit; seulement il ajouta : En ramassant le bonnet et la fausse barbe, nous vîmes du sang à terre, ce qui nous prouva que nous avions blessé notre homme. — Et alors, que fîtes-vous? dit le lieutenant de police. — Monseigneur, comme il faisait clair de lune, nous suivîmes les traces de ce sang sur la place Royale, jusqu'à un endroit où elles cessèrent tout à coup, comme si le blessé n'avait pas été plus loin. — Et vous avez dû remarquer cet endroit? — Oui, monseigneur, c'était justement devant la porte de l'hôtel de Marvejols. — Vous concevez, madame, que cette circonstance parut assez singulière au chef de la police ainsi qu'à Birague. — Et la jeune fille, qu'est-elle devenue? demanda monseigneur au sergent du guet; celui-ci avoua qu'il ne s'en était plus occupé. — Vous êtes un sot, lui dit le lieutenant de police, vous deviez arrêter cette jeune fille, la conduire au poste, me l'amener ensuite. Quand une personne se permet de porter une accusation aussi capitale sur un des premiers seigneurs de la cour, on ne la laisse pas ensuite disparaître. Par cette jeune fille nous saurions ce qu'il y a de vrai dans cette histoire; nous saurions si vous avez eu affaire à une folle ou à une personne qui a

Le comte de Marvejols n'existe plus maintenant.

uelque motif de haine contre le comte. Il faut retrouver cette jeune
e entendez-vous, sergent? il le faut. Je trouve, moi, que le lieutenant de police a parfaitement raison, et l'rrestation de cette jeune
fille amènerait peut-être de nouvelles découvertes fort curieuses...
qu'en pensez-vous, marquise?

Depuis quelques instants, Valentine semblait avoir reporté toute
son attention sur Miretta; elle ne la quittait pas du regard, et ses
yeux suppliants paraissaient attendre la vie ou la mort, suivant ce
que ferait la jeune fille. Mais celle-ci, debout, immobile au fond de
l'appartement, avait les regards baissés vers la terre, et rien ne tra-
nissait ce qui se passait dans son âme.

— Eh bien! madame, vous ne me répondez pas? reprend M. de
Santoval.

—Ah! pardon, monsieur! c'est que cette histoire est si bizarre...
si ridicule... En vérité, je ne comprends pas l'importance qu'on y
attache.

— Pardonnez-moi, madame, cela est curieux... Tout en n'ajoutant
pas foi aux paroles de cette jeune fille, je crois qu'il y a là-dessous
un mystère... Mais on saura le mot de l'énigme; cette jeune inconnue
se retrouvera, espérons-le! Ah! je ne vous ai pas encore tout dit :
Le lieutenant de police, après avoir renvoyé le sergent du guet,
ordonna à quelques-uns de ses subordonnés de se rendre rue de Bretonvilliers, dans ce petit hôtel que le comte de Marvejols est retourné
habiter depuis qu'il est guéri de... certaine blessure, et de s'informer
s'il n'était arrivé aucun accident à sa seigneurie.

— Et... qu'a-t-on appris, là?

— Le comte Léodgard était absent, et, suivant toutes les appa-
rences, n'avait point passé la nuit chez lui.

— Et on aura encore trouvé cela surprenant... quoique ce soit, je
crois, assez dans les habitudes de ce jeune seigneur.

—Je vous ai conté toute l'histoire, marquise, j'avais cru qu'elle
vous amuserait. Je vois que je me suis trompé.

— Pardonnez-moi, monsieur, je trouve cela fort original... comme
tout ce qui n'a pas le sens commun! et je vous serai obligée de me
tenir au courant, si vous apprenez quelque chose de nouveau sur cette
affaire.

— Alors, madame, je n'y manquerai pas... Oh! c'est surtout la
jeune fille qu'il faudrait retrouver!

A peine le marquis de Santoval a-t-il quitté l'appartement de sa
femme, que celle-ci court à Miretta, et, joignant ses mains vers elle,
fléchissant presque le genou, et les yeux pleins de larmes, lui dit d'une
voix tremblante :

— Miretta! je t'en supplie!... ne dis pas que c'est toi!... ne te fais
pas connaître! Ma vie dépend de ton silence! Tu ne diras pas que
c'est toi!... tu me le promets!...

— J'attendrai, madame, répond la jeune fille d'un air sombre ;
pour vous obéir, j'attendrai... mais il faudra pourtant que Giovanni
soit vengé!

<h1 style="text-align:center">LV</h1>

<h2 style="text-align:center">Le cardinal de Richelieu.</h2>

Lorsque Léodgard était tombé tout sanglant dans la cour de l'hôtel
de ses pères, le concierge étant sorti de sa loge pour savoir quelle
personne venait d'entrer, avait poussé un cri de douleur, en reconnaissant son maître étendu sur le pavé; mais celui-ci, qui, malgré
sa blessure, conservait toute sa connaissance, avait ordonné au concierge de ne point répandre l'alarme dans l'hôtel, et d'aller seulement avertir un valet, qui l'aiderait à le transporter dans son appartement.

Puis, pendant que le concierge était éloigné pour exécuter cet
ordre, Léodgard, malgré ses souffrances et son état de faiblesse, était
parvenu, en se roulant sur le pavé, à se débarrasser du cafetan
olivâtre qui l'enveloppait; alors il avait ramassé, replié sur lui-même
e vêtement, et l'avait tenu serré contre sa poitrine jusqu'à l'arrivée
e ses gens.

On avait transporté le comte dans ses appartements, ainsi qu'il le
desirait, et, dans ce trajet, Léodgard n'avait point cessé de tenir le
cafetan olivâtre et la courte et large épée dont il était armé.

Une fois étendu sur son lit, le blessé dit au valet de faire avertir la
comtesse, et de la prier de passer près de lui.

— Moi, monseigneur, je vais courir chercher un médecin, dit le
concierge.

— Je vous le défends! répond Léodgard d'un ton courroucé. Que
personne ne se permette de sortir de l'hôtel... J'ai été blessé... en
duel... Mais cette blessure est légère... je ne veux pas qu'on sache
que je me suis battu... Et celui qui oublierait mes ordres serait chassé
sur-le-champ. Allez avertir la comtesse.

Le valet a été éveiller Marie, et celle-ci va doucement prévenir sa
maîtresse; en apprenant que son époux est de retour à l'hôtel, mais
qu'il y est revenu blessé, Bathilde passe précipitamment un vêtement
de nuit, et se hâte de se rendre près de celui qu'elle n'a jamais cessé
d'aimer.

La vue de Bathilde semble, cette fois, adoucir les souffrances du
comte; il s'efforce de lui sourire, et lui dit d'une voix faible :

— Fermez les portes, je veux être seul avec vous...

— Mais vous êtes blessé, monsieur le comte; ne faut-il pas, avant
tout, que l'on cherche un médecin?

— Non, madame... Si vous voulez m'être agréable... ne faites
que ce que je vais vous dire... Nous sommes bien seuls, n'est-ce
pas?...

—Oui, monsieur...

— Donnez-moi de ce cordial placé là-bas... cette fiole... sur ce
meuble... C'est de cela que le docteur me faisait prendre... quand
j'étais si mal... il y a quelque temps.

Bathilde s'empresse de donner le cordial à Léodgard, qui en boit
plusieurs gorgées, en disant :

— Ceci me suffira.

Ranimé par ce breuvage, il parvient, avec l'aide de sa femme, à se
mettre dans son lit, et applique lui-même sur sa blessure plusieurs
linges qui arrêtent l'effusion du sang. Après quoi, tendant à Bathilde
un paquet qu'il avait jusqu'alors tenu caché, il lui dit :

— Placez ceci dans la cheminée, madame, et mettez-y le feu sur-
le-champ.

— Quoi! monsieur!... ce vêtement?...

— Veuillez m'obéir, madame; tout ce que je vous fait faire en ce
moment, a plus d'importance que vous ne le pensez...

La jeune femme fait ce que le comte lui ordonne. Bientôt le cafetan
olivâtre est en feu; en le regardant brûler, Léodgard semble respirer
plus librement; et, lorsqu'il est entièrement consumé, il murmure :

— Allons!... il n'y a plus, pour me perdre, que sa dague... Elle
ne peut pas se brûler... mais on pourra la dérober à tous les regards.

Et, après avoir caché avec soin la courte épée sous sa couverture,
Léodgard tend sa main à Bathilde, qui la prend et la presse contre
son cœur, ne pouvant croire encore à cette marque d'amitié de la
part de son époux.

— Je vous ai causé bien des peines, Bathilde, dit Léodgard, en
s'arrêtant souvent sur ses paroles. Mais le ciel m'en a puni. Désormais, je ne vous en causerai plus!

— Mon Dieu! monsieur le comte... que voulez-vous dire?... votre
blessure n'est pas dangereuse, j'espère ?

— Non, Bathilde, non; rassurez-vous... Cependant... en ce moment où nous sommes seuls, je tiens à vous faire savoir... que je
me repens de mes fautes... et que j'en réclame de vous le pardon.

—Ah! Léodgard!... cher Léodgard!... s'il est vrai que vous re-
veniez enfin pour toujours près de nous... si ma présence a cessé de
vous déplaire... ne suis-je pas maintenant la plus heureuse des femmes?... Ce n'est pas un pardon que je vous donne, c'est tout mon
amour que je vous offre comme autrefois!...

— Merci, Bathilde, merci... Notre fille... est un ange... Je l'aime...
oh! oui... je l'aime de toute mon âme... Chère enfant... vous me
l'enverrez demain dès qu'elle sera éveillée, n'est-ce pas?..

— Aussitôt que vous le désirerez, mon ami...

— Ah! laissez-la dormir... ne troublons pas son sommeil... Et à
présent, écoutez-moi, Bathilde, il faut que je voie le sire de Jarnonville, le plus tôt possible... Ecrivez-lui un mot, pour le prier de passer à l'hôtel, sans lui donner d'autres détails... Envoyez chez lui, au
point du jour... Vous entendez... qu'il vienne promptement.

— Vous serez obéi, mon ami, et le chevalier de Jarnonville nous
témoigne tant d'amitié, que je ne doute pas de son empressement à
satisfaire votre désir.

— C'est bien... Aussitôt que Jarnonville arrivera, qu'il soit introduit près de moi. Et maintenant, Bathilde, retournez vous reposer...

— Vous voulez que je vous quitte, mon ami, lorsque vous êtes
blessé?... Ah! je vous en prie! laissez-moi vous veiller, passer la
nuit près de vous... Et puis, il me semble qu'il faudrait avertir le
docteur?...

— Encore une fois, madame, vous aggraveriez mon mal en agis-
sant ainsi... Tel n'est pas, je pense, votre désir...

— Monsieur le comte, ce que je voudrais, c'est qu'on visitât votre
blessure... Vous paraissez souffrir?...

— Vous vous trompez... suivez mes instructions, et n'allez pas au
delà... Adieu, Bathilde...

— Vous voulez que je vous quitte?...

— Je le veux... Mais auparavant, approchez-vous de moi, que je
dépose un baiser sur votre front...

— Cher Léodgard! que je suis heureuse!..

Le blessé pose ses lèvres pâles sur le front de Bathilde. Puis il lui
fait signe de s'éloigner, en murmurant encore :

— Jarnonville... au point du jour... n'oubliez pas...

Bathilde s'éloigne à regret; mais elle n'ose désobéir à celui dont
les moindres désirs sont sacrés pour elle.

Demeuré seul, Léodgard essaie en vain de goûter un peu de repos.
Sa blessure mal pansée le fait souffrir cruellement, et la fièvre brûle

déjà son sang; lorsqu'il ferme les yeux, des images effrayantes, des visions épouvantables augmentent encore son mal ; c'est dans cet état voisin du délire qu'il attend la fin de cette nuit cruelle. Enfin, le jour paraît, et une demi heure n'est pas écoulée depuis que les ténèbres ont fui devant l'aurore, lorsque le sire de Jarnonville entre dans la chambre de la blessée.

En apercevant le chevalier, Léodgard semble se ranimer.

— Vous avez désiré me parler, comte, dit Jarnonville, et vous êtes blessé... Est-ce encore au marquis de Santoval que vous devez ce nouveau malheur?

— Non, chevalier, mais j'ai de terribles révélations à vous faire... veuillez d'abord me donner ce cordial... que je reprenne assez de force pour vous parler... bien... merci...

— Vous paraissez beaucoup souffrir... ne faudrait-il pas auparavant...

— Personne que vous... et moi... car ce n'est plus ma vie qu'il s'agit de conserver... c'est mon honneur qu'il faut sauver... pour mon père, pour mon enfant... Je mourrai ensuite... il le faut d'ailleurs... et si cette blessure ne suffisait pas, je saurais bien trouver d'autres moyens pour mettre fin à mon existence!

— Vous me faites frémir !

— C'est lorsque vous m'aurez entendu que vous frémirez d'horreur... Venez là... tout près de mon lit... que je n'aie pas besoin d'élever la voix...

Le chevalier fait ce que le blessé lui demande ; alors Léodgard, rassemblant le peu de force qui lui reste, fait à voix basse sa confession :

— Rappelez-vous, Jarnonville, cette époque où j'étais à bout de ressources; j'avais follement dépensé tout le bien que je tenais de ma mère ; mon père, qui venait encore de payer mes dettes, m'avait déclaré que je ne devais plus compter sur lui. Le jeu continuait de m'être défavorable, je devais à tous mes amis! j'avais joué et perdu jusqu'à mon manteau !... Je ne trouvais plus un juif, un usurier qui voulût me prêter !.... C'est dans cette position qu'une nuit, revenant de chez Montrevert, chez lequel j'avais encore perdu plus que je ne possédais, nous nous arrêtâmes près du Pont-aux-Choux. Nous attendions Montrevert, qui devait nous rejoindre; il arriva enfin, pâle, désarmé ; il venait d'être attaqué et volé par Giovanni. Ce hardi voleur m'avait aussi dépouillé quelques mois auparavant; dans ma situation, n'ayant plus rien à perdre et par conséquent rien à craindre, je résolus de punir le bandit, de me venger; enfin, sans vouloir que mes compagnons me suivissent, je m'élançai rapidement du côté où Giovanni avait attaqué Montrevert.

Je marchai longtemps à travers champs sans rencontrer personne. Le jour commençait à poindre, cependant la campagne était encore déserte. Je m'avançais doucement, amortissant le bruit de mes pas. Tout à coup, à vingt pas de moi, j'aperçois un homme assis contre un buisson et occupé à compter le contenu d'une bourse ; à son costume, je reconnais le bandit qui, une fois, m'avait attaqué; il ne m'avait pas vu venir; j'ai soin de tourner le buisson ; étant derrière lui, je m'approche sans qu'il m'entende, l'occasion était favorable... arrivé contre Giovanni, il allait se retourner, je lui passe mon épée au travers du corps; il veut alors se lever, se défendre, mais le coup que je lui avais porté était mortel, et deux autres que je lui donnai achevèrent de l'étendre sans vie à mes pieds.

En tombant, le brigand avait perdu sa barbe et son bonnet. Ces objets étaient devant moi... en les voyant... en ramassant deux bourses pleines d'or... je ne sais quelle pensée d'enfer vint alors s'emparer de mon esprit. Je me dis que personne ne m'avait vu tuer Giovanni, qu'en poussant son corps dans les Fossés-Jaunes, qui n'étaient pas éloignés, on ne trouverait point son cadavre, que d'ailleurs en lui ôtant ses armes et les vêtements qui le déguisaient, alors même qu'on trouverait le corps de Giovanni, rien ne le ferait reconnaître. Enfin, le démon me poussait sans doute vers ma perte... Je songeais à ma position, à mes dettes... moi, avide de jouissances, de plaisirs, j'avais soif d'or... et avec le déguisement du bandit italien, il était si facile de s'en procurer... Ah! j'avais le vertige, la fièvre... le délire sans doute... ces pensées étaient horribles... mais, au lieu de les repousser, je traînai le corps de Giovanni près des Fossés-Jaunes, dans lesquels je le poussai ; puis, cachant avec soin dans un épais buisson les armes, le cafetan. la coiffure du voleur, je retournai près de mes amis, et je leur dis qu'après un combat inutile, Giovanni s'était encore soustrait à ma vengeance. Quelques jours après, le célèbre brigand attaquait, dépouillait de nouveau les habitants de Paris... Ah! vous frémissez, Jarnonville, vous détournez la tête... Je dois vous faire horreur... oui, je suis un misérable!... Voilà où la soif de l'or, où des passions désordonnées peuvent conduire... au crime!... à l'oubli de tout ce qu'il y a de plus respectable, de plus sacré !... Cependant, je n'ai pas du moins à me reprocher d'avoir jamais répandu de sang... Non, ma présence causait une telle terreur, que ceux que j'arrêtais ne songeaient point à se défendre, et m'abandonnaient sur-le-champ tout ce qu'ils possédaient... Je n'en suis pas moins un infâme !... Aujourd'hui, la Providence que je bravais a mis un terme à mes forfaits... Ah! si j'avais écouté le cri de la nature, si j'avais obéi à ce doux sentiment que la vue de ma fille, de ma Blanche, avait

fait naître dans mon âme... quittant pour toujours la carrière du crime, peut-être n'aurait-on jamais connu ces horribles pages de ma vie... l'honneur de mon nom... aurait été sauvé... O mon père! voilà donc ce que je réservais à votre vieillesse... et ma fille... ma fille!...

Léodgard s'arrête, ses yeux se ferment, il ne peut plus parler.

Jarnonville s'empresse de lui prodiguer des secours ; de l'eau fraîche, quelques gorgées de cordial ne tardent point à le ranimer, il veut reprendre la parole, Jarnonville l'engage à se reposer un moment.

Au bout de quelque temps, on frappe doucement à la porte, et la voix de Bathilde se fait entendre, elle demande si le comte peut la recevoir, et s'il veut qu'on lui amène sa fille.

— Pas encore, dit Léodgard, je n'ai pas fini..... de vous parler.... Priez la comtesse de retourner près de sa fille... je la ferai avertir.

Jarnonville ayant fait ce que le blessé désire, revient se placer près de son lit :

— Qui vous fait craindre, maintenant, que la vérité soit sue?... Auriez-vous, cette nuit, été reconnu par quelqu'un ?

— Oui. Écoutez... j'étais retourné habiter le petit hôtel de la rue de Bretonvilliers, parce que... dans cette maison, des issues secrètes donnant sur un terrain désert... je pouvais revêtir le costume de Giovanni, et sortir sans être vu par mes gens...

— Et, une nuit, Ambroisine vous aperçut ainsi... mais elle était loin de se douter que ce n'était point Giovanni...

— En effet... Cependant... quand elle raconta cette circonstance... elle me fit trembler : je crus qu'elle possédait mon secret !... Mais cette nuit... il me fallait encore de l'or... Valentine, la marquise de Santoval... je devais l'enlever... et c'est pour cela que j'avais repris le costume de l'Italien. Oui, Jarnonville, j'allais encore abandonner ma femme et ma fille... une femme si digne de tout mon amour... et un enfant qui avait ouvert mon âme au repentir... Ah! je méritais d'être puni... enfin, cette nuit, je venais d'attaquer un riche financier... des soldats sont accourus... je n'ai eu que le temps de prendre la fuite. Ils ont tiré sur moi... et j'ai reçu une balle... là... dans l'épaule...

— Et cette balle?...

— Elle est toujours là... dans ma blessure... je la sens... Ah! elle me fait souffrir horriblement...

— Mais il faudrait la retirer.

— Non, non... car un chirurgien verrait bien que ce n'est point une balle de pistolet... Il verrait aussi que j'ai été blessé par derrière, en fuyant... Et d'ailleurs, il faut que je meure... mais si, du moins, on pouvait cacher la vérité... la cause de ma mort.

— Reposez-vous un moment, comte, ce récit vous tue...

— Il faut que j'achève... car on peut venir... pour m'arrêter...

— Vous arrêter?

— Attendez... Je fuyais malgré ma blessure... une jeune fille courait sur mes pas... en appelant Giovanni, en lui donnant les noms les plus doux... Cette jeune fille... la maîtresse de l'Italien... m'a rejoint ici près... elle s'est attachée après moi... les forces me manquaient... mon bonnet, ma fausse barbe sont tombés... elle m'a reconnu...

— Reconnu... Qui est donc cette jeune fille ?

— Miretta... la femme de chambre de la marquise...

— Fatalité !... Mais, cependant, vous vous alarmez à tort peut-être... cette jeune fille se taira...

— Elle parlera... car elle aimait Giovanni... car elle a deviné toute la vérité... elle parlera... car elle veut venger son amant !...

— Eh bien, on ne l'écoutera pas! on ne la croira pas... sur quelques paroles d'une jeune fille, pensez-vous qu'on osera accuser... soupçonner seulement le comte de Marvejols... Quelles preuves pourra-t-elle fournir?... votre costume...

— En arrivant ici je n'avais plus que le cafetan... mes domestiques n'ont pu le voir... je l'ai fait brûler par Bathilde...

— Et vos armes?...

— Je ne portais jamais que la courte épée de Giovanni... elle est là... cachée ici... tenez... la voilà... Si l'on faisait des recherches... si l'on trouvait cette arme...

— Pourquoi ferait-on des recherches dans cet hôtel, que vous n'habitiez plus depuis quelques semaines...

— Mais, cette nuit... si l'on a suivi mes traces, ces soldats, guidés par le sang que je perdais... on aura vu où je m'étais arrêté...

— Mais ces soldats avaient perdu vos traces, quand vous avez été rejoint par cette jeune fille...

— Jarnonville, je vous le répète... ce n'est pas ma vie que je veux sauver... il faut que je meure... je suis un misérable... je me fais honte à moi-même... mais que mon infamie soit cachée... pour mon père... pour mon enfant... ah! que je souffre!...

Léodgard a laissé retomber sa tête en arrière, une pâleur livide couvre son visage ; le chevalier est sur le point d'aller chercher Bathilde, lorsqu'un bruit de pas se fait entendre, puis des voix qui parlent de la cour ; le blessé relève la tête en murmurant :

— Entendez-vous, Jarnonville, on vient... ce sont les soldats... On vient arrêter le comte de Marvejols comme voleur !... je suis perdu...

— Calmez-vous... En effet, des pas approchent...

— Et l'arme de Giovanni que j'ai là...

— Donnez-la-moi, je vais la mettre à ma ceinture, à la place de mon épée, et sur moi on n'y fera pas même attention...

En un instant, Jarnonville a ôté son épée qu'il va placer dans un coin de l'appartement, et il la remplace par l'arme qui vient de Giovanni ; à peine a-t-il terminé ce changement, qu'un valet entre, en disant :

— Monsieur le comte, il y a là un officier ; il est venu accompagné de quelques hommes d'arme qu'il a placés dans la cour ; il demande à avoir l'honneur de vous parler... il est, dit-il, envoyé par monseigneur le cardinal de Richelieu.

— Par... le cardinal... Eh bien, faites entrer... cet officier...

Le valet sort et Léodgard jette un regard suppliant vers Jarnonville en murmurant :

— Le cardinal... qui a toujours montré une si haute estime pour mon père... et c'est lui qui envoie...

L'entrée de l'officier empêche le comte d'en dire davantage.

L'envoyé du cardinal s'incline profondément devant Léodgard et Jarnonville, puis il prend la parole :

— Monsieur le comte, un bruit ridicule, et dont il doit vous être bien facile de prouver la fausseté, a circulé ce matin dans Paris et est parvenu jusqu'à Son Éminence : cette nuit, des soldats du guet ont poursuivi le fameux Giovanni ; ils ont tiré sur lui et l'ont blessé, car, sur sa route, il a laissé des traces de sang. Ils ont cependant perdu de vue le voleur ; mais une jeune fille qu'ils ont rencontrée, et près de laquelle ils ont ramassé le bonnet et la fausse barbe du bandit, leur a dit... pardon, monsieur le comte, c'est la jeune fille qui parle, elle leur a certifié que l'homme qu'ils poursuivaient était, non pas Giovanni, mais bien le comte Léodgard de Marvejols. Ces paroles n'auraient point mérité d'être rapportées, si, par un hasard qu'il vous sera sans doute facile d'expliquer, les traces de sang n'avaient cessé justement devant la porte de cet hôtel. Ne vous ayant pas trouvé à votre petite maison de la rue de Bretonvilliers, on m'a envoyé ici ; monseigneur le cardinal voudrait, monsieur le comte, que vous prissiez la peine de vous rendre près de lui, où quelques mots de vous suffiront pour faire justice d'une indigne calomnie.

— Monsieur, répond Léodgard en essayant de surmonter sa souffrance, je me serais rendu avec empressement au désir de M. le cardinal, mais en ce moment, cela m'est impossible... je ne puis bouger... car je suis blessé...

— Blessé ! s'écrie l'officier, dont la physionomie perd de son aménité ; ah ! vous êtes blessé, monsieur le comte... et depuis quand ?

— Depuis hier, monsieur.

— Depuis... hier ? et cette blessure, peut-on savoir comment vous l'avez reçue ?

— En toute autre circonstance... je ne vous repondrais point, monsieur, mais... après ces bruits qui ont circulé... je sens que je ne dois pas me taire... je me suis battu en duel... hier... au pistolet... dans le bois de Vincennes... Je connais la sévérité des lois sur le duel... j'ai voulu cacher celui-ci... dissimuler ma blessure... j'ai attendu la nuit pour revenir ici.

— Fort bien, monsieur le comte : excusez-moi de vous adresser encore quelques questions : avec qui vous êtes-vous battu ?

— Monsieur... j'ai pu me livrer au courroux du cardinal... mais je ne dénoncerai pas mon adversaire...

— Au moins, monsieur le comte, le nom de vos témoins...

Léodgard a laissé retomber sa tête, il ne répond plus, ses forces semblent prêtes à l'abandonner. Jarnonville se lève alors, et va se placer devant l'officier, en lui disant :

— Monsieur, cessez de tourmenter le comte de Marvejols, il a bien assez des souffrances que lui cause sa blessure. Vous voulez savoir avec qui il s'est battu ? Eh bien, c'est avec moi. Oui, monsieur, hier, pour un motif frivole, nous nous sommes pris de querelle ; trop bouillants, tous deux, pour attendre au lendemain, nous nous sommes rendus à Vincennes, et là, sans autres témoins que le ciel, nous avons fait feu l'un sur l'autre. J'ai eu le malheur de blesser grièvement le comte à l'épaule ; redevenus amis dès que le sang avait coulé, nous avons attendu qu'il fût très-tard pour rentrer dans Paris, et ce matin je venais savoir des nouvelles de mon adversaire, lorsque vous vous êtes présenté ici. Vous savez tout, monsieur.

Pendant que Jarnonville prononce ces paroles, un éclair de joie a sillonné les traits de Léodgard, qui adresse au chevalier un regard dans lequel est peinte toute sa reconnaissance.

— Oh ! voilà qui explique tout, monsieur le chevalier, dit l'envoyé, et je prie monsieur le comte de recevoir mes excuses. Mais cependant, il me reste encore un devoir pénible à remplir. Vous connaissez les lois sévères concernant le duel... nous devons arrêter ceux qui les ont enfreintes... Tous deux vous êtes coupables... A cause de sa blessure, je laisserai M. le comte dans son hôtel, où il restera prisonnier jusqu'à nouvel ordre. Quant à vous, sire de Jarnonville, je ne puis me dispenser de vous conduire sur-le-champ devant le cardinal-ministre, qui décidera de votre sort.

— C'est bien, monsieur, conduisez-moi chez le cardinal, je suis prêt à vous suivre.

L'officier s'incline et fait quelques pas vers la porte, tandis que Jarnonville s'approche du blessé qui lui dit d'une voix défaillante :

— Chevalier !... vous sauvez l'honneur de ma famille... merci ! merci mille fois... puissiez-vous ne point être victime de votre noble dévouement !... Quant à moi... je connais mon devoir... avant une heure, je n'existerai plus... adieu... je ne vous demande pas votre main... car la mienne est souillée !... Mais pardonnez-moi... pour ma femme... pour mon enfant.

Jarnonville, vivement ému, va tendre sa main à Léodgard... mais l'officier lui dit :

— Je vous attends, sire de Jarnonville ; et le chevalier sort vivement de la chambre en jetant un dernier regard sur le blessé.

Lorsque Léodgard se retrouve seul, il promène quelques instants des regards vagues et incertains dans l'appartement, puis enfin, ses yeux s'arrêtent sur un petit meuble placé dans une encoignure, une lueur de satisfaction sillonne son visage ; il s'apprête à sonner lorsque le domestique se présente timidement, en disant :

— Pardon, monsieur le comte, si j'entre sans que vous ayez sonné, mais madame la comtesse demande avec instance à vous voir... elle vous amène mademoiselle...

— C'est bien... dans un instant... ouvrez d'abord ce meuble... là-bas... la clef est dessus... c'est cela... dans le tiroir à gauche, vous trouverez un flacon, donnez-le-moi.

Le domestique exécute les ordres de son maître et lui apporte un petit flacon renfermant une liqueur jaunâtre ; Léodgard le prend, le considère avec attention et le place sous son oreiller, en disant :

— Maintenant, allez prévenir madame la comtesse que je suis prêt à la recevoir.

Bathilde attendait sans doute dans une pièce voisine, car presque aussitôt elle paraît avec sa fille, et Blanche court au lit de son père en s'écriant :

— Mon ami... mon papa... je suis bien contente que tu sois revenu... tu es malade... nous allons bien te soigner... comme l'autre fois... mais après, tu ne t'en iras plus... n'est-ce pas... tu resteras avec nous ?

— Non... oh ! non... je ne m'en irai plus, chère enfant ! répond Léodgard en faisant signe à Bathilde de placer sa fille sur son lit pour qu'il puisse l'embrasser.

Et bientôt il tient contre sa poitrine la jolie tête de Blanche, il couvre son front de baisers, et de grosses larmes s'échappent de ses yeux qui n'avaient jamais pleuré.

Bathilde, vivement émue, se place à genoux devant le lit en murmurant :

— Cher Léodgard ! que je suis heureuse de voir l'amour que vous éprouvez pour votre fille !... Ah ! croyez bien que nous nous efforcerons toujours d'être dignes de votre tendresse... Vivre près de vous, ce sera la plus douce récompense de notre dévoûment de tous les instants, de notre empressement à vous plaire en toutes choses.

— Merci, Bathilde ; donnez-moi votre main... que je la presse... Approchez-vous aussi, que je dépose un baiser sur votre front...

— O mon ami, vos lèvres sont brûlantes... vos yeux semblent plus abattus... vous souffrez davantage... Permettez-moi d'envoyer chercher le docteur.

— N'en faites rien... je vous le défends... Tout à l'heure, je reposerai... et cela me guérira... Je ne souffrirai plus. Blanche, ma fille, regarde-moi encore... Ah ! que tu es belle !... que l'on sera fier de toi !... Et tu seras bonne aussi... je le lis dans tes traits... Tu chériras ta mère... tu feras son bonheur...

— Et toi aussi, mon papa, je t'aime bien... de tout mon cœur...

Léodgard se soulève encore pour embrasser tendrement sa fille ; mais une pâleur effrayante couvre son visage, et Bathilde s'écrie :

— De grâce, prenez au moins de ce cordial qui, cette nuit, vous a ranimé.

— Pas maintenant... je n'ai plus besoin que de repos... Adieu, Bathilde... adieu, ma fille.

— Non, pas adieu, mon ami ; mais au revoir... Nous reviendrons bientôt.

— Attendez que je sonne... Chère petite, va prier le bon Dieu... pour moi...

— Oui, papa... je le prierai pour que tu guérisses bien vite...

— Mon ami... si vous le permettiez, nous resterions près de vous, nous ne ferions pas de bruit...

— Oui, mon papa... laisse-moi rester... je serai bien sage... je ne jouerai pas !...

— Non... éloignez-vous... plus tard... vous reviendrez... Allez... je vous en prie... laissez-moi !...

Bathilde sent son cœur oppressé ; c'est à regret qu'elle s'éloigne de son époux ; mais elle n'ose pas lui désobéir. Elle emmène Blanche, qui, en s'éloignant envoie des baisers à son père, tandis que celui-ci, surmontant ses souffrances, parvient encore à sourire à son enfant.

Jarnonville était arrivé, avec l'officier, au palais habité par le cardinal ; aucun garde ne les suivait ; le chevalier avait donné sa parole de ne point chercher à s'échapper, et on savait qu'il n'y manquerait pas. Parvenu dans une salle d'attente qui précédait le cabinet de Richelieu, l'officier y laisse Jarnonville pour aller prévenir Son Éminence. Il revient, au bout de quelques instants, annoncer à son prisonnier que le cardinal le prie d'attendre qu'il puisse le recevoir.

Le chevalier reste seul, et une demi-heure s'écoule sans qu'il voie revenir personne. Mais, pour lui, ce temps passe vite; car, vivement impressionné par tous les événements dont il a été témoin, et dans lesquels il se trouve maintenant jouer un rôle important, il ne songe pas aux dangers qu'il court; mais il pense aux larmes que va répandre Bathilde, à cette pauvre petite Blanche, qui n'aura plus de père, et il se dit :

— Il le faut cependant!... oui, il faut qu'il cesse de vivre; sa mort atténuera point ses crimes, mais elle permettra de les cacher.

Enfin, un valet vient annoncer à Jarnonville que le cardinal peut le recevoir, et le chevalier est introduit dans le cabinet de travail de Richelieu.

Le ministre était seul, vêtu de sa soutane rouge, pâle, maigre, fatigué par l'excès de travail. Cet homme frêle et souffrant, qui faisait trembler toute l'Europe, conservait cependant dans son regard plein de feu et de vivacité toute la verdeur et la jeunesse que son corps n'avait plus.

Assis devant son bureau, tout en examinant de nouveaux rapports, Richelieu caressait un chat grimpé sur ses genoux, tandis que deux singes jouaient sur un tapis à ses pieds. A l'entrée du sire de Jarnonville, le cardinal relève la tête, considère quelques instants le chevalier et lui dit enfin, d'un ton qui n'annonçait point de colère :

— Que vient-on de m'apprendre, sire de Jarnonville, quoi?... vous vous êtes battu en duel avec le comte de Marvejols... est-ce la vérité?

— Oui, monseigneur...

— Vous devez cependant connaître les édits concernant les combats singuliers... j'ai dû mettre un frein à cette coutume barbare, à cette fureur de se tuer pour un mot!... si je n'y avais mis ordre, toute la cour du roi y passait!... vous savez donc, monsieur, qu'il y va de la vie...

— Je le sais, monseigneur...

— Et cela ne vous a pas arrêté!... quel motif assez grave vous a porté à braver les lois?... Voyons... parlez, chevalier... je vous croyais ami du comte Léodgard... vous avez été, je crois, le parrain de son enfant...

— J'ai tenu la place du vieux marquis de Marvejols, il est vrai.

— Vous portiez beaucoup d'intérêt à la jeune comtesse... et vous vous êtes battu avec son époux... quelle a donc été la cause de ce duel...

Jarnonville, qui mentait assez difficilement surtout lorsqu'il fallait inventer toute une histoire, se sent embarrassé devant les regards perçants de Richelieu et balbutie :

— Monseigneur... quelquefois, entre deux personnes qui se voient souvent... il suffit d'un mot dit trop légèrement... le comte Léodgard est facile à irriter... moi-même je m'emporte parfois...

Pendant que Jarnonville cherche ses phrases, le cardinal, qui l'examine attentivement, porte les yeux sur la courte et large épée pendue à sa ceinture, il fronce le sourcil, et, l'interrompant :

— Vous avez là une épée singulière, chevalier?

— Cette épée... ah! en effet... je ne la porte pas... habituellement ..

— Je le crois, car je ne vous l'ai jamais vue... d'où vous vient-elle?

— Mais... elle se trouvait avec d'autres armes... qui avaient appartenu à mon père...

— Ah!... à propos... avez-vous entendu parler des propos tenus par une jeune fille... au sujet du comte Léodgard?...

— Ce matin seulement, monseigneur...

— Vous n'y ajoutez pas foi, n'est-ce pas?

— Comment le pourrais-je, monseigneur, puisque je sais que c'est moi qui ai blessé le comte en duel...

— C'est très-juste... Voyons donc cette épée que vous tenez de votre père... je suis curieux de l'examiner.

Jarnonville détache l'arme de sa ceinture et la présente avec le fourreau à Richelieu, mais celui-ci tire la lame dehors et lit en lettres d'or sur l'acier le nom de *Giovanni*. Sans rien laisser paraître, le cardinal remet aussitôt l'épée dans le fourreau, en disant :

— Sire de Jarnonville, pensez-vous que la blessure du comte Léodgard soit dangereuse?

Midi sonnait alors à une pendule placée sur la cheminée, le chevalier écoute, puis répond :

— Le comte de Marvejols n'existe plus maintenant.

— Vous le croyez...

— J'en suis certain, monseigneur. Le front du ministre devient moins sévère. Il rend l'épée à Jarnonville, en lui disant :

— En ce cas... tout est pour le mieux, il y a un coupable de puni, cela suffit. Quant à vous... chevalier, je vous fais grâce... malgré votre duel, car il est bien entendu que vous vous êtes battu avec le comte... mais faites disparaître cette épée... brisez-la!... elle pourrait vous compromettre... Allez, chevalier... allez consoler une veuve... allez protéger une orpheline, comme vous avez protégé l'honneur du nom qu'elles portent.

Lorsque Jarnonville rentre dans l'hôtel de Marvejols, il y trouve tout le monde en pleurs; la comtesse, inquiète de son mari et bravant sa défense, venait de retourner près de lui, elle n'avait plus trouvé vivant celui qui avait embrassé sa fille peu de temps auparavant.

C'est Ambroisine qui est accourue au-devant du chevalier pour lui apprendre cette nouvelle. Jarnonville presse tendrement la main de la jeune fille, en répondant :

— Ne nous occupons plus que de consoler votre amie... le temps fera le reste; l'amour de sa fille, votre amitié, mon dévoûment parviendront, je l'espère, à lui faire encore goûter des jours heureux.

Vers la fin de cette journée, qui avait vu tant d'événements, une jeune fille qui rôdait aux environs de l'hôtel de Marvejols apprit enfin que le comte Léodgard n'existait plus. Alors son front s'illumina, et levant les yeux vers le ciel elle se dit :

— Je puis me taire maintenant, car Giovanni est vengé... et bientôt, je l'espère, je le rejoindrai.

Dans l'année qui suivit le veuvage de Bathilde, Ambroisine devint l'épouse du sire de Jarnonville, qui, trouvant réunies dans la Belle Baigneuse les vertus et les qualités de l'âme aux charmes de la figure, ne craignit pas de se mésallier pour posséder tout cela.

On assure que le chevalier Passedix, après sa sortie du bain eût une grave maladie, qui le guérit de son amour pour Miretta; lorsqu'il retrouva Bahuchet et Plumard, il leur donna sur le dos quelques coups de plat de Rolande, puis il les reprit à son service en qualité de page et d'écuyer, car ceux-ci, en flattant l'amour-propre du Gascon, se faisaient toujours pardonner leurs friponneries.

Parlons encore de ce petit ange, de cette jolie Blanche, dont les douces paroles avaient fait connaître à son père ce sentiment si pur, si vrai, qui le ramenait à la vertu. Celle-là fut heureuse du moins!...

Toutes les roses ne meurent pas en boutons!

FIN DES ÉTUVISTES.

Paris. — Imp. Vᵉ P. Larousse et Cⁱᵉ. — Jules Rouff et Cⁱᵉ, Éditeurs.